EL LEGADO DE BOURNE

Robert Ludlum

El legado de Bourne

por

Eric Van Lustbader

Traducción de Martín Rodríguez-Courel Ginzo

U

Umbriel Editores

Argentina • Chile • Colombia • España
Estados Unidos • México • Uruguay • Venezuela

Título original: *The Bourne Legacy*
Editor original: Orion Books, Londres
Traducción: Martín Rodríguez-Courel Ginzo

The Bourne Legacy. Copyright © 2004 by the Estate of Robert Ludlum
All Rights Reserved
© de la traducción 2009 *by* Martín Rodríguez-Courel Ginzo
© 2009 *by* Ediciones Urano, S. A.
   Aribau, 142, pral. – 08036 Barcelona
   www.umbrieleditores.com

ISBN: 978-84-89367-68-5
Depósito legal: B. 33.929 - 2009

Coordinación y fotocomposición: Víctor Igual, S.L.
Impreso por Romanyà Valls, S.A. – Verdaguer, 1 – 08786 Capellades (Barcelona)

Impreso en España – *Printed in Spain*

A la memoria de Bob

Prólogo

Jalid Murat, líder de los rebeldes chechenos, viajaba quieto como un muerto en el vehículo central del convoy que recorría las calles bombardeadas de Grozni. Los transportes blindados de personal BTR-60BP procedían del suministro habitual ruso y, por tanto, hacían indistinguible el convoy de todos los demás que patrullaban con estruendo la ciudad. Los hombres fuertemente armados de Murat se apretujaban en los otros dos vehículos, uno delante y otro detrás del suyo. Se dirigían al Hospital Número Nueve, una de las seis o siete guaridas diferentes que Murat utilizaba para mantenerse tres pasos por delante de las fuerzas rusas que lo buscaban.

Con una barba no muy poblada y a punto de cumplir los cincuenta, Murat tenía la imponente presencia de un oso y la mirada incendiaria de un auténtico fanático. Había aprendido pronto que el puño de acero era la única manera de imponerse. Había estado presente cuando Yogar Dudayev había impuesto en vano la *sharia*. Había sido testigo de la carnicería desatada al principio de todo, cuando los caudillos asentados en Chechenia, los socios extranjeros de Osama bin Laden, invadieron Daguestán y llevaron a cabo un rosario de atentados terroristas en Moscú y Volgodonsk que acabaron con la vida de unas doscientas personas. Cuando la responsabilidad de los actos cometidos por los extranjeros se hizo recaer falsamente sobre terroristas chechenos, los rusos dieron comienzo a su devastador bombardeo de Grozni y redujeron gran parte de la ciudad a escombros.

El cielo sobre la capital chechena era una masa borrosa, privada de claridad por un flujo constante de cenizas y carbonilla, una incandescencia brillante tan refulgente que casi parecía radiactiva. Los fuegos alimentados por el petróleo de los pozos petrolíferos ardían por doquier por el paisaje sembrado de escombros.

Jalid Murat miraba fijamente a través de los cristales tintados cuando el convoy pasó junto al esqueleto quemado de un edificio enorme, descomunal, cuyo interior sin techo rebosaba de llamas parpadeantes. Lanzó un gruñido, se volvió hacia Hasan Arsenov, su segundo en el mando, y dijo:

—Antaño, Grozni era el hogar adorado de los amantes que paseaban por sus anchos bulevares flanqueados de árboles, y de las madres que empujaban sus cochecitos por las plazas arboladas. La gran glorieta rebosaba todas las noches de caras felices y risueñas, y los arquitectos de todo el mundo peregrinaban para recorrer los magníficos edificios que una vez hicieron de Grozni una de las ciudades más hermosas de la tierra.

Meneó la cabeza con tristeza y le dio una palmada en la rodilla a su compañero en un gesto de camaradería.

—¡Por Alá, Hasan! —gritó—. ¡Mira cómo han aplastado los rusos todo lo que era bueno y hermoso!

Hasan Arsenov asintió. Era un hombre dinámico y lleno de energía, diez años más joven que Murat. Antiguo campeón de biatlón, tenía los hombros anchos y las caderas estrechas de un atleta nato. Cuando Murat asumió el liderazgo de los rebeldes, él había estado a su lado. En ese momento señaló a Murat el cascarón carbonizado de un edificio a la derecha del convoy.

—Antes de la guerra —dijo con grave determinación—, cuando Grozni era todavía un importante centro refinador de petróleo, mi padre trabajaba ahí, en el Instituto del Petróleo. Ahora, en lugar de obtener beneficios de nuestros pozos, tenemos llamaradas que contaminan nuestro aire y nuestra agua.

Los dos rebeldes compartieron en silencio su aflicción ante el desfile de los edificios bombardeados que iban dejando atrás, de las calles vacías salvo por los seres (ya fueran humanos o animales) que hurgaban entre los escombros. Al cabo de varios minutos, se volvieron el uno al otro con el dolor del sufrimiento de su gente reflejado en los ojos. Murat abrió la boca para hablar, pero se quedó inmóvil al oír el inconfundible sonido de unas balas que tintinaban contra su vehículo. Apenas tardó un instante en darse cuenta de que el vehículo estaba siendo alcanzado por el fuego de armas de pequeño calibre, demasiado débiles para penetrar el sólido blindaje. Arsenov, siempre atento, alargó la mano hacia la radio.

—Voy a ordenar a los jefes de los vehículos de cabeza y cola que repelan el fuego.

Murat negó con la cabeza.

—No, Hasan. Piensa. Vamos camuflados con uniformes militares rusos y viajamos en transportes de personal rusos. Lo más probable es que quienquiera que nos esté disparando sea aliado, y no enemigo. Tenemos que asegurarnos antes de mancharnos las manos con sangre inocente.

Le quitó la radio a Arsenov y ordenó al convoy que se detuviera.

—Teniente Gochiyayev —dijo por la radio—, organice una patrulla de reconocimiento con sus hombres. Quiero averiguar quiénes nos están disparando, pero no los quiero muertos.

En el vehículo de cabeza, el teniente Gochiyayev reunió a sus hombres y les ordenó que se desplegaran en abanico por detrás del convoy blindado. Los siguió por la calle llena de escombros, encorvado a causa del frío glacial. Con precisas señales manuales dirigió a sus hombres para que convergieran desde izquierda y derecha en la plaza de donde había partido el fuego de las armas de pequeño calibre.

Sus hombres estaban bien adiestrados; se movieron con rapidez y en silencio desde las piedras a la pared, y de ahí al montón de retorcidas vigas metálicas, encorvados hacia delante, ofreciendo el menor blanco posible. Sin embargo, no se oyeron más disparos. Inmediatamente recorrieron a la carrera el último tramo, y realizaron un movimiento envolvente pensado para atrapar al enemigo y aplastarlo entre un virulento fuego cruzado.

En el vehículo central, Hasan Arsenov, sin apartar la mirada del lugar donde Gochiyayev había hecho converger a los soldados, esperó a oír unos disparos que no llegaron a producirse. En su lugar, lo que apareció en la distancia fueron la cabeza y los hombros del teniente Gochiyayev. Se volvió hacia el vehículo central y agitó el brazo adelante y atrás formando un arco para indicar que la zona se había asegurado. Al ver esa señal, Jalid Murat pasó junto a Arsenov, salió del transporte de personal y se dirigió sin titubeos entre los escombros helados hacia sus hombres.

—¡Jalid Murat! —gritó alarmado Arsenov, mientras echaba a correr detrás de su jefe.

Sin dar señales de inmutarse, Murat caminó hacia un muro bajo y derruido de piedra, el lugar de donde habían partido los disparos. Alcanzó a ver los montones de basura; sobre uno yacía un cadáver con la piel blanca como la cera que en algún momento había sido despojado de sus ropas. Incluso en la distancia el hedor de la putrefacción era como si a uno lo golpearan con un hacha de guerra. Arsenov lo alcanzó y sacó el arma que llevaba en el costado.

Cuando Murat llegó al muro, sus hombres estaban a ambos lados, con las armas preparadas. El viento soplaba a ráfagas irregulares, aullando y gimiendo entre las ruinas. El grisáceo cielo metálico se había oscurecido más, y empezó a nevar. Unos pocos copos cubrieron rápidamente las botas de Murat, y entretejieron una red en la hirsuta maraña de su barba.

—Teniente Gochiyayev, ¿ha encontrado a los agresores?

—Los encontré, señor.

—Alá me ha guiado en todas las cosas; que me guíe en esto. Déjame verlos.

—Sólo hay uno —contestó Gochiyayev.

—¿Uno? —gritó Arsenov—. ¿Quién es? ¿Sabía que éramos chechenos?

—¿Sois chechenos? —dijo una voz insignificante. Una cara pálida surgió de detrás del muro, un niño de no más de diez años. Iba vestido con un sombrero de lana mugriento, un raído jersey que cubría una camisa a cuadros poco tupida, unos pantalones remendados y un par de botas de caucho agrietadas que le quedaban enormes y que probablemente le habrían sido sustraídas a algún hombre muerto. Aunque sólo era un niño, tenía los ojos de un adulto; lo observaba todo con una mezcla de cansancio y desconfianza. Estaba de pie, protegiendo la carcasa de un cohete ruso sin explotar que había rescatado de la basura para conseguir guita; tal vez fuera todo lo que separaba a su familia de la muerte por inanición. Sostenía una pistola en la mano izquierda. El brazo derecho acababa en la muñeca. Murat apartó la vista de inmediato, pero Arsenov continuó mirando fijamente.

—Una mina terrestre —dijo el niño con una naturalidad desgarradora—. Enterrada por la basura rusa.

—¡Loado sea Alá! ¡Menudo soldadito tenemos aquí! —exclamó Murat, dirigiendo su deslumbrante y encantadora sonrisa al muchacho. Era la misma sonrisa con la que se había ganado a su gente, y la había atraído como un imán atrae las limaduras—. Vamos, vamos. —Le hizo una seña, y entonces levantó las palmas vacías de sus manos—. Como puedes ver, somos chechenos, como tú.

—Si sois como yo —dijo el niño—, ¿por qué viajáis en unos carros blindados rusos?

—¿Y qué mejor manera hay de esconderse del lobo ruso, eh? —Murat entrecerró los ojos y soltó una carcajada al ver que el niño sostenía una pistola Gyurza—. Llevas un arma de las fuerzas especiales rusas. Tanto coraje se merece una recompensa, ¿verdad?

Murat se arrodilló junto al niño y le preguntó cómo se llamaba. Cuando éste se lo hubo dicho, le respondió:

—Aznor, ¿sabes quién soy? Soy Jalid Murat, y yo también deseo verme libre del yugo ruso. Juntos podemos conseguirlo, ¿verdad?

—Nunca tuve intención de disparar a unos compatriotas chechenos —dijo Aznor. Con su brazo mutilado señaló el convoy—. Creí que se trataba de una *zachistka.* —Se refería a las monstruosas operaciones de limpieza perpetradas por los soldados rusos en su busca de rebeldes sospechosos. Más de doce mil chechenos habían sido asesinados en el transcurso de las *zachistkas*; de ellos, dos mil habían desaparecido sin más, y muchos otros habían sido heridos, torturados, mutilados y violados—. Los rusos asesinaron a mi padre y a mis tíos. Si hubierais sido rusos, os habría matado a todos.

Un espasmo de furia y frustración le contrajo el rostro.

—Creo que lo habrías hecho —dijo Murat con solemnidad.

Se metió la mano en el bolsillo para coger algunos billetes. El niño se tuvo que meter el arma en la cinturilla del pantalón para cogerlos con la mano que le quedaba. Inclinándose hacia el niño, Murat le susurró con aire de complicidad:

—Ahora escucha... Te diré dónde comprar más munición para tu Gyurza, de modo que estés preparado cuando se produzca la próxima *zachistka.*

—Gracias.

En el rostro de Aznor se dibujó una gran sonrisa.

Jalid Murat le susurró unas pocas palabras, retrocedió y le alborotó el pelo al niño.

—Alá te acompañará en todo lo que hagas, soldadito.

El líder checheno y su segundo observaron al pequeño trepar por los escombros. Llevaba bajo el brazo los trozos de un cohete ruso sin explotar. Entonces volvieron a su vehículo. Con un gruñido de indignación, Hasan cerró con un portazo la puerta blindada al mundo exterior, al mundo de Aznor.

—¿No te preocupa enviar a un niño a la muerte?

Murat lo miró fijamente. La nieve se había derretido formando unas gotitas temblorosas en su barba. A los ojos de Arsenov parecía más un imán que un jefe militar.

—Lo que le he dado a ese muchacho, que debe alimentar, vestir y, lo que es más importante, proteger al resto de su familia como si fuera un adulto... Le he dado una esperanza, un objetivo concreto. En resumidas cuentas, le he proporcionado una «razón para vivir».

La amargura había hecho palidecer a Arsenov. Se le endurecieron las facciones. En sus ojos había una mirada torva.

—Las balas rusas lo harán añicos.

—¿Es eso lo que realmente piensas, Hasan? ¿Que Aznor es imbécil o, lo que es peor, un insensato?

—No es más que un niño.

—Cuando se planta la semilla, los retoños crecen incluso en el terreno más inhóspito. Siempre ha sido así, Hasan. La fe y el valor de uno crecen y se extienden de manera inevitable... ¡y pronto uno se convierte en diez, en veinte, en ciento, en mil!

—Y mientras tanto, nuestra gente es asesinada, violada, golpeada, condenada a la hambruna y acorralada como si fuera ganado. No es suficiente, Jalid. ¡Ni de lejos es suficiente!

—La impaciencia de la juventud no te ha abandonado, Hasan. —Murat lo cogió por el hombro—. Bueno, no debería sorprenderme, ¿verdad?

Arsenov, al ver la mirada de compasión en los ojos de Murat, apretó la mandíbula y apartó la cara. Las volutas de nieve hacían visibles los remolinos de viento que recorrían la calle, girando como derviches chechenos en pleno trance frenético. Murat interpretó aquello como una señal de la importancia de lo que acababa de hacer, de lo que estaba a punto de decir.

—Ten fe —dijo en un murmullo sagrado—, en Alá y en ese valiente chico.

Diez minutos más tarde el convoy se detenía delante del Hospital Número Nueve. Arsenov consultó su reloj.

—Casi es la hora.

Los dos viajaban en el mismo vehículo, con lo que contravenían las precauciones habituales de seguridad, debido a la extrema importancia de la llamada que estaban a punto de recibir.

Murat se inclinó hacia delante, apretó el botón, y el panel de insonorización se levantó, con lo que quedaron aislados del conductor y de los cuatro guardaespaldas que se sentaban en la parte delantera. Como personal bien adiestrado, éstos mantuvieron la mirada fija en el parabrisas a prueba de balas.

—Dime, Jalid, puesto que el momento de la verdad se nos echa encima, cuáles son tus reservas.

Murat arqueó sus hirsutas cejas en una muestra de incomprensión que Arsenov consideró bastante evidente.

—¿Reservas?

—¿No quieres lo que nos corresponde por justicia, Jalid, lo que Alá decreta que deberíamos tener?

—La sangre te hierve en las venas, amigo mío. Lo sé demasiado bien. Hemos combatido hombro con hombro muchas veces... Hemos matado juntos y nos debemos las vidas el uno al otro, ¿verdad? Ahora, escúchame. Compadezco a nuestra gente. Su dolor me llena de una rabia que apenas puedo contener. Quizá lo sepas tú mejor que nadie. Pero la historia aconseja que uno debiera precaverse de lo que más desea. Las consecuencias de lo que se está proponiendo...

—¡De lo que hemos estado planeando!

—Sí, planeando —dijo Jalid Murat—. Pero hay que tener en cuenta las consecuencias.

—Prudencia —dijo Arsenov con amargura—. Siempre la prudencia.

—Amigo mío. —Jalid Murat sonrió mientras le agarraba del hombro—. No quiero dejarme engañar. El enemigo temerario es más fácil de destruir. Debes aprender a hacer de la paciencia una virtud.

—¡Paciencia! —le espetó Arsenov—. No le dijiste al chiquillo de antes que fuera paciente. Le diste dinero y le dijiste dónde debía comprar munición. Lo has mandado contra los rusos. Cada día que perdemos es otro día que ese niño y miles como él se arriesgan a que los asesinen. Es el mismísimo futuro de Chechenia lo que vamos a decidir ahora con nuestra elección.

Murat se apretó los ojos con los pulgares y se los frotó con un movimiento circular.

—Hay otras maneras, Hasan. Siempre hay otras maneras. Tal vez debiéramos tener en cuenta...

—Ya no queda tiempo. Hay que hacer el anuncio, establecer la fecha. El jeque tiene razón.

—El jeque, sí. —Jalid Murat meneó la cabeza—. Siempre el jeque.

En ese momento sonó el teléfono del vehículo. Jalid Murat miró hacia su leal compañero y pulsó tranquilamente el botón del altavoz.

—Sí, jeque —dijo, con un tono de voz respetuoso—. Hasan y yo estamos aquí. Esperamos tus órdenes.

A bastante altura por encima de la calle donde el convoy marchaba al ralentí, una figura se agazapaba en un tejado plano con los codos apoyados en un parapeto bajo. En paralelo al parapeto descansaba un rifle de cerrojo Sako TRG-41 de fabricación finlandesa, uno de los muchos que el sujeto había modificado. La culata de aluminio y poliuretano del rifle lo hacía tan ligero como mortalmente preciso. El hombre iba vestido con un uniforme de camuflaje del ejército ruso, lo que no desentonaba con la tersura de sus rasgos asiáticos. Encima del uniforme llevaba un liviano correaje de Kevlar del que colgaba una anilla metálica. En la palma de la mano derecha sostenía una pequeña caja de color negro mate no mayor que un paquete de cigarrillos. Era un dispositivo inalámbrico provisto de dos botones. Del hombre emanaba cierta quietud, una especie de aura que intimidaba a la gente. Era como si comprendiera el silencio, pudiera hacer acopio de él, manipularlo, y luego desatarlo como si fuera un arma.

En sus ojos negros se concentraba el mundo entero, y la calle y los edificios que escudriñaba en ese momento no eran más que el decorado de un escenario. Fue contando a los soldados chechenos a medida que salían de los vehículos de escolta. Había dieciocho. Los conductores seguían sentados detrás de los volantes, y en el vehículo central había al menos cuatro escoltas, además de los jefes.

Cuando los rebeldes traspasaron la entrada principal del hospital con la intención de asegurar el lugar, apretó el botón superior del control remoto inalámbrico y las cargas c4 explotaron, derrumbando la entrada del hospital. La onda expansiva sacudió la calle, e hizo que los pesados vehículos se estremecieran sobre sus descomunales amortiguadores. Los rebeldes a quienes la explosión alcanzó de lleno saltaron por los aires hechos pedazos o acabaron aplastados bajo el peso de los escombros, pero él sabía que al menos algunos de los rebeldes podrían haberse adentrado lo suficiente en el vestíbulo del hospital como para haber sobrevivido, una contingencia que había previsto en su plan.

Con el estruendo de la primera explosión resonando aún y la polvareda todavía sin disiparse, la figura bajó la mirada al dispositivo inalámbrico de su mano y apretó el botón inferior. Por delante y por detrás del convoy la calle estalló con una explosión ensordecedora que provocó el hundimiento del macadán ya erosionado por las bombas.

En ese momento, aun cuando los hombres de abajo seguían intentando asumir la carnicería que les había infligido, el asesino cogió el Sako y lo movió con una precisión metódica y pausada. El rifle estaba cargado con proyectiles especiales no fragmentarios del menor calibre que era capaz de albergar. A través de su mira telescópica de infrarrojos vio a tres rebeldes que habían conseguido escapar de la explosión sólo con heridas leves. Se dirigían a la carrera hacia el vehículo central, gritando a los ocupantes que salieran antes de que lo destruyese otra explosión. El sujeto los observó mientras abrían de un tirón las puertas de la derecha y permitían que salieran Hasan Arsenov y uno de los escoltas. Aquello dejó al conductor y a los otros tres guardaespaldas dentro del coche con Jalid Murat. Cuando Arsenov empezó a alejarse, la figura ajustó la mira sobre su cabeza. A través de ella advirtió la expresión de mando en el rostro de Arsenov. Entonces desplazó el cañón con un movimiento suave y experto, esta vez apuntando al muslo del checheno. La figura apretó el gatillo, y Arsenov se agarró la pierna izquierda, gritando mientras caía. Uno de los escoltas echó a correr hacia Arsenov, arrastrándolo para ponerlo a cubierto. Los dos escoltas restantes adivinaron con rapidez de dónde había procedido el disparo, cruzaron la calle a la carrera y entraron en el edificio en cuyo tejado estaba agazapada la figura.

Cuando aparecieron tres rebeldes corriendo por la entrada lateral del hospital, el asesino dejó el Sako. En ese momento observó que el coche que albergaba a Jalid Murat daba marcha atrás bruscamente. Por debajo de él y a sus espaldas oyó a los rebeldes que subían ruidosamente la escalera que conducía a su privilegiada posición en el tejado. Sin perder la calma todavía, se ajustó unos clavos de titanio y corindón a las botas. Acto seguido cogió una ballesta de aleación y disparó un cable contra un poste de la luz situado justo detrás del vehículo central. Hecho esto, ató el cable y se aseguró de que estuviera tenso. Hasta él llegó un vocerío; los rebeldes habían llegado al piso que estaba justo debajo de él.

En ese momento la parte delantera del vehículo se había situado frente a él, mientras el conductor intentaba maniobrar para sortear los enormes trozos de asfalto, granito y adoquines que había arrojado la explosión. El asesino alcanzó a ver el leve resplandor de las dos hojas de vidrio de las que estaba compuesto el parabrisas. Aquél era el único problema que los rusos no habían solucionado todavía: blindar un cristal hecho de unas hojas tan pesadas hacía necesario utilizar dos de ellas para formar el parabrisas. El único punto vulnerable de aquel transporte de personal era la banda metálica que separaba las hojas.

El asesino cogió la resistente anilla metálica amarrada a su correaje y con un golpe seco la sujetó al tenso cable. Oyó detrás de él a los rebeldes en el momento en que éstos irrumpían en el tejado por la puerta situada a unos treinta metros de distancia. Tras localizar al asesino, giraron sobre sus talones para dispararle mientras se dirigían corriendo hacia él. No se dieron cuenta de que habían activado un cable trampa. De inmediato se vieron envueltos por la feroz detonación del último paquete de c4 que el asesino había colocado la noche anterior.

Sin volverse ni un instante para confirmar el alcance de la carnicería que dejaba detrás, el asesino comprobó el cable y se arrojó del tejado. Bajó deslizándose por el cable, levantando las piernas para que los pinchos se dirigieran hacia el separador del parabrisas. Todo dependía ya de la velocidad y el ángulo con el que golpease la división entre las hojas blindadas del parabrisas. Si fallaba, aunque sólo fuera por un pelo, el separador resistiría y tendría muchas probabilidades de romperse la pierna.

La fuerza del impacto se propagó como un rayo por sus piernas, sacudiéndole la columna vertebral cuando los pinchos de titanio y corindón de sus botas estrujaron el separador como si fuera una lata y, ya sin nada que las sujetara, hundieron las hojas de cristal. El asesino atravesó con estrépito el parabrisas y se introdujo en el interior del vehículo, arrastrando con él gran parte del parabrisas. Un pedazo del mismo golpeó al conductor en el cuello, y se lo cercenó a medias. El asesino giró hacia la izquierda. El guardaespaldas del asiento delantero estaba cubierto de sangre del conductor. Cuando estiraba el brazo hacia el arma, el asesino le cogió la cabeza entre sus poderosas manos y le rompió el cuello antes siquiera de que tuviera oportunidad de disparar un tiro.

Los otros dos guardaespaldas de los estrapontines situados justo detrás del conductor dispararon frenéticamente al asesino, quien empujó al del cuello roto para que su cuerpo absorbiera los disparos. Desde detrás de esta protección improvisada utilizó el arma del guardaespaldas para meterles certeramente sendas balas entre ceja y ceja a cada uno de los hombres.

Aquello dejaba solo a Jalid Murat. El líder checheno, con una máscara de odio en el rostro, había abierto la puerta de una patada y llamaba a sus hombres a gritos. El asesino arremetió contra Murat, e hizo tambalearse a aquel hombre enorme como si fuera una rata de agua; Murat le lanzó un mordisco y estuvo en un tris de arrancarle una oreja. Con calma, metódicamente, casi feliz, el asesino le rodeó el cuello con las manos y, mientras lo miraba fijamente a los ojos, hundió el pulgar en el cartílago cricoide, en la parte inferior de la laringe del líder checheno. La sangre anegó de inmediato la garganta de Murat, asfixiándolo y consumiéndole toda la fuerza. Sacudió los brazos, y golpeó con las manos la cara del asesino. En vano; Murat se estaba ahogando en su propia sangre. Sus pulmones se anegaron, y su respiración se volvió entrecortada y densa. Entonces, tras un vómito de sangre, sus ojos se quedaron en blanco en las cuencas.

Mientras dejaba caer el cuerpo ya inerte, el asesino volvió a sentarse en el asiento delantero y arrojó el cadáver del conductor por la puerta. Metió violentamente una marcha y pisó el acelerador antes de que los rebeldes que quedaban pudieran reaccionar. El vehículo salió disparado desde la puerta como un caballo de carreras, pasó volando por encima de los escombros y el asfalto, y se esfumó en el escaso aire cuando se precipitó al agujero que las explosiones habían abierto en la calle.

Una vez bajo tierra, el asesino metió una marcha más larga y aceleró por el angosto espacio de una tubería de recogida de aguas pluviales que los rusos habían ensanchado con la intención de utilizarla para efectuar ataques clandestinos contra los baluartes rebeldes. Las chispas saltaban cuando el guardabarros metálico se rascaba aquí y allá contra las curvas paredes de hormigón. A pesar de todo, estaba a salvo. Su plan había terminado como había empezado: con la precisión de un perfecto mecanismo de relojería.

Después de medianoche, las nocivas nubes se alejaron y permitieron al menos ver la luna. La atmósfera cargada de detritus le confería un resplandor rojizo, y su luz tenue se veía alterada por los fuegos que seguían ardiendo intermitentemente.

Dos hombres estaban parados en el centro de un puente de acero. Bajo ellos, los restos carbonizados de una guerra interminable se reflejaban en la mansa superficie del agua.

—Se acabó —dijo el primero—. Jalid Murat ha sido asesinado de una manera que causará el mayor de los impactos.

—No esperaba menos, Jan —dijo el segundo hombre—. En buena medida debes tu intachable reputación a mis encargos.

Medía sus buenos diez centímetros más que el asesino, y tenía hombros cuadrados y piernas largas. Lo único que estropeaba su aspecto era la extraña y vidriosa piel absolutamente lampiña del lado izquierdo de la cara y el cuello. Poseía el carisma de un líder nato, un hombre con quien era mejor no jugar. Era evidente que se encontraba a sus anchas en los grandes salones del poder, en los foros públicos o en los callejones frecuentados por criminales.

Jan seguía saboreando la mirada que había visto en los ojos de Murat al morir. En cada hombre la mirada era diferente. Jan había aprendido que no había un rasgo común, porque la vida de cada hombre era única y, aunque todos eran pecadores, la degradación que provocaban sus pecados difería de uno a otro, como la estructura de un copo de nieve, que nunca se repetía. Y ¿qué era lo que había habido en la de Murat? Miedo, no. Asombro, sí; ira, sin duda; pero también algo más, algo más profundo: la pena de dejar inconcluso el trabajo de una vida. La disección de la última mirada era siempre incompleta, pensó Jan. Echaba de menos saber si también había habido traición. ¿Llegó a saber Murat quién había ordenado su asesinato?

Miró a Stepan Spalko, quien le estaba tendiendo un sobre lleno de dinero.

—Tus honorarios —dijo Spalko—. Más una gratificación.

—¿Una gratificación? —El asunto del dinero hizo que Jan volviera a concentrar toda su atención en lo apremiante—. No se habló de gratificaciones.

Spalko se encogió de hombros. La rojiza luz de la luna hizo que su cuello y su mejilla brillaran como una masa sanguinolenta.

—Jalid Murat era tu vigésimo quinto encargo conmigo. Considéralo un regalo de cumpleaños, si lo prefieres.

—Es de lo más generoso, señor Spalko.

Jan se guardó el sobre sin mirar su contenido. Cualquier otra cosa habría sido de muy mala educación.

—Te he pedido que me llames Stepan. Yo te llamo Jan.

—Eso es diferente.

—Y ¿por qué?

Jan estaba muy quieto. El silencio fluyó hacia él, se acumuló en su interior e hizo que pareciera más alto y más ancho.

—No necesito darle explicaciones, señor Spalko.

—Vamos, vamos —dijo Spalko con un gesto conciliador—. Estamos muy lejos de ser unos extraños. Compartimos unos secretos de una naturaleza de lo más íntima.

El silencio aumentó. En algún lugar de las afueras de Grozni una explosión iluminó la noche, y el sonido de las armas de pequeño calibre llegó hasta ellos como una sucesión de petardos infantiles.

Finalmente, Jan habló.

—En la selva aprendí dos lecciones mortales. La primera fue confiar sólo y exclusivamente en mí. La segunda fue seguir a rajatabla hasta el detalle más insignificante de lo que le es propio a la civilización, porque saber cuál es tu lugar en el mundo es lo único que se interpone entre tú y la anarquía de la selva.

Spalko lo observó durante un buen rato. El intermitente resplandor del tiroteo se reflejaba en los ojos de Jan, y le conferían un aspecto salvaje. Spalko se lo imaginó solo en la selva, presa de las privaciones, víctima de la codicia y del deseo gratuito de matar. La selva del Sureste Asiático era un mundo en sí mismo. Una zona brutal y mortífera con sus propias y peculiares leyes. El que Jan no sólo hubiera sobrevivido a ella, sino que además hubiera prosperado, era, al menos en opinión de Spalko, el misterio fundamental que lo envolvía.

—Me gustaría creer que somos algo más que un comerciante y su cliente.

Jan sacudió la cabeza.

—La muerte tiene un perfume particular. Y la huelo en usted.

—Y yo en ti. —Una sonrisa se dibujó lentamente en el rostro de Spalko—. Así que estamos de acuerdo: entre nosotros hay algo especial.

—Somos hombres de secretos —dijo Jan—, ¿verdad?

—Un culto a la muerte; la comprensión compartida de su poder. —Spalko acompañó su aprobación con un gesto de la cabeza—. Tengo lo que pediste.

Le alargó una carpeta negra.

Jan miró a Spalko a los ojos durante un instante. Su naturaleza perspicaz había captado un aire de cierta condescendencia que se le antojó inexcusable. Como había aprendido a hacer hacía mucho tiempo, sonrió ante el insulto y ocultó su ira detrás de la máscara impenetrable de su cara. En la selva había aprendido otra lección: la de que actuar al instante, con la sangre caliente, solía llevar a cometer una equivocación irreparable. Sin embargo, la venganza tenía éxito si sabía esperar con paciencia a que se enfriara la sangre. Cogió la carpeta y se entretuvo en abrir el informe. En su interior encontró una única hoja de papel cebolla con tres breves y apretados párrafos mecanografiados y la foto de un atractivo rostro masculino. Bajo la foto había un nombre: David Webb.

—¿Esto es todo?

—Seleccionado entre multitud de fuentes. Toda la información que se tiene sobre él.

Spalko lo dijo con tanta soltura que Jan no tuvo ninguna duda de que había ensayado la respuesta.

—Pero éste es el hombre.

Spalko asintió con la cabeza.

—No cabe ninguna duda.

—Absolutamente ninguna.

A juzgar por la ampliación del resplandor, el tiroteo se había intensificado. Se podían oír los morteros, que llevaban consigo una lluvia de fuego. En lo alto, la luna pareció brillar con un rojo más intenso.

Jan entornó los ojos y cerró lentamente el puño con fuerza en un gesto de odio.

—Nunca pude encontrar el menor rastro de él. Sospechaba que había muerto.

—En cierto sentido —dijo Spalko—, lo está.

Se quedó observando a Jan cuando éste cruzó el puente. Sacó un cigarrillo y lo encendió. Aspiraba el humo hasta los pulmones y lo soltaba de mala gana. Cuando Jan hubo desaparecido entre las sombras, Spalko sacó un móvil y marcó un número del extranjero. Respondió una voz, y Spalko dijo:

—Ya tiene el expediente. ¿Todo en orden?

—Sí, señor.

—Bien. La operación empezará a medianoche, hora local de ahí.

PRIMERA PARTE

1

David Webb, profesor de Lingüística de la Universidad de Georgetown, estaba enterrado bajo un montón de trabajos trimestrales sin
corregir. Avanzaba a grandes zancadas por los mohosos pasillos traseros del descomunal Healy Hall, camino del despacho de Theodore
Barton, su jefe de departamento. Llegaba tarde, de ahí que utilizara
aquel atajo que había descubierto hacía mucho y que lo llevaba por
pasillos estrechos y mal iluminados que pocos alumnos conocían o se
molestaban en utilizar.

Su vida estaba sujeta a un benévolo flujo y reflujo impuesto por
las restricciones de la universidad. Su año estaba delimitado por las
responsabilidades de los semestres de Georgetown. El crudo invierno en que éstos empezaban daba paso a regañadientes a una indeci-
sa primavera, y acababa con el calor y la humedad de la semana de
los exámenes finales del segundo semestre. Una parte de él se resistía a la serenidad, la parte que pensaba en su anterior vida en el
servicio clandestino del gobierno de Estados Unidos, la parte que le
hacía mantener la amistad con su antiguo adiestrador, Alexander
Conklin.

Estaba a punto de doblar una esquina cuando oyó alzarse unas
voces chillonas, seguidas de una risas burlonas, y vio unas sombras de
aspecto amenazante bailando por la pared.

—¡Mamón de mierda, vamos a hacer que tu amarilla lengua te
salga por la nuca!

Bourne dejó caer el montón de trabajos que transportaba y dobló
la esquina a toda velocidad. Cuando lo hizo, vio que tres jóvenes negros, ataviados con sendos abrigos que les llegaban hasta los tobillos,
formaban un amenazador semicírculo en torno a un asiático que se
encontraba acorralado contra la pared del pasillo. Se habían parado
de una manera, con las rodillas ligeramente dobladas y las extremidades superiores relajadas y ligeramente oscilantes, que hacía que sus
cuerpos tuvieran el aspecto contundente e inquietante de unas armas,

amartilladas y listas. Con un respingo, se percató de que la víctima era Rongsey Siv, uno de sus alumnos favoritos.

—Mamón de mierda —gruñó uno de ellos, un tipo enjuto y nervudo con una expresión nerviosa y temeraria en su rostro desafiante—, nosotros entramos aquí y recogemos las mercancías que cambiamos por *colorao*.*

—Nunca se tiene suficiente *colorao* —dijo otro con el tatuaje de un águila en la mejilla. Deslizó adelante y atrás un enorme anillo de oro de talla cuadrada, uno de los muchos que llevaba en los dedos de su mano derecha—. O es que no sabes lo que es el *colorao*, ¿eh, mono amarillo?

—Sí, mono amarillo —dijo el nervioso con los ojos abiertos como platos—. No pareces saber una mierda.

—Quiere detenernos —dijo el del tatuaje en la mejilla, inclinándose hacia Rongsey—. Sí, mono amarillo, ¿cómo lo vas a hacer, nos vas a matar con tu jodido kung-fu?

Se echaron a reír escandalosamente, haciendo estilizados gestos de patear a Rongsey, quien se encogió aún más contra la pared a medida que sus agresores cerraban el círculo.

El tercer negro, un tipo corpulento y lleno de músculos, sacó un bate de béisbol de debajo de los voluminosos pliegues de su largo abrigo.

—Está bien. Levanta las manos, mono amarillo. Te vamos a romper bien los nudillos. —Golpeó el bate contra la palma ahuecada de su otra mano—. ¿Los quieres todos de golpe o uno a uno?

—Yo... —gritó el nervioso—, no tiene que elegir.

Sacó su propio bate de béisbol y avanzó con aire amenazador sobre Rongsey.

Cuando el nervioso blandió su bate, Webb se acercó a ellos. Tan silencioso fue su acercamiento, tan concentrados estaban en el daño que estaban a punto de infligir, que no fueron conscientes de su presencia hasta que lo tuvieron encima.

---

* El autor emplea un término jergal, *bling-bling*, que alude al tipo de joyería llamativa que utilizan algunos grupos de afroamericanos. En el lenguaje marginal español, *colorao* es el término utilizado para referirse al oro. *(N. del T.)*

Webb agarró el bate del nervioso con su mano izquierda cuando el artefacto bajaba ya hacia la cabeza de Rongsey. Mejilla Tatuada, que estaba a la derecha de Webb, soltó una sonora palabrota y blandió el puño, los nudillos erizados de anillos de bordes afilados, y lo dirigió a las costillas de Webb.

En ese instante, desde el lugar velado y en sombras situado en el interior de la cabeza de Webb, la imagen de Bourne tomó las riendas con mano firme. Webb desvió el golpe de Mejilla Tatuada con el bíceps, se adelantó un paso y le estampó el codo en el esternón. Mejilla Tatuada se desplomó, agarrándose el pecho.

El tercer matón, más grande que los otros dos, soltó una palabrota y, mientras dejaba caer el bate, sacó una navaja automática. Arremetió entonces contra Webb, quien se interpuso en la trayectoria del ataque y propinó un golpe fuerte y seco contra el interior de la muñeca del agresor. La navaja cayó al suelo y salió disparada por el pasillo. Webb enganchó el pie izquierdo por detrás del tobillo del otro y lo levantó del suelo. El matón grande cayó de espaldas, se dio la vuelta de costado y se alejó gateando.

Bourne le arrancó el bate de béisbol de la mano al matón nervioso.

—*Pasma* hijo de puta —masculló el matón. Tenía las pupilas dilatadas, la mirada perdida a causa de alguna droga cualquiera que hubiera tomado. Sacó una pistola (una pipa barata) y apuntó a Webb con ella.

Webb lanzó el bate con una precisión absoluta, y golpeó al matón nervioso entre los ojos. Éste se tambaleó hacia atrás mientras gritaba, y su pistola salió volando.

Alertados por el ruido de la pelea, un par de guardias de seguridad del campus aparecieron por la esquina a todo correr. Rozaron a Webb al pasar, mientras perseguían ruidosamente a los matones, quienes salieron huyendo sin pararse a mirar atrás. Los otros dos ayudaban al nervioso. Cruzaron como una exhalación la puerta trasera del edificio, y salieron al brillante sol de la tarde con los guardias pisándoles los talones.

A pesar de la intervención de los guardias, Webb sintió que el deseo de Bourne de perseguir a los matones le corría vivamente por el cuerpo. Con qué rapidez se había levantado aquel deseo de su sueño psíquico, con qué facilidad le había arrebatado el control de sí mismo.

¿Era eso lo que quería? Webb respiró profundamente, adoptó una apariencia de control y se volvió para encarar a Rongsey Siv.

—¡Profesor Webb! —Rongsey intentó aclararse la garganta—. No sé...

De repente pareció sentirse abrumado. Sus grandes ojos negros estaban abiertos como platos tras los cristales de las gafas. Su expresión era, como siempre, de impasibilidad, pero en aquellos ojos Webb percibió todo el miedo del mundo.

—Ya pasó todo.

Webb le rodeó los hombros con el brazo. Como siempre, el cariño que sentía por el refugiado camboyano se estaba abriendo paso a través de su circunspección de profesor. No podía evitarlo. Rongsey había superado una gran adversidad, la de haber perdido a casi toda su familia en la guerra. Rongsey y Webb habían estado en las mismas selvas del Sureste Asiático y, por más que se esforzaba, Webb era incapaz de deshacerse del todo del laberinto de aquel mundo caliente y húmedo. Al igual que una fiebre recurrente, aquello no te abandonaba nunca realmente. Aceptar esto le produjo un escalofrío, como si fuera un sueño que se tiene despierto.

—*Loak soksapbaee chea tay?* «¿Cómo te encuentras?» —le preguntó en jemer.

—Estoy bien, profesor —contestó Rongsey en el mismo idioma—. Pero yo no... Bueno, ¿cómo es que usted...?

—¿Por qué no vamos fuera? —sugirió Webb. Ya era bastante tarde para la reunión con Barton, pero no podía importarle menos. Cogió la navaja automática y la pistola. Cuando examinó el mecanismo de la pistola, el percutor se rompió. Arrojó el arma inservible a una papelera, pero se guardó la navaja en el bolsillo.

Rongsey le ayudó a recoger los trabajos trimestrales desparramados a la vuelta de la esquina. Luego recorrieron en silencio los pasillos, cada vez más poblados a medida que se acercaban a la parte delantera del edificio. Webb reconoció la naturaleza especial de aquel silencio, la pesada densidad del tiempo que vuelve a la normalidad después de un incidente de violencia compartida. Era algo propio de los tiempos de guerra, una consecuencia de la selva; era extraño e inquietante que ocurriera en aquel abarrotado campus metropolitano.

Después de abandonar el pasillo, se unieron al enjambre de estudiantes que abarrotaban las puertas de acceso al Healy Hall, el edificio principal del campus. En su interior, en el centro del suelo, relucía el sagrado sello de la Universidad de Georgetown. Una gran mayoría de estudiantes lo sorteaban al pasar, porque una leyenda universitaria sostenía que, si pisabas el sello, jamás acabarías la carrera. Rongsey era de los que evitaban pisarlo, aunque Webb pasó a grandes zancadas por en medio del sello sin ningún tipo de escrúpulos.

Una vez fuera, se detuvieron bajo el mantecoso sol primaveral, de cara a los árboles y al Old Quadrangle, el patio interior del campus, respirando el aire con su leve aroma a flores en ciernes. Detrás de ellos se alzaba la imponente presencia del Healy Hall, con su impresionante fachada georgiana de ladrillo rojo, sus buhardillas decimonónicas, el tejado de pizarra y el chapitel central del reloj de sesenta metros.

El camboyano se volvió hacia Webb.

—Gracias, profesor. Si no llega a aparecer...

—Rongsey —dijo Webb con amabilidad—, ¿quieres hablar de ello?

Los ojos del estudiante eran oscuros, ilegibles.

—¿Qué es lo que hay que decir?

—Supongo que eso dependerá de ti.

Rongsey se encogió de hombros.

—Estoy bien, profesor Webb. De verdad. No es la primera vez que me llaman de todo.

Webb siguió mirando a Rongsey durante un momento, y de repente se sintió embargado por un sentimiento que hizo que le escocieran los ojos. Deseó coger al muchacho entre sus brazos, abrazarlo con fuerza, prometerle que no le volvería a ocurrir nada malo. Pero sabía que la educación budista de Rongsey no le permitiría aceptar semejante gesto. ¡Quién podía saber lo que estaba pasando por debajo de aquella fachada de aparente fortaleza! Webb había visto a muchos otros como Rongsey, obligados por las exigencias de la guerra y del odio cultural a ser testigos de la muerte, del desmoronamiento de una cultura; la clase de tragedias que la mayoría de los estadounidenses no eran capaces de comprender. Sentía una poderosa afinidad con Rongsey, un lazo emocional teñido de una terrible tristeza, la aceptación de la herida que llevaba dentro que nunca podría cerrarse realmente.

Todo ese sentimiento permanecía entre ellos, quizá reconocido de una manera tácita, aunque nunca expresado. Con una leve y casi triste sonrisa, Rongsey le dio las gracias con formalidad, y se despidieron.

Webb estaba solo en medio de los alumnos y el profesorado que pasaba presuroso por su lado, y sin embargo sabía que no estaba realmente solo. A pesar de todos sus esfuerzos, la agresiva personalidad de Jason Bourne se había vuelto a hacer valer una vez más. Respiró lenta y profundamente, esforzándose en concentrarse en las técnicas mentales que su amigo psiquiatra, Mo Panov, le había enseñado para someter a la identidad de Bourne. Empezó concentrándose en su entorno, en el color azul y oro de la tarde primaveral, en la piedra gris y el ladrillo rojo de los edificios que rodeaban el patio, en el movimiento de los estudiantes, en las risueñas caras de las chicas, en las carcajadas de los chicos, en las conversaciones serias del profesorado. Absorbió cada elemento en su totalidad, y se afianzó en aquellas coordenadas espaciotemporales. Entonces, y sólo entonces, consiguió volver sus pensamientos hacia dentro.

Hacía años había trabajado para el departamento de Asuntos Exteriores en Phnom Penh. A la sazón había estado casado, no con Marie, su esposa en ese momento, sino con una mujer tailandesa llamada Dao. Tenían dos hijos, Joshua y Alyssa, y vivían en una casa a la orilla del río. Estados Unidos estaba en guerra con Vietnam del Norte, pero la guerra se había extendido al interior de Camboya. Una tarde, mientras él estaba en el trabajo y su familia se bañaba en el río, un avión los bombardeó y los mató.

Webb casi se había vuelto loco de dolor. Consiguió huir de aquella casa y de Phnom Penh y llegar a Saigón; un hombre sin pasado ni futuro. Alex Conklin fue quien recogió de las calles de Saigón a un desconsolado y medio enloquecido David Webb y lo convirtió en un agente clandestino de primer orden. En Saigón, Webb había aprendido a matar, a sacar fuera el odio que sentía hacia sí mismo, aplicando su cólera a los demás. Cuando se descubrió que un miembro del grupo de Conklin —un sujeto desarraigado y malvado llamado Jason Bourne— era un espía, había sido Webb el encargado de ejecutarlo. Webb había llegado a aborrecer la identidad de Bourne, pero lo cierto era que ésta había sido con frecuencia su cuerda de salvamento. Jason Bourne había salvado la vida de Webb más veces que las que éste era capaz de recordar. Una idea graciosa, si no hubiera sido tan literal.

Años después, cuando ambos regresaron a Washington, Conklin le encomendó una misión a largo plazo. Webb se convirtió en lo que venía a ser un agente durmiente, adoptando el nombre de Jason Bourne, un hombre muerto hacía mucho y olvidado por todos. Durante tres años Webb «fue» Bourne, y se convirtió en un asesino internacional de gran reputación cuando se trataba de dar caza a cualquier terrorista escurridizo.

Pero su misión en Marsella acabó en un verdadero desastre. Le habían pegado un tiro, lo habían arrojado a las oscuras aguas del Mediterráneo y lo habían dado por muerto. Pero la tripulación de un barco pesquero lo sacó del agua, y un médico borracho del puerto en el que lo habían desembarcado lo cuidó hasta que estuvo totalmente restablecido. El único problema fue que la conmoción provocada por la cercanía de la muerte le había provocado amnesia. Y lo que había vuelto lentamente fueron los recuerdos de Bourne. Mucho más tarde, y con la ayuda de Marie, su futura esposa, se dio cuenta de la verdad: que él era David Webb. Aunque para entonces la personalidad de Jason Bourne estaba demasiado arraigada y se había vuelto demasiado poderosa y astuta para morir.

Después de aquello se había convertido en dos personas: en David Webb, profesor de Lingüística con una nueva esposa y dos hijos, y en Jason Bourne, el agente adiestrado por Alex Conklin para ser un espía formidable. De vez en cuando, en medio de algunas crisis, Conklin requería la experiencia de Bourne, y Webb asumía a regañadientes sus obligaciones. Pero la verdad era que Webb solía tener poco control sobre su personalidad de Bourne. Lo que acababa de suceder con Rongsey y los tres matones callejeros era una prueba suficiente. Bourne tenía una manera de imponerse que sobrepasaba el control de Webb, pese a todo el trabajo que él y Panov habían hecho.

Después de observar cómo hablaban David Webb y el estudiante camboyano en el extremo opuesto del patio, Jan se escabulló en el interior de un edificio situado en la diagonal del Healy Hall, y subió al tercer piso. Iba vestido de forma muy parecida a la del resto de los estudiantes. Aparentaba menos años que los veintisiete que tenía y nadie reparó en él. Llevaba puestos unos pantalones de color caqui y una cazadora vaquera, sobre la que colgaba una mochila descomunal. Sus zapatillas de deporte no hicieron ningún ruido cuando avanzó por el pasillo y pasó junto a las puertas de acceso a las aulas. En su imaginación tenía una nítida imagen de la vista a través del patio. Volvía a estar calculando ángulos, considerando los árboles adultos que podrían dificultarle la visión de su futuro objetivo.

Se detuvo en la sexta puerta y oyó la voz de un profesor procedente del interior. La charla sobre ética hizo que asomara una sonrisa irónica a su rostro. Según su experiencia —y ésta era amplia y variada—, la ética estaba tan muerta y era tan inútil como el latín. Siguió caminando hasta la siguiente aula, que ya sabía desocupada, y entró.

Cerró la puerta tras él con rapidez, echó la llave, cruzó hasta la hilera de ventanales que daban al patio, abrió una y se puso a trabajar. De su mochila sacó un rifle de francotirador svD Dragunov de 7,62 mm y culata plegable. Ajustó la mira óptica en el arma y la apoyó en el alféizar. Mirando con detenimiento a través de la mira, localizó a David Webb, quien en ese momento estaba parado al otro lado del patio, frente al Healy Hall. Había unos árboles justo a su izquierda. De vez en cuando pasaba algún estudiante que lo ocultaba a la vista. Jan respiró hondo y soltó el aire lentamente. Tenía ajustada la mira sobre la cabeza de Webb.

Webb meneó la cabeza, se zafó del efecto que los recuerdos del pasado ejercían en él y se concentró de nuevo en el entorno inmediato. Las hojas susurraban movidas por una brisa cada vez más fuerte, y el sol arrancaba destellos dorados de sus puntas. A poca distancia, una chica, con los libros apretados contra el pecho, soltó una carcajada a la conclusión de un chiste. El sonido de una melodía de música pop vagó por el aire desde una ventana abierta en alguna parte. Webb, pensando todavía en todas las cosas que quería decirle a Rongsey, estaba a punto de volverse hacia las escaleras delanteras del Healy Hall cuando en su oído sonó un leve *¡pop!* Con una reacción instintiva dio un paso hacia las moteadas sombras de debajo de los árboles.

«¡Te están atacando!», gritó la voz demasiado familiar de Bourne, resurgiendo en su cabeza. «¡Muévete ya!» Y el cuerpo de Webb reaccionó, preparándose para salir corriendo, cuando otra bala, cuya detonación inicial enmudecía un silenciador, astilló la corteza del árbol junto a su mejilla.

Un tirador de primera. Los pensamientos de Bourne empezaron a fluir por el cerebro de Webb en respuesta al organismo que era atacado.

El mundo corriente estaba a la vista de Webb, pero el mundo extraordinario que discurría en paralelo a aquél, el mundo de Jason Bourne —secreto, enrarecido, confidencial, mortífero—, le estalló en la cabeza como si fuera napalm. En el lapso de un segundo se había desgajado de la vida cotidiana de David Webb, separado de todos y todo lo que Webb quería. Incluso la oportunidad de reunirse con Rongsey se le antojó entonces como perteneciente a otra vida. Fuera de la visión del francotirador, agarró el árbol desde detrás, y con la yema del dedo índice buscó a tientas la marca que había hecho la bala. Levantó la vista. Era Jason Bourne quien trazaba la trayectoria inversa del proyectil hasta una ventana del tercer piso de un edificio situado en la diagonal del patio.

A su alrededor los alumnos de Georgetown caminaban, paseaban, hablaban, discutían o conversaban. No habían visto nada, por supuesto, y si por casualidad hubieran oído algo, los sonidos no habrían significado nada para ellos, y los habrían olvidado enseguida. Webb abandonó su protección detrás del árbol, y se acercó rápidamente a un grupo de estudiantes. Se mezcló con ellos a toda prisa, pero procurando por todos los medios mantener su paso. En ese momento era la mejor protección de la que disponía, al ocultarlo de la línea de visión del francotirador.

Tuvo la sensación de estar semiconsciente, de ser un sonámbulo que no obstante lo veía y percibía todo con una conciencia mayor. Un elemento de aquella conciencia era el desprecio por aquellos civiles que habitaban el mundo ordinario, entre ellos David Webb.

* * *

Después del segundo disparo, Jan se había echado hacia atrás, confuso. La confusión no era un estado que conociera bien. Las ideas se le agolpaban en la cabeza, mientras evaluaba lo que acababa de ocurrir. En lugar de ser presa del pánico y echar a correr como una oveja asustada hacia el interior del Healy Hall, tal como Jan había previsto, Webb se había puesto tranquilamente a cubierto bajo los árboles, dificultando la visión de Jan. Aquello había sido bastante inverosímil —y absolutamente incongruente con la personalidad del hombre que Spalko le había descrito de manera sucinta en el expediente—, pero entonces Webb había utilizado el tajo que la segunda bala había hecho en el árbol para calcular su trayectoria. Y en ese instante, utilizando a los estudiantes como pantalla, se dirigía hacia aquel mismo edificio. Por inverosímil que pareciera, en lugar de huir estaba atacando.

Un tanto nervioso por aquel giro inesperado de los acontecimientos, Jan desmontó el rifle a toda prisa y lo guardó. Webb había llegado a la escalinata del edificio. Estaría allí en pocos minutos.

Bourne se separó del flujo de paseantes y entró a toda prisa en el edificio. Una vez dentro, subió los escalones de dos en dos hasta el tercer piso. Giro a la izquierda. Séptima puerta a la izquierda: un aula. El pasillo bullía con el murmullo de los estudiantes de todo el mundo: africanos, asiáticos, latinoamericanos y europeos. Pese a la mirada fugaz que les dedicó, la pantalla de la memoria de Jason Bourne almacenó todas y cada una de aquellas caras.

La sorda cháchara de los alumnos y sus intermitentes estallidos de risas ocultaban el peligro que acechaba en el entorno inmediato. Cuando se aproximaba a la puerta del aula, abrió la navaja automática que acababa de confiscar y cerró la mano alrededor de la empuñadura, de manera que la hoja sobresaliera como un pincho entre los dedos índice y corazón. Abrió la puerta empujándola con suavidad, se encogió sobre sí y entró dando una voltereta. Aterrizó detrás de la pesada mesa de roble, a unos dos metros y medio de la puerta. La mano de la navaja estaba levantada; estaba listo para lo que fuera.

Se levantó con cautela. Ante sí tenía un aula vacía, llena sólo de polvo de tiza y veteados parches de sol. Paseó la mirada por el aula durante un rato, las aletas de la nariz dilatadas, como si pudiera beber en el olor del francotirador, capaz de hacer que su imagen se materializara desde la enrarecida atmósfera. Atravesó el aula hasta las ventanas. Una estaba abierta, la cuarta por la izquierda. Se paró junto a ella, mientras miraba fijamente hacia el lugar bajo el árbol donde hacía unos momentos había estado hablando con Rongsey. Allí había estado el francotirador. Bourne se lo podía imaginar apoyando el cañón del rifle en el alféizar, un ojo colocado en la potente mira, apuntando a través del patio. El juego de luz y sombras, los estudiantes que pasaban, un repentino estallido de risas o un intercambio de palabras. El dedo en el gatillo, apretándolo con una fuerza constante. *¡Pop! ¡Pop!* Un disparo, dos.

Bourne estudió el alféizar. Tras echar una mirada por toda la clase, se acercó a la bandeja metálica que discurría por la parte inferior de la pared de las pizarras, y extrajo cierta cantidad de polvo de tiza. Cuando regresó a la ventana, sopló suavemente el polvo de tiza que tenía en los dedos sobre la superficie pizarrosa del alféizar. No apareció ni una sola huella. Lo habían limpiado. Se arrodilló y echó una mirada a lo largo de la pared de debajo de la ventana y del suelo junto a sus pies. No encontró nada: ninguna colilla delatora, ningún pelo suelto, ningún casquillo. El meticuloso asesino había desaparecido con la misma pericia con la que había aparecido. El corazón le latía con fuerza y las ideas se agolpaban en su cabeza. ¿Quién querría asesinarlo? Seguro que no se trataba de nadie que perteneciera a su vida actual. Lo peor que podía decir de ella era la discusión que había mantenido la semana anterior con Bob Drake, el jefe del Departamento de Ética, cuya cantinela sobre la disciplina era tan legendaria como molesta. No, aquella amenaza procedía del mundo de Jason Bourne. Sin duda había muchos candidatos de su pasado, pero ¿cuántos estaban capacitados para seguirle el rastro a Jason Bourne hasta llegar a David Webb? Ésa era la verdadera pregunta que le preocupaba. Aunque una parte de él quiso irse a casa y repasar aquello con Marie, sabía que la única persona con los suficientes conocimientos acerca de la existencia fantasma de Bourne que fuera capaz de ayudar era Alex Conklin, el hombre que, cual prestidigitador, había creado a Bourne de la nada.

Atravesó el aula hasta el teléfono de la pared, levantó el auricular y marcó su código de acceso como profesor. Cuando consiguió conectar con una línea exterior, marcó el número privado de Alex Conklin. Conklin, a la sazón medio jubilado de la CIA, estaría en casa. Bourne oyó la señal de comunicando. Podía esperar allí a que Alex descolgara el teléfono —lo cual, conociendo a Alex, podía demorarse media hora o más— o podía ir en coche hasta su casa. La ventana abierta pareció burlarse de él; ella sabía más que él sobre lo que había ocurrido allí.

Salió del aula y se dirigió de nuevo a la escalera para bajar. Sin pensarlo, estudió los rostros de quienes lo rodeaban, buscando alguna semejanza con cualquiera de aquellos con quienes se había cruzado al dirigirse al aula.

Cruzó el campus a toda prisa y no tardó en llegar al aparcamiento. Estaba a punto de meterse en el coche, pero se lo pensó mejor. Tras una rápida aunque concienzuda inspección del exterior del coche y de su motor concluyó que nadie lo había manipulado. Satisfecho, se metió detrás del volante, giró la llave del contacto y salió del campus.

Alex Conklin vivía en una finca rústica en Manassas, en Virginia. En cuanto Webb llegó a las afueras de Georgetown, el cielo adquirió un resplandor más intenso; una especie de inquietante quietud había arraigado en la atmósfera, como si el paisaje que iba dejando atrás estuviera conteniendo la respiración.

Al igual que le sucedía con la personalidad de Bourne, Webb amaba y aborrecía a Conklin por igual. Era su padre, confesor, cómplice de conspiraciones y explotador. Alex Conklin era quien guardaba las claves del pasado de Bourne. En ese momento era imperioso que hablara con Conklin, porque Alex era el único que sabría cómo alguien que acechara a Jason Bourne podía encontrar a David Webb en el campus de la Universidad de Georgetown.

Había dejado la ciudad tras él, y cuando se hubo adentrado en el paisaje de Virginia, la parte más radiante del día se había esfumado. Unas densas masas de nubes oscurecieron el sol, y un viento racheado barrió las verdes laderas de Virginia. Pisó el acelerador, y el coche salió disparado con su gran motor ronroneando.

Mientras avanzaba por las peraltadas curvas de la carretera, se le ocurrió de repente que hacía más de un mes que no había visto a Mo Panov. Mo, un psicólogo de la Agencia recomendado por Conklin, estaba intentando reparar la fracturada psique de Webb a fin de suprimir la identidad de Bourne para siempre y ayudar a que aquél recuperara sus recuerdos perdidos. Mediante las técnicas de Mo, Webb se había encontrado con que algunos retazos de recuerdos que él suponía perdidos volvían a salir a flote a su mente consciente. Pero el trabajo era arduo, agotador, y no era infrecuente que Webb interrumpiera las sesiones a final de los trimestres, cuando su vida adquiría un ritmo insoportablemente febril.

Abandonó la carretera principal y se dirigió hacia el noroeste por una carretera asfaltada de dos carriles. ¿Por qué le había venido a las mientes Panov justo en ese momento? Bourne había aprendido a confiar en sus sentidos y en su intuición. El que Mo surgiera inopinadamente era una especie de aviso. ¿Qué significaba Panov para él en ese momento? Recuerdos, sí, pero ¿qué más? Bourne hizo memoria. La última vez que habían estado juntos, él y Panov habían estado hablando del silencio. Mo le había dicho que el silencio era una herramienta útil para trabajar los recuerdos. A la mente, siempre necesitada de ocupación, no le gustaba el silencio. Si uno podía producir un silencio bastante absoluto en su mente consciente, era posible que algún recuerdo perdido apareciera para llenar el espacio. «De acuerdo —pensó Bourne—, pero ¿por qué pensar en el silencio justo en este momento?»

No encontró la relación hasta que se metió en el largo camino de gráciles curvas de acceso a la casa de Conklin. El francotirador había utilizado un silenciador, artilugio cuyo principal objetivo era evitar que el disparo fuera advertido. Pero un silenciador tenía sus inconvenientes. En un arma de largo alcance, como la que el francotirador había utilizado, el silenciador perjudicaría notablemente la precisión del disparo. El francotirador debería haber apuntado al torso de Bourne —un disparo con un mayor porcentaje de acierto debido a la masa corporal—, pero en cambio le había disparado a la cabeza. Eso no tenía lógica, si se suponía que el francotirador estaba intentando matar a Bourne. Pero si sólo pretendía asustarlo, darle un aviso... Eso era harina de otro costal. Aquel francotirador desconocido tenía su amor propio, pues, aunque no era un fanfarrón; no había dejado ninguna prueba de su destreza tras él. Sin embargo, tenía unos objetivos concretos. Eso estaba claro.

Bourne pasó junto a la imponente y deforme mole del viejo granero y los demás edificios anejos más pequeños: almacenes para los pertrechos, cobertizos de herramientas y otras cosas parecidas. Entonces la casa principal surgió a la vista. Se levantaba entre un alto pinar y un grupo de abedules y cedros azules, un viejo bosque que llevaba allí casi sesenta años, acechando a la casa de piedra, desde hacía un decenio. La finca había pertenecido a un general del ejército ya fallecido que se había visto metido hasta el cuello en actividades clandestinas y bastante sucias. Por ende, la casa principal —y en realidad toda la finca— era un laberinto de túneles subterráneos, entradas y salidas. A Bourne le resultaba divertido que Conklin viviera en un lugar lleno de tantos secretos.

Cuando detuvo el coche, no sólo vio el BMW serie 7 de Conklin, sino el Jaguar de Mo Panov aparcado a su lado. Mientras avanzaba por la grava de piedra azul sintió un alivio repentino. Los dos mejores amigos que tenía en el mundo —los dos, cada uno a su manera, guardianes de su pasado— estaban allí dentro. Juntos resolverían aquel misterio como habían hecho antes con todos los demás. Subió al porche delantero y tocó el timbre. No hubo respuesta. Apretó la oreja a la pulida puerta de teca, y alcanzó a oír voces dentro. Giró el picaporte, y encontró que la puerta no estaba cerrada con llave.

Una alarma sonó dentro de su cabeza, y durante un instante permaneció detrás de la puerta medio abierta, escuchando todos los ruidos del interior de la casa. No importaba que estuviera allí, en el campo, donde prácticamente no se oía hablar del crimen; los viejos hábitos nunca morían. El hiperactivo sentido de la seguridad de Conklin impondría cerrar con llave la puerta principal, estuviera o no en la casa. Abrió la navaja automática y entró, demasiado consciente de que un agresor —de un equipo de aniquilación enviado a matarlo— podría estar acechando en el interior.

El vestíbulo, con una lámpara de araña, desembocaba en una amplia escalera de madera brillante por la que se subía a una galería que discurría a lo ancho del vestíbulo. A la derecha estaba el salón destinado a las visitas, y a la izquierda la sala de la televisión, con su pequeño bar con pila y agua corriente y unos mullidos y varoniles sofás de piel. Justo a continuación se abría una habitación más pequeña e íntima que Alex había convertido en su estudio.

Bourne siguió el sonido de las voces hasta la sala de la televisión. En la gran pantalla del televisor, el telegénico comentarista de la CNN se encontraba en el exterior de la parte delantera del hotel Oskjuhlid. Un gráfico sobrepuesto indicaba que retransmitía en directo desde Reikiavik, en Islandia.

—La endeble naturaleza de la inminente conferencia antiterrorista está presente en las mentes de todos.

No había nadie en la habitación, aunque sí dos vasos antiguos sobre la mesa de cóctel. Bourne cogió uno y lo olió. Un puro malta de la zona del río Spey envejecido en barrica de jerez. El complejo aroma del güisqui escocés favorito de Conklin lo desorientó, y le trajo un recuerdo, una visión de París. Era otoño, y las hojas de los castaños de Indias revoloteaban frenéticamente por los Campos Elíseos. Estaba mirando a través de la ventana de un despacho. Luchó contra aquella visión, que era tan fuerte que tuvo la sensación de que lo arrancaban de sí mismo, de que realmente estaba en París, aunque, como se recordó con todas sus fuerzas, se encontraba en Manassas, en Virginia, en la casa de Alex Conklin, y nada estaba bien. Se esforzó en no bajar la guardia, y procuró mantener viva la atención, aunque el recuerdo, desencadenado por el olor del pura malta, era abrumador, y por otra parte era tal su ansia de «saber», de llenar los enormes agujeros de su memoria. Así que se encontró en el despacho de París. ¿De quién? No era el de Conklin; Alex jamás había tenido un despacho en París. Y aquel olor... Había alguien con él en el despacho. Se volvió, y durante un instante de lo más fugaz vislumbró una cara recordada a medias.

Se apartó de aquella visión con un gran esfuerzo. Aunque era algo exasperante tener una vida que uno sólo recordaba a ráfagas intermitentes, con todo lo que había ocurrido y la sensación de que las cosas allí estaban ligeramente fuera de su sitio, no podía permitir que nada lo distrajera. ¿Qué le había dicho Mo acerca de aquellos detonantes? Que podían provenir de una visión, de un sonido, de un olor, e incluso del tacto de algo, y que una vez que se desencadenara el recuerdo, podría volver a provocarlo repitiendo el primer estímulo que lo hubiera ocasionado. Pero no en ese momento. Tenía que encontrar a Alex y a Mo.

Bajó la mirada, vio una pequeña libreta sobre la mesa y la cogió. Parecía estar en blanco; habían arrancado la primera hoja. Pero cuando la hizo girar ligeramente, pudo ver unas marcas apenas visibles. Alguien —presumiblemente Conklin— había escrito: «NX 20». Se guardó la libreta en el bolsillo.

—Bueno, la cuenta atrás ha empezado. Dentro de cinco días el mundo sabrá si surge un nuevo día, un nuevo orden mundial, si las personas respetuosas de la ley de todo el mundo podrán vivir en paz y armonía.

El presentador seguía con su perorata, hasta que quedó interrumpida por un anuncio que apareció sin solución de continuidad.

Bourne apagó el televisor con el mando a distancia, y reinó el silencio. Cabía la posibilidad de que Conklin y Mo estuvieran fuera, dando un paseo, la manera favorita que tenía Panov de desahogarse mientras conversaba, y a buen seguro habría querido que el anciano hiciera ejercicio. Pero seguía sin cuadrarle el hecho de que la puerta no estuviera cerrada con llave.

Bourne volvió sobre sus pasos, entró de nuevo en el vestíbulo y subió las escaleras de dos en dos. Los dos cuartos de invitados estaban vacíos, desprovistos de cualquier indicio de ocupación reciente; otro tanto sucedía con los dos cuartos de baños anejos. Siguió el pasillo y entró en la suite principal, la de Conklin, un espacio espartano apropiado para un viejo soldado. La cama era pequeña y dura, no mucho más que una yacija. Estaba sin hacer, lo que ponía de manifiesto que Alex había dormido allí la noche anterior. Pero como correspondía a un maestro de los secretos, no había a la vista gran cosa sobre su pasado. Bourne cogió una foto colocada en un marco de plata de una mujer de pelo largo y rizado, ojos claros y sonrisa dulce y socarrona. Reconoció los leones de piedra de la fuente de San Sulpicio al fondo. París. Bourne dejó la foto y examinó el baño. Allí no había nada de interés.

De nuevo abajo, dos campanadas anunciaron la hora en el reloj del estudio de Conklin. Era un antiguo reloj de barco, con una melodiosa sonería que parecía una campana. Pero para Bourne, de manera incomprensible, el sonido había adquirido un matiz amenazador. Le pareció como si el tañido de la campana recorriera la casa con la velocidad de una ola negra, y el corazón se le aceleró.

Avanzó por el pasillo y pasó junto a la cocina, en cuya entrada asomó la cabeza un momento. Había un hervidor de agua sobre la cocina, pero las encimeras de acero inoxidable estaban inmaculadas. Dentro del frigorífico la máquina de hacer hielo desgranaba cubitos. Y entonces vio el bastón de paseo de Conklin, de fresno brillante con la torneada empuñadura de plata en la parte superior. Alex tenía una pierna vaga, consecuencia de un encuentro especialmente violento en el extranjero; jamás habría salido a los jardines sin el bastón.

El estudio estaba doblando a la izquierda, una cómoda habitación forrada de madera en una esquina de la casa que daba a un césped sombreado por árboles, una terraza de losas en cuyo centro se hundía una piscina larga y estrecha y, más allá, el comienzo del bosque de pinos y otros árboles de madera noble que se extendía por la mayor parte de la propiedad. Con una sensación creciente de apremio, Bourne se dirigió al estudio. Se quedó paralizado nada más entrar.

Nunca fue tan consciente de la dicotomía que habitaba su interior, porque una parte de él se había vuelto distante, un observador objetivo. Aquella sección puramente analítica de su cerebro advirtió que Alex Conklin y Mo Panov yacían sobre la alfombra persa de ricos colores. La sangre había manado de las heridas de sus cabezas, empapando la alfombra, en algunas partes desbordándola, encharcando el brillante suelo de madera. Sangre reciente, todavía brillante. Conklin miraba fijamente al techo, con los ojos empañados. Tenía la cara roja y una expresión de ira, como si toda la bilis que había estado contenida en lo más profundo de su ser hubiera emergido a la superficie a la fuerza. Mo tenía la cabeza girada, como si hubiera intentado mirar atrás mientras lo derribaban. En su rostro había grabada una inconfundible expresión de miedo; en el último instante había visto acercarse a la muerte.

«¡Alex! ¡Mo! ¡Dios mío! ¡Dios mío!» De repente, el embalse emocional explotó y Bourne estaba de rodillas, y la cabeza le daba vueltas a causa de la impresión y el horror. Todo su mundo se tambaleó hasta lo más profundo. Alex y Mo muertos; incluso con la truculenta prueba delante de él, le resultaba difícil de creer. Nunca volvería a hablar con ellos, jamás volvería a tener acceso a su experiencia. Un revoltijo de imágenes desfiló ante él, recuerdos de Alex y Mo, momentos que habían pasado juntos, épocas de tensión llenas de peligro y muerte repentina, y luego, después de aquello, la tranquilidad y la comodidad de una intimidad como sólo podía proporcionar el peligro compartido. Dos vidas arrebatadas a la fuerza, sin dejar detrás otra cosa que ira y miedo. La puerta que daba a su pasado se cerró de un portazo, sin vuelta atrás posible. Tanto Bourne como Webb estaban acongojados. Bourne se esforzó en recobrar la serenidad, echando a un lado el histérico sentimentalismo de Webb, que estaba decidido a no llorar. La pena era un lujo que no podía permitirse. Tenía que pensar.

Bourne se afanó en asimilar la escena del crimen, fijando los detalles en su mente, e intentando entender lo que había ocurrido. Se acercó, cuidando de no pisar la sangre ni de alterar la escena de otra manera. A Alex y a Mo les habían disparado, aparentemente con la pistola caída sobre la alfombra entre ellos. Habían recibido un disparo cada uno. Aquello era el golpe de un profesional, no el de un intruso que hubiera entrado a robar. Bourne alcanzó a ver el destello del móvil agarrado por la mano de Alex. Parecía como si hubiera estado hablando con alguien cuando le dispararon. ¿Había sido cuando Bourne intentó comunicarse con él? Era muy posible. Por el aspecto de la sangre, la lividez de los cuerpos y la ausencia de rígor mortis en los dedos, era evidente que los asesinatos habían tenido lugar hacía menos de una hora.

Un débil sonido en la distancia empezó a importunar sus pensamientos. ¡Sirenas! Bourne salió del estudio y se dirigió a toda prisa a la ventana delantera. Una flotilla de coches patrulla de la policía estatal de Virginia avanzaban a toda velocidad por el camino de acceso con las luces centelleando. Bourne estaba atrapado en una casa con los cuerpos de dos hombres asesinados y ninguna coartada verosímil. Le habían tendido una trampa. De repente sintió los dientes de un cepo inteligente cerrándose sobre él.

2

Las piezas empezaron a encajar en su mente. Los expertos disparos de los que había sido víctima en el campus no habían tenido la intención de matarlo, sino de azuzarlo, de obligarlo a ir a ver a Conklin. Pero Conklin y Mo ya habían sido asesinados. Alguien había permanecido allí, observando y esperando para llamar a la policía en cuanto Bourne hiciera acto de presencia. ¿El hombre que le había disparado en el campus?

Sin pensárselo dos veces Bourne cogió el móvil de Alex, corrió a la cocina, abrió una estrecha puerta que daba a un tramo de empinados escalones que descendían hasta el sótano y escudriñó aquella negrura de brea. Oyó el chisporroteo de las radios policiales, el crujido de la grava, los golpes en la puerta principal. Se alzaron unas voces quejumbrosas.

Bourne se dirigió a los cajones de la cocina, revolvió el contenido hasta que encontró la linterna de Conklin y cruzó la puerta del sótano; durante un instante se encontró en una oscuridad absoluta. El intenso haz de luz iluminó los escalones mientras descendía con rapidez y en silencio. Percibió el olor a cemento, a madera vieja, a laca y a aceite de la caldera. Encontró la trampilla debajo de las escaleras y tiró de ella. En una ocasión, en una fría y nevosa tarde de invierno, Conklin le había enseñado la entrada subterránea que el general utilizaba para llegar hasta el helipuerto privado que estaba situado cerca de los establos. Bourne oyó crujir los tablones encima de su cabeza. Los polis estaban dentro de la casa. Tal vez ya habrían encontrado los cuerpos. Tres coches, dos hombres muertos. No pasaría mucho tiempo antes de que rastrearan la matrícula de su coche.

Agachándose, entró en el bajo pasadizo y volvió a dejar la trampilla en su sitio. Pensó demasiado tarde en el anticuado vaso que había tocado. «Cuando los muchachos de la policía científica los espolvoreen, encontrarán mis huellas. Eso, junto con mi coche aparcado en el camino de acceso...»

No era el momento para pensar en eso. ¡Tenía que moverse! Doblado por la cintura avanzó por el angosto pasadizo. Unos tres metros más adelante, el túnel ganaba en altura, lo que le permitió caminar con normalidad. Había humedad en el aire; en algún lugar cercano oyó el lento goteo de una filtración de agua. Determinó que ya había dejado atrás los cimientos de la casa. Bourne aceleró el paso, y no habrían pasado ni tres minutos cuando se encontró con otro tramo de escaleras. Éstas eran metálicas, de naturaleza militar. Las subió, y al llegar a lo alto empujó con el hombro hacia arriba. Se abrió otra trampilla. Lo envolvieron el aire fresco, la silenciosa y tranquila luz del final del día y el zumbido de los insectos. Estaba en el borde del helipuerto del general.

La pista estaba llena de hojarasca y de trozos de ramas muertas. En algún momento, una familia de mapaches había logrado entrar en el pequeño y destartalado cobertizo cubierto de tejas planas que había junto a la pista. El lugar tenía el inconfundible aire del abandono. Sin embargo, el helipuerto no era su objetivo. Bourne le dio la espalda y se metió en el frondoso pinar.

Su objetivo era dar un largo rodeo para alejarse de la casa y de toda la finca, y acabar finalmente en la carretera lo suficientemente lejos de cualquier cordón que la policía estableciera alrededor de la finca. No obstante, su objetivo inmediato era el arroyo que discurría más o menos en diagonal a través de la propiedad. No pasaría mucho tiempo, eso lo sabía, antes de que la policía llevara los perros. Apenas podía hacer algo para evitar dejar su olor sobre la tierra seca, pero en el agua en movimiento incluso los perros le perderían el rastro.

Serpenteando a través de la espinosa maraña de maleza, coronó un pequeño promontorio, se paró entre dos cedros y escuchó atentamente. Era vital catalogar los sonidos normales de aquel entorno concreto, de manera que el sonido de un intruso lo alertara inmediatamente. Tenía plena conciencia de que con toda probabilidad había un enemigo en algún lugar cercano. El asesino de sus amigos, de aquellos a quienes había estado amarrada su antigua vida. El deseo de acechar a aquel enemigo se contraponía a la necesidad de huir de la policía. Por más que deseara seguir el rastro del asesino, Bourne sabía que era vital para él estar fuera del radio de acción del cordón policial antes de que éste fuera establecido totalmente.

En el momento en que Jan había penetrado en el frondoso bosque de pinos de la finca de Alexander Conklin se sintió como si hubiera llegado a casa. La bóveda de intenso verdor se cerró sobre su cabeza, sumergiéndolo en un crepúsculo prematuro. Podía ver el sol filtrarse por encima de su cabeza a través de las ramas superiores, pero allí todo era oscuridad y penumbra, lo que le venía bien para acechar a su presa. Había seguido a Webb desde el campus de la universidad hasta la casa de Conklin. A lo largo de sus años de profesión había oído hablar de Alexander Conklin, y lo conocía como el legendario maestro de espías que había sido. Pero lo que lo desconcertaba era la razón de que David Webb hubiera acudido allí. De que incluso conociera a Conklin. ¿Y a qué se debía que hubieran aparecido tantos policías en la finca apenas unos minutos después que el propio Webb?

Oyó unos aullidos a lo lejos, y supo que la policía debía de haber soltado a sus perros rastreadores. Vio por delante de él a Webb, que avanzaba por el bosque como si lo conociera bien. Otra pregunta sin una respuesta evidente. Jan reanudó la marcha, no sabiendo muy bien adónde se dirigía Webb. Entonces oyó el sonido de un riachuelo, y supo con exactitud lo que tenía en mente su presa.

Jan apretó el paso, llegando al riachuelo antes que Webb. Sabía que su presa se dirigiría río abajo, lejos de la dirección en la que marchaban los sabuesos. Fue entonces cuando vio el enorme sauce, y una sonrisa se enseñoreó de su cara. Un árbol robusto con una extensa maraña de ramas era justo lo que necesitaba.

El rojizo sol del atardecer se abría paso a través de los árboles formando agujas de fuego; las manchas carmesíes que encendían los bordes de las hojas atrajeron la mirada de Bourne.

En el extremo opuesto del montículo, el terreno descendía de forma bastante abrupta, y el camino se hizo más pedregoso. Alcanzó a distinguir el suave burbujeo del arroyo cercano, y se dirigió hacia él lo más deprisa que pudo. La nieve del invierno se había unido a las primeras lluvias primaverales para dejar un arroyo crecido. Sin titubeos, Bourne se metió en el agua helada y empezó a caminar por ella río abajo. Cuanto más tiempo permaneciera en el agua, mejor, porque los perros perderían todo su rastro y se confundirían, y cuanto más lejos saliera, más difícil les resultaría a los sabuesos volver a recuperar su rastro.

A salvo por el momento, empezó a pensar en su esposa, Marie. Tenía que ponerse en contacto con ella. Ir a su casa era ya del todo imposible; si lo hacía los expondría a un peligro inminente. Pero tenía que ponerse en contacto con Marie, alertarla. A buen seguro que la Agencia iría a buscarlo a su casa, y si no lo encontraban allí seguro que detendrían a Marie y la interrogarían, dando por supuesto que ella conocería su paradero. Y cabía la posibilidad aún más inquietante de que quienquiera que le hubiera tendido la trampa intentase llegar hasta él a través de su familia. Sudando de angustia, sacó el móvil de Conklin, marcó el número de Marie e introdujo un mensaje de texto. Constaba sólo de una palabra: «Diamante». Ésa era la palabra clave que él y Marie habían acordado para utilizar en caso de una emergencia grave. Era una directriz para que ella cogiera a los niños y partiera de inmediato hacia su refugio. Deberían quedarse allí, incomunicados, a salvo, hasta que Bourne le diera a Marie la señal de «vía libre». El teléfono de Alex sonó, y Bourne vio el texto de Marie: «Repite, por favor». Ésa no era la respuesta preestablecida. Entonces reparó en la causa de la confusión de Marie: había contactado con ella a través del móvil de Alex, no del suyo. Repitió el mensaje: «DIAMANTE», esta vez escrito en letras mayúsculas. Bourne esperó, angustiado, y entonces llegó la respuesta de Marie: «RELOJ DE ARENA». Bourne soltó un suspiro de alivio. Marie había acusado recibo; él sabía que el mensaje era real. En ese mismo instante estaría reuniendo a los niños, metiéndolos a toda prisa en el coche familiar y partiendo, dejándolo todo atrás.

Sin embargo, a Bourne le quedó cierta sensación de angustia. Se sentiría muchísimo mejor en cuanto oyera la voz de Marie, tan pronto pudiera explicarle lo que había ocurrido y que él estaba perfectamente. Pero no lo estaba. El hombre a quien ella conocía —David Webb— había vuelto a ser absorbido por Bourne. Marie odiaba y temía a Jason Bourne. Y

¿por qué no habría de hacerlo? Era posible que un día Bourne fuera
toda la personalidad que quedara en el cuerpo de David Webb. ¿Y de
quién sería obra eso? De Alexander Conklin.

Le resultaba asombroso y de todo punto improbable que fuera
capaz de amar y odiar a ese hombre por igual. ¡Qué misteriosa era la
mente humana, que podía albergar simultáneamente emociones tan
contradictorias y extremas, que era capaz de deshacerse racionalmente de aquellos rasgos de maldad que sabía ciertos, para sentir afecto
por alguien! Pero, bien lo sabía Bourne, la necesidad de amar y de ser
amado era un imperativo humano.

Se mantuvo absorto en aquellos pensamientos mientras seguía la
corriente, que, pese a su brillante centelleo, era excepcionalmente
cristalina. Aquí y allá algún pequeño pez se apartaba como una flecha
de su camino, aterrorizado ante su avance. Una o dos veces alcanzó a
ver el resplandor plateado de una trucha, la boca cartilaginosa ligeramente abierta, como si buscara algo. Había llegado a un meandro en
el que un gran sauce, con sus raíces ávidas de humedad, sobresalía
sobre el cauce del río. Alerta a cualquier ruido, a cualquier señal de
que sus perseguidores se estuvieran acercando, Bourne no percibió
nada que no fuera el rápido discurrir de la propia corriente de agua.

El ataque provino de arriba. No oyó nada, tan sólo percibió el
cambio de luz, y luego un peso que lo presionó un instante antes de
ser hundido en el agua. Sintió la aplastante presión del cuerpo en el
torso y en los pulmones. Mientras luchaba por respirar, su atacante le
golpeó la cabeza contra las resbaladizas rocas del lecho del río. Un
puño se hundió en su riñón, y se quedó sin aire.

En lugar de ofrecer resistencia al ataque, Bourne hizo lo posible
para relajar el cuerpo por completo. Al mismo tiempo, en lugar de
contraatacar, arrastró los codos hasta los costados y, en el momento en
que su cuerpo alcanzó el punto de mayor relajación, se irguió, se apoyó en ellos e hizo girar el torso. Mientras se revolvía, soltó un golpe
hacia arriba con el canto de la mano. En cuanto se libró del peso, bo-
queó para introducir aire en los pulmones. El agua le corría por la cara
y le nublaba la visión, así que sólo pudo ver el perfil de su asaltante.
Arremetió contra él, pero no alcanzó otra cosa que no fuera el aire.

Su atacante desapareció con tanta rapidez como había aparecido.

* * *

Entre jadeos y arcadas, Jan descendió como pudo por el lecho del río mientras intentaba introducir algo de aire a través de los músculos contraídos y el magullado cartílago de su garganta. Asombrado y furioso alcanzó la maleza y enseguida se perdió en la maraña del bosque. Se forzó a respirar con normalidad, mientras se daba un ligero masaje en la delicada zona golpeada por Webb. Aquél no había sido un golpe de chiripa, sino el calculado contraataque de un experto. Jan estaba confundido, y un miedo incipiente se apoderó de él. Webb era un hombre peligroso; bastante más de lo que cualquier profesor de universidad tenía derecho a ser. Para empezar le había disparado y había podido rastrear la trayectoria del proyectil, había seguido un rastro entre la maleza, y sabía luchar cuerpo a cuerpo. Y al primer indicio de problemas, había acudido a ver a Alexander Conklin. Jan se preguntó quién era aquel hombre. Una cosa sí que era cierta: nunca más volvería a subestimar a Webb. Le seguiría la pista, recuperaría la ventaja psicológica. Antes del inevitable final, quería que Webb lo temiera.

Martin Lindros, director adjunto de la CIA, llegó a la propiedad del difunto Alexander Conklin en Manassas justo seis minutos después de las seis. Fue recibido por el detective de mayor rango de la policía estatal de Virginia, un sujeto que presentaba una calvicie incipiente llamado Harris, que estaba intentando mediar en la disputa territorial que se había suscitado entre la policía del estado, la oficina del jefe de la policía del condado y el FBI, que habían empezado a rivalizar por la jurisdicción tan pronto como se habían conocido las identidades de los difuntos. Cuando Lindros salió de su coche, contó una docena de vehículos y el triple de personas. Lo que se necesitaba era sentido del orden y determinación.

Al estrecharle la mano a Harris, lo miró directamente a los ojos y dijo:

—Detective Harris, el FBI está fuera. Usted y yo resolveremos este doble homicidio.

—Sí, señor —dijo Harris resueltamente. Era un tipo alto y, quizá para compensar, había contraído un ligero encorvamiento de hombros, que junto con sus grandes ojos llorosos y la expresión fúnebre de su rostro, hacía que pareciera como si se hubiera quedado sin energía hacía mucho tiempo—. Gracias. Tengo algunas...

—No me dé las gracias, detective. Le garantizo que esto se va a convertir en un coñazo de caso. —Envió a su ayudante a tratar con el FBI y el personal del jefe de policía del condado—. ¿Hay algún indicio de David Webb?

Se había enterado por el FBI, cuando conectó con ellos, de que habían encontrado el coche de Webb aparcado en el camino de acceso a la casa de Conklin. No el de Webb, en realidad. El de Jason Bourne. Por ese motivo el Director de la Inteligencia Central (DCI)* lo había enviado para que se hiciera cargo de la investigación personalmente.

—Todavía no —dijo Harris—. Pero hemos sacado a los perros.

—Bien. ¿Han acordonado ya el perímetro?

—Intenté enviar a mis hombres, pero por su parte, el FBI... —Harris meneó la cabeza—. Les dije que el tiempo era lo fundamental.

Lindros miró su reloj.

—Un perímetro de ochocientos metros. Utilice a algunos de sus hombres para establecer otro cordón en un radio de cuatrocientos metros. Podrían encontrar algo útil. Llame a más personal, si lo tiene.

Mientras Harris hablaba por su transmisor-receptor portátil, Lindros lo estuvo observando para formarse un juicio.

—¿Cuál es su nombre de pila? —le preguntó, cuando el detective terminó de dar órdenes.

El detective lo miró avergonzado.

—Harry.

—Harry Harris. Me toma el pelo, ¿verdad?

—No, señor. Me temo que no.

—¿En qué estaban pensando sus padres?

—No creo que estuvieran pensando, señor.

—De acuerdo, Harry. Echemos un vistazo a lo que tenemos aquí.

---

* Este cargo, que dejó de existir en 2005 y fue sustituido por el del DNI (Director of National Intelligence), conllevaba, al igual que este último, la dirección de la CIA, pero también el de las demás agencias de inteligencia de Estados Unidos, que no son pocas. En adelante nos referiremos al mismo con el acrónimo en inglés del cargo, y no con el de director de la CIA. *(N. del T.)*

Lindros frisaba los cuarenta años, era un tío inteligente de pelo rubio rojizo formado en alguna de las mejores universidades del país, y había sido reclutado para la Agencia en Georgetown. El padre de Lindros era un hombre tenaz, sin pelos en la lengua y con una manera peculiar de hacer las cosas. Había sido él quien inculcó en el joven Martin aquella independencia estrafalaria, además del sentido del deber con la patria, y Lindros creía que eran esas cualidades las que habían llamado la atención del DCI.

Harris lo condujo al estudio, pero no antes de que Lindros hubiera reparado en los dos anticuados vasos sobre la mesa de cóctel de la sala de la televisión.

—¿Los ha tocado alguien, Harry?

—No que yo sepa, señor.

—Llámeme Martin. Vamos a llegar a conocernos deprisa. —Levantó la vista y sonrió para facilitar que el otro se relajara. La manera en que había hecho valer el peso de la Agencia había sido deliberada; al eliminar a las demás agencias policiales se había atraído a Harris a su esfera de influencia. Tenía el pálpito de que iba a necesitar un detective dócil—. Hará que sus chicos de la científica espolvoreen los dos vasos en busca de huellas, ¿verdad?

—Inmediatamente.

—Y ahora, hablemos con el forense.

En lo más alto de la carretera que serpenteaba por las colinas que bordeaban la propiedad, un hombre corpulento escudriñaba a Bourne a través de un par de potentes gafas de visión nocturna. Su ancha cara de sandía delataba bien a las claras su origen eslavo. Las puntas de los dedos de la mano izquierda estaban amarillas; fumaba constantemente y compulsivamente. Detrás de él, su gran todoterreno urbano de color negro estaba aparcado en una pintoresca curva. Cualquiera que pasara lo tomaría por un turista. Mientras retrocedía en su búsqueda, encontró a Jan, que avanzaba sigilosamente por el bosque tras las huellas de Bourne. Sin perder de vista el avance de Jan, abrió su móvil tribanda y marcó un número del extranjero.

Stepan Spalko contestó de inmediato.

Chicago Public Library
West Belmont
6/9/2014   5:16:56 PM
-Patron Receipt-

ITEMS BORROWED:

1:
Title: El legado de Bourne /
Item #: R0325075243
Due Date: 6/30/2014

2:
Title: Absolute beginner's guide to comput
Item #: R0412266323
Due Date: 6/30/2014

-Please retain for your records-

PHAMILTON

—La trampa se ha activado —dijo el corpulento eslavo—. El blanco ha escapado. Hasta el momento ha eludido tanto a la policía como a Jan.

—¡Maldición! —dijo Spalko—. ¿Qué está haciendo Jan?

—¿Quiere que lo averigüe? —preguntó el hombre con la frialdad e indiferencia que le eran propias.

—Mantente lo más alejado posible de él. Es más —dijo Spalko—, sal de ahí ahora mismo.

Bourne se dirigió tambaleándose hacia la orilla del arroyo, se sentó y se alisó el pelo para apartárselo de la cara. Le dolía todo el cuerpo, y tenía la sensación de que le ardían los pulmones. En su mente empezaron a sonar varias explosiones, retrotrayéndolo a las selvas de Tam Quan, a las misiones que David Webb había asumido a instancias de Alex Conklin, misiones bendecidas por el Alto Mando de Saigón aunque negaran tener conocimiento de ellas; misiones insensatas, tan difíciles, tan mortíferas, que ningún personal militar estadounidense podría ser jamás asociado con ellas.

Bañado por la luz declinante de aquella noche primaveral, Bourne supo que acababan de empujarlo al mismo tipo de situación. Estaba en una zona roja, en un área controlada por el enemigo. El problema radicaba en que no tenía ni idea de quién era el enemigo ni de cuáles eran sus intenciones. Aun en ese momento ¿lo estaban azuzando como si fuera un borrego, como parecía que habían hecho cuando le dispararon en la Universidad de Georgetown, o su enemigo había pasado a una nueva fase de su plan?

Oyó a lo lejos el ladrido de los perros, y luego, con una cercanía que lo sobresaltó, el nítido y seco sonido de una ramita al quebrarse. ¿Lo había producido un animal o el enemigo? Su objetivo inmediato había sido alterado. Todavía tenía que evitar la red tendida por el cordón policial, pero al mismo tiempo tenía que encontrar la manera de volver las tornas en contra de su atacante. El problema era que tenía que encontrar a su asaltante antes de que éste volviera a atacarlo. Si era la misma persona de antes, entonces no sólo era un tirador de primera, sino también un experto en la guerra en la jungla. En cierto sentido, saber todo aquello sobre su adversario alentó a Bourne. Estaba llegando a conocer a su contrincante. En aquellas circunstancias, para evitar ser asesinado antes de que pudiera llegar a conocerlo lo bastante bien para sorprenderlo...

El sol se había metido detrás del horizonte, dejando en el cielo un resplandor como de brasas. Un viento frío hizo que se estremeciera embutido en su ropa mojada. Se levantó y empezó a moverse, tanto para desentumecer los músculos como para entrar en calor. El bosque estaba envuelto en un azul añil, y sin embargo se sintió tan al descubierto como si estuviera en una extensión desarbolada bajo un cielo sin nubes.

Sabía lo que habría hecho si estuviera en Tam Quan: buscaría un refugio, un lugar donde reagruparse y considerar las alternativas. Pero encontrar refugio en una zona roja era engañoso; podría estar metiendo la cabeza en una trampa. Avanzó por el bosque lenta y pausadamente, escudriñando un tronco tras otro hasta que encontró lo que estaba buscando. Una enredadera de Virginia. Era demasiado pronto para que tuviera flores, pero las brillantes hojas pentalobuladas eran inconfundibles. Valiéndose de la navaja automática, descortezó cuidadosamente varios trozos largos de la resistente trepadora.

Poco después había terminado y aguzó el oído. Tras seguir el rastro de un débil sonido, no tardó en llegar a un pequeño claro. Allí, vio un ciervo, un macho de tamaño medio. Tenía la cabeza levantada, los negros orificios nasales oliendo el aire. ¿Lo había olido? No. El animal estaba intentando encontrar...

El ciervo se largó, y Bourne con él. Echó a correr con ligereza y en silencio a través del bosque en paralelo al recorrido del ciervo. En una ocasión el viento cambió, y tuvo que alterar su rumbo para permanecer en contra del viento y que el animal no lo oliera. Habrían recorrido unos cuatrocientos metros, cuando el ciervo aminoró el paso. El terreno se había elevado, y era más duro y compacto. Estaban a bastante distancia del arroyo, en el límite más alejado de la finca. El ciervo saltó con facilidad sobre el muro de piedra que señalaba la esquina noroccidental de la propiedad. Bourne trepó por el muro a tiempo de ver que el ciervo lo había conducido a un salegar.

Los salegares implicaban rocas y más rocas que a su vez significaban cuevas. Recordó que Conklin le había contado que el límite noroccidental de la propiedad colindaba con una serie de cuevas cuyos interiores eran un laberinto de chimeneas, agujeros verticales naturales que los indios habían utilizado otrora para dar salida a los humos de sus cocinas. Una cueva así era exactamente lo que estaba esperando: un refugio en el que esconderse temporalmente y que, gracias a sus dos salidas, no se convirtiera en una trampa.

«Ahora lo tengo», pensó Jan. Webb había cometido un craso error: se había metido en la cueva equivocada, una de las pocas que no tenía una segunda salida. Jan salió sigilosamente de su escondite, atravesó el pequeño calvero en silencio y entró furtivamente en la oscura boca de la cueva.

Avanzando poco a poco, notó la presencia de Webb en la oscuridad más adelante. Jan supo por el olor que aquella cueva era poco profunda. No tenía el húmedo y penetrante aroma a materia orgánica acumulada de una cueva que profundizara en la roca firme.

Por delante, Webb había encendido la linterna. En un instante vería que no había ninguna chimenea, ninguna otra salida. ¡Ése era el momento de atacar! Jan arremetió contra su adversario, propinándole un rápido golpe en la cara.

Bourne cayó, la linterna chocó contra la roca, y la luz rebotó enloquecidamente. Al mismo tiempo, sintió la ráfaga de aire cuando el puño salió volando hacia él. Dejó que le golpeara y, cuando el brazo alcanzó el punto máximo de extensión, golpeó con dureza el vulnerable bíceps desprotegido.

Entonces, lanzándose hacia delante, aplastó el esternón del otro cuerpo con el hombro. Una rodilla subió y alcanzó a Bourne en la parte interior del muslo, y un dolor nervioso le recorrió el cuerpo como una descarga. Agarró un puñado de ropa y arrojó el cuerpo contra la roca. El cuerpo salió rebotado, estrellándose contra él y arrojándolo al suelo. Los dos contrincantes rodaron juntos, forcejeando entre sí. Bourne oyó la respiración del otro, un sonido incongruentemente íntimo, como si un niño respirase a su lado.

Enzarzados en una pelea elemental, Bourne estaba lo bastante cerca para oler la compleja miscelánea de olores que se desprendía del otro cuerpo, algo que le recordó al vapor de un soleado pantano y que hizo que la selva de Tam Quan surgiera una vez más en su cabeza. En aquel instante sintió una barra contra su cuello. Estaba siendo arrastrado hacia atrás.

—No te voy a matar —le dijo una voz al oído—. Al menos no todavía.

Bourne soltó un codazo hacia atrás, y fue recompensado con un rodillazo en su ya dolorido riñón. Se dobló por la cintura, pero fue obligado a erguirse por la dolorosa presión de la barra contra su tráquea.

—Podría matarte ahora, pero no lo haré —dijo la voz—. No, hasta que haya suficiente luz para que pueda mirarte a los ojos mientras mueres.

—¿Has matado a dos hombres decentes e inocentes sólo para atraparme? —preguntó Bourne.

—¿De qué estás hablando?

—De las dos personas que mataste a tiros en la casa.

—Yo no las maté; nunca mato a inocentes. —Se oyó una risa—. Por lo demás, no sé si podría llamar inocente a nadie que estuviera relacionado con Alexander Conklin.

—Pero tú me arrastraste hasta aquí —dijo Bourne—. Me disparaste para que acudiera corriendo a Conklin y así pudieras...

—Estás diciendo tonterías —dijo la voz—. Yo me limité a seguirte hasta aquí.

—Entonces ¿cómo sabías adónde tenía que venir la policía? —preguntó Bourne.

—¿Y por qué habría de llamarlos? —respondió la voz con un áspero susurro.

Aunque aquella información era asombrosa, Bourne sólo estaba escuchando a medias. Había relajado el cuerpo ligeramente durante la conversación, echándose hacia atrás. Aquello permitió que entre la barra y su tráquea quedara la mínima expresión de la holgura. Entonces se removió, apoyándose en la parte anterior de las plantas de los pies y dejando caer un hombro al hacerlo, de manera que el otro se vio obligado a centrar su atención en mantener la barra en su sitio. En ese instante, Bourne utilizó el pulpejo de su mano para asestarle un rápido golpe debajo de la oreja. El cuerpo cayó a plomo; la barra repicó con eco cuando golpeó el suelo de roca.

Bourne hizo varias profundas inspiraciones para despejarse la cabeza, pero siguió atontado por la falta de oxígeno. Cogió la linterna e iluminó el lugar donde había caído el cuerpo, pero no estaba allí. Hasta él llegó un sonido, apenas un susurro, y levantó la linterna. Ante el haz de luz apareció de pronto una figura recortada contra la boca de la cueva. Al darle la luz, el sujeto se volvió, y Bourne alcanzó a verle fugazmente la cara antes de que desapareciera entre los árboles.

Bourne echó a correr detrás de él. De inmediato escuchó el inconfundible chasquido y un sonido sibilante... *¡Fiuuuu!* Oyó un movimiento por delante de él y se abrió camino entre la maleza hasta el lugar donde había colocado su trampa. Había hecho una red con la enredadera de Virginia y la había atado a un árbol joven al que casi había doblado. La trampa había atrapado a su atacante. El cazador se había convertido en presa. Bourne avanzó hacia la base de los árboles, preparado para enfrentarse a su agresor y cortar la malla de la enredadera. Pero la red estaba vacía.

¡Vacía! La recogió y vio la rasgadura que había hecho su presa en la parte superior. Había estado rápido, era hábil y estaba preparado; aún sería más difícil cogerlo por sorpresa otra vez.

Bourne levantó la vista, moviendo el cono del haz de la linterna en un arco a través del laberinto de ramas. Muy a su pesar sintió una fugaz punzada de admiración hacia su experto y hábil adversario. Apagando de golpe la linterna, se zambulló en la noche. Un chotacabras cantó con estridencia, y luego, en el prolongado silencio que siguió, el ulular de un búho resonó tristemente por las colinas cubiertas de pinos.

Bourne echó la cabeza hacia atrás y respiró hondo. Contra la pantalla de su imaginación se recortaron los rasgos planos, y los ojos negros de la cara se iluminaron, y de inmediato estuvo seguro de que coincidían con los de uno de los estudiantes que había visto cuando se dirigía al aula de la universidad que el francotirador había utilizado.

Por fin, su enemigo tenía una cara, además de una voz.

«Podría matarte ahora, pero no lo haré. No hasta que haya luz suficiente para que pueda mirarte a los ojos mientras mueres.»

3

La sede central de Humanistas Ltd., una organización internacional dedicada a la protección de los derechos humanos, conocida internacionalmente por su labor humanitaria y de ayuda a los damnificados de todo el mundo, se erigía entre el intenso verde de la ladera occidental de la colina Gellért, en Budapest. Desde aquel magnífico mirador, Stepan Spalko miraba con detenimiento por los enormes ventanales angulados, y se imaginaba el Danubio y toda la ciudad arrodillados a sus pies.

Había rodeado su descomunal mesa para ir a sentarse en un sillón tapizado frente al presidente de Kenia, un hombre de piel muy negra. Flanqueando la puerta se encontraban los guardaespaldas keniatas, con las manos recogidas en la región lumbar y el rostro típicamente inexpresivo de aquella clase de personal gubernamental. Encima de ellos, moldeada en un bajorrelieve en la pared, estaba la cruz verde sostenida en la palma de una mano que era el muy conocido logotipo de Humanistas. El presidente se llamaba Jomo y era un kikuyu, la etnia más numerosa de Kenia, además de descendiente directo de Jomo Kenyatta, el primer presidente de la república. Al igual que su famoso antepasado, era un *mzee*, el término *swahili* que define a un anciano venerable. Entre ellos había un recargado servicio de té de plata de principios del siglo xix. Se había servido un té magnífico, galletas y unos pequeños y exquisitos bocadillos hábilmente dispuestos sobre una bandeja oval cincelada. Los dos hombres hablaban en un tono de voz bajo y tranquilo.

—Uno no sabe por dónde empezar a agradecerle la generosidad que usted y su organización nos han demostrado —dijo Jomo.

Estaba sentado muy erguido, con la espalda recta un poco separada del cómodo respaldo de felpa del sillón. El tiempo y las circunstancias se habían combinado para quitarle a la cara gran parte de la vitalidad que había tenido en su juventud. Bajo el intenso brillo de su piel había una palidez grisácea. Sus rasgos se habían comprimido, adquiriendo una consistencia pétrea a causa de las penalidades y de la perseverancia ante los abrumadores obstáculos. En pocas palabras, tenía el aspecto de un guerrero demasiado tiempo asediado. Tenía las piernas juntas, dobladas por la rodilla en un preciso ángulo de noventa grados. En su regazo sostenía una larga y pulida caja de bubinga de intenso veteado. Casi con timidez, le entregó la caja a Spalko.

—Con las sinceras bendiciones de los keniatas, señor.

—Gracias, señor presidente. Es usted muy amable —dijo Spalko con gentileza.

—Para amabilidad, sin duda la suya, señor.

Jomo observó con vivo interés cómo Spalko abría la caja. Dentro había un cuchillo de hoja plana y una piedra, más o menos ovalada, con la base y la parte superior achatadas.

—¡Dios mío! Esto no será una piedra *githathi*, ¿verdad?

—Ya lo creo que lo es, señor —dijo Jomo con evidente placer—. Es de mi pueblo natal, de la *kiama* a la que sigo perteneciendo.

Spalko sabía que Jomo se estaba refiriendo al consejo de ancianos. La *githathi* era de gran valor para los miembros de las tribus. Cuando se suscitaba una controversia dentro del consejo que no se podía resolver de otra manera, se hacía un juramento sobre aquella piedra. Spalko cogió el cuchillo por el mango, que era de cornalina labrada. Éste también tenía un propósito ritual. En caso de conflicto de vida o muerte, primero se calentaba la hoja de aquel cuchillo, y luego se aplicaba a las lenguas de los contendientes. El alcance de las subsiguientes ampollas en las lenguas decidía la culpabilidad o la inocencia.

—Aunque me pregunto, señor presidente —dijo Spalko con cierto dejo picaruelo en la voz—, si la *githathi* proviene de su *kiama* o de su *njama*.

Jomo soltó una risotada, un ruido sordo y profundo de su garganta que hizo que sus pequeñas orejas temblaran. Era tan raro que tuviera motivos de risa en esos días; no era capaz de recordar cuándo había sido la última vez.

—Así que tiene noticias de nuestros consejos secretos, ¿no es así, señor? Me atrevería a afirmar que sus conocimientos de nuestras costumbres y tradiciones son extraordinarios, de verdad.

—La historia de Kenia es larga y sangrienta, señor presidente. Y soy de los convencidos de que gracias a la historia aprendemos las lecciones más importantes.

Jomo asintió con la cabeza.

—Estoy de acuerdo, señor. Y me siento obligado a insistirle en que no me puedo imaginar cuál sería el estado de nuestra república sin sus médicos y sus vacunas.

—No hay vacunas contra el sida. —La voz de Spalko fue amable aunque firme—. La medicina moderna puede reducir el sufrimiento y las muertes causadas por la enfermedad con cócteles de medicinas, pero por lo que respecta a su propagación, sólo será efectiva la estricta aplicación de los métodos anticonceptivos o la abstinencia.

—Por supuesto, por supuesto. —Jomo se humedeció los labios con una exagerada meticulosidad. Detestaba tener que acudir con el sombrero en la mano a ese hombre que ya había ampliado tan generosamente su ayuda a todos los keniatas, pero ¿qué alternativa tenía? La epidemia de sida estaba diezmando la república. Su gente estaba sufriendo, y moría—. Lo que necesitamos, señor, son más medicinas. Usted ha hecho mucho para aliviar el sufrimiento de mi país. Pero todavía quedan miles de personas que necesitan su ayuda.

—Señor presidente. —Spalko se echó hacia delante, y, con él, también Jomo. La cabeza de aquél estaba en ese momento bañada por el sol que entraba por los altos ventanales, lo que le confería un brillo casi sobrenatural. La luz también hacía resaltar la brillante piel sin poros del lado izquierdo de su cara. Aquella acentuación de su deformidad sirvió para infundirle un ligero temor a Jomo, lo que le sacó de sopetón de su pauta de conducta predeterminada—. Humanistas Ltd. está preparada para volver a Kenia con el doble de médicos y el doble de medicinas. Pero ustedes, el gobierno, deben cumplir con su parte.

Fue en ese momento cuando Jomo se dio cuenta de que Spalko estaba pidiéndole algo completamente diferente de la promoción de lecturas sobre la práctica del sexo seguro y la distribución de condones. De repente se dio la vuelta y echó a sus dos guardaespaldas de la habitación. Cuando la puerta se hubo cerrado tras ellos, dijo:

—Una desgraciada necesidad en estos tiempos peligrosos, pero aun así uno se cansa a veces de no estar nunca solo.

Spalko sonrió. Sus conocimientos de la historia y las costumbres tribales de Kenia le hacían imposible tomarse al presidente a la ligera, como tal vez hicieran otros. La necesidad de Jomo podría ser grande, pero uno jamás querría aprovecharse de él. Los kikuyus eran gente orgullosa, un atributo de la mayor importancia, puesto que era lo único más o menos valioso que poseían.

Spalko se echó hacia delante, abrió el humidificador y ofreció un Cohiba cubano a Jomo y cogió otro para él. Ambos se levantaron, encendieron sus puros, cruzaron la alfombra para pararse junto a la ventana y observaron el tranquilo Danubio que centelleaba bajo la luz del sol.

—Un entorno de lo más hermoso —dijo Spalko tratando de entablar conversación.

—Ya lo creo —afirmó Jomo.

—Y tan tranquilo. —Spalko dejó escapar una nube azul del aromático humo—. Hace difícil aceptar el enorme sufrimiento que hay en otras partes del mundo. —Entonces se volvió hacia Jomo—. Señor presidente, consideraría un gran favor personal si me concediera acceso ilimitado durante siete días al espacio aéreo de Kenia.

—¿Ilimitado?

—Idas, venidas, aterrizajes y todo eso. Nada de aduanas, inmigración e inspecciones. Nada que nos demore.

Jomo dio muestras de tomarlo en consideración. Le dio algunas caladas a su Cohiba, pero Spalko se dio cuenta de que no lo estaba disfrutando.

—Sólo le puedo conceder tres —dijo Jomo finalmente—. Más de eso hará que las lenguas se desaten.

—Con eso bastará, señor presidente.

Tres días era todo lo que Spalko había querido. Podría haber insistido en los siete días, pero aquello habría despojado a Jomo de su orgullo. Un error tonto y posiblemente costoso, si se tenía en cuenta lo que iba a ocurrir. En cualquier caso, su negocio consistía en promocionar la buena voluntad, no el resentimiento. Alargó la mano, y Jomo le estrechó la suya, seca y llena de callos. A Spalko le gustó aquella mano; era la mano de un obrero manual, la de alguien que no temía ensuciarse.

* * *

Una vez que Jomo y su séquito se hubieron marchado llegó el momento de proporcionarle una visita informativa a Ethan Hearn, el nuevo empleado. Spalko podría haber delegado la orientación en cualquiera de los numerosos ayudantes, pero se enorgullecía de asegurarse personalmente de que todos sus nuevos empleados se sintieran como en casa. Hearn era un joven y brillante petimetre que había trabajado en la Clínica Eurocenter Bio-I, en el otro lado de la ciudad. Era un fantástico recaudador de fondos y estaba bien relacionado con los ricos y las élites de Europa. A Spalko le había gustado su forma de expresarse, y el que fuera afable y compasivo; en pocas palabras, un sujeto nacido para el humanitarismo, justo la clase de persona que necesitaba para mantener la reputación estelar de Humanistas Ltd. Quitando eso, Hearn le gustaba de verdad. Le recordaba a sí mismo de joven, antes del incidente que le había quemado la mitad de la piel de la cara.

Condujo a Hearn a través de las siete plantas de oficinas, que albergaban los laboratorios y los departamentos dedicados a reunir las estadísticas que los especialistas en desarrollo utilizaban para recaudar fondos —la parte vital de las organizaciones como Humanistas Ltd.—, además de los de contabilidad, obtención de recursos, personal, viajes y mantenimiento de las flotas de aviones privados, aviones de transporte, barcos y helicópteros de la empresa. La última parada fue en el departamento de Desarrollo, donde a Hearn le esperaba su nuevo despacho. A la sazón, el despacho permanecía vacío salvo por una mesa, una silla giratoria, un ordenador y una consola telefónica.

—El resto de tus muebles llegarán dentro de unos pocos días —le dijo Spalko.

—No hay ningún problema, señor. Lo único que realmente necesito es un ordenador y unos teléfonos.

—Una advertencia —añadió Spalko—. Pasamos muchas horas aquí, y se supone que habrá ocasiones en las que tendrás que trabajar toda la noche. Pero no somos inhumanos. El sofá que proporcionamos a nuestros empleados se convierte en cama.

Hearn sonrió.

—No hay por qué preocuparse, señor Spalko. Estoy bastante acostumbrado a esos horarios.

—Llámame Stepan. —Spalko le estrechó la mano al joven—. Todo el mundo lo hace.

El DCI estaba pegándole el brazo a un soldado de estaño pintado —un casaca roja británico de la guerra de la Independencia— cuando se produjo la llamada. Al principio pensó en hacerle caso omiso, y dejó sonar el teléfono perversamente aunque sabía quién estaría al otro lado de la línea. Quizá, pensó, se debía a que no quería oír lo que el director adjunto tenía que decirle. Lindros creía que el director lo había enviado a la escena del crimen debido a la importancia que tenían los difuntos para la Agencia. Eso era verdad hasta cierto punto. Sin embargo, la verdadera razón era que el director no podía soportar la idea de ir él mismo. La idea de ver la cara difunta de Alex Conklin era demasiado para él.

Estaba sentado en un taburete de su taller del sótano, un entorno diminuto, cerrado y perfectamente ordenado de cajones apilados y pequeños armarios alineados, un mundo en sí mismo, un lugar al que su esposa —y sus hijos cuando vivían en casa— tenían vetada la entrada.

Su esposa, Madeleine, asomó la cabeza por la puerta abierta del sótano.

—Kurt, el teléfono —dijo innecesariamente.

El DCI sacó un brazo del bote de madera que contenía las partes de los soldados y lo examinó. Era un hombre con una cabeza grande, aunque una mata de pelo blanco peinado hacia atrás desde la ancha y abombada frente le confería el aspecto de un sabio, cuando no de un profeta. Sus fríos ojos azules seguían siendo tan calculadores como siempre, aunque las arrugas de las comisuras de la boca se habían acentuado, tirando de éstas hacia abajo y formando un mohín permanente.

—Kurt, ¿me has oído?

—No estoy sordo.

Los dedos al final del brazo estaban ligeramente ahuecados, como si la mano estuviera preparándose para coger algo desconocido e innombrable.

—Bueno, ¿lo vas a coger? —gritó Madeleine.

—¡Si lo cojo o no lo cojo no es de tu maldita incumbencia! —gritó él con vehemencia—. ¿Quieres irte a la cama de una vez?

Al cabo de un instante oyó con satisfacción el susurro de la puerta del sótano al cerrarse. ¿Por qué no podía dejarlo tranquilo ni siquiera a aquellas horas? Estaba que echaba chispas. Después de treinta años de matrimonio, era como para pensar que ella debería tener más sentido común.

Volvió a la faena. Ajustó el brazo de la mano ahuecada al hombro, el rojo con el rojo, y decidió la posición definitiva. Así era como el DCI se enfrentaba a las situaciones sobre las que no tenía ningún control. Jugaba a ser dios con sus soldados en miniatura, comprándolos, despedazándolos, y luego, reconstruyéndolos y moldeándolos en las posiciones que a él le convenían. Allí, en el mundo que él había creado, lo controlaba todo y a todos.

El teléfono siguió sonando de manera mecánica y monótona, y el DCI hizo rechinar los dientes, como si el sonido fuera corrosivo. ¡Qué cosas más grandes se habían logrado cuando él y Alex eran jóvenes! La misión en Rusia, cuando habían estado a punto de aterrizar en Lubianka; el paso clandestino del muro de Berlín y la obtención de los secretos de la Stasi; el interrogatorio al desertor de la KGB en el piso franco de Viena y el descubrimiento de que era un doble. Y el asesinato de Bernd, su veterano contacto, la compasión con que le habían dicho a su esposa que se ocuparían del hijo de Bernd, Dieter, que se lo llevarían con ellos a Estados Unidos y lo mandarían a la universidad. Eso era lo que habían hecho exactamente, y habían recibido la justa recompensa a su generosidad. Dieter jamás había regresado junto a su madre. En su lugar, se había metido en la Agencia, y durante muchos años, hasta aquel fatal accidente de moto, había sido el director del Consejo de Ciencia y Tecnología.

¿Adónde se había ido aquella vida? Estaba enterrada en la tumba de Bernd, y en la de Dieter... y, en ese momento, también en la de Alex. ¿Cómo era posible que se hubiera visto reducida con tanta rapidez en sus recuerdos a aquellos puntos álgidos? El tiempo y la responsabilidad lo habían inutilizado, sin duda. Ya era un anciano, en algunos aspectos con más poder, sí, pero las osadas hazañas de antaño, el ímpetu con que él y Alex se habían montado a horcajadas sobre el mundo del espionaje, cambiando el destino de los países, se había reducido a cenizas para no volver nunca más.

El puño del DCI aplastó al soldado de hojalata hasta inutilizarlo. Entonces, y sólo entonces, cogió el teléfono.

—Sí, Martin.

Había cierto cansancio en su voz que Lindros captó de inmediato.

—¿Se encuentra bien, señor?

—¡No, estoy bien jodido y no me encuentro nada bien! —Eso era lo que el DCI había querido. Otra oportunidad para dar rienda suelta a su ira y su frustración—. ¿Cómo podría estar bien, dadas las circunstancias?

—Lo siento, señor.

—No, no lo siente —dijo el director de manera mordaz—. No podría. No tiene ni idea. —Se quedó mirando fijamente al soldado que acababa de aplastar, acosado por las glorias pasadas—. ¿Qué es lo que quiere?

—Me pidió que le mantuviera al corriente, señor.

—¿Eso hice? —El director apoyó la cabeza en la mano—. Sí, supongo que lo hice. ¿Qué ha encontrado?

—El tercer coche aparcado en el camino de Conklin pertenece a David Webb.

El agudo oído del director reaccionó ante el tono de la voz de Lindros.

—¿Pero...?

—Pero no hay ni rastro de Webb.

—Pues claro que no lo hay.

—Aunque no hay ninguna duda de que estuvo aquí. Hicimos que los perros olieran el interior de su coche. Encontraron su olor en la propiedad y lo siguieron al interior del bosque, pero lo perdieron en un arroyo.

El DCI cerró los ojos. Alexander Conklin y Morris Panov, muertos a tiros; Jason Bourne, «desaparecido en combate» y suelto cinco días antes de la cumbre antiterrorista, la conferencia internacional más importante del siglo. Tuvo un escalofrío. Aborrecía los cabos sueltos, aunque no tanto como Roberta Alonzo-Ortiz, la consejera de Seguridad Nacional, y en esos días era ella quien tenía la sartén por el mango.

—¿Informes de balística? ¿Del forense?

—Mañana por la mañana —dijo Lindros—. No les pude apretar más.

—Con tal de que el FBI y las demás agencias policiales...

—Ya las he neutralizado. Tenemos el campo libre.

El director suspiró. Apreciaba la iniciativa de su director adjunto, pero detestaba que lo interrumpieran.

—Vuelva al trabajo —dijo con brusquedad, y dejó el receptor en su soporte.

Durante un buen rato después permaneció con la vista fija en el tarro de madera, escuchando la respiración de la casa. Se asemejaba a la de un anciano. Los crujidos de los tablones, familiares como la voz de un viejo amigo. Madeleine debía de estar haciéndose una taza de chocolate caliente, su tradicional somnífero. Oyó ladrar al pequeño corgi del vecino, y por alguna razón que no pudo entender se le antojó un sonido lastimero, lleno de pena y de esperanzas frustradas. Al final, metió la mano en el tarro y cogió un torso gris de la guerra de Secesión. Un nuevo soldadito de plomo que crear.

4

—Por su aspecto, ha debido de tener algún accidente —dijo Jack Kerry.

—La verdad es que no, sólo un pinchazo —contestó Bourne con tranquilidad—. Pero no tenía rueda de recambio, y luego tropecé con algo... con la raíz de un árbol, creo. Y me caí al arroyo. —Hizo un gesto despectivo—. No soy lo que se dice habilidoso.

—Bienvenido a bordo —dijo Kerry. Era un hombre grande y huesudo, con doble papada y demasiada grasa alrededor de su cintura. Había recogido a Bourne un kilómetro y medio antes—. Una vez mi mujer me pidió que pusiera el lavavajillas, y lo llené de detergente para la lavadora. ¡Dios, tenía que haber visto el lío que monté! —Se rió con afabilidad.

La noche estaba como boca de lobo, sin luna ni estrellas. Había empezado a caer una ligera llovizna, y Kerry puso en funcionamiento los limpiaparabrisas. Bourne tuvo un pequeño escalofrío metido en sus ropas mojadas. Sabía que tenía que concentrarse, pero cada vez que cerraba los ojos veía imágenes de Alex y Mo. Veía el reguero de sangre, los trozos de cráneo y cerebro. Sus dedos se contrajeron, y cerró los puños con fuerza.

—Bueno, ¿y a qué se dedica, señor Little?

Bourne había dado el nombre de Dan Little cuando Kerry se había presentado. Según parecía, Kerry era un caballero chapado a la antigua que daba mucho valor a los convencionalismos.

—Soy contable.

—Yo diseño depósitos para basura nuclear. Viajo mucho y a todas partes, sí señor. —Kerry lo miró de reojo, y en sus gafas giró una luz—. ¡Diablos! No tiene pinta de contable, si no le importa que se lo diga.

Bourne se obligó a reír.

—Todo el mundo dice eso. Jugué al fútbol en la universidad.

—Bueno, al menos no se ha abandonado, como tantos ex atletas

—observó Kerry. Se dio unas palmaditas en su voluminoso abdomen—. No como yo. Salvo que nunca fui un atleta. En una ocasión lo intenté. Nunca sabía en qué dirección tenía que correr. El entrenador no paraba de gritarme. Y menudos placajes me hacían. —Meneó la cabeza—. Fue suficiente para mí. Soy un pacifista, no un combatiente. —Volvió a mirar a Bourne—. ¿Tiene familia, señor Little?

Bourne dudó durante un instante.

—Mujer y dos hijos.

—Es feliz, ¿verdad?

Una larga y estrecha hilera de árboles negros pasaron a toda prisa, y un poste telefónico inclinado en la dirección del viento, y una cabaña abandonada, cubierta de una enredadera espinosa, restituida a la naturaleza.

—Muy feliz.

Kerry hizo girar el volante con brusquedad para tomar una curva muy abierta. Una cosa sí se podía decir de él: era un excelente conductor.

—Yo estoy divorciado. Fue un asunto muy feo. Mi esposa me abandonó y se llevó a mi hijo de tres años. Eso fue hace diez. —Arrugó la frente—. ¿O hace once? Bueno, el caso es que desde entonces no he vuelto a verlos ni he tenido noticias de ellos, ni de ella ni del niño.

Bourne abrió los ojos de golpe.

—¿No ha estado en contacto con su hijo?

—No es que no lo haya intentado. —Había un dejo quejumbroso en su voz cuando se puso a la defensiva—. Durante un tiempo lo llamaba todas las semanas, y le mandaba cartas y dinero, ya sabe, para que se comprara lo que quisiera, una bicicleta y cosas así. Nunca recibí la menor contestación.

—¿Y por qué no fue a verlo?

Kerry se encogió de hombros.

—Porque al final pillé el mensaje: él no quería verme.

—Ése era el mensaje de su esposa —dijo Bourne—. Su hijo es sólo un niño. No sabe lo que quiere. ¿Cómo iba a saberlo? Apenas lo conoce.

Kerry soltó un gruñido.

—Para usted es fácil decir eso, señor Little. Tiene un hogar acogedor y una familia feliz cuando vuelve a casa todas las noches.

—Si lo digo es porque sé lo maravillosos que son mis hijos —dijo Bourne—. Si se tratara de mi hijo, lucharía con uñas y dientes para conocerlo y hacerlo volver a mi vida.

Habían llegado ya a una zona más poblada, y Bourne vio un motel y una hilera de tiendas cerradas. Alcanzó a ver a lo lejos un destello rojo, y luego otro. Había un control de carretera más adelante, y, por su aspecto, de envergadura. Contó ocho coches en total, en dos filas de cuatro, colocados en un ángulo de cuarenta y cinco grados con la carretera a fin de procurar a sus ocupantes la mayor protección posible, al tiempo que permitía que los coches cerraran filas si era necesario. Bourne sabía que no se podía permitir acercarse al control de carretera, al menos no tan a la vista. Tendría que encontrar alguna otra manera de pasarlo.

El anuncio de neón de un pequeño supermercado que no cerraba en toda la noche surgió de pronto de la oscuridad.

—Creo que me quedaré aquí.

—¿Está seguro, señor Little? Esto sigue siendo un lugar solitario.

—No se preocupe por mí. Haré que mi esposa venga a recogerme. No vivimos lejos de aquí.

—Entonces debería llevarlo hasta su casa.

—Estaré bien aquí. De verdad.

Kerry se acercó a la acera y disminuyó la velocidad para detenerse poco más allá del supermercado. Bourne se apeó.

—Gracias por el paseo.

—De nada. —Kerry sonrió—. Y, señor Little, gracias por el consejo. Pensaré en lo que ha dicho.

Bourne lo observó alejarse, se dio la vuelta y se dirigió al supermercado. El brillo tremendo de los fluorescentes le ardió en los ojos. El dependiente, un joven con la cara llena de granos, el pelo largo y unos ojos inyectados en sangre, estaba fumando un cigarrillo y leyendo un libro en rústica. Levantó fugazmente la vista cuando entró, hizo un gesto displicente con la cabeza y volvió a su lectura. En algún lugar había una radio encendida. Alguien estaba cantando «Yesterday's Gone» con voz melancólica y de hastío existencial. La cantante bien podía estar cantándosela a Bourne.

Un vistazo a los estantes le recordó que no había comido desde la hora del almuerzo. Cogió una tarrina de plástico de mantequilla de cacahuetes, una caja de galletas saladas, un poco de cecina de vaca, zumo de naranja y agua. Necesitaba proteínas y vitaminas. También se compró una camiseta, una camisa a rayas de manga larga, espuma y una maquinilla de afeitar y otros artículos que, dada su larga experiencia, sabía que iba a necesitar.

Bourne se acercó al mostrador, y el dependiente dejó el libro que había estado leyendo, después de doblar la esquina de una de las páginas. *Dhalgren*, de Samuel R. Delany. Bourne recordaba haberlo leído poco después de volver de Vietnam, un libro tan alucinatorio como la guerra. Algunos fragmentos de su vida volvieron a toda velocidad: la sangre, la muerte, la ira y la matanza insensata, todo para emborronar el dolor insoportable e interminable de lo que había sucedido en el río, justo en el exterior de su casa de Phnom Penh. «Tiene un hogar acogedor y una familia feliz cuando vuelve a casa todas las noches», había dicho Kerry. ¡Si hubiera sabido la verdad!

—¿Algo más? —preguntó el joven granujiento.

Bourne parpadeó, volviendo al presente.

—¿Tiene cargadores para móviles?

—Lo siento, colega, se han acabado todos.

Bourne pagó la compra en metálico, tomó posesión de la bolsa de papel marrón y se marchó. Diez minutos más tarde caminaba por los jardines del motel. Había unos pocos coches. En uno de los extremos del motel había aparcado un camión con remolque, un camión frigorífico con lo que parecía un compresor achaparrado en su parte superior. Dentro de la oficina, un hombre larguirucho con la cara gris de un empleado de pompas fúnebres salió arrastrando los pies de detrás de una mesa situada en la parte posterior, donde había estado viendo un antiguo televisor portátil en blanco y negro. Bourne se registró con otro nombre falso y pagó la habitación en metálico. Le quedaban exactamente 77 dólares.

—Vaya una nochecita rara —dijo con aspereza el larguirucho.

—¿Y eso?

Los ojos del larguirucho se iluminaron.

—¡No me diga que no ha oído lo de los asesinatos!

Bourne negó con la cabeza.

—Ni a treinta kilómetros de aquí. —El larguirucho echó el cuerpo por encima del mostrador. Su aliento tenía un olor desagradable a café y bilis—. Dos hombres, gente del Gobierno. Nadie dice nada más sobre ellos, y yo sé lo que eso significa por aquí: supersecreto, Garganta Profunda, intriga y misterio. ¿Quién diablos sabe lo que estarían tramando? Ponga la CNN cuando llegue a su habitación, tenemos televisión por cable y todo. —Le entregó la llave a Bourne—. Le he dado una habitación en el extremo opuesto de la de Guy... Es el camionero, puede que haya visto su camión con remolque al entrar. Guy hace la ruta regular de Florida a Washington; se levantará a las cinco, y no queremos molestarlo, ¿verdad que no?

Era una habitación vieja y desgastada, pintada de un marrón apagado. Ni siquiera un limpiador industrial podría eliminar aquella peste a decadencia. Bourne encendió el televisor, cambiando de canales. Sacó la mantequilla de cacahuete y las galletas y empezó a comer.

—No hay ninguna duda de que esta audaz y visionaria iniciativa del presidente tiene la oportunidad de tender puentes hacia un futuro más pacífico —decía la locutora del noticiario de la CNN. Detrás de ella, un gran titular rojo chillón que atravesaba la parte superior de la pantalla proclamaba: LA CUMBRE ANTITERRORISTA, con la misma sutileza que un tabloide londinense—. La cumbre acoge, además, al presidente de Rusia y a los dirigentes de los principales países árabes. A lo largo de la semana que viene, conectaremos con Wolf Blitzer por lo que se refiere al presidente, y con Christiane Amanpour, en lo relativo al presidente ruso y los dirigentes árabes, para recabar sus comentarios en profundidad. Por supuesto, la cumbre cuenta con todos los ingredientes para convertirse en la noticia del año. Ahora, para que nos informe de la última hora desde Reikiavik, en Islandia...

La escena cambió a la fachada del hotel Oskjuhlid, donde cinco días más tarde tendría lugar la cumbre antiterrorista. Un periodista excesivamente serio de la CNN empezaba una entrevista con el jefe de la seguridad estadounidense, Jamie Hull. Bourne se quedó mirando fijamente la cara de mandíbulas cuadradas, el pelo cortado al rape, el bigote pelirrojo y los fríos ojos azules de Hull, y una alarma sonó en su cabeza. Hull era la Agencia, un gerifalte del Centro Antiterrorista. Él y Conklin habían hecho chocar sus cabezas más de una vez. Hull era un animal político inteligente; tenía la nariz puesta en el culo de todos los que importaban. Pero se ceñía al manual cuando las situaciones aconsejaban que adoptara un enfoque más flexible. A Conklin le debía de haber dado un ataque cuando lo nombraron jefe de seguridad de la delegación estadounidense en la cumbre.

Mientras Bourne se planteaba todo eso, una noticia de última hora se adueñó de los titulares que cruzaban lentamente la pantalla. Hacía referencia a las muertes de Alexander Conklin y el doctor Morris Panov, ambos, según el titular, altos funcionarios de la Administración. La escena cambió sin previo aviso, y apareció un titular que rezaba AVANCE INFORMATIVO, seguido de otro, LOS ASESINATOS DE MANASSAS, que aparecía sobreimpreso por encima de una foto oficial de David Webb que ocupaba casi toda la pantalla. La locutora empezó a informar de las últimas novedades sobre los brutales asesinatos de Alex Conklin y el doctor Morris Panov.

—Ambos recibieron un disparo en la cabeza —dijo la locutora con el macabro placer de los de su calaña—, lo que demuestra que fue obra de un asesino profesional. El principal sospechoso de las autoridades es este hombre, David Webb. Webb puede estar utilizando un alias, Jason Bourne. Según algunos altos cargos de la Administración, Webb, o Bourne, es un paranoico y se le considera un sujeto peligroso. Si ven a este hombre, no se acerquen a él. Llamen al número que aparece en sus pantallas...

Bourne quitó la voz. ¡Joder! La mierda había empezado a salpicar. No era de extrañar que el control de carretera de más adelante pareciera estar tan bien organizado; era de la Agencia, no de la policía local.

Debía ponerse manos a la obra. Mientras se sacudía las migas del regazo, sacó el móvil de Conklin. Era hora de averiguar con quién había estado hablando Alex cuando le dispararon. Pulsó la tecla de marcación automática y escuchó el tono al otro extremo de la línea. Saltó un mensaje pregrabado. No era el número de un particular; era un negocio. Sastrería de Lincoln Fine. La idea de que Conklin estuviera hablando con su sastre cuando lo mataron de un disparo era realmente deprimente. No era forma de morir para un espía consumado.

Accedió a la última llamada entrante, que se había producido la noche anterior. Era del DCI. «Un callejón sin salida», pensó Bourne. Se levantó. Mientras se dirigía hacia el baño, se fue despojando de la ropa. Permaneció debajo del agua caliente de la ducha durante un buen rato, con la mente deliberadamente en blanco mientras se quitaba la suciedad y el sudor de la piel. Era bueno volver a sentirse caliente y aseado; lástima que no tuviera una muda limpia. De repente levantó la cabeza. Se quitó el agua de los ojos, con el corazón latiéndole acelerado y la mente funcionándole de nuevo a tope. La ropa de Conklin estaba confeccionada por la Sastrería del Viejo Mundo, a poca distancia de la calle M; Alex llevaba años acudiendo allí. Incluso cenaba con el propietario, un inmigrante ruso, una o dos veces al año.

En una especie de frenesí Bourne se secó, volvió a coger el teléfono de Conklin y marcó el número de información. Después de conseguir la dirección de la Sastrería de Lincoln Fine en Alexandria, se sentó en la cama con la mirada perdida. Se estaba preguntando a qué otra cosas se dedicaba la Sastrería de Lincoln Fine, aparte de cortar telas y coser dobladillos.

Hasan Arsenov valoraba Budapest en aspectos que Jalid Murat jamás habría podido apreciar. Eso le decía a Zina Hasiyev mientras pasaban el control de Inmigración.

—Pobre Murat —dijo ella—. Un alma valerosa, un valiente luchador por la independencia, pero su forma de pensar era absolutamente decimonónica.

Zina, la leal lugarteniente de Arsenov además de su amante, era una mujer baja y nervuda y tan atlética como el propio Arsenov. Tenía un pelo largo y negro como la noche que se arremolinaba en torno a su cabeza como una corona. Su boca ancha y sus ojos negros y brillantes también contribuían a conferirle aquel aspecto agitanado y montaraz, aunque su mente podía ser tan objetiva y calculadora como la de un abogado, y era intrépida y fría.

Arsenov gruñó de dolor cuando se introdujo en la parte trasera de la limusina que los esperaba. El disparo del asesino había sido perfecto, sólo había afectado al músculo, y la bala había salido por su muslo con la misma limpieza con que había entrado. La herida dolía una barbaridad, pero el dolor merecía la pena, pensó Arsenov mientras se acomodaba al lado de su lugarteniente. No había recaído ninguna sospecha sobre él; ni siquiera Zina tenía idea de que él había sido cómplice del asesinato de Murat. Pero ¿qué otra alternativa le había quedado? Murat estaba cada vez más nervioso con respecto a las consecuencias del plan del jeque. No había compartido la visión de Arsenov, su monumental sentido de la justicia social. Se habría contentado simplemente con quitarle Chechenia a los rusos, mientras el resto del mundo les daba la espalda con desprecio.

Mientras que, cuando el jeque había explicado su audaz y temeraria estratagema, para Arsenov había sido el momento de la revelación. Podía darse cuenta vívidamente de que el futuro del jeque se tendía hacia ellos como una fruta madura. Atrapado por el destello de una iluminación celestial, había mirado a Jalid Murat en busca de confirmación, y en su lugar había visto la amarga verdad. Jalid era incapaz de ver más allá de las fronteras de su patria, incapaz de entender que recuperar la patria era, en cierto sentido, secundario. Arsenov era consciente de que los chechenos necesitaban ganar poder, no sólo para liberarse del yugo de los infieles rusos, sino para hacerse un sitio en el mundo islámico, para ganarse el respeto de las demás naciones musulmanas. Los chechenos eran suníes que habían abrazado las enseñanzas de los místicos sufíes, personificadas por el *zikr*, el recuerdo de Dios, el ritual común que incluía las oraciones cantadas y el rítmico baile que conseguía un estado como de trance compartido, durante el cual el ojo de Dios se aparecía a los reunidos. El sunismo, que era tan monoteísta como las demás religiones, detestaba, temía y, por lo tanto, vilipendiaba a aquellos que se desviaban aunque fuera ligeramente de su estricta doctrina central. El misticismo, divino o de cualquier otro tipo, era anatema. «Pensamiento decimonónico, en el sentido más literal de la frase», pensó Arsenov con amargura.

Desde el día del asesinato —el momento largamente ansiado en que él se había convertido en el nuevo líder de los combatientes por la libertad chechenos—, Arsenov había vivido en un estado febril, casi alucinatorio. Dormía profundamente, aunque no descansaba, porque su sueño estaba plagado de pesadillas en las que intentaba encontrar algo o a alguien a través de laberintos de escombros, y era derrotado. En consecuencia, se mostraba nervioso y cortante con sus subordinados, y no toleraba ninguna excusa, fuera del tipo que fuera. Sólo Zina era capaz de tranquilizarlo; su alquímico tacto le permitía regresar del extraño limbo al que se había retirado.

La punzada de su herida le hizo volver al presente. Miró fijamente por la ventanilla las viejas calles, observando con una envidia rayana a la desesperación a la gente que acudía a sus negocios sin ningún obstáculo, sin el menor atisbo de miedo. Los odió, a todos y a cada uno de aquellos que en el transcurso de sus vidas libres y tranquilas no se habían preocupado en lo más mínimo por el desesperado combate que él y toda su gente llevaban entablando desde principios del siglo XVIII.

—¿Qué te pasa, amor mío? —La preocupación hizo que Zina arrugara la frente.

—Me duelen las piernas. Me estoy cansando de estar sentado, eso es todo.

—Te conozco. La tragedia del asesinato de Murat no te abandona, a pesar de nuestra venganza. Treinta y cinco soldados rusos se fueron a la tumba en represalia por el asesinato de Jalid Murat.

—No es sólo Murat —dijo Arsenov—. También nuestros hombres. Perdimos a diecisiete hombres a causa de una traición.

—Acabaste con el traidor. Tú mismo le disparaste delante de los lugartenientes.

—Para demostrarles lo que les espera a todos los que traicionen la causa. El juicio fue rápido, y el castigo, implacable. Ése es nuestro destino, Zina. Nuestra gente no tiene suficientes lágrimas para derramar. Míranos. Perdidos y dispersos, escondidos en el Cáucaso, más de ciento cincuenta mil chechenos viviendo como refugiados.

Zina no interrumpió a Hasan mientras éste enumeraba una vez más aquella historia angustiosa, porque aquéllas eran unas informaciones que tenían que repetirse lo más a menudo posible; eran los libros de historia de los chechenos.

Los puños de Arsenov se tornaron blancos, y sus uñas dibujaron unas medias lunas de sangre en la piel de sus palmas.

—¡Ah, quién tuviera un arma más mortífera que un AK-47, más poderosa que un paquete de C4!

—Pronto, pronto, amor mío —canturreó suavemente Zina con su voz grave y musical—. El jeque ha demostrado que es nuestro mejor amigo. Mira si no la cantidad de ayuda que su organización ha proporcionado a nuestra gente sólo el año pasado; mira la cobertura que su personal de prensa nos ha conseguido en las revistas y periódicos internacionales.

—Y sin embargo, el yugo ruso sigue alrededor de nuestros cuellos —gruñó Arsenov—. Y seguimos muriendo a cientos.

—El jeque nos ha prometido un arma que cambiará todo eso.

—Nos ha prometido el mundo. —Arsenov se limpió el polvo de los ojos—. Se acabó el tiempo de las promesas. Veamos ahora la prueba de su alianza.

La limusina que el jeque había enviado para recoger a los chechenos salió de la autopista en el bulevar Kalmankrt, el cual los condujo hasta el puente Arpad; el Danubio, surcado por pesadas barcazas y embarcaciones de recreo de vivos colores, resplandeció bajo ellos. Zina miró hacia abajo. A un lado se levantaban los pétreos edificios góticos de chapiteles de aguja y cúpulas impresionantes del Parlamento; en el otro estaba la frondosa isla Margarita, en cuyo interior estaba situado el lujoso Gran Hotel Danubius, donde los esperaban unas sábanas blancas recién planchadas y unos gruesos edredones. Zina, dura como una chapa blindada, se deleitaba en sus noches en Budapest como nunca lo había hecho en el lujo de una enorme cama de hotel. En aquel festín de placer no veía ninguna traición a su ascética existencia, sino más bien un breve respiro de las privaciones y la degradación, una recompensa; como una galleta de chocolate belga puesta bajo la lengua para que se derrita allí en secreto en una nube de éxtasis.

La limusina entró lentamente en el aparcamiento del sótano del edificio de Humanistas Ltd. Cuando salieron del coche, Zina cogió el gran paquete rectangular que le entregó el chófer. Unos guardias uniformados cotejaron los pasaportes de la pareja con las fotos del banco de datos de su terminal informática, les entregaron sendas etiquetas de identificación y los escoltaron al interior de un ascensor bastante grandioso de bronce y cristal.

Spalko los recibió en su despacho. Para entonces el sol estaba en lo alto, convirtiendo el río en una sábana de latón fundido. Abrazó a los dos, les preguntó si habían tenido un buen vuelo y un trayecto sin complicaciones desde el aeropuerto de Ferihegy y se interesó por la evolución de la herida de bala de Arsenov. Una vez acabadas las cortesías de rigor, entraron en una habitación aneja forrada de madera de pecán de un ligero color miel, donde se había dispuesto una mesa con un mantel blanco recién planchado y una vajilla reluciente. Spalko había encargado una comida a base de platos occidentales. Filetes, langosta, tres verduras diferentes... Todos ellos platos favoritos de los chechenos. Y ni el menor rastro de patatas. Con frecuencia las patatas eran todo lo que Arsenov y Zina tenían para comer durante días y días. Zina dejó el paquete sobre una silla vacía, y los tres se sentaron a la mesa.

—Jeque —dijo Arsenov—, como siempre estamos abrumados por su generosa hospitalidad.

Spalko hizo una inclinación de cabeza. Le complacía el nombre que se había adjudicado en el mundo de ellos, que significaba «santo», «amigo de Dios». Era un nombre que daba la nota adecuada de veneración y respeto, un augusto pastor para su rebaño.

Se levantó entonces y abrió una botella del potente vodka polaco, que vertió en tres vasos. Levantó el suyo y los otros siguieron su ejemplo.

—Por la memoria de Jalid Murat, un gran líder, un guerrero poderoso, un adversario intrépido —entonó con solemnidad al estilo checheno—. Que Alá le conceda la gloria que se ha ganado con la sangre y el valor. Que los relatos de sus proezas como líder y como hombre se cuenten y se vuelvan a contar entre todos los creyentes.

Se bebieron el fuerte aguardiente de un trago rápido.

Arsenov se levantó y rellenó los vasos. Levantó el suyo, y los otros lo siguieron.

—Por el jeque, el amigo de los chechenos, que nos guiará al lugar que nos corresponde en el nuevo orden mundial.

Se bebieron el vodka.

Zina hizo ademán de levantarse, sin duda con la intención de hacer su propio brindis, pero Arsenov se lo impidió poniéndole una mano en el brazo. Aquel gesto de contención no pasó inadvertido a la atención de Spalko. Lo que más le interesó fue la reacción de Zina; no fue capaz de traspasar la expresión de disimulo de Zina y llegar al núcleo de su furia. Había muchas injusticias en el mundo, bien lo sabía él, a todos los niveles imaginables. Se le antojó extraño y no poco perverso que los seres humanos pudieran indignarse por las injusticias a gran escala, mientras les pasaban inadvertidas las pequeñas iniquidades que se infligían a diario a los individuos. Zina combatía hombro con hombro con los hombres. ¿Por qué, entonces, no habría de tener la oportunidad de elevar su voz en un brindis de su propia cosecha? La ira ardía dentro de ella; aquello le gustó a Spalko, que sabía cómo utilizar la furia de otra persona.

—Amigos míos, compatriotas. —Sus ojos chispeaban de convicción—. Por el encuentro del doloroso pasado, el desesperado presente y el glorioso futuro. ¡Estamos en el umbral del mañana!

Empezaron a comer, hablando de asuntos generales e intrascendentes como si estuvieran en una fiesta más bien informal. Y sin embargo, una atmósfera expectante, de cambio incipiente, se había colado sigilosamente en la habitación. Los tres mantenían la mirada en sus platos o en los del otro, como si estando ya tan cerca de ella, se sintieran reacios a mirar hacia la tormenta en ciernes que se estaba formando sobre ellos. Por fin terminaron de comer.

—Es la hora —dijo el jeque. Arsenov y Zina se levantaron para detenerse delante de él.

Arsenov hizo una reverencia con la cabeza.

—El que muere por amor al mundo material mata a un hipócrita. El que muere por el amor al más allá mata a un asceta. Pero el que muere por amor a la verdad mata a un sufí.

Se volvió a Zina, que abrió el paquete que habían llevado con ellos desde Grozni. Dentro había tres capas. Ella le entregó una a Arsenov, quien se la puso. Ella se puso la suya. Arsenov sostuvo la tercera en sus manos cuando se volvió hacia el jeque.

—La *kherqeh* es la prenda honorífica del derviche —entonó Arsenov—. Simboliza la naturaleza y los atributos divinos.

—La capa está tejida con la aguja de la devoción y el hilo de la memoria desinteresada de Dios —dijo Zina.

El jeque hizo una reverencia con la cabeza y dijo:

—*La illaha ill Allah*.

Esto es: «No hay más Dios que Dios, que es Único».

Arsenov y Zina repitieron:

—*La illaha ill Allah*.

Entonces, el líder de los rebeldes chechenos cubrió los hombros del jeque con la *kherqeh*.

—Para la mayoría de los hombres es suficiente haber vivido de acuerdo con la *sharia*, la ley islámica, entregados a la voluntad divina, para morir en gracia y entrar en el Paraíso —dijo Arsenov—. Pero estamos otros que anhelamos a la divinidad aquí y ahora, y cuyo amor por Dios nos impulsa a buscar el camino de la espiritualidad. Somos los sufíes.

Spalko sintió el peso de la capa de derviche y dijo:

—Oh vos, alma que estás en paz, vuelve a tu Señor con el gozo que tienes en Él y el que Él tiene en ti. Entra a formar parte de mis esclavos. Entra en mi Paraíso.

Arsenov, conmovido por aquella cita del Corán, cogió la mano de Zina, y juntos se arrodillaron delante del jeque. Y en un responsorio a dos voces de tres siglos de antigüedad, recitaron un solemne juramento de obediencia. Spalko sacó un cuchillo y se lo entregó a la pareja. Los dos, por turnos, se hicieron un corte y le ofrecieron su sangre en una copa de pie corto. De esa manera, se convirtieron en *murids*, en discípulos del jeque, unidos a él tanto de palabra como de hecho.

Entonces, aun siendo doloroso para Arsenov debido a la herida de su muslo, los tres se sentaron en el suelo con las piernas cruzadas mirándose unos a otros y, al estilo de los sufíes Naqshibandi, ejecutaron el *zikr*, la unión extática con Dios. Colocaron sus manos derechas sobre sus muslos izquierdos, y las manos izquierdas sobre las muñecas derechas. Arsenov empezó a mover la cabeza y el cuello hacia la derecha formando el arco de un semicírculo, y Zina y Spalko lo siguieron en perfecta sincronía con la suave y casi sensual salmodia de Arsenov:

—Protégeme, Señor, del pérfido ojo de la envidia y de los celos, los cuales caigan sobre tus copiosos dones.

Luego, hicieron el mismo movimiento a la izquierda.

—Protégeme, Señor, de caer en las manos de los niños traviesos de la tierra, no fuera a ser que me utilizaran en sus juegos; podrían jugar conmigo y terminar rompiéndome, porque los niños destruyen sus juguetes.

A un lado y a otro, y vuelta a empezar.

—Protégeme, Señor, de todo tipo de daños que provengan de la inclemencia de mis adversarios y de la ignorancia de mis cariñosos amigos.

Las oraciones cantadas y el movimiento se hicieron uno, fundiéndose en un todo extático en presencia de Dios.

Mucho más tarde, Spalko los guió por un pasillo posterior hasta un pequeño ascensor de acero inoxidable, que los condujo hasta el sótano horadado en la misma roca firme sobre la que se asentaba el edificio.

Entraron en una habitación abovedada con un techo muy alto entrecruzado por vigas de acero. El sordo siseo del climatizador era el único sonido que oían. A lo largo de la pared se habían apilado una serie de cajas de embalaje. Hasta ellas los condujo Spalko. Entregó una palanca a Arsenov y se quedó observando con no poca satisfacción mientras el líder terrorista abría con un chasquido la caja más cercana y se quedaba mirando fijamente el brillante conjunto de fusiles de asalto AK-47. Zina cogió uno y lo examinó con cuidado y precisión. Hizo un gesto con la cabeza hacia Arsenov, que abrió otra caja que contenía una docena de lanzacohetes portátiles.

—Éste es el armamento más avanzado del arsenal ruso —dijo Spalko.

—¿Cuál es el precio? —preguntó Arsenov.

Spalko abrió las manos.

—¿Qué precio sería el adecuado si este armamento te ayudara a conseguir la libertad?

—¿Y cómo se le pone precio a la libertad? —dijo Arsenov frunciendo el entrecejo.

—La respuesta es que no se puede. Hasan, la libertad no sabe de precios. Se compra con la sangre y los corazones indómitos de gente como vosotros. —Desvió la mirada hacia la cara de Zina—. Éstos son vuestros, todos, para que los utilicéis como estiméis conveniente a fin de asegurar vuestras fronteras y hacer que los que os rodean tomen nota.

Por fin Zina levantó la vista hacia él, mirándolo a través de unas largas pestañas. Sus miradas se encontraron y refulgieron, aunque las expresiones de ambos permanecieron impasibles.

Y como si respondiera al examen de Spalko, Zina dijo:

—Ni siquiera este armamento conseguirá que entremos en la Conferencia de Reikiavik.

Spalko asintió con la cabeza, y las comisuras de su boca se levantaron ligeramente.

—Bien cierto. La seguridad internacional es bastante exhaustiva. Un asalto armado no llevaría a nada que no fuera nuestras propias muertes. Sin embargo, tengo un plan que no sólo hará que consigamos entrar en el hotel Oskjuhlid, sino que nos permitirá matar a todas las personas que haya dentro sin exponer nuestras vidas. A las pocas horas de que comience el evento, todo con lo que habéis soñado durante siglos será vuestro.

—Jalid Murat tenía miedo del futuro, miedo de lo que nosotros, los chechenos, podemos conseguir. —La fiebre de la rectitud hizo que Arsenov se pusiera colorado—. El mundo nos ha ignorado durante demasiado tiempo. Rusia nos arrastra por el suelo mientras sus compañeros de armas, los estadounidenses, se mantienen al margen y no hacen nada por salvarnos. Miles de millones de dólares estadounidenses entran a chorro en Oriente Medio, ¡pero a Chechenia no llega ni un rublo!

Spalko había adoptado el aire de autosuficiencia de un profesor que observa los buenos resultados de su premiado alumno. Sus ojos relucieron torvamente.

—Todo eso cambiará. Dentro de cinco días, el mundo entero estará a vuestros pies. Tendréis el poder, así como el respeto de aquellos que os han escupido y abandonado. De Rusia, del mundo islámico y de todo Occidente, ¡especialmente de Estados Unidos!

—Estamos hablando de cambiar todo el orden mundial, Zina —dijo Arsenov, gritando realmente.

—Pero ¿cómo? —preguntó Zina—. ¿Cómo es posible eso?

—Si os reunís conmigo en Nairobi dentro de tres días —contestó Spalko—, lo veréis con vuestros propios ojos.

El agua, oscura, profunda, viva con un horror inefable, se cierra sobre su cabeza. Se está hundiendo. Con independencia de lo mucho que se esfuerza, de lo desesperadamente que bracea, siente que desciende en espiral, como si estuviera lastrado con plomo. Entonces mira hacia abajo y ve una gruesa soga, viscosa a causa de las algas, atada a su tobillo izquierdo. No puede ver lo que hay en el otro extremo de la soga porque se pierde en la negrura que tiene debajo. Pero sea lo que sea debe de ser pesado y debe de estar arrastrándolo hacia abajo, porque la cuerda está tensa. Alarga las manos hacia abajo en un gesto desesperado, y sus dedos entumecidos intentan liberarlo a tientas, y el buda se suelta y empieza a descender sin rumbo, girando lentamente, alejándose de él hacia la insondable oscuridad...

Jan se despertó sobresaltado, como siempre, sacudido por una terrible sensación de pérdida. Estaba tumbado en medio de un revoltijo de sábanas húmedas. Alargó la mano hacia abajo y se tocó el tobillo izquierdo, como para asegurarse de que no tenía atada la soga. Luego, con cuidado, casi con respeto, subió los dedos por los músculos tensos y lisos de su abdomen y de su pecho, hasta acabar tocando el pequeño buda tallado en piedra que colgaba de su cuello por una fina cadena de oro. Nunca se lo quitaba, ni siquiera cuando dormía. Por supuesto que estaba allí. Siempre estaba allí. Era un talismán, aunque había intentado convencerse de que no creía en los talismanes.

Dio un leve resoplido de asco y se levantó, entró en el baño sin hacer ruido y se salpicó la cabeza con agua fría. Encendió la luz, que parpadeó durante un momento. Mientras acercaba bruscamente la cabeza al espejo, inspeccionó su reflejo mirándose como si fuera la primera vez. Soltó un gruñido, orinó y, tras encender una lamparita, se sentó en el borde de la cama para volver a leer el magro expediente que le había entregado Spalko. Nada en él insinuaba ni remotamente que David Webb poseyera las habilidades que Jan había visto. Se tocó la marca azul y negra de su cuello y pensó en la red que Webb había confeccionado con las enredaderas y colocado con tanta astucia. Rompió la única hoja del expediente. No servía para nada, era más que inútil, puesto que lo había inducido a subestimar a su objetivo. Y además había otras consecuencias, que eran igual de apremiantes. Spalko le había proporcionado una información que era tan incompleta como errónea.

Había sospechado que Spalko sabía exactamente quién y qué era David Webb. Jan necesitaba saber si Spalko había puesto en práctica alguna estratagema que implicaba a Webb. Él tenía sus propios planes para David Webb, y estaba más que decidido a que nadie —ni siquiera Stepan Spalko— se interpusiera en su camino.

Soltó un suspiro, apagó la luz y se tumbó de espaldas, pero su mente no estaba preparada para el sueño. Todo su cuerpo era un hervidero de especulaciones. Hasta llegar al acuerdo de su última misión para Spalko, no había tenido ni idea de que David Webb existiera siquiera, mucho menos de que siguiera vivo. Dudó que hubiera aceptado la misión si Spalko no le hubiera colgado a Webb delante de las narices. Debía de haber sabido que Jan encontraría irresistible la perspectiva de encontrar a Webb. Ya hacía algún tiempo que trabajar para Spalko le hacía sentirse incómodo. Parecía como si Spalko estuviera cada vez más convencido de que Jan le pertenecía, y Spalko, de eso estaba seguro Jan, era un megalómano.

En la selva de Camboya, donde se había visto obligado a abrirse camino siendo niño y adolescente, había tenido más de una pequeña experiencia con megalómanos. El clima caliente y húmedo, el caos constante de la guerra, la incertidumbre de la vida diaria..., todo se combinaba para llevar a la gente al borde de la locura. En aquel ambiente maligno, el débil moría y el fuerte sobrevivía; en cierto aspecto elemental todos acababan cambiados.

Mientras permanecía tumbado en la cama, Jan se iba toqueteando las cicatrices de su cuerpo. Era una especie de ritual, una superstición acaso, un método para mantenerse a salvo del dolor; no de la violencia que un adulto inflige a otro, sino del terror silencioso e inefable que siente un chiquillo en plena noche. Los niños, al despertarse de semejantes pesadillas, corren junto a sus padres, se meten a gatas en la calidez y el consuelo de sus camas y no tardan en quedarse dormidos. Pero Jan no tenía padres, nadie que lo consolara. Antes bien, se había visto obligado constantemente a liberarse de las garras de los adultos atolondrados que sólo lo veían como una fuente de dinero o de sexo. La esclavitud era lo que había conocido durante muchos años, tanto por parte de los caucasianos como de los asiáticos con los que había tenido la desgracia de toparse. No pertenecía a ninguno de los dos mundos, y ellos lo sabían. Era un mestizo y, como tal, había sido vilipendiado, maldecido, golpeado, objeto de abusos y sometido de todas las maneras en que un ser humano puede ser degradado.

Y, sin embargo, había perseverado. Su objetivo, un día tras otro, había pasado a consistir sencillamente en sobrevivir. Pero había aprendido de la amarga experiencia que escapar no era suficiente, que aquellos que lo habían esclavizado lo perseguirían y lo castigarían con severidad. Por dos veces había estado a punto de morir. Fue entonces cuando comprendió que se requería más por su parte para sobrevivir. Tendría que matar o, al final, ser él quien resultara muerto.

Faltaba poco para las cinco cuando el equipo de asalto de la Agencia entró a hurtadillas en el motel desde su posición en el control de carretera. El encargado de noche los había alertado de la presencia de Jason Bourne. Se había despertado de un sueño inducido por un ansiolítico y se había encontrado con la cara de Bourne, que lo miraba fijamente desde la pantalla del televisor. Se había pellizcado para asegurarse de que no estaba soñando, se había tomado un chupito de güisqui de centeno barato, y había hecho la llamada.

El jefe del equipo había pedido que las luces de seguridad del motel fueran apagadas, de manera que el equipo pudiera realizar el acercamiento en la oscuridad. Sin embargo, cuando empezaron a tomar posiciones, el camión frigorífico aparcado en el otro extremo del motel se puso en marcha y encendió sus faros, alcanzando a algunos de los miembros del equipo con sus potentes haces. El jefe del equipo empezó a hacerle señas frenéticamente al desafortunado conductor, echó a correr hacia su lado del camión y le dijo que sacara su culo de allí a toda prisa. El conductor, con los ojos como platos ante la visión del equipo, hizo lo que se le pedía, apagando las luces hasta que se encontró a bastante distancia del aparcamiento y empezó a deslizarse por la carretera.

El jefe del equipo hizo señas a sus hombres, que se dirigieron directamente hacia la habitación de Bourne. A la silenciosa orden del jefe, dos de los miembros del equipo se separaron y rodearon el motel para dirigirse a la parte posterior. El jefe les concedió veinte segundos para tomar posiciones antes de dar la orden de ponerse las máscaras de gas. Dos de los hombres se arrodillaron y lanzaron sendos botes de gas lacrimógeno a través de la ventana delantera de la habitación. El brazo extendido del jefe descendió, y sus hombres entraron en tropel en la habitación abriendo la puerta violentamente. El gas salió a chorro al mismo tiempo que entraban con las metralletas listas para usar. El televisor estaba encendido, pero sin voz. La cnn mostraba la cara de su presa. Los restos de una comida precipitada estaban esparcidos sobre la raída alfombra llena de manchas, y la cama había sido despojada de su ropa. La habitación había sido abandonada.

Dentro del camión frigorífico que se alejaba a toda prisa del motel, Bourne, envuelto en la ropa de la cama, estaba tumbado en medio de unas cajas de madera que contenían fresas en bolsas de plástico que habían sido apiladas casi hasta el techo del camión. Había conseguido colarse hasta un lugar por encima del nivel del suelo, y las cajas de embalaje que tenía a ambos lados lo mantenían en su sitio. Cuando entró en la parte trasera del camión, cerró la puerta tras él. Los camiones frigoríficos como aquél tenían un mecanismo de seguridad que permitía abrir y cerrar la puerta trasera desde el interior, a fin de asegurarse de que nadie quedara atrapado por accidente. Encendiendo su linterna un momento, había localizado el pasillo central, lo bastante ancho para que pasara un hombre por él. En la pared superior derecha estaba la rejilla de la salida de los gases del compresor de la refrigeración.

De repente se puso tenso. El camión estaba aminorando la marcha al acercarse al control de carretera, hasta que se detuvo por completo. El punto álgido del máximo peligro había llegado.

Se produjo un silencio absoluto durante quizá cinco minutos, tras los cuales se oyó repentinamente el áspero sonido de la puerta trasera al ser abierta. Unas voces llegaron hasta él.

—¿Ha recogido a algún autoestopista? —preguntó un policía.

—De eso nada —respondió Guy, el conductor del camión.

—Venga, mire esta foto. ¿Ha visto quizá a este tipo en el arcén?

—No, señor. Nunca he visto a ese hombre. ¿Qué es lo que ha hecho?

—¿Qué lleva ahí dentro? —Era la voz de otro policía.

—Fresas frescas —dijo Guy—. Escuchen, agentes, tengan corazón. No es bueno para ellas tener la puerta abierta de esta manera. Las que se pudren salen de mi sueldo.

Alguien gruñó. El potente haz de una linterna bailó por el pasillo central, rastreando el suelo justo por debajo del lugar donde Bourne se encontraba suspendido en medio de las fresas.

—De acuerdo —dijo el primer policía—. Ciérrela, amigo.

El haz de la linterna se apagó de golpe, y la puerta se cerró con un portazo.

Bourne esperó a que el camión arrancara y se deslizara a toda velocidad por la carretera camino de Washington antes de salir de allí. Daba vueltas a la cabeza sin parar. Los polis debían de haberle enseñado a Guy la misma foto de David Webb que estaba difundiendo la CNN.

Al cabo de media hora, la circulación fluida de la carretera había dado paso al constante pararse y arrancar de las calles de una ciudad con semáforos. Había llegado el momento de salir. Bourne fue hasta la puerta y empujó la palanca de seguridad. No se movió. Lo intentó de nuevo, en esa ocasión con más fuerza. Maldiciendo entre dientes, encendió la linterna que había cogido de la casa de Conklin. Dentro del brillante círculo del haz vio que el mecanismo se había atascado. Estaba encerrado.

5

Al amanecer, el DCI ofreció una rueda de prensa con Roberta Alonzo-Ortiz, la consejera de Seguridad Nacional. Estaban reunidos en la sala de crisis del presidente, un espacio circular situado en las entrañas de la Casa Blanca. Muchas plantas por encima de ellos estaban las preciosas habitaciones de molduras denticuladas forradas en madera que la gente asociaba con aquel edificio histórico de varias plantas, aunque allí abajo prevalecía toda la fuerza y el poder de los oligarcas del Pentágono. Al igual que los grandes templos de las antiguas civilizaciones, la sala de crisis había sido construida para que durase siglos. Excavada en los viejos sótanos, sus proporciones eran intimidatorias, como correspondía a semejante monumento a la invencibilidad.

Alonzo-Ortiz, el DCI y sus respectivos Estados Mayores —además de unos cuantos miembros escogidos del Servicio Secreto— estaban repasando por centésima vez los planes de seguridad para la cumbre antiterrorista de Reikiavik. Unos detallados diagramas del hotel Oskjuhlid aparecían sobre una pantalla de proyección junto con unas notas sobre cuestiones de seguridad relacionadas con las entradas, las salidas, los ascensores, el tejado, las ventanas y cosas parecidas. Se había establecido una conexión directa por vídeo con el hotel, así que Jamie Hull, el emisario del DCI destacado al lugar, podía participar en la reunión informativa.

—No se tolerará ningún margen de error —dijo Alonzo-Ortiz. Era una mujer de aspecto imponente, con el pelo de color negro azabache y unos ojos tan brillantes como penetrantes—. Todos los aspectos de esta cumbre deben funcionar como un reloj —prosiguió—. Cualquier fisura en la seguridad, por minúscula que sea, tendría unos efectos desastrosos. Arruinaría todo lo que el presidente ha estado construyendo durante dieciocho meses con los principales países islámicos. No tengo que decirle a ninguno de ustedes que, tras la apariencia de cooperación, acecha una desconfianza innata hacia los valores occidentales y la ética judeocristiana, y todo lo que éstos representan.

El menor indicio de que el presidente los ha engañado tendrá de inmediato las consecuencias más funestas. —Miró lentamente alrededor de la mesa. Era uno de sus dones especiales el que, cuando se dirigía a un grupo, consiguiera que todos y cada uno de los presentes creyera que sólo le estaba hablando a él—. No cometan ningún error, caballeros. Lo que nos jugamos aquí es nada menos que una guerra mundial, una *yihad* masiva como nunca antes hemos visto y que, muy posiblemente, no seamos capaces de imaginar.

Estaba a punto de dar por terminada la reunión informativa para Jamie Hull, cuando un hombre joven y delgado entró en la sala, se acercó silenciosamente al DCI y le entregó un sobre cerrado.

—Mis disculpas, doctora Alonzo-Ortiz —dijo el director mientras rasgaba el sobre.

Leyó el contenido sin inmutarse, aunque su ritmo cardíaco se duplicó. A la consejera de Seguridad Nacional no le gustaba que la interrumpieran en sus reuniones informativas. Consciente de que ella lo miraba con cara de pocos amigos, el director retiró la silla y se levantó.

Alonzo-Ortiz le dirigió una sonrisa tan tensa que sus labios casi desaparecieron.

—Confío en que tenga un motivo justificado para dejarnos de forma tan repentina.

—Por supuesto que lo tengo, doctora Alonzo-Ortiz.

El DCI, aunque ya era veterano y, por consiguiente, contaba con una buena cuota de poder, tenía el suficiente sentido común como para no enfrentarse con la persona en quien más confiaba el presidente. Hizo gala de sus mejores modales, aunque sentía un profundo resentimiento hacia Roberta Alonzo-Ortiz, no sólo porque ella le había usurpado su tradicional papel con el presidente sino por ser mujer. Por todas estas razones hizo uso del poco poder del que disponía, a saber, la ocultación de lo que ella más deseaba conocer en ese momento: la naturaleza de aquella emergencia lo bastante grave como para arrastrarlo fuera de la sala.

La sonrisa de la consejera de Seguridad Nacional se tensó aún más.

—En ese caso, le agradecería un informe completo de la crisis, sea cual fuere ésta, tan pronto como sea viable.

—Por supuesto —dijo el DCI, mientras se batía en una rápida retirada. En cuanto la gruesa puerta de la sala de crisis se cerró tras él, añadió ásperamente «Su Alteza», lo que provocó una carcajada en el agente de campo que su oficina había utilizado como mensajero.

El DCI tardó menos de quince minutos en volver a la oficina central, donde lo esperaban para que comenzase una reunión de altos cargos de la Agencia. Asunto: los asesinatos de Alexander Conklin y el doctor Morris Panov. Principal sospechoso: Jason Bourne. Todos los presentes eran hombres de tez pálida, vestidos con trajes tradicionales impecablemente entallados, corbatas de seda de vivos colores y brillantes zapatos de piel. Las camisas a rayas, los cuellos de colores y las modas pasajeras no iban con ellos. Acostumbrados a pasearse por los pasillos del poder de Washington y sus alrededores, eran tan inmutables como sus ropas. Conservadores, salidos de universidades conservadoras, descendían de las familias adecuadas, y desde el principio sus padres los habían encaminado a los despachos, y desde ahí a los secretos, de la gente adecuada; unos líderes con visión y energía que sabían cómo conseguir que se hiciera el trabajo. La red sobre la cual se sentaban en ese momento era un mundo secreto rigurosamente reservado, aunque los tentáculos que se abrían en abanico desde ella se extendían por doquier.

En cuanto el DCI entró en la sala de reuniones, se bajaron las luces. Sobre una pantalla aparecieron las fotos de los cuerpos tomadas in situ por la policía científica.

—¡Por el amor de Dios, quiten eso! —gritó el DCI—. Es una obscenidad. No deberíamos ver a esos hombres en ese estado.

Martin Lindros, el director adjunto de la IC (DDCI), pulsó un botón, y la pantalla se quedó en blanco.

—Para poner a todo el mundo al corriente, les diré que ayer confirmamos que el coche que habíamos encontrado aparcado en el camino de la casa de Conklin era el de David Webb.

Hizo una pausa cuando el Gran Jefazo carraspeó.

—Llamemos al pan pan, y al vino vino. —El director se echó hacia delante y puso los puños sobre la reluciente mesa—. El mundo en general tal vez conozca a este hombre..., a este hombre como David Webb, pero aquí es conocido como Jason Bourne. Utilizaremos ese nombre.

—Sí, señor —dijo Lindros, decidido a no exacerbar el excesivo mal humor del director. Apenas necesitó consultar sus notas, tan recientes y vívidos estaban aquellos hallazgos en su mente—. We... Bourne fue visto por última vez en el campus de Georgetown aproximadamente una hora antes de los asesinatos. Un testigo presencial lo vio salir corriendo hacia su coche. Suponemos que se dirigió directamente a casa de Alex Conklin. Sin ningún género de dudas Bourne estuvo en la casa a la hora aproximada en que se cometieron los asesinatos. Sus huellas estaban en un vaso de güisqui a medio terminar que se encontró en la sala de la televisión.

—¿Y qué hay del arma? —preguntó el DCI—. ¿Es el arma del crimen?

Lindros asintió con la cabeza.

—Está totalmente confirmado por el informe de balística.

—¿Y está seguro de que era de Bourne, Martin?

Lindros consultó una fotocopia y se la pasó a través de la mesa al DCI, haciéndola girar al mismo tiempo.

—El registro confirma que el arma del crimen pertenece a David Webb. A «nuestro» David Webb.

—¡Hijo de perra! —Al DCI le temblaban las manos—. ¿Están las huellas de ese cabrón en el arma?

—Limpió la pistola —dijo Lindros, consultando otra hoja—. No hay ni la menor huella.

—La marca de un profesional. —El DCI pareció repentinamente agotado. No era fácil perder a un viejo amigo.

—Sí, señor. Sin duda.

—¿Y Bourne? —preguntó el DCI con un gruñido. Parecía que le resultara doloroso incluso pronunciar el nombre.

—A primeras horas de esta mañana recibimos un chivatazo: Bourne se había escondido en un motel de Virginia, cerca de uno de nuestros controles de carretera —dijo Lindros—. Acordonamos la zona de inmediato y enviamos un equipo de asalto al motel. Si realmente estuvo allí, ya había huido y atravesado el cordón sin ser visto. Se desvaneció en el aire.

—¡Maldita sea! —El DCI se puso rojo.

El ayudante de Lindros entró en la sala silenciosamente y le entregó una hoja. Lindros la examinó durante un instante y luego levantó la vista.

—Esta mañana a primera hora envié un equipo a la casa de Webb, por si volvía allí o se ponía en contacto con su esposa. El equipo encontró la casa cerrada con llave y vacía. Ni rastro de la mujer ni de los dos hijos de Bourne. La investigación subsiguiente reveló que ella se presentó en el colegio de los niños y los sacó de clase sin mediar explicación.

—¡Eso lo confirma! —Parecía que al DCI estaba a punto de darle un ataque de apoplejía—. ¡En todos los terrenos va un paso por delante de nosotros porque había planeado esos asesinatos con antelación! —Durante el breve y rápido viaje a Langley, había permitido que sus emociones sacaran lo mejor de él. Entre el asesinato de Alex y las maniobras de Alonzo-Ortiz, había entrado en la reunión de la Agencia hecho una furia. A esas alturas, una vez enfrentado a las pruebas forenses, estaba más que dispuesto a condenar.

—Es evidente que Jason Bourne se ha convertido en un bellaco. —El Gran Jefe, todavía de pie, parecía bastante conmovido—. Alexander Conklin era un viejo y leal amigo. Soy incapaz de recordar o enumerar la de veces que se jugó la reputación, su propia vida incluso, por esta organización y por su patria. Era un auténtico patriota en el sentido más amplio de la palabra, un hombre de quien todos nos sentíamos orgullosos, y con razón.

Por su parte, Lindros pensaba en cuántas veces era capaz de recordar y enumerar en las que el Gran Jefe había despotricado contra las tácticas de vaquero, las misiones deshonestas y los objetivos secretos de Conklin. Todo eso de ensalzar a un muerto estaba muy bien, pensó, pero en aquel negocio era una auténtica idiotez ignorar las peligrosas inclinaciones de los agentes, pasados y presentes. Eso, por supuesto, incluía a Jason Bourne. Éste era una especie de agente durmiente, de la peor especie, por cierto, de los que no son capaces de controlarse del todo. Si lo habían movilizado en el pasado se debía a las circunstancias, no a su propia elección. Lindros sabía muy poco sobre Jason Bourne, un descuido que estaba decidido a corregir en cuanto se levantara aquella reunión.

—Si Alexander Conklin tenía una debilidad, un punto débil, ése era Jason Bourne —continuó el DCI—. Años antes de que conociera a su actual esposa, Marie, perdió a toda su primera familia, a su esposa tailandesa y sus dos hijos, en un ataque sobre Phnom Penh. El hombre se había vuelto medio loco a causa del dolor y los remordimientos cuando Alex lo recogió de las calles de Saigón y lo adiestró. Años más tarde, incluso después de que Alex consiguiera la ayuda de Morris Panov, surgieron problemas para controlar a su activo... pese a los informes regulares del doctor Panov en sentido contrario. Sea como fuere, cayó bajo la influencia de Jason Bourne.

»Advertí a Alex una y otra vez, le rogué que hiciera evaluar a Bourne por nuestro equipo de psiquiatras forenses, pero se negó siempre. Alex, Dios lo tenga en su gloria, podía ser muy testarudo; creía en Bourne.

La cara del DCI brillaba a causa del sudor mientras miraba por la sala con los ojos muy abiertos.

—¿Y cuál es el resultado de esa fe? Los dos hombres han sido tiroteados como perros por el mismísimo activo al que intentaban controlar. La verdad pura y simple es que Bourne es incontrolable. Y es una víbora venenosa y mortífera. —El DCI dio un puñetazo sobre la mesa de reuniones—. No permitiré que estos abyectos asesinatos a sangre fría queden impunes. Voy a redactar una orden a escala mundial para disponer la aniquilación inmediata de Jason Bourne.

Bourne tuvo un escalofrío. Estaba totalmente helado. Miró hacia arriba y apuntó el haz de su linterna al conducto de ventilación de la refrigeración. Bajó de nuevo al centro del pasillo, trepó a la pila de cajas de la derecha y se arrastró por encima de los montones hasta que llegó a la rejilla. Abrió la navaja automática y utilizó la punta de la hoja para desatornillarla. La suave luz del amanecer inundó el interior del remolque. Parecía haber suficiente espacio para salir por allí. Confió en que así fuera.

Encogió los hombros hacia dentro, se introdujo como pudo en la abertura y empezó a retorcerse de un lado a otro. Durante los primeros centímetros todo fue bien, pero de repente su avance se vio interrumpido. Intentó moverse, pero no pudo. Estaba atascado. Exhaló todo el aire de sus pulmones y consiguió que la parte superior de su cuerpo se relajara. Empujó con las piernas y los pies. Una caja se deslizó y cayó, pero había conseguido avanzar un poquito. Bajó las piernas hasta que consiguió agarrarse con los pies a las cajas que tenía debajo. Apretando los tacones de los zapatos contra la barra superior, volvió a hacer presión y se movió de nuevo. Repitió esa maniobra con lentitud y cuidado hasta que al final consiguió pasar la cabeza y los hombros. Parpadeó al mirar al cielo color rosa, donde se iban acumulando unas nubes esponjosas que fueron cambiando de forma mientras se contoneaba por debajo de ellas. Levantó las manos, se agarró al borde del techo y se impulsó hasta que consiguió salir del remolque y situarse sobre el techo.

En el siguiente semáforo se bajó de un salto, encogiendo el hombro hacia dentro y rodando para amortiguar la caída. Se levantó, llegó a la acera y se sacudió el polvo. La calle estaba desierta. Lanzó un breve saludo al confiado Guy cuando el camión frigorífico se alejó envuelto en la nube azul de los humos del motor diésel.

Estaba en las afueras de Washington, en el barrio pobre del noreste. El cielo empezaba a clarear y las largas sombras del amanecer se retiraban ante el empuje del sol. Se podía oír el zumbido del tráfico en la distancia, además del aullido de una sirena policial. Respiró profundamente. Bajo el hedor de la ciudad percibió algo fresco en el aire: la euforia de la libertad después de una larga noche de esfuerzos por esconderse y seguir libre.

Caminó hasta que vio el revoloteo de unos descoloridos banderines blancos, azules y rojos. El solar de los coches usados estaba cerrado durante la noche. Avanzó por el solar desierto, escogió un coche al azar y le cambió las placas de la matrícula con las del coche que estaba al lado. Hizo saltar la cerradura con una palanqueta, abrió la puerta del lado del conductor e hizo un puente. Instantes después salía del solar y enfilaba la calle.

Aparcó delante de una cafetería con una fachada cromada que era una reliquia de la década de los cincuenta. Había una gigantesca taza de café colocada encima del techo cuyas luces de neón hacía mucho que se habían fundido. Dentro había humedad. El olor a posos de café y a aceite frito estaba incrustado en todas las superficies. A la derecha de Bourne había un largo mostrador de formica y una hilera de taburetes cromados con los asientos de vinilo; a su derecha, contra la hilera de ventanales veteados por el sol, se extendía una fila de reservados, todos con una de aquellas gramolas individuales que tenían las tarjetas de todas las canciones que se podían poner por veinticinco centavos.

La piel blanca de Bourne fue recibida en silencio por las caras oscuras que se volvieron cuando la puerta se cerró tras él con el ligero tintineo de una campana. Nadie le devolvió la sonrisa. Su presencia pareció resultarle indiferente a algunos, pero otros de naturaleza distinta parecieron interpretarla como un maligno augurio de cosas venideras.

Consciente de la hostilidad de las miradas, se metió en un reservado con el asiento lleno de bultos. Una camarera con un pelo naranja lleno de rizos y una cara como la de Eartha Kitt dejó caer un mugriento menú delante de él y le llenó la taza de humeante café. Unos ojos vivarachos y excesivamente maquillados en una cara abrumada por las preocupaciones lo observaron durante un rato con curiosidad y algo más... tal vez compasión.

—No te preocupes por las miradas, cielo —musitó—. Les das miedo.

Se tomó un desayuno mediocre: huevos, beicon y patatas fritas, todo bañado con un astringente café. Pero necesitaba que la proteína y la cafeína hicieran su efecto para recuperarse de su agotamiento, al menos temporalmente.

La camarera le rellenó la taza, y él se bebió el café a sorbos, haciendo tiempo hasta que la Sastrería de Lincoln Fine abriera. Pero no estuvo ocioso. Sacó la libreta que había cogido de la mesa del salón de la televisión de Alex, y examinó una vez más la marca dejada en la hoja superior. NX 20. Sonaba a algo experimental, algo amenazante, aunque en realidad podía ser cualquier cosa, incluido un nuevo modelo de ordenador.

Levantó la vista y se dedicó a observar a los ciudadanos del barrio que entraban y salían lentamente, mientras hablaban de subsidios de desempleo, deudas por drogas, palizas policiales, muertes repentinas de familiares o la enfermedad de un amigo presidiario. Aquélla era la vida de aquella gente, más extraña para él que la de Asia o Micronesia.

La atmósfera en el interior de la cafetería estaba ensombrecida por la ira y la pena.

En una ocasión, un coche patrulla pasó silencioso junto al bar como un tiburón que bordeara un arrecife. En el interior cesó todo movimiento, como si aquel momento importante fuera una fotografía en la lente de un fotógrafo. Bourne apartó la cara y miró a la camarera. Estaba observando cómo desaparecían las luces traseras del coche mientras éste dejaba atrás el edificio. Un audible suspiro de alivio se extendió por la cafetería. Bourne experimentó su particular sensación de alivio. Al fin y al cabo, parecía que en su viaje por las sombras estaba en compañía de camaradas.

Sus pensamientos volvieron al hombre que lo acechaba. Su cara tenía un aire asiático, aunque no del todo. ¿Había algo familiar en ella, el fuerte perfil de su nariz, que no era asiática en absoluto, o la forma de sus gruesos labios, que lo eran mucho? ¿Era alguien del pasado de Bourne, de Vietnam? Pero no, eso era imposible. A juzgar por su aspecto, frisaba los treinta como mucho, lo que significaba que no podría haber tenido más de cinco o seis años cuando Bourne estuvo allí. ¿Quién era, pues, y qué quería? Aquellas preguntas siguieron hostigándolo. De repente dejó su taza medio vacía; el café estaba empezando a perforarle el estómago.

Volvió a su coche robado poco después, encendió la radio y le dio vueltas al dial hasta que encontró un informativo en el que se hablaba de la cumbre antiterrorista, siguió con un breve resumen de las noticias nacionales y pasó a continuación a los asuntos locales. El primero de la lista fue el asesinato de Alex Conklin y Mo Panov, aunque extrañamente no se dio ninguna nueva información.

—Hay más noticias —dijo el locutor—, pero primero un mensaje importante.

«Un mensaje importante.» Entonces el recuerdo de la oficina de París, con su vista desde los Campos Elíseos hasta el Arco del Triunfo, acudió de nuevo rápidamente a su memoria, arramblando con la cafetería y todo lo que le rodeaba. Había un sillón color chocolate al lado del que acababa de levantarse. A su derecha, un vaso de cristal tallado medio lleno de un líquido ambarino. Una voz grave, sonora y melodiosa estaba hablando de algo relacionado con lo que se tardaría en conseguir todo lo que Bourne necesitaba.

—No te preocupes, amigo mío —dijo la voz en un inglés desdibujado por el marcado acento francés—, se supone que tengo que darte un mensaje importante.

En el escenario de sus recuerdos, Bourne se dio la vuelta, y se estiró para ver la cara del hombre que había hablado, pero lo único que vio fue una pared blanca. El recuerdo se había evaporado como si fuera el aroma del güisqui escocés, dejando atrás a Bourne, que miraba sombríamente las mugrientas ventanas de la destartalada cafetería.

Un ataque de ira hizo que Jan cogiera su móvil y llamara a Spalko. Le llevó algún tiempo, y algo de insistencia por su parte, pero al final logró contactar con él.

—¿A qué debo este honor, Jan? —le dijo Spalko al oído. Escuchando con atención, Jan percibió la ligera dificultad al hablar de Spalko, y decidió que había estado bebiendo. El conocimiento que tenía de los hábitos de su empleador ocasional era más profundo de lo que el propio Spalko podría haber sabido, siempre que hubiera tenido algún deseo de considerar la cuestión. Sabía, por ejemplo, que a Spalko le gustaba beber, fumar cigarrillos y las mujeres, aunque no necesariamente por ese orden. Su capacidad para aquellas tres cosas era inmensa. En ese momento pensó que si Spalko era la mitad de borracho de lo que él sospechaba que era, tendría una ventaja sobre él. Por lo que concernía a Spalko, eso era una rareza.

—Me parece que el expediente que me entregó está equivocado, o al menos es muy deficiente.

—¿Y qué te ha llevado a tan lamentable conclusión?

La voz se endureció al instante, como el agua dentro del hielo. Jan se percató demasiado tarde de que el lenguaje que había utilizado había sido demasiado agresivo. Spalko podría ser un gran pensador —incluso un visionario—, pero en lo más profundo de su ser actuaba por instinto. Así que había salido de aquel medio estupor para repeler la agresión con más de lo mismo. Tenía un carácter violento muy en desacuerdo con la imagen pública que tanto cuidaba. Sin embargo, había una parte de él que se desarrollaba bajo la almibarada fachada de su vida cotidiana.

—El comportamiento de Webb ha sido curioso —dijo Jan en voz baja.

—¡Oh! ¿En qué sentido? —La voz de Spalko había vuelto a la apatía y la dificultad.

—No se ha estado comportando como un profesor de universidad.

—Me pregunto qué importancia tiene eso. ¿Lo has matado?

—Todavía no. —Jan, sentado en su coche, miró a través de la ventanilla cuando un autobús se detuvo al otro lado de la calle. La puerta se abrió con un suspiro, y la gente salió: un anciano, dos muchachos, una madre y su bebé.

—Bueno, eso es un cambio de planes, ¿no?

—Usted sabía que tenía intención de jugar con él primero.

—Sin duda, pero la pregunta es: ¿por cuánto tiempo?

Se estaba desarrollando algo así como una partida de ajedrez verbal, tan delicada como febril, y Jan sólo pudo intuir su naturaleza. ¿A qué venía lo de Webb? ¿Por qué Spalko había decidido utilizarlo como un peón en el doble asesinato de los funcionarios, Conklin y Panov? ¿Cuál era la verdadera razón de que Spalko hubiera ordenado asesinarlos? Jan no tenía ninguna duda de que eso era lo que había ocurrido.

—Hasta que esté preparado. Hasta que entienda quién está yendo a por él.

La mirada de Jan siguió a la madre cuando ésta bajó a su hijo a la acera. El niño se tambaleó un poco mientras caminaba, y ella se rió. El niño echó hacia atrás la cabeza para mirarla y también se rió, imitando la felicidad de su madre. Ésta le cogió de la mano.

—No estarás cambiando de idea, ¿verdad?

Jan creyó detectar cierta tirantez, un temblor de determinación, y de repente se preguntó si Spalko estaría realmente borracho. Sopesó la idea de preguntarle por qué le importaba que matara o no a David Webb, pero se lo pensó mejor y rechazó la idea, pues temía que eso pudiera poner de manifiesto sus propias preocupaciones.

—No, no he cambiado de idea —dijo Jan.

—Porque en el fondo tú y yo somos iguales. Nuestras narices se dilatan al olor de la muerte.

Perdido en sus pensamientos y sin saber bien qué responder, Jan cerró el móvil. Colocó la mano en la parte superior de la ventanilla y observó entre los dedos a la mujer y a su hijo caminar por la calle. Ella daba unos pasos insignificantes, intentando por todos los medios amoldarse al andar poco seguro de su hijo.

Spalko le estaba mintiendo, eso era algo que Jan sí sabía. Igual que él había estado mintiendo a Spalko. Durante un momento desenfocó la vista, y se encontró de nuevo en las selvas de Camboya. Había estado más de un año con los contrabandistas de armas vietnamitas, atado en una choza como si fuera un perro rabioso, medio muerto de hambre y apaleado. A su tercer intento de huida ya había aprendido la lección, y le había hecho papilla la cabeza al contrabandista inconsciente con la pala que había utilizado para excavar los pozos de las letrinas. Había pasado diez días viviendo de lo que pudo encontrar, antes de que los recogiera un misionero estadounidense llamado Richard Wick. Éste le había dado de comer, ropa, un baño caliente y una cama limpia. A cambio, él correspondió acudiendo a las lecciones de inglés del misionero. En cuanto fue capaz de leer, se le regaló una biblia y se le exigió que se la aprendiera de memoria. De esa manera empezó a comprender que, en opinión de Wick, él estaba en este mundo no para salvarse, sino para civilizarse. Una o dos veces intentó explicarle al misionero la naturaleza del budismo, pero era muy joven, y los conceptos que se le habían enseñado siendo él muy pequeño no parecían tan bien construidos cuando salían de su boca. Y en cualquier caso no es que a Wick le hubiera interesado en absoluto; no mantenía tratos con ninguna religión que no creyera en Dios, que no creyera en Jesucristo Salvador.

Jan volvió a enfocar la mirada de golpe. La madre conducía a su pequeño junto a la fachada cromada de la cafetería que tenía la enorme taza de café en su techo. Más allá, al otro lado de la calle, Jan alcanzó a ver al hombre que él conocía como David Webb a través del cristal veteado de reflejos de la ventanilla de un coche. Tenía que reconocerle el mérito a Webb; le había hecho seguir un intrincado camino desde los confines de la propiedad de Conklin. Jan había visto la figura sobre el camino del promontorio, observándolos. Cuando consiguió subir allí no sin dificultad, después de escapar de la inteligente trampa de Webb, ya era demasiado tarde para abordar al hombre, pero con sus gafas infrarrojas de campaña había podido seguir el avance de Webb hasta llegar a la carretera. Cuando estaba preparado para continuar, alguien recogió a Webb. En ese momento lo observaba, consciente de lo que Spalko ya sabía: que Webb era un hombre muy peligroso. A un hombre así seguramente no le había preocupado ser el único caucásico de la cafetería. Parecía sentirse solo, aunque Jan no podía estar seguro, puesto que la soledad era algo que le resultaba del todo extraño.

Volvió a mirar a la madre y al niño. Hasta él llegaron sus risas arrastradas por el aire, insustanciales como un sueño.

Bourne llegó a la Sastrería de Lincoln Fine en Alexandria a las nueve y cinco. La tienda era como cualquier otro de los negocios independientes de la parte vieja de la ciudad; esto es, tenía una fachada que recordaba vagamente el estilo colonial. Cruzó la acera de ladrillo rojo, empujó la puerta y entró. La zona del público de la tienda estaba dividida en dos partes por una barrera a la altura de la cintura formada por un mostrador a la izquierda y unas mesas de sastre a la derecha. Las máquinas de coser, a medio camino entre la parte trasera y el mostrador, eran manejadas por tres latinas que ni siquiera levantaron la vista cuando él entró. Tras el mostrador había un hombre flaco en mangas de camisa y con un chaleco a rayas sin abotonar. Miraba algo con cara de concentración. Tenía una frente alta y abombada sobre la que caía un mechón de pelo castaño claro, y una cara de mejillas flácidas y ojos turbios. Se había subido las gafas hasta dejarlas en el centro del cuero cabelludo. Se pellizcaba la nariz aguileña. No prestó atención cuando la puerta se abrió, pero levantó la vista cuando Bourne se acercó al mostrador.

—¿Sí? —preguntó con aire expectante—. ¿En qué puedo ayudarlo?

—¿Es usted Leonard Fine? Vi su nombre fuera, en el escaparate.

—Sí, lo soy —respondió Fine.

—Me envía Alex.

El sastre parpadeó.

—¿Quién?

—Alex Conklin —repitió Bourne—. Me llamo Jason Bourne.

Echó una mirada por la tienda. Nadie les estaba prestando la más mínima atención. El ruido de las máquinas de coser llenaba el aire de zumbidos y animación.

Con mucha parsimonia Fine se bajó las gafas sobre el estrecho puente de la nariz. Escudriñó a Bourne con decidida intensidad.

—Soy amigo suyo —dijo Bourne, sintiendo la necesidad de animar a aquel sujeto.

—Aquí no hay ninguna prenda de vestir para el señor Conklin.

—No creo que dejara ninguna —dijo Bourne.

Fine se pellizcó la nariz como si le doliera.

—¿Un amigo, dice?

—Desde hace muchos años.

Sin mediar más palabras, Fine se estiró y abrió una trampilla en el mostrador para que Bourne pasara.

—Quizá deberíamos hablar de esto en mi despacho.

Condujo a Bourne a través de una puerta y por un polvoriento pasillo que apestaba a apresto y almidón.

El despacho en cuestión no era gran cosa: un pequeño cubículo con el suelo cubierto de un linóleo raspado y picado, unas tuberías desnudas que discurrían desde el suelo hasta el techo, una maltrecha mesa de metal verde con una silla giratoria, dos columnas de archivadores de metal baratos y unos montones de cajas de cartón. El olor a moho ascendía como si fuera vapor del contenido del despacho. Detrás de la silla había una pequeña ventana cuadrada, tan mugrienta que se hacía imposible ver el callejón que había detrás.

Fine se dirigió detrás de la mesa y abrió un cajón.

—¿Quiere algo de beber?

—¿No le parece que es algo temprano para eso? —dijo Bourne.

—Sí —masculló Fine—. Ahora que lo menciona. —Sacó una pistola del cajón y apuntó a Bourne al estómago—. La bala no lo matará de inmediato, pero mientras agoniza desangrándose, deseará que lo hubiera hecho.

—No hay razón para ponerse nervioso —dijo Bourne con tranquilidad.

—Pero resulta que hay «muchas» razones para hacerlo —dijo el sastre. Tenía los ojos tan juntos que parecía algo bizco—. Conklin ha muerto, y he oído que lo hizo usted.

—Yo no lo hice —dijo Bourne.

—Eso es lo que dicen todos ustedes. Negar, negar y negar. Es el estilo del gobierno, ¿no es así? —Una sonrisa astuta le cruzó el rostro—. Siéntese, señor Webb... o Bourne... o como quiera que se haga llamar hoy.

Bourne levantó la vista.

—Es usted de la Agencia.

—En absoluto. Soy un agente independiente. A menos que Alex lo haya dicho, dudo que alguien de dentro de la Agencia sepa siquiera que existo. —La sonrisa del sastre se hizo más expansiva—. Por ese motivo, Alex acudió a mí en primer lugar.

Bourne asintió con la cabeza.

—Me gustaría saber de qué va todo esto.

—Oh, no me cabe la menor duda. —Fine alargó la mano para coger el teléfono de su mesa—. Por otro lado, cuando su propia gente lo localice, estará usted demasiado ocupado respondiendo a sus preguntas para preocuparse de nada más.

—No haga eso —dijo Bourne con dureza.

Fine detuvo el auricular en el aire.

—Deme una razón.

—Yo no maté a Alex. Estoy intentando averiguar quién lo hizo.

—Pero sí lo mató. Según el comunicado que leí, estaba en su casa a la hora en que le dispararon. ¿Vio a alguien más allí?

—No, pero Alex y Mo Panov ya estaban muertos cuando llegué.

—Gilipolleces. Me pregunto por qué lo mató. —Fine entrecerró los ojos—. Me imagino que fue a causa del doctor Schiffer.

—Nunca he oído hablar del doctor Schiffer.

El sastre soltó una áspera risotada.

—Más gilipolleces. Y supongo que nunca ha oído hablar de la DARPA.

—Por supuesto que sí —dijo Bourne—. Son las siglas de la Agencia para los Proyectos Avanzados de la Defensa. ¿Es ahí donde trabaja el doctor Schiffer?

Fine soltó un resoplido de indignación, y dijo:

—Ya he oído suficiente.

Cuando desvió la mirada de Bourne un instante para marcar el número, éste arremetió contra él.

El DCI estaba en su amplio despacho de dos fachadas hablando por teléfono con Jamie Hull. Un sol radiante entraba a raudales por la ventana, avivando los tonos rubíes de la alfombra. El espléndido juego de colores no tenía ningún efecto sobre el DCI; éste continuaba de un humor de perros. Miró sombríamente las fotos en las que aparecía él con los presidentes en el Despacho Oval, con algunos líderes extranjeros en París, Bonn y Dakar, con unos cuantos artistas en Los Ángeles y Las Vegas, con predicadores evangélicos en Atlanta y Salt Lake City, e incluso, por absurdo que pareciera, con el Dalai Lama, con su perpetua sonrisa y hábitos color azafrán, en una visita de éste a la ciudad de Nueva York. Aquellas fotos no sólo no lo sacaban de su melancolía, sino que hacían que los años se le echaran encima como si fueran capas y más capas de cotas de malla que lo abrumaran.

—Es una pesadilla de mierda, señor —le decía Hull desde la remota Reikiavik—. Para empezar, establecer las medidas de seguridad con los rusos y los árabes es como intentar cogerte la cola. En fin, la mitad de las veces no sé qué demonios están diciendo, y la otra mitad no me fío de que los intérpretes, los nuestros o los suyos, me traduzcan correctamente lo que están diciendo.

—Debería haber estudiado idiomas extranjeros en primaria, Jamie. Siga adelante con ello, nada más. Si quiere, le enviaré a otros intérpretes.

—¿En serio? ¿Y de dónde los íbamos a sacar? Suprimimos a todos los arabistas, ¿no lo recuerda?

El DCI suspiró. Eso era un problema, por supuesto. A casi todos los funcionarios que hablaban árabe y estaban en nómina de los servicios de inteligencia se los consideró simpatizantes de la causa islámica, ya que no paraban de pregonar a los cuatro vientos lo amante de la paz que era en realidad el islam. Que se lo dijeran a los israelíes.

—Tenemos toda una nueva hornada que llegará aquí pasado mañana procedente del Centro de Estudios de la Inteligencia. Haré que escojan a dos para enviárselos lo antes posible.

—Eso no es todo, señor.

El DCI puso cara de pocos amigos, irritado por no detectar ni el más leve atisbo de gratitud en la voz de su subordinado.

—¿De qué se trata ahora? —soltó. ¿Y si quitara todas las fotos? ¿Mejoraría eso la lúgubre atmósfera que se respiraba allí dentro?

—No es una queja, señor, pero estoy haciendo todo lo que puedo por implantar las medidas de seguridad adecuadas en un país extranjero sin ninguna lealtad especial hacia Estados Unidos. No les proporcionamos ninguna ayuda, así que no están en deuda con nosotros. Invoco el nombre del presidente ¿y qué obtengo? Miradas de perplejidad. Eso hace que mi trabajo sea el triple de difícil. Soy un miembro del país más poderoso del planeta. Y sé más sobre seguridad que todos los islandeses juntos. ¿Dónde está el respeto que se supone que me...?

El interfono empezó a zumbar y, no sin cierta satisfacción, el Gran Jefe puso a Hull en espera.

—¿Qué pasa? —espetó por el interfono.

—Lamento molestarlo, señor —dijo el oficial de servicio—, pero acaba de entrar una llamada por la línea de emergencia del señor Conklin.

—¿Qué dice? Alex está muerto. ¿Está seguro?

—Por supuesto, señor. Esa línea todavía no se ha vuelto a asignar.

—De acuerdo. Siga.

—Oí el ruido de una pequeña pelea y a alguien que decía un nombre... Bourne, creo.

El DCI irguió la espalda en su asiento, y su mal humor se esfumó tan rápidamente como había aparecido.

—Bourne. ¿Es ése el nombre que oíste, hijo?

—Estoy seguro de que sonaba a algo así. Y la misma voz dijo algo parecido a «lo mataré».

—¿De dónde procedía la llamada? —preguntó el Gran Jefazo.

—Se cortó, pero rastreé la llamada. El número pertenece a una tienda de Alexandria. Sastrería de Lincoln Fine.

—¡Hombre de Dios! —El DCI ya estaba de pie. La mano con que sujetaba el teléfono le temblaba ligeramente—. Envíe allí dos equipos de agentes inmediatamente. ¡Dígales que Bourne ha aparecido! ¡Dígales que acaben con él en el acto!

Bourne, después de arrancarle la pistola a Leonard Fine sin disparar ningún tiro, lo empujó en ese momento con tanta fuerza contra la mugrienta pared que un calendario que allí colgaba se salió de su clavo y cayó al suelo. Bourne tenía el teléfono en la mano; acababa de cortar la comunicación. Se detuvo a escuchar si se había producido algún alboroto en la parte delantera, algún indicio de que las mujeres hubieran oído el ruido de su breve aunque violenta pelea.

—Vienen hacia aquí —dijo Fine—. Está usted acabado.

—No lo creo. —Bourne estaba pensando frenéticamente—. La llamada se recibió en una centralita general. Nadie sabría qué hacer con ella.

Fine negó con la cabeza con una sonrisita de suficiencia en los labios.

—La llamada eludió la centralita normal de la Agencia; pasó directamente a través del oficial de servicio del DCI. Conklin me insistió en que me aprendiera el número de memoria, para que lo utilizara sólo en caso de emergencia.

Bourne sacudió a Fine hasta que a éste le castañetearon los dientes.

—¡Idiota! ¿Qué ha hecho?

—Pagarle mi última deuda a Alex Conklin.

—Pero ya se lo dije. Yo no lo maté. —Y entonces a Bourne se le ocurrió algo, un último y desesperado intento de ganarse a Fine para su causa, de conseguir que se sincerara y le contara qué se traía Conklin entre manos, de que le diera un pista sobre la posible causa de su asesinato—. Le demostraré que Alex me envió.

—Más gilipolleces —dijo Fine—. Es demasiado tarde.

—Sé lo del NX 20.

Fine se quedó inmóvil. La expresión de su rostro se relajó; abrió los ojos como platos por la sorpresa.

—¡No! —dijo—. ¡No, no, no!

—Me lo contó —dijo Bourne—. Alex me lo contó. Por eso me envió a verlo.

—Alex jamás podría haber sido coaccionado para hablar del nx 20. ¡Jamás! —La expresión de sorpresa se fue desvaneciendo de su cara, sustituida lentamente por la constancia de que había cometido un gravísimo error.

Bourne asintió con la cabeza.

—Soy amigo. Alex y yo volvimos juntos de Vietnam. Es lo que intentaba decirle.

—¡Santo cielo! Estaba hablando por teléfono con él cuando..., cuando ocurrió. —Fine se puso una mano en la frente—. ¡Oí el disparo!

Bourne cogió al sastre por el chaleco.

—Leonard, contrólese. No tenemos tiempo para repeticiones.

Fine le miró fijamente a la cara. Como suele hacer la mayoría de la gente, había reaccionado al oír su nombre de pila.

—Sí. —Asintió y se humedeció los labios. Era un hombre que salía de un sueño—. Sí, entiendo.

—La Agencia estará aquí dentro de unos minutos. Para entonces tengo que haberme ido.

—Sí, sí. Por supuesto. —Fine meneó la cabeza con pesar—. Ahora suélteme. Por favor.

Libre de Bourne, se arrodilló debajo de la ventana del fondo y extrajo la rejilla del radiador, tras la cual había una moderna caja fuerte empotrada en la pared de yeso y listones de madera. Hizo girar el dial y luego la llave, abrió la pesada puerta y sacó un pequeño sobre marrón. Después de cerrar la caja fuerte, volvió a colocar la rejilla y se levantó, entregando el sobre a Bourne.

—La otra noche a última hora llegó esto para Alex. Él me llamó ayer por la mañana para comprobar que había llegado. Me dijo que vendría a recogerlo.

—¿Quién lo envió?

En ese momento oyeron alzarse unas voces dando órdenes imperiosas procedentes de la parte delantera de la tienda.

—Ya están aquí —dijo Bourne.

—¡Dios mío! —Fine palideció.

—Debe de haber otra salida.

El sastre asintió, y le dio unas rápidas instrucciones a Bourne.

—Váyase ya —dijo con urgencia—. Los mantendré ocupados.

—Límpiese la cara —le dijo Bourne, y cuando se quitó el brillo del sudor de la cara, asintió.

Mientras el sastre se dirigía a toda prisa a la tienda para enfrentarse a los agentes, Bourne corrió en silencio por el mugriento pasillo. Esperaba que Fine pudiera retrasarlos con el interrogatorio al que le iban a someter; de lo contrario estaría acabado. El baño era más grande de lo que había supuesto. A la izquierda había un viejo lavabo de porcelana, debajo del cual se apilaban unos viejos botes de pintura con las tapas oxidadas puestas. El retrete estaba colocado contra la pared posterior, y a la izquierda había una ducha. Siguiendo las instrucciones de Fine, se metió en la ducha, localizó el panel en la pared de azulejos y lo abrió. Se metió a través de la abertura y volvió a colocar el panel de azulejos en su sitio.

Levantó la mano y tiró del anticuado cordón de la luz. Se encontró en un estrecho pasadizo que parecía estar en el edificio colindante. El lugar apestaba; unas bolsas negras de basura habían sido metidas entre los toscos listones de madera, posiblemente en lugar de aislamiento. Aquí y allá las ratas se habían abierto camino a través del plástico a arañazos y se habían atiborrado de su putrefacto contenido, esparciendo los restos por el suelo.

Por la escasa iluminación que proporcionaba la desnuda bombilla vio una puerta de metal pintada que daba al callejón que discurría por detrás de las tiendas. Cuando se dirigió hacia ella, la puerta se abrió de golpe y dos agentes uniformados de la Agencia entraron corriendo, pistola en ristre, con la mirada fija en él.

6

Los dos primeros disparos pasaron volando por encima de la cabeza de Bourne cuando éste se agachó. Tras salir de aquélla, pateó con fuerza una de las bolsas de basura, enviándola por los aires contra los dos agentes. La bolsa golpeó a uno de ellos y se rompió. La basura salió volando por todas partes, haciendo retroceder a los agentes entre toses, con los ojos llorosos y los brazos sobre la cara.

Bourne lanzó un golpe hacia arriba, haciendo añicos la bombilla y sumiendo el angosto pasadizo en la oscuridad. Se volvió, encendió su linterna y vio la pared blanca en el otro extremo del pasadizo. Pero había una entrada que daba al exterior. ¿Cómo...?

Entonces la vio, e inmediatamente apagó el estrecho haz de luz. Oyó a los agentes gritándose entre sí mientras recuperaban el equilibrio. Se dirigió rápidamente al extremo opuesto del pasadizo y se arrodilló, buscando a tientas la argolla metálica que, con un destello mate, había visto empotrada en el suelo. Enganchó el índice en la anilla, tiró hacia arriba y la trampilla del sótano se abrió. Le llegó una ráfaga de aire húmedo y rancio.

Sin dudarlo ni un instante se introdujo con sigilo en la abertura. Sus zapatos golpearon los peldaños de una escalera y empezó a bajar. Cerró la trampilla tras él. Lo primero que le llegó fue el olor a matacucarachas y, encendiendo la linterna, vio el arenoso suelo de cemento poblado de los mustios cadáveres de los insectos como si fueran hojas caídas. Tras hurgar entre el despliegue de cajas, embalajes y cartones, encontró una palanca. Volvió a toda prisa a la escalera y deslizó el grueso metal por los pasadores de la trampilla. No encajaba bien; la palanca quedaba suelta, pero no podía pedir más. Mientras avanzaba por el suelo de cemento aplastando las cucarachas que lo poblaban, pensó que todo cuanto necesitaba era el tiempo suficiente para llegar a la entrada vertical de mercancías de la acera que era habitual en todos los edificios comerciales.

Oyó sobre su cabeza los golpes cuando los dos agentes intentaron abrir la trampilla. Era consciente de que no pasaría mucho tiempo antes de que la barra se soltara a causa de semejante vibración. Pero ya había encontrado los dos paneles metálicos que daban a la calle, así que subió el corto tramo de escalones de cemento que conducían hacia arriba. Detrás de él, la trampilla se abrió de golpe. Apagó la linterna cuando los agentes se dejaron caer sobre el suelo del sótano.

Estaba atrapado, y lo sabía. Cualquier intento de levantar los paneles metálicos permitiría la entrada de la suficiente luz diurna para que pudieran dispararle antes de que se encontrara a medio camino de la acera. Se volvió y bajó sigilosamente los peldaños. Podía oírlos moverse por allí, buscando el interruptor de la luz. Hablaban entre sí en voz baja, con frases breves y entrecortadas, poniendo de manifiesto que se trataba de dos profesionales avezados. Bourne avanzó lentamente junto al revoltijo de mercancías apiladas. Él también estaba buscando algo concreto.

Cuando las luces se encendieron de golpe, los dos agentes se habían desplegado y se encontraban uno a cada lado del sótano.

—Vaya agujero de mierda —dijo uno de ellos.

—Eso no importa ahora —le amonestó el otro—. ¿Dónde coño está Bourne?

Sus caras impasibles y anodinas hacían difícil distinguirlos. Llevaban los trajes y la expresión marca de la casa con idéntica convicción. Pero Bourne tenía mucha experiencia con la gente que la Agencia atrapaba en sus redes. Sabía cómo pensaban y, en consecuencia, cómo actuarían. Aunque no estuvieran juntos físicamente, se movían al unísono. No dedicarían mucho tiempo a pensar dónde podría haberse escondido. Por el contrario, dividirían el sótano en cuadrantes que registrarían con la meticulosidad de unas máquinas. Bourne no podía eludirlos, aunque sí sorprenderlos.

En cuanto apareciera, los agentes se moverían muy deprisa. Bourne contaba con eso, así que se situó en consecuencia. Se había metido en una caja de embalaje, y los ojos le escocían a causa de los gases de los agresivos limpiadores industriales con los que compartía el angosto espacio. Buscó a tientas en la oscuridad con la mano. Al tocar algo curvo con el dorso de la mano, lo cogió. Era una lata, lo bastante pesada para sus propósitos.

Oyó los latidos de su corazón y los arañazos de una rata en la pared contra la que estaba apoyada la caja; todo lo demás estaba en silencio, mientras los agentes proseguían su minucioso registro. Bourne esperó, paciente, encogido sobre sí mismo. Su vigía, la rata, había dejado de arañar. Al menos uno de los agentes estaba cerca.

Reinaba un silencio de muerte. De repente oyó a alguien contener la respiración, y el roce de una tela casi directamente encima de su cabeza, y entonces se estiró, lanzando la tapa por los aires. El agente, pistola en ristre, retrocedió. Su compañero, en el otro extremo del sótano, se giró. Con la mano izquierda, Bourne cogió al agente más cercano por la camisa, tirando de él hacia adelante. El agente se echó instintivamente hacia atrás, resistiéndose, y Bourne arremetió hacia delante, utilizando la propia inercia del agente para estamparle la cabeza y la columna contra la pared de ladrillo. Oyó los chillidos de la rata en el mismo momento en que los ojos del agente se quedaban en blanco y éste se deslizaba hasta el suelo, inconsciente.

El segundo agente había dado dos pasos hacia Bourne, se pensó mejor lo de enzarzarse con él en una pelea cuerpo a cuerpo y le apuntó con la Glock al pecho. Bourne lanzó la lata a la cara del agente. Mientras éste se encogía, Bourne salvó el espacio que los separaba, dirigió el canto de la mano contra el cuello del agente, y lo derribó.

Un instante después Bourne estaba subiendo la escalera de cemento, abriendo las compuertas metálicas y saliendo al aire fresco y el cielo azul. Después de bajar de nuevo las compuertas, empezó a caminar tranquilamente por la acera hasta que llegó a Rosemont Avenue. Una vez allí, se perdió entre el gentío.

Unos ochocientos metros más allá, después de asegurarse de que no lo habían seguido, Bourne entró en un restaurante. Cuando se sentó a la mesa, escudriñó todos los rostros del local, buscando algo que estuviera fuera de lugar, ya fuera una despreocupación fingida o un examen disimulado de su persona. Pidió un bocadillo de beicon, lechuga y tomate, y una taza de café, se levantó y se dirigió a la parte posterior del restaurante. Tras comprobar que el aseo de caballeros estaba vacío, se encerró en uno de los compartimentos, se sentó en el retrete y abrió el sobre destinado a Conklin que Fine le había entregado.

En su interior encontró un billete de avión de primera clase a nombre de Conklin con destino a Budapest, en Hungría, y una llave de habitación del Gran Hotel Danubius. Se quedó mirando aquellos objetos un rato, preguntándose por la razón de que Conklin tuviera que viajar a Budapest y si el viaje tenía algo que ver con su asesinato.

Sacó el móvil de Alex y marcó un número local. Ya con una dirección, se sintió mejor. Deron cogió el teléfono después del tercer timbrazo.

—Paz, amor y comprensión.

Bourne rió.

—Soy Jason.

Nunca sabía de qué manera iba a contestar Deron. Era literalmente un artista en su oficio. Pero daba la casualidad de que su oficio era la falsificación. Se ganaba la vida pintando copias de los cuadros de los viejos maestros que colgaban de las paredes de las mansiones. Sus copias eran tan exactas, y tan experta la mano que las pintaba, que de vez en cuando alguna se vendía en una subasta o acababa en la colección de algún museo. Como actividad extra, y sólo por diversión, falsificaba otras cosas.

—He seguido las noticias sobre ti, y tenían un cariz inconfundiblemente aciago —dijo Deron con su leve acento británico.

—Dime algo que no sepa.

Al oír el ruido de la puerta del baño de caballeros al abrirse, Bourne se interrumpió. Se levantó, colocó los zapatos a ambos lados del retrete y atisbó por encima del cubículo. Un hombre de pelo gris, barba y ligeramente cojo se había arrimado al urinario. Llevaba una cazadora de ante oscura y pantalones deportivos, y nada en él parecía especial. Sin embargo, Bourne se sintió atrapado de repente. Tuvo que refrenar el deseo de salir inmediatamente.

—¡Joder! ¿Tienes al hombre pegado al culo? —Siempre era interesante oír salir expresiones barriobajeras de aquella boca culta.

—Lo tenía, hasta que lo despisté.

Bourne salió del baño y regresó al restaurante, examinando todas las mesas a su paso. Ya le habían servido el bocadillo, pero el café estaba frío. Llamó a la camarera con señas y le pidió que se lo cambiara. Cuándo ésta se alejó, dijo en voz baja al teléfono:

—Escucha, Deron, necesito... el pasaporte habitual y las lentillas con mi graduación, y lo necesito todo para ayer.

—¿Nacionalidad?

—Sigamos con la estadounidense.

—Pillo la idea. El hombre no esperará eso.

—Algo así. Quiero que el pasaporte vaya a nombre de Alexander Conklin.

Deron soltó un silbido por lo bajinis.

—Tú mandas. Dame dos horas.

—¿Puedo elegir?

La extraña risita de Deron sonó como una explosión a través de la línea.

—Te quedas con las ganas. Tengo todas tus fotos. ¿Cuál quieres?

Cuando Bourne se lo dijo, Deron le respondió:

—¿Estás seguro? En ésa tienes la cabeza afeitada. No te pareces nada al aspecto que tienes ahora.

—Me pareceré cuando haya acabado con mi caracterización —contestó Bourne—. Me han incluido en la lista de los más buscados de la Agencia.

—Y subiendo al primer puesto como una flecha, faltaría más. ¿Dónde nos encontramos?

Bourne se lo dijo.

—Eh, escucha, Jason. —El tono de Deron se hizo de repente más sombrío—. Debió de ser duro. Me refiero a que los viste, ¿verdad?

Bourne se quedó mirando fijamente su plato. ¿Por qué había pedido aquel bocadillo? El tomate tenía un aspecto crudo y sanguinolento.

—Sí, los vi, sí.

¿Y si tuviera alguna manera de hacer retroceder el tiempo y conseguir que Alex y Mo reaparecieran? Ése sí que sería un buen truco. Pero el pasado seguía siendo pasado, y su recuerdo se iba desvaneciendo con cada día que pasaba.

—No fue como en *Butch Cassidy*.

Bourne no dijo nada.

Deron suspiró.

—Yo también conocía a Alex y a Mo.

—Pues claro que los conocías. Te los presenté yo —dijo Bourne mientras cerraba el teléfono.

Se quedó sentado a la mesa durante un rato, pensando. Algo le estaba molestando. Una alarma había sonado en su cabeza al salir del servicio de caballeros, pero había estado distraído por su conversación con Deron, y en consecuencia no había reparado en ella debidamente. ¿De qué se trataba? Con lentitud, prudentemente, volvió a escudriñar el local. Y entonces lo localizó. No veía al hombre de la barba y la ligera cojera. Tal vez hubiera terminado de comer y se hubiese ido. Por otro lado, su presencia en los servicios de caballeros sin duda lo había inquietado. Había algo en él...

Arrojó algún dinero sobre la mesa y se dirigió a la parte delantera del restaurante. Las dos ventanas que daban a la calle estaban separadas por una ancha columna de caoba. Bourne se detuvo detrás de ella. Los transeúntes primero: cualquiera que caminara a un paso anormalmente lento, cualquiera que merodeara leyendo un periódico, o que permaneciera demasiado tiempo delante del escaparate de una tienda de la acera de enfrente, examinando quizá el reflejo de la entrada del restaurante. No vio nada sospechoso. Localizó a tres personas sentadas en el interior de unos coches aparcados, una mujer y dos hombres. No podía verles la cara. Y a continuación, por supuesto, los coches que estaban aparcados en la misma acera del restaurante.

No se lo pensó dos veces y salió a la calle. La mañana tocaba a su fin, y el gentío era ya más apretado. Aquello convenía a sus necesidades inmediatas. Se pasó los siguientes veinte minutos inspeccionando su entorno inmediato, comprobando entradas, escaparates, peatones y vehículos que pasaban, ventanas y tejados. Cuando se aseguró de que el terreno estaba libre de cualquier traje de la Agencia, cruzó la calle y entró en una tienda de vinos y licores. Pidió una botella del puro malta de la zona del río Spey envejecido en barrica de jerez que había sido la bebida preferida de Conklin. Mientras el propietario iba a buscarla, miró a través del escaparate. No había nadie en los coches aparcados en la acera del restaurante. Mientras observaba, uno de los hombres que había visto salir de su coche entró en una farmacia. No tenía barba ni era cojo.

Todavía le quedaban casi dos horas antes de su encuentro con Deron, y quería utilizar el tiempo de manera productiva. El recuerdo del despacho de París, la voz, la cara evocada a medias que había sido apartada por las exigencias de las circunstancias del momento, había vuelto ya. Según el método de Mo Panov, tenía que volver a aspirar el güisqui escocés para recuperar más recuerdos. De esa manera esperaba averiguar quién era el hombre de París y por qué ese recuerdo en particular había aflorado en ese momento. ¿Había sido simplemente el aroma del puro malta o se lo había provocado el aprieto en el que se encontraba?

Bourne pagó el güisqui con una tarjeta de crédito, ya que le pareció que era bastante seguro utilizarla en una licorería. Un momento después salía de la tienda con su paquete. Pasó junto al coche con la mujer dentro. Un niño pequeño estaba sentado a su lado en el asiento del acompañante. Puesto que la Agencia jamás permitiría que se utilizara a un niño en una vigilancia de campo activa, aquello sólo dejaba la posibilidad del segundo hombre. Bourne se dio la vuelta, y se alejó del coche en el que estaba sentado aquél. No miró hacia atrás, ni intentó utilizar ninguno de los métodos encubiertos de espionaje ni los procedimientos habituales de despiste. Sin embargo, lo que sí hizo fue no perder de vista a todos los coches que estaban inmediatamente delante y detrás de él.

Al cabo de diez minutos había llegado a un parque. Se sentó en un banco de hierro forjado y observó a las palomas subir y bajar, revoloteando en lo alto contra el cielo azul. Tal vez estuvieran ocupados la mitad de los demás bancos. Un anciano entró en el parque; sujetaba en la mano una bolsa marrón tan arrugada como su cara, de la que extrajo unos puñados de migas de pan. Dio la sensación de que las palomas hubieran estado esperándolo, porque bajaron en picado y se arremolinaron a su alrededor, zureando y gorjeando de placer mientras se atiborraban.

Bourne abrió la botella del puro malta, y aspiró su elegante y complejo aroma. La cara de Alex revivió inmediatamente ante él, así como el lento avance de la sangre sobre el suelo. Con cuidado, casi reverentemente, apartó aquella imagen de sí. Le dio un pequeño sorbo al escocés, lo mantuvo en el paladar y permitió que los gases ascendieran hasta su nariz y lo retrotrajeran al fragmento de recuerdo que tan esquivo le estaba resultando. En su memoria vio de nuevo la vista sobre los Campos Elíseos. Sostenía un vaso de cristal tallado en la mano, y cuando le dio otro sorbo al escocés, deseó con todas sus fuerzas llevarse el vaso a los labios. Oyó la voz potente y operística, y sintió el vehemente deseo de volver al despacho de París donde había estado en un ignoto pasado.

Entonces, y por primera vez, pudo ver el lujoso mobiliario de la habitación: el cuadro de Raoul Duffy de un elegante caballo y su jinete en el Bois de Boulogne, el intenso brillo de las paredes pintadas en verde oscuro, el alto techo color crema resaltado por la luz clara y penetrante de París. «Sigue —se dio ánimos—. Sigue...» Una alfombra con dibujos, dos sillones tapizados de respaldo alto, una pesada mesa de nogal estilo Regencia de Luis XIV tras la cual se encontraba, sonriendo, un hombre alto y guapo de mirada sagaz, larga nariz típicamente francesa y un pelo prematuramente blanco. Era Jacques Robbinet, el ministro de Cultura francés.

¡Eso era! De qué lo conocía y por qué se habían convertido en amigos y, en cierto sentido, compatriotas, seguía siendo un misterio, pero al menos ya sabía que tenía un aliado a quien acudir y con quien contar. Eufórico, dejó la botella de güisqui escocés debajo del banco, un regalo para el primer vagabundo que la encontrara. Miró a su alrededor sin que lo pareciera. El anciano se había ido, así como la mayoría de las palomas; sólo unas pocas de las más grandes, con el pecho hinchado para proteger su territorio, se pavoneaban por allí, gorroneando las últimas migas. Una pareja de jóvenes se besaban en un banco cercano; tres niños con un *loro* pasaron de largo, haciéndole ruidos obscenos a la pareja de tortolitos. Los sentidos de Bourne estaban en estado de alerta máxima. Algo iba mal, algo no estaba en su sitio, pero no fue capaz de decidir qué era.

Era plenamente consciente de que se acercaba la hora de reunirse con Deron, pero el instinto le avisó de que no se moviera hasta que hubiera identificado la anomalía. Volvió a mirar a toda la gente que había en el parque. Ningún hombre con barba, y sin duda ningún cojo. Y sin embargo... Ante sí, en diagonal, había un hombre sentado echado hacia adelante, con los codos en las rodillas y las manos juntas. Observaba a un niño pequeño cuyo padre acababa de entregarle un helado de cucurucho. Lo que despertó el interés de Bourne es que iba vestido con una cazadora de ante oscura y unos pantalones deportivos negros. Tenía el pelo negro, no gris, y no llevaba barba, y por la naturalidad con que tenía flexionadas las piernas Bourne estaba seguro de que no era cojo.

Bourne, que era un camaleón, un experto en disfraces, sabía que uno de los mejores métodos para mantenerse oculto era cambiar la forma de caminar, sobre todo si uno intentaba esconderse de un profesional. Un aficionado podría reparar en los aspectos superficiales, como el color del pelo y la ropa, pero para un agente adiestrado la manera en que uno se movía y caminaba era tan personal como las huellas dactilares. Intentó recordar la imagen del hombre que había visto en los servicios de caballeros del restaurante. ¿Se había puesto una peluca y una barba postizas? No podía estar seguro. Aunque de lo que sí tenía plena certeza era de que el hombre llevaba puesto una cazadora de ante oscura y unos pantalones deportivos negros. Desde su posición no podía ver la cara del hombre, pero a todas luces era bastante más joven de lo que había aparentado el hombre del baño de caballeros del restaurante.

Había algo más en él, pero ¿qué era? Bourne examinó el perfil de la cara del hombre durante un buen rato antes de dar con ello. Recordó de repente una imagen fugaz del hombre que le había atacado en el bosque de la propiedad de Conklin. Era la forma de la oreja, la piel muy morena y la configuración de las espirales.

«¡Dios mío!», pensó, desconcertado. ¡Era el hombre que le había disparado, el que casi había conseguido matarlo en la cueva de Manassas! ¿Cómo había conseguido seguirle el rastro desde allí, cuando Bourne había dado esquinazo a todos los agentes de la Agencia y de la policía de la zona? Un escalofrío pasajero le recorrió el cuerpo. ¿Qué clase de hombre podía hacer eso?

Sabía que sólo había una manera de averiguarlo. La experiencia le decía que cuando uno se enfrenta a un enemigo extraordinario, la única manera de hacerse una idea de su verdadera entidad es hacer lo último que esperaría. Sin embargo, dudó durante un instante. Nunca se había enfrentado a un contrincante como aquél. Se dio cuenta de que había entrado en un territorio desconocido.

Consciente de ello, se levantó, atravesó el parque lenta y parsimoniosamente, y se sentó al lado del hombre, cuya cara, como vio en ese instante, tenía un inconfundible aspecto asiático. Dicho fuera en su honor, el hombre ni se sobresaltó ni dio ninguna otra muestra manifiesta de sorpresa. Antes bien, siguió observando al niño pequeño. Cuando el helado empezó a derretirse, su padre le enseñó la manera de darle la vuelta al cucurucho para lamer las gotas.

—¿Quién es usted? —dijo Bourne—. ¿Por qué me quiere matar?

El hombre sentado a su lado miró al frente sin dar la menor muestra de que hubiera oído lo que Bourne le había dicho.

—¡Qué escena tan beatífica de dicha familiar! —En su voz había un dejo sarcástico—. Me pregunto si el niño sabe que su padre podría abandonarlo en cualquier momento.

Bourne tuvo una extraña reacción al oír la voz del otro en aquel escenario. Fue como si hubiera salido de las sombras para habitar enteramente el mundo de los que lo rodeaban.

—Con independencia de lo mucho que desee matarme —dijo Bourne—, no me puede tocar en un lugar tan concurrido.

—El niño tiene..., ¿cuántos años? Seis, diría yo. Es demasiado pequeño para comprender la naturaleza de la vida, y demasiado pequeño para entender las razones de su padre para abandonarlo.

Bourne meneó la cabeza. Aquella conversación no discurría por los cauces que él había pretendido.

—¿Qué le hace pensar eso? ¿Por qué habría de abandonar el padre a su hijo?

—Una pregunta interesante viniendo de un hombre con dos hijos. Jamie y Alison, ¿verdad?

Bourne se sobresaltó como si el otro le hubiera hundido un cuchillo en el costado. El miedo y la ira se arremolinaron en su interior, pero tan sólo permitió que aflorara la ira.

—Ni siquiera le voy a preguntar por qué sabe tanto sobre mí, pero le diré una cosa: al amenazar a mi familia, ha cometido un error fatal.

—¡Oh! No hay necesidad de pensar así. No tengo ningún plan

para sus hijos —dijo Jan sin alterarse—. Sólo me preguntaba cómo se sentirá Jamie cuando usted no vuelva jamás.

—Nunca abandonaré a mi hijo. Y haré lo que sea necesario para volver sano y salvo junto a él.

—Me extraña que se muestre tan apasionado con su actual familia, teniendo en cuenta cómo les falló a Dao, Joshua y Alyssa.

El miedo estaba ganando terreno dentro de Bourne. El corazón le palpitaba dolorosamente, y sintió un agudo pinchazo en el pecho.

—¿De qué está hablando? ¿De dónde ha sacado la idea de que les fallé?

—Los abandonó a su suerte, ¿verdad?

Bourne tuvo la sensación de estar perdiendo contacto con la realidad.

—¡Cómo se atreve! ¡Ellos murieron! Me los arrebataron... ¡y nunca los he olvidado!

Un conato de sonrisa curvó las comisuras de los labios de Jan, como si hubiera obtenido una victoria al hacer cruzar a Bourne una barrera invisible.

—¿Ni siquiera cuando se casó con Marie? ¿Ni siquiera cuando nacieron Jamie y Alison? —Su tono era ya tremendamente tenso, como si se esforzara en controlar algo en lo más profundo de su ser—. Intentó duplicar a Joshua y Alyssa. Incluso utilizó las iniciales de sus nombres.

Bourne se sintió como si lo hubiera golpeado hasta dejarlo sin sentido. En sus oídos sonó un rugido incipiente.

—¿Quién es usted? —repitió con una voz ahogada.

—Se me conoce como Jan. Pero usted, ¿quién es, David Webb? Podría ser que un profesor de Lingüística se encontrara como en casa en la jungla, pero con toda seguridad no sabría nada del combate cuerpo a cuerpo; ni sabría cómo construir una jaula de las que usaba el Vietcong; ni cómo apropiarse de un vehículo. Y sobre todo, no sabría cómo ocultarse con éxito de la CIA.

—Así pues, parece que somos un misterio el uno para el otro.

La misma sonrisa enigmática y exasperante jugueteó en la boca de Jan. Bourne sintió un cosquilleo en el corto pelo de la nuca, y tuvo la sensación de que algo de su memoria hecha añicos intentaba salir a la superficie.

—Siga repitiéndose eso. El hecho es que podría matarlo ahora, incluso en este lugar público —dijo Jan con un dejo venenoso en la voz. La sonrisa había desaparecido con la misma rapidez con que una nube cambia de forma, y en la tersa columna broncínea de su cuello se produjo un pequeño temblor, como si alguna ira contenida desde hacía tiempo se hubiera liberado fugazmente para salir a la superficie—. Debería matarlo ahora. Pero un acto tan extremado me delataría a la pareja de agentes de la CIA que han entrado en el parque por la puerta norte.

Sin mover la cabeza, Bourne dirigió la mirada en la dirección indicada. Jan tenía toda la razón. Dos trajeados agentes de la Agencia escudriñaban las caras de quienes estaban en las inmediaciones.

—Creo que es hora de que nos vayamos. —Jan se levantó, y bajó la mirada hacia Bourne durante un momento—. Es una situación sencilla. O viene conmigo o le cogen.

Bourne se levantó, y, caminando uno al lado del otro, salieron del parque. Jan estaba entre Bourne y los agentes, y escogió un trayecto que lo mantuviera en aquella posición. Una vez más, Bourne se quedó impresionado por la experiencia del joven, además de por su inteligencia ante las situaciones extremas.

—¿Por qué hace esto? —preguntó Bourne. No había sido inmune al elocuente estallido de carácter del otro, una incandescencia tan enigmática para Bourne como alarmante. Jan no respondió.

Se adentraron en el torrente de peatones y no tardaron en perderse en él. Jan había visto a los cuatro agentes dirigirse a la Sastrería de Lincoln Fine, y había memorizado sus caras rápidamente. No había sido difícil; en la selva donde se había criado, la identificación inmediata de un individuo solía significar la diferencia entre la vida y la muerte. En cualquier caso, al contrario que Webb, él sabía dónde estaban los cuatro, y en ese momento andaba a la caza de los otros dos, porque en aquella decisiva coyuntura en la que estaba conduciendo a su objetivo a un lugar de su elección, no quería ninguna intromisión.

En efecto, calle adelante, entre la multitud, los localizó. Guardaban la formación habitual, uno a cada lado de la acera y se dirigían hacia ellos. Se volvió hacia Webb para alertarlo, y se encontró que estaba solo entre la multitud. Webb se había desvanecido en el aire.

7

En lo más recóndito de las entrañas de Humanistas Ltd., había una sofisticada estación de escucha que controlaba el tráfico clandestino de señales de las principales redes de inteligencia. Ningún oído humano oía los datos en bruto porque ningún oído humano sería capaz de percibirlos. Puesto que las señales estaban encriptadas, el tráfico interceptado era pasado por una serie de sofisticados programas de software de algoritmos heurísticos, esto es, con capacidad de aprendizaje. Existía un programa para cada red de inteligencia, porque cada agencia había seleccionado un algoritmo de encriptación diferente.

El ejército de programadores de Humanistas tenía más éxito en descifrar algunos códigos que otros, pero lo esencial era que Spalko sabía más o menos lo que sucedía en todo el mundo. El código de la estadounidense CIA era uno de los que habían descifrado, así que, unas horas después de que el DCI ordenara la eliminación de Jason Bourne, Stepan Spalko leía lo relacionado con el asunto.

—Excelente —dijo—. Ahora todo marcha según lo planeado.

Dejó el mensaje descifrado e hizo aparecer un mapa de Nairobi en la pantalla de un monitor. Se movió por la ciudad hasta que encontró la zona en las afueras donde el presidente Jomo quería que el equipo médico de Humanistas atendiera a los enfermos con sida puestos en cuarentena.

En ese momento sonó su móvil. Escuchó la voz al otro extremo de la línea. Consultó su reloj, y finalmente dijo:

—Debería de haber tiempo suficiente. Has hecho bien.

Luego, cogió el ascensor y subió al despacho de Ethan Hearn. Mientras subía, hizo una única llamada, consiguiendo en minutos lo que muchos otros en Budapest habían intentado conseguir en vano durante semanas: una entrada de platea para la función de ópera de esa noche.

El joven y flamante director de Desarrollo de Humanistas Ltd. estaba enfrascado en su ordenador, pero se levantó en cuanto entró

Spalko. Tenía un aspecto tan limpio y pulcro como Spalko había imaginado que tendría cuando llegó a trabajar esa mañana.

—Aquí no hacen falta formalidades, Ethan —dijo Spalko con una sonrisa natural—. Esto no es el ejército, ¿sabes?

—Sí, señor. Gracias. —Hearn irguió la espalda—. Estoy con ello desde la siete de la mañana.

—¿Cómo va la recaudación de fondos?

—Tengo dos cenas y una comida con fundadas expectativas de éxito para principios de la próxima semana. Le he enviado por correo electrónico una copia de la carta que quiero entregarles para convencerlos.

—Bien, bien. —Spalko miró por el cuarto como para asegurarse de que no hubiera nadie lo bastante cerca para oír—. Dime, ¿tienes esmoquin?

—Por supuesto, señor. De lo contrario no podría hacer mi trabajo.

—Excelente. Vete a casa y póntelo.

—¿Perdón? —La sorpresa hizo que las cejas del joven se juntaran.

—Vas a ir a la ópera.

—¿Esta noche? ¿Con tan poco tiempo? ¿Cómo consiguió las entradas?

Spalko soltó una carcajada.

—¿Sabes, Ethan? Me gustas. Estoy por apostar que eres el último hombre honrado que hay sobre la faz de la Tierra.

—Señor, no me cabe ninguna duda de que ése sería usted.

Spalko se volvió a reír ante la repentina expresión de desconcierto del joven.

—Era una broma, Ethan. Bueno, vamos. No hay tiempo que perder.

—Pero mi trabajo... —Hearn hizo un gesto hacia la pantalla del ordenador.

—En cierto sentido, lo de esta noche será trabajo. Habrá un hombre en la ópera a quien quiero que captes como benefactor. —El comportamiento de Spalko era tan relajado, tan desenfadado, que Hearn no sospechó nada en ningún momento—. Ese hombre... se llama László Molnar...

—Nunca he oído hablar de él.

—Era de esperar. —Spalko bajó la voz, adoptando un tono de complicidad—. Aunque es bastante rico, está obsesionado con que nadie lo conozca. No está en ninguna lista de donantes, que yo sepa, y si haces alguna alusión a su riqueza, te puedes ir olvidando de volver a hablar con él.

—Lo entiendo perfectamente, señor —dijo Hearn.

—Es una especie de entendido, aunque hoy en día ésa es una palabra que ha perdido gran parte de su significado.

—Sí, señor. —Hearn asintió con la cabeza—. Creo que sé a qué se refiere.

Spalko estaba bastante seguro de que el joven no tenía ni idea de a qué se refería, y un vago trasfondo de arrepentimiento se coló en sus pensamientos. En otros tiempos, hacía unos cien años, había sido tan ingenuo como Hearn, o así se le antojó en ese momento.

—En cualquier caso, a Molnar le encanta la ópera. Hace años que tiene un abono.

—Sé exactamente cómo actuar con candidatos tan difíciles como Lászó Molnar. —Se puso la chaqueta del traje con soltura—. Puede confiar en mí.

Spalko sonrió abiertamente.

—Sabía que podría. Bueno, en cuanto le eches el guante, quiero que lo lleves al Underground. ¿Conoces ese bar, Ethan?

—Por supuesto, señor. Pero será muy tarde. Sin duda después de medianoche.

Spalko se puso el índice junto a la nariz.

—Otro secreto: Molnar es una especie de ave nocturna. Sin embargo, se resistirá. Parece que le gusta hacerse de rogar. Debes insistir, Ethan, ¿lo entiendes?

—Perfectamente.

Spalko le entregó un trozo de papel con el número de la butaca de Molnar.

—Entonces, adelante. Que te diviertas. —Le dio un pequeño empujón—. Y buena suerte.

*   *   *

La imponente fachada románica de la Magyar Állami Operaház, la Ópera Estatal de Hungría, resplandecía de luz. Dentro, el espléndido y ampuloso interior de tres pisos, decorados en pan de oro y rojo, relumbraba con lo que parecían diez mil puntas de lanza luminosas procedentes del elaborado candelabro de cristal tallado que descendía, desde el abovedado techo con murales pintados, como una campana gigante.

Esa noche, la compañía representaba *Háry János*, de Zoltán Kodály, una pieza tradicional que llevaba en su repertorio desde 1926. Ethan Hearn entró a toda prisa en el inmenso vestíbulo de mármol, que resonaba con las voces de la alta sociedad de Budapest congregada para la celebración de esa noche. El esmoquin de Hearn era de una estupenda tela de estameña y estaba bien cortado, pero ni mucho menos era de marca. En su actividad, lo que se ponía y cómo se lo ponía era de una importancia extrema. Tendía a ponerse ropa elegante y discreta, nunca nada llamativo o demasiado caro. La humildad era fundamental cuando uno se dedicaba a pedir donativos.

No quería llegar tarde, pero se obligó a aminorar el paso, en absoluto dispuesto a perderse un instante de aquel momento peculiar y electrizante que precedía a la subida del telón y que hacía que el corazón le diera un vuelco.

Tras haberse puesto diligentemente al día de las aficiones de la alta sociedad húngara, se las daba de algo así como una especie de aficionado a la ópera. Le gustaba *Háry János* tanto por la música, que hundía sus raíces en el folclore húngaro, como por la insólita historia que el veterano soldado János cuenta sobre el rescate que lleva a cabo de la hija del emperador, su ascenso a general, la derrota que inflige en solitario a Napoleón y, por último, la conquista del corazón de la hija del emperador. Era una fábula amable, empapada en la sangrienta historia de Hungría.

Al final, fue una suerte que llegara tarde, porque consultando el trozo de papel que Spalko le había dado, pudo identificar a László Molnar, quien, junto con la mayoría del resto de los asistentes, ya estaba sentado. Por lo que Hearn pudo determinar a primera vista, era un hombre de mediana edad y estatura media, entrado en carnes en la cintura, con una mata de pelo negro, lacio y suave peinado hacia atrás y una cabeza que en nada se diferenciaba de un champiñón. Un bosque de cerdas le brotaba de las orejas y sobre el dorso de sus manos de dedos romos. No le hacía ningún caso a la mujer que tenía a la izquierda, que en cualquier caso estaba hablando, en un tono de voz más que alto, con su compañero. El asiento situado a la derecha de Molnar estaba vacío. Parecía como si hubiera acudido solo a la ópera. Tanto mejor, pensó Hearn, mientras ocupaba su sitio cerca de la parte posterior de la orquesta. Un momento después las luces se atenuaron, la orquesta atacó el preludio y el telón empezó a alzarse suavemente.

Más tarde, en el entreacto, Hearn se tomó una taza de chocolate caliente y se mezcló con la atildada multitud. Así es como habían evolucionado los humanos. A diferencia del mundo animal, la hembra era sin duda alguna la más vistosa de la especie. Las mujeres iban revestidas con largos trajes de seda *shantung*, moaré veneciano y satén marroquí que pocos meses antes habían sido exhibidos en las pasarelas de los modistos de París, Milán y Nueva York. Los hombres, ataviados con esmóquines de marca, parecían contentos con dar vueltas alrededor de sus parejas, que se arracimaban en grupos, y les llevaban champán o chocolate caliente cuando era necesario, aunque parecían aburrirse mortalmente la mayor parte del tiempo.

Hearn había disfrutado de la primera mitad de la ópera y estaba deseando que llegara a su conclusión. Sin embargo, no había olvidado su cometido. De hecho, durante la representación había pasado algún tiempo ideando la maniobra de aproximación. Nunca le gustaba sujetarse a un plan; antes bien, utilizaba su primera valoración visual del candidato para encontrar una vía de acercamiento. Para un ojo educado había muchas cosas que se podían determinar por las pistas visuales. ¿Le preocupaba al candidato su aspecto? ¿Le gustaba comer o le resultaba indiferente? ¿Bebía o fumaba? ¿Era culto o un zote? Todos esos elementos y muchos más entraban en la mezcla.

Así que cuando Hearn hizo su maniobra de aproximación, confiaba en que podría entablar conversación con László Molnar.

—Perdone —dijo Hearn en el más despectivo de los tonos de voz—. Soy un amante de la ópera. Y me preguntaba si usted también lo sería.

Molnar se había vuelto. Llevaba un esmoquin de Armani que al tiempo que realzaba la anchura de sus hombros escondía hábilmente la mayor parte de su barriga. Tenía unas orejas muy grandes y, vistas desde tan cerca, aún más peludas de lo que habían parecido a primera vista.

—Soy un estudioso de la ópera —dijo lentamente y, para la fina percepción de Hearn, con prudencia. Éste mostró su sonrisa más encantadora y sostuvo la mirada de los oscuros ojos de Molnar—. Para ser sincero —prosiguió Molnar, aparentemente aplacado—, me vuelve loco.

Aquello encajaba a la perfección con lo que Spalko le había dicho, pensó Hearn.

—Tengo un abono —dijo Hearn con su habitual naturalidad—. Tengo uno desde hace años, y no he podido evitar advertir que usted también. —Se rió en voz baja—. No conozco a mucha gente que ame la ópera. Mi esposa prefiere el *jazz*.

—A la mía le encantaba la ópera.

—¿Es usted divorciado?

—Viudo.

—Oh, lo siento.

—Ocurrió hace algún tiempo —dijo Molnar, ya con cierto entusiasmo una vez que había desvelado aquel trocito de intimidad—. La echo tanto de menos que nunca he podido vender su abono.

Hearn extendió la mano.

—Ethan Hearn.

Después de un titubeo de lo más fugaz, László Molnar la agarró con su zarpa peluda.

—László Molnar. Encantado de conocerlo.

Hearn le hizo una pequeña reverencia con la cabeza.

—¿Le importaría acompañarme a tomar un chocolate caliente, señor Molnar?

La oferta pareció del agrado del otro, que asintió con la cabeza.

—Será un placer.

Mientras caminaban juntos a través del remolino de gente, intercambiaron sus listas de óperas y compositores favoritos. Puesto que Hearn le había pedido a Molnar que empezara él, se aseguró de que tuvieran muchas en común. Molnar se alegró de nuevo. Como Spalko había apuntado, había un no sé qué de sinceridad y honradez en Hearn que ni el ojo más cínico podía dejar de apreciar. Poseía el don de ser natural incluso en las situaciones más artificiales. Fue aquella sinceridad de espíritu lo que cautivó a Molnar y deshizo sus defensas.

—¿Le está gustando la representación? —preguntó Molnar mientras bebían su chocolate caliente.

—Muchísimo —dijo Hearn—. Aunque *Háry János* rebosa tanta emoción que confieso que la disfrutaría mucho más si pudiera ver la expresión en las caras de los primeros cantantes. Es una pena, pero cuando compré el abono no me podía permitir ninguno más cercano, y ahora es casi imposible conseguir un asiento mejor.

Durante un instante Molnar guardó silencio, y Hearn temió que fuera a dejar pasar la oportunidad. Entonces, como si acabara de caer en ello, dijo:

—¿Le gustaría ocupar el asiento de mi esposa?

—Una vez más —dijo Hasan Arsenov—. Tenemos que volver una vez más sobre la secuencia de acontecimientos que nos hará ganar nuestra libertad.

—Pero si me la conozco tan bien como tu cara —se quejó Zina.

—¿Lo bastante bien para superar con los ojos cerrados el camino que conduce a nuestro último destino?

—No seas absurdo —se burló Zina.

—En Islandia, Zina. Ahora sólo estamos hablando de Islandia.

Los planos del hotel Oskjuhlid de Reikiavik estaban extendidos sobre la gran mesa de su habitación del hotel. Bajo la incitante luz de la lámpara todas las capas del hotel aparecían al descubierto, desde los cimientos a los sistemas de seguridad, alcantarillado, calefacción y aire acondicionado, pasando por los planos de las propias plantas. En todas las descomunales hojas azuladas aparecían escritas con pulcritud una serie de notas, flechas direccionales y marcas que indicaban las capas de seguridad que había añadido cada uno de los países participantes en la cumbre antiterrorista. La información secreta de Spalko estaba impecablemente detallada.

—Desde el momento en que penetremos las defensas del hotel

—dijo Arsenov—, tendremos muy poco tiempo para conseguir nuestro objetivo. Lo peor de todo es que no sabremos de cuánto tiempo disponemos hasta que lleguemos allí y hagamos un simulacro. Eso hace aún más imperioso el que no haya titubeos ni equivocaciones... ¡y ni una sola sorpresa! —Sus ojos brillaban de pasión. Cogió a Zina por una de las bandas y la condujo a uno de los extremos del cuarto. Arsenov le rodeó la cabeza con la banda y se la ató con suficiente fuerza como para saber que ella no podía ver.

—Acabamos de entrar en el hotel. —La soltó—. Ahora quiero que hagas el recorrido para mí. Te voy a cronometrar. ¡Ya!

Durante dos tercios del tortuoso camino Zina lo hizo bien, pero entonces, en la encrucijada de dos pasillos, dobló a la izquierda en lugar de hacerlo a la derecha.

—Estás acabada —dijo Arsenov con dureza mientras le quitaba la venda—. Aunque corrigieras el error, no alcanzarías el objetivo a tiempo. El servicio de seguridad, sea el estadounidense, el ruso o el árabe, te atraparían y te matarían a tiros.

Zina estaba temblando, furiosa consigo misma y con él.

—Conozco esa cara, Zina. Deja a un lado la ira —dijo Hasan—. Las emociones deshacen la concentración, y concentración es lo que necesitas ahora. Acabaremos cuando puedas hacer el camino a ciegas sin cometer ningún error.

Una hora más tarde, y cumplida su misión, Zina dijo:

—Ven a la cama, amor mío.

Arsenov, que sólo vestía una sencilla toga de muselina negra atada a la cintura, hizo un gesto de negativa. Estaba de pie junto al gran ventanal, mirando el brillante centelleo nocturno de Budapest reflejado en las oscuras aguas del Danubio.

Zina se tumbó toda despatarrada y desnuda sobre el edredón de plumas y se rió en voz baja con un profundo sonido gutural.

—Hasan, toca. —Movió la palma y los largos dedos separados sobre las sábanas—. Puro algodón egipcio. Es tan lujoso...

Arsenov giró sobre sus talones con un ceño de desaprobación que le ensombreció el rostro.

—Ya basta, Zina. —Señaló la botella medio vacía colocada en la mesilla de noche—. Coñac Napoleón, sábanas suaves y edredón de plumas. Esos lujos no son para nosotros.

Zina abrió los ojos como platos, y sus gruesos labios se contrajeron en un mohín.

—¿Y por qué no?

—¿Es que la lección que te acabo de enseñar te ha entrado por un oído y te ha salido por el otro? Porque somos «guerreros», porque hemos renunciado a todas las posesiones mundanas.

—¿Acaso has renunciado a tus armas, Hasan?

Él negó con la cabeza, y su mirada se tornó fría y dura.

—Nuestras armas tienen un propósito.

—Y estas cosas suaves también tienen un propósito, Hasan. Me hacen feliz.

Hasan hizo un profundo sonido gutural, cortante y desdeñoso.

—No quiero poseer estas cosas, Hasan —dijo Zina con voz ronca—; tan sólo utilizarlas una o dos noches. —Extendió una mano hacia él—. ¿Es que no puedes relajar tus normas encuadernadas en acero ni siquiera un ratito? Los dos hemos trabajado duro hoy; nos merecemos relajarnos un poco.

—Habla por ti. No me dejaré seducir por los lujos —dijo Hasan de manera cortante—. Y me asquea que te hayas dejado seducir por ellos.

—No creo que te dé asco. —Había visto algo en los ojos de Hasan, una especie de abnegación que ella malinterpretó con bastante naturalidad como el escollo de su estricta naturaleza ascética.

—Muy bien, pues —dijo ella—. Romperé la botella de coñac y sembraré la cama de cristales, tan sólo para que vengas aquí conmigo.

—Ya te lo he dicho —le advirtió él sombríamente—. No bromees con esas cosas, Zina.

Ella se incorporó, y avanzó hacia él de rodillas con los pechos, lustrosos bajo la dorada luz de la lámpara, balanceándose provocativamente.

—Lo digo completamente en serio. Si lo que deseas es tumbarte en un lecho de dolor mientras hacemos el amor, ¿quién soy yo para discutirlo?

Hasan permaneció mirándola durante un buen rato. No se le ocurrió que ella pudiera estar burlándose de él todavía.

—No lo entiendes. —Dio un paso hacia ella—. Nuestro camino está fijado. Estamos obligados a seguir el *tariqat*, el sendero espiritual que conduce a Alá.

—No me distraigas, Hasan. Todavía estoy pensando en las armas.

Zina le agarró de la túnica de muselina y lo atrajo hacia ella. Alargó la otra mano y acarició con dulzura la venda que cubría la zona del muslo donde le habían disparado. Luego, le subió la túnica.

Sus relaciones sexuales, tan feroces como un combate cuerpo a cuerpo, eran fruto tanto del deseo de hacer daño al otro como de la necesidad física. Era dudoso que el amor tuviera cabida entre su flagelación, gemidos y liberación de fluidos corporales propios de un martillo neumático. Por su parte, Arsenov anhelaba estar tumbado en el lecho de cristales rotos con el que había bromeado Zina, así que cuando las uñas de ella lo agarraron, resistió, y la obligó a que se agarrara con más fuerza y le marcara la piel. Era lo bastante duro para que Zina se cebara, así que ésta sacó a pasear los dientes y los utilizó sobre los poderosos músculos de los hombros, el pecho y los brazos de Hasan. La extraña sensación alucinatoria en la que él estaba inmerso sólo remitió con la creciente oleada de dolor que amenazaba con acabar con el placer.

Necesitaba un castigo por lo que le había hecho a Jalid Murat, su compatriota, su amigo. No importaba que hubiera hecho algo necesario para que su gente sobreviviera y prosperara. ¿Cuántas veces se había dicho que había sacrificado a Jalid Murat en aras del futuro de Chechenia? Y sin embargo, necesitado de un castigo cruel, la duda y el temor lo acosaban, como a un pecador, como a un paria. Aunque a decir verdad, pensó en ese momento, durante la pequeña muerte que sobreviene con la liberación sexual, ¿no pasaba siempre así con los profetas? ¿No era aquella tortura una prueba más de que el camino que había emprendido era el correcto?

A su lado, Zina yacía en sus brazos. Para el caso podría haber estado a miles de kilómetros de distancia, aunque, por decirlo de alguna manera, su mente también rebosaba de los pensamientos de los profetas. O, más exactamente, de los de un profeta. Aquel profeta actual había ocupado su mente desde que había arrastrado a Hasan a la cama. No soportaba la incapacidad de Hasan para permitirse gozar de los lujos que lo rodeaban, y en consecuencia, cuando la agarró, no era en él en quien ella estaba pensando, y cuando la penetró, él no estaba en absoluto en sus pensamientos, sino Stepan Spalko, a quien ella cantaba melodiosamente. Y cuando, cerca del orgasmo, se mordió el labio, no fue por pasión, como creyó Hasan, sino por miedo a gritar el nombre de Spalko. Lo deseaba muchísimo, aunque fuera sólo para herir a Hasan en lo más vivo, porque no tenía ninguna duda de que él la amaba. Sin embargo, Zina encontraba aquel amor tonto e inconsciente, algo infantil, como el niño que extiende los brazos buscando el pecho de su madre. Lo que Hasan ansiaba de ella era calor y protección, un rápido retroceso al útero. Aquél era un amor que a Zina le hacía sentir un hormigueo en la piel.

Pero lo que ella ansiaba...

Sus pensamientos se detuvieron cuando Hasan se apretó contra ella, suspirando. Zina había pensando que estaba dormido, pero no era así, o le había despertado otra cosa. En ese momento, atenta a sus deseos, no tenía tiempo para sus propios pensamientos. Percibió el varonil aroma de Hasan, que ascendía como una niebla antes del amanecer, y su respiración ligeramente acelerada.

—Estaba pensando —susurró él— en qué significa ser un profeta, en si un día me llamará así nuestra gente.

Zina no dijo nada, sabiendo que él deseaba que en ese momento guardara silencio, que sólo escuchara cómo se reafirmaba en el camino escogido. Aquél era el punto débil de Arsenov, una debilidad desconocida para cualquier otro, aquella que sólo le mostraba a ella. Zina se preguntó si Jalid Murat habría sido lo bastante inteligente para haber sospechado la existencia de aquel punto flaco. Sin duda, Stepan Spalko sí.

—El Corán nos dice que cada uno de nuestros profetas es la encarnación de un atributo divino —dijo Arsenov—. Moisés es la manifestación del aspecto trascendente de la realidad, debido a su capacidad para hablar con Dios sin un intermediario. En el Corán, el Señor le dice a Moisés: «No temas, eres trascendente». Jesús es la manifestación de lo profético. De niño, gritó: «Dios me dio el libro y me nombró profeta».

»Pero Mahoma es la encarnación y la manifestación espiritual de todos los nombres de dios. El propio Mahoma dijo: "Lo primero que creó Dios fue mi luz. Fui profeta, mientras Adán seguía todavía entre el agua y la tierra".

Zina esperó varios segundos hasta estar segura de que Hasan había terminado de pontificar. Entonces, con una mano apoyada en el pecho que subía y bajaba lentamente de Hasan, preguntó, porque sabía que él quería que preguntara.

—¿Y cuál es tu atributo divino, profeta mío?

Arsenov volvió la cabeza sobre la almohada para poderla ver totalmente. La luz de la lámpara situada detrás de Zina le ensombrecía la mayor parte de la cara, dejando sólo una resplandeciente línea a lo largo de la mejilla y la mandíbula iluminada por lo que parecía una larga pincelada, y Hasan se sorprendió pensando en algo que las más de las veces mantenía escondido, incluso a sí mismo. No sabía qué haría sin la fuerza y la vitalidad de Zina. Para él, su útero representaba la inmortalidad, el lugar sagrado del que saldrían sus hijos, el linaje que se perpetuaría por toda la eternidad. Pero sabía que ese sueño no podría hacerse realidad sin la ayuda de Spalko.

—¡Ah, Zina! Si supieras lo que el jeque hará por nosotros, en qué nos convertiremos gracias a su ayuda.

Ella apoyó la mejilla en el brazo doblado de Hasan.

—Cuéntamelo.

Pero Hasan negó con la cabeza, con una leve sonrisa jugueteando en las comisuras de sus labios.

—Eso sería un error.

—¿Por qué?

—Porque debes verlo por ti misma sin ningún conocimiento previo de la devastación que causará el arma.

En ese momento, al mirar fijamente los ojos de Arsenov, Zina sintió un escalofrío en lo más profundo de su ser, allí donde ella rara vez se atrevía a mirar. Tal vez se sintiera intimidada por el terrible poder de lo que se desataría en Nairobi tres días después. Pero con la clarividencia que a veces se concede a los amantes comprendió que lo que más le interesaba a Hasan era el temor que engendraría aquella forma de muerte, fuese la que fuese. Era evidente que él pretendía blandir el miedo. El miedo a utilizar la espada adecuada para recuperar todo aquello que los chechenos habían perdido a lo largo de siglos de abusos, desplazamientos y derramamiento de sangre.

Desde temprana edad, Zina había mantenido una relación íntima con el miedo. Su padre, un hombre débil y moribundo a causa de la mórbida desesperación que recorría Chechenia como una epidemia, otrora había mantenido a su familia, como era obligación de todos los hombres chechenos, aunque ya ni siquiera era capaz de asomar las narices a la calle por miedo a ser detenido por los rusos. Su madre, en otra época una mujer hermosa, se había convertido al final de su vida en una vieja bruja de pechos caídos, escaso pelo, poca vista y menos memoria.

Después de llegar a casa tras un largo día de hurgar en la basura, Zina se veía obligada a recorrer tres kilómetros hasta la fuente pública más cercana y hacer cola durante una o dos horas, para luego volver y tener que subir a cuestas el balde lleno los cinco tramos de escaleras que conducían a la mugrienta habitación en la que habitaban.

¡Y qué agua! Todavía había veces que se despertaba entre arcadas, sintiendo su asqueroso gusto a trementina en la boca.

Una noche, su madre se sentó y no se levantó. Tenía veintiocho años, aunque aparentaba más del doble. Tenía los pulmones llenos de alquitrán a causa del fuego permanente del petróleo. Cuando el hermano menor de Zina se quejó de sed, la anciana había mirado a Zina y había dicho:

—No puedo levantarme. Ni siquiera a buscar el agua. No puedo continuar...

Zina se giró, y apagó la lámpara. La luna, hasta entonces oculta, llenó el marco de la ventana. En el punto en el que el torso de Zina descendía hasta su estrecha cintura, la luz fría de la luna cayó sobre la cama formando un charco e iluminándole el ápice del pecho, bajo cuya pronunciada curva tenía Hasan apoyada la mano. Fuera de aquel charco sólo había oscuridad.

Permaneció tumbada con los ojos abiertos durante mucho tiempo, escuchando la respiración de Hasan mientras esperaba que el sueño la reclamara. ¿Quién mejor que los chechenos conocía el significado del miedo?, se preguntó. En la cara de Hasan estaba escrita la lamentable historia de su pueblo. Daba igual la muerte, nada importaba la ruina, allí sólo estaba el único resultado que él era capaz de ver: la reivindicación de Chechenia. Y con el corazón entristecido por la desesperación, Zina supo que era necesario llamar la atención del mundo con violencia. Y en esos días sólo había una manera de hacerlo. Sabía que Hasan tenía razón: la muerte tenía que llegar de una manera hasta entonces impensable, pero el precio que podrían llegar a pagar todos era algo de lo que no tenía ni la más remota idea.

8

A Jacques Robbinet le gustaba pasar las mañanas con su esposa bebiendo *café au lait*, leyendo los periódicos y hablando con ella de economía, de sus hijos y de la situación vital de sus amigos. Nunca hablaban del trabajo de él.

Había convertido en una norma de estricto cumplimiento el no ir nunca a su despacho antes del mediodía. Una vez allí, pasaba una hora o así estudiando documentos, informes interministeriales y cosas parecidas, y respondía a algún correo electrónico si era necesario. Del teléfono se ocupaba su secretaria, que recogía los recados y le llevaba los mensajes que ella consideraba urgentes. En esto, como en todas las cosas que hacía por Robbinet, la mujer era ejemplar. Él la había adiestrado, y su instinto era infalible.

Lo mejor de todo era su absoluta discreción. Eso significaba que Robbinet podía decirle adónde iba a comer cada día con su amante, ya fuera en un tranquilo restaurante, ya en el piso de la amante en el cuarto distrito. Eso era de crucial importancia, puesto que Robbinet hacía unas comidas muy largas, incluso para la costumbre francesa. Rara vez regresaba al despacho antes de las cuatro, aunque solía estar en su mesa hasta bien pasada la medianoche, en contacto con sus homólogos estadounidenses. Puede que el cargo oficial de Robbinet fuera el de ministro de Cultura, pero de hecho era un espía de tan altísimo nivel, que estaba bajo las órdenes directas del presidente de la República.

Sin embargo, aquella noche en concreto había salido a cenar, después de que la tarde hubiera resultado tan ajetreada y aburrida que había tenido que posponer su cita diaria hasta bien entrada la noche. Había un lío que le preocupaba sobremanera. Sus amigos estadounidenses le habían hecho llegar una orden de proscripción internacional, y cuando la leyó se le heló la sangre en las venas, porque el objetivo a eliminar era Jason Bourne.

Robbinet había conocido a Bourne hacía algunos años nada menos que en un balneario. Robbinet había reservado habitación para un fin de semana en el balneario, situado en las afueras de París, para poder estar con su amante del momento, una cosita diminuta con un descomunal apetito sexual. La amante en cuestión había sido bailarina de ballet; Robbinet todavía recordaba con gran fruición la maravillosa flexibilidad de su cuerpo. Sea como fuere, él y Bourne se habían conocido en la sauna y habían empezado a hablar. Al final, y de forma harto inquietante, iba a descubrir que Bourne había ido allí a buscar a cierto agente doble. Tras desenmascararlo, lo había matado mientras Robbinet recibía algún tratamiento, de arcilla verde, si la memoria no le fallaba. Y también fue providencial, puesto que el agente doble se estaba haciendo pasar por el terapeuta de Robbinet para asesinarlo. «¿Hay algún lugar donde uno sea más vulnerable que encima de la camilla de un fisioterapeuta?», se preguntó Robbinet. Y qué otra cosa podía hacer después de eso, salvo invitar a Bourne a una cena espléndida. Aquella noche, ante el foie gras, unos riñones de ternera a la mostaza, *jus* y *tarte Tatin*, todo ello regado con tres magníficas botellas del Burdeos del color rubí más perfecto, se habían confesado el uno al otro sus secretos y no habían tardado en hacerse amigos.

Fue a través de Bourne como Robbinet conoció a Alexander Conklin y se convirtió en el conducto de éste para las operaciones del Quai d'Orsay y la Interpol.

Al final, la confianza de Robbinet en su secretaria fue una suerte para Jason Bourne, porque fue mientras estaba ante el café y el absolutamente decadente *millefeuille* en Chez George con Delphine cuando recibió la llamada de aquélla. A Robbinet le encantaba aquel restaurante tanto por su comida como por su ubicación. Debido a que se encontraba en la acera de enfrente de la *Bourse* —la Bolsa francesa—, era frecuentado por corredores y empresarios, gente bastante más discreta que los chismosos de los políticos con quienes Robbinet se veía obligado a codearse de vez en cuando.

—Hay alguien al teléfono —le dijo su secretaria. A Dios gracias, ella controlaba las llamadas extemporáneas que se hacían desde casa de su jefe—. Dice que tiene que hablar con usted urgentemente.

Robbinet sonrió a Delphine. Su amante era una belleza madura y elegante cuyo aspecto era diametralmente opuesto al de su esposa de treinta años. Habían estado manteniendo una conversación de lo más agradable sobre Aristide Maillot, cuyos voluptuosos desnudos honraban las Tullerías, y de Jules Massenet, cuya ópera *Manon* ambos consideraban sobrevalorada. En realidad, Robbinet era incapaz de entender la obsesión de los varones estadounidenses por las chicas que apenas habían abandonado la adolescencia. La idea de tener como amante a alguien de la edad de su hija se le antojaba espantosa, cuando no absurda. ¿De qué diablos iban a hablar ante el café y el *millefeuille*?

—¿Le ha dicho el nombre? —dijo él al teléfono.

—Sí. Jason Bourne.

El pulso de Robbinet empezó a latir con fuerza.

—Páselo —dijo inmediatamente. Luego, y dado que era inexcusable hablar por teléfono durante el tiempo que fuera delante de la amante de uno, se excusó y salió a la fina niebla de la noche parisina y esperó a oír el sonido de la voz de su viejo amigo.

—Mi querido Jason. ¿Cuánto tiempo ha pasado?

Jason se animó en cuanto oyó resonar la voz de Robbinet en su móvil. Al menos la voz de alguien de dentro que no estaba intentando —¡eso esperaba!— matarlo. Iba disparado por la autopista de circunvalación de la capital en otro coche que había robado camino de su cita con Deron.

—Para serte sincero, no lo sé.

—Años. ¿Te lo puedes creer? —dijo Robbinet—. Pero la verdad es que debo decirte que te he seguido la pista a través de Alex.

Bourne, que había sentido cierta inquietud inicial, empezó a tranquilizarse.

—Jacques, te has enterado de lo de Alex, ¿verdad?

—Sí, *mon ami*. El DCI estadounidense ha emitido una orden internacional de búsqueda contra ti. Pero no me creo ni una palabra. Es imposible que hayas asesinado a Alex. ¿Sabes quién lo hizo?

—Estoy intentando averiguarlo. Lo único que sé con seguridad por ahora es que puede estar implicado alguien llamado Jan.

El silencio al otro lado de la línea se prolongó tanto que Bourne se vio obligado a decir:

—¿Jacques? ¿Estás ahí?

—Sí, *mon ami*. Me has sorprendido, eso es todo. —Robbinet respiró profundamente—. Conocemos a ese tal Jan. Es un asesino profesional de primera categoría. Sabemos que es el responsable de más de una docena de trabajos de alto nivel en todo el mundo.

—¿A quiénes se dirige?

—Sobre todo a políticos, como el presidente de Mali, pero, de vez en cuando, también a empresarios destacados. Por lo que hemos podido determinar, no es ni político ni ideólogo. Acepta los encargos estrictamente por dinero. Sólo cree en eso.

—La clase más peligrosa de asesino.

—De eso no hay ninguna duda, *mon ami* —dijo Robbinet—. ¿Sospechas que asesinó a Alex?

—Es posible —dijo Bourne—. Lo encontré en la finca de Alex poco después de que hallara los cadáveres. Pudo haber sido él quien llamara a la policía, porque ésta apareció mientras yo seguía en la casa.

—Una trampa clásica —coincidió Robbinet.

Bourne guardó silencio durante un instante, ocupados sus pensamientos con Jan, que pudo haberlo matado de un tiro en el campus o, más tarde, desde su ventajosa posición en el sauce. El hecho era que no le había dicho gran cosa a Bourne. Aparentemente, aquél no era uno de los encargos normales de Jan; el acoso al que lo sometía era algo personal, una venganza de cualquier tipo que debía de tener su origen en las selvas del Sureste Asiático. La suposición más lógica era que Bourne hubiera matado al padre de Jan. Y en ese momento el hijo quería vengarse. ¿Por qué si no estaba obsesionado con la familia de Bourne? ¿Por qué otro motivo le había preguntado por el abandono de Jamie? Aquella teoría encajaba a la perfección con las circunstancias.

—¿Qué más me puedes contar sobre Jan? —preguntó entonces Bourne.

—Muy poco —contestó Robbinet—, aparte de su edad. Tiene veintisiete años.

—Parece más joven —masculló Bourne—. También es medio asiático.

—El rumor es que es medio camboyano, pero ya sabes lo fiables que son los rumores.

—¿Y la otra mitad?

—Ahí sabes tanto como yo. Es un tipo solitario, sin vicios conocidos y con domicilio desconocido. Irrumpió en la escena hace seis años, asesinando al primer ministro de Sierra Leona. Antes de eso es como si no hubiera existido.

Bourne miró por el espejo retrovisor.

—Así que cometió su primer asesinato oficial cuando tenía veintiún años.

—Una especie de puesta de largo, ¿eh? —dijo Robbinet con sequedad—. Escucha, Jason. En cuanto a este tío, Jan, todo lo que te diga acerca de lo peligroso que es será poco. Si está implicado de alguna manera, debes ser extremadamente cauteloso.

—Pareces asustado, Jacques.

—Y lo estoy, *mon ami*. Por lo que respecta a Jan, no hay nada vergonzoso en ello. Y tú también deberías estarlo. Una saludable dosis de miedo nos hace prudentes, y créeme, éste es el momento de serlo.

—Lo tendré presente —dijo Bourne. Maniobró entre el tráfico, buscando la salida correcta—. Alex estaba trabajando en algo, y creo que lo asesinaron por ello. No sabrás nada acerca de en qué andaba metido, ¿verdad?

—Vi a Alex en París hará cosa de unos seis meses. Fuimos a cenar. Tuve la impresión de que estaba enormemente preocupado. Pero ya conoces a Alex, siempre tan hermético como una tumba. —Robbinet suspiró—. Su muerte es una pérdida terrible para todos nosotros.

Bourne salió de la autovía de circunvalación para coger la carretera en la salida 123 y se dirigió a Tysons Corner.

—¿«NX 20» te dice algo?

—¿Eso es todo lo que tienes? ¿NX 20?

Condujo hasta la terraza C del aparcamiento del centro comercial de Tysons Corner.

—Más o menos. Busca un nombre: doctor Felix Schiffer. —Se lo deletreó—. Trabaja para la DARPA.

—Ah, ahora sí que me has dado algo útil. Déjame ver qué puedo hacer.

Bourne le dio su número de móvil y salió del coche.

—Escucha, Jacques, me voy a Budapest, pero voy justo de dinero.

—No hay ningún problema —dijo Robbinet—. ¿Qué tal si utilizamos el mismo arreglo de siempre?

Bourne no tenía ni idea de cuál era. No le quedó más remedio que aceptar.

—*Bon*. ¿Cuánto?

Bourne cogió la escalera mecánica de subida, pasado Aviary Court.

—Unos cien mil deberían llegar. Me alojaré en el Gran Hotel Danubius bajo el nombre de Alex. Pon «Guardar hasta su llegada» en el paquete.

—*Mas oui*, Jason. Se hará como deseas. ¿Te puedo ayudar en algo más?

—Por el momento, no. —Bourne vio a Deron más adelante, parado en el exterior de una tienda llamada Dry Ice—. Gracias por todo, Jacques.

—Y recuerda, *mon ami*: prudencia —dijo Robbinet antes de despedirse—. Con Jan de por medio, puede ocurrir cualquier cosa.

Deron había localizado a Bourne y empezó a caminar a un paso más lento para que Bourne pudiera alcanzarlo. Era un hombre delgado, con la piel del color del cacao, una cara de pómulos prominentes y rasgos cincelados y unos ojos que traslucían su aguda inteligencia. Con el ligero abrigo, el traje elegantemente entallado y el reluciente maletín de piel, tenía todo el aspecto de un hombre de negocios. Sonrió cuando empezaron a caminar uno al lado del otro por el centro comercial.

—Me alegro de verte, Jason.

—Es una lástima que las circunstancias sean tan graves.

Deron se rió.

—¡Caray, si sólo te veo cuando ocurre alguna catástrofe!

Mientras hablaban, Bourne se dedicó a calcular las líneas de visión, valorar las vías de escape y escudriñar las caras.

Deron abrió el maletín y le entregó un paquete delgado.

—Pasaporte y contactos.

—Gracias. —Bourne se guardó el paquete—. Conseguiré tus honorarios dentro de una semana.

—Cuando sea. —Deron agitó una mano con unos largos dedos de artista—. Me llega con tu reputación. —Entregó a Bourne otro objeto—. Las situaciones graves requieren medidas extremas.

Bourne sujetó la pistola en la mano.

—¿De qué está hecha? Es muy ligera.

—De cerámica y plástico. Algo en lo que estoy trabajando desde hace un par de meses —dijo Deron con no poco orgullo—. No es útil para disparar de lejos, pero es precisa en distancias cortas.

—Además no la detectarán en el aeropuerto —dijo Bourne.

Deron asintió con la cabeza.

—Y tampoco la munición. —Entregó a Bourne una caja pequeña de cartón—. Cerámica con la punta de plástico, pensada para calibres pequeños. Y una ventaja más; mira aquí, mira esos pequeños respiraderos en el cañón; amortiguan el ruido de la percusión. El disparo casi no hace ruido.

Bourne arrugó el entrecejo.

—¿No reduce eso el impacto del disparo?

Deron soltó una risotada.

—Eso es balística de la vieja escuela, señora. Créeme, si derribas a alguien con esto no se levantará.

—Deron, eres un hombre de talentos insólitos.

—¡Eh! Tengo que realizarme. —El falsificador exhaló un largo suspiro—. Copiar a los viejos maestros tiene su encanto, supongo. Ni te imaginas lo mucho que he aprendido estudiando sus técnicas. Por lo demás, el mundo que abres antes mí (un mundo que nadie más en este centro comercial, aparte de nosotros, sabe que existe) es lo que yo llamo excitación. —Se había levantado el viento, un húmedo presagio de cambio, y se levantó el cuello del abrigo—. Admito que en otro tiempo albergaba el secreto deseo de comercializar algunos de mis productos con gente como tú. —Meneó la cabeza—.

Pero nada más. Lo que ahora hago como trabajo extra, lo hago por diversión.

Bourne vio que un hombre con una gabardina se detenía delante de un escaparate a encender un cigarrillo. El sujeto permaneció allí parado, aparentemente mirando los zapatos expuestos. El problema era que se trataba de zapatos de mujer. Bourne hizo una señal con la mano y los dos doblaron a la izquierda, alejándose de la zapatería. Durante un rato Bourne utilizó las superficies reflectantes que tenía a su alcance para mirar detrás de ellos. No se veía por ninguna parte al hombre de la gabardina.

Bourne sopesó el arma, que parecía ligera como el aire.

—¿Cuánto? —preguntó.

Deron se encogió de hombros.

—Es un prototipo. Digamos que serás tú quien le ponga el precio en función del uso que le des. Confío en que serás justo.

Cuando Ethan llegó por primera vez a Budapest, tardó algún tiempo en acostumbrarse al hecho de que los húngaros eran tan literales como reflexivos a la hora de hablar. En consecuencia, el bar Underground estaba situado en Pest, en el número 30 de la calle Teréz Körúta, en los sótanos de un cine. Estar bajo un cine también cumplía con la idiosincrasia húngara, porque el Underground era un homenaje a la famosa película húngara del mismo nombre del director Emir Kusturica. Por lo que a Hearn concernía, el bar era un local posmoderno en el peor sentido de la palabra. Unas vigas de acero cruzaban el techo, intercaladas con una hilera de gigantescos ventiladores industriales que lanzaban el viciado aire cargado de humo sobre los habitantes que bebían y bailaban. Pero lo que menos le gustaba a Hearn del Underground era la música, una mezcla ruidosa de *rock* de garaje y *funk* sudoroso.

Por extraño que resultara, a László Molnar no pareció importarle. Lo cierto es que dio la sensación de querer quedarse entre la multitud cimbreante, como si le costara volver a casa. Había algo de crispado en sus modales, pensó Hearn, en su risa áspera y cortante, en la manera en que sus ojos vagaban por la sala, sin posarse nunca en nada ni nadie durante mucho tiempo, como si transportara un oscuro y corrosivo secreto bajo la piel. La ocupación de Hearn hacía que se topara con muchísimo dinero. Y no por primera vez, se preguntó si tanta riqueza no tendría un efecto demoledor sobre el psiquismo humano. Quizá ésa fuera la razón de que nunca hubiera aspirado a las riquezas.

Molnar insistió en pedir para ambos un cóctel asquerosamente dulce llamado Causeway Spray que llevaba güisqui, cerveza de jengibre, triple seco y limón. Encontraron una mesa en un rincón donde Hearn apenas pudo ver el pequeño menú, y prosiguieron con su conversación sobre ópera, la cual, dado el lugar donde se desarrollaba, parecía absurda.

Sólo después de la segunda copa, Hearn consiguió localizar a Spalko, quien se encontraba entre la neblina de la parte trasera del club. Su jefe le sostuvo la mirada, y Hearn se excusó. Dos hombres merodeaban cerca de Spalko. No tenían aspecto de pertenecer al Underground, aunque por otra parte, se dijo Hearn, tampoco lo tenían él ni László Molnar. Spalko lo condujo hasta un sombrío pasillo iluminado por unas bombillas de clavija que semejaban estrellas. Abrió una estrecha puerta que daba a lo que Hearn supuso que sería la oficina del gerente. No había nadie dentro.

—Buenas noches, Ethan. —Spalko sonrió mientras cerraba la puerta detrás de él—. Parece que has estado a la altura de tu prestigio. ¡Buen trabajo!

—Gracias, señor.

—Y ahora —dijo Spalko con gran cordialidad— es hora de que tome las riendas.

Hearn podía oír el golpeteo estremecedor del bajo electrónico a través de las paredes.

—¿No le parece que debería quedarme el tiempo suficiente para presentarlos?

—No es necesario, te lo aseguro. Ya es hora de que te vayas a descansar. —Spalko miró su reloj—. Es más, dada la hora que es, ¿por qué no te tomas el día libre mañana?

Hearn torció el gesto.

—Señor, no podría...

Spalko se echó a reír.

—Puedes, Ethan, y lo harás.

—Pero usted me dijo de manera inequívoca...

—Ethan, tengo potestad para dictar las normas, y potestad para establecer las excepciones a su cumplimiento. Cuando llegue tu sofá cama, puedes hacer lo que quieras, pero mañana te tomas el día libre.

—Sí, señor. —El joven agachó la cabeza, sonriendo dócilmente. Hacía tres años que no había tenido un día libre. Una mañana en la cama sin nada que hacer excepto leer el periódico y extender mermelada de naranja sobre su tostada, se le antojó algo así como el cielo—. Gracias. Le estoy muy agradecido.

—Adelante, pues. Cuando vuelvas a la oficina, ya habré leído y hecho las sugerencias para tu carta de recomendación.

Condujo a Hearn fuera de la recalentada oficina. Cuando Spalko vio al joven subir los escalones que conducían a la puerta principal, hizo un gesto con la cabeza hacia los dos hombres que lo flanqueaban, que empezaron a avanzar a través del frenético alboroto del bar.

László Molnar había empezado a buscar a su nuevo amigo a través de la niebla de humo y luces de colores. Cuando Hearn se había levantado, se había quedado absorto en el desenfrenado baileteo del trasero de una joven vestida con una falda muy corta, aunque al final había caído en la cuenta de que Hearn llevaba ausente más tiempo del esperado. Molnar se sobresaltó cuando, en lugar de Hearn, los dos hombres se sentaron a ambos lados de él.

—¿Qué es esto? —dijo, y su voz se quebró a causa del miedo—. ¿Qué quieren?

Los dos hombres no dijeron nada. El que tenía a su derecha lo sujetó con una fuerza tan tremenda que provocó una mueca de dolor en Molnar. Estaba demasiado asustado para gritar, pero, incluso si hubiera tenido la presencia de ánimo para hacerlo, el estrépito incesante del club habría ahogado sus gritos. Así las cosas, se quedó sentado, petrificado, mientras el hombre de la izquierda le clavaba una jeringa en el muslo. Lo hizo con tanta rapidez y discreción (bajo la mesa) que era totalmente imposible que alguien lo hubiera visto.

La droga que se le había inyectado a Molnar tardó treinta segundos en hacer efecto. Los ojos se le quedaron en blanco, y su cuerpo se relajó por completo. Los dos hombres estaban preparados para aquello, y lo sujetaron mientras se levantaban, poniéndolo de pie trabajosamente.

—No aguanta la bebida —dijo uno de los hombres a un cliente que había cerca. Se echó a reír—. ¿Qué se puede hacer con gente así?

El cliente se encogió de hombros, sonrió abiertamente y volvió a su baileteo. Nadie más los miró por dos veces mientras sacaban a Lászó Molnar del Underground.

Spalko los estaba esperando en un largo y elegante BMW. Arrojaron al inconsciente Molnar en el maletero del coche y corrieron a meterse en la parte delantera, uno detrás del volante y el otro en el asiento delantero del acompañante.

La noche era clara y despejada. Una luna llena y baja se movía por el cielo. A Spalko le pareció que todo lo que necesitaba hacer era alargar un dedo y que podría darle un papirotazo como si fuera una canica y hacerla correr por la negra mesa de terciopelo del cielo.

—¿Cómo ha ido? —preguntó.

—Suave como la seda —contestó el conductor mientras arrancaba el coche.

Bourne salió de Tysons Corner lo más deprisa que pudo. Aunque había considerado que el lugar era seguro para su encuentro con Deron, en ese momento para él «seguridad» era un término relativo. Condujo hasta el Wal-Mart de New York Avenue. Ésta estaba en pleno centro de la ciudad, una zona lo bastante concurrida para hacerle sentir que gozaba de cierto anonimato.

Entró en el aparcamiento que había entre las calles Doce y Trece, al otro lado de la avenida, y aparcó. El cielo había empezado a cubrirse de nubes; hacia el sur había una oscuridad amenazante en el horizonte. Una vez dentro del supermercado, cogió ropa, artículos de aseo, un cargador para el móvil y otra serie de objetos. Luego buscó una mochila en la que pudiera meter todo fácilmente. Mientras esperaba en la cola de la caja, avanzando lentamente junto con todos los demás, sintió que la angustia aumentaba. Parecía no estar mirando a nadie, aunque en realidad no paraba de mirar buscando a cualquiera que estuviera dirigiendo indebidamente la atención hacia él.

Se le agolparon demasiados pensamientos en la cabeza. Era un fugitivo de la Agencia, lo que significaba que se había puesto precio a su cabeza. Lo estaba acechando un joven extrañamente deslumbrante, poseedor de unas habilidades extraordinarias, que casualmente era uno de los más consumados asesinos internacionales del mundo. Había perdido a sus dos mejores amigos, uno de los cuales parecía estar implicado en lo que a todas luces era una actividad extracurricular sumamente peligrosa.

Perdido en estas preocupaciones, no reparó en el guardia de seguridad que caminaba por detrás de él. Esa mañana temprano un agente del gobierno le había informado acerca del fugitivo, le había entregado la misma foto que había visto la noche anterior en la televisión y le había pedido que se mantuviera ojo avizor por si aparecía el autor de los crímenes. El agente le había explicado que su visita formaba parte del operativo policial, que él y otros agentes de la CIA se estaban dirigiendo a todas las principales tiendas, cines y lugares parecidos para asegurarse de que el personal de seguridad supiera que encontrar a aquel tal Jason Bourne debía convertirse en su prioridad número uno. El guardia sintió una mezcla de orgullo y miedo cuando, después de darse la vuelta y dirigirse a su garita, marcó el número que le había dado el agente.

Instantes después de que el guardia colgara el teléfono, Bourne estaba en el servicio de caballeros. Utilizando la maquinilla eléctrica que había comprado, se afeitó casi todo el pelo. Luego, se cambió de ropa, se puso unos vaqueros, una camisa vaquera a cuadros rojos y blancos con botones nacarados y un par de zapatillas de atletismo Nike. Sacó los pequeños botes que había comprado en la perfumería y los colocó ante el espejo que discurría sobre la hilera de lavabos. Aplicándose el contenido de aquellos con criterio, se oscureció el tono de la piel de la cara. Otro producto le espesó las cejas, haciéndolas más llamativas. Las lentes de contacto que Deron le había proporcionado cambiaron el color gris de sus ojos por un castaño mate. De tanto en tanto, se vio obligado a detenerse cuando entraba o se lavaba alguien, pero la mayor parte del tiempo el servicio de caballeros permaneció desierto.

Cuando terminó, se miró atentamente al espejo. No del todo satisfecho, se colocó un lunar en lo más alto de una de las mejillas, de manera que estuviera bien a la vista. Por fin había terminado la transformación. Mientras se ponía la mochila a la espalda, salió, atravesó la tienda y se dirigió a la entrada principal recubierta de cristal.

Martin Lindros estaba en Alexandria, tratando de recomponer la chapuza cometida en la Sastrería de Lincoln Fine, cuando recibió la llamada del guardia de seguridad del Wal-Mart de New York Avenue. Esa mañana había decidido que él y el detective Harry Harris se dividieran e hicieran el trabajo de difusión por la zona cada uno con su equipo. Lindros sabía que Harris estaba unos tres kilómetros más cerca que él, porque el policía estatal se lo había confirmado no hacía ni diez minutos. Lindros se encontraba ante un diabólico dilema. Sabía que al DCI se lo iban a llevar los diablos a causa del fiasco de Fine. Si el Gran Jefazo averiguaba que había permitido que un detective de la policía del estado llegara antes que él al último paradero conocido de Bourne, se lo iba a estar repitiendo hasta el día del Juicio Final. Mientras pisaba el acelerador de su coche, pensó que la situación era mala. Pero la prioridad absoluta era atrapar a Bourne. Tomó la decisión de inmediato. «Al diablo los secretos y los celos interministeriales», pensó. Conectó su móvil, llamó a Harris y le dio la dirección del Wal-Mart.

—Harry, escuche con atención. Tiene que hacer un acercamiento silencioso. Su misión es asegurar la zona. Asegúrese de que Webb no escapa, nada más. No se deje ver bajo ninguna circunstancia ni intente detenerlo. ¿Está claro? Sólo me lleva unos minutos de ventaja. Llego enseguida.

«No soy tan idiota como parezco —pensó Harris mientras coordinaba a los tres coches patrulla que tenía bajo su mando—. Y sin duda no soy tan idiota como Lindros cree que soy.» Tenía una más que sobrada experiencia con todo tipo de federales, y seguía sin gustarle lo que había visto. Los federales tenían muy arraigada aquella actitud de superioridad, como si las demás fuerzas policiales fueran unas incompetentes a las que hubiera que llevar de la mano como críos. Aquella actitud era como una espina clavada que le sacaba de quicio. Lindros le había cortado cuando intentaba explicarle sus propias teorías, así que ¿por qué habría de molestarse en compartirlas en ese momento? Lindros no lo veía más que como una mula de carga, alguien que se sentía tan agradecido por haber sido escogido para trabajar con la CIA que seguiría las órdenes a rajatabla y sin preguntar. Era evidente que en ese momento Harris estaba totalmente al margen. Lindros había dejado de informarle deliberadamente del avistamiento de Alexandria; Harris se había enterado por pura casualidad. Cuando entró en el aparcamiento del Wal-Mart, decidió asumir el pleno control de la situación mientras siguiera teniendo oportunidad de hacerlo. Tras tomar la decisión, cogió su aparato emisor-receptor, y empezó a gritarles las órdenes a sus hombres.

Bourne estaba cerca de la entrada del Wal-Mart cuando los tres coches patrulla del estado de Virginia aparecieron como bólidos por New York Avenue con las sirenas puestas a todo meter. Retrocedió para meterse en las sombras. No cabía ninguna duda: se dirigían directamente hacia el Wal-Mart. Lo habían localizado, pero ¿cómo? En ese momento no tenía tiempo para preocuparse por eso; tenía que idear un plan de fuga.

Los coches patrulla se pararon en seco con un chirrido, bloqueando el tráfico y provocando de inmediato los gritos iracundos de los conductores. A Bourne sólo se le ocurría una razón para que estuvieran fuera de su jurisdicción: los había reclutado la Agencia. En la policía metropolitana de Washington estarían furiosos.

Sacó el móvil de Alex y marcó el número de emergencia de la policía.

—Aquí el detective Morran de la policía estatal de Virginia —dijo—. Quiero hablar con el comandante del distrito. Volando.

—Al habla Burton Philips, comandante del Tercer Distrito —respondió una voz acerada.

—Escuche, Philips, se les dijo a sus muchachos en términos que no dejaban lugar a dudas que no metieran las narices en nuestros asuntos. Y ahora me encuentro que sus coches patrullas aparecen en el Wal-Mart de New York Avenue, y yo...

—Usted está en pleno corazón de mi distrito, Morran. ¿Por qué demonios se ha metido en mi jurisdicción?

—Eso es asunto mío —dijo Bourne con la voz más desagradable de la que fue capaz—. Tan sólo coja el teléfono y quíteme a sus condenados muchachos de encima.

—Morran, no sé de dónde saca esa puta actitud, pero conmigo no le servirá de nada. Le juro que estaré ahí dentro de tres minutos... ¡para cortarle las pelotas con mis propias manos!

A esas alturas, la calle era un hervidero de polis. En lugar de retirarse al interior de la tienda, Bourne, poniendo rígida la pierna izquierda, salió cojeando tranquilamente junto con quizá una docena más de clientes. La mitad del contingente policial, guiados por un detective alto, cargado de espaldas y cara ojerosa, escudriñaron rápidamente las caras de los doce, Bourne incluido, mientras entraban a todo correr en la tienda. El resto de los policías se habían desplegado por el aparcamiento. Algunos se dedicaron a acordonar New York Avenue entre las calles 12 y 13, y otros estaban ocupados en proteger a los clientes recién llegados que permanecían dentro de sus coches; todavía había otros que estaban coordinando el tráfico mientras hablaban por sus transmisores-receptores.

En lugar de dirigirse a su coche, Bourne tomó a la derecha y dobló la esquina hacia el muelle de carga de la parte posterior del edificio donde se entregaban las mercancías. Por delante de él vio tres o cuatro camiones frigoríficos aparcados mientras eran descargados. Al otro lado de la calle, en diagonal, estaba Franklin Park. Empezó a caminar en aquella dirección.

Alguien le gritó. Siguió caminando como si no hubiera oído. Las sirenas aullaron, y él miró su reloj: el comandante Burton Philips llegaba a tiempo. Estaba a mitad de camino del lateral del edificio cuando volvió a oír los gritos, esta vez más autoritarios. Entonces estalló un guirigay de voces airadas a lomos de una acalorada discusión llena de improperios.

Bourne se volvió, y vio al detective cargado de hombros con su arma reglamentaria en la mano. Tras el detective apareció corriendo la alta e imponente figura del comandante Philips, brillante el pelo plateado y la cara de abultados carrillos roja como la grana a causa del ejercicio y la ira. Al más puro estilo de los dignatarios de todo el mundo, iba flanqueado por un par de pesos pesados provistos de un ceño tan grande como sus hombros. Llevaban las manos derechas sobre las armas de los cinturones, aparentemente dispuestos a acribillar a balazos a cualquiera que fuera lo bastante idiota para interponerse en los deseos de su comandante.

—¿Está usted al mando de estos agentes de Virginia? —gritó Philips.

—Policía estatal —dijo el detective cargado de hombros—. Y sí, estoy al mando. —Arrugó el entrecejo cuando vio los uniformes de la policía metropolitana—. ¿Qué demonios están haciendo aquí? Van a estropear mi operación.

—¡Su operación! —Al comandante Philips casi le da un ataque—. ¡Salga ahora mismo de mi ciénaga, cabronazo paleto de mierda!

La estrecha cara del detective se puso blanca.

—¿A quién está llamando cabronazo paleto de mierda?

Bourne los dejó enzarzados en la discusión. El parque ya estaba descartado; después de haber sido objeto del examen minucioso del detective, necesitaba un medio de fuga más inmediato. Se escabulló hasta donde terminaba el edificio, y siguió la fila de camiones frigoríficos hasta que encontró uno que ya había sido descargado. Subió a la cabina. La llave estaba en el contacto, y la giró. El camión arrancó con un ruido sordo.

—¡Eh! ¿Adónde crees que vas, tío?

El camionero abrió la puerta de un tirón. Era un tipo grande, con el cuello como el tocón de un árbol y los brazos a juego. Cuando se hubo subido al camión agarró una escopeta de cañones recortados de una litera oculta situada encima de su cabeza. Bourne le estampó el puño en el puente de la nariz. La sangre empezó a manar. Al camionero se le nubló la vista y soltó la escopeta.

—Lo siento, tío —dijo Bourne mientras le propinaba un golpe destinado a dejar inconsciente incluso a un hombre del tamaño de un buey como el camionero. Lo subió al asiento del acompañante cogiéndolo por la parte posterior de su cinturón tachonado, cerró la puerta de golpe y metió la primera.

Fue entonces cuando se percató de una nueva presencia en el lugar. Un hombre más bien joven se había metido en medio de los dos policías contrincantes, separándolos a empujones sin ningún miramiento. Bourne lo reconoció: era Martin Lindros, el director adjunto de la Agencia. Así que el Gran Jefazo había puesto a Lindros al mando de la persecución nacional. Aquélla era una mala noticia. Bourne sabía por Alex que Lindros era un tipo excepcionalmente brillante; no sería tan fácil de burlar, como demostraba la red tan bien montada en la ciudad vieja.

Todo aquello era técnicamente discutible, porque Lindros había localizado el camión frigorífico que estaba saliendo del aparcamiento e intentaba detenerlo haciéndole señas.

—¡Que nadie abandone la zona! —gritó Lindros.

Bourne le hizo caso omiso y apretó el acelerador. Sabía que no podía permitirse tener un cara a cara con Lindros; con su experiencia operativa no se dejaría engañar por su disfraz.

Lindros desenfundó la pistola. Bourne lo vio correr hacia las verjas de acero galvanizado a través de las que tendría que pasar él, haciendo señas y gritando mientras avanzaba.

Por delante de él, respondiendo a las órdenes gritadas por Lindros, dos policías del estado de Virginia allí apostados cerraron a toda prisa las verjas, mientras que un vehículo de la Agencia conseguía abrirse camino a través del bloqueo de New York Avenue para interceptarle el camino al camión frigorífico.

Bourne pisó a fondo el pedal del acelerador, y como un gigante herido, salió disparado hacia delante dando bandazos. En el último momento los policías se quitaron de en medio de un salto cuando Bourne atravesó las verjas como un bólido, arrancándolas de sus goznes, de manera que salieron dando vueltas por los aires y se estrellaron contra el suelo a ambos lados del camión. Bourne redujo de marcha y giró bruscamente a la derecha, enfilando la calle a una velocidad cada vez mayor.

Al mirar por el descomunal retrovisor lateral, vio que el coche de la Agencia aminoraba la marcha. La puerta del acompañante se abrió y Lindros se subió de un salto, cerrando la puerta de un portazo tras él. El coche salió disparado como un cohete, y no tardó mucho en reducir la distancia que le separaba del camión frigorífico. Bourne sabía que no podía superar al coche de la Agencia con su pesada bestia, pero su tamaño, un inconveniente en lo relativo a la velocidad, podría ser una ventaja en otros aspectos.

Dejó que el coche se pusiera a la altura de la puerta trasera. El coche aceleró sin previo aviso y se situó a la altura de la puerta de la cabina. Bourne vio a Martin Lindros, con los labios apretados por la concentración hasta formar una línea, la pistola en una mano y el brazo inmovilizado, sujetándolo con el otro. Al contrario que los actores de las películas de acción, él sí sabía cómo disparar una pistola desde un coche lanzado a toda velocidad.

Justo cuando estaba a punto de apretar el gatillo, Bourne dio un volantazo y el camión se desvió a la izquierda. El coche de la Agencia se estampó contra el lateral del camión; Lindros levantó la pistola, mientras el conductor se esforzaba en mantener el coche lejos de la hilera de coches aparcados del otro lado.

En cuanto el conductor pudo dar un volantazo para volver al centro de la calle, Lindros empezó a disparar a la cabina del camión. No tenía buen ángulo y no paraba de zarandearse, pero la descarga fue suficiente para obligar a Bourne a girar a la derecha. Una de las balas había destrozado su retrovisor delantero, y otras dos habían atravesado el asiento trasero y se habían alojado en el costado del camionero.

—¡Maldito seas, Lindros! —dijo Bourne.

Desesperada como era su situación, no quería mancharse las manos con la sangre de aquel hombre inocente. Ya se estaba dirigiendo al Oeste; el Hospital Clínico George Washington estaba en la calle 23, no muy lejos de allí. Giró a la derecha, y luego a la izquierda para tomar la calle κ. Enfiló ésta con estrépito, haciendo sonar su bocina neumática al saltarse los semáforos. En la 18, un conductor, tal vez medio dormido, no oyó el aviso y chocó de frente contra la parte posterior derecha del camión. Bourne dio un peligroso volantazo, consiguió centrar de nuevo el camión y siguió adelante. El coche de Lindros seguía detrás de él, atascado allí porque la calle K, una vía dividida por una mediana con plantas, era demasiado estrecha para que el conductor se pusiera al lado del camión.

Cuando Bourne cruzó la calle 20 vio el paso subterráneo que lo llevaría bajo Washington Circle. El hospital estaba a una manzana de allí. Echó un vistazo detrás de él, y vio que el coche de la Agencia ya no lo seguía. Había planeado coger la calle 22 hasta el hospital, pero en el preciso instante en que estaba a punto de girar a la izquierda vio cómo el coche de la Agencia se dirigía a toda velocidad hacia él por dicha calle. Lindros sacó el cuerpo por la ventanilla y empezó a disparar con su estilo metódico.

Bourne pisó a fondo el acelerador, y el camión salió como una bala hacia delante. Ya se había decidido a atravesar el paso subterráneo y salir junto al hospital por el otro lado. Pero cuando se acercó al paso inferior, se dio cuenta de que algo no iba bien. El túnel bajo Washington Circle estaba completamente a oscuras, y en el extremo opuesto no se veía ninguna luz diurna. Eso sólo podía significar una cosa: habían establecido un control de carretera, una fortaleza de vehículos colocados de un lado a otro en ambos carriles de la calle к.

Entró en el paso inferior a toda velocidad, reduciendo y pisando a fondo los frenos neumáticos sólo cuando la oscuridad lo envolvió. Al mismo tiempo, mantuvo la base de la mano sobre la bocina neumática. Aquel aullido rebotó en la piedra y el hormigón hasta hacerse ensordecedor, apagando el chirrido de los neumáticos cuando Bourne dio un volantazo a la izquierda e hizo pasar la cabina del camión por encima de la mediana, de manera que el vehículo quedara vuelto, formando un ángulo recto con la calle. En un abrir y cerrar de ojos estaba fuera de la cabina, corriendo a toda velocidad hacia el muro norte aprovechando la protección que le prestó el último coche que apareció a toda velocidad en sentido contrario. Éste se había detenido un instante cuando el conductor quiso curiosear el accidente, y se había largado ante la llegada de más policías. El camión frigorífico estaba entre Bourne y sus perseguidores, extendido de muro a muro a lo ancho de los dos carriles de la calle к. Bourne buscó la escalera de mantenimiento de acero atornillada al muro del túnel, se subió a ella de un salto y empezó a trepar en el momento preciso en que se encendían los focos. Apartó la cara, cerró los ojos y siguió subiendo.

Instantes después vio las luces que iluminaban el camión y la calle por debajo de él. Bourne, casi a punto de alcanzar el techo abovedado del paso inferior, pudo distinguir a Martin Lindros. Éste habló a través de un emisor-receptor, y desde el otro lado del túnel se encendieron otros focos. Tenían cogido al camión frigorífico en una pinza. Los agentes se acercaban corriendo al camión desde los dos extremos de la calle κ, pistola en ristre.

—Señor, hay alguien en la cabina del camión. —El agente se acercó más—. Le han disparado; y está sangrando mucho.

Lindros echó a correr hacia el terreno iluminado por los focos con la cara desencajada por la tensión.

—¿Es Bourne?

Por encima de ellos, Bourne había llegado a la trampilla de mantenimiento. Deslizó el cerrojo hacia atrás, la abrió y se encontró en medio de los árboles ornamentales que flanqueaban Washington Circle. A su alrededor los coches pasaban a toda velocidad, una procesión incesante de movimiento confuso que no tenía tregua. En el túnel, por debajo de él, el camionero herido estaba siendo trasladado al cercano hospital. Era hora de que Bourne se salvara a sí mismo.

9

Jan sentía ya demasiado respeto por las habilidades de David Webb para esfumarse como para haber perdido el tiempo intentando encontrarlo entre el remolino de gente de la Ciudad Vieja. En su lugar, se había concentrado en los hombres de la Agencia, a los que había seguido de cerca en su regreso a la Sastrería de Lincoln Fine, donde se reunieron con Martin Lindros para rendir el lastimoso informe sobre el fiasco de la eliminación de Bourne. Los observó mientras hablaban con el sastre. Siguiendo las prácticas de intimidación al uso, lo habían sacado de su ambiente —en este caso, de su tienda— metiéndolo en el asiento trasero de uno de sus coches, donde se le había retenido sin ninguna explicación, apretujado entre dos agentes de expresión pétrea. Por lo que Jan dedujo de la conversación que había oído por casualidad entre Lindros y los agentes, no habían conseguido sacarle nada sustancial al sastre. Éste aseguró a los agentes que habían llegado a su tienda con tanta rapidez que Webb no había tenido tiempo de decirle la razón de su visita. En consecuencia, los agentes recomendaron soltarlo. Lindros había estado de acuerdo, pero después de que el sastre volviera a su tienda, había apostado a dos agentes en un coche camuflado al otro lado de la calle, por si Webb intentaba ponerse en contacto con el sastre por segunda vez.

En ese momento, veinte minutos después de que Lindros se hubiera marchado, los agentes estaban aburridos. Se habían comido sus rosquillas y bebido sus coca-colas, y estaban sentados en el coche rezongando por tener que estar allí atrapados haciendo labores de vigilancia, cuando sus hermanos se había ido para dar caza al reputado agente David Webb.

—Nada de David Webb —dijo el más corpulento de los dos agentes—. El DCI ha ordenado que lo llamemos por su nombre operativo, Jason Bourne.

Jan, que seguía estando lo bastante cerca para oír todo lo que decían, se puso tenso. Pues claro que había oído hablar de Jason

Bourne. Durante muchos años Bourne había tenido fama de ser el asesino internacional a sueldo más competente del planeta. Jan, conocedor como era de su campo de actividad, había descartado la mitad de las historias como invenciones, y la otra mitad como exageraciones. Era sencillamente imposible que un hombre hubiera tenido la osadía, la experiencia y la pura astucia animal que se atribuían a Jason Bourne. Lo cierto era que una parte de él no se había creído en absoluto la existencia de Bourne.

Y sin embargo, allí estaban aquellos agentes de la CIA hablando de que David Webb... ¡era Jason Bourne! Tuvo la sensación de que le iba a explotar el cerebro. Aquello lo conmovió hasta los cimientos. David Webb no sólo era un profesor de Lingüística de la universidad, como Spalko había afirmado, sino que era uno de los más grandes asesinos del gremio. Era el hombre con quien Jan había estado jugando al ratón y al gato desde el día anterior. Recordó de pronto muchas cosas, la menos importante de las cuales no fue la manera que había tenido Bourne de abordarlo en el parque. Alterar sus facciones y el pelo, e incluso la forma de andar, siempre le habían bastado para engañar a la gente en el pasado. Pero en ese momento se las tenía que ver con Jason Bourne, un agente cuyas habilidades y experiencia en el disfraz, entre otras cosas, eran legendarias, y muy probablemente equiparables a las suyas. Bourne no se iba a dejar embaucar por los trucos normales del negocio, por ingeniosos que pudieran ser. Jan se dio cuenta de que iba a tener que aumentar el nivel del juego, si quería ganar.

Se preguntó fugazmente si la verdadera identidad de Webb era otro hecho que Stepan Spalko había sabido cuando le entregó el expurgado expediente. Después de considerarlo un poco más, Jan llegó a la conclusión de que tenía que haberlo sabido. Era la única explicación del hecho de que Spalko lo hubiera organizado todo para cargarle el mochuelo de los asesinatos de Conklin y Panov a Bourne. Era la clásica técnica de la desinformación. Mientras la Agencia creyera que Bourne era el responsable, no tendrían motivos para buscar al verdadero asesino en ninguna otra parte; y sin duda, no tendrían ninguna posibilidad de descubrir las verdaderas motivaciones del asesinato de los dos hombres. Era indudable que Spalko estaba intentando utilizar a Jan como un peón de una partida más importante, aquella que incluía la utilización de Bourne. Jan tenía que averiguar qué estaba tramando Spalko; él no sería la marioneta de nadie.

Para sacar a la luz la verdad que se ocultaba tras los asesinatos, Jan sabía que tenía que llegar hasta el sastre. Daba igual lo que le hubiera dicho a la Agencia. Después de haber seguido a Webb —seguía resultándole difícil pensar en él como Jason Bourne—, sabía que el sastre Fine había tenido tiempo de sobra para desembuchar la información que tuviera. En una ocasión, mientras observaba la escena, el sastre Fine había girado la cabeza y había mirado fijamente a la ventanilla del coche, y Jan había tenido ocasión de mirarle a los ojos. Supo entonces que era un hombre orgulloso y obstinado. La naturaleza budista de Jan le llevaba a considerar el orgullo como un rasgo indeseable, aunque en aquella situación fue consciente de que al sastre le había venido bien, porque cuanto más le habían presionado los de la Agencia, más se había cerrado en banda. La Agencia no le sacaría nada, pero Jan sabía cómo neutralizar tanto el orgullo como la obstinación.

Quitándose la cazadora de ante, rasgó lo suficiente el forro para que los agentes de vigilancia no lo consideraran otra cosa que un cliente más de la Sastrería de Lincoln Fine.

Cruzó la calle y entró en la tienda; la melodiosa campana tintineó tras él. Una de las mujeres latinas levantó la vista de las tiras cómicas del periódico que estaba leyendo. Tenía ante ella una fiambrera con judías y arroz a medio comer. La mujer se acercó y le preguntó si le podía ayudar. Era una mujer voluptuosa, de frente ancha y firme y unos grandes ojos de color chocolate. Jan le dijo que como la cazadora rota era una de sus favoritas, había ido a ver al señor Fine. La mujer asintió con la cabeza. Desapareció en la trastienda, y un momento después salió y ocupó su sitio sin decirle ni una palabra más a Jan.

Transcurrieron varios minutos antes de que Leonard Fine apareciera. La larga y sumamente desagradable mañana le había dejado con muy mal aspecto. A decir verdad, parecía como si una tan intensa e íntima proximidad con la Agencia como la que había soportado le hubiera agotado la vitalidad.

—¿En qué puedo ayudarle, señor? María dice que necesita arreglar una cazadora.

Jan extendió la cazadora de ante sobre el mostrador de dentro afuera.

Fine la tocó con la misma delicadeza con la que un médico palparía a un enfermo.

—Ah, es sólo el forro. Tiene suerte. El ante es casi imposible de reparar.

—Eso no importa —dijo Jan en un susurro sordo—. Estoy aquí por orden de Jason Bourne. Soy su representante.

Fine hizo un admirable trabajo manteniendo la concentración del rostro.

—No tengo ni idea de qué me está hablando.

—Le da las gracias por ayudarle a escapar de la Agencia —prosiguió Jan como si Fine no hubiera hablado—. Y quiere que sepa que incluso ahora hay dos agentes espiándolo.

Fine hizo una leve mueca de dolor.

—No esperaba menos. ¿Dónde están? —Sus dedos nudosos sobaban ansiosamente la cazadora.

—Justo enfrente —dijo Jan—. En un Ford Taurus blanco.

Fine fue lo bastante astuto para no mirar.

—María —dijo simplemente, lo bastante alto para que la latina lo oyera—, ¿hay un Ford Taurus blanco aparcado al otro lado de la calle?

María volvió la cabeza.

—Sí, señor Fine.

—¿Puedes ver si hay alguien dentro?

—Dos hombres —dijo María—. Altos, con el pelo cortado al cero. Muy parecidos a Dick Tracy, como los que estuvieron aquí antes.

Fine maldijo entre dientes. Levantó la vista para mirar a Jan a los ojos.

—Diga al señor Bourne..., dígale que Leonard Fine dice: «Vaya con Dios».

La expresión de Jan se mantuvo imperturbable. Le resultaba sumamente desagradable la costumbre estadounidense de invocar a Dios casi siempre que a uno le apeteciera.

—Necesito cierta información.

—Por supuesto. —Fine asintió, agradecido—. La que quiera.

* * *

Martin Lindros comprendió por fin el significado de la frase: «Tan furioso que podría escupir sangre». ¿Cómo iba a mirarle alguna vez a la cara al Gran Jefe, sabiendo que Jason Bourne se le había escapado no una sino dos veces?

—¿Qué cojones pensaba que estaba haciendo al desobedecer mis órdenes directas? —gritó a voz en cuello.

Los ruidos retumbaban en el túnel subterráneo de Washington Circle, mientras el personal del Departamento de Transportes intentaba sacar el camión frigorífico de la posición en la que Bourne lo había dejado.

—Eh, escuche, fui yo quien localizó al sujeto cuando salía del Wal-Mart.

—¡Y a continuación lo dejó escapar!

—Eso lo hizo usted, Lindros. ¡Yo tenía a un iracundo comandante de distrito dándome la brasa!

—¡Y ésa es otra! —aulló Lindros—. ¿Qué cojones estaba haciendo ése allí?

—Dígamelo usted, tío listo. Fue usted quien la cagó en Alexandria. Si se hubiera molestado en mantenerme informado, podría haberlo ayudado a escudriñar por la Ciudad Vieja. La conozco como la palma de mi mano. Pero no, ustedes los federales saben más que nadie, y tienen que dirigir el cotarro.

—¡Eso mismo, cojones! ¡Yo lo dirijo! Ya he hecho que mi gente llame a todo el personal destinado en los aeropuertos, estaciones de ferrocarril, terminales de autobús y agencias de alquiler de coches para que estén ojo avizor por si aparece Bourne.

—No sea absurdo. Aunque no me tuviera las manos atadas a la espalda, carezco de la autoridad para hacer esa clase de llamadas. Pero sí tengo a mis hombres registrando la zona, y no olvidemos que fue la última y detallada descripción que hice de Bourne la que usted ha distribuido entre todos los puntos de salida de transportes.

Aunque Harris tenía razón, Lindros seguía echando chispas.

—Exijo saber por qué demonios metió a la policía metropolitana en esto. Si necesitaba más refuerzos, debería haber acudido a mí.

—¿Y por qué cojones tendría que haber acudido a usted, Lindros? ¿Puede darme una razón? ¿Es usted mi puto amigo o algo así?

¿Es que hemos colaborado en algo desde el principio? Y una mierda.
—Harris tenía una expresión de asco en su lúgubre cara—. Y para
que conste, yo no envié a buscar a la policía metropolitana. Ya se lo
dije, ese tipo se me echó encima en cuanto apareció, echando espuma-
rajos por la boca porque me había metido en su jurisdicción.

Lindros apenas le oyó. La ambulancia se estaba largando, con las
luces centelleando y la sirena a todo meter, transportando al Hospital
Clínico George Washington al camionero al que había disparado sin
querer. Habían tardado casi cuarenta y cinco minutos en proteger la
zona, señalizarla como escenario de un delito y sacarlo de la cabina.
¿Viviría o moriría? En ese momento Lindros no quería pensar en eso.
Sería fácil decir que aquel percance era culpa de Bourne; sabía que el
Gran Jefazo sería de esa opinión. Pero el DCI tenía un caparazón compuesto de dos partes de pragmatismo y una de amargura que Lindros
sabía que jamás podría igualar, y daba gracias a Dios por ello. Fuera
cual fuese la suerte del camionero en ese momento, sabía que él era el
responsable, y aquella certeza fue un perfecto combustible para su
rivalidad. Quizá no tuviera el caparazón de cinismo del DCI, pero no
estaba por la labor de martirizarse por unos actos que ya no tenían
remedio hacía mucho. Por el contrario, arrojó fuera todo aquel venenoso sentimiento.

—¡Cuarenta y cinco minutos! —gruñó Harris, cuando la ambulancia se abrió paso a través del tráfico colapsado—. ¡Joder, ese pobre
cabrón podría haber muerto ya diez veces! ¡Funcionarios!

—Si la memoria no me falla, usted es un funcionario —dijo Lindros cruelmente.

—¿Y usted no?

La mala sangre de Lindros aumentó.

—Escúcheme, vejestorio de mierda, yo estoy hecho de una pasta
diferente de la del resto de ustedes. Mi formación...

—¡Toda su formación no le ha servido de nada para atrapar a
Bourne, Lindros! Tuvo dos oportunidades ¡y la cagó en las dos!

—¿Y qué hizo usted para ayudar?

Jan observó a Lindros y Harris enzarzarse en la discusión. Con su
mono del Departamento de Transportes parecía cualquier otro de los
que estaban en la escena. Nadie le preguntó por sus idas y venidas.

Estaba pasando cerca de la parte trasera del camión frigorífico, examinando descaradamente los daños ocasionados por el coche que había chocado contra él, cuando vio, envuelta en las sombras, la escalera que ascendía por el lateral del túnel. Miró hacia arriba, estirando el cuello. Se preguntó adónde conducía. ¿Se había preguntado lo mismo Bourne, o ya lo sabía? Miró a todas partes para asegurarse de que nadie más lo hacía, y subió rápidamente por la escalera hasta quedar fuera del alcance de los focos de la policía, donde nadie pudiera verlo. Encontró la trampilla, y no se sorprendió al descubrir el pestillo recién abierto. Empujó la trampilla para abrirla y subió.

Desde la posición estratégica de Washington Circle, giró lentamente en sentido horario, escudriñando todas las cosas, cercanas y lejanas. Un viento cada vez más fuerte le azotó el rostro. El cielo, que se había oscurecido más, parecía amoratarse por los martillazos de los truenos, amortiguados por la distancia, que atronaban una y otra vez por los cañones y las amplias avenidas de estilo europeo de la ciudad. Al oeste estaban Rock Creek Parkway, Whitehurst Freeway y Georgetown. Hacia el norte se levantaban las modernas torres de la avenida de los hoteles: el ANA, el Grand, el Park Hyatt y el Marriott, y más allá Rock Creek. Al oeste estaba la calle K, que discurría por delante de McPherson Square y Franklin Park. Al sur estaban Foggy Bottom, la periférica Universidad George Washington y el sólido monolito del Departamento de Estado. Más hacia las afueras, donde el río Potomac dobla hacia el este y se ensancha para formar los plácidos barrios ribereños de la Tidal Basin, vio una mota plateada, un avión suspendido casi sin movimiento que brillaba como un espejo al ser alcanzado en lo alto, por encima de las nubes, por un último rayo de sol antes de iniciar el descenso sobre el aeropuerto nacional de Washington.

Las aletas de las narices de Jan se dilataron, como si hubieran detectado el olor de su presa. Era al aeropuerto adonde se dirigía Bourne. Estaba seguro de eso porque, si hubiera estado en el pellejo de Bourne, en ese momento estaría dirigiéndose hacia allí.

La fatal noticia de que David Webb y Jason Bourne eran el mismo hombre había estado madurando en su cabeza desde que oyera a Lindros y a sus colegas de la CIA hablar de ello. La sola idea de que él y Bourne compartieran la misma profesión se le antojaba una atrocidad, una violación de todo lo que había construido concienzudamente por sí mismo. Había sido él —y sólo él— quien se había arrastrado fuera del lodo de las selvas. El que hubiera sobrevivido todos aquellos odiosos años era un milagro en sí mismo. Pero, al menos, aquellos primeros días habían sido suyos y nada más que suyos. Descubrir en ese instante que compartía la escena que se había decidido a conquistar nada menos que con David Webb, le pareció una broma cruel, además de una injusticia intolerable. No veía la hora de enfrentarse a Bourne, de decirle la verdad, de ver en sus ojos cómo aquella revelación lo corroía mientras Jan le quitaba la vida.

10

Bourne se encontraba en las sombras de cristal y cromo de la terminal de las salidas internacionales. El aeropuerto nacional de Washington era una casa de locos, abarrotado de ejecutivos con ordenadores portátiles y maletas rodantes y de familias cargadas de maletas; de niños con mochilas con forma de Mickey Mouse, Power Ranger y osito de peluche; de ancianos en sillas de ruedas; de grupos de predicadores mormones con rumbo al Tercer Mundo; de enamorados cogidos de la mano con billetes al paraíso. Pero a pesar de toda aquella multitud, en los aeropuertos había algo vacío. En consecuencia, Bourne no veía nada salvo miradas perdidas, la mirada hacia dentro que era la defensa instintiva del ser humano contra el aterrador aburrimiento.

A Bourne no se le escapó la ironía de que en los aeropuertos, donde el esperar era una institución, el tiempo pareciera detenerse. No para él. A esas alturas todos los minutos contaban, y lo acercaban a la eliminación a manos de la misma gente para quien solía trabajar.

En los quince minutos que llevaba allí había visto a una docena de hombres sospechosos vestidos con ropas de paisano. Algunos merodeaban por las salas de espera de las partidas, fumando, bebiendo de grandes vasos de papel, como si pudieran mezclarse con los civiles. Pero la mayoría estaba en, o cerca de, los mostradores de facturación de las compañías aéreas, mirando de arriba abajo a los pasajeros mientras avanzaban por las colas para facturar sus maletas y recibir sus tarjetas de embarque. Bourne se dio cuenta enseguida de que le iba a resultar imposible subir a un vuelo comercial. ¿Qué otras opciones le quedaban? Tenía que llegar a Budapest lo antes posible.

Llevaba unos pantalones deportivos de color tostado, un chubasquero barato encima de un jersey de cuello de cisne negro y unos náuticos en lugar de las zapatillas deportivas, que había tirado en una papelera junto con un fardo de las demás prendas con las que iba vestido cuando había salido del Wal-Mart. Puesto que allí lo habían descubierto, era de vital importancia cambiar de aspecto lo antes posible. Pero una vez valorada la situación en la terminal, no se sintió muy satisfecho con su elección.

Tras evitar la vigilancia de los agentes, salió a la refrescante noche ligeramente lluviosa y cogió un autobús lanzadera que lo llevara a la terminal de transportes de mercancías. Se sentó justo detrás del conductor y entabló conversación con él. Se llamaba Ralph. Bourne se presentó como Joe. Se estrecharon las manos rápidamente cuando la lanzadera se detuvo en un paso de peatones.

—Eh, se supone que tengo que reunirme con mi primo en OnTime Cargo —dijo Bourne—, pero estúpido de mí he perdido las indicaciones que me dio.

—¿A qué se dedica? —dijo Ralph, metiéndose en el carril rápido.

—Es piloto. —Bourne se acercó un poco más—. Estaba como loco por volar con American o Delta, pero ya sabes cómo va esto.

Ralph asintió con la cabeza con un gesto de comprensión.

—El rico se hace más rico, y al pobre lo joden. —Tenía un botón por nariz, una mata de pelo rebelde y unos círculos negros bajo los ojos—. Que me lo digan a mí.

—Bueno, ¿podrías indicarme el camino?

—Haré algo mejor que eso —dijo Ralph, mirando a Bourne por su largo retrovisor—. Acabo el turno cuando llegue a la terminal de carga. Te llevaré allí yo mismo.

Jan estaba parado bajo la lluvia rodeado por las lámparas de cristal del aeropuerto, y reflexionaba sobre ciertas cuestiones. Bourne habría olido a los trajeados chicos de la Agencia aun antes de verlos. Jan había contado más de cincuenta, lo que significaba que quizá hubiera el triple husmeando a fondo en otras secciones del aeropuerto. Bourne sabría que, con independencia de cuál fuese el aspecto que hubiera adoptado, jamás podría esquivarlos para subir a un vuelo internacional. Por lo que había oído en el paso subterráneo, lo habían identificado en el Wal-Mart y sabían qué aspecto tenía en ese momento.

Podía sentir a Bourne cerca. Después de que se sentara a su lado en el banco del parque, de haber notado su peso, la envergadura de sus huesos, la elasticidad de sus músculos, el juego de la luz sobre los rasgos de su cara... Sabía que estaba allí. Era la cara de Bourne la que había estudiado subrepticiamente en los breves instantes en que habían estado juntos. Había sido plenamente consciente de la necesidad de memorizar cada contorno y la forma en que la expresión alteraba dichos contornos. ¿Qué había buscado Jan en la expresión de Bourne cuando se percató del intenso interés de éste? ¿Confirmación? ¿Corroboración? Ni siquiera lo sabía. Sólo sabía que la imagen de la cara de Bourne había pasado a formar parte de su conciencia. Para bien o para mal, Bourne lo tenía controlado. Estaban atados juntos a la rueda de sus propios deseos, hasta que la muerte los separase.

Jan miró su alrededor una vez más. Bourne necesitaba salir de la ciudad, y posiblemente del país. Pero la Agencia añadiría más personal, ampliando su búsqueda al mismo tiempo que trataba de apretar el nudo. Si estuviera en su lugar, Jan querría salir del país lo más deprisa posible, así que se dirigió a la terminal de las llegadas internacionales. Una vez dentro, se paró delante de un enorme mapa del aeropuerto codificado con colores, y trazó el camino más directo hasta la terminal de carga. Con los vuelos comerciales sometidos ya a una vigilancia tan férrea, si Bourne tenía intención de salir de aquel aeropuerto su mejor alternativa sería subir a un avión de mercancías. El tiempo era ya un factor crucial para Bourne. La Agencia no tardaría mucho en darse cuenta de que Bourne no iba a intentar subir a un vuelo regular y empezaría a controlar a los consignatarios de mercancías.

Jan volvió a salir a la lluvia. En cuanto averiguara qué vuelos iban a despegar durante la siguiente hora más o menos, le bastaría con vigilar a Bourne y, si sus suposiciones no eran erróneas, ocuparse de él. Ya no se engañaba acerca de la dificultad de su labor. Con no poca sorpresa y disgusto para Jan, Bourne había demostrado ser un contrincante inteligente, decidido y habilidoso. Había herido a Jan, lo había atrapado y se había escabullido de sus garras más de una vez. Jan sabía que si quería tener éxito en esa ocasión, necesitaría un medio de sorprender a Bourne, toda vez que éste estaría ojo avizor por si aparecía él. En su cabeza resonó la llamada de la selva, repitiendo su mensaje de muerte y destrucción. El final de su largo viaje estaba a la vista. Y en esa ocasión burlaría a Jason Bourne de una vez por todas.

* * *

Bourne era el único pasajero cuando llegaron a su destino. La lluvia había arreciado, y la penumbra se cernía de manera prematura. El cielo era una masa indefinida, una pizarra en blanco sobre la que en ese momento se podía escribir cualquier futuro.

—OnTime está en la terminal cinco, junto a FedEx, Lufthansa y la aduana. —Ralph acercó el autobús a la acera y apagó el motor. Salieron y se dirigieron medio corriendo sobre el asfalto hacia una hilera de feos edificios de techo plano—. Está aquí mismo.

Entraron, y Ralph se sacudió la lluvia. Era un hombre con forma de pera, con unas manos y unos pies extrañamente delicados. Señaló a la izquierda.

—¿Ves dónde está la aduana? Más allá del edificio, pasadas dos estaciones, encontrarás a tu primo.

—Muchas gracias —dijo Bourne.

Ralph sonrió y se encogió de hombros.

—No hay de qué, Joe. —Alargó la mano—. Encantado de poder ayudarte.

Cuando el conductor se alejó tranquilamente con las manos en los bolsillos, Bourne se dirigió hacia las oficinas de OnTime. Pero no tenía ninguna intención de ir allí, al menos no todavía. Se dio la vuelta y siguió a Ralph hasta una puerta que tenía puesto un cartel que rezaba: «PROHIBIDO EL PASO. SÓLO PERSONAL AUTORIZADO». Sacó una tarjeta de crédito cuando vio que Ralph introducía su tarjeta de identificación plastificada en una ranura metálica. La puerta se abrió y, cuando Ralph desapareció en el interior, Bourne se abalanzó como una flecha sin hacer ruido e introdujo la tarjeta de crédito. La puerta se cerró, como era de esperar, pero la maniobra de Bourne había evitado que el pestillo encajara en el cerradero. Contó en silencio hasta treinta para asegurarse de que Ralph se hubiera alejado ya de la puerta. Después la abrió y se guardó la tarjeta de crédito mientras entraba.

Se encontró en un vestuario del servicio de mantenimiento. Las paredes eran de azulejos blancos; sobre el suelo de cemento se había extendido un entramado de caucho para mantener secos los pies descalzos de los hombres al entrar y salir de las duchas. Ante él había ocho hileras de taquillas normales, la mayoría cerradas con unos sencillos candados de combinación. A poca distancia a su derecha había una entrada a las duchas y a los lavabos. Un poco más allá, en un espacio más pequeño, estaban los urinarios y los inodoros.

Bourne atisbó por la esquina con cuidado, y vio a Ralph cuando se dirigía hacia una de las duchas. Más cerca, otro empleado de mantenimiento se estaba enjabonando, y daba la espalda tanto a Bourne como a Ralph. Bourne miró por todas partes, y enseguida vio la taquilla de Ralph. La puerta estaba ligeramente abierta, y el candando de combinación colgaba sin cerrar sobre el picaporte de la puerta. Pues claro. En un lugar seguro como aquél, ¿qué había que temer por dejar la taquilla abierta durante los pocos minutos que duraba una ducha? Bourne abrió más puerta y vio la tarjeta de identificación de Ralph encima de una camiseta depositada en un estante de metal. La cogió. Cerca estaba la taquilla del otro empleado de mantenimiento, igualmente abierta. Bourne intercambió los candados y cerró la taquilla de Ralph. Aquello impediría que el conductor descubriera el robo de su tarjeta de identificación durante el tiempo que Bourne esperaba necesitar.

Cogió un par de monos de mantenimiento del carro sin tapa destinado a la lavandería, y se aseguró de que la talla fuera más o menos la correcta, y se cambió rápidamente. Luego, con la tarjeta de identificación de Ralph alrededor del cuello, salió y se dirigió rápidamente hacia la aduana de Estados Unidos, donde conseguiría un horario de vuelos actualizado. No había nada con destino a Budapest, pero el vuelo 113 de servicio urgente para París iba a salir de la terminal en dieciocho minutos. No había ningún otro vuelo programado para los siguientes noventa minutos, aunque París estaba bien; era un importante centro de enlace para los vuelos dentro del continente europeo. Una vez allí, no le costaría llegar a Budapest.

Bourne volvió a salir a toda prisa a la resbaladiza pista. Estaba lloviendo a cántaros, aunque no había relámpagos, y de los truenos que había oído antes no había rastro por ninguna parte. Eso estaba bien, porque no tenía el menor deseo de que el vuelo 113 se retrasara por ningún motivo. Avivó el paso, y se dirigió a toda prisa al edificio contiguo, que alojaba las terminales de carga tres y cuatro.

Cuando entró en la terminal estaba empapado. Miró a izquierda y derecha, y echó a correr hacia la zona del servicio urgente. Allí había unas pocas personas, lo cual no era bueno. Siempre era más fácil mezclarse con una multitud que con unas pocas personas. Encontró la puerta para el personal autorizado e introdujo la tarjeta de identificación en la ranura. Oyó el gratificante chasquido de la apertura del pestillo; empujó la puerta y entró. Mientras avanzaba por los pasillos de hormigón y las salas llenas hasta el techo de cajas de embalaje apiladas, el olor a madera resinosa, serrín y cartón se hizo insoportable. El lugar tenía un aire a algo efímero, una sensación de movimiento constante, de vidas regidas por los horarios y el clima, por la angustia del error humano y el mecánico. No había nada para sentarse, ningún lugar donde descansar.

Sin apartar la mirada del frente, caminó con un aire de autoridad que nadie pondría en duda. No tardó en llegar a otra puerta, ésta revestida de acero. A través de su pequeña ventana, Bourne pudo ver los aviones desplegados sobre la pista, cargándose y descargándose. No tardó mucho en localizar el reactor del servicio urgente, que tenía la puerta de la plataforma de carga abierta. Una manguera de combustible discurría desde el avión a un camión cisterna. Un hombre enfundado en un chubasquero con la capucha sobre la cabeza estaba controlando el flujo de la gasolina. El piloto y el copiloto estaban en la cabina realizando la comprobación de los instrumentos previa al vuelo.

En el preciso instante en que estaba a punto de introducir la tarjeta identificativa de Ralph en la ranura, sonó el móvil de Alex. Era Robbinet.

—Jacques, según parece estoy a punto de ir a tu encuentro. ¿Te puedes reunir conmigo en el aeropuerto dentro de, digamos, unas siete horas más o menos?

—*Mais oui, mon ami.* Llámame cuando aterrices. —Le dio a Bourne el número de su móvil—. Me alegra que vaya a verte pronto.

Bourne sabía a qué se refería Robbinet. Le alegraba que Bourne pudiera escabullirse del lazo de la Agencia. «Todavía no —pensó Bourne—. No del todo.» Pero de su fuga sólo lo separaban unos instantes. Mientras tanto...

—Jacques, ¿qué has descubierto? ¿Has averiguado qué es el NX 20?

—Me temo que no. No hay ninguna constancia de que exista tal proyecto.

A Bourne se le cayó el alma a los pies.

—¿Y qué hay del doctor Schiffer?

—¡Ah! Ahí tuve un poco más de suerte —dijo Robbinet—. Un tal doctor Felix Schiffer trabaja para la DARPA... o al menos trabajaba.

Bourne sintió como si una mano fría le apretara la boca del estómago.

—¿Qué quieres decir?

Hasta Bourne llegó un ruido de papeles, y se imaginó a su amigo leyendo la información que había podido conseguir de sus fuentes de Washington.

—El doctor Schiffer ya no figura en la lista de «activos» de la DARPA. Se fue de allí hace trece meses.

—¿Qué le ocurrió?

—No tengo ni idea.

—¿Desapareció sin más? —preguntó Bourne con incredulidad.

—Al día de hoy, por inverosímil que parezca, eso fue exactamente lo que ocurrió.

Bourne cerró los ojos durante un instante.

—No, no. Está por ahí, en alguna parte... Tiene que estar.

—Entonces ¿qué...?

—Lo han hecho «desaparecer»... profesionales.

Con Felix Schiffer desaparecido, era más imperioso que nunca que llegara a Budapest con la debida diligencia. Su única pista era la llave del Gran Hotel Danubius. Miró el reloj. Se le acababa el tiempo. Tenía que irse. Ya.

—Jacques, gracias por arriesgarte.

—Siento no haber podido ser de más ayuda. —Robbinet titubeó—. Jason...

—¿Sí?

—*Bonne chance.*

Bourne se guardó el móvil en el bolsillo, abrió la puerta revestida de acero inoxidable y salió al mal tiempo. El cielo estaba pesado y oscuro, la lluvia caía formando inclinadas cortinas de agua, un reluciente manto plateado bajo las brillantes luces del aeropuerto, y formaba relumbrantes regueros sobre las depresiones de la pista. Bourne avanzó ligeramente inclinado hacia delante contra el viento, resueltamente, como había hecho antes, como un hombre que conociera su trabajo y quisiera terminarlo con rapidez y eficacia. Después de rodear el morro del reactor, vio la puerta de la plataforma de carga delante de él. El hombre que abastecía de combustible el reactor había terminado, y había retirado la boca de la manguera del camión cisterna.

Por el rabillo del ojo Bourne detectó movimiento a cierta distancia a su izquierda. Una de las puertas de la terminal cuatro de carga se había abierto de golpe, y varios guardias de seguridad del aeropuerto se desperdigaron por la pista pistola en mano. Ralph debía de haber conseguido abrir su taquilla; a Bourne se le acababa el tiempo. Siguió moviéndose con la misma lentitud. Estaba casi en la puerta de la plataforma de carga, cuando el encargado del combustible dijo:

—Eh, tío, ¿tienes hora? Se me ha parado el reloj.

Bourne se volvió. En ese mismo instante reconoció los rasgos asiáticos de la cara debajo de la capucha. Jan le arrojó un chorro de combustible a la cara. Bourne levantó las manos y se atragantó, completamente cegado.

Jan se abalanzó contra él, y lo empujó de espaldas contra el resbaladizo revestimiento metálico del fuselaje. Le propinó entonces dos puñetazos salvajes, uno al plexo solar, y otro a la sien. Las rodillas de Bourne se doblaron, y Jan lo metió de un empujón en la bodega de carga.

Al volverse, Jan vio que el encargado de la carga se dirigía hacia él. Levantó el brazo.

—Ya está todo, cerraré yo —dijo. La suerte lo acompañaba, porque la lluvia dificultaba que alguien pudiera verle la cara o el uniforme. El encargado, agradecido por escapar de la lluvia y el viento, le devolvió un saludo de agradecimiento. Jan cerró la puerta de carga de un portazo, y le echó el cerrojo. Entonces se dirigió corriendo hasta el camión cisterna y lo alejó lo suficiente del avión para que no levantara sospechas.

Los policías de seguridad que Bourne había divisado antes se estaban dirigiendo hacia la fila de reactores. Le hicieron una señal al piloto. Jan se colocó detrás del reactor, de manera que éste se interpusiera entre él y los agentes que se acercaban. Levantó la mano, quitó el cerrojo a la puerta de la plataforma de carga, y se metió dentro de un salto. Bourne estaba a cuatro patas, con la cabeza colgando hacia abajo. Jan, sorprendido por su capacidad de recuperación, le dio una fuerte patada en las costillas. Bourne cayó de costado con un gruñido, con los brazos alrededor de la cintura.

Jan cogió un trozo de cable. Primero apretó la cara de Bourne contra el piso de la plataforma de carga, le puso los brazos a la espalda y le ató el cable alrededor de las muñecas entrecruzadas. Por encima del ruido de la lluvia oyó a los policías de seguridad pedir a gritos sus identificaciones al piloto y al copiloto. Después de dejar a Bourne incapacitado, se dirigió a la puerta de la plataforma y la cerró silenciosamente.

Durante unos minutos permaneció sentado con las piernas cruzadas en la oscuridad de la plataforma de carga. El tintineo de la lluvia sobre el revestimiento del fuselaje creaba una percusión sincopada que le recordó los tambores de la selva. Había estado bastante enfermo cuando había oído aquellos tambores. A su mente enfebrecida se le habían antojado entonces algo parecido al rugido de los motores de un avión, al frenético batir del aire sobre los conductos de fuga justo antes de empezar una bajada en picado. Aquel sonido lo había asustado a causa de los recuerdos que despertaba, recuerdos que durante mucho tiempo se había esforzado en mantener en lo más profundo de su conciencia. A la sazón, sus sentidos se habían aguzado hasta un extremo doloroso a causa de la fiebre. Consciente de que la selva había revivido, de que las formas se acercaban con cautela hasta él en una amenazante formación de cuña, su único acto consciente había sido esconder el pequeño buda tallado en piedra que llevaba al cuello bajo las hojas, en un agujero poco profundo excavado a toda prisa debajo de donde yacía. Había oído voces, y al cabo de un rato se había dado cuenta de que las formas le hacían preguntas. Bañado en el sudor de la fiebre, había entrecerrado los ojos para identificar las formas en la penumbra esmeralda, pero una de ellas le cubrió los ojos con una venda. No es que hubiera sido necesario; en cuanto lo levantaron del lecho de hojas y detritus que se había construido, perdió el conocimiento. Al despertarse dos días después, se encontró en el interior de uno de los campamentos de los jemeres rojos. El interrogatorio comenzó en cuanto un hombre de aspecto cadavérico con las mejillas hundidas y un ojo lloroso consideró que estaba sano.

Lo habían arrojado a un pozo con unas criaturas serpenteantes que hasta ese día no había podido identificar. Lo arrojaron a una oscuridad más completa y más profunda que cualquiera que hubiera conocido antes. Y fue aquella oscuridad, envolvente y constrictora, que le presionaba las sienes como un peso que aumentaba en una siniestra proporción a las horas que transcurrían, lo que más le había aterrorizado.

Una oscuridad que en nada se diferenciaba de aquella otra, en el interior del vientre del vuelo 113 del servicio de urgencia.

Entonces Jonás rezó al Señor su Dios desde el vientre de la ballena. Y dijo: «Imploré a causa de mi aflicción al Señor, y él me oyó; desde el vientre del infierno grité, y Tú endureciste mi voz. Porque Tú me habías arrojado a las profundidades, en medio de los mares; y las mareas me envolvieron; todas tus marejadas y todas tus olas me pasaron por encima...».

Todavía recordaba aquel pasaje de su desgastado y manchado ejemplar de la Biblia que el misionero le había obligado a memorizar. ¡Horrible! ¡Horrible! Porque a Jan, entre los hostiles y criminales jemeres rojos, lo habían arrojado casi literalmente al vientre del infierno, y él había rezado —o lo que su mente todavía sin formar aceptaba por rezar— por la liberación. Aquello había ocurrido antes de que le inculcaran la Biblia, antes de que entendiera las enseñanzas de Buda, por lo que había descendido a un caos informe a una edad muy temprana. El Señor había oído las súplicas de Jonás desde el vientre de la ballena, pero nadie había oído a Jan. Había estado absolutamente solo en la oscuridad, y entonces, cuando ellos creyeron que lo habían ablandado lo suficiente, lo sacaron; y lentamente, con pericia, con una fría pasión que se tardaría años en adquirir, empezaron a purgarlo.

Sentado e inmóvil, Jan encendió bruscamente la linterna que llevaba y miró fijamente a Bourne. Entonces encogió las piernas y soltó una violenta patada, y la suela de su zapato alcanzó a Bourne en el hombro, de manera que éste rodó sobre su costado y quedó frente a

Jan. Bourne soltó un gruñido y abrió los ojos parpadeando. Jadeó y volvió a respirar entrecortadamente, inhalando los gases del combustible del avión. Entre convulsiones, vomitó en el espacio en donde yacía con un dolor y un sufrimiento abrasadores y donde Jan permanecía sentado, sereno como un buda.

—He sido arrojado a los pies de las montañas; la tierra y sus vigas cayeron sobre mí para siempre; sin embargo, volví a la vida desde la oscuridad —dijo Jan, parafraseando a Jonás. Siguió mirando fijamente la cara roja e hinchada de Bourne—. Pareces una mierda.

Bourne intentó levantarse sobre un codo. Sin perder la calma, Jan le dio una patada por debajo. Bourne volvió a intentar sentarse, y de nuevo Jan lo frustró. Sin embargo, a la tercera intentona, Jan no se movió, y Bourne se sentó, mirándolo a la cara.

La vaga, enigmática y exasperante sonrisa de Jan jugueteó en sus labios, pero de repente una chispa prendió fuego en sus ojos.

—Hola, padre —dijo—. Ha pasado tantísimo tiempo que empezaba a pensar que nunca llegaría este momento.

Bourne sacudió ligeramente la cabeza.

—¿De qué demonios estás hablando?

—Soy tu hijo.

—Mi hijo tiene diez años.

Los ojos de Jan resplandecieron.

—Ése no. El que dejaste abandonado en Phnom Penh.

De repente Bourne se sintió ultrajado, y una ira roja ascendió desde su interior.

—¿Cómo te atreves? No sé quién eres, pero mi hijo Joshua está muerto.

El esfuerzo que le costó decir aquello, porque había inhalado más gases, hizo que se doblara de pronto por la cintura y le volvieran las arcadas, pero no le quedaba nada dentro que pudiera vomitar.

—No estoy muerto. —La voz de Jan fue casi tierna cuando se inclinó hacia delante y reincorporó a Bourne para que lo mirara. Al hacerlo, el pequeño buda tallado en piedra se separó de su pecho lampiño, balanceándose ligeramente a causa del esfuerzo de Jan por mantener erguido a Bourne—. Como puedes ver.

—¡No, Joshua está muerto! ¡Yo mismo metí el ataúd en la fosa, junto con Dao y Alyssa! ¡Y los envolví en la bandera estadounidense!

—¡Mentiras, mentiras y más mentiras! —Jan sostuvo el buda de piedra tallada en la palma de la mano y se lo acercó a Bourne—. Mira esto y recuerda, Bourne.

Bourne sintió que perdía contacto con la realidad. Oyó su pulso acelerado martilleándole en los oídos, una marea que amenazaba con atraparlo y engullirlo. ¡No podía ser! ¡No era posible!

—¿Dónde... dónde conseguiste eso?

—Sabes lo que es, ¿verdad? —El buda desapareció detrás de los dedos cuando los encogió—. ¿Has reconocido por fin a tu hijo Joshua, muerto hace tanto tiempo?

—¡Tú no eres Joshua! —Enfurecido, a Bourne se le ensombreció el rostro, y enseñó los dientes con un gruñido salvaje—. ¿A qué diplomático del Sureste Asiático asesinaste para conseguirlo? —Esbozó una sonrisa forzada—. Sí, sé más sobre ti de lo que crees.

—Entonces has cometido un lamentable error. Es mío, Bourne. ¿Lo entiendes? —Abrió la mano y volvió a dejar al buda a la vista, ennegrecida la piedra por la huella del sudor—. ¡El buda es mío!

—¡Mentiroso!

Bourne se abalanzó contra él de un salto, sacando los brazos desde detrás de su espalda. Había hinchado los músculos (expandiendo los tendones cuando Jan le había atado con el cable), y luego aprovechó la holgura para sacar las manos mientras Jan se regodeaba.

A Jan le pilló por sorpresa, desprevenido ante la embestida propia de un toro de la cabeza de Bourne. Cayó de espaldas, con Bourne encima de él. La linterna golpeó el suelo y empezó a rodar de aquí para allá, y su potente haz ora los alumbraba ora no, iluminando una expresión aquí y un músculo en tensión allá. En aquel inquietante claroscuro de rayas y puntos, tan parecido a la densa selva que ambos habían abandonado, lucharon como animales, respirando la mutua enemistad, forcejeando para conseguir la supremacía.

Bourne, haciendo rechinar los dientes, golpeó a Jan una y otra vez en un ataque enloquecido. Jan consiguió agarrarle el muslo y le presionó el nódulo nervioso allí localizado. Con la pierna temporalmente paralizada y doblada por debajo de él, Bourne se tambaleó. Jan le

propinó un fuerte golpe en la punta de la barbilla, y Bourne se tambaleó más, sacudiendo la cabeza. Agarró su navaja automática en el preciso instante en que Jan le lanzaba otro golpe descomunal. Entonces
se le cayó la navaja, y Jan la recogió y abrió la hoja.

En ese momento estaba encima de Bourne, y lo levantó tirándole
de la pechera de la camisa. Un breve temblor le recorrió el cuerpo,
igual que una corriente que chisporroteara por un cable al dar al interruptor.

—Soy tu hijo. Jan es el nombre que adopté, igual que David Webb
adoptó el nombre de Jason Bourne.

—¡No! —Bourne gritó la negación bastante por encima del ruido
y vibración crecientes de los motores—. ¡Mi hijo murió con el resto
de mi familia en Phnom Penh!

—¡Yo soy Joshua Webb! —dijo Jan—. Tú me abandonaste. Me
abandonaste en la selva a mi suerte.

La punta de la navaja revoloteó por encima del cuello Bourne.

—La de veces que estuve a punto de morir. Y habría muerto, de
eso estoy seguro, de no haber tenido tu recuerdo para aferrarme a él.

—¿Cómo te atreves a utilizar su nombre? ¡Joshua está muerto!

Bourne estaba pálido, y enseñó los dientes con una furia animal.
El ansia de sangre le nubló la visión.

—Tal vez lo esté. —La hoja de la navaja se apoyó en la piel de Bourne. Un milímetro más, y haría brotar la sangre—. Ahora soy Jan. Joshua, el Joshua a quien conociste, está muerto. He vuelto para vengarme, para darte tu merecido por abandonarme. Podría haberte matado
muchas veces en los últimos días, pero contuve mi mano porque antes
de matarte quería que supieras lo que me habías hecho. —Los labios de
Jan se abrieron, y una burbuja de baba asomó en la comisura de su
boca—. ¿Por qué me abandonaste? ¿Cómo fuiste capaz de huir?

El avión dio un tremendo bandazo cuando empezó a rodar por la
pista de despegue. La hoja hizo salpicar la sangre cuando cortó la piel
de Bourne, y finalmente se apartó cuando Jan perdió el equilibrio.
Bourne no desperdició la ocasión y lanzó el puño contra el costado de
Jan. Éste arrastró los pies hacia atrás y los enganchó por detrás al tobillo de Bourne, que cayó. El avión aminoró la marcha al girar hacia
la cabecera de la pista.

—¡No hui! —gritó Bourne—. ¡A Joshua se lo llevó el Señor delante de mí!

Jan saltó sobre él, y la navaja descendió como una flecha. Bourne se giró, y la hoja le pasó junto a la oreja derecha. Era consciente de la pistola de cerámica que guardaba secretamente en la cadera derecha, pero por más que se esforzara no podría sacarla sin exponerse a un ataque fatal. Siguieron luchando, los dos con los músculos en tensión, las caras dominadas por el esfuerzo y la rabia. La respiración entrecortada salía de sus bocas medio abiertas, y sus ojos y mentes buscaban la más mínima oportunidad mientras atacaban, se defendían, contraatacaban y volvían a ser repelidos. Estaban bastante igualados, si no en edad, sí en velocidad, fuerza, destreza y astucia. Era como si el uno conociera los pensamientos del otro, como si pudieran prever los movimientos respectivos una fracción de segundo antes de que se produjeran, neutralizando así cualquier ventaja que hubieran buscado. No luchaban con frialdad, y por consiguiente no alcanzaban su máximo nivel de combate. Sus emociones más profundas habían salido de las profundidades, y se extendían en ramales, y se filtraban en la conciencia como un agua aceitosa, turbia y resbaladiza.

El avión dio un bandazo, y el fuselaje tembló cuando el avión empezó a correr por la pista. Bourne se resbaló, y Jan utilizó su mano libre como un garrote para desviar la atención de Bourne de la navaja. Bourne contraatacó, golpeándole en la parte interior de la muñeca izquierda. Pero en ese momento la punta de la hoja se dirigió como una flecha contra él. Bourne dio un paso atrás y a un lado, y sin querer descorrió el cerrojo de la puerta de la plataforma. El movimiento ascendente del avión hizo que la puerta sin cerrojo se abriera.

Cuando la mancha borrosa de la pista se hizo visible por debajo, Bourne separó sus extremidades como una estrella de mar para mantenerse dentro del avión, agarrándose con fuerza al marco con las dos manos. Jan se inclinó hacia él mostrando una sonrisa maníaca, y con la hoja de la navaja trazó un malévolo arco que amenazaba con cortar el abdomen de Bourne de parte a parte.

Jan entró a fondo en el preciso instante en que el avión estaba a punto de despegar de la pista. En el último momento posible Bourne soltó la mano derecha. Su cuerpo, impulsado hacia fuera y hacia atrás por la gravedad, se balanceó con tanta violencia que a punto estuvo de dislocarse el hombro. El lugar que había ocupado su cuerpo era en ese momento un espacio abierto por el que se precipitó Jan, que cayó rodando hacia la pista. Bourne alcanzó a ver una última imagen de Jan, para entonces nada más que una bola gris recortada contra el negro de la pista.

Entonces el avión despegó, haciendo que Bourne se balanceara hacia arriba, lo que lo alejó algo de la abertura. Forcejeó; la lluvia lo azotaba como una cota de malla, y el viento amenazaba con dejarle sin respiración, aunque al mismo tiempo le lavó el resto de combustible de la cara, y la lluvia le enjuagó los ojos rojos y escocidos, eliminando el veneno de su piel y tejidos. El avión se inclinó hacia la derecha, y la linterna de Jan rodó por el suelo de la plataforma de cargamento, cayendo detrás de él. Bourne sabía que si no conseguía entrar en pocos segundos, estaría perdido. La espantosa tensión que soportaba su brazo era demasiado intensa para que pudiera mantenerla mucho más tiempo.

Así las cosas, balanceó las piernas y consiguió enganchar la parte posterior del tobillo izquierdo en la entrada. Luego, con un esfuerzo tremendo, se impulsó hacia delante hasta que consiguió agarrarse al saliente del marco con la parte posterior de la rodilla, lo que le proporcionó tanto sujeción como el suficiente apalancamiento para darse la vuelta y ponerse de cara al fuselaje. Colocó entonces la mano derecha sobre el borde del cierre hermético, y de esta manera pudo meterse dentro del avión. Su último acto fue cerrar la puerta de un portazo.

Magullado, sangrando y abrumado por el dolor, Bourne se derrumbó completamente agotado. En la aterradora y turbulenta oscuridad del interior, zarandeado por el constante movimiento del avión, vio de nuevo la pequeña figura del buda tallada en piedra que él y su primera esposa le habían regalado a Joshua por su cuarto cumpleaños. Dao había querido que el espíritu de Buda acompañara a su hijo desde una edad temprana. Joshua, que había muerto junto con Dao y su hermana pequeña cuando el avión enemigo había bombardeado el río en el que estaban jugando.

Joshua estaba muerto. Dao, Alyssa, Joshua... Todos estaban muertos, sus cuerpos partidos por la mitad por la lluvia de proyectiles lanzados en el ataque en picado del bombardeo. Su hijo no podía estar vivo, ¡era imposible! Pensar otra cosa sería una invitación a la locura. Entonces ¿quién era Jan en realidad, y por qué estaba jugando a aquel juego espantoso y cruel?

Bourne carecía de respuestas. El avión bajó en picado y volvió a elevarse, y el grado de inclinación de los motores se modificó cuando alcanzó la altitud de crucero. El frío se hizo glacial; el aliento de Bourne se enturbiaba al abandonar su nariz y su boca. Se rodeó con los brazos, sacudido por las convulsiones. No era posible. ¡No lo era!

Soltó un grito animal e inarticulado, y sin previo aviso se vio sumido en el dolor y en la desesperación más absolutos. Hundió la cabeza y derramó amargas lágrimas de rabia, incredulidad y pena.

SEGUNDA PARTE

11

Jason Bourne dormía en la panza repleta del vuelo 113, aunque en su inconsciente, su vida —una vida remota que había enterrado hacía mucho— se estaba desarrollando de nuevo. Sus sueños rebosaban de imágenes, sentimientos, visiones y sonidos que en los años que habían transcurrido desde entonces se había dedicado a arrumbar lo más lejos posible de sus pensamientos conscientes.

¿Qué había ocurrido aquel caluroso día de verano en Phnom Penh? Nadie lo sabía. Al menos nadie que estuviera vivo. Lo que se sabía era lo siguiente. Mientras él asistía, entre aburrido e inquieto, a una reunión en su despacho refrigerado de las instalaciones del Servicio de Asuntos Exteriores estadounidense, su esposa Dao había llevado a sus dos hijos a bañarse al turbio y ancho río que pasaba junto a su casa. Entonces, saliendo de la nada, un avión enemigo se inclinó y se lanzó en picado. Acto seguido, bombardeó el río donde la familia de David Webb nadaba y chapoteaba entre juegos.

¿Cuántas veces se había imaginado aquella terrible visión? ¿Había visto Dao el avión desde el principio? Pero éste había caído sobre ellos con mucha rapidez, y se había lanzado en picado en un silencioso planeo. Si ella lo vio, debió de recoger a sus hijos, empujándolos bajo el agua y cubriéndolos con su propio cuerpo en un vano intento de salvarlos mientras los gritos de los niños resonaban en sus oídos y su sangre le salpicaba la cara, mientras sentía el dolor de su propia muerte inminente. Aquello, en cualquier caso, era lo que él creía, lo que soñaba, lo que le había llevado al borde de la locura. Porque los gritos que imaginaba que Dao había oído poco antes del final, eran los mismos gritos que él oía una noche tras otra, y que hacían que se despertara con un respingo, con el corazón latiéndole aceleradamente y la sangre golpeándole con fuerza en las venas. Aquellos sueños le habían obligado a abandonar su casa, todo lo que para él era querido, porque la visión de cada uno de los objetos familiares había sido como una cuchillada en las entrañas. Había huido de Phnom Penh y se había marchado a Saigón, donde Alexander Conklin se había encargado de él.

¡Si al menos hubiera podido dejar las pesadillas en Phnom Penh! En las húmedas selvas de Vietnam habían regresado a él una y otra vez, como si fueran heridas que necesitara infligirse. Porque, por encima de todo lo demás, esa verdad permanecía: no podía perdonarse por no haber estado allí, por no haber protegido a su mujer y a sus hijos.

En ese momento, en sus atormentados sueños a nueve mil metros sobre el tempestuoso Atlántico, gritó. Se preguntó de qué sirve un marido y un padre, del mismo modo que con anterioridad se había preguntado miles de veces si no era capaz de proteger a su familia.

Al DCI lo sacaron de un profundo sueño a las cinco de la mañana por una llamada prioritaria de la consejera de Seguridad Nacional, que le citó en su despacho para una hora más tarde. Mientras colgaba el teléfono, el director se preguntó cuándo dormía aquella bruja. Se sentó en el borde la cama, de espaldas a Madeleine. «Nada perturba su sueño», pensó con amargura. Hacía mucho tiempo que su esposa había aprendido a seguir durmiendo pese a los timbrazos del teléfono a cualquier hora del día o de la noche.

—¡Despierta! —dijo el director, sacudiéndola para que se despertara—. Hay jaleo, y necesito café.

Sin la menor queja, la mujer se levantó, se puso la bata y las zapatillas y se dirigió a la cocina por el pasillo.

El DCI se frotó la cara y se dirigió sin hacer ruido al cuarto de baño, cuya puerta cerró. Sentado en el inodoro, llamó al DDCI. ¿Por qué demonios habría de dormir Lindros cuando su superior no lo hacía? Sin embargo, para su desgracia, Martin Lindros estaba completamente despierto.

—Me he pasado toda la noche en los archivos de la Cuatro-Cero. —Lindros se refería a los archivos de máxima seguridad sobre el personal de la CIA—. Creo que sé todo lo que hay que saber sobre Alex Conklin y Jason Bourne.

—Fantástico. Entonces encuéntreme a Bourne.

—Señor, sabiendo lo que sé sobre los dos, la estrecha colaboración con la que trabajaron, la de veces que se arriesgaron el uno por el otro y que se salvaron mutuamente la vida, me parece altamente improbable que Bourne asesinara a Alex Conklin.

—Alonzo-Ortiz me quiere ver —dijo el DCI irritado—. Después de ese fracaso en Washington Circle, ¿cree que debería decirle lo que me acaba de contar?

—Bueno, no, pero...

—Tiene toda la cochina razón, hijito. Tengo que darle hechos, hechos que resulten ser buenas noticias.

Lindros carraspeó.

—En este momento no tengo ninguna. Bourne ha desaparecido.

—¿Desaparecido? ¡Joder, Martin! ¿Qué clase de operación de inteligencia está dirigiendo?

—Ese hombre es un genio.

—Es de carne y hueso, como el resto de nosotros —bramó el DCI—. ¿Cómo demonios se le ha escabullido de entre los dedos una vez más? ¡Creía que tenía todo bajo control!

—Y lo teníamos. Simplemente...

—Desapareció, ya lo sé. ¿Eso es todo lo que tiene para mí? Alonzo-Ortiz tendrá mi puta cabeza sobre una bandeja... ¡pero no antes de que yo tenga la suya!

El DCI cortó la comunicación y arrojó el teléfono sobre la cama a través de la puerta abierta. Cuando terminó de ducharse y vestirse, y de darle un sorbo a la taza que Madeleine le entregó obediente, su coche lo estaba esperando.

A través del cristal blindado del vehículo se empapó de la fachada de su casa, que era de ladrillo rojo con ángulos de piedra blanca en las esquinas y prácticos postigos en todas las ventanas. En otro tiempo había pertenecido a un tenor ruso, Maxim nosecuántos, pero al DCI le gustó porque tenía cierta elegancia matemática, un aire aristocrático que ya no se podía encontrar en los edificios de épocas más recientes. Lo mejor de todo era la sensación que producía de cierta intimidad a la antigua usanza, conferida por un patio adoquinado oculto por unos frondosos álamos y una artesanal verja de hierro.

Se recostó en el mullido asiento del Lincoln Town Car y se dedicó a observar con aire taciturno cómo Washington se despertaba en torno a él. «¡Joder! A esta hora sólo están levantados los putos petirrojos —pensó—. ¿Acaso no me merezco el privilegio de la jerarquía? Después de todos los años que llevo de servicio, ¿no merezco dormir hasta más tarde de las cinco?»

Cruzaron a toda velocidad el Arlington Memorial Bridge y el gris metalizado de las aguas del Potomac, tan liso y duro de aspecto que recordaba a la pista de un aeropuerto. En el otro lado, por encima del templo más o menos dórico del Lincoln Memorial, se alzaba imponente el monumento a Washington, negro e intimidante como las lanzas que los espartanos utilizaban otrora para atravesar los corazones de sus enemigos.

Cada vez que las aguas se cierran sobre él, oye una melodía, como la de las campanas que los monjes hacen sonar y que resuenan de una cumbre a otra en las boscosas montañas; los monjes a quienes persiguió cuando estuvo con los jemeres rojos. Y le llega el olor de..., ¿de qué?..., de canela. El agua, arremolinada en una corriente maligna, está repleta de sonidos y olores cuya procedencia él ignora. La corriente trata de arrastrarlo hacia abajo, y una vez más se está hundiendo. Por más que se esfuerza y bracea a la desesperada para salir a la superficie, siente que desciende en espiral, como si estuviera lastrado con plomo. Sus manos buscan desesperadamente la gruesa soga atada a su tobillo izquierdo, pero es tan resbaladiza que siempre se le escapa de entre los dedos. ¿Qué hay al final de la cuerda? Escudriña las sombrías profundidades en las que se está hundiendo. Parece como si le resultara imperioso saber qué es lo que le está arrastrando hasta la muerte, como si tal conocimiento pudiera evitarle un horror para el que no tiene nombre. Cae y sigue cayendo, rodando por la oscuridad, incapaz de comprender la naturaleza del desesperado apuro en el que se encuentra. Debajo de él, al final de la tensa cuerda, ve una forma: la de la cosa que le causará la muerte. La emoción se adhiere a su garganta como un bocado de ortigas, y cuando intenta determinar la forma, vuelve a oír la melodía, esta vez con más claridad, y no son campanas, sino otra cosa, algo íntimo y apenas recordado a la vez. Por fin identifica aquello que está provocan-

do que muera ahogado: es un cuerpo humano. Y de pronto empieza a
llorar...

Jan se despertó sobresaltado, con un lloriqueo gutural. Se mordió
el labio con fuerza y miró por la oscura cabina del avión. En el exterior, todo estaba como boca de lobo. Se había quedado dormido, aunque se había prometido que no lo haría, a sabiendas de que si lo hacía
se vería atrapado en su recurrente pesadilla. Se levantó y se dirigió al
lavabo, donde utilizó las toallas de papel para limpiarse el sudor de la
cara y los brazos. Se sentía más cansado que cuando el vuelo había
despegado. Mientras miraba fijamente al espejo, el piloto anunció el
tiempo que quedaba para la llegada al aeropuerto de Orly: cuatro
horas y quince minutos. Para Jan, una eternidad.

Cuando salió del lavabo había una fila de personas esperando. Volvió
a su asiento. Jason Bourne tenía un destino concreto en la cabeza; lo
sabía por la información que le había proporcionado Fine, el sastre:
Bourne tenía en su poder un paquete dirigido a Alex Conklin. Jan se
preguntó si era posible que Bourne pudiera asumir la identidad de
Conklin. Jan habría sopesado aquella posibilidad si hubiera estado en
el pellejo de Bourne.

Jan se quedó mirando el cielo negro a través de la ventanilla.
Bourne estaba en alguna parte de la extensa metrópolis hacia la que él
se encaminaba, eso era todo lo que sabía, pero no tenía ninguna duda
de que París era sólo una estación de paso. El destino final de Bourne
era algo de lo que todavía tenía que enterarse.

La secretaria de la consejera de Seguridad Nacional carraspeó discre-
tamente, y el DCI miró su reloj. Roberta Alonzo-Ortiz, aquella bruja,
lo había tenido esperando casi cuarenta minutos. En Washington y
aledaños, jugar a hacerse el poderoso era un procedimiento operativo
habitual, pero ¡joder, era una mujer! ¿Y acaso no estaban los dos en
el Consejo de Seguridad Nacional? Pero claro, ella era un cargo de
designación directa del presidente, y él no le prestaba oídos a nadie
como a ella. ¿Dónde mierda estaba Brent Scowcroft cuando lo nece-

sitaba? Puso una sonrisa y se apartó de la ventana por la que había estado mirando mientras estaba perdido en sus pensamientos.

—Lo recibirá ahora —susurró con dulzura la secretaria—. Acaba de terminar de hablar con el presidente.

«La bruja no deja escapar ni una —pensó el DCI—. Cómo le gusta pasarme por las narices su hedor a poder.»

La consejera de Seguridad Nacional estaba atrincherada detrás de su mesa, una especie de antigualla enorme que había hecho llevar allí a sus expensas. Al DCI le pareció absurdo, sobre todo porque no había nada encima de la mesa, excepto el soporte de bronce para la pluma que el presidente le había regalado al aceptar el nombramiento. No confiaba en la gente con las mesas ordenadas. Detrás de la consejera, sobre unos recargados pies, estaban la bandera nacional y la bandera con el sello del presidente de Estados Unidos. Entre ambas, se veía una vista del parque Lafayette. Había dos sillones tapizados de respaldo alto situados frente a ella. El DCI los miró con cierta nostalgia.

Roberta Alonzo-Ortiz tenía un aspecto vivaracho y alegre vestida con un traje de punto azul marino y una blusa de seda blanca. En las orejas llevaba unos pendientes de esmalte con la bandera estadounidense engastados en oro.

—Acabo de hablar por teléfono con el presidente —dijo sin más preámbulos, ni siquiera un «buenos días» o un «siéntese».

—Eso me dijo su secretaria.

Alonzo-Ortiz lo miró con hostilidad, un recordatorio pasajero de que odiaba que la interrumpieran.

—La conversación versó sobre usted.

A pesar de sus buenas intenciones, el DCI sintió que el cuerpo le ardía.

—Entonces, quizá debería haber estado presente.

—Eso no habría estado mal —prosiguió la consejera de Seguridad Nacional antes de que él pudiera responder a la bofetada verbal que le acababa de propinar—. La cumbre antiterrorista tendrá lugar dentro de cinco días. Todos los elementos están en su sitio, por lo que me resulta doloroso reiterarle que en este asunto andamos pisando huevos. Nada puede alterar la cumbre, especialmente un asesino de la CIA que se ha convertido en un loco criminal. El presidente tiene fundadas esperanzas de que la cumbre sea un éxito sin precedentes. Más aún, espera que sea su legado. —Apoyó las palmas de las manos sobre la superficie extremadamente lustrosa de la mesa—. Permítame que lo diga con una claridad meridiana. He convertido la cumbre en mi prioridad número uno. Su éxito garantizará el que esta presidencia sea alabada y venerada por las generaciones venideras.

El DCI había permanecido de pie durante todo este discurso, puesto que no había sido invitado a sentarse. Si tenía en cuenta el trasfondo, la reprimenda verbal resultó especialmente humillante. Le traían sin cuidado las amenazas, especialmente las veladas. Sintió como si le estuvieran castigando en la escuela.

—Tuve que informarle de la debacle de Washington Circle. —Esto lo dijo como si el DCI le hubiera hecho entregar una paletada de mierda en el Despacho Oval—. El fracaso tiene consecuencias; siempre las tiene. Tiene que clavarle una estaca en el corazón a todo esto, para que podamos enterrarlo lo antes posible. ¿Me ha entendido?

—A la perfección.

—Porque esto no se va a resolver por sí solo —dijo la consejera de Seguridad Nacional.

En la sien del DCI empezó a palpitar una vena. Y sintió la imperiosa necesidad de lanzarle algo a aquella mujer.

—Ya le he dicho que lo he entendido a la perfección.

Roberta Alonzo-Ortiz le escudriñó el rostro durante un momento, como si estuviera decidiendo si el DCI merecía ser creído. Al final, dijo:

—¿Dónde está Jason Bourne?

—Ha huido del país.

Los puños del DCI estaban apretados y blancos. Le resultaba inconcebible decirle a aquella bruja que Bourne había desaparecido sin más. Tal como estaban las cosas, casi ni le salieron las palabras. Pero en cuanto vio la expresión en la cara de la consejera, se dio cuenta de su error.

—¿Que ha huido del país? —Alonzo-Ortiz se levantó—. ¿Y adónde ha ido?

El DCI guardó silencio.

—Entiendo. Si Bourne llega a acercarse a Reikiavik...

—¿Y por qué habría de hacer eso?

—No lo sé. Es un loco, ¿recuerda? Se ha convertido en un bellaco. Debe de saber que nada nos dejaría más en ridículo que sabotear
la seguridad de la cumbre.

Su furia era palpable, y por primera vez el DCI sintió verdadero
miedo de ella.

—Quiero a Bourne muerto —dijo con una voz de acero.

—Tanto como yo. —El DCI estaba que echaba chispas—. Ya ha
matado dos veces, y una de las víctimas era un viejo amigo mío.

La consejera de Seguridad Nacional rodeó la mesa.

—El presidente quiere a Bourne muerto. Un agente descontrolado (y, seamos sinceros en esto, Jason Bourne es el peor de los escenarios) es un imponderable que no podemos permitirnos. ¿Me expreso
con claridad?

El DCI asintió.

—Créame cuando le digo que Bourne está prácticamente muerto,
«desaparecido», como si nunca hubiera existido.

—Dios le oiga. El presidente no le quita ojo —dijo Roberta Alonzo-Ortiz, dando por terminada la entrevista de la manera tan repentina y desagradable con la que la había comenzado.

Jason Bourne llegó a París una mañana húmeda y nublada. París, la
Ciudad de la Luz, no tenía su mejor aspecto bajo la lluvia. Los edificios de techos abuhardillados parecían grises y melancólicos, y las por
lo general alegres y animadas terrazas de los cafés que se alineaban en
los bulevares de la ciudad estaban bastante desiertas. La vida continuaba de una manera apagada, aunque la ciudad no era la misma que
cuando centelleaba y brillaba bajo la luz del sol, cuando las conversaciones alegres y las risas se podían oír casi en cada esquina.

Agotado tanto física como emocionalmente, Bourne se había pasado la mayor parte del vuelo durmiendo de costado, hecho un ovillo.
Su sueño, aunque interrumpido una y otra vez por los sombríos y
perturbadores sueños, tuvo la ventaja de proporcionarle un bien merecido descanso del dolor que le había atormentado durante las primeras horas después de que el avión despegara. Se había despertado,
helado y agarrotado, pensando en el pequeño buda de piedra tallada

que había colgado del cuello de Jan. La imagen, tan sonriente, parecía burlarse de él, un misterio todavía por resolver. Sabía que debía de haber muchas tallas así; en la tienda donde él y Dao habían escogido la que luego darían a Joshua ¡había más de una docena! También sabía que muchos budistas asiáticos llevaban encima semejantes amuletos, tanto para invocar protección como para tener buena suerte.

Vio de nuevo en su imaginación la expresión de complicidad de Jan, tan iluminada por la expectativa y el odio cuando le había dicho: «Sabes lo que es esto, ¿verdad?». Y luego, proferidas con gran vehemencia, las siguientes palabras: «¡Es mío, Bourne! ¿Lo entiendes? ¡El buda es mío!». Jan no era Joshua Webb, se dijo Bourne. Jan era inteligente aunque cruel, un asesino que había matado muchas veces. No podía ser el hijo de Bourne.

A pesar de las rachas de viento de costado con que se habían encontrado después de dejar atrás la costa de Estados Unidos, el vuelo 113 del servicio urgente aterrizó en el aeropuerto internacional Charles de Gaulle más o menos a su hora. Bourne sintió el impulso de marcharse de la bodega de carga mientras el avión seguía en la pista, pero se contuvo.

Otro avión se estaba preparando para aterrizar. Si salía en ese momento, se quedaría al descubierto, a la vista de todos en una zona en la que incluso no debería estar ni el personal del aeropuerto. Así pues, esperó pacientemente mientras el avión correteaba por la pista.

Cuando la aeronave aminoró la marcha, Bourne supo que había llegado el momento de actuar. Mientras el avión siguiera en movimiento, y los reactores funcionando, nadie del personal de tierra se acercaría al avión. Así las cosas, abrió la puerta y saltó sobre la pista en el preciso momento en que pasaba un camión cisterna. Se subió a la parte trasera del vehículo. Allí colgado, le acometieron unas violentas náuseas cuando los gases despertaron el recuerdo del ataque sorpresa de Jan. Se bajó rápidamente del camión de un salto en cuanto resultó viable, y se dirigió al edificio de la terminal.

Dentro, chocó con un descargador, ante quien se deshizo en disculpas en francés, con una mano puesta en la cabeza mientras se quejaba de una migraña. Tras doblar la esquina del pasillo, utilizó la tarjeta identificativa que le había birlado al descargador para atravesar las dos puertas y salir de la terminal propiamente dicha, que, para su no poco desánimo, resultó ser un hangar remodelado. Había unas pocas condenadas personas pululando allí, pero al menos había logrado evitar la aduana y el Servicio de Inmigración.

A la primera oportunidad dejó caer la tarjeta identificativa en la papelera más cercana. No quería que lo pillaran llevándola cuando el descargador informara de su desaparición. Parado bajo un gran reloj, puso en hora el suyo; eran poco más de las seis de la mañana, hora de París. Llamó a Robbinet, y le explicó dónde estaba.

El ministro pareció desconcertado.

—¿Has venido en un vuelo chárter, Jason?

—No, en un avión de mercancías.

—*Bon*, eso explica por qué estás en la terminal tres. Han debido de desviarte de Orly —dijo Robbinet—. Quédate donde estás, *mon ami*. Te recogeré dentro de poco. —Se rió entre dientes—. Mientras tanto, bienvenido a París. Para desconcierto y desgracia de tus perseguidores.

Bourne se fue a lavar. Al mirarse en el espejo del servicio de caballeros, vio una cara demacrada, unos ojos angustiados y un cuello ensangrentado, alguien a quien le costó reconocer. Ahuecó las manos, se echó agua en la cara y la cabeza, y se lavó el sudor, la mugre y lo que quedaba del maquillaje que se había aplicado al principio. Con una toalla de papel humedecida limpió la oscura herida horizontal que le cruzaba el cuello. Sabía que tenía que conseguir alguna crema antibiótica lo antes posible.

Tenía un nudo en el estómago y, aunque estaba inapetente, sabía que tenía que comer. De vez en cuando le volvía el sabor a combustible y le provocaba arcadas, lo que hacía que se le saltaran las lágrimas del esfuerzo. Para librar su mente de aquella nauseabunda sensación, hizo cinco minutos de estiramientos y cinco más de ejercicios para librar a sus músculos de los calambres y el dolor. Haciendo caso omiso del dolor que le costaba hacer los ejercicios, se concentró en cambio en respirar profunda y rítmicamente.

Cuando volvió a la terminal, Jacques Robbinet lo estaba esperando. Era un hombre alto, tenía un estado de forma extraordinario e iba muy bien vestido con un traje de raya diplomática negro, unos relucientes zapatos de cuero y un elegante abrigo de *tweed*. Estaba un poco más mayor y algo más canoso, pero por lo demás era la figura que Bourne guardaba en su fragmentada memoria.

Localizó a Bourne inmediatamente, y su cara se iluminó con una sonrisa, aunque no hizo ningún ademán de dirigirse hacia su viejo amigo. En su lugar, le hizo unas señas con la mano para indicarle que debía seguir caminando por la terminal dirigiéndose hacia su derecha. Bourne vio inmediatamente por qué. Varios miembros de la Policía Nacional habían entrado en el hangar, donde estaban interrogando al personal del aeropuerto, sin duda a la caza del sospechoso que le había robado la identificación al descargador de equipajes. Bourne empezó a caminar con naturalidad. Casi había llegado a las puertas cuando vio a dos policías más, con las metralletas colgadas a lo largo del pecho, que observaban con atención a todos los que entraban y salían de la terminal.

Robbinet también los había visto. Con el entrecejo arrugado, pasó junto a Bourne a toda prisa y se abrió camino a través de las puertas, donde captó la atención de los policías. En cuanto se presentó, los agentes le dijeron que estaban buscando a un sospechoso —un presunto terrorista— que le había robado la identificación a un descargador de equipajes. Le mostraron un fax con la foto de Bourne.

No, el ministro no había visto a aquel hombre. La cara de Robbinet adoptó una expresión de temor. Tal vez —¿sería posible semejante cosa?— el terrorista le estuviera siguiendo a él, dijo. ¿No serían tan amables de escoltarlo hasta su coche?

En cuanto los tres hombres se hubieron alejado, Bourne cruzó las puertas rápidamente y salió al día gris y neblinoso. Vio a los policías acompañar a Robbinet hasta su coche y caminó en sentido contrario. Cuando el ministro se metió en el coche, lanzó una mirada furtiva hacia Bourne. Luego le dio las gracias a los policías, que volvieron a su puesto en el exterior de las puertas de la terminal.

Robbinet arrancó y cambió de sentido para dirigirse de nuevo a la salida del aeropuerto. Fuera de la vista de los policías, aminoró la marcha y bajó la ventanilla de su lado.

—Por los pelos, *mon ami*.

Cuando Bourne hizo ademán de entrar, Robbinet negó con la cabeza.

—Con el aeropuerto en estado de máxima alerta, seguro que hay más policías por ahí. —Alargó la mano y abrió el maletero desde el interior—. No es el lugar más cómodo. —Pareció disculparse—. Pero, por el momento, sin duda es el más seguro.

Sin mediar palabra Bourne se metió lentamente en el maletero, lo cerró, y Robbinet arrancó. Estuvo bien que el ministro hubiera sido previsor; hubo que pasar por dos controles antes de que pudieran salir del aeropuerto, el primero a cargo de la Policía Nacional, y el segundo de los miembros del Quai d'Orsay, el equivalente en Francia a la CIA. Gracias a sus credenciales, Robbinet los pasó sin ningún incidente, aunque se le mostró repetidamente la foto de Bourne y se le preguntó si había visto al fugitivo.

Diez minutos después de haber cogido la A1, Robbinet se metió en un área de descanso y abrió el maletero. Bourne salió, se metió en el asiento del acompañante, y Robbinet aceleró para salir de nuevo a la autopista, dirigiéndose al norte.

—¡Es él! —El descargador de equipajes señaló la foto granulada de Jason Bourne—. Éste es el hombre que me robó la identificación.

—¿Está seguro, *monsieur*? Por favor, vuelva a mirarla, esta vez más detenidamente.

El inspector Alain Savoy centró la foto delante del testigo potencial. Estaban en una sala de hormigón, dentro de la terminal tres del aeropuerto Charles de Gaulle, donde Savoy había decidido establecer temporalmente el cuartel general. Era un lugar cutre que olía considerablemente a moho y desinfectante. Le pareció que siempre estaba en lugares así. No había nada permanente en su vida.

—Sí, sí —dijo el descargador—. Tropezó conmigo, y me dijo que tenía una migraña. A los diez minutos, cuando fui a pasar por una puerta de seguridad, descubrí que la tarjeta ya no estaba. Él me la cogió.

—Sabemos que lo hizo —dijo el inspector Savoy—. Su presencia fue electrónicamente detectada en dos lugares mientras su tarjeta de identificación andaba desaparecida. —Le entregó la tarjeta al descargador. El policía era un hombre bajo, y estaba acomplejado por ello.

Su cara tenía un aspecto tan arrugado como su pelo negro algo largo. Parecía tener los labios permanentemente fruncidos, como si incluso en reposo estuviera enjuiciando la inocencia o la culpabilidad de alguien—. La encontramos en una papelera.

—Gracias, inspector.

—Lo sancionarán, ¿sabe? Con un día de paga.

—Eso es indignante —dijo el descargador—. Informaré de esto al sindicato. Puede que haya una manifestación.

El inspector Savoy suspiró. Estaba acostumbrado a aquellas amenazas. Con los trabajadores afiliados a los sindicatos siempre había manifestaciones.

—¿Tiene algo más que decirme acerca del incidente?

Como el hombre negó con la cabeza, el inspector lo dejó marchar. Se quedó mirando fijamente la hoja del fax. Además de la foto de Jason Bourne, contenía el número de un contacto estadounidense. Sacó un móvil tribanda y marcó el número.

—Aquí Martin Lindros, director adjunto de la Inteligencia Central.

—*Monsieur* Lindros, soy el inspector Alain Savoy del Quai d'Orsay. Hemos encontrado a su fugitivo.

—¿Qué dice?

Una lenta sonrisa se dibujó en la cara sin afeitar de Savoy. El Quai d'Orsay siempre estaba chupando de la teta de la CIA; era un enorme placer, por no hablar de lo que suponía para el orgullo nacional, invertir la situación.

—Así es. Jason Bourne llegó al aeropuerto Charles de Gaulle alrededor de las seis de la mañana, hora de París. —Savoy se sintió exultante al oír la rápida inspiración en el otro extremo de la línea.

—¿Lo tienen? —preguntó Lindros—. ¿Han detenido a Bourne?

—Por desgracia, no.

—¿Qué quiere decir? ¿Dónde está?

—Eso es un misterio. —Siguió un silencio tan prolongado y absoluto, que al final Savoy se vio obligado a decir—: *Monsieur* Lindros, ¿sigue usted ahí?

—Sí, inspector. Es que estoy repasando mis notas. —Otro silencio, esta vez más breve—. Alex Conklin tenía un contacto clandestino en las altas esferas de su gobierno, un hombre llamado Jacques Rob-binet. ¿Lo conoce?

—*Certainement, monsieur* Robbinet es el ministro de Cultura. Pero ¿de verdad espera que me crea que un hombre de su talla está confabulado con este loco?

—Por supuesto que no —dijo Lindros—. Pero Bourne ya ha ase-sinado a *monsieur* Conklin. Y si ahora está en París, hay razones para pensar que pueda ir a por *monsieur* Robbinet.

—Un momento, no cuelgue, por favor.

El inspector Savoy estaba seguro de que ese día había oído o leído el nombre del señor Robbinet en alguna parte. Le hizo un gesto a un subordinado, el cual le entregó un fajo de expedientes. Savoy hojeó rápidamente las entrevistas realizadas esa mañana en el Charles de Gaulle por los diferentes cuerpos policiales y servicios de seguridad. Y efectivamente, allí estaba el nombre de Robbinet. Volvió a ponerse al teléfono a toda prisa.

—*Monsieur* Lindros, da la casualidad de que *monsieur* Robbinet ha estado hoy aquí.

—¿En el aeropuerto?

—Sí, y no sólo eso. Se le interrogó en la misma terminal en la que estaba Bourne. Lo cierto es que pareció alarmarse cuando se le comu-nicó el nombre del fugitivo. Y pidió a la Policía Nacional que lo acom-pañaran de vuelta a su automóvil.

—Eso demuestra mi teoría. —Las palabras salieron de Lindros un tanto entrecortadamente a causa de la excitación y la alarma—. Inspector, tiene que encontrar a Robbinet, y deprisa.

—Eso no es problema —dijo el inspector Savoy—. Llamaré sin más a la oficina del ministro.

—Eso es precisamente lo que no hará —dijo Lindros—. No quie-ro correr ningún riesgo en esta operación.

—Pero es imposible que Bourne pueda...

—Inspector, en el breve curso de esta investigación he aprendido a no pronunciar jamás la frase: «Bourne no puede», porque ¡sé que puede! Es un asesino extremadamente inteligente y peligroso. Cual-quiera que ande cerca de él corre peligro de muerte, ¿lo pilla?

—*Pardon, monsieur?*

Lindros intentó hablar más despacio.

—Decida lo que decida hacer para encontrar a Robbinet, lo hará sólo a través de canales secretos. Si consigue sorprender al ministro, hay muchas probabilidades de que también sorprenda a Bourne.

—*D'accord.* —Savoy se levantó y buscó su gabardina con la mirada.

—Escuche con atención, inspector. Mucho me temo que la vida de *monsieur* Robbinet corre un peligro inminente —dijo Lindros—. Ahora todo depende de usted.

Bloques de viviendas de hormigón, edificios de oficinas y relucientes fábricas fueron pasando como rayos, construcciones achaparradas y amazacotadas al estilo estadounidense, más horribles aún a causa de la lúgubre atmósfera del día. Robbinet no tardó en doblar, y se dirigió al oeste por la CD47, hacia el aguacero que se aproximaba.

—¿Adónde vamos, Jacques? —preguntó Bourne—. Tengo que llegar a Budapest lo antes posible.

—*D'accord* —dijo Robbinet. Había estado mirando por el retrovisor periódicamente, controlando los vehículos de la Policía Nacional. El Quai d'Orsay era otra cuestión; sus agentes utilizaban coches camuflados, e intercambiaban las marcas y los modelos entre sus diferentes divisiones cada pocos meses—. Te había reservado asiento en un vuelo no programado que salió hace cinco minutos, pero mientras estabas en el aire, el tablero de juego ha cambiado. La Agencia pide a gritos tu cabeza, y esa exigencia está siendo oída en todos los rincones del mundo donde tienen influencia, incluido el mío.

—Pero debe de haber una manera...

—Por supuesto que hay una manera, *mon ami.* —Robbinet sonrió—. Siempre hay una manera... tal como me enseñó cierta persona llamada Jason Bourne. —Volvió a girar hacia el norte por la N17—. Mientras descansabas en el maletero de mi coche, no estuve ocioso. Hay un transporte militar que sale de Orly a las cuatro en punto.

—Pero eso no es hasta esta tarde —dijo Bourne—. ¿Y qué me dices de ir en coche a Budapest?

—Semejante plan no es seguro, hay demasiados policías nacionales. Y tus enfurecidos amigos estadounidenses han azuzado al Quai d'Orsay para que tome cartas en el asunto. —El francés se encogió de hombros—. Está todo arreglado. Llevo encima tu documentación. Bajo la cobertura del ejército, estás a salvo de cualquier inspección, y de todas maneras es mejor dejar que se calme el incidente de la terminal tres, *non?* —Sorteó algunos vehículos que se movían con lentitud—. Hasta entonces, necesitarás un lugar donde esconderte.

Bourne apartó la cabeza y clavó la mirada en el deprimente paisaje industrial. El impacto de lo que había ocurrido durante su último encuentro con Jan lo había golpeado con la fuerza del descarrilamiento de un tren. No podía evitar analizar el intenso dolor que llevaba dentro, de forma muy parecida a como uno sigue apretando un diente que le duele, aunque sólo sea para determinar la intensidad del dolor. La parte despiadadamente analítica de su mente ya había decidido que Jan no había dicho nada que denotase un conocimiento profundo de David o de Joshua Webb. Había dado indicios, hecho alguna insinuación, sí, pero ¿qué significaba eso?

Bourne, consciente de que Robbinet lo estaba examinando, se volvió hacia la ventanilla.

Robbinet malinterpretó los motivos del inquietante silencio de Bourne y dijo:

—*Mon ami*, estarás en Budapest a las seis de la tarde, no tienes nada que temer.

—*Merci*, Jacques. —Bourne se libró momentáneamente de sus melancólicos pensamientos—. Gracias por toda tu amabilidad y ayuda. ¿Y ahora qué?

—*Alors* vamos a ir a Goussainville. No es la ciudad más pintoresca de Francia, pero allí hay alguien que sospecho que te interesará.

Robbinet no dijo nada más durante el resto del viaje. Tenía razón en cuanto a Goussainville; era uno de esos pueblos de Francia que, debido a su proximidad al aeropuerto, se había convertido en una moderna ciudad industrial. Las deprimentes hileras de torres de viviendas, edificios de oficinas revestidos de cristal y gigantescos minoristas en nada diferentes a Wal-Mart, sólo eran aliviados un poco por las rotondas y los bordillos plantados con hileras y más hileras de flores de vivos colores.

Bourne advirtió la unidad de radio instalada debajo del salpicadero, presumiblemente utilizada por el chófer de Jacques. Cuando Robbinet entró en una gasolinera, le preguntó a su amigo por las frecuencias utilizadas por la Policía Nacional y el Quai d'Orsay. Mientras Robbinet le echaba gasolina al coche, Bourne escuchó ambas frecuencias, aunque no oyó nada sobre el incidente del aeropuerto ni nada de interés sobre él. Bourne observó a los coches que entraban y salían de la gasolinera. Una mujer salió de su coche, y le preguntó a Robbinet su opinión sobre el neumático del lado del conductor. A la mujer le preocupaba que necesitara aire. Un vehículo en el que viajaban dos hombres jóvenes se paró. Salieron los dos. Uno de ellos se repantigó contra el parachoques del coche, mientras el conductor entraba en la tienda. El primero miró el Peugeot de Jacques, y de ahí pasó a concentrarse con admiración en la mujer cuando ésta volvió a su coche.

—¿Algo en las ondas? —preguntó Robbinet cuando se metió al lado de Bourne.

—Nada de nada.

—Eso al menos es una buena noticia —dijo Robbinet mientras se ponía en marcha.

Avanzaron por más calles horribles, y Bourne utilizó los retrovisores para comprobar que el coche de los dos hombres jóvenes no les estuviera siguiendo.

—Goussainville tiene un antiguo y regio origen —dijo Robbinet—. Hubo un tiempo en que perteneció a Clotilde, esposa de Clodoveo, el rey de Francia a principios del siglo VI. Mientras a nosotros los franceses nos seguían considerando bárbaros, él se convirtió al catolicismo, lo que nos hizo tolerables a ojos de los romanos... El emperador lo nombró cónsul. Dejamos de ser bárbaros, y nos convertimos en los verdaderos paladines de la Fe.

—Uno nunca diría que este lugar fue una ciudad medieval en otros tiempos.

El ministro se acercó a una serie de edificios de apartamentos de hormigón.

—En Francia —dijo—, la historia se esconde con frecuencia en los lugares más insospechados.

Bourne miró por todas partes.

—No será aquí donde vive tu actual amante, ¿verdad? —dijo—.

Porque la última vez que me presentaste a tu amante tuve que fingir que era mi novia cuando tu esposa entró en el café donde estábamos tomando unas copas.

—Recuerdo que disfrutaste de lo lindo aquella tarde. —Robbinet meneó la cabeza—. Pero no, entre su Dior esto y su Yves Saint Laurent aquello, estoy seguro de que Delphine preferiría abrirse las muñecas a vivir en Goussainville.

—Entonces, ¿qué estamos haciendo aquí?

El ministro permaneció sentado, mirando fijamente la lluvia durante un rato.

—Qué tiempo más asqueroso —dijo finalmente.

—¿Jacques...?

Robbinet miró a su alrededor.

—Ah, sí, perdóname, *mon ami*. Estaba en otra parte. *Alors* voy a llevarte a conocer a Mylene Dutronc. —Ladeó la cabeza—. ¿Has oído hablar de ella? —Cuando Bourne negó con la cabeza, Robbinet prosiguió—: Eso creía. Bueno, ahora que él está muerto, supongo que puedo decirlo. La señorita Dutronc era la amante de Alex Conklin.

Bourne dijo de inmediato:

—Déjame adivinar: ojos claros, pelo largo y ondulado y una sonrisa con un aire irónico.

—¡Te habló de ella!

—No, vi una foto. Era casi lo único de naturaleza personal que tenía en su dormitorio. —Esperó un momento—. ¿Lo sabe ella?

—La telefoneé en cuanto me enteré.

Bourne se preguntó por qué Robbinet no se lo había dicho en persona. Habría sido lo decente.

—Basta de cháchara. —Robbinet cogió un bolso de viaje del suelo del asiento trasero—. Vayamos ya a ver a Mylene.

Salieron del Peugeot, caminaron bajo la lluvia por un sendero flanqueado de flores y subieron un corto tramo de escalones de hormigón. Robbinet apretó el botón del CUARTO A, y al cabo de un rato sonó el portero automático.

El edificio de apartamentos era tan sencillo y feo por dentro como por fuera. Subieron los cinco tramos de escaleras hasta el cuarto piso y siguieron por un pasillo, pasando junto a unas hileras de puertas idénticas que se abrían a ambos lados. Al oírles acercarse, la puerta se abrió. Dentro, estaba Mylene Dutronc.

Quizá tuviera unos diez años más que en la imagen de la foto; de hecho, en ese momento debía de andar por los sesenta años, pensó Bourne, aunque parecía al menos diez años más joven. Pero sus ojos claros tenían el mismo brillo, y la sonrisa, la misma enigmática curvatura. Iba vestida con unos vaqueros y una camisa de hombre, un atuendo que la hacía parecer femenina porque realzaba toda su figura. Llevaba tacones bajos, y el pelo, de un color rubio ceniza que parecía natural, recogido.

—*Bonjour*, Jacques.

Levantó la cara para que Robbinet la besara en ambas mejillas, pero ya estaba estudiando a su acompañante.

Bourne vio algunos detalles que la foto no había revelado. El color de los ojos, la acusada forma acampanada de las aletas de la nariz, la blancura de su uniforme dentadura. La cara expresaba tanta fuerza como compasión.

—Y tú debes de ser Jason Bourne.

Sus ojos grises lo estudiaron con frialdad.

—Siento lo de Alex —dijo Bourne.

—Muy amable de tu parte. Ha sido un golpe para todos los que lo conocíamos. —Se apartó—. Por favor, pasad.

Cuando cerró la puerta que había detrás de ella, Bourne entró en el salón. La señorita Dutronc vivía en medio de un paisaje urbano de bloques de viviendas, pero su apartamento era totalmente diferente. Al contrario que mucha gente de edad, no había seguido rodeándose de muebles con décadas de antigüedad, con reliquias del pasado. Antes bien, su mobiliario era elegantemente moderno y cómodo. Unas cuantas sillas desperdigadas, un par de sofás a juego enfrentados a ambos lados de la chimenea de ladrillo, y unas cortinas con dibujos. Era un lugar del que uno no querría marcharse fácilmente, decidió Bourne.

—Tengo entendido que has tenido un vuelo muy largo —le dijo a Bourne—. Debes de estar hambriento.

No hizo ninguna alusión a su aspecto desaliñado, algo que Bourne agradeció. La mujer lo llevó al comedor y le sirvió comida y bebida que sacó de una típica cocina europea, pequeña y oscura. Cuando terminó de servirle, se sentó enfrente de él con las manos agarradas sobre la mesa.

En ese momento Bourne se dio cuenta de que había estado llorando.

—¿Murió al instante? —preguntó la señorita Dutronc—. Verás, me he estado preguntando si sufrió.

—No —dijo Bourne con sinceridad—. Dudo mucho que sufriera.

—Algo es, por lo menos. —Una expresión de profundo alivio afloró a su rostro. La señorita Dutronc se recostó en su asiento, y con ese movimiento, Bourne fue consciente de que la mujer había estado manteniendo el cuerpo en tensión—. Gracias, Jason. —Levantó la mirada, y sus expresivos ojos grises se clavaron en los de él, y Bourne se percató de toda la emoción contenida en la cara de la mujer—. ¿Puedo llamarte Jason?

—Por supuesto —dijo él.

—Conocías bien a Alex, ¿verdad?

—Todo lo bien que se podía llegar a conocer a Alex Conklin.

La señorita Dutronc lanzó una rápida mirada hacia Robbinet, pero fue suficiente.

—Tengo que hacer algunas llamadas. —El ministro ya había sacado su móvil—. No os importará que os deje solos un ratito.

Mylene miró sombríamente a Robbinet cuando éste se dirigía al salón. Luego se volvió de nuevo a Bourne.

—Jason, lo que me acabas de decir ahora mismo son las palabras de un verdadero amigo. Aunque Alex no me hubiera hablado nunca de ti, yo habría dicho lo mismo.

—¿Alex te habló de mí? —Bourne meneó la cabeza—. Alex nunca hablaba a los civiles de su trabajo.

La sonrisa volvió a aparecer; en esta ocasión la ironía era bastante aparente.

—Pero yo no soy, como tú dices, una civil. —Tenía un paquete de cigarrillos en la mano—. ¿Te importa si fumo?

—En absoluto.

—A muchos estadounidenses les molesta. Es una especie de manía que tenéis, ¿verdad?

No estaba buscando una respuesta, y Bourne no le dio ninguna. Él la observó encender el cigarrillo, aspirar el humo profundamente y soltarlo con lentitud y elegancia.

—No, no cabe ninguna duda de que no soy una civil. —El humo se arremolinó en torno a ella—. Trabajo para el Quai d'Orsay.

Bourne permaneció sentado muy quieto. Bajo la mesa su mano agarró la culata de la pistola de cerámica que le había entregado Deron.

Como si le leyera la mente, la señorita Dutronc meneó la cabeza.

—Tranquilízate, Jason. Jacques no te ha metido en ninguna ratonera. Estamos entre amigos.

—No lo entiendo —dijo él con voz ronca—. Si perteneces al Quai d'Orsay, doble motivo para que Alex no te hubiera implicado en nada en lo que hubiera estado trabajando, para no comprometer tu lealtad.

—En efecto. Y así fue durante muchos años. —La señorita Dutronc le dio otra calada al cigarrillo y expulsó el humo por la acampanada nariz. Tenía la costumbre de levantar ligeramente la cabeza cuando expulsaba el humo, lo cual le confería cierto parecido a Marlene Dietrich—. Entonces, hace muy poco, ocurrió algo. No sé el qué; por más que le supliqué, jamás me lo contó.

Ella lo miró a través de las volutas de humo durante algún rato. Cualquier miembro de una organización de inteligencia tenía que mantener una fachada imperturbable que no dejara traslucir nada de lo que pensaba o sentía. Pero por su mirada, Bourne pudo darse cuenta de sus elucubraciones, y supo que ella había bajado la guardia.

—Dime, Jason, como viejo amigo de Alex, ¿recuerdas haberlo visto asustado alguna vez?

—No —dijo Bourne—. Alex era de una audacia absoluta.

—Pues bueno, aquel día estaba asustado. Por eso le supliqué que me contara de qué se trataba, para poder ayudarlo, o al menos para convencerlo de que evitara cualquier perjuicio.

Bourne se inclinó hacia adelante con el cuerpo en tensión, como lo había estado el de la señorita Dutronc momentos antes.

—¿Cuándo fue eso?

—Hace dos semanas.

—¿No te dijo absolutamente nada?

—Mencionó un nombre: Felix Schiffer.

El pulso de Bourne empezó a acelerarse.

—El doctor Schiffer trabajaba para la DARPA.

Ella arrugó el entrecejo.

—Alex me dijo que trabajaba para la Junta de Armamento Táctico No Letal.

—Ése es un organismo dependiente de la Agencia —dijo Bourne, medio hablando para sí. En ese momento las piezas estaban empezando a encajar. ¿Era posible que Alex hubiera convencido a Felix Schiffer para que abandonara la DARPA y entrara en la Junta? A buen seguro que a Alex no le habría resultado difícil hacer «desaparecer» a Schiffer. Pero ¿por qué habría de querer hacer eso? Si tan sólo se estaba metiendo en terreno del Departamento de Defensa, podría haber manejado las críticas resultantes. Tenía que haber otra razón para que Alex necesitara encerrar bajo llave a Felix Schiffer. Miró a Mylene.

—¿Era el doctor Schiffer el motivo de que Alex estuviera asustado?

—No me lo dijo, Jason. Pero ¿qué otra cosa podría ser? Ese día Alex hizo y recibió muchas llamadas en un período muy breve de tiempo. Estaba terriblemente tenso, y supe que se hallaba en el punto crítico de una arriesgada operación de campo. Le oí pronunciar el nombre del doctor Schiffer varias veces. Sospecho que era el sujeto de la operación.

El inspector Savoy estaba sentado en su Citroën escuchando el ruido que hacía su limpiaparabrisas al rozar contra el cristal. Odiaba la lluvia. Había llovido el día que lo abandonó su esposa, y el día que su hija se había ido a Estados Unidos a estudiar en la universidad para no volver nunca más. Su esposa vivía en ese momento en Boston, casada con un mojigato banquero de inversiones. Ella tenía tres hijos, una casa, inmuebles..., todo lo que podía desear, mientras que él estaba sentado en aquella ciudad de mierda —¿cómo se llamaba? Ah, sí,

Goussainville— mordiéndose las uñas hasta dejarse los dedos en carne viva. Y para colmo, volvía a llover.

Pero ese día era diferente, porque estaba acercándose al blanco más buscado de la CIA. En cuanto atrapara a Jason Bourne, su carrera se dispararía hacia las alturas. Hasta podría ser que llegara a oídos del mismísimo presidente. Miró hacia el coche que había al otro lado de la calle, el Peugeot del ministro Jacques Robbinet.

Había obtenido la marca, el modelo y la matrícula del coche del ministro en los archivos del Quai d'Orsay. Sus compañeros le habían informado de que, después de pasar el control del aeropuerto, el ministro se había dirigido al norte por la A1. Después de haberse asegurado en el cuartel general de quién había sido asignado a la sección septentrional del operativo de captura, había llamado metódicamente a todos los coches, con la advertencia de Lindros muy presente, para que evitaran utilizar las transmisiones de radio, cuya frecuencia no era segura. Ninguno de sus contactos había visto el coche del ministro, y ya estaba a punto de que le diera un ataque de desesperación, cuando había logrado comunicar con Justine Bérard, que le había dicho que sí, que ella había visto el coche de Robbinet —y que había hablado con él brevemente— en una gasolinera. Se acordaba porque el ministro le había parecido tenso, nervioso y hasta un poco grosero.

—¿Te pareció que su comportamiento era extraño?

—Sí, sí que lo fue. Aunque en el momento no pensé mucho en ello —le había dicho Bérard—. Aunque ahora, por supuesto, he cambiado de parecer.

—¿Estaba solo el ministro? —le había preguntado el inspector Savoy.

—No estoy segura. Estaba lloviendo mucho, y la ventanilla estaba subida —le había respondido Bérard—. Para serle sincera, tenía la atención puesta en *monsieur* Robbinet.

—Sí, es un ejemplar bien parecido —dijo Savoy con más sequedad de la pretendida.

Bérard había sido de una gran ayuda. Había visto en qué dirección se había marchado el coche del ministro, y cuando Savoy había llegado a Goussainville, ella había localizado el coche aparcado en el exterior de una manzana de edificios de hormigón destinados a apartamentos.

La señorita Dutronc apartó los ojos del cuello de Bourne y apagó el cigarrillo.

—Tu herida está sangrando de nuevo. Ven. Tenemos que ocuparnos de ella.

Lo condujo al cuarto de baño, que estaba embaldosado en verde mar y crema. Una pequeña ventana que daba a la calle dejaba entrar la sombría luz del día. Ella lo hizo sentar y empezó a lavar la herida con agua y jabón.

—La hemorragia ha remitido —dijo ella mientras aplicaba un antibiótico a la enrojecida carne del cuello de Bourne—. Esta herida no fue accidental. Tuviste una pelea.

—Resultó difícil salir de Estados Unidos.

—Eres tan hermético como Alex. —Ella se mantenía un poco apartada, como si lo necesitara para enfocarlo mejor—. Estás triste, Jason. Muy triste.

—Señorita Dutronc...

—Debes llamarme Mylene. Insisto. —Había preparado un experto vendaje con gasa esterilizada y esparadrapo y se lo estaba colocando en la herida—. Y debes cambiarte el apósito al menos cada tres días, ¿de acuerdo?

—Sí. —Él le devolvió la sonrisa—. *Merci*, Mylene.

Ella le puso la mano en la cara con dulzura.

—Pero que muy triste. Sé lo unidos que estabais Alex y tú. Te veía como a un hijo.

—¿Eso dijo?

—No tuvo necesidad; había una expresión especial en su cara cuando hablaba de ti. —Mylene examinó el apósito por última vez—. Por lo menos sé que no soy la única que se siente apenada.

Bourne sintió entonces el impulso de contárselo todo, de decirle que no eran sólo las muertes de Alex y Mo las que le afectaban, sino el encuentro con Jan. Sin embargo, al final guardó silencio. Ella ya tenía su propio dolor que soportar. En su lugar, dijo:

—¿Qué acuerdo tenéis tú y Jacques? Os comportáis como si os odiarais.

Mylene apartó la mirada un instante y la dirigió hacia la pequeña ventana y su cristal cubierto de gotas que la lluvia hacía correr en ese momento.

—Ha sido valiente al venir aquí. Debió de costarle una barbaridad pedirme ayuda. —Se volvió de nuevo hacia él con los ojos grises llenos de lágrimas. La muerte de Alex había hecho aflorar muchísimas emociones, y Bourne intuyó al instante que el pasado de la mujer estaba siendo agitado por el turbulento océano de los acontecimientos del momento—. Hay tanto dolor en este mundo, Jason... —Una solitaria lágrima rodó desde su ojo y se entretuvo temblorosa en la mejilla antes de caer—. ¿Sabes? Antes de Alex estuvo Jacques.

—¿Fuisteis amantes?

Ella negó con la cabeza.

—Jacques no estaba casado todavía. Los dos éramos muy jóvenes. Hacíamos el amor como locos, y dado que ambos éramos jóvenes, e idiotas, me quedé embarazada.

—¿Tenéis un hijo?

Mylene se secó los ojos.

—*Non*, no lo tuve. No quería a Jacques. Fue necesario que ocurriera aquello para que me diera cuenta. Jacques sí que me quería, y él... Bueno, es muy católico.

Se echó a reír un poco tristemente, y Bourne recordó el episodio que Jacques le había contado sobre la historia de Goussainville y de cómo los bárbaros francos habían sido ganados para la causa de la Iglesia. La conversión del rey Clodoveo al catolicismo había sido una hábil decisión, aunque se había tratado más de una cuestión de supervivencia y política que de fe.

—Jacques nunca me lo ha perdonado. —No había autocompasión en sus palabras, lo que hacía su confesión aún más conmovedora.

Bourne se inclinó y la besó con ternura en ambas mejillas; con un pequeño sollozo Mylene lo atrajo hacia ella.

Luego salió del baño para que se duchara, y cuando Bourne terminó, encontró un uniforme militar francés cuidadosamente apilado encima de la tapa del inodoro. Mientras se vestía, miró por la ventana.

Las ramas de un tilo se balanceaban de un lado a otro movidas por el viento. Debajo, una atractiva mujer de unos cuarenta y pocos años salió de un coche y avanzó por la calle hasta un Citroën en el que un hombre de edad indefinida estaba sentado detrás del volante, mordiéndose las uñas de manera compulsiva. La mujer abrió la puerta del acompañante y entró en el coche.

No había nada en la escena especialmente insólito, salvo por la circunstancia de que Bourne había visto a la misma mujer en la gasolinera. Ella le había preguntado a Jacques sobre la presión de su neumático.

¡El Quai d'Orsay!

Volvió rápidamente al comedor, donde Jacques seguía hablando por teléfono. En cuanto el ministro vio la expresión de Bourne, cortó la comunicación.

—¿Qué sucede, *mon ami?*

—Nos han descubierto —dijo Bourne.

—¿Qué? ¿Cómo es posible?

—No lo sé, pero hay dos agentes del Quai d'Orsay al otro lado de la calle, en un Citroën negro.

Mylene salió de la cocina.

—Dos más están vigilando la calle por la parte de atrás. Pero no os preocupéis, ni siquiera pueden saber en qué edificio estáis.

En ese momento sonó el timbre de la puerta. Bourne sacó su pistola, pero una mirada de Mylene le conminó a guardarla. Haciendo un rápido gesto con la cabeza indicó a Bourne y a Robbinet que se quitaran de en medio. Abrió la puerta, y ante ella apareció un inspector muy arrugado.

—Alain, *bonjour* —dijo.

—Siento entrometerme en tus vacaciones —dijo el inspector Savoy con una avergonzada sonrisa en el rostro—, pero estaba sentado ahí fuera, y de repente recordé que vives aquí.

—¿Te apetece entrar y tomar una taza de café?

—Gracias, no. No puedo perder tiempo.

Profundamente aliviada, Mylene dijo:

—¿Y qué haces sentado fuera de mi casa?

—Estamos buscando a Jacques Robbinet.

Mylene abrió los ojos de par en par.

—¿Al ministro de Cultura? ¿Y por qué habría de estar nada menos que en Goussainville?

—Sabes tanto como yo —dijo el inspector Savoy—. Sin embargo, su coche está aparcado en la acera de enfrente.

—El inspector es demasiado inteligente para nosotros, Mylene.

—Jacques Robbinet entró en el salón tranquilamente, abotonándose la camisa blanca—. Ha averiguado lo nuestro.

Dándole la espalda a Savoy, Mylene lanzó una mirada a Robbinet. Él se la devolvió, sonriendo despreocupadamente.

Rozó los labios de Mylene con un beso cuando llegó a su lado.

Para entonces las mejillas del inspector Savoy estaban como la grana.

—Ministro Robbinet, no tenía ni idea... Quiero decir que no era mi intención entrometerme...

Robbinet levantó la mano.

—Disculpas aceptadas, pero ¿por qué me están buscando?

Con una demostración manifiesta de alivio, Savoy le entregó la granulosa foto de Jason Bourne.

—Estamos buscando a este hombre, ministro. Un conocido asesino de la CIA que se ha descontrolado. Tenemos motivos para creer que pretende asesinarlo.

—¡Pero eso es horrible, Alain!

A Bourne, que observaba la pantomima oculto en las sombras, la consternación de Mylene le pareció muy real.

—No conozco a ese hombre —dijo Robbinet—, ni sé por qué querría quitarme la vida. Aunque por otro lado, quién puede entender las mentes de los asesinos, ¿verdad? —Se encogió de hombros, y se volvió cuando Mylene le entregó la chaqueta y el impermeable—. Pero de todos modos, volveré a París lo más deprisa posible.

—Con nosotros escoltándolo —dijo Savoy con firmeza—. Vendrá conmigo, y mi compañera conducirá su coche oficial. —Extendió la mano—. Si fuera tan amable.

—Como guste. —Robbinet le entregó la llave de su Peugeot—. Estoy en sus manos, inspector.

Entonces se volvió, y estrechó a Mylene entre sus brazos. Savoy se apartó con discreción, diciendo que esperaría a Robbinet en la entrada.

—Lleva a Jason al aparcamiento —le susurró Robbinet en el oído—. Coge mi maletín y entrégale lo que contiene en el momento exacto en que lo dejes. —Le susurró la combinación, y ella asintió.

Mylene lo miró fijamente, lo besó con fuerza en la boca y dijo:

—Ve con Dios, Jacques.

Robbinet reaccionó poniendo fugazmente los ojos como platos. Entonces se fue, y Mylene atravesó rápidamente el salón.

Llamó en voz baja a Bourne, y éste apareció.

—Debemos aprovechar al máximo la ventaja que te ha dado Jacques.

Bourne asintió con la cabeza.

—*D'accord.*

Mylene cogió el maletín de Robbinet.

—Vamos ya. ¡Tenemos que apresurarnos!

Abrió la puerta de la calle, escudriñó el exterior para asegurarse de que el camino estaba expedito y luego lo condujo hasta el aparcamiento subterráneo. Mylene se detuvo justo en el umbral de la puerta revestida de metal. Después de atisbar a través del cristal con malla de alambre, se volvió para informarle.

—El aparcamiento parece despejado, pero estate atento. Nunca se sabe.

Ella abrió el maletín y le entregó un paquete.

—Aquí está el dinero que pediste, junto con tu documentación y tus órdenes. Te llamas Pierre Montefort, un correo que debe entregar unos documentos secretos al agregado militar de Budapest no más tarde de las seis de la tarde, hora local. —Dejó caer un juego de llaves en la palma de la mano de Bourne—. Hay una motocicleta militar aparcada en la tercera fila, junto a la última plaza a la derecha.

Se miraron el uno al otro durante un instante. Bourne abrió la boca, pero ella habló primero.

—Y recuerda, Jason: la vida es demasiado corta para perderla en lamentos.

Bourne se fue entonces, cruzó la puerta a grandes zancadas con la espalda recta y entró en el sombrío y lúgubre espacio de hormigón sin revestir y el suelo de macadán manchado de aceite. Avanzó por las filas de coches sin mirar ni a izquierda ni a derecha. Al llegar a la tercera fila, dobló a la izquierda. Al cabo de un rato encontró la motocicle-

ta, una Voxan vb-1 plateada con un enorme motor de 996 cc y dos
cilindros en v. Bourne ató el maletín a la parte de atrás, donde sería
ampliamente visible para los del Quai d'Orsay. Encontró un casco en
el cofre, y metió allí su gorra. Subiéndose a la moto, la sacó de su plaza sin encender, arrancó el motor y salió del aparcamiento para meterse en la lluvia.

Justine Bérard llevaba un buen rato pensando en su hijo, Yves, cuando recibió la llamada del inspector Savoy. En esos días parecía que la
única manera que tenía de poder relacionarse con Yves era a través de
sus videojuegos. La primera vez que lo había derrotado en el *Grand
Theft Auto*, dominando astutamente al coche de su hijo con el suyo,
había sido el momento en que éste la había mirado, y la había visto
realmente como un ser humano vivo y palpitante, y no como a la tía
pesada que le hacía la comida y le lavaba la ropa. Aunque desde entonces, su hijo no había parado de suplicarle que lo llevara a dar una
vuelta en el coche oficial. Hasta el momento Justine había conseguido
esquivarlo, pero sin duda alguna él estaba minando su resistencia, no
sólo porque ella se sintiera orgullosa de su pericia y flema al volante,
sino porque deseaba desesperadamente que Yves se sintiera orgulloso
de ella.

Tras la llamada de Savoy, en la que informaba de que había encontrado al ministro Robbinet y de que lo escoltarían de regreso a París,
se había puesto en funcionamiento de inmediato, retirando a los hombres de las labores de vigilancia y ordenándoles que adoptaran la formación habitual para la protección de personalidades. Les estaba
haciendo señas a los agentes de la Policía Nacional que habían sido
alertados cuando el inspector Savoy apareció acompañando al ministro de Cultura por la puerta principal del edificio. Al mismo tiempo,
Justine examinó la calle en busca de cualquier indicio que delatara la
presencia del loco asesino Jason Bourne.

Bérard estaba eufórica. Daba igual que el inspector Savoy hubiera
encontrado al ministro en aquel laberinto de viviendas por inteligencia o por chiripa; los beneficios para ella iban a ser considerables,
puesto que había sido ella la que lo había conducido allí, y al final se-

ría ella la que estaría presente cuando llevaran a Jacques Robbinet de vuelta a París sano y salvo.

Savoy y Robbinet habían cruzado la calle bajo la atenta mirada de la falange de policías, todos con las ametralladoras dispuestas. Bérard tenía la puerta del coche de Savoy abierta, y cuando pasó por su lado, le entregó la llave del Peugeot del ministro.

Cuando Robbinet metió la cabeza para entrar en el asiento trasero del coche de Savoy, Bérard oyó el ronco estruendo del potente motor de una motocicleta. Por el eco, adivinó que estaba saliendo del aparcamiento del edificio en el que Savoy había encontrado al ministro Robbinet. Bérard ladeó la cabeza, reconociendo el rugido de una Voxan vb-1. Un vehículo militar.

Al cabo de un rato vio al correo salir del aparcamiento a toda velocidad, y cogió el móvil. ¿Qué estaba haciendo un correo militar en Goussainville? Inconscientemente, se puso a caminar hacia el Peugeot del ministro. Dio a gritos su código de autorización del Quai d'Orsay y pidió que le pasaran con el enlace militar. Había llegado al Peugeot; abrió la puerta y se sentó detrás del volante. Con la alerta de Código Rojo activada, no tardó mucho en recibir la información que estaba buscando. En ese momento no había ningún correo militar conocido en ningún lugar cercano a Goussainville.

Arrancó el coche y metió la primera bruscamente. El grito inquiridor del inspector Savoy fue ahogado por el chirrido de los neumáticos del Peugeot cuando Bérard pisó el acelerador y salió disparada en persecución de la Voxan. Lo único que podía suponer es que Bourne se había dado cuenta de la presencia de la policía, y que era consciente de que allí estaba atrapado, a menos que pudiera darse rápidamente a la fuga.

La circular urgente de la cia que había leído advertía de que Bourne era capaz de cambiar de identidad y de aspecto con una rapidez asombrosa. Si él era el correo —y la verdad, cuanto más pensaba en ello, no veía qué otra posibilidad había—, detenerlo o matarlo proporcionaría a la carrera de Bérard una trayectoria totalmente nueva. Se imaginó al mismísimo ministro —tan agradecido por salvarle la vida— intercediendo a su favor, e incluso, tal vez, ofreciéndole el puesto de jefe de su seguridad.

Aunque por el momento tendría que abatir a aquel falso correo. Por suerte para ella, el coche del ministro no tenía nada que ver con un sedán Peugeot normal. Percibió la reacción del motor trucado a la presión al que lo estaba sometiendo cuando giró bruscamente a la izquierda en una esquina, se saltó un semáforo en rojo y adelantó a un pesado camión por la derecha. Bérard hizo caso omiso de los indignados bocinazos del camión. Todo su ser estaba concentrado en no perder de vista a la Voxan.

Al principio Bourne no se podía creer que lo hubiera conseguido tan rápidamente, pero cuando el Peugeot se emperró en su persecución, se vio obligado a concluir que algo había salido sumamente mal. Había visto a los del Quai d'Orsay haciéndose cargo de Robbinet, y sabía que uno de sus agentes conducía el coche del ministro. Su identidad ficticia ya no sería suficiente para protegerlo; tenía que deshacerse de aquel perseguidor de una manera definitiva. Se encorvó sobre la moto, zigzagueando entre el tráfico y modificando la velocidad y el camino para adelantar al tráfico más lento. Hizo giros inclinando la moto peligrosamente, consciente de que en cualquier instante podía salir despedido y hacer que la Voxan cayera de costado con estrépito. Un vistazo al retrovisor le confirmó que no era capaz de sacudirse de encima al Peugeot; y lo que era más alarmante, que éste parecía estar reduciendo las distancias.

Aunque la Voxan se abría camino zigzagueando entre el tráfico, aunque su coche era menos maniobrable, Bérard seguía reduciendo la distancia entre ellos. Había levantado la palanca especial instalada en todos los coches ministeriales que hacía que las luces delanteras y traseras centellearan, y esa señal hizo que los conductores que estaban más alerta se apartaran. En su cabeza avanzaban los escenarios más intricados y espeluznantes de *Grand Theft Auto*; el trazado de las calles y los vehículos que tenía que adelantar o sortear eran asombrosamente parecidos. En una ocasión, y para no perder de vista a la Voxan, tuvo que tomar una decisión en una fracción de segundo, subiéndose a la acera. Los peatones se apartaron de su camino en desbandada.

De repente vio la entrada a la A1 y supo que era hacia allí adonde debía de dirigirse Bourne. Su verdadera oportunidad de atraparlo estaba antes de que él se metiera en la autopista. Se mordió el labio, y en un intento denodado hizo uso de toda la potencia que el motor del Peugeot podía ofrecer, reduciendo la distancia aún más. La Voxan estaba sólo dos coches por delante de ella. Bérard se echó a la derecha, adelantó a uno de los coches e hizo señas al otro para que se apartara; el conductor se intimidó tanto por su agresiva manera de conducir como por las centelleantes luces del Peugeot.

Bérard no iba a perder ninguna oportunidad. Estaban llegando a la entrada: o entonces o nunca. Subió el coche a la acera con la intención de acercarse a Bourne por el lado del conductor, de manera que para mantenerla a la vista él tuviera que apartar la vista de la carretera. A la velocidad que llevaban los dos, Bérard sabía que Bourne no podría permitirse tal cosa. Bajó la ventanilla, apretó a fondo el acelerador y el coche salió disparado hacia delante bajo la lluvia que azotaba aire.

—¡Hágase a un lado! —gritó la agente—. ¡Soy del Quai d'Orsay! ¡Deténgase o aténgase a las consecuencias!

El correo le hizo caso omiso. Entonces, sacando su arma, Bérard le apuntó a la cabeza. Tenía el brazo extendido y el codo bien afirmado. Siguiéndole con la mira del arma, apuntó al perfil delantero de la silueta de Bourne. Y apretó el gatillo.

En ese preciso instante, la Voxan viró bruscamente a la izquierda, derrapó delante de un coche que se acercaba por el carril contiguo, y se metió como una bala entre el tráfico que venía en sentido contrario.

—¡Dios mío! —susurró Bérard—. ¡Se ha metido en la vía de salida!

Mientras hacía dar la vuelta bruscamente al Peugeot, vio a la Voxan abriéndose camino entre el tráfico que salía de la A1. Chirridos de neumáticos, bocinas atronando, conductores aterrorizados que agitaban los puños y maldecían. Bérard registró esas reacciones sólo con una parte de su mente. La otra estaba enfrascada en avanzar entre el tráfico detenido, subir por encima de la mediana, atravesar la calle y meterse ella también en la vía de salida.

Consiguió llegar hasta la parte superior de la vía de salida antes de darse de bruces prácticamente con un muro de vehículos. Salió a toda prisa a la lluvia y vio a la Voxan sorteando a toda pastilla el tráfico que circulaba en sentido contrario pasando de un carril a otro. La forma de conducir de Bourne era asombrosa, pero ¿cuánto tiempo podría continuar con aquellas peligrosas acrobacias?

La Voxan desapareció detrás del plateado cilindro ovalado de un camión cisterna. Bérard contuvo la respiración cuando vio al gigante de dieciocho ruedas que avanzaba como una bala por el carril contiguo. Oyó el violento sonido de los frenos neumáticos, y luego vio a la Voxan chocar de frente contra el enorme radiador del camión con remolque y estallar al instante convertida en una huracanada bola de fuego.

12

Jason Bourne vio lo que daba en llamar convergencia de un conjunto de oportunidades acercándose justo por delante de él. Avanzaba entre los dos carriles de vehículos que circulaban en sentido contrario. A su derecha había un camión cisterna; a su izquierda, un poco más adelante, se acercaba un descomunal camión de dieciocho ruedas. Sin tiempo para pensárselo dos veces, la decisión fue instintiva. Y se entregó en cuerpo y alma a aprovechar la convergencia.

Levantó las piernas y, durante un instante, mantuvo el equilibrio sobre el sillín de la Voxan apoyándose sólo en la mano izquierda. Dirigió la Voxan contra el camión de dieciocho ruedas que avanzaba como una bala hacia él por la izquierda, y entonces soltó el manillar. Alargó la mano derecha, se agarró con los dedos a un travesaño de la esquelética escalera metálica que ascendía por el lateral curvo del camión cisterna, y saltó de la moto. Sus dedos se deslizaron por el metal, resbaladizo a causa de la lluvia, y a punto estuvo de que el viento lo arrastrara como si fuera una ramita. Se le llenaron los ojos de lágrimas a causa del dolor que le laceró el mismo hombro que se había descoyuntado en la plataforma de carga del avión. Con ambas manos en el travesaño, se agarró con más fuerza. Cuando se dio la vuelta sobre la escalera, apretado contra la cisterna, la Voxan se estrelló contra el radiador del camión de dieciocho ruedas.

El camión cisterna se estremeció, balanceándose sobre sus amortiguadores, cuando atravesó volando la bola de fuego. Y tras dejarla atrás, siguió camino del sur, hacia el aeropuerto de Orly y la libertad de Bourne.

Había muchas razones para el rápido e infalible ascenso de Martin Lindros por la resbaladiza pendiente del escalafón de la Agencia hasta convertirse en el DDCI a los treinta y ocho años. Era un tipo inteligente, que había ido a las universidades adecuadas y que tenía la habilidad para conservar la cabeza en su sitio en medio de una crisis. Además, su memoria casi fotográfica le proporcionaba una ventaja excepcional para hacer que el área administrativa de la CIA funcionara sin complicaciones. Todo ello constituía un activo importante, de eso no había duda; se diría incluso que obligatorio para cualquier DDCI con éxito. Sin embargo, el DCI había escogido a Lindros por una razón aún más decisiva: Lindros era huérfano de padre.

El DCI había conocido bien al padre de Martin Lindros. Los dos habían trabajado juntos durante tres años en Rusia y Europa del Este, hasta que Lindros padre había muerto en un atentado con coche bomba. Martin Lindros contaba veinte años a la sazón, y el efecto que aquello le produjo fue inconmensurable. Fue en el funeral del Lindros mayor, mientras observaba la cara pálida y transida de dolor del joven, que el DCI supo que quería atraer a Martin Lindros en la misma red que tanto había fascinado a su padre.

Acercarse a él había sido fácil; Martin estaba en una situación de vulnerabilidad. El DCI se había preparado para actuar, porque su infalible instinto había detectado el deseo de venganza de Lindros. También se había fijado en que el joven había ido a Georgetown después de licenciarse en Yale. Aquello servía a dos propósitos: por un lado, colocaba físicamente en su órbita a Martin, y por otro, garantizaba que cursaría las asignaturas necesarias para seguir la trayectoria profesional que el DCI había escogido para él. El propio director había reclutado al joven para la Agencia, y había supervisado todas las etapas de su formación. Y dado que quería que el joven se vinculara a él para siempre, al final le había proporcionado la venganza que Martin buscaba tan desesperadamente: el nombre y la dirección del terrorista responsable de la preparación del coche bomba.

Martin Lindros había seguido las instrucciones del DCI al pie de la letra, demostrando que poseía un pulso de firmeza encomiable cuando alojó la bala entre los ojos del terrorista. ¿Había sido ése realmente quien preparara el coche bomba? Ni siquiera el DCI podía estar seguro de eso. Pero ¿qué importaba eso? Era un terrorista, y en su época había preparado muchos coches bomba. Ya estaba muerto —un terrorista liquidado más—, y Martin Lindros podía dormir tranquilo por las noches, sabiendo que había vengado la muerte de su padre.

—¿Te das cuenta de cómo nos jodió Bourne? —decía Lindros en ese momento—. Fue él quién llamó a la policía metropolitana en cuanto vio tus coches patrulla. Sabía que no tenías jurisdicción en el distrito, a menos que estuvieras trabajando con la Agencia.

—Por desgracia, tienes toda la puñetera razón. —El detective Harris de la Policía Estatal de Virginia asintió con la cabeza mientras apuraba rápidamente su *bourbon* de malta—. Pero ahora que los gabachos lo tienen en su punto de mira, puede que tengan más suerte que nosotros y den con él.

—Son gabachos —dijo Lindros con aire taciturno.

—Aun así, alguna vez tendrán que ser capaces de hacer algo bien, ¿no?

Lindros y Harris estaban sentados en el Froggy Bottom Lounge de Pennsylvania Avenue. A esa hora el bar estaba lleno de estudiantes de la Universidad George Washington. Lindros llevaba más de una hora contemplando estómagos desnudos de ombligos anillados y traseros respingones a medio cubrir por unas faldas muy cortas que debían de tener casi veinte años menos que él. Llega un momento en la vida de un hombre, pensó, en que éste empieza a mirar por el retrovisor y se da cuenta de que ya no es ningún joven. Ninguna de aquellas chicas se habría molestado en mirarlo dos veces; ni siquiera sabían que existía.

—¿Por qué motivo el hombre no puede seguir siendo joven toda la vida? —dijo.

Harris soltó una carcajada y pidió que les sirvieran otra ronda.

—¿Te parece divertido?

Habían dejado atrás lo de gritarse, los silencios glaciales y los comentarios hirientes e insidiosos. Al final, lo habían mandado todo al carajo y habían decidido emborracharse.

—Sí, creo que es condenadamente divertido —dijo Harris, haciendo sitio a las nuevas copas—. Mírate, te pasas todo el día soñando con un coño, pensando en que no has vivido. Pero no es un problema de coños, Martin, aunque, si he de serte sincero, nunca he dejado pasar la oportunidad de echar un polvo.

—Muy bien, tío listo. Entonces ¿de qué se trata?

—De que hemos perdido, eso es todo. De que entramos en el

juego de Bourne, y de que nos ha derrotado seis veces desde el domingo. Y no es que no tuviera buenos motivos para hacerlo.

Lindros se incorporó un poco en su asiento, y pagó el precipitado movimiento con una fugaz sensación de vértigo. Se puso una mano en la sien.

—¿Y eso qué cojones significa?

Harris tenía la costumbre de enjuagarse la boca con el güisqui, como si se tratara de un elixir bucal. Hizo un ruidito seco con la garganta cuando tragó el líquido.

—Que no creo que Bourne asesinara a Conklin y a Panov.

Lindros soltó un gruñido.

—¡Por Dios, Harris! No me vengas otra vez con eso.

—No pararé de decirlo hasta que me canse. Lo que quiero saber es por qué no quieres oír hablar de ello.

Lindros levantó la cabeza.

—Vale, vale. Dime por qué crees que Bourne es inocente.

—¿Qué sentido tiene?

—Soy yo quien te está preguntando, ¿no?

Harris pareció considerarlo. Se encogió de hombros, sacó su cartera y extrajo de ella un trozo de papel que extendió sobre la mesa.

—Por esta multa de aparcamiento.

Lindros cogió el trozo de papel y lo leyó.

—Esta multa está extendida a nombre del doctor Felix Schiffer.

Lindros meneó la cabeza sin entender nada.

—Felix Schiffer es un infractor de tráfico contumaz —dijo Harris—. En circunstancias normales no habría sabido nada de él, pero este mes hemos estado metiendo en vereda a los infractores reincidentes, y uno de mis hombres no fue capaz ni de empezar a dar con su paradero. —Le dio un palmadita a la multa—. No fue nada fácil, pero al final averigüé el motivo de que mi hombre no fuera capaz de encontrarlo. Resulta que todo el correo de Schiffer se envía a nombre de Alex Conklin.

Lindros meneó la cabeza.

—¿Y qué?

—Que cuando intenté verificar los datos del ese tal doctor Felix Schiffer, me di de bruces contra un muro.

Lindros notó que empezaba a despejarse.

—¿Qué clase de muro?

—Uno levantado por el gobierno de Estados Unidos. —Harris se acabó su güisqui de un rápido trago, agitó la bebida en la boca y tragó—. El tal doctor Schiffer ha sido retirado de la circulación con una R mayúscula. No sé en qué demonios estaba metido Conklin, pero era algo tan oculto que apuesto a que ni siquiera su gente sabía de qué iba la cosa. —Meneó la cabeza—. No lo asesinó un agente descontrolado, Martin; me juego la vida a que no.

Cuando Stepan Spalko subió en el ascensor privado de Humanistas Ltd., estaba todo lo animado que podía estar. Salvo por el giro inesperado con Jan, todo lo demás había vuelto a ponerse al día. Los chechenos eran suyos; eran inteligentes, intrépidos y estaban dispuestos a morir por su causa. En cuanto a Arsenov, por lo menos era un líder entregado y disciplinado. Ésa había sido la razón de que Spalko lo hubiera escogido para traicionar a Jalid Murat. Murat no había confiado lo suficiente en Spalko; tenía un olfato muy fino para la doblez. Pero Murat ya estaba muerto. Spalko no tenía ninguna duda de que los chechenos actuarían como él tenía previsto. En el otro bando, el condenado Alexander Conklin estaba muerto, y la CIA convencida de que Jason Bourne era su asesino, así que había matado dos pájaros de un tiro. Sin embargo, seguía pendiente la cuestión fundamental del arma y de Felix Schiffer. Sintió la enorme presión de lo que todavía faltaba por hacer. Sabía que se le estaba acabando el tiempo; y todavía había muchas cosas pendientes.

Salió en una planta intermedia a la que sólo se podía acceder con la llave magnética que llevaba. Tras entrar en las soleadas dependencias destinadas a vivienda, las cruzó hasta la hilera de ventanas que daban al Danubio, al intenso verdor de la isla Margarita y, más allá, a la ciudad. Se quedó contemplando el Parlamento, mientras pensaba en los tiempos venideros, cuando tuviera un poder nunca soñado. El sol reverberaba en la fachada, los arbotantes, las cúpulas y los chapiteles medievales. En su interior, los hombres del poder se reunían a diario, cotorreando incoherentemente. Hinchió el pecho de aire. Era él, Spalko, quien sabía dónde residía el verdadero poder de este mundo. Extendió la mano y cerró el puño. Muy pronto lo sabrían todos: el presidente estadounidense en su Casa Blanca, el presidente ruso en el Kremlin y los jeques en sus magníficos palacios de Arabia. Muy pronto todos conocerían el verdadero significado del miedo.

Se desnudó y entró sin hacer ruido en el grandioso y opulento baño cuyas baldosas eran de color lapislázuli. Se duchó bajo ocho surtidores de agua a presión, frotándose la piel hasta hacerla enrojecer. Luego se secó con una gruesa y enorme toalla blanca de Turquía y se puso unos vaqueros y una camisa de mezclilla.

En la reluciente encimera de acero inoxidable se preparó una taza de café recién hecho en una cafetera automática. Le añadió crema de leche y azúcar y una cucharada de nata montada que sacó del pequeño frigorífico que había debajo. Después permaneció un buen rato saboreando el café, permitiendo que su mente divagara placenteramente y dejando que las expectativas crecieran. ¡Ese día le iba a deparar tantas cosas maravillosas!

Dejó la taza de café y se ató un delantal de carnicero. Se abstuvo de ponerse los mocasines, lustrados hasta sacarles un brillo fabuloso, y en su lugar se puso un par de botas de jardinero de caucho de color verde.

Mientras sorbía el delicioso café, cruzó la estancia hasta una pared revestida con paneles de madera. Allí había una pequeña mesa con un cajón, que abrió. Dentro había una caja de guantes de látex. Tarareando para sí, sacó un par de guantes y se los puso. Luego, apretó un botón, y dos de los paneles de madera se descorrieron hacia un lado. Stepan entró en una habitación sin duda extraña. Las paredes eran de hormigón negro; el suelo era de baldosas blancas y era más bajo en el centro, donde se abría un desagüe. Había una manguera en su devanadera amarrada a una de las paredes. El techo estaba cubierto por unos sólidos paneles deflectores. Los únicos muebles eran una mesa de madera llena de marcas, con manchas de sangre ennegrecida en algunos lugares, y un sillón de dentista, el cual había sido modificado siguiendo las exactas indicaciones de Spalko. Al lado del sillón había un carro de tres baldas sobre las que se extendían, en reluciente despliegue, unos instrumentos metálicos dotados de unos extremos que no presagiaban nada bueno: rectos unos, ganchudos otros, y algunos más con forma de sacacorchos.

En el sillón, con las muñecas y los tobillos atados con unas esposas de acero, estaba László Molnar, tan desnudo como el día que llegó al mundo. Tenía la cara y el cuerpo hinchados, con cortes y magulladuras, y los ojos hundidos en lo más profundo de unos círculos negros de sufrimiento y desesperación.

Spalko entró en la habitación con el mismo aire de eficiencia y la misma profesionalidad que un médico.

—Mi querido László, debo decir que se le ve muy desmejorado. —Se paró lo bastante cerca para ver ensancharse las aletas de la nariz de Molnar al percibir el olor del café—. Aunque era de esperar, ¿verdad? Menuda nochecita ha pasado. Nada que pudiera haberse imaginado cuando salió para acudir a la ópera, ¿eh? Pero no se preocupe, la fiesta todavía no ha terminado. —Depositó la taza de café junto al codo de Molnar y cogió uno de los instrumentos—. Este mismo, creo. Sí.

—¿Q-qué va a hacer? —preguntó Molnar con la voz cascada, débil como un pergamino.

—¿Dónde está el doctor Schiffer? —preguntó Spalko en un tono de voz coloquial.

Molnar sacudió la cabeza de un lado a otro y apretó las mandíbulas con fuerza, como si quisiera asegurarse de que ninguna palabra pudiera escaparse de sus labios.

Spalko comprobó la punta de aguja del instrumento.

—Sinceramente, László, no sé por qué titubea. Tengo el arma, y aunque el doctor Schiffer ha desaparecido...

—Se lo llevaron delante de sus narices —susurró Molnar.

Sonriendo, Spalko aplicó el instrumento a su prisionero, y rápidamente Molnar recibió el suficiente estímulo para gritar.

Tras apartarse durante un rato, Spalko se llevó la taza de café a los labios y tragó el contenido.

—Como sin duda se habrá percatado ya, esta habitación está insonorizada. Nadie le puede oír, nadie le va a salvar, y menos que nadie, Vadas; él ni siquiera sabe que ha desaparecido.

Cogió otro instrumento, se lo clavó y lo hizo girar.

—Como ve, no hay esperanza —dijo—. A menos que me diga lo que quiero saber. Da la casualidad, Lászó, de que en estos momentos soy su único amigo; soy el único que puede salvarlo. —Agarró a Molnar por debajo de la barbilla y le besó la frente ensangrentada—. Soy el único que realmente le quiere.

Molnar cerró los ojos y volvió a negar con la cabeza.

Spalko lo miró directamente a los ojos.

—No quiero hacerle daño, Lászó. Lo sabe, ¿verdad? —Su voz, en contradicción con sus actos, era amable—. Pero su tozudez me molesta. —Continuó su trabajo sobre Molnar—. Me pregunto si entiende la verdadera naturaleza de las circunstancias en las que nos encontramos. Todo el dolor que siente es por culpa de Vadas. Es Vadas quien le metió en esta penosa situación. Conklin también, no debería extrañarme por ello, pero Conklin está muerto.

Molnar abrió la boca de par en par con un terrible grito. Había unos enormes agujeros negros allí donde sus dientes habían sido arrancados lentamente entre terribles dolores.

—Permítame asegurarle que sigo con mi trabajo muy a mi pesar —dijo Spalko con una gran concentración. Era importante que en esa fase Molnar comprendiera, incluso en medio del dolor que se le estaba infligiendo—. Sólo soy el instrumento de su tozudez. ¿Es que no se da cuenta de que es Vadas quien debería pagar por esto?

Spalko aflojó el ritmo durante un rato. La sangre le había salpicado los guantes, y su respiración se había vuelto tan agitada como si hubiera subido corriendo tres tramos de escaleras. Pese a lo gratificante que resultaba, el interrogatorio no era un trabajo fácil. Molnar empezó a gimotear.

—¿Por qué se molesta, Lászó? Está rezando a un dios que no existe, y que, por consiguiente, no le protegerá ni ayudará. Como dicen los rusos: «Reza a Dios y rema hasta la orilla». —La sonrisa de Spalko era una invitación a la confidencia entre camaradas—. Y los rusos deberían saber lo que dicen, ¿no? Su historia está escrita con sangre. Primero, los zares, y luego, los burócratas comunistas. ¡Como si el partido fuera mejor que una sucesión de déspotas!

»Se lo aseguro, Lászó, puede que los rusos hayan fracasado totalmente en las ideas políticas, pero en lo tocante a la religión están en lo cierto. La religión (todas las religiones) es falsa. Es el gran engaño del pusilánime, del miedoso, de los borregos del mundo que no tienen la energía para guiar, sino que sólo quieren ser guiados. No importa que eso conduzca inevitablemente a su propia masacre. —Spalko meneó la cabeza con tristeza, adoptando un aire de sabio—. No, no, la única realidad es el poder, László. El dinero y el poder. Eso es lo único que importa, nada más.

Molnar se había relajado algo durante aquel discurso, el cual, con el tono coloquial y el aire de camaradería con que había sido pronunciado, había tenido el propósito de unirlo a su interrogador. Sin embargo, los ojos se le abrieron de nuevo como platos de puro pánico cuando Spalko reanudó su discurso.

—Sólo usted puede ayudarse, László. Dígame lo que quiero saber. Dígame dónde ha escondido Vadas a Felix Schiffer.

—¡Pare! —gritó Molnar—. ¡Pare, por favor!

—No puedo parar, László. Sin duda lo entenderá a estas alturas. Ahora es usted quien tiene el control de esta situación. —Y como si quisiera ilustrar ese extremo, Spalko aplicó el instrumento—. ¡Sólo usted puede hacer que pare!

Una expresión de confusión apareció de repente en el rostro de Molnar, que empezó a mirar frenéticamente a su alrededor como si acabara de caer en la cuenta de lo que le estaba sucediendo. Spalko estudió aquella expresión, y comprendió. Era lo habitual cuando el interrogatorio estaba a punto de culminar con éxito. El sujeto no se acercaba al altar de la confesión paso a paso; antes bien, se resistía mientras podía. La mente ya no podía más. En algún momento, igual que una goma elástica que se estirara, aquélla llegaba a su límite, y cuando se contraía de nuevo de golpe, se establecía una nueva realidad: la realidad erigida artificialmente por el interrogador.

—Yo no...

—Dígamelo —dijo Spalko con voz aterciopelada, mientras su mano enguantada acariciaba la frente sudorosa de su víctima—. Cuéntemelo, y todo esto se acabará, y desaparecerá como si despertara de un sueño.

Molnar alzó la vista.

—¿Me lo promete? —preguntó como un niño pequeño.

—Confíe en mí. Soy su amigo. Quiero lo que usted quiere, acabar con su sufrimiento.

En ese momento Molnar se puso a llorar, y de sus ojos brotaron unos lagrimones que se volvieron turbios y rosados al resbalarle por las mejillas. Y entonces empezó a sollozar como no lo hacía desde la infancia.

Spalko no dijo nada; sabía que estaban en una etapa decisiva. A esas alturas era todo o nada: o Molnar saltaba del precipicio al que Spalko lo había conducido cuidadosamente o se obligaría a morir ahogado en su dolor.

El cuerpo de Molnar se sacudió debido al torrente emocional que le había producido el interrogatorio. Por último, echó la cabeza hacia atrás. Tenía la cara gris y espantosamente demacrada; sus ojos, todavía vidriosos por las lágrimas, parecían haberse hundido aún más en sus cuencas. No había el menor rastro del melómano de brillantes mejillas ligeramente bebido a quien los hombres de Spalko habían drogado en el Underground. Estaba transformado, totalmente acabado.

—Que Dios me perdone —susurró Molnar con voz ronca—. El doctor Schiffer está en Creta. —Balbució una dirección.

—Buen chico —dijo Spalko en voz baja. Por fin la última pieza del rompecabezas estaba en su sitio. Esa noche, él y su «personal» se pondrían en camino para recuperar a Felix Schiffer y terminar así el proceso de sonsacarle la información necesaria para lanzar su ataque contra el hotel Oskjuhlid.

Molnar emitió un pequeño ruido animal cuando Spalko soltó el instrumento. Puso los ojos inyectados en sangre en blanco; estaba a punto de echarse a llorar de nuevo.

Lentamente, con mimo, Spalko le colocó la taza de café en los labios, y observó con desinterés cuando Molnar bebió convulsamente el café dulce y caliente.

—Por fin libre.

Si se estaba dirigiendo a Molnar o a sí mismo fue una incógnita.

13

De noche, el Parlamento de Budapest se asemejaba a un gran escudo magiar levantado contra las hordas invasoras de antaño. Al turista medio, intimidado tanto por su tamaño como por su belleza, se le aparecía sólido, eterno e inviolable. Pero a Jason Bourne, que acababa de llegar de su angustioso viaje desde Washington, D. C. y París, el Parlamento se le antojó poco más que una ciudad fantástica salida de un libro infantil, una creación de piedra blanca sobrenatural y cobre pálido que en cualquier momento podría derrumbarse bajo el empuje de la oscuridad.

Estaba deprimido cuando el taxi lo dejó en la reluciente cúpula del centro comercial Mammut, cerca de la estación de metro de la plaza de Moscú, donde pretendía comprarse ropa nueva. Había entrado en el país como Pierre Montefort, un correo militar francés, y por consiguiente había sido objeto de un registro de lo más somero por parte del Servicio de Inmigración húngaro. Pero tenía que deshacerse del uniforme que le había proporcionado Jacques antes de aparecer en el hotel como Alex Conklin.

Se compró unos pantalones de pana, una camisa de algodón de Sea Island y un jersey de cuello de cisne negro, unas botas negras de suela fina y una cazadora de piel negra. Anduvo por las tiendas, moviéndose entre la multitud de compradores, absorbiendo gradualmente la energía de éstos y sintiéndose parte del mundo por primera vez en muchos días. Se percató de que su repentina mejoría de humor se debía a que su mente había resuelto el enigma de Jan. Por supuesto que no era Joshua; no era más que un magnífico farsante. Una entidad desconocida —bien Jan, o bien alguien que lo hubiera contratado— quería molestar a Bourne, alterarlo hasta el extremo de que perdiera su concentración y se olvidara de los asesinatos de Alex Conklin y Mo Panov. Si no eran capaces de matarlo, entonces al menos le harían salir a una búsqueda desesperada de su imaginario hijo. Cómo Jan o quien fuera que lo hubiera contratado sabía de la existencia de Joshua era otra pregunta que necesitaba responder. Sin embargo, después de haber reducido la impresión inicial a un problema racional, su mente absolutamente lógica podía analizar el problema tomando sus partes por separado, y eso lo conduciría a concebir un plan de ataque.

Bourne necesitaba una información que sólo Jan podía proporcionar. Tenía que volver las tornas y atraer a Jan a una trampa. El primer paso consistía en asegurarse de que éste supiera dónde se encontraba Bourne. No tenía ninguna duda de que en ese instante Jan se encontraría en París, después de que se hubiera enterado del destino del vuelo del servicio urgente. Hasta era posible que se hubiera enterado de su «muerte» en la AI. Lo cierto era que, por lo que sabía de Jan, éste era un consumado camaleón, como él. Si Bourne estuviera en el lugar de Jan, el primer sitio al que recurriría en busca de información sería el Quai d'Orsay.

Veinte minutos después Bourne salió con aire decidido del centro comercial, se subió a un taxi que estaba dejando a un pasajero y en un abrir y cerrar de ojos se encontró delante del imponente pórtico de piedra del Gran Hotel Danubius, en la isla Margarita. Un portero uniformado lo acompañó al interior.

Bourne, con la sensación de no haber dormido en una semana, atravesó el reluciente vestíbulo de mármol. Se presentó en la recepción como Alexander Conklin.

—Ah, señor Conklin, lo estábamos esperando. Por favor, espere un momento, ¿de acuerdo?

El hombre desapareció en un despacho interior, del cual salió el director del hotel al cabo de un instante.

—¡Bienvenido, bienvenido! Soy el señor Hazas, y estoy a su entera disposición. —El caballero era bajo, achaparrado y moreno, lucía un bigote fino, estrecho y recto y se peinaba con raya a un lado. Alargó la mano, que era cálida y seca—. Señor Conklin, es un gran placer. —Hizo un gesto—. ¿Sería tan amable de acompañarme, por favor?

Condujo a Bourne hasta su despacho, donde abrió una caja de seguridad y extrajo un paquete más o menos del tamaño y forma de una caja de zapatos, cuya recepción hizo firmar a Bourne. Sobre el envoltorio aparecía escrito en letras de imprenta: «ALEXANDER CONKLIN. GUARDAR HASTA SU RECOGIDA». No había sellos.

—Lo entregaron en mano —dijo el director en respuesta a la pregunta de Bourne.

—¿Quién? —preguntó Bourne.

El señor Hazas abrió las manos.

—Me temo que no lo sé.

Bourne tuvo un repentino acceso de ira.

—¿Qué quiere decir con que no lo sabe? Sin duda el hotel debe de guardar los registros de los paquetes recibidos.

—Oh, con toda seguridad, señor Conklin. Somos meticulosos en este aspecto, como con todo. Sin embargo, en este caso concreto (y no puedo decir cómo) parece que no hay ningún registro en absoluto.

Sonrió esperanzado, incluso cuando se encogió de hombros en un gesto de impotencia.

Después de tres días de lucha constante por salvar la vida, de haber asimilado una impresión tras otra, se encontró con que no le quedaba ninguna reserva de paciencia. La ira y la frustración estallaron en una furia ciega. Después de cerrar la puerta de una patada, cogió a Hazas por la pechera excesivamente almidonada de su camisa y lo estampó contra la pared con tanta fuerza que al director del hotel casi se le salen los ojos de las cuencas.

—S-Señor C-Conklin —tartamudeó—, yo no...

—Quiero respuestas —aulló Bourne—. ¡Y las quiero ahora!

El señor Hazas, a todas luces aterrorizado, estaba a punto de echarse a llorar.

—Pero no tengo respuestas. —Sus dedos romos revolotearon—. ¡Ahí está... está el registro! ¡Véalo usted mismo!

Bourne soltó al director del hotel, cuyas piernas se doblaron de inmediato, y lo depositó en el suelo. Bourne lo ignoró, se dirigió a la mesa y cogió el registro. Vio las entradas farragosamente escritas en dos tipos distintos de letra, una ondulada y otra nerviosa, tal vez las del encargado de día y el de la noche. Sólo se sorprendió a medias al descubrir que era capaz de entender el húngaro. Mientras giraba el libro un poco, recorrió arriba y abajo las columnas con la vista en busca de alguna tachadura, de algún indicio de que el libro hubiera sido alterado. No encontró nada.

Giró sobre sus talones hacia el señor Hazas y lo levantó de su posición de encogimiento.

—¿Cómo explica que no se registrara la entrada de este paquete?

—Señor Conklin, yo mismo estaba aquí cuando se entregó. —El director del hotel puso los ojos en blanco. Su piel había palidecido y estaba cubierta de sudor—. Quiero decir que estaba de servicio. Y le juro que de repente apareció encima del mostrador de la recepción. Simplemente apareció. No vi a la persona que lo trajo, y tampoco ninguno de mis empleados. Era mediodía, la hora de dejar las habitaciones, un momento de mucho trabajo para nosotros. Debieron de dejarlo de manera anónima a propósito... Es la única explicación lógica.

Tenía razón, por supuesto. La furia de Bourne se esfumó en un instante, y lo dejó preguntándose por el motivo de haber aterrorizado hasta tal extremo a aquel hombre absolutamente inofensivo. Soltó al director del hotel.

—Le ruego que me disculpe, señor Hazas. Ha sido un día largo, y he tenido una serie de negociaciones muy difíciles.

—Sí, señor. —El señor Hazas estaba haciendo todo lo que podía para estirarse la corbata y la chaqueta sin quitarle ojo a Bourne ni un instante, como si temiera que en cualquier momento pudiera atacarlo de nuevo—. Por supuesto, señor. El mundo de los negocios nos pone en tensión a todos. —Tosió, y recuperó algo parecido a la calma—. ¿Puedo sugerirle un tratamiento de *spa*? No hay nada como una sauna y un masaje para restablecer el equilibrio interior.

—Es muy amable por su parte —dijo Bourne—. Quizá más tarde.

—El *spa* cierra a las nueve —dijo el señor Hazas, aliviado por haber obtenido una reacción cuerda de aquel loco—. Pero no tiene más que llamarme y lo mantendré abierto para usted.

—En otra ocasión, muchas gracias. Por favor, haga que me envíen un cepillo y pasta de dientes a mi habitación. Me olvidé de cogerlos —dijo Bourne, tras lo cual abrió la puerta y salió.

* * *

En cuanto se quedó solo, Hazas abrió un cajón de su mesa y, con mano más que temblorosa, sacó una botella de aguardiente. Llenó un vasito derramando unas gotas sobre el registro al hacerlo. No le importó; se echó al coleto de un trago el aguardiente y sintió su abrasador descenso hasta el estómago. Cuando se hubo tranquilizado lo suficiente, cogió el teléfono y marcó un número de teléfono local.

—Ha llegado hace diez minutos —dijo a la voz que contestó en el otro extremo de la línea. No hubo necesidad de que se identificara—. ¿Mi impresión? Pues que está loco. Estuvo en un tris de estrangularme cuando no le pude decir quién entregó el paquete.

El auricular le resbaló a causa del sudor de su palma y cambió de mano. Se sirvió otros dos dedos de aguardiente.

—Por supuesto que no se lo dije, y no hay ningún registro de la entrega en ninguna parte. Yo mismo me encargué de eso. Buscó con bastante esmero, hay que reconocerlo. —Escuchó durante un rato—. Se fue a su habitación. Sí, estoy seguro.

Colgó el teléfono, y casi con la misma rapidez marcó otro número y dio el mismo mensaje, esta vez a un patrón diferente y bastante más terrorífico. Al final, se dejó caer en el sillón y cerró los ojos. «Gracias a Dios que mi parte ha acabado», pensó.

Bourne cogió el ascensor hasta la última planta. La llave abrió una de las dos puertas de reluciente teca maciza, y Bourne entró en una gran suite de una habitación lujosamente amueblada. Al otro lado de la ventana, el centenario jardín se abría en su inmensidad, oscuro y frondoso. La isla había sido bautizada así por Margarita, la hija del rey Bela IV, que había vivido allí durante el siglo XIII en un convento de dominicas cuyas ruinas aparecían profusamente iluminadas en la orilla oriental de la isla. Bourne se fue desvistiendo a medida que atravesaba la suite, dejando caer las prendas de ropa tras él en su camino hacia el resplandeciente baño. Arrojó el paquete sobre la cama sin abrir.

Se pasó diez benditos minutos desnudo bajo el chorro difuso de un agua todo lo caliente que fue capaz de aguantar, y luego se enjabonó, restregando con fuerza para quitarse de encima la roña y el sudor acumulados. Se palpó con cuidado las costillas y los músculos del pecho, intentando hacer una valoración definitiva de los daños que Jan le había infligido. Le dolía mucho el hombro derecho, e invirtió otros diez minutos en estirarlo y ejercitarlo con mucho cuidado. Casi se lo había dislocado cuando se había agarrado al travesaño del camión cisterna, y le dolía una barbaridad. Sospechaba que se había roto algún ligamento, pero poco podía hacer al respecto, salvo intentar no sobrecargar la zona.

Después de permanecer bajo el chorro de un agua helada durante tres minutos, salió de la ducha y se secó. Envuelto en un lujoso albornoz, se sentó en la cama y desenvolvió el paquete. Dentro había una pistola con más munición. «Alex —se preguntó, y no por primera vez—, ¿en qué demonios estabas metido?»

Permaneció sentado mucho tiempo mirando fijamente el arma. Había algo maligno en ella, cierta oscuridad que resbalaba desde el cañón. Y fue entonces cuando se dio cuenta de que la oscuridad ascendía borboteando desde las profundidades de su inconsciente. De pronto vio que su realidad no era en absoluto como él la había imaginado en el centro comercial Mammut. No era limpia ni ordenada, ni racional como una ecuación matemática. El mundo real era caótico; racionalmente, no era más que el sistema de seres humanos que intentaba imponerse a los acontecimientos azarosos para hacerlos aparecer de manera ordenada. Su arrebato de furia no fue contra el director del hotel, se percató con cierta sorpresa, sino contra Jan. Éste lo había sumido en las sombras, le había ocasionado uno y mil problemas, y al final lo había engañado. Lo único que quería era aporrear de lo lindo aquella cara y expulsarla de su memoria.

La visión del buda había provocado que un Joshua de cuatro años apareciera en su imaginación. Anochecía en Saigón, el cielo era de color azafrán y amarillo verdoso. Joshua salía corriendo de la casa junto al río al detenerse David Webb de vuelta del trabajo. Webb cogía a Joshua en brazos, lo balanceaba en el aire y le besaba en las mejillas, aunque el niño rechazaba los besos. Nunca le gustó que su padre lo besara.

En ese momento Bourne vio a su hijo metido en la cama, por la noche. Los grillos y las ranas cantaban y las luces de los barcos que pasaban por el río resbalaban por la pared opuesta de la habitación. Joshua escuchaba a Webb leerle un cuento. Un sábado por la mañana Webb jugaba a la pelota con Joshua, utilizando una pelota de béisbol que se había llevado de Estados Unidos. La luz caía sobre la cara inocente de Joshua, y la volvía incandescente.

Bourne parpadeó, y a su pesar vio el pequeño buda de piedra tallada colgando del cuello de Jan. Se levantó de un salto, y con un grito gutural de profunda desesperación arrojó de la mesa la lámpara, el cartapacio, el cuaderno de escribir y el cenicero de cristal. Cerró los puños y se golpeó una y otra vez en la cabeza. Y con un gemido de desesperación, cayó de rodillas y se estremeció. Sólo el timbre del teléfono lo hizo volver en sí.

Se obligó brutalmente a recobrar la lucidez. El teléfono seguía sonando, y durante un rato sintió el impulso de dejarlo sonar. En su lugar, lo cogió.

—Soy János Vadas —susurró una voz áspera por el tabaco—. Iglesia de Matías. A medianoche, ni un segundo más tarde. —La comunicación se interrumpió con un chasquido antes de que Bourne pudiera decir una sola palabra.

Cuando Jan se enteró de que Jason Bourne estaba muerto, tuvo la sensación de que le hubieran vuelto del revés, de que todos los nervios que corrían por su interior hubieran sido expuestos al corrosivo aire exterior. Se llevó el dorso de la mano a la frente, convencido de que el calor de su interior lo estaba consumiendo.

Estaba en el aeropuerto de Orly, hablando con el Quai d'Orsay. Había resultado ridículamente fácil sacarles la información. Se estaba haciendo pasar por un periodista de *Le Monde*, el periódico francés, cuyas credenciales había conseguido —a un precio indecente— de su contacto parisino. No es que eso le importara; tenía más dinero del que era capaz de saber en qué gastar, pero el tiempo invertido en la espera le había puesto un tanto nervioso. A medida que los minutos se fueron convirtiendo lentamente en horas y la tarde se arrastró hacia la noche, se había dado cuenta de que su proverbial paciencia se estaba haciendo añicos. En el preciso instante en el que había visto a David Webb —Jason Bourne—, el tiempo se había dado la vuelta, y el pasado se había convertido en presente. Cerró firmemente los puños, y el pulso le latió con fuerza en las sienes. ¿Cuántas veces después de haber visto a Bourne había tenido la sensación de que estaba perdiendo la razón? El peor de todos los momentos había sido cuando, sentado en el banco de la Ciudad Vieja de Alexandria, había estado hablando con él como si entre ellos no hubiera nada, como si el pasado se hubiera convertido en algo discutible y sin sentido, como si hubiera formado parte de la vida de otro, de alguien a quien Jan sólo había imaginado. La irrealidad de aquello —un momento con el que había soñado, por el que había rezado durante años— lo había eviscerado, y lo había dejado con la sensación de que le habían lijado las terminaciones nerviosas hasta dejárselas en carne viva, de que todas las emociones que durante años había intentado dominar y suprimir se rebelaban y afloraban a la superficie, produciéndole náuseas. Y entonces recibió aquella noticia, como un mazazo caído del cielo. Le pareció que el vacío interior que él creía que se estaba llenando sólo se hubiera ensanchado y profundizado, y lo hubiera amenazado con tragárselo entero. No podía soportar seguir allí ni un instante más.

En un momento estaba hablando, libreta en mano, con el enlace de prensa del Quai d'Orsay, y al siguiente retrocedió en el tiempo a toda velocidad, a las selvas de Vietnam, a la casa de madera y bambú de Richard Wick, el misionero, un hombre alto y delgado de porte sombrío que lo había sacado de la naturaleza después de que Jan hubiera escapado de los traficantes de armas vietnamitas a los que había matado. Sin embargo, era un hombre de risa fácil, y en sus ojos castaños había una blandura que delataba una gran compasión. Puede que Wick se hubiera mostrado estricto y exigente en su afán por convertir al pagano Jan en un hijo de Cristo, pero en la intimidad de las comidas y de sus tranquilas sobremesas, era amable y tierno, y al final había despertado la confianza de Jan.

Eso era cierto hasta el punto de que una noche Jan se decidió a contarle a Wick su pasado, a desnudarle su alma para que la curase. Jan deseaba desesperadamente que lo curasen, vomitar los abscesos que habían estado revolviendo su veneno dentro de él sin dejar de crecer ni un instante. Quería confesar su cólera por haber sido abandonado, deseaba deshacerse de ella, porque no hacía mucho había llegado a comprender que era prisionero de sus emociones extremas.

Anhelaba confiar en Wick, y describirle la oleada emocional que se agitaba en sus entrañas, pero la oportunidad no se le presentó. Wick estaba sumamente ocupado en llevar la Palabra de Dios a «aquel triste páramo dejado de la mano de Dios». Así las cosas, Wick patrocinaba grupos de estudio de la Biblia de los que Jan formaba parte por imposición. En efecto, uno de los entretenimientos favoritos de Wick consistía en pedir a Jan que se levantara delante de su grupo y recitara de memoria pasajes enteros de la Biblia, como si fuera una especie de sabio idiota exhibido por dinero en una barraca de feria.

Jan odiaba aquello y se sentía humillado. Y lo cierto es que, por extraño que resultara, cuanto más orgulloso se sentía Wick de él, mayor era la humillación de Jan. Hasta que, un día, el misionero llevó a otro niño pequeño. Pero dado que el niño era caucásico, huérfano de una pareja de misioneros conocidos de Wick, éste le prodigó el amor y la atención que Jan tanto había ansiado y que, según se percató entonces, nunca había tenido y, lo que era peor, nunca tendría. Sin embargo, sus recitados abominables continuaron, mientras el otro niño permanecía sentado y observaba en silencio, libre de la humillación que atormentaba a Jan.

Nunca pudo superar el hecho de que Wick lo utilizara, y hasta que huyó no comprendió la verdadera profundidad de la traición de Wick hacia él. Su benefactor, su protector, no sentía ningún interés por él —por Jan—, sino más bien por sumar otro converso, por acercar a otro salvaje a la luz del amor de Dios.

En ese momento le sonó el móvil, y aquello le hizo volver no sin esfuerzo al espantoso presente. Miró la pantalla del teléfono para ver quién lo llamaba, y excusándose, se apartó del agente del Quai d'Orsay y se adentró en el anonimato de la concurrencia que se arremolinaba por allí.

—Esto sí que es una sorpresa —dijo Jan por el teléfono.

—¿Dónde estás? —La voz de Stepan Spalko sonó cortante, como si tuviera demasiadas cosas en la cabeza.

—En el aeropuerto de Orly. Acabo de enterarme por el Quai d'Orsay que David Webb ha muerto.

—¿De verdad?

—Parece que se estrelló en una motocicleta contra el radiador de un camión que marchaba en sentido contrario. —Jan hizo una pequeña pausa, esperando una reacción—. Debo decir que.no parece feliz. ¿No era eso lo que quería?

—Es prematuro celebrar la muerte de Webb, Jan —dijo Spalko con sequedad—. Según mi contacto en la recepción del Gran Hotel Danubius de aquí de Budapest, me he enterado de que un tal Alexander Conklin se acaba de registrar en el hotel.

Jan recibió tal impacto que sintió flaquear las rodillas, así que se dirigió a una pared y se apoyó en ella.

—¿Webb?

—¡No va a ser el fantasma de Alex Conklin!

Para su disgusto, Jan descubrió que había empezado a sudar frío.

—Pero ¿cómo puede estar seguro de que es él?

—Tengo una descripción de mi contacto. Ha visto el retrato robot que ha estado circulando.

Jan hizo rechinar los dientes. Sabía que esa conversación acabaría mal, y sin embargo se vio obligado a seguir adelante inexorablemente.

—Usted sabía que Webb era Jason Bourne. ¿Por qué no me lo dijo?

—No lo consideré necesario —dijo Spalko de manera insulsa—. Me pediste información sobre Webb y te la di. No tengo la costumbre de leer la mente de las personas. Aunque aplaudo tu iniciativa.

Jan tuvo un arrebato de odio tan fuerte que sintió un escalofrío. Sin embargo, mantuvo la voz tranquila cuando habló.

—Ahora que Bourne ha conseguido llegar a Budapest, ¿cuánto tiempo cree que tardará en seguir las pistas hasta usted?

—Ya he tomado medidas para asegurar que eso no ocurra —dijo Spalko—. Pero se me ocurre que no tendría necesidad de pasar por ese problema si hubieras matado a ese hijo de puta cuando tuviste ocasión.

Jan desconfiaba de un hombre que le había mentido, y que además lo había utilizado. Le acometió otro devastador acceso de ira. Spalko quería que matara a Bourne, pero ¿por qué? Iba a averiguar aquello antes de culminar su propia venganza. Cuando habló de nuevo, había perdido una pizca de su gélido autocontrol, de manera que su voz adquirió un cierto tono cortante.

—Bueno, mataré a Bourne —dijo—. Pero será con mis condiciones y según mi programa, no según el suyo.

Humanistas Ltd. poseía tres hangares en el aeropuerto de Ferihegy. En uno de ellos un camión contenedor había reculado contra un pequeño reactor sobre cuyo curvilíneo fuselaje plateado aparecía pintado el logotipo de Humanistas: una cruz verde sobre la palma de una mano. Unos hombres uniformados estaban subiendo a bordo las últimas cajas de armas, mientras Hasan Arsenov comprobaba el documento para la aduana. Cuando se fue a hablar con uno de los trabajadores, Stepan Spalko se volvió a Zina y, en un tono familiar, le dijo:

—Dentro de unas pocas horas parto hacia Creta. Quiero que vengas conmigo.

Zina abrió los ojos como platos a causa de la sorpresa.

—Jeque, tengo previsto volver con Hasan a Chechenia para hacer los últimos preparativos de nuestra misión.

Spalko no apartó los ojos de los de la chica.

—Arsenov no necesita tu ayuda para ultimar los detalles. Lo cierto es que, según lo veo, estará mejor sin... la distracción que supone tenerte cerca.

Zina, atrapada en la mirada de Spalko, separó los labios.

—Quiero dejar esto absolutamente claro. —Spalko vio que Arsenov regresaba junto a ellos—. No te estoy dando una orden. La decisión es totalmente tuya.

A pesar de la urgencia del momento, habló con lentitud y claridad, y a Zina no se le escapó la importancia de sus palabras. Le estaba ofreciendo una oportunidad —para qué, no tenía ni idea—, pero era evidente que aquél era un momento trascendental en su vida. Escogiera lo que escogiese, no habría vuelta atrás; Spalko había dejado aquello bastante claro por la forma en que había hablado. Tal vez la decisión dependiera de ella, pero Zina estaba segura de que si decía que no, de una manera u otra significaría su fin. Y la verdad es que no quería decir que no.

—Siempre he querido conocer Creta —le susurró, cuando Arsenov llegó hasta ellos.

Spalko le hizo un gesto con la cabeza. Luego, se volvió al líder terrorista checheno.

—¿Está todo?

Arsenov levantó la vista de su tablilla sujetapapeles.

—¿Cómo podría ser de otra manera, jeque? —Miró su reloj—. Zina y yo despegaremos dentro de una hora.

—Mira, el caso es que Zina irá con las armas —dijo Spalko con soltura—. Está previsto que el envío se encuentre con mi barco pesquero en las islas Feroe. Quiero que uno de vosotros esté allí para supervisar el transbordo y la última etapa del viaje hasta Islandia. Tú tienes que estar con tu unidad. —Sonrió—. Estoy seguro de que puedes prescindir de Zina durante unos cuantos días.

Arsenov puso cara de pocos amigos, miró a Zina, que inteligentemente le sostuvo la mirada sin dar muestras de preferencia alguna, y asintió con la cabeza.

—Será como tú desees, jeque, faltaría más.

A Zina le resultó interesante que el jeque le hubiera mentido a Hasan sobre los planes que albergaba para ella. De repente se encontró envuelta en la pequeña conspiración urdida por Spalko, tan excitada como nerviosa ante las expectativas. Vio la expresión en la cara de Hasan, y una parte de ella sintió una punzada, pero entonces pensó en el misterio que la aguardaba y en la dulzura en la voz del jeque: «Parto para Creta. Quiero que vengas conmigo».

De pie al lado de Zina, Spalko extendió el brazo, y Arsenov le cogió el antebrazo a la manera de los guerreros.

—*La illaha ill Allah.*

—*La illaha ill Allah* —contestó Arsenov, haciendo una reverencia con la cabeza.

—Fuera te espera una limusina para llevarte a la terminal de pasajeros. Hasta Reikiavik, amigo.

Spalko se apartó y se dirigió a hablar un momento con el piloto, permitiendo que Zina se despidiera de su actual amante.

* * *

Jan sintió los efectos devastadores de unas emociones para él desconocidas. Cuarenta minutos después, mientras esperaba para embarcar en el vuelo con destino a Budapest, todavía no había superado la impresión que le había causado enterarse de que en realidad Jason Bourne estaba vivo. Sentado, con los codos sobre las rodillas y la cara entre las manos, intentó —y fracasó estrepitosamente— encontrarle sentido al mundo. Para alguien como él, cuyo pasado impregnaba cada uno de los momentos de su presente, era imposible encontrar una pauta que hiciera comprensibles las cosas. El pasado era un misterio, y el recuerdo que tenía de él era una mala puta que hacía cuanto se le antojaba a su subconsciente, distorsionando los hechos, incrustando unos acontecimientos en otros u omitiéndolos por completo, y todo al servicio del saco de veneno que crecía en su interior.

Pero dichas emociones, que corrían por él desenfrenadas, eran más devastadoras. Estaba furioso por haber necesitado que Stepan Spalko le dijera que Jason Bourne seguía vivo. ¿Por qué sus instintos, normalmente tan afinados, no le habían dicho que investigara un poco más a fondo? ¿Es que un agente de las aptitudes de Bourne se iba a estrellar contra el radiador de un camión? ¿Y dónde estaba el cadáver? ¿Se había hecho una identificación fehaciente? Le habían dicho que seguían cribando los restos, que la explosión y el incendio subsiguiente habían ocasionado tales daños que llevaría horas, cuando no días, obtener alguna conclusión, y que incluso entonces pudiera ser que lo encontrado no fuera suficiente para conseguir una identificación positiva. Debería haber sospechado. Aquélla era una estratagema que él habría utilizado; lo cierto es que tres años antes había utilizado una variante, cuando había necesitado salir a escape de los muelles de Singapur.

Pero había otra cuestión a la que no paraba de dar vueltas y más vueltas en la cabeza, y aunque había intentado borrarla de su mente, no había podido. ¿Qué había sentido en el mismo instante de saber que Jason Bourne seguía vivo? ¿Euforia? ¿Miedo? ¿Cólera? ¿Desesperación? ¿O había sido una mezcla de todo eso, un horrible caleidoscopio que cubría toda la gama y volvía a empezar?

Oyó la llamada para su vuelo, y sumido en una especie de aturdimiento, se puso en la cola para embarcar.

Spalko pasó junto a la entrada de la Clínica Eurocenter Bio-I, en el número 75 de la calle Hattyu, sumido en sus pensamientos. Tenía la impresión de que Jan iba camino de convertirse en un problema. Jan tenía sus utilidades; no había nadie como él a la hora de eliminar a un objetivo, a ese respecto no cabía ninguna duda, pero incluso ese raro talento palidecía ante el peligro en el que se le antojaba se estaba convirtiendo Jan. Le había estado dando muchas vueltas a esa cuestión desde el primer fracaso de Jan en matar a Jason Bourne. Algo anómalo en la situación se le había atragantado como una espina, y desde entonces había estado intentando escupirla o tragarla. Y sin embargo, seguía allí, resistiéndose al desalojo. Con aquella última conversación, Spalko había adquirido plena conciencia de que necesitaría ocuparse sin demora de la manera de deshacerse de su ex asesino a sueldo. No podía permitirse que nadie se acercara a su inminente operación en Reikiavik. Ni Bourne ni Jan; a esas alturas daba lo mismo. Por lo que a él concernía, los dos eran igual de peligrosos.

Entró en el café que había a la vuelta de la esquina de la horrible estructura modernista de la clínica. Sonrió a un hombre de rostro anodino, que alzó la vista ligeramente hacia él en ese momento.

—Lo siento, Peter —dijo Spalko cuando se sentó en una silla de las que había alrededor de la mesa.

El doctor Peter Sido levantó una mano con serenidad.

—No tiene ninguna importancia, Stepan. Sé lo ocupado que estás.

—No demasiado para encontrar al doctor Schiffer.

—¡Y demos gracias a Dios por eso! —Sido echó una cucharada de nata montada en su café. Meneó la cabeza—. Para serte sincero, Stepan, no sé qué haría sin ti y tus contactos. Cuando descubrí que Felix había desaparecido, a punto estuve de volverme loco.

—No te preocupes, Peter. Cada día que pasa estamos más cerca de encontrarlo. Confía en mí.

—Oh, claro que confío.

Sido tenía un físico anodino se mirara como se mirase. De peso y estatura medios, sus ojos color barro mostraban un tamaño exagerado detrás de unas gafas de montura de acero, y el pelo castaño y corto parecía caerle por todo el cráneo sin ningún propósito ni atención por

su parte. Iba vestido con un traje de espiguilla de *tweed* marrón ligeramente raído en los puños, una camisa blanca y una corbata marrón
y negra pasada de moda desde hacía diez años por los menos. Podría
haber pasado por un vendedor o un empleado de pompas fúnebres,
pero no era ni lo uno ni lo otro, porque su exterior anodino escondía
una mente realmente excepcional.

—Lo que tengo que preguntarte —dijo Spalko entonces— es si
tienes el producto para mí.

Al parecer, Sido esperaba la pregunta, porque asintió con la cabeza de inmediato.

—Está todo sintetizado y listo para cuando lo necesites.

—¿Lo has traído?

—Sólo la muestra. El resto está a buen recaudo bajo llave en el
cuarto frío de la Clínica Bio-I. Y no te preocupes por la muestra; está
guardada en un estuche de viaje que yo mismo he fabricado. El producto es extremadamente delicado. Verás, hasta el momento de su
utilización, debe mantenerse a 32 grados bajo cero. El estuche que he
fabricado lleva incorporada su propia unidad de frío, que tiene una
duración de cuarenta y ocho horas. —Alargó la mano por debajo de la
mesa y sacó una pequeña caja metálica del tamaño aproximado de dos
libros en rústica apilados—. ¿Es tiempo suficiente?

—Suficiente, gracias. —Spalko tomó posesión de la caja. Pesaba
más de lo que parecía, sin duda a causa de la unidad de refrigeración—. ¿Está en el vial que especifiqué?

—Por supuesto. —Sido lanzó un suspiro—. Sigo sin comprender
del todo por qué necesitas un agente patógeno tan letal.

Spalko estudió al hombre durante un rato. Sacó un cigarrillo y lo
encendió. Sabía que dar con una explicación con demasiada rapidez
estropearía el efecto, y con el doctor Peter Sido el efecto lo era todo.
Aunque era un genio en la elaboración de patógenos aéreos, las habilidades sociales del buen doctor dejaban bastante que desear. No es
que fuera muy diferente de la mayoría de los científicos que se pasaban el día con las narices metidas en sus vasos de precipitados, pero
en este caso la ingenuidad de Sido encajaba a la perfección con los
propósitos de Spalko. Lo único que le importaba es que su amigo
volviera, lo cual era el motivo de que no fuera a escuchar con dema-

siada atención la explicación de Spalko. Era su conciencia lo que necesitaba tranquilizar, nada más.

Spalko habló por fin.

—Como ya te dije, el destacamento antiterrorista conjunto británico-estadounidense se puso en contacto conmigo.

—¿Estarán en la cumbre la semana que viene?

—Pues claro —mintió Spalko. No había tal destacamento antiterrorista conjunto, salvo el que él se había inventado—. En cualquier caso, están a punto de lograr un gran avance en la lucha contra la amenaza del terrorismo biológico, el cual, como sabes mejor que nadie, incluye tanto a los agentes patógenos aéreos letales como a las sustancias químicas. Necesitan analizarlo, y por esa razón acudieron a mí y hemos llegado a este acuerdo. Yo te encuentro al doctor Schiffer, y tú me proporcionas el producto que necesita el destacamento.

—Sí, ya sé todo eso. Me lo explicaste... —La voz de Sido se fue apagando. Jugueteó nerviosamente con la cucharilla, tamborileando con ella sobre la servilleta, hasta que Spalko le pidió que parara.

»Lo siento —masculló el científico, y se echó las gafas hacia atrás sobre la nariz—. Pero sigo sin entender qué van a hacer con el producto. Esto es, dijiste que iban a someterlo a una especie de análisis.

Spalko se inclinó hacia delante. Ese momento era decisivo; tenía que convencer a Sido. Miró a izquierda y derecha. Y cuando habló, bajó la voz considerablemente.

—Escucha con mucha atención, Peter. Te he dicho más de lo quizá debería haber dicho. Esto es máximo secreto, ¿lo entiendes?

Sido se encorvó a su vez y asintió con la cabeza.

—Lo cierto es que, al decirte lo que ya te he dicho, me temo que he violado el acuerdo de confidencialidad que me hicieron firmar.

—Oh, mi buen amigo. —La expresión de Sido fue de congoja—. Te he puesto en peligro.

—Por favor, no te preocupes por eso, Peter. No me pasará nada —dijo Spalko—. A menos, por supuesto, que se lo cuentes a alguien.

—Oh, pero yo no haría eso. Jamás.

Spalko sonrió.

—Sé que no, Peter. Confío en ti, ¿sabes?

—Y te lo agradezco, Stepan. Sabes bien que sí.

Spalko tuvo que morderse el labio para no soltar una carcajada. Y en lugar de recular, se metió de lleno en aquella farsa.

—Ignoro de qué clase de análisis se trata, Peter, porque no me lo han dicho —dijo, en voz tan baja que el otro se vio obligado a inclinarse hasta que sus narices casi se rozaron—. Y jamás se lo preguntaría.

—Por supuesto que no.

—Pero creo (y tú también debes creerlo) que esa gente está haciendo todo lo que puede para mantenernos a salvo en un mundo cada vez más inseguro. —Como siempre, pensó Spalko, todo se reducía a una cuestión de confianza. Pero para engañar al primo (en ese caso, Sido), éste tenía que saber que «tú» le habías otorgado tu confianza. Después de eso, le podías desplumar de todas sus posesiones y él jamás sospecharía que eras tú quién lo había hecho—. Lo que digo es que, sea lo que sea lo que tengan que hacer, debemos ayudarlos de todas las maneras posibles. Esto es lo que les dije cuando se pusieron en contacto conmigo la primera vez.

—Es lo que yo también les habría dicho. —Sido se limpió el sudor de su anodino labio superior—. Créeme, Stepan, si en algo puedes confiar es en eso.

El Observatorio Naval estadounidense, situado en Massachussets Avenue esquina con la calle 34, era la fuente oficial de todas las horas de Estados Unidos. Era unos de los pocos lugares del país donde la luna, las estrellas y los planetas eran sometidos a una observación permanente. El mayor telescopio del inmueble tenía más de cien años de antigüedad y seguía en uso. Mirando a través de él, el doctor Asaph Hall descubrió en 1877 las dos lunas de Marte. Nadie sabe por qué decidió llamarlas Deimos (Angustia) y Phobos (Miedo), pero el DCI sabía que cuando se sumía en las profundidades de su melancolía, se sentía arrastrado hacia el observatorio. Por ese motivo había dispuesto que le preparasen un despacho en lo más recóndito del edificio, no lejos del telescopio del doctor Hall.

Fue allí donde Martin Lindros lo encontró en plena teleconferencia de circuito cerrado con Jamie Hull, el jefe de la seguridad estadounidense destacada en Reikiavik.

—Feyd al-Saoud no me preocupa —estaba diciendo Hull con su tono de voz un tanto altanero—. Los árabes no saben una mierda de seguridad actual, así que están encantados con seguir nuestras indicaciones. —Meneó la cabeza—. Es el ruso, Boris Illych Karpov, quien es un verdadero coñazo. Lo cuestiona todo. Si yo digo blanco, él dice negro. Creo que al hijo de puta le pone cachondo discutir.

—¿Me está diciendo que no puede controlar a un maldito analista de seguridad ruso, Jamie?

—Esto... ¿qué? —Los ojos azules de Hull parecieron sobresaltarse, y su bigote pelirrojo subió y bajó de un salto—. No, señor. En absoluto.

—Porque lo puedo sustituir en un santiamén. —La voz del DCI se prolongó en una espinosa nota de crueldad.

—No, señor.

—Y créame, lo haré. No estoy de humor para...

—No será necesario. Controlaré a Karpov.

—Procure hacerlo. —Lindros percibió el repentino cansancio en la voz del viejo guerrero, y confió en que Jamie no fuera capaz de detectarla a través de la conexión electrónica—. Necesitamos un frente sólido antes, durante y después de la visita del presidente. ¿Queda claro?

—Sí, señor.

—Ningún indicio de Jason Bourne, supongo.

—Ninguno, señor. Créame, hemos estado muy atentos.

Lindros, consciente de que el DCI había obtenido toda la información que necesitaba por el momento, se aclaró la garganta.

—Jamie, mi siguiente cita acaba de llegar —dijo el DCI sin volverse—. Le llamaré mañana. —Apagó el conmutador de la pantalla, se sentó con las manos juntas apuntando hacia arriba y se quedó mirando fijamente la gran fotografía a color del planeta Marte y sus dos inhóspitas lunas.

Lindros se quitó la gabardina, se acercó y se sentó al lado de su jefe. La habitación que éste había escogido era pequeña, angosta y muy calurosa incluso en pleno invierno. De una de las paredes colgaba el retrato del presidente. En la de enfrente había una única ventana por la que se podían ver, en blanco y negro, unos pinos altos a los que los resplandecientes focos de seguridad desproveían de cualquier detalle.

—Las noticias de París son buenas —dijo Lindros—. Jason Bourne está muerto.

El DCI levantó la cabeza, y una cierta vivacidad animó los rasgos que hacía tan sólo un instante habían estado flácidos.

—¿Lo atraparon? ¿Cómo? Espero que ese cabrón muriera retorciéndose de dolor.

—Puede que lo hiciera, señor. Murió en un accidente de tráfico en la A1, al noroeste de París. La moto que conducía se estrelló de frente contra un camión de dieciocho ruedas. Una agente del Quai d'Orsay fue testigo.

—¡Dios mío! —masculló el DCI—. No ha quedado más que una mancha de aceite. —Juntó las cejas—. No hay ninguna duda, supongo.

—Hasta que tengamos una identificación positiva, las dudas persistirán —dijo Lindros—. Enviamos las fichas dentales de Bourne y una muestra de su ADN, pero las autoridades francesas me han dicho que hubo una explosión aterradora, y que a continuación se declaró un incendio tan feroz que temen que ni siquiera se hayan salvado los huesos. En cualquier caso, les va a llevar un día o dos cribar la escena del accidente. Me han asegurado que se pondrán en contacto en cuanto tengan más información.

El DCI asintió con la cabeza.

—Y Jacques Robbinet está sano y salvo —añadió Lindros.

—¿Quién?

—El ministro francés de Cultura, señor. Era amigo de Conklin, y una baza ocasional. Temíamos que fuera el siguiente objetivo de Bourne.

Los dos hombres permanecieron sentados muy quietos. La mirada del DCI se había vuelto reflexiva. Tal vez estuviera pensando en Alex Conklin, o quizá meditara sobre el papel que la angustia y el miedo jugaban en la vida moderna y se preguntara cómo había sido capaz el doctor Hall de ser tan clarividente. Se había metido en el mundo del espionaje en la errónea creencia de que ayudaría a aliviar la angustia y el miedo con las que le parecía que había venido a este mundo. Antes bien, al operar en las sombras había hecho exactamente lo contrario. Y sin embargo, jamás había considerado la posibilidad de abandonar su profesión. Era incapaz de imaginarse la vida sin ella; su verdadero ser estaba definido por lo que era y por lo que había hecho en el mundo secreto, invisible para los civiles.

—Señor, si me permite decirlo, es tarde.

El DCI suspiró.

—Dígame algo que no sepa, Martin.

—Creo que es hora de que vuelva a casa con Madeleine —dijo Lindros en voz baja.

El DCI se pasó una mano por la cara. Y de repente se sintió muy cansado.

—Maddy está en Phoenix, en casa de su hermana. Esta noche la casa está a oscuras.

—Váyase a casa igualmente.

Cuando Lindros se levantó, el DCI volvió la cabeza hacia su ayudante.

—Martin, escúcheme, tal vez piense que este asunto de Bourne ha terminado, pero no es así.

Lindros había cogido su gabardina; entonces se detuvo.

—No le entiendo, señor.

—Puede que Bourne esté muerto, pero en las últimas horas de su vida consiguió dejarnos en ridículo.

—Señor...

—Espectáculos públicos. No podemos permitírnoslo. En estos tiempos hay demasiados malditos exámenes. Y donde hay exámenes, se hacen preguntas difíciles, y esas preguntas, a menos que se entierren de inmediato, conducen inevitablemente a graves consecuencias.

—Los ojos del DCI chispearon—. Sólo nos falta un elemento para dar carpetazo a este lamentable episodio y relegarlo al cubo de la basura de la historia.

—¿Y cuál es, señor?

—Necesitamos un chivo expiatorio, Martin, alguien a quien echarle toda la mierda encima y que nos deje oliendo como capullos de rosas en mayo. —Miró con dureza a su director adjunto—. ¿Tiene a alguien así, Martin?

Una fría bola de angustia se había formado en la boca del estómago de Lindros.

—Vamos, vamos, Martin —dijo el DCI con aspereza—, hable de una vez.

Sin embargo, Lindros se lo quedó mirando enmudecido. Parecía como si no fuera capaz de mover las mandíbulas.

—Pues claro que lo tiene —le espetó el DCI.

—Le gusta esto, ¿verdad?

El DCI se estremeció por dentro al oír la acusación. No por primera vez dio gracias de que sus hijos estuvieran a salvo, lejos de aquel negocio donde habría tenido que contenerlos. Nadie iba a superarlo; se aseguraría de eso.

—Si no da nombres lo haré yo. El detective Harris.

—No podemos hacerle eso —dijo Lindros en tensión. Sentía cómo la ira le burbujeaba en la cabeza, igual que si fuera una lata de refresco recién abierta.

—¿Podemos? ¿Quién ha dicho que podemos, Martin? Ésa es su misión. Se lo he dejado claro desde el principio. Ahora es a usted a quien le corresponde por completo echar las culpas.

—Pero Harris no cometió ninguna equivocación.

El DCI arqueó una ceja.

—Lo dudo mucho, pero aunque fuera verdad, ¿a quién le importa?

—A mí, señor.

—Muy bien, Martin. Entonces supongo que asumirá la responsabilidad de los fiascos de la Ciudad Vieja y de Washington Circle.

Lindros cerró los labios con fuerza.

—¿No tengo otra elección?

—No veo ninguna otra, ¿y usted? La bruja esa pretende resarcirse a mi costa como sea. Y si tengo que sacrificar a alguien, preferiría mil veces que fuera un viejo detective de la policía del estado de Virginia antes que a mi propio director adjunto. Y si usted se deja caer sobre su propia espada, ¿hasta dónde supone que me perjudicará su conducta, Martin?

—¡Joder! —dijo Lindros, hirviendo de indignación—. ¿Cómo demonios ha logrado sobrevivir en este nido de víboras tanto tiempo?

El DCI se levantó y se puso la gabardina.

—¿Qué le hace pensar que lo he hecho?

Bourne llegó al edificio gótico de piedra de la iglesia de Matías a las 11.40. Dedicó los siguientes veinte minutos a reconocer la zona. El aire era frío y vigorizante, y el cielo estaba despejado. Pero cerca del horizonte se arremolinaba un banco de densas nubes, y a lomos del viento vivificante le llegó el aroma húmedo y almizclado de la lluvia. Cada dos por tres un sonido o un olor avivaba algo en su alterada memoria. Estaba seguro de que había estado allí antes, aunque cuándo y en qué misión era algo que no podía decir. Una vez más, cuando rozó el vacío de pérdida y añoranza, pensó en Alex y en Mo con tanta intensidad que podría haber sido capaz de invocarlos en ese mismo instante.

Haciendo una mueca de dolor, continuó con su tarea, asegurando la zona y garantizándose lo mejor que pudo que el sitio del encuentro no estuviera sometido a vigilancia por el enemigo.

Al dar las doce se acercó a la enorme fachada meridional de la iglesia, desde la que se alzaba la torre gótica de piedra de ochenta metros repleta de gárgolas. Una joven estaba parada en el escalón más bajo. Era alta, delgada y de una belleza despampanante. Su largo pelo rojo brillaba a la luz de las farolas. Detrás de ella, sobre el pórtico, había un relieve de la Virgen María del siglo XIV. La joven le preguntó cómo se llamaba.

—Alex Conklin —contestó él.

—El pasaporte, por favor —dijo la joven con la misma sequedad que un agente de inmigración.

Bourne se lo entregó, y la observó mientras ella lo examinaba con los ojos y la yema del pulgar. Tenía unas manos interesantes; eran delgadas, de dedos largos, fuertes y con las uñas romas. Manos de músico. No tendría más de treinta y cinco años.

—¿Cómo sé que es realmente Alexander Conklin? —preguntó ella.

—¿Cómo se puede saber algo de manera absoluta? —dijo Bourne—. Por la fe.

La mujer resopló.

—¿Cuál es su nombre de pila?

—Aparece claramente en el pasa...

Ella lo miró con dureza.

—Me refiero a su verdadero nombre de pila. El que le pusieron al nacer.

—Alexei —dijo Bourne, al acordarse de que Conklin era un ruso emigrado.

La joven asintió con la cabeza. Tenía una cara bellamente esculpida en la que sobresalían unos grandes ojos verdes de párpados caídos típicamente magiares y unos labios anchos y generosos. Tenía un aire de áspera escrupulosidad, aunque al mismo tiempo la envolvía una sensualidad finisecular que en su naturaleza secreta insinuaba de manera intrigante un siglo más inocente, cuando lo que no se decía solía ser más importante que lo que se expresaba sin ambages.

—Bienvenido a Budapest, señor Conklin. Soy Annaka Vadas. —Levantó un brazo bien proporcionado e hizo un gesto—. Por favor, acompáñeme.

Condujo a Bourne a través de la plaza a la que daba la iglesia y dobló una esquina. En la calle envuelta en sombras apenas era visible una pequeña puerta de madera con unas antiguas tiras metálicas. La chica sacó una linterna y la encendió; el haz de luz era muy potente. Tras sacar una llave antigua del bolso, la metió en la cerradura y le dio primero una vuelta y luego otra. La puerta se abrió cuando la empujó.

—Mi padre le está esperando dentro —dijo ella.

Entraron en el inmenso interior de la iglesia. Gracias al ondulante haz de la linterna, Bourne pudo ver que los muros revocados estaban cubiertos de ornamentales dibujos llenos de color. Los frescos describían las vidas de santos húngaros.

—En 1541 Buda cayó en manos de los invasores turcos, y durante los siguientes ciento cincuenta años la iglesia se convirtió en la principal mezquita de la ciudad —dijo ella. Movió la linterna por las paredes—. Para que sirviera a sus fines, los turcos sacaron todo el mobiliario y lavaron los magníficos frescos. Ahora, sin embargo, se ha restaurado todo tal como estaba en el siglo XIII.

Bourne vio una débil luz más adelante. Annaka lo condujo hacia la parte norte, donde se abrían una sucesión de capillas. En la más cercana al coro y al presbiterio, y con una precisión fantasmagórica, se encontraban los sarcófagos de un rey húngaro del siglo XII, Bela III, y de su esposa, Inés de Châtillon. En la cripta más antigua, al lado de una hilera de tallas medievales, había una figura parada entre las sombras.

János Vadas extendió la mano. Cuando Bourne se movió para cogerla, tres hombres ceñudos salieron de las sombras. Bourne sacó la pistola con mucha rapidez. Un gesto que sólo hizo sonreír a Vadas.

—Mire el percutor, señor Bourne. ¿Cree que le proporcionaría un arma que funcionara?

Bourne vio a Annaka apuntándole con una pistola.

—Alexei Conklin era un viejo amigo mío, señor Bourne. Y de todas maneras, su cara está en todos los telediarios.

Tenía el rostro calculador de un cazador, con unas cejas inquietantes completamente negras, la mandíbula cuadrada y los ojos brillantes. De joven había tenido un definido pico de viuda entre las entradas del pelo, pero en ese momento, a los sesenta y tantos años, la erosión del tiempo le había dejado un reluciente promontorio triangular en la frente.

—Se dice que mató a Alexei y a otro hombre; el doctor Panov, creo. Sólo la muerte de Alexei justificaría que ordenase que lo mataran aquí y ahora.

—Era un viejo amigo. Más aún..., era mi mentor.

Vadas parecía triste y resignado. Suspiró.

—Y usted lo atacó, supongo, porque, como todos los demás, quiere lo que hay en la cabeza de Felix Schiffer.

—No tengo ni idea de lo que está hablando.

—No, por supuesto que no —dijo Vadas con una buena dosis de escepticismo.

—¿Cómo cree que sabía el verdadero nombre de Alex? Alexei y Mo Panov eran mis amigos.

—Entonces matarlos habría sido un acto de completa locura.

—Exacto.

—En la considerada opinión del señor Hazas usted es un demente —dijo Vadas con tranquilidad—. Recuerda al señor Hazas, ¿verdad? El director del hotel a quien casi deja hecho papilla. Demente, creo que lo llamó.

—De modo que fue así como supo dónde llamarme —dijo Bourne—. Tal vez le retorciera el brazo con demasiada fuerza, pero sabía que me estaba mintiendo.

—Estaba mintiendo por mí —dijo Vadas con un dejo de orgullo.

Bajo la atenta mirada de Annaka y los tres hombres, Bourne cruzó la cripta hacia Vadas y le tendió el arma inutilizada. En cuanto Vadas alargó la mano para cogerla, Bourne le agarró y le hizo dar la vuelta en redondo. En ese mismo instante sacó su pistola de cerámica, y la apretó con fuerza contra la sien de Vadas.

—¿En serio piensa que usaría un arma desconocida sin desmontarla y volverla a montar?

Dirigiéndose a Annaka, dijo con calma y naturalidad:

—A menos que quiera ver los sesos de su padre esparcidos sobre cinco siglos de historia, deje su pistola en el suelo. No le mire. ¡Haga lo que le digo!

Annaka dejó la pistola en el suelo.

—Envíela aquí de una patada.

La chica hizo lo que se le ordenaba.

Ninguno de los tres hizo un movimiento, y ya no lo harían. De todas maneras Bourne no les quitaba ojo. Apartó el cañón de la sien de Vadas y lo soltó.

—Podría haberlo matado de un tiro, si ése hubiera sido mi deseo.

—Y yo lo habría matado a usted —dijo Annaka con ferocidad.

—No dudo de que lo habría intentado —respondió Bourne. Levantó la pistola de cerámica, demostrándole a ella y a los hombres que no tenía intención de utilizarla—. Pero ésos son actos hostiles. Tendríamos que ser enemigos para realizarlos. —Recogió el arma de Annaka y se la entregó por la culata.

Sin decir una palabra, ella la cogió y le apuntó.

—¿En qué ha convertido a su hija, señor Vadas? Mataría por usted, sí, pero parece que también lo haría con demasiada rapidez y sin ningún motivo en absoluto.

Vadas se interpuso entre Annaka y Bourne y bajó la pistola de su hija con la mano.

—Ya tengo suficientes enemigos, Annaka —dijo en voz baja.

Annaka apartó la pistola, pero Bourne se percató de que sus brillantes ojos seguían mostrando cierta hostilidad.

Vadas se volvió hacia Bourne.

—Como le iba diciendo, matar a Alexei habría sido un acto de locura por su parte, y sin embargo parece ser todo lo contrario a un loco.

—Me tendieron una trampa y me cargaron el mochuelo de los asesinatos, de manera que el verdadero asesino quedara libre.

—Interesante. ¿Por qué?

—Estoy aquí para averiguarlo.

Vadas observó con dureza a Bourne. Luego, miró a su alrededor y levantó los brazos.

—¿Sabe? Si viviera, me habría reunido con Alexei aquí. Ya ve, éste es un lugar con un gran significado. Aquí, en los albores del siglo XIV, se alzaba la primera parroquia de Buda. El gran órgano que ve ahí arriba en el coro sonó en las dos bodas del rey Matías. Los dos últimos reyes de Hungría, Francisco José I y Carlos IV, fueron coronados en este lugar. Sí, hay mucha historia aquí dentro, y Alexei y yo íbamos a cambiar la historia.

—Con la ayuda del doctor Felix Schiffer, ¿verdad? —dijo Bourne.

Vadas no tuvo tiempo de contestar. En ese preciso instante retumbó un estruendo, y el húngaro cayó hacia atrás, con los brazos extendidos. La sangre rezumó del agujero de bala que tenía en la frente. Bourne agarró a Annaka y la arrojó sobre el suelo de cantería. Los hombres de Vadas se volvieron y, desplegándose en abanico, empezaron a repeler el fuego mientras se ponían a cubierto. Uno fue alcanzado casi de inmediato, y resbaló sobre el suelo de mármol, muerto antes de desplomarse. Otro consiguió llegar al borde de un banco, e intentaba desesperadamente parapetarse detrás de él cuando también fue abatido por una bala que le entró por la columna vertebral. Se arqueó hacia atrás, y su arma se estrelló contra el suelo.

Bourne paseó la mirada desde el tercer hombre, que intentaba ponerse a cubierto, hasta Vadas, que yacía despatarrado boca arriba sobre un extenso charco de sangre. Estaba inmóvil, y no había signos visibles de respiración en su pecho. Nuevos disparos volvieron a atraer su atención hacia el tercer hombre de Vadas, que en ese momento abandonaba su escondrijo y se levantaba, realizando una serie de disparos hacia arriba, en dirección al gran órgano de la catedral. La cabeza del hombre cayó hacia atrás y sus brazos se abrieron de par en par cuando una mancha de sangre en su pecho se extendió rápidamente. Intentó taponar la fatal herida, pero ya tenía los ojos en blanco.

Bourne levantó la vista hacia el coro en penumbra, vio una sombra más oscura que se movía rápidamente, y disparó. Unas esquirlas de piedra salieron volando. Entonces, cogiendo la linterna de Annaka, movió el haz sobre la galería mientras corría hacia la escalera de caracol de piedra que conducía arriba. Annaka, libre por fin y capaz de entender el caos, vio a su padre y gritó.

—¡Atrás! —gritó Bourne—. ¡Está en peligro!

La chica hizo caso omiso y corrió al lado de su padre.

Bourne la cubrió disparando contra las sombras de la galería, pero no se sorprendió ante la falta de respuesta. El francotirador había conseguido su objetivo; con toda probabilidad habría huido.

No teniendo más tiempo que perder, Bourne subió la escaleras de dos en dos hasta la galería. Vio el casquillo de un proyectil y siguió adelante. La galería parecía desierta. El suelo era de losas, y la pared de detrás del órgano era de paneles de madera bellamente labrados. Bourne se metió detrás del órgano, pero el espacio estaba vacío. Examinó el suelo alrededor del órgano, y luego la pared de madera. El espaciamiento alrededor de uno de los paneles parecía ligeramente diferente a los otros, con varios milímetros más de anchura en uno de los lados, como si...

Bourne palpó alrededor con las yemas de los dedos y descubrió que el panel en realidad ocultaba una pequeña entrada. La traspasó y se encontró frente a una empinada escalera de caracol. Con la pistola en la mano, subió los tramos de la escalera, que terminaba en otra puerta. Cuando la empujó para abrirla, vio que daba al tejado de la iglesia. En cuanto asomó la cabeza fuera, alguien le disparó. Se escondió de nuevo, aunque no antes de ver a una figura que avanzaba por las tejas del tejado, que se inclinaba en un pronunciado ángulo. Para empeorar las cosas, había empezado a llover, y las tejas eran aún más traicioneras. El lado positivo era que el asesino estaba demasiado ocupado en mantener el equilibrio para arriesgarse a disparar de nuevo contra Bourne.

Bourne se dio cuenta enseguida de que las suelas de sus botas nuevas resbalarían, y se las quitó, dejándolas caer al otro lado del parapeto. Empezó entonces a cruzar el tejado como un cangrejo. Treinta metros por debajo de él, con una caída mareante, la plaza en la que se levantaba la iglesia relucía a la luz de las farolas del Viejo Mundo. Utilizando los dedos de los pies y de las manos para sujetarse, continuó con la persecución del francotirador. En el fondo albergaba la sospecha de que la figura que estaba persiguiendo era Jan, pero ¿cómo podría haber llegado a Budapest antes que Bourne, y por qué habría disparado a Vadas, en lugar de a él?

Levantando la cabeza pudo ver a la figura dirigiéndose hacia el chapitel sur. Bourne siguió gateando, decidido a no dejar que escapara. Pero las tejas eran viejas y se desmenuzaban fácilmente. Una se partió por la mitad al agarrarla y Bourne se quedó con ella en la mano, y durante un instante se vio agitando los brazos, intentando mantener a duras penas el equilibrio en aquella acusada pendiente. Cuando hubo recuperado el equilibrio arrojó la teja, que se hizo añicos al chocar con el tejado plano de la pequeña prolongación de la capilla que había tres metros más abajo.

Las ideas se agolpaban en su cabeza por adelantado. El momento de extremo peligro para Bourne sería cuando el francotirador alcanzara el seguro refugio del chapitel. Si Bourne seguía expuesto sobre el tejado para entonces, sería un blanco fácil para el francotirador. La lluvia había arreciado, lo que dificultaba considerablemente el tacto y la vista. El chapitel sur no era más que un vago perfil a unos quince metros de distancia.

Bourne había recorrido tres cuartas parte del camino hasta el chapitel cuando oyó algo —el sonido de algo metálico al chocar contra la piedra—, y se arrojó boca abajo sobre las tejas. El agua le corrió a raudales por encima, y oyó el silbido de la bala al pasarle junto a la oreja; las tejas cercanas a su rodilla derecha explotaron, y perdió pie.

Entonces se deslizó por la pronunciada pendiente y se precipitó al vacío.

Había relajado el cuerpo de manera instintiva, y cuando su hombro chocó contra el techo de la capilla de abajo se encogió hasta hacerse un ovillo, utilizando su propia inercia para arrojarse a través del tejado y disminuir así la fuerza de la caída. Fue a parar contra una vidriera, la cual lo mantenía fuera de la línea de visión del francotirador.

Al levantar la vista vio que no estaba lejos del chapitel. Tenía una torre menor justo delante de él, donde se abría la estrecha rendija de una ventana. Era de origen medieval, y por lo tanto no tenía ningún cristal. Se introdujo por el vano de la ventana y se abrió camino hasta la parte superior, que daba a un estrecho parapeto de piedra que conducía directamente al chapitel sur.

Bourne no tenía forma de saber si quedaría expuesto a la vista del francotirador cuando cruzara el parapeto. Respiró hondo, se abalanzó hacia el exterior y echó a correr a toda velocidad por el estrecho pasadizo de piedra. Vio moverse una sombra por delante de él, y se dejó caer hecho un ovillo cuando sonó el disparo. Con un solo movimiento se levantó y echó a correr de nuevo, y antes de que el francotirador pudiera volver a disparar ya había saltado, esta vez para lanzarse de cabeza a través de una ventana abierta del chapitel.

Retumbaron más disparos, y unos fragmentos de piedra pasaron volando junto a él mientras subía a toda prisa la escalera de caracol que discurría por el centro del chapitel. Oyó por encima de él el chasquido metálico que le informó de que su contrincante se había quedado sin munición, y entonces subió los escalones de tres en tres, sacándole el máximo provecho a su pasajera ventaja. Oyó otro sonido metálico, y un cargador vacío bajó rebotando por los escalones de piedra. Saltó hacia delante y se encorvó para mantener un perfil bajo. No se produjeron más disparos, lo que aumentaba la probabilidad de que estuviera acortando la distancia con respecto al francotirador.

Pero la probabilidad no era suficiente; tenía que estar seguro. Apuntó la linterna de Annaka hacia la parte superior de la escalera y la encendió. De repente vio el final de una sombra que se escabulló casi de inmediato por los escalones que estaban justo encima de él, y redobló sus esfuerzos. Apagó la linterna antes de que el francotirador pudiera deducir su posición.

Ya estaban cerca de lo más alto del chapitel, a unos ochenta metros sobre el vacío. El francotirador no tenía ningún otro sitio adonde ir; si quería salir de la trampa, tendría que matar a Bourne. La desesperación lo haría más peligroso e imprudente. Le correspondía a Bourne utilizar esta última posibilidad en su provecho.

Alcanzó a ver el final del chapitel por encima de él, un espacio circular rodeado por unos arcos altos que permitían la entrada del viento y la lluvia, y frenó su precipitado ascenso. Sabía que si continuaba había bastantes probabilidades de encontrarse con una descarga cerrada de proyectiles. Y sin embargo no podía quedarse allí. Cogió la linterna y la colocó un escalón por encima de él en ángulo. Hecho esto se tumbó, mantuvo la cabeza agachada, alargó la mano todo lo que pudo y encendió la linterna.

La lluvia de balas consiguiente fue ensordecedora. Pese a que el ruido siguió resonando arriba y abajo por toda la extensión de la escalera de caracol, Bourne emprendió la subida de los escalones que le quedaban, confiando en que la desesperación del francotirador lo hubiera llevado a vaciar todo el cargador en lo que habría supuesto era el último ataque de Bourne.

Salió de la nube de polvo de piedra y arremetió con fuerza contra el francotirador, haciéndolo retroceder por el suelo de piedra hasta chocar contra uno de los arcos de piedra. El hombre golpeó sucesivamente con los puños la espalda de Bourne, y lo hizo caer de rodillas. Bourne bajó la cabeza, dejando al descubierto el cuello, un blanco demasiado tentador para despreciarlo. Cuando el francotirador lanzó un golpe con la mano al cuello de Bourne, éste se giró, agarró el brazo que descendía y, utilizando la propia inercia del francotirador en su contra, tiró al hombre al suelo. Al caer, Bourne lo golpeó en los riñones.

El francotirador entrelazó los tobillos alrededor de Bourne y se retorció, para que Bourne cayera de espaldas. El hombre saltó sobre él de inmediato. Se enzarzaron en un forcejeo cuerpo a cuerpo, y la luz de la linterna rieló a través de la lluvia de polvo. Gracias a su luz, Bourne pudo ver la cara larga y chupada, el pelo rubio y los ojos claros del francotirador. El desconcierto se apoderó de él durante un instante; se dio cuenta de que había esperado que el francotirador fuera Jan.

Bourne no deseaba matar a aquel hombre; quería interrogarlo. Quería saber desesperadamente quién era, quién lo había enviado y por qué Vadas había sido condenado a muerte. Pero el sujeto luchaba con la fuerza y la tenacidad de los condenados, y cuando le golpeó en el hombro derecho, el brazo de Bourne se quedó insensible. Antes de que pudiera cambiar de posición y protegerse, el hombre arremetió contra él. Tres puñetazos sucesivos lo enviaron tambaleándose a través de uno de los arcos, y lo hicieron retroceder hasta la baja baranda de piedra. El hombre lo siguió, con el arma descargada cogida del revés para poder utilizar la culata como una porra.

Bourne sacudió la cabeza intentando librarse del dolor en su lado derecho. El francotirador estaba casi encima de él, con el brazo derecho levantado y la pesada culata de la pistola brillando a la luz de la plaza. Una expresión asesina le contraía el rostro, donde los labios se habían retraído con un gruñido animal. El sujeto giró el cuerpo formando un ligero arco salvaje; la culata descendió con la clara intención de hacer añicos el cráneo de Bourne. Pero en el último momento, éste se echó a un lado lo suficiente, y su propia inercia mandó volando al francotirador por encima de la baranda.

Bourne reaccionó al instante, lanzó la mano hacia abajo y cogió la del hombre, pero la lluvia había vuelto la carne tan resbaladiza como el aceite, y los dedos del francotirador se deslizaron entre los suyos. El hombre cayó lanzando un grito, y se precipitó hacia el lejano pavimento de abajo.

14

Jan llegó a Budapest a la caída de la noche. Cogió un taxi desde el aeropuerto y se registró en el Gran Hotel Danubius como Heng Raffarin, el nombre que había utilizado como periodista de *Le Monde* en París. Así era como había pasado los trámites de inmigración, pero llevaba también otros documentos, comprados como los otros que lo identificaban como subinspector de la Interpol.

—He venido en avión desde París para entrevistar al señor Conklin —dijo con voz nerviosa—. ¡Todos esos retrasos! He llegado tardísimo. ¿Cree que podría informar al señor Conklin de que por fin he llegado? Los dos vamos muy justos de tiempo.

Tal como había previsto Jan, el recepcionista examinó el casillero que tenía detrás, donde cada casilla tenía un número de habitación grabado en pan de oro.

—El señor Conklin no está en su habitación en este momento. ¿Desea dejarle una nota?

—Supongo que no me queda otro remedio. Empezaremos de nuevo por la mañana.

Jan simuló escribir una nota para el «señor Conklin», la selló y se la entregó al recepcionista. Cogió entonces la llave y se apartó, pero por el rabillo del ojo observó cómo el recepcionista metía el sobre en la casilla marcada como ÁTICO 3. Satisfecho, cogió el ascensor hasta su habitación, que estaba en la planta inmediatamente inferior al ático.

Se duchó, sacó algunos utensilios de una bolsa pequeña y salió de la habitación. Subió una planta por la escalera hasta el ático. Permaneció parado en el pasillo mucho tiempo, simplemente escuchando, acostumbrándose a los pequeños ruidos endémicos de cualquier edificio. Permaneció allí, quieto como un muerto, esperando algo —un sonido, una vibración o una «sensación»— que le dijera si debía avanzar o retirarse.

Como no surgiera nada adverso, avanzó con cautela, reconociendo todo el pasillo y asegurándose de que, por lo menos, era seguro.

Por último se encontró delante de la brillante doble puerta de teca del ático 3. Sacó una ganzúa y la introdujo en la cerradura. Al cabo de unos segundos la puerta se abrió.

Volvió a pararse durante algún tiempo en la entrada, aspirando el olor de la suite. El instinto le dijo que la habitación estaba vacía. Sin embargo, recelaba de alguna trampa. Tambaleándose un tanto a causa de la falta de sueño y de la creciente oleada de emociones, inspeccionó la habitación. Aparte de los restos de un paquete del tamaño aproximado de una caja de zapatos, había poco de valor en la suite que traicionara su ocupación. A juzgar por el aspecto de la cama, nadie había dormido en ella. Jan se preguntó dónde estaba Bourne en ese momento.

Consiguió que su errática mente retornara a su cuerpo, atravesó la estancia hacia el cuarto de baño y encendió la luz. Vio el peine de plástico, el cepillo y la pasta de dientes, así como una pequeña botella de enjuague bucal que proporcionaba el hotel junto con el jabón, el champú y la crema de manos. Desenroscó el tubo de dentífrico, lo apretó hasta dejar caer un poco del contenido en el lavabo y lo limpió con agua. Luego sacó un clip y una pequeña caja plateada. Dentro de la caja había dos cápsulas con cubiertas de gelatina de disolución rápida. Una era blanca, y la otra negra.

—Una de las pastillas hará que tu corazón se acelere, y la otra que se enlentezca, y las pastillas que papá te da no te hacen nada en absoluto.

Cantó afinadamente la melodía del *White Rabbit* con una limpia voz de tenor, mientras sacaba la cápsula blanca de su base. Estaba a punto de meterla por el orificio del tubo del dentífrico y apretarla hacia abajo con el extremo del clip cuando algo lo detuvo. Contó hasta diez y volvió a colocar la cápsula en su sitio, con cuidado de volver a dejar el tubo exactamente como lo había encontrado.

Se quedó parado un momento, desconcertado, mirando fijamente las dos cápsulas que él mismo había preparado mientras esperaba su vuelo en París. Había tenido claro entonces lo que había querido hacer: la cápsula negra estaba llena con el suficiente veneno de cobra Krait para paralizar el cuerpo de Bourne, pese a lo cual seguiría permitiendo que su mente siguiera consciente y alerta. Bourne sabía más sobre lo que estaba planeando Spalko que Jan; tenía que ser así, toda vez que había seguido su rastro desde el principio hasta la base de operaciones de Spalko. Jan quería saber qué sabía Bourne antes de matarlo. Eso, al menos, es lo que se decía a sí mismo.

Pero era imposible negar por más tiempo que su mente, llena desde hacía tanto tiempo de febriles imágenes de venganza, había hecho sitio en los últimos tiempos a otros escenarios. Por más energía que había empleado en rechazarlos, éstos persistían. Lo cierto era, se percató en ese momento, que cuanta más violencia empleaba en rechazarlos, con más tozudez se negaban ellos a desaparecer.

Se sintió como un idiota, de pie en la habitación del instrumento de su perdición, incapaz de llevar a cabo el plan que tan meticulosamente había diseñado. Antes al contrario, en el teatro de su imaginación estaba pasando una y otra vez la expresión de la cara de Bourne al ver el buda tallado en piedra que colgaba de su cuello en una cadena de oro. Jan aferró el buda, sintiendo, como ocurría siempre que lo hacía, cierta sensación de consuelo y de seguridad al contacto con la suavidad de su forma y lo extraño de su peso. ¿Qué le estaba pasando?

Se volvió con un pequeño gruñido de furia y salió de la suite furtivamente. De camino a su habitación, sacó el móvil y marcó un número local. Una voz respondió al cabo de dos timbrazos.

—¿Sí? —dijo Ethan Hearn.

—¿Cómo va el trabajo? —preguntó Jan.

—La verdad es que lo encuentro muy ameno.

—Como te predije.

—¿Dónde estás? —preguntó el director de Desarrollo de Humanistas Ltd.

—En Budapest.

—Menuda sorpresa —dijo Hearn—. Creía que tenías un encargo en África Oriental.

—Lo rechacé —dijo Jan. Había llegado al vestíbulo y lo estaba atravesando, dirigiéndose hacia la puerta principal—. La verdad es que de momento me he salido del mercado.

—Algo muy importante ha debido de traerte aquí.

—De hecho, se trata de tu jefe. ¿Qué has podido descubrir?

—Nada concreto, pero está tramando algo. Y lo que sí te digo es que es algo muy, muy grande.

—¿Qué te hace pensar eso? —preguntó Jan.

—En primer lugar, ha tenido a dos chechenos como invitados —dijo Hearn—. En apariencia, eso no es de extrañar; tenemos en marcha una importante iniciativa en Chechenia. Y sin embargo fue extraño, pero que muy extraño, porque aunque iban vestidos como occidentales (el hombre sin barba y la mujer sin pañuelo en la cabeza), los reconocí, bueno, al menos lo reconocí a él. Era Hasan Arsenov, el líder de los rebeldes chechenos.

—Continúa —le instó Jan, mientras pensaba que estaba obteniendo de aquel topo más de lo que había pagado.

—Luego, hace dos noches, me pidió que fuera a la ópera —prosiguió Hearn—. Me dijo que quería enganchar a un ricachón muy prometedor llamado László Molnar.

—¿Y eso qué tiene de raro? —preguntó Jan.

—Dos cosas —contestó Hearn—. En primer lugar, Spalko se hizo cargo del asunto a mitad de la noche. Y me ordenó de forma tajante que me tomara el día siguiente libre. Y segundo, Molnar ha desaparecido.

—¿Desaparecido?

—Se ha esfumado del todo, como si nunca hubiera existido —dijo Hearn—. Spalko cree que soy demasiado ingenuo y que no me molestaría en hacer ninguna averiguación. —Se rió por lo bajinis.

—No te confíes en exceso —le advirtió Jan—. Será entonces cuando cometas un error. Y recuerda lo que te dije: no subestimes a Spalko. Si lo haces eres hombre muerto.

—Ya lo sé, Jan. ¡Joder! No soy idiota.

—No estarías en mi nómina, si lo fueras —le recordó Jan—. ¿Conoces la dirección del domicilio de ese tal László Molnar?

Ethan Hearn se lo dio.

—Ahora —dijo Jan—, todo lo que tienes que hacer es mantener los oídos bien abiertos y la cabeza gacha. Quiero que hurgues todo lo que puedas acerca de él.

* * *

Jason Bourne observó a Annaka cuando ésta salió del depósito de cadáveres, donde, sospechaba, había sido llevada por la policía para que identificara a su padre y a los tres hombres que habían sido tiroteados. En cuanto al francotirador, había aterrizado de cara, lo cual descartaba cualquier identificación por medio de las fichas dentales. La policía debía de estar comprobando sus huellas en la base de datos de la Unión Europea. Por los retazos de conversación que había cogido al vuelo en la iglesia de Matías, la policía sentía verdadera curiosidad por los motivos que había llevado a un asesino profesional a querer matar a János Vadas, pero Annaka no había dado ninguna explicación, la policía se había dado por vencida y la habían dejado marchar. Como era de esperar, no tenían ni la más remota idea de la participación de Bourne. Éste se había mantenido al margen de la investigación por necesidad —al fin y al cabo pesaba sobre él una orden de búsqueda internacional—, pero eso no impedía que sintiera cierta inquietud. No tenía ni idea de si podía confiar en Annaka. No había transcurrido tanto tiempo desde que ella hubiera intentado alojarle una bala en la sesera. Pero Bourne tenía la esperanza de que los actos que él había realizado después del asesinato del padre de la chica la convencieran de que sus intenciones eran buenas.

Aparentemente había sido así, porque Annaka no le había hablado a la policía de él. De hecho, Bourne había encontrado sus botas en la capilla que Annaka le había enseñado, metidas entre las criptas del rey Bela III y de Inés de Châtillon. Después de sobornar a un taxista, la había seguido de cerca hasta la comisaría de policía, y de allí al depósito de cadáveres.

En ese momento Bourne observó a los policías saludar llevándose la mano a la gorra y despedirse. Se habían ofrecido a llevarla a casa, pero Annaka había rechazado el ofrecimiento. En su lugar, supuso Bourne, sacó su móvil para llamar a un taxi.

Cuando estuvo seguro de que ella estaba sola, salió de las sombras en las que había estado escondido y cruzó rápidamente la calle hacia ella. Annaka lo vio y apartó el móvil. La expresión de alarma de la mujer hizo que Bourne se parara en seco.

—¡Usted! ¿Cómo me ha encontrado? —Annaka miró en derredor de forma bastante desaforada, según le pareció a Bourne—. ¿Me ha estado siguiendo todo este rato?

—Quería asegurarme de que estaba bien.

—Han matado a mi padre de un disparo delante de mí —dijo de manera cortante—. ¿Por qué habría de estar bien?

Bourne era consciente de que estaban parados debajo de una farola. De noche siempre pensaba en términos de objetivos y seguridad; era un acto reflejo... y no podía evitarlo.

—Aquí la policía puede causar problemas.

—¿En serio? ¿Y cómo sabe eso? —No aparentaba estar interesada en la respuesta de Bourne, porque empezó a alejarse de él taconeando sobre los adoquines.

—Annaka, nos necesitamos mutuamente.

Tenía la espalda muy erguida y mantenía la cabeza alta sobre su largo cuello.

—¿Qué le ha llevado a decir algo tan absurdo?

—Porque es la verdad.

Ella giró sobre sus talones, encarándose con él.

—No, no es verdad. —Sus ojos centelleaban—. Por su culpa mi padre está muerto.

—¿Quién dice ahora cosas absurdas? —Bourne negó—. A su padre lo asesinaron a causa de lo que fuera que se trajeran entre manos él y Alex Conklin. Por ese motivo asesinaron a Alex en su casa, y por eso estoy aquí.

Annaka resopló con desdén. Bourne comprendía el origen de su crispación. La habían introducido a la fuerza en un escenario dominado por los hombres, quizá por su padre, y en ese momento estaba más o menos en pie de guerra. O al menos estaba muy a la defensiva.

—¿No quiere saber quién mató a su padre?

—Francamente, no. —Apoyó el puño en la cadera—. Quiero enterrarlo y olvidar que alguna vez oí hablar de Alexei Conklin y del doctor Felix Schiffer.

—¡No puede estar hablando en serio!

—¿Acaso me conoce, señor Bourne? ¿Sabe algo de mí? —Sus ojos claros lo observaron desde su cabeza ligeramente ladeada—. Me parece que no. No sabe nada de nada. Por eso ha venido aquí hacién-

dose pasar por Alexei. Un estúpido ruso, transparente como el plástico. Y ahora que ha equivocado el camino de entrada, ahora que se ha
metido en esto como un elefante en una cacharrería y que se ha derra-
mado toda esa sangre, cree que es su deber averiguar qué estaban
tramando mi padre y Alexei.

—¿Acaso me conoce, Annaka?

Una sonrisa sarcástica dividió el rostro de la chica cuando dio un
paso hacia él.

—Oh, sí, señor Bourne, le conozco muy bien. He visto ir y venir a
los de su clase, y todos ellos pensaban en el instante antes de ser tiroteados que eran más listos que el anterior.

—Bien, entonces dígame quién soy.

—¿Cree que no se lo diré? Señor Bourne, sé muy bien quién es
usted. Es un gato con un ovillo de cuerda. Y sólo piensa en desenre-
dar el ovillo de cuerda sin importarle el precio. Para usted todo esto
no es más que un juego, un misterio que debe ser resuelto. No importa nada más. El mismo misterio que busca resolver lo define; sin él, ni
siquiera existiría.

—Está equivocada.

—Oh, no, no lo estoy. —La sonrisa sarcástica se ensanchó—. Es
por eso que no es capaz de comprender que pueda alejarme de esto ni
que no quiera trabajar con usted ni ayudarlo a averiguar quién mató a
mi padre. ¿Por qué habría de hacerlo? ¿Conocer la respuesta lo hará
volver? Está muerto, señor Bourne. Él ya no piensa ni respira. Ahora
es sólo un montón de residuos, esperando a que el tiempo termine lo
que empezó.

Se dio la vuelta y empezó a alejarse de nuevo.

—Annaka...

—Aléjese, señor Bourne. Lo que tenga que decir no me interesa.

Bourne echó a correr para alcanzarla.

—¿Cómo puede decir eso? Seis hombres han perdido la vida por
culpa de...

Ella lo miró atribulada, y Bourne se dio cuenta de que estaba a
punto de echarse a llorar.

—Supliqué a mi padre que no se implicara, pero ya sabe, los viejos amigos..., el aliciente de la clandestinidad..., vaya usted a saber. Le

advertí de que todo acabaría mal, pero se echó a reír (sí, a reír), y dijo que yo era su hija y que era imposible que lo entendiera. Bien, eso me puso en mi sitio, ¿no cree?

—Annaka, me buscan por un doble asesinato que no cometí. A mis dos mejores amigos los han asesinado a tiros, y me han tendido una trampa para convertirme en el principal sospechoso. ¿No es capaz de comprender...?

—¡Dios mío! ¿Es que no ha oído una palabra de lo que he dicho? ¿Es que le ha entrado todo por un oído y le ha salido por el otro?

Vivía en el número 106-108 de la calle Fo, en Víziváros, un estrecho barrio de colinas y empinadas escaleras, más que calles, encajado entre el distrito del Castillo y el Danubio. Desde las ventanas en saliente se podía ver la plaza Bem. Había sido allí donde, horas antes del levantamiento de 1956, se congregaron miles de personas, agitando banderas húngaras a las que les habían cortado concienzuda y gozosamente la hoz y el martillo, antes de marchar sobre el parlamento.

Era un piso pequeño y abarrotado, más que nada a causa del enorme piano de concierto que ocupaba por completo la mitad del salón. La estantería que discurría desde el suelo al techo estaba atiborrada de libros, publicaciones periódicas y revistas sobre historia y teoría musical, biografías de compositores, directores y músicos.

—¿Toca el piano? —preguntó Bourne.

—Sí —respondió sencillamente Annaka.

Él se sentó en el sillín del piano y miró la partitura extendida sobre el atril: el *Nocturno número uno, en si bemol menor, Opus 9*, de Chopin. «Tendría que ser bastante buena para tocar esto», pensó.

Desde la ventana en saliente del salón había una vista del bulevar, además de los edificios de la otra acera. Había unas pocas luces encendidas; el sonido de una melodía de *jazz* de la década de los cincuenta —Thelonious Monk— flotaba en la noche. Un perro ladró y se apaciguó. De vez en cuando penetraba el ruido del tráfico.

Después de encender las lámparas, ella entró inmediatamente en la cocina y puso a hervir agua para el té. De un armario amarillo sacó dos juegos de tazas y platos, y mientras se hacía el té descorchó una botella de *schnapps* y sirvió una generosa ración en cada una de las tazas.

Abrió el frigorífico.

—¿Le apetece comer algo? ¿Queso, un trozo de salchicha? —Hablaba como si fueran viejos amigos.

—No tengo hambre.

—Yo tampoco.

Ella suspiró y cerró la puerta. Era como si, después de tomar la decisión de llevarlo a su casa, también hubiera decidido cambiar de actitud.

No volvieron a mencionar a János Vadas ni a la infructuosa persecución del asesino por parte de Bourne. Aquello le venía bien a él.

Annaka le entregó el té enriquecido y pasaron al salón, donde se sentaron en un sofá tan viejo como la viuda de un noble.

—Mi padre estaba trabajando con un intermediario profesional llamado László Molnar —dijo ella sin más preámbulos—. Fue él quien ocultó a su doctor Schiffer.

—¿Ocultar? —Bourne meneó la cabeza—. No lo entiendo.

—El doctor Schiffer había sido secuestrado.

El nivel de tensión de Bourne aumentó.

—¿Por quién?

Ella negó con la cabeza.

—Mi padre lo sabía, pero yo no. —Arrugó el entrecejo, concentrada—. Por ese motivo Alexei contactó con él primero. Necesitaba la ayuda de mi padre para rescatar al doctor Schiffer y hacerlo desaparecer llevándolo a un lugar secreto.

De repente Bourne oyó la voz de Mylene Dutronc en su cabeza: «Aquel día Alex hizo y recibió muchas llamadas en un período muy corto de tiempo. Estaba sumamente tenso, y supe que estaba en el punto crítico de una peliaguda operación de campo. Oí mencionar el nombre del doctor Schiffer varias veces. Sospecho que era el objeto de la operación».

Ésa era la peliaguda operación de campo.

—Así que su padre consiguió apoderarse del doctor Schiffer.

Ella asintió. La luz de la lámpara confería a su pelo un intenso tono cobrizo. Sus ojos y la mitad de la frente estaban sumidos en la sombra que proyectaba. Estaba sentada con las piernas juntas, ligeramente encorvada hacia adelante, con las manos alrededor de la taza de té, como si necesitara absorber su calor.

—En cuanto mi padre tuvo al doctor Schiffer, se lo entregó a László Molnar. Esto obedeció a estrictos motivos de seguridad. Tanto él como Alexei tenían un miedo terrible a quienquiera que hubiera secuestrado al doctor Schiffer.

Aquello también cuadraba con lo que Mylene le había dicho, pensó Bourne.

«Aquel día estaba asustado.»

Los pensamientos se agolpaban frenéticamente en la cabeza de Bourne.

—Annaka, para que todo esto empiece a tener lógica, tiene que comprender que el asesinato de su padre fue una trampa. Aquel francotirador ya estaba en la iglesia cuando entramos; sabía lo que su padre se traía entre manos.

—¿A qué se refiere?

—A su padre le dispararon antes de que pudiera contarme lo que necesitaba saber. Alguien no quiere que encuentre al doctor Schiffer, y cada vez es más evidente que ese alguien es la misma persona que secuestró a Schiffer, a quien su padre y Alex tanto temían.

Annaka puso los ojos como platos.

—Entonces, es posible que ahora László Molnar esté en peligro.

—¿Podría conocer ese hombre misterioso la relación de su padre con Molnar?

—Mi padre era extremadamente prudente y muy celoso en las cuestiones de seguridad, así que parece improbable. —Ella lo miró, y el miedo ensombreció su mirada—. Por otra parte, sus defensas no le sirvieron de nada en la iglesia de Matías.

Bourne asintió con la cabeza.

—¿Sabe dónde vive Molnar?

Fueron en el coche de Annaka hasta el piso de Molnar, situado en el elegante barrio de las embajadas de Rózsadomb, o Colina de las Rosas. Budapest se exhibía en una mezcla de edificios de piedra clara, ampulosamente recargados como tartas de cumpleaños, con ornamentales dinteles y cornisas talladas; en las pintorescas calles de adoquines y en los balcones de hierro forjado repletos de tiestos con flores; en los cafés iluminados por recargados candelabros cuya luz amarillo limón dejaba ver las paredes recubiertas con paneles de madera rojiza, y en las vidrieras finiseculares que salpicaban aquí y allá sus brillantes colores. Al igual que París, era una ciudad definida ante todo por el sinuoso río que la partía en dos, y después por los puentes que lo cruzaban. Aparte de eso, era la ciudad de la piedra labrada, de los chapiteles góticos, de las amplias escaleras públicas, de las murallas iluminadas, de las cúpulas recubiertas de cobre, de los muros cubiertos de hiedra, de las estatuas monumentales y de los mosaicos fastuosos.

Todas aquellas cosas, y más, impresionaron vivamente a Bourne. Para él fue como llegar a un lugar y recordarlo como soñado, con una onírica claridad surrealista fruto de su conexión directa con el inconsciente. Y, sin embargo, era incapaz de separar un recuerdo concreto de la corriente emocional que surgía de su destrozada memoria.

—¿Qué sucede? —preguntó Annaka, como si percibiera su inquietud.

—Ya he estado aquí antes —dijo él—. ¿Recuerda que le dije que aquí la policía podía causar problemas?

Ella asintió con la cabeza.

—Tiene toda la razón al respecto. ¿Me está diciendo que no sabe cómo lo sabe?

Bourne apoyó la cabeza en el respaldo del asiento.

—Hace algunos años tuve un terrible accidente. Bueno, en realidad no fue un accidente. Me dispararon en un barco y caí por la borda. Estuve a punto de morir por el impacto, la pérdida de sangre y el frío. Un médico de Île de Port Noir, en Francia, me extrajo la bala y me cuidó. Recuperé la salud física por completo, pero mi memoria quedó dañada. Tuve amnesia durante algún tiempo, y luego, poco a poco y con mucho esfuerzo, empecé a recordar retazos de mi vida pasada. La verdad con la que tengo que vivir es que nunca he recobrado totalmente mi memoria, y tal vez nunca la recobre.

Annaka siguió conduciendo, aunque por la expresión de su rostro Bourne se dio cuenta de que la historia la había conmovido.

—Ni se imagina lo que es no saber quién eres —dijo—. A menos que le ocurra a uno, es imposible saber o tan siquiera explicar lo que se siente.

—Como un barco sin amarras.

Él la miró.

—Sí.

—En el mar que te rodea no se ve rastro de tierra ni de sol ni de luna ni de estrella que te indiquen qué camino has de seguir para volver a casa.

—Se parece bastante a eso.

Estaba sorprendido. Quiso preguntarle cómo sabía ella algo así, pero se habían arrimado a la acera frente a un gran y ampuloso edificio de piedra.

Salieron del coche y entraron en el vestíbulo. Annaka apretó un botón, y una bombilla de poca potencia se encendió; la enfermiza iluminación dejó a la vista un suelo de mosaicos y la pared de los tiradores de los timbres. Al de László Molnar no respondió nadie.

—Podría no querer decir nada —dijo Annaka—. Es más que probable que Molnar esté con el doctor Schiffer.

Bourne se dirigió a la puerta delantera, una de esas anchas y gruesas con un cristal esmerilado grabado hasta arriba desde la altura de la cintura.

—Lo averiguaremos enseguida.

Se inclinó sobre la cerradura y un instante después tenía la puerta abierta. Annaka pulsó otro botón, y una luz se encendió durante treinta segundos, mientras ella abría camino por la ancha y sinuosa escalera hasta el piso de Molnar, situado en la segunda planta.

A Bourne se le resistió un poco más aquella cerradura, pero al final cedió. Annaka estaba a punto de entrar como una bala, cuando él la sujetó. Sacó su pistola de cerámica y abrió la puerta lentamente. Las lámparas estaban encendidas, pero reinaba un gran silencio. Después de pasar del salón al dormitorio, y de ahí al baño y a la cocina, encontraron el apartamento limpio como una patena, sin el menor indicio de pelea ni rastro de Molnar.

—Lo que me preocupa —dijo Bourne guardando el arma— es que las luces estén encendidas. No puede estar fuera con el doctor Schiffer.

—Entonces volverá en cualquier momento —dijo Annaka—. Deberíamos esperarlo.

Bourne asintió con la cabeza. En el salón cogió varias fotos enmarcadas de las estanterías y la mesa.

—¿Es éste Molnar? —preguntó a Annaka, señalando a un hombre corpulento de abundante cabellera negra peinada hacia atrás.

—Es él. —Annaka miró alrededor—. Mis abuelos vivían es este edificio, y de niña solía jugar en los pasillos. Los niños que vivían aquí conocían todo tipo de escondites.

Bourne pasó los dedos por los lomos de las carátulas de unos viejos discos de 33 revoluciones amontonados junto a un caro equipo estereofónico con un plato complicado.

—Veo que además de aficionado a la ópera es muy exigente a la hora de escucharla.

Annaka escudriñó el interior.

—¿No hay reproductor de discos compactos?

—La gente como Molnar le diría que el traslado al soporte digital le quita a la música toda la calidez y sutileza de las grabaciones.

Bourne se volvió hacia la mesa, sobre la que estaba apoyado un ordenador portátil. Vio que estaba conectado a una toma de corriente eléctrica y a un módem. La pantalla estaba apagada, pero el bastidor estaba caliente cuando lo tocó. Apretó la tecla de «Salir», y la pantalla revivió de inmediato; el ordenador había permanecido en el modo de ahorro de consumo; nunca lo habían apagado.

Annaka se puso detrás de él y miró la pantalla, donde leyó:

—Ántrax, fiebre hemorrágica argentina, criptococosis, peste neumónica... ¡Dios santo!, ¿por qué estaba Molnar en una página web que describe los efectos de...? ¿Cómo se llaman? ¿Agentes patógenos letales?

—Lo único que sé es que el doctor Schiffer es el principio y el fin de este enigma —dijo Bourne—. Alex Conklin se puso en contacto con el doctor Schiffer cuando éste estaba en la DARPA, que es el programa de armas avanzadas dirigido por el Departamento de Defensa de Estados Unidos. Un año más tarde, el doctor Schiffer se cambió a la Junta de Armamento Táctico No Letal de la CIA. Al poco tiempo, desapareció por completo. No tengo ni idea de en qué podría estar trabajando que interesara tanto a Conklin como para que éste se complicara la vida encabronando al Departamento de Defensa y haciendo desaparecer del programa de la Agencia a un destacado científico del Gobierno.

—Puede que el doctor Schiffer sea bacteriólogo o epidemiólogo. —Annaka se estremeció—. La información de esta página web es terrorífica.

Entró en la cocina para coger un vaso de agua, mientras Bourne navegaba por la página para ver si podía obtener alguna pista más sobre los motivos de Molnar para visitarla. Al no encontrar nada, se dirigió a la parte superior del explorador, donde accedió a un menú desplegable contiguo a la barra de «Direcciones», donde se mostraba los sitios más recientes visitados por Molnar. Pinchó en el último al que había accedido. Resultó ser un foro científico en tiempo real. Tras recorrer la sección de «Archivos», volvió a tiempo para ver si podía averiguar cuándo había utilizado Molnar el foro y sobre qué había hablado. Aproximadamente cuarenta y ocho horas antes, László1647m había entrado en el foro. Con el corazón latiéndole a toda prisa, pasó varios minutos leyendo el diálogo que había mantenido con otro miembro del foro.

—Annaka, mire esto —gritó—. Parece que el doctor Schiffer no es bacteriólogo ni epidemiólogo. Es un experto en el comportamiento de las partículas bacterianas.

—Señor Bourne, debería venir aquí —contestó Annaka—. Inmediatamente.

La tensión en la voz de la mujer hizo que Bourne fuera corriendo a la cocina. Estaba parada delante del fregadero como si la tuviera embelesada. Annaka sostenía un vaso de agua en el aire, a medio camino de sus labios. Parecía estar pálida, y cuando vio a Bourne, se humedeció los labios con nerviosismo.

—¿Qué sucede?

Ella señaló una oquedad entre la encimera y el frigorífico, donde Bourne vio cuidadosamente apiladas siete u ocho rejillas metálicas pintadas de blanco.

—¿Qué demonios son? —preguntó él.

—Son las baldas del frigorífico —dijo Annaka—. Alguien las ha sacado. —Se volvió hacia Bourne—. ¿Por qué harían eso?

—Puede que Molnar vaya a comprarse un frigorífico nuevo.

—Éste es nuevo.

Bourne examinó la parte posterior del frigorífico.

—Está encendido, y el compresor parece funcionar con normalidad. ¿Ha mirado dentro?

—No.

Bourne agarró el tirador y abrió la puerta. Annaka soltó un grito ahogado.

—¡Joder! —dijo Bourne.

Un par de ojos nublados por la muerte los miraban sin ver. Allí, en la parte más baja del frigorífico sin rejillas, yacía el cuerpo encogido y azulado de László Molnar.

15

El aullido sincopado de las sirenas les hizo recobrarse de la impresión. Bourne corrió a la ventana y miró hacia la Colina de las Rosas, donde vio detenerse a unos cinco o seis Opel Astra y Skoda Felicia blancos, con las luces azules y blancas centelleando. Los agentes salieron de los coches en desbandada y se dirigieron directamente al edificio de Molnar. ¡Le habían vuelto a tender una trampa! La escena era tan parecida a lo que había sucedido en casa de Conklin que Bourne supo que detrás de ambos incidentes debía de estar la misma persona. Aquél era un dato importante, porque le indicaba dos cosas: primero, que Annaka y él estaban siendo vigilados. ¿Por quién? ¿Por Jan? No lo creía. La metodología de Jan buscaba cada vez más el enfrentamiento directo. Segundo, pudiera ser que Jan hubiera dicho la verdad cuando afirmó que él no era el responsable de los asesinatos de Alex y Mo. En ese preciso instante a Bourne no se le ocurrió ningún motivo para que hubiera mentido a ese respecto. Aquello dejaba a la persona desconocida que había llamado a la policía en la finca de Conklin. ¿La persona para la que trabajaba vivía en Budapest? Había una lógica convincente en ello. Conklin estaba a punto de viajar a Budapest cuando lo asesinaron. El doctor Schiffer había estado en Budapest, junto con János Vadas y László Molnar. Todos los caminos conducían a aquella ciudad.

En el mismo instante en que aquellos pensamientos se agolparon en su cabeza, se puso a gritar a Annaka que limpiara y guardara el vaso y que le pasara un trapo al grifo del agua. Cogió el ordenador portátil de Molnar, limpió el tocadiscos estereofónico y el picaporte de la puerta, y los dos salieron a toda velocidad del piso.

En ese momento oyeron el estruendo de los policías que subían por la escalera. El ascensor estaría a reventar de agentes, así que ni hablar del peluquín.

—No nos dejan alternativa —dijo Bourne cuando empezaron a ascender por la escalera—. Tenemos que subir.

—Pero ¿por qué aparecen ahora? —preguntó Annaka—. ¿Cómo han podido saber que estábamos aquí?

—No han podido —dijo Bourne sin dejar de conducirla escaleras arriba—, a menos que nos estuvieran vigilando. —No le gustaba la posición en que les estaba colocando la policía. Se acordaba muy bien de la suerte corrida por el francotirador en la iglesia de Matías. Cuando se sube, las más de las veces se baja, y de mala manera.

Estaban un piso por debajo del tejado cuando Annaka le tiró de la mano y susurró:

—¡Por aquí!

Lo condujo por el pasillo. Por detrás de ellos el hueco de la escalera retumbaba con los ruidos que haría cualquier grupo de hombres, sobre todo uno que fuera a detener a un asesino abyecto. A la altura de las tres cuartas partes del pasillo había una puerta que parecía una salida de emergencia. Annaka la abrió. Se encontraron en un corto corredor que no tendría más de tres metros de largo, al final del cual había otra puerta que estaba hecha de unas placas metálicas abolladas. Bourne se adelantó a ella.

Vio que la puerta estaba cerrada con unos cerrojos en la parte superior y en la inferior. Corrió los pestillos y la abrió. Allí sólo había un muro de ladrillo, frío como una tumba.

—¡Fíjense en esto! —dijo el detective Csilla, mientras hacía caso omiso al novato que le había vomitado encima de los lustrosos zapatos. Era evidente que la academia ya no los formaba como antaño, reflexionó mientras estudiaba a la víctima, encogida y tiesa dentro de su propio frigorífico.

—No hay nadie en el piso —le informó uno de sus agentes.

—Saquen huellas igualmente —dijo el detective Csilla. Era un hombre fornido de pelo rubio, nariz de boxeador y ojos inteligentes—. Dudo que el autor haya sido lo bastante idiota como para dejar sus huellas, pero nunca se sabe —dijo. Y señalando con el dedo—: Mire esas marcas de quemaduras, ¿las ve? Y las heridas punzantes parecen muy profundas.

—Torturado —dijo su sargento, un joven escurrido—, por un profesional.

—Éste es algo más que un profesional —le corrigió el detective Csilla, inclinándose dentro del frigorífico y olfateando, como si el cadáver fuera un costillar de carne que sospechara hubiera empezado a pudrirse.

—El chivatazo telefónico dijo que el asesino estaba aquí, en el piso.

El detective Csilla levantó la vista.

—Si no en el piso, seguro que sí en el edificio. —Se apartó cuando llegó la policía científica con sus equipos y cámaras con flashes—. Haga que se desplieguen los hombres.

—Ya lo he hecho —dijo el sargento en un intento sutil de recordarle a su jefe que no tenía intención de seguir eternamente de sargento.

—Ya hemos pasado suficiente tiempo con el muerto —dijo el detective Csilla—. Unámonos a ellos.

Mientras recorrían el pasillo, el sargento le explicó que el ascensor ya había sido asegurado, al igual que las plantas inferiores.

—El asesino sólo tiene una manera de escapar.

—Lleve a los tiradores de primera al tejado —dijo el detective Scilla.

—Ya están allí —contestó el sargento—. Los metí en el ascensor cuando entramos en el edificio.

Csilla asintió con la cabeza.

—¿Cuántos pisos tenemos encima? ¿Tres?

—Sí, señor.

Csilla subió las escaleras de dos en dos.

—Con el tejado asegurado, nos podemos permitir tomarnos nuestro tiempo.

No tardaron mucho en encontrar la puerta que daba al corto corredor.

—¿Adónde conduce esto? —preguntó Csilla.

—No lo sé, señor —dijo el sargento, irritado por no poder dar una respuesta.

Cuando los dos hombres se acercaron al otro extremo del corredor, vieron la abollada puerta de metal.

—¿Qué tenemos aquí? —Csilla examinó la puerta—. Cerrojos

arriba y abajo. —Se inclinó y vio el brillo del metal—. Han sido abiertos recientemente. —Sacó su pistola y abrió la puerta que daba al muro de ladrillo.

—Parece que nuestro asesino se llevó el mismo chasco que nosotros.

Csilla estaba mirando atentamente el enladrillado, intentando discernir si había alguno nuevo. Luego, alargó la mano y comprobó un ladrillo tras otro. El sexto que tocó se movió casi imperceptiblemente. Viendo que su sargento estaba a punto de soltar una exclamación, le tapó la boca con la mano y le lanzó una mirada de advertencia. Luego, le susurró al oído:

—Coja a tres de los hombres y examine a fondo el edificio contiguo.

Al principio, Bourne, con el oído bien aguzado para captar el más leve sonido en aquella negrura de alquitrán, creyó que el ruido se debía a alguna de las ratas con las que estaban compartiendo aquel incómodo, frío y húmedo lugar situado entre los muros del edificio de Molnar y del colindante. Entonces lo oyó de nuevo, y supo lo que era: el roce del ladrillo contra el mortero.

—Han encontrado nuestro escondite —susurró al tiempo que agarraba a Annaka—. Tenemos que movernos.

El espacio que ocupaban era estrecho, de no más de sesenta centímetros de ancho, aunque parecía ascender indefinidamente por la oscuridad que se abría sobre sus cabezas. Estaban de pie sobre una especie de suelo hecho de tuberías metálicas. No era el más seguro de los suelos, y a Bourne no le hizo gracia pensar en el vacío que tenían debajo, al que caerían si una o más cañerías cedían.

—¿Conoce alguna manera de salir de aquí? —susurró Bourne.

—Creo que sí —respondió ella.

Annaka giró a su derecha y avanzó por aquel espacio palpando el muro del edificio anejo con las palmas de las manos.

Tropezó una vez y se incorporó.

—Está por aquí —musitó.

Siguieron avanzando, poniendo un pie delante de otro. Entonces, una de las tuberías cedió de repente bajo el peso de Bourne, y su pierna izquierda se hundió en el suelo. Al ladearse violentamente y golpearse el hombro con la pared, el ordenador de Molnar se le escapó de las manos. Bourne intentó atraparlo, de la misma manera que Annaka alargó los brazos para agarrarlo y tirar de él hacia arriba. Pese a sus esfuerzos, Bourne vio al ordenador golpear de canto una tubería y caer por el agujero que había abierto la tubería podrida, perdiéndose para siempre.

—¿Se encuentra bien? —preguntó Annaka mientras él recuperaba el equilibrio.

—Muy bien —dijo en tono grave—, pero hemos perdido el ordenador de Molnar.

Al cabo de un rato Bourne se quedó paralizado. Podía oír unos movimientos lentos y sigilosos por detrás de ellos —alguien más estaba respirando allí dentro—, y sacó la linterna, poniendo el pulgar sobre el interruptor. Acercó los labios a la oreja de Annaka.

—Está aquí, con nosotros. No hable más. —Percibió el movimiento de asentimiento de la cabeza de Annaka, del mismo modo que aspiró el olor a limón y musgo que desprendía la piel desnuda de la mujer.

Se oyó un ruido detrás de ellos cuando el zapato del policía golpeó la protuberancia de una soldadura que unía dos tuberías. Todos se quedaron inmóviles. El corazón de Bourne latió aceleradamente. Entonces la mano de Annaka encontró la suya, y ella lo guió a lo largo de la pared hasta donde faltaba, o había sido arrancada de manera deliberada, una hilera de yeso.

Pero en ese momento se planteaba otro problema. En cuanto empujaran aquella parte de la pared, el policía que estaba detrás avistaría, por más débil que fuera, la mancha blanca de luz procedente del otro lado. Entonces los vería y sabría adónde se dirigían. Bourne decidió correr el riesgo, acercó los labios a la oreja de Annaka y le susurró:

—Debe avisarme un segundo antes de que empuje la pared.

Ella le apretó la mano en respuesta, sin soltársela. Cuando Bourne sintió un segundo apretón, apuntó la linterna directamente detrás de ellos, y la encendió de golpe. El chorro deslumbrante de luz cegó por un momento a su perseguidor, y Bourne centró sus energías en ayudarla a pasar a través de la sección de noventa centímetros cuadrados del muro.

Annaka se escabulló por el agujero, mientras Bourne mantenía el haz apuntado contra su adversario, aunque sintió vibrar las tuberías bajo las suelas de sus botas, y un instante después era alcanzado por un golpe terrible.

El detective Csilla intentó defenderse de la luz cegadora. Le habían pillado totalmente desprevenido, un hecho que lo enfureció, toda vez que se sentía orgulloso de estar siempre preparado para cualquier contingencia. Sacudió la cabeza, pero no fue una buena solución; el haz de luz lo había cegado temporalmente. Si se mantenía en el sitio hasta que se apagara la luz, no le cabía ninguna duda de que para entonces el asesino habría huido. Así que utilizó el factor sorpresa en su provecho, y atacó aunque estaba cegado. Se abalanzó corriendo por las tuberías con un gruñido a causa del esfuerzo y se estrelló contra el asesino con la cabeza gacha, agazapado como si estuviera en una refriega callejera.

En un espacio tan cerrado y sumido en la oscuridad, la vista era de poca utilidad, así que se dispuso a utilizar los puños, los cantos de las manos y los talones de sus fuertes zapatos, tal como se le había enseñado en la academia. Era un hombre que creía en la disciplina, en el rigor y en el poder de la ventaja. Sabía, desde el momento en que se había abalanzado, que el asesino jamás habría sospechado que le atacaría cegado, así que soltó el mayor número posible de golpes sobre su contrincante lo más deprisa que pudo, a fin de sacarle el máximo provecho a la ventaja del factor sorpresa.

Pero el hombre tenía una constitución fuerte y robusta. Y lo que aún era peor, era un especialista en la lucha cuerpo a cuerpo, y Csilla supo casi de inmediato que en una pelea prolongada sería derrotado. Por consiguiente, buscó acabar el combate rápidamente y con contundencia. Y, al intentarlo, cometió el fatal error de dejar al descubierto el lateral de su cuello. Sintió la sorpresa de la presión, aunque no dolor. Ya estaba inconsciente cuando las piernas se doblaron bajo él.

Bourne atravesó el agujero del muro y ayudó a Annaka a colocar de nuevo en su sitio los ladrillos.

—¿Qué le ha ocurrido? —preguntó ella, ligeramente sin resuello.

—Un policía que se pasó de listo.

Se encontraban en otra corta galería de servicio flanqueada de ladrillos. Por una puerta se accedía al pasillo del edificio contiguo al de Molnar; unos apliques de cristal esmerilados dispuestos a lo largo de las paredes empapeladas con flores arrojaban una luz cálida. Aquí y allá se veían diseminados unos bancos de madera oscura.

Annaka ya había pulsado el botón del ascensor, pero mientras ascendía hacia ellos, Bourne vio a través de la caja a dos policías pistola en ristre.

—¡Oh, mierda! —dijo, cogiendo a Annaka de la mano y arrastrándola hasta la escalera. Pero entonces oyó un fuerte ruido de pisadas, y supo que aquella salida también se les negaba. Detrás de ellos, los dos policías abrieron las puertas de la cabina del ascensor, salieron al pasillo y echaron a correr en su dirección. Bourne hizo subir a Annaka un tramo de escaleras. Ya en el pasillo, Bourne se decidió por la cerradura de la primera puerta a la que llegaron, cerrándola antes de que la policía los siguiera escaleras arriba.

Dentro, el piso estaba a oscuras y en silencio; era imposible saber si había alguien en la casa. Bourne se dirigió a una ventana lateral, la abrió y, asomándose, examinó una cornisa de piedra que daba sobre un estrecho callejón donde se almacenaban un par de enormes contenedores de basura metálicos de color verde. La única luz provenía de una farola de la calle Endrodi. Tres ventanas más allá, una escalera de incendios descendía hasta el callejón que, por lo que Bourne podía ver, estaba desierto.

—Vamos —dijo, saliendo a la cornisa.

Annaka puso los ojos como platos.

—¿Es que está loco?

—¿Es que quiere que nos atrapen? —La miró desapasionadamente—. Ésta es nuestra única escapatoria.

Annaka tragó saliva con dificultad.

—Tengo miedo a las alturas.

—No estamos tan altos. —Alargó una mano y movió los dedos—. Vamos, no hay tiempo que perder.

Tras hacer una profunda inspiración, Annaka salió y cerró la ventana tras ella. Entonces se volvió y miró hacia abajo, y si Bourne no la hubiera agarrado y empujado contra el lateral de piedra del edificio, se habría precipitado al vacío.

—¡Por Dios bendito, me dijo que no estábamos tan altos!

—Y así es para mí.

Annaka se mordió el labio.

—Lo mataré por esto.

—Ya lo ha intentado. —Le apretó la mano—. Ahora sígame y no le pasará nada, se lo prometo.

Avanzaron hasta el final de la cornisa. Bourne no quería presionarla, pero había buenos motivos para darse prisa. Con la policía pululando por todo el edificio, era sólo una cuestión de tiempo que llegaran hasta aquel callejón.

—Ahora tendrá que soltarme la mano —le dijo, y entonces, y dado que vio lo que ella estaba a punto de hacer, le dijo con la suficiente dureza para detenerla—: ¡No mire para abajo! Si siente que se marea, mire al lateral de edificio y concéntrese en algo pequeño, las esculturas de la cantería o lo que sea. Mantenga la mente ocupada en ello y perderá el miedo.

Annaka asintió con la cabeza y le soltó la mano; Bourne extendió el pie y salvó la distancia que había entre las cornisas. Con la mano derecha agarró la parte superior de la cornisa que discurría por encima de la ventana contigua, y trasladó todo su peso del lado izquierdo al derecho. Acto seguido, levantó el pie izquierdo de la cornisa en la que seguía parada Annaka y cruzó limpiamente a la siguiente cornisa. Entonces se volvió sonriendo, y alargó la mano hacia ella.

—Ahora usted.

—No. —Annaka sacudió resueltamente la cabeza de un lado a otro. En su cara no quedaba ni un ápice de color—. No puedo hacerlo.

—Sí, sí que puede. —Bourne volvió a mover los dedos—. Vamos, Annaka, dé el primer paso; después de eso, el resto es fácil. Tan sólo tiene que cambiar su peso de la izquierda a la derecha.

Ella negó con la cabeza sin decir palabra.

Bourne sonreía mientras procuraba no dar muestras de la angustia creciente que sentía. Allí, en el lateral del edificio, eran absolutamente vulnerables. Si la policía llegase en ese momento al callejón, estaban muertos. Tenía que hacer que ambos llegaran a la escalera de incendios, y hacerlo deprisa.

—Una pierna, Annaka. Alargue la pierna derecha.

—¡Joder! —Ella estaba en el borde de la cornisa, donde Bourne había estado un momento antes—. ¿Y si me caigo?

—No se va a caer.

—¿Pero y si...?

—La agarraré. —Su sonrisa se hizo más franca—. Tiene que moverse ya.

Annaka hizo lo que él le pedía, y adelantó la pierna derecha en el vacío hacia el otro lado. Bourne le enseñó cómo tenía que agarrarse a la cornisa de encima con la mano derecha. Ella lo hizo no sin titubeos.

—Ahora cambie el peso de la izquierda a la derecha y cruce.

—Estoy paralizada.

Estaba en un tris de venirse abajo, y Bourne se dio cuenta.

—Cierre los ojos —dijo—. ¿Siente mi mano en la suya? —Ella asintió con la cabeza, como si le aterrorizara que la vibración de su laringe pudiera arrojarla al vacío dando vueltas—. Cambie el peso, Annaka. Sólo cámbielo de la izquierda a la derecha. Bien, ahora levante la pierna izquierda y dé un paso...

—No.

Él le rodeó la cintura con la mano.

—Muy bien. Entonces, sólo levante la pierna izquierda.

Y en cuanto lo hizo, con rapidez y bastante violencia tiró de ella hacia él y sobre la cornisa contigua. Annaka se desplomó encima de él, temblando a causa del miedo y de la liberación de la tensión.

Sólo quedaban dos más. Bourne avanzó con ella hasta el otro extremo de la cornisa y repitió el proceso. Cuanto antes se quitaran aquello de encima, mejor para los dos. Annaka consiguió cruzar la segunda y tercera cornisa con algo más de facilidad, ya fuera por puro nervio, ya por haber desconectado totalmente su mente y haber seguido las órdenes de Bourne sin pensar.

Al fin consiguieron llegar a la escalera de incendios y empezaron a bajar hacia la calle. La farola de la calle Endrodi proyectaba unas largas sombras por el callejón. Bourne sintió deseos de apagarla de un disparo, pero no se atrevió. En su lugar, apremió a Annaka para que bajara más deprisa.

Se encontraban ya sobre uno de los escalones de la escalera vertical extensible que los haría descender a unos sesenta centímetros de los adoquines del callejón, cuando por el rabillo del ojo Bourne percibió una alteración en la luz. Unas sombras avanzaron por el callejón en sentidos opuestos. Un par de policías habían entrado en el callejón desde ambos extremos.

El sargento del detective Csilla había cogido a uno de sus agentes que estaban en el edificio en cuanto se localizó al asesino. Ya sabía que éste era lo bastante inteligente para haber encontrado la manera de pasar de un edificio a otro. Después de que se escapara del piso de László Molnar, a esas alturas no creía que el criminal se fuera a permitir el lujo de quedar atrapado en la escalera del edificio contiguo. Eso significaba que encontraría una salida, y el sargento quería tenerlo todo bajo control. Tenía a un hombre en el tejado, y dos más en la puerta principal y en la de servicio. Aquello dejaba sólo el callejón lateral. No veía la manera de que el asesino pudiera llegar hasta el callejón, pero no iba a correr ningún riesgo.

Por suerte para él, vio la figura perfilada contra la escalera de incendios cuando dobló la esquina del edificio y entró en el callejón. Gracias a la luz de la farola de la calle Endrodi vio a su agente entrar al callejón por el otro extremo. Hizo una señal hacia arriba, señalando hacia la figura de la escalera de incendios. Había sacado su pistola y avanzaba con paso seguro hacia el tramo vertical que descendía desde la escalera de incendios, cuando la figura se movió y dio la sensación de que se separaba, como si se dividiera. Se llevó una gran sorpresa. ¡Había dos figuras en la escalera de incendios!

Levantó el arma y disparó. Salieron chispas del metal, y entonces vio que una de las figuras se arrojaba al vacío haciéndose un ovillo y que desaparecía entre los dos enormes contenedores. El agente echó a correr, pero el sargento se contuvo. Éste vio que el agente llegaba a la esquina del contenedor que tenía más cerca, y que se encogía para meterse en el espacio que había entre los dos.

El sargento levantó la vista hacia la segunda figura. La mala iluminación hacía difícil distinguir los detalles, aunque no vio a nadie. La escalera de incendios parecía despejada. ¿Adónde podía haber ido la segunda figura?

Volvió a fijar su atención en el agente y descubrió que el hombre había desaparecido. Avanzó varios pasos y lo llamó por su nombre. No hubo respuesta. Sacó su receptor-transmisor, y ya estaba a punto de pedir refuerzos cuando algo cayó sobre él. El sargento trastabilló, cayó pesadamente y se incorporó sobre una rodilla, sacudiendo la cabeza. Entonces salió algo de entre los dos contenedores. Cuando se percató de que no era su agente, había recibido un golpe lo bastante fuerte para hacerle perder el conocimiento.

—Eso ha sido una verdadera estupidez —dijo Bourne mientras se agachaba para ayudar a Annaka a levantarse de los adoquines del callejón.

—De nada —dijo ella, zafándose de la mano de Bourne y levantándose por sus propios medios.

—Pensaba que le daban miedo las alturas.

—Más miedo me da morir —le retrucó Annaka.

—Salgamos de aquí antes de que aparezcan más policías —dijo él—. Creo que debería ser usted quien guiara.

En el momento en que Bourne y Annaka salían corriendo del callejón, a Jan le dio en los ojos la luz de la farola. Aunque no llegó a verles las caras, reconoció a Bourne por la figura y los andares. En cuanto a la compañía femenina de éste, aunque su mente la registró de forma tangencial, no le prestó mucha atención. Él, al igual que Bourne, estaba bastante más interesado en los motivos que habían llevado a la policía al piso de László Molnar mientras Bourne se encontraba allí. Y al igual que a éste, también le llamó la atención la similitud de aquel escenario con el de la finca de Conklin en Manassas. Aquello llevaba impreso la huella de Spalko. El problema era que, al contrario que en

Manassas, donde sí había localizado al hombre de Spalko, no se había encontrado con nadie parecido durante su concienzudo reconocimiento de las cuatro manzanas que rodeaban el edificio del piso de Molnar. Entonces, ¿quién había llamado a la policía? Alguien había estado en la escena para dar el chivatazo cuando Bourne y la mujer habían entrado en el edificio.

Arrancó su coche de alquiler y pudo seguir a Bourne cuando éste se metió en un taxi. La mujer siguió adelante. Conociendo a Bourne como lo conocía, Jan estaba preparado para las vueltas atrás, los cambios de sentido y los cambios de taxi, así que nunca perdió de vista a Bourne durante todas las maniobras de éste para despistar a cualquier posible perseguidor.

Finalmente, el taxi de Bourne llegó a la calle Fo. A cuatro manzanas al norte de las magníficas cúpulas de los baños Kiraly, Bourne se apeó del taxi y entró en el número 106-108.

Jan aminoró la marcha y se arrimó a la acera un poco más arriba en la misma manzana y al otro lado de la calle; no quería pasar por delante del portal. Apagó el motor y se hundió en la oscuridad. Alex Conklin, Jason Bourne, László Molnar y Hasan Arsenov. Pensó en Spalko, y se preguntó de qué manera estaban relacionados todos aquellos nombres tan dispares. Todo aquello tenía una lógica; siempre la tenía, siempre y cuando uno fuera capaz de verla.

De esta guisa pasaron cinco o seis minutos, y entonces otro taxi se detuvo delante del portal del 106-108. Jan vio salir a la joven. Forzó la vista para verle la cara antes de que abriera las pesadas puertas del portal, pero todo lo que pudo determinar fue que tenía el pelo rojo. Esperó, y se dedicó a observar la fachada del edificio. No se había encendido ninguna luz después de que Bourne hubiera entrado en el vestíbulo, lo cual significaba que debía de estar esperando a la mujer y que aquél era el piso de ella. En efecto, pasados tres minutos, las luces se encendieron en la ventana en saliente del cuarto y último piso.

Una vez que supo dónde estaban, comenzó a sumergirse en el *zazen*, pero después de una infructuosa hora intentando aclarar sus ideas, renunció. Sentado en la oscuridad, cerró la mano alrededor del pequeño buda tallado en piedra. Casi de inmediato se sumió en un profundo sueño, desde el cual se hundió como una piedra en el mundo inferior de su recurrente pesadilla.

El agua es de color azul negruzco y gira incansablemente, como si una energía maligna la mantuviera viva. Él intenta iniciar el ascenso hacia la superficie, estirándose con tanta fuerza que sus huesos se rompen por el esfuerzo. Sin embargo, sigue hundiéndose en la oscuridad, arrastrado hacia abajo por la cuerda que tiene atada al tobillo. Sus pulmones le empiezan a arder. Ansía respirar, pero sabe que en cuanto abra la boca, el agua entrará a raudales en su cuerpo y se ahogará.

Alarga la mano hacia abajo, intentando desatar la cuerda, pero sus dedos no consiguen atrapar la resbaladiza superficie. Como si fuera una corriente eléctrica que le recorriera todo el cuerpo, siente el terror de lo que le espera en la oscuridad, sea lo que sea aquello. El terror lo aplasta como si fuera un tornillo de banco; reprime el impulso de farfullar. En ese momento oye el sonido que asciende de las profundidades: un estrépito de campanas, de monjes concentrados que cantan antes de ser masacrados por los jemeres rojos. Al final, el sonido se descompone en la canción de una sola voz, una voz limpia de tenor, un ulular repetido que no se diferencia de una oración.

Y, en el momento en que mira hacia la oscuridad de abajo, empieza a distinguir la forma atada al otro extremo de la cuerda, aquello que lo arrastra inexorablemente a su muerte; tiene la sensación de que la canción que oye debe de provenir de esa figura. Porque él conoce a la figura que gira en la poderosa corriente que discurre por debajo de él; le resulta tan familiar como su propia cara y su propio cuerpo. Pero en ese momento, con un susto que le penetra hasta lo más vivo, se da cuenta de que el sonido no proviene de la forma familiar de abajo, porque está muerta, y ésa es la razón de que su peso le esté arrastrando hacia la muerte.

El sonido está más al alcance de la mano, y ahora identifica el ulular como el de la clara voz de tenor: el de su propia voz, que asciende desde lo más profundo de su ser. Y que afecta a todas sus partes a la vez.

—*¡Lee-Lee! ¡Lee-Lee! —llama justo antes de ahogarse.*

16

Spalko y Zina llegaron a Creta antes de la salida del sol, y aterrizaron en el aeropuerto Kazantzakis en las afueras de Heraklion. Iban acompañados de un cirujano, y de tres hombres a quienes Zina había tenido tiempo de estudiar durante el viaje. No eran unos hombres especialmente grandes, aunque sólo fuera para garantizar que no sobresalieran entre una multitud. El acusado sentido de la seguridad de Spalko imponía que cuando, como era el caso, no se embarcaba en una operación como Stepan Spalko, presidente de Humanistas Ltd., sino como el jeque, tratara en todo momento de pasar lo más desapercibido posible, y no sólo él, sino todo su personal. En la inmovilidad de aquellos hombres, Zina reconoció su fuerza, porque tenían un control absoluto sobre sus cuerpos, y cuando se movían lo hacían con la soltura y la seguridad de los bailarines o los maestros de yoga. Se dio cuenta de la resolución que anidaba en aquellos ojos negros, algo que sólo se adquiría después de años de duro entrenamiento. Incluso las veces que amablemente la sonrieron, Zina percibió el peligro que acechaba dentro de ellos, agazapado, esperando pacientemente el momento de ser liberado.

Creta, la isla más grande del Mediterráneo,* era la puerta de enlace entre Europa y África. Llevaba allí tumbada desde hacía siglos, cociéndose al ardiente sol del Mediterráneo, con la vista en el sur apuntando hacia Alejandría, en Egipto, y Bengasi, en Libia. Sin embargo, como no podía ser de otra forma, una isla bendecida con semejante ubicación también tenía que estar rodeada de depredadores. Situada en una encrucijada de culturas, su historia era necesariamente sangrienta. Como olas que rompieran en la orilla, a las calas y playas de Creta llegaron, llevados por la corriente, invasores de tierras diversas que dejaron su cultura, su lengua, su arquitectura y su religión.

---

* Nos atenemos a la literalidad del texto original, pero Creta es la isla más grande de Grecia, mas no del Mediterráneo, del que es la quinta en tamaño. *(N. del T.)*

Heraklion fue fundada por los sarracenos en el 824 de nuestra era con el nombre de Chandax, una degeneración de la palabra árabe *kandak*, que hacía referencia al foso con que la habían rodeado. Los sarracenos gobernaron la isla durante ciento cuarenta años, antes de que los bizantinos les arrebataran el control de la misma. El saqueo de los bizantinos fue tan lucrativo que necesitaron trescientos barcos para transportar el botín así amasado a Bizancio.

Durante la ocupación veneciana la ciudad recibió el nombre de Candía. Bajo el gobierno de los venecianos la ciudad se convirtió en el centro cultural más importante del Mediterráneo Oriental. Todo lo cual acabó con la primera invasión turca.

Esta historia políglota se hallaba por donde quiera que uno mirase: el sólido fuerte veneciano de Heraklion que protegía su hermoso puerto de las invasiones; el ayuntamiento, instalado en la logia veneciana; la Koubes, la fuente turca cerca de la antigua iglesia del Salvador, que los turcos convirtieron en la mezquita de la Sultana Madre.

Pero en la moderna y bulliciosa ciudad ya no quedaba nada de la cultura minoica, la primera y, desde el punto de vista arqueológico, la más importante civilización cretense. Por cierto, los restos del palacio de Cnossos se podían ver en las afueras de la ciudad, aunque los historiadores eran partidarios de resaltar que los sarracenos habían escogido ese lugar para fundar Chandax porque había sido el principal puerto de lo minoicos miles de años antes.

En el fondo, Creta seguía siendo una isla envuelta en el mito, y era imposible dar un paso sin que a uno se le recordara la leyenda de su nacimiento. Muchos siglos antes de la existencia de los sarracenos, los venecianos o los turcos, Creta había sobresalido en la neblina de la leyenda. Minos, el primer rey de Creta, era un semidiós. Su padre, Zeus, después de adoptar la forma de un toro, violó a su madre, Europa, y por consiguiente, desde sus orígenes el toro se convirtió en el símbolo de la isla.

Minos y sus dos hermanos combatieron entre sí por hacerse con el gobierno de Creta, pero Minos se encomendó a Poseidón, y prometió obediencia eterna al dios del mar si éste utilizaba su poder para ayudarle a derrotar a sus hermanos. Poseidón oyó sus preces e hizo salir de las procelosas aguas del mar a un toro blanco como la nieve.

Se suponía que Minos debía sacrificar a este animal como compromiso de su sumisión, pero el codicioso rey se encaprichó del animal, y se lo quedó. Furioso, Poseidón hizo que la esposa de Minos se enamorase del toro. En secreto, la reina encomendó a Dédalo, el arquitecto favorito de Minos, que le construyera una vaca o ternera hueca de madera en la que pudiera esconderse dentro, para que el toro se aparease con ella. El fruto de aquella unión fue el Minotauro —un hombre monstruoso, con cabeza y rabo de toro—, cuya ferocidad causaba tantos estragos en la isla que Minos hizo que Dédalo construyera un enorme e intrincado laberinto, de manera que el Minotauro, una vez encerrado allí, jamás pudiera escapar de él.

Stepan Spalko tenía muy presente esta leyenda mientras él y su equipo avanzaban en coche por las empinadas calles de la ciudad, porque él tenía cierta semejanza con los mitos griegos: la particular importancia que éstos le concedían a la violación y al incesto, a las orgías de sangre y al orgullo desmedido. Spalko veía aspectos de sí mismo en muchos de los mitos, así que no le resultaba difícil creerse un semidiós.

Al igual que muchas ciudades isleñas del Mediterráneo, Heraklion había sido construida en la ladera de una montaña, así que sus casas de piedra se levantaban en empinadas calles, afortunadamente transitadas por taxis y autobuses. Lo cierto es que toda la columna vertebral de la isla se elevaba en una cadena montañosa conocida como las Montañas Blancas.

La dirección que Spalko había obtenido del interrogatorio de László Molnar era una casa situada quizá a media ladera de la ciudad. Pertenecía a un arquitecto que respondía al nombre de Istos Daedalika, que resultó ser tan imaginario como su antiguo tocayo. El equipo de Spalko había averiguado que la casa estaba alquilada por una empresa de la que László Molnar era socio. Llegaron a la dirección en el momento preciso en el que el cielo nocturno estaba a punto de partirse como una cáscara de nuez, revelando el sanguino sol mediterráneo.

Tras un breve reconocimiento, todos se colocaron unos diminutos auriculares, conectándose a través de una red inalámbrica. Comprobaron sus armas, unas potentes ballestas de material compuesto, excelentes para conseguir el silencio que necesitaban mantener. Spalko sincronizó su reloj con los de dos de sus hombres, y luego les ordenó que dieran la vuelta hasta la entrada posterior, mientras él y Zina se acercaban a la puerta principal. El otro miembro del equipo tenía órdenes de montar guardia y avisarlos de cualquier actividad sospechosa en la calle, o en su caso de la presencia de la policía.

La calle estaba desierta y en silencio; nadie se había levantado. En la casa no había ninguna luz encendida, pero Spalko no esperaba que la hubiera. Miró su reloj y, hablando hacia el micrófono, contó a medida que el segundero avanzaba hacia la posición de las doce.

En el interior de la casa los mercenarios no paraban. Era día de traslado, pocas horas antes de que se marcharan, como lo habían hecho los otros con anterioridad. Trasladaban al doctor Schiffer a un lugar diferente de Creta cada tres días; lo hacían con rapidez y en silencio, y a un destino que sólo se decidía en el último minuto. Semejantes medidas de seguridad exigían que algunos de ellos se quedaran rezagados para garantizar que fuera recogido o destruido hasta el último vestigio de su presencia.

En ese momento los mercenarios estaban desperdigados por la casa. Uno de ellos estaba en la cocina haciendo un espeso café turco; otro estaba en el baño; un tercero había puesto la televisión vía satélite. Miró la pantalla sin interés durante un rato, tras lo cual se dirigió a la ventana delantera, echó la cortina a un lado y escudriñó la calle. Todo parecía normal. Se estiró como un gato, doblando el cuerpo de un lado a otro. Luego, sujetándose la funda de la pistola al hombro, se dirigió a realizar su inspección matinal del perímetro del recinto.

Descorrió el cerrojo de la puerta delantera, la abrió e inmediatamente una saeta de Spalko le atravesó el corazón. El hombre separó los brazos y cayó hacia atrás con los ojos en blanco, muerto antes de llegar al suelo.

Spalko y Zina entraron en el vestíbulo al mismo tiempo que sus hombres irrumpían ruidosamente en la casa por la puerta de atrás. El mercenario de la cocina dejó caer su taza de café, sacó su arma e hirió a uno de los hombres de Spalko, antes de morir asaeteado.

Después de hacer un gesto con la cabeza a Zina, Spalko subió las escaleras de tres en tres.

Zina había reaccionado a los disparos dirigiéndose al cuarto de baño, después de ordenar a uno de los hombres de Spalko que saliera por la puerta trasera. Al otro miembro del equipo le ordenó que echara abajo la puerta, cosa que éste hizo con rapidez y eficiencia. No les recibió ningún disparo cuando irrumpieron en el baño. Pero sí vieron la ventana por la que se había escabullido el mercenario. Zina había previsto esa posibilidad, de ahí que hubiera enviado al hombre a la parte trasera de la casa.

Al cabo de un rato oyeron el revelador *¡zuk!* de la saeta al ser disparada, seguido de un profundo gruñido.

En la planta de arriba Spalko fue de habitación en habitación, agachado. El primer dormitorio estaba vacío, y pasó al segundo. Al pasar junto a la cama, alcanzó a ver un movimiento en el espejo de pared situado encima del tocador que tenía a su izquierda. Algo se había movido debajo de la cama. Se dejó caer de rodillas de inmediato y disparó la ballesta. Ésta agitó ligeramente el volante del protector antipolvo, y la cama se levantó del suelo. Un cuerpo se revolvió con un gruñido.

Todavía de rodillas, Spalko ajustó otra saeta en la ballesta, y se disponía a apuntarla cuando fue derribado. Algo duro le había golpeado en la cabeza, una bala rebotada, y sintió un peso encima de él. Soltó la ballesta de inmediato, sacó un cuchillo de caza y se lo clavó desde abajo a su atacante. Cuando lo hubo hundido hasta la empuñadura, lo giró, haciendo rechinar los dientes del esfuerzo, y fue recompensado por una densa gota de sangre.

Se quitó al mercenario de encima con un gruñido, extrajo el cuchillo y limpió la hoja con el volante del protector. Luego, disparó la segunda saeta y atravesó la cama desde arriba. El colchón se hinchó y salió volando por los aires, y la agitación cesó de golpe.

Spalko bajó de nuevo las escaleras, después de haber inspeccionado las restantes habitaciones del piso superior, y entró en un salón que apestaba a cordita. Uno de sus hombres estaba entrando por la puerta de servicio con el último mercenario que quedaba, a quien había herido de gravedad. El asalto completo había durado menos de tres minutos, lo cual se ajustaba a las previsiones de Spalko; cuanto menos llamaran la atención sobre la casa, mejor.

No había rastro del doctor Felix Schiffer. Y sin embargo, Spalko sabía que László Molnar no le había mentido. Aquellos hombres formaban parte del contingente de mercenarios contratado por Molnar cuando él y Conklin habían urdido la huida de Schiffer.

—¿Cuál es el balance final? —le preguntó a sus hombres.

—Marco está herido. Nada grave, la bala le atravesó el brazo izquierdo —le respondió uno de ellos—. Dos adversarios muertos y un herido grave.

Spalko asintió.

—Y dos muertos más arriba.

Moviendo la boca de la metralleta hacia el mercenario sobreviviente, el hombre añadió:

—Éste no durará mucho, a menos que lo atienda un médico.

Spalko miró a Zina y asintió con la cabeza. Ella se acercó al herido y, arrodillándose, lo puso boca arriba. El hombre emitió un gruñido, y de su cuerpo goteó sangre.

—¿Cómo te llamas? —preguntó ella en húngaro.

El hombre la miró con los ojos ensombrecidos por el dolor y la conciencia de su muerte inminente.

Zina sacó una caja pequeña de cerillas de madera.

—¿Cómo te llamas? —repitió, esta vez en griego.

Al no haber contestación, dijo a los hombres de Spalko:

—Sujetadlo.

Los dos hombres se inclinaron para hacer lo que se les decía. El mercenario opuso una breve resistencia, y se quedó quieto. Miró a Zina con serenidad; después de todo era un soldado profesional.

Zina rascó una cerilla. Un penetrante olor a azufre acompañó a la llama. Con el pulgar y el índice separó los párpados de uno de los ojos del mercenario y acercó la llama al desprotegido globo ocular.

El ojo libre del mercenario parpadeó frenéticamente, y su respiración se convirtió en un estertor. La llama, reflejada en la curva de su refulgente ojo, animaba a cierta incredulidad; el hombre no creyó que Zina cumpliera la amenaza implícita. Una pena, pero a ella le daba exactamente igual.

El mercenario gritó, y su cuerpo se arqueó a pesar de los esfuerzos de los hombres por sujetarlo. El moribundo siguió retorciéndose y aullando, aun después de que la cerilla cayera parpadeante y humeante sobre su pecho. Puso el ojo bueno en blanco, como si intentara encontrar un refugio seguro.

Zina encendió con calma otra cerilla, y el mercenario vomitó de golpe. Aquello no la disuadió. Era esencial que el hombre comprendiera que sólo había una respuesta que la detendría. No era idiota; sabía cuál era. Y también que no había dinero por el que mereciera la pena soportar aquella tortura. Zina se percató de la rendición del mercenario por el lagrimeo de su ojo bueno. Sin embargo, ella no aflojaría, al menos hasta que el hombre le dijera adónde se habían llevado a Schiffer.

Detrás de ella, observando la escena desde el principio hasta el final, Stepan Spalko se sintió impresionado a su pesar. No las había tenido todas consigo acerca de la reacción de Zina cuando le había encargado la tarea del interrogatorio. En cierto aspecto, había sido una prueba; aunque era algo más, era una manera de llegar a conocerla de la forma íntima que él encontraba tan placentera.

Dado que era un hombre que utilizaba las palabras todos los días de su vida para manipular a la gente y los acontecimientos, sentía una desconfianza innata hacia ellas. A algunos les gustaba mentir por el efecto que producía; otros mentían sin saberlo, para protegerse de ser examinados, e incluso los había que se mentían a sí mismos. Sólo en los actos, en lo que la gente hacía, sobre todo en circunstancias extremas o bajo coacción, se revelaba su verdadera naturaleza. Entonces no había posibilidad de mentir; uno podía creer sin peligro en las pruebas que se exhibían ante él.

En ese momento sabía una verdad sobre Zina que antes había ignorado. Dudaba que Hasan Arsenov la supiera, incluso que llegara a creerla si se le contaba alguna vez. En el fondo, Zina era dura como una roca; era más dura que el propio Arsenov. Al observarla en ese momento sonsacando la información de aquel desventurado mercenario, supo que ella podría vivir sin Arsenov, aunque Arsenov no podría vivir sin ella.

* * *

Bourne se despertó con el sonido de unos ejercicios de arpegios y el aromático olor del café. Durante un momento flotó entre el sueño y la conciencia. Sabía que estaba tumbado en el sofá de Annaka Vadas, que tenía un edredón de plumas encima y una almohada de plumas de ganso bajo la cabeza. De inmediato se despertó totalmente en el piso bañado por el sol de Annaka. Se volvió y la vio sentada a su grandioso y lustroso piano, con una enorme jarra de café a su lado.

—¿Qué hora es?

Annaka siguió con sus series de acordes sin levantar la cabeza.

—Mediodía.

—¡Joder!

—Sí, la hora de mis ejercicios y de que se levante. —Empezó a tocar una melodía que Bourne no fue capaz de identificar—. La verdad es que cuando me desperté, creí que había vuelto a su hotel, pero entré aquí y ahí estaba, durmiendo como un niño. Así que fui e hice café. ¿Le apetece uno?

—Por supuesto.

—Pues ya sabe dónde está.

Ella levantó la cabeza y, negándose a darse la vuelta, lo observó mientras se quitaba el edredón y se ponía los pantalones de pana y la camisa. Bourne se metió en el baño sin hacer ruido y, cuando terminó, entró en la cocina. Mientras se servía el café, ella dijo:

—Tiene un bonito cuerpo, a pesar de las cicatrices.

Bourne buscó la crema de leche; aparentemente a ella le gustaba el café solo.

—Las cicatrices me confieren personalidad.

—¿Incluso la que le rodea el cuello?

Bourne asomó la cabeza por el lado del frigorífico y no le respondió, aunque en su lugar se llevó la mano involuntariamente a la herida, y al hacerlo percibió de nuevo los compasivos cuidados de Mylene Dutronc.

—Ésa es nueva —dijo ella—. ¿Qué ocurrió?

—Que tuve un encuentro con una criatura muy grande y muy furiosa.

Annaka se conmovió, inquieta de pronto.

—¿Quién intentó estrangularlo?

Bourne había encontrado la crema de leche. Se sirvió una cucharada y dos cucharaditas de azúcar y le dio el primer sorbo. Volvió al salón, y dijo:

—La furia puede hacerte eso, ¿o no lo sabía?

—¿Y cómo iba a saberlo? No formo parte de su mundo de violencia.

Él la miró de manera desapasionada.

—Intentó dispararme, ¿o acaso lo ha olvidado?

—Yo no olvido nada —dijo ella con brusquedad.

Algo había dicho Bourne que la había irritado, pero él no supo qué había sido. Una parte de Annaka se estaba enervando. Puede que sólo fuera la impresión por la repentina y violenta muerte de su padre.

Fuera lo que fuese, Bourne decidió probar otra estrategia.

—No hay nada comestible en su frigorífico.

—Suelo comer fuera. Hay una cafetería con pastelería a cinco manzanas de aquí.

—¿Cree que podríamos ir? —dijo él—. Estoy hambriento.

—En cuanto termine. Nuestra trasnochada de anoche me ha retrasado el día.

El banco del piano arañó el suelo cuando ella se puso cómoda. Entonces los primeros compases del *Nocturno en si bemol menor* de Chopin flotaron por la habitación, revoloteando como hojas que cayeran en una dorada tarde otoñal. A Bourne le sorprendió el inmenso placer que le produjo la música.

Al cabo de un rato se levantó, se dirigió al pequeño escritorio y abrió el ordenador de Annaka.

—Por favor, no haga eso —dijo Annaka sin apartar los ojos de la partitura—. Me distrae.

Bourne se sentó e intentó relajarse, mientras la maravillosa música se extendía por el piso.

Con las últimas notas del nocturno resonando todavía, Annaka se levantó y se dirigió a la cocina. Bourne oyó correr el agua en el fregadero mientras ella esperaba a que se enfriara. Pareció correr durante mucho tiempo. Entonces ella volvió con un vaso de agua en una mano, que se bebió de un único y largo trago. Bourne, que la estaba observando desde su sitio en el escritorio, vio la curva de su nuca blanca y el rizo de varios cabellos sueltos de intenso color cobrizo allí donde le nacía el pelo.

—Anoche se portó muy bien —dijo Bourne.

—Gracias a que me dirigió desde la cornisa. —Ella apartó la mirada, como si no deseara oír el cumplido de Bourne—. Nunca he pasado más miedo en mi vida.

Se encontraban en el café, que estaba lleno de candelabros de cristal tallado, cojines de terciopelo y apliques translúcidos fijados a las paredes de madera de cerezo. Estaban sentados frente a frente, junto a una ventana desde la que se dominaba la terraza al aire libre, a la sazón desierta, pues todavía hacía demasiado frío para sentarse bajo el pálido sol de la mañana.

—Lo que ahora me preocupa es que el piso de Molnar estuviera vigilado —dijo Bourne—. No hay otra explicación para el hecho de que la policía llegara en ese preciso momento.

—Pero ¿por qué habría de estar vigilándolo alguien?

—Por si aparecíamos. Desde que llegué a Budapest, todas mis investigaciones se han visto frustradas.

Annaka miró nerviosamente por la ventana.

—¿Y ahora qué? La idea de que alguien esté vigilando mi piso, de que nos esté vigilando a los dos, me pone los pelos de punta.

—No nos ha seguido nadie desde su piso, de eso estoy seguro. —Hizo una pausa mientras le servían la comida. Cuando el camarero se hubo ido, continuó—: ¿Recuerda las precauciones que tomamos anoche después de escapar de la policía? Lo de coger taxis distintos y cambiar de coche por dos veces y en dirección contraria.

Ella asintió.

—Entonces estaba demasiado agotada para discutir sus estrambóticas instrucciones.

—Nadie sabe adónde fuimos, ni que ahora estamos juntos.

—Bueno, eso es un alivio. —Annaka soltó el aire que llevaba rato conteniendo.

* * *

Jan sólo tenía una cosa en la cabeza cuando vio salir del edificio a Bourne y a la mujer: a pesar de la chulesca convicción de Spalko de que estaba a salvo de la búsqueda de Bourne, éste seguía cerrando el círculo. Fuera como fuese, Bourne había averiguado algo sobre László Molnar, el hombre en el que Spalko estaba interesado. Más aún, había descubierto dónde vivía Molnar y, era de suponer, había estado en el interior del piso cuando la policía hizo acto de presencia. ¿Por qué Molnar era importante para Bourne? Jan tenía que averiguarlo.

Observó desde detrás a Bourne y a la mujer alejarse caminando. Luego, salió de su coche de alquiler y se dirigió al portal de la calle Fo 106-108. Abrió la cerradura de la puerta con una ganzúa y entró en el vestíbulo interior. Después de coger el ascensor hasta el último piso, encontró la escalera que subía al tejado. La puerta estaba dotada de un sistema de alarma, algo que no era ninguna sorpresa, ya que para él era una simple cuestión de puentear el circuito, evitando por completo el sistema de alarma. Cruzó la puerta y salió al tejado, atravesándolo rápidamente hasta la parte delantera del edificio.

Con las manos apoyadas en el parapeto de piedra, se inclinó hacia delante, y enseguida vio la ventana en saliente del cuarto piso justo debajo de él. Pasó por encima del parapeto y bajó con cuidado sobre la cornisa que discurría por debajo de la ventana. La primera ventana por la que intentó entrar tenía el pestillo echado, pero la otra no. La abrió y entró en el piso.

Le habría encantado curiosear un poco, pero ignorando cuánto tardarían en volver, sabía que no podía arriesgarse; no era el momento de darse caprichos, sino de trabajar. Tras buscar con la mirada una probable ubicación, vio la pantalla de cristal esmerilado que colgaba del centro del techo. Era un sitio tan bueno como cualquier otro, decidió con rapidez, y mejor que la mayoría.

Arrastró el taburete del piano hasta el sitio, lo colocó debajo de la pantalla y se subió a él. Sacó un diminuto micrófono electrónico y lo dejó caer sobre el borde del globo de cristal esmerilado. Luego, se bajó, se colocó un auricular electrónico en la oreja y activó el micrófono.

Oyó el leve ruido del banco del piano cuando lo volvió a llevar a su sitio, y oyó sus pisadas por el lustroso suelo de madera al dirigirse al sofá, sobre el que estaban tirados una almohada y un edredón. Cogió la almohada y olió la parte central. Olía a Bourne, pero el olor despertó un recuerdo que permanecía hasta ese momento inalterable. Cuando éste empezó a ascender a su cabeza, Jan dejó caer la almohada como si ésta hubiera empezado a arder de sopetón. Actuando ya con rapidez, salió del piso como había entrado, volviendo sobre sus pasos hasta el vestíbulo. Aunque en esta ocasión regresó por el edificio, saliendo por la puerta de servicio. Nunca se era lo bastante cuidadoso.

Annaka empezó a atacar el desayuno. El sol entraba a raudales por la ventana, iluminándole sus extraordinarios dedos. Comía igual que tocaba el piano, manejando los cubiertos como si fueran instrumentos musicales.

—¿Dónde aprendió a tocar el piano así? —preguntó Bourne.

—¿Le gustó?

—Sí, muchísimo.

—¿Por qué?

Él ladeó la cabeza.

—¿Por qué?

Ella asintió.

—Sí, ¿por qué le gustó? ¿Qué es lo que oyó?

Bourne pensó durante un rato.

—Algo así como una profunda tristeza, supongo.

Annaka dejó el cuchillo y el tenedor y empezó a cantar un fragmento del *Nocturno*.

—Son las séptimas dominantes sin resolver, ¿ve? Con ellas, Chopin dilata los límites aceptados de la disonancia y la tonalidad. —Continuó cantando, y las notas resonaron—. El resultado es expansivo. Y al mismo tiempo, de una gran tristeza, a causa de esas séptimas dominantes sin resolver.

Hizo una pausa, y sus manos hermosas y pálidas quedaron suspendidas sobre la mesa, los largos dedos ligeramente arqueados, como si siguieran imbuidos de la energía del compositor.

—¿Algo más?

Bourne lo pensó durante un rato más, y luego negó con la cabeza.

Ella cogió el tenedor y el cuchillo y volvió a la comida.

—Fue mi madre quien me enseñó a tocar. Era su profesión, profesora de piano, y cuando se dio cuenta de que yo era bastante buena, me enseñó a Chopin. Era su favorito, pero su música es tremendamente difícil de interpretar; no sólo requiere una gran técnica, sino también el hacerlo con la emocionalidad adecuada.

—¿Su madre sigue tocando?

Ella negó con la cabeza.

—Al igual que Chopin, tenía una salud frágil. Tuberculosis. Murió cuando yo tenía dieciocho años.

—Mala edad para perder a una madre.

—Aquello cambió mi vida para siempre. Me sentí apesadumbrada, como es natural, pero para mi profundo asombro y culpabilidad, en el fondo me sentí furiosa con ella.

—¿Furiosa?

Ella asintió con la cabeza.

—Me sentí abandonada, a la deriva, dejada en medio del mar y sin manera de encontrar el camino de vuelta a casa.

De repente Bourne comprendió la razón de que ella hubiera podido identificarse con las dificultades que le causaba su pérdida de memoria.

Annaka arrugó el entrecejo.

—Pero en realidad, lo que más lamento es lo mal que la traté. La primera vez que me propuso aprender a tocar el piano, me rebelé.

—Pues claro —dijo él con delicadeza—. Era una sugerencia de su madre. Y además, era su profesión. —Sintió un escalofrío en la boca del estómago, como si ella acabara de interpretar una de las famosas disonancias de Chopin—. Cuando le sugerí a mi hijo que jugara al béisbol, me miró con desprecio y dijo que quería jugar al fútbol. —Al desenterrar el recuerdo de Joshua, Bourne adoptó una expresión introspectiva—. Todos sus amigos jugaban al fútbol, pero había algo más. Su madre era tailandesa, y a él lo habían educado en el budismo desde muy temprana edad, como ella deseaba. Su «lado estadounidense» no le interesaba.

Después de terminar, Annaka apartó su plato.

—Todo lo contrario, me parece que es probable que tuviera muy presente su «lado estadounidense» —dijo ella—. ¿Cómo podría ser de otra manera? ¿No cree que se lo recordarían todos los días en el colegio?

De manera espontánea le vino a la memoria una imagen de Joshua vendado, con un ojo a la funerala. Cuando Bourne le preguntó a Dao al respecto, ella le dijo que el niño se había caído en casa, pero al día siguiente lo había llevado ella misma al colegio, y se había quedado allí varias horas. Bourne nunca le había preguntado; en aquella época estaba muy ocupado en el trabajo, incluso para haber reflexionado al respecto.

—Nunca se me ocurrió —dijo Bourne entonces.

Annaka se encogió de hombros y, sin ninguna ironía apreciable, dijo:

—¿Y por qué debería habérsele ocurrido? Es estadounidense. El mundo le pertenece.

¿Era aquél el origen de su animadversión innata? ¿O era algo general, el miedo al desagradable estadounidense que había reaparecido en los últimos tiempos?

Ella le pidió más café al camarero.

—Al menos usted puede resolver las cosas con su hijo —dijo ella—. Pero con mi madre... —Se encogió de hombros.

—Mi hijo está muerto —dijo Bourne—, junto con su hermana y su madre. Los mataron en Phnom Penh hace muchos años.

—Oh. —Parecía que por fin Bourne había conseguido perforar su frío y duro exterior—. Lo siento.

Bourne apartó la cabeza; cualquier conversación sobre Joshua le hacía sentir como si le frotaran sal contra una herida en carne viva.

—Seguro que pudo llegar a un acuerdo con su madre antes de que muriese.

—Ojalá lo hubiera hecho. —Annaka se quedó mirando el café con una expresión de concentración en el rostro—. Hasta que no me presentó a Chopin, no comprendí en su justa medida el regalo que me había hecho. ¡Cómo me gustaba tocar los nocturnos, aun cuando estaba lejos de hacerlo bien!

—¿Y no se lo dijo?

—Yo era una adolescente; no es que habláramos mucho, precisamente. —La pena ensombreció su mirada—. Y ahora que no está,
lamento no haberlo hecho.

—Tenía a su padre.

—Sí, por supuesto —dijo ella—. Lo tenía a él.

17

La sede de la Junta de Armamento Táctico No Letal se ubicaba en una serie de edificios de ladrillo rojo y aspecto anónimo cubiertos de hiedra trepadora que otrora habían sido un internado femenino. La Agencia había considerado más seguro ocupar un lugar ya existente que levantar uno desde los cimientos. De esa manera, podían arrasar el interior de las construcciones, creando desde el interior la madriguera de laboratorios, salas de conferencias y lugares de prueba que la Junta necesitaba, utilizando sólo a su propio personal altamente especializado, en lugar de tener que recurrir a constructores externos.

Aunque Lindros mostró su identificación, lo introdujeron en un cuarto sin ventanas y pintado completamente de blanco, donde le tomaron las huellas dactilares, lo fotografiaron y le escanearon la retina. Esperó solo.

Por último, y después de quince minutos o así, un trajeado agente de la CIA entró en el cuarto y se dirigió a Lindros.

—Director adjunto Lindros, el director Driver lo recibirá ahora.

Sin decir una palabra, Lindros siguió al trajeado fuera de la habitación. Se tiraron otros quince minutos recorriendo pasillos indistinguibles iluminados por luces indirectas. Podría asegurar que le estaban haciendo caminar en círculos.

Al final, el trajeado se detuvo delante de una puerta que, por lo que Lindros pudo ver, era idéntica a todas las demás por las que habían pasado. Y al igual que en las otras, no había señalización ni identificación de la clase que fuera en ninguna parte, ni en la puerta ni cerca de ella, excepción hecha de dos pequeñas bombillas. Una brillaba con un rojo intenso. El trajeado golpeó la puerta tres veces con los nudillos. Al cabo de un rato, la luz roja se apagó, y la otra bombilla se puso verde. El trajeado abrió la puerta y se hizo a un lado para que Lindros pasara.

Al otro lado de la puerta Lindros se encontró con el director Randy Driver, un individuo de pelo rubio rojizo cortado a cepillo al estilo de los marines, nariz larga y afilada y ojos azules y estrechos que le conferían una expresión de perpetua susceptibilidad. Era ancho de hombros, y tenía un torso musculoso que le gustaba realzar un poco más de la cuenta. Estaba sentado en una silla giratoria de malla de alta tecnología detrás de una mesa de acero inoxidable y cristal ahumado. En el centro de cada una de las paredes de metal blanco colgaban sendas reproducciones de cuadros de Mark Rothko, pinturas que parecían representar unos vendajes de colores colocados sobre una herida en carne viva.

—Director adjunto, qué placer más inesperado —dijo Driver con una sonrisa forzada que traicionaba sus palabras—. Confieso que no estoy acostumbrado a las inspecciones sorpresa. Habría preferido que hubiera tenido la gentileza de concertar una cita.

—Mis disculpas —dijo Lindros—, pero esto no es una inspección sorpresa. Llevo a cabo una investigación por asesinato.

—El asesinato de Alexander Conklin, supongo.

—En efecto. Y necesito entrevistar a uno de sus hombres. A un tal doctor Schiffer.

Fue como si Lindros hubiera arrojado una bomba paralizante. Driver permaneció sentado sin moverse detrás de su mesa, y la forzada sonrisa se le heló en la boca como si fuera un rictus. Al final, pareció recobrar la compostura.

—¿Y a santo de qué?

—Se lo acabo de decir —dijo Lindros—. Forma parte de una investigación en curso.

Driver abrió las manos.

—No veo de qué puede servirle.

—Ni falta que hace que lo vea —dijo Lindros de manera cortante. Driver le había obligado a esperar sentado como si fuera un niño castigado, y en ese momento le estaba tomando el pelo con dimes y diretes. Lindros estaba perdiendo la paciencia con rapidez—. Lo único que necesito es que me diga dónde está el doctor Schiffer.

La expresión de Driver se volvió absolutamente impenetrable.

—Desde el momento en que atravesó ese umbral, entró en mi territorio. —Se levantó—. Mientras pasaba por nuestro sistema de seguridad me tomé la libertad de llamar al DCI. En su oficina no tienen ni idea de las razones que hayan podido traerlo hasta aquí.

—Por supuesto que no —le retrucó Lindros, sabiendo que ya había perdido la batalla—. Informo al DCI al final de cada jornada.

—No me interesa lo más mínimo cómo trabaja, director adjunto. Lo importante es que nadie interroga a mi personal sin una autorización expresa por escrito del mismísimo DCI.

—El DCI me ha autorizado a llevar esta investigación hasta donde yo considere necesario.

—A ese respecto sólo tengo su palabra. —Driver se encogió de hombros—. Seguro que puede entender mi punto de vis...

—Lo cierto es que no puedo —dijo Lindros. Sabía que, de seguir por aquellos derroteros, no iría a ninguna parte. Y lo que era peor, aquello no era nada diplomático, pero Randy Driver lo había encabronado, y no podía evitarlo—. Desde mi punto de vista, se está mostrando obstinado y obstruccionista.

Driver se inclinó hacia delante, y le crujieron los nudillos cuando los presionó contra la superficie de la mesa.

—Su punto de vista es irrelevante. En ausencia de un documento oficial firmado, no tengo nada más que decirle. Esta entrevista ha terminado.

El trajeado debía de haber estado escuchando la conversación, porque en ese preciso instante se abrió la puerta y se quedó allí parado, esperando para acompañar a Lindros a la salida.

Al detective Harris se le cruzaron los cables mientras capturaba a un delincuente. Había recibido la llamada de radio general sobre el varón caucasiano que conducía un Pontiac GTO negro último modelo con matrícula de Virginia que se había saltado un semáforo en las afueras de Falls Church y se dirigía hacia el sur por la carretera 649. Harris, que inexplicablemente había sido apartado por Martin Lindros de la investigación de los asesinatos de Conklin y Panov, estaba en Sleepy Hollow, persiguiendo al autor de un robo con homicidio en un supermercado, cuando recibió la llamada. Estaba precisamente en la 649.

Hizo girar en redondo al coche patrulla haciendo un torpe cambio de sentido y salió hacia el norte por la 649 con las luces encendidas y la sirena a todo meter. Avistó casi de inmediato el GTO negro y a una fila de tres coches patrulla del estado de Virginia que iban detrás de él.

Viró y atravesó la mediana entre un estruendo de bocinas y chirridos de neumáticos del tráfico que circulaba en dirección contraria, y se dirigió directamente hacia el GTO. El conductor lo vio y cambió de carril, y cuando Harris empezó a seguirlo a través del rompecabezas del tráfico detenido, el perseguido se salió de la carretera atravesando como una bala el carril de averías.

Harris, tras calcular los vectores, enfiló su vehículo en una trayectoria de interceptación que obligó al GTO a precipitarse hacia la plataforma de estacionamiento de una gasolinera. Si no llega a parar, se habría estrellado de narices contra la hilera de surtidores.

Cuando el GTO se detuvo con un chirrido, balanceándose sobre sus enormes amortiguadores, Harris salió apresuradamente de su coche con el revólver reglamentario en la mano y se dirigió directamente al conductor.

—¡Salga del coche con las manos en alto! —gritó Harris.

—Agente...

—¡Cállese y haga lo que digo! —dijo Harris sin dejar de avanzar y atento a cualquier indicio que sugiriese que el hombre portara un arma.

—¡Está bien, está bien!

El conductor salió del coche justo cuando llegaban los demás coches patrulla. Harris se dio cuenta de que el sospechoso, que era flaco como un riel, no tenía más de veintidós años. Encontraron una botella de alcohol de medio litro en el coche y, bajo el asiento delantero, una pistola.

—¡Tengo licencia de armas! —dijo el joven—. ¡Miren en la guantera!

En efecto; tenía licencia de armas. El joven se dedicaba al transporte de diamantes. Por qué había estado bebiendo era otra historia, y Harris no estaba especialmente interesado en ella.

De vuelta a la comisaría le había llamado la atención que el permiso de armas no coincidía. Hizo una llamada a la tienda que supuestamente le había vendido el arma al joven. Le atendió una voz con acento extranjero que admitió haberle vendido el arma, pero aquella voz tenía algo que le puso la mosca detrás de la oreja a Harris. Así que se había dado un paseo hasta la tienda, y se encontró con que no existía. En su lugar, encontró a un único ruso con un servidor informático. Detuvo al ruso y se incautó del servidor.

De nuevo en la comisaría, accedió a la base de datos de las licencias de armas concedidas durante los últimos seis meses. Introdujo el nombre de la falsa tienda de armas y, para su sorpresa, descubrió más de trescientas ventas falsas que habían sido utilizadas para generar otros tantos permisos legales. Pero le aguardaba una sorpresa aún mayor cuando accedió a los archivos del servidor que había confiscado. En cuanto vio la entrada cogió el teléfono y marcó el número del móvil de Lindros.

—Eh, soy Harry.

—Ah, hola —dijo Lindros como si tuviera la atención en otra parte.

—¿Qué sucede? —preguntó Harris—. Parece que estés hecho polvo.

—Estoy estancado. Peor aún, acabo de dejar que me humillaran, y ahora me pregunto si tengo suficiente munición para presentarle al Gran Jefazo.

—Escucha, Martin, sé que oficialmente estoy fuera del caso...

—¡Por Dios, Harry! De eso quería hablar contigo.

—Eso no importa ahora —le interrumpió el detective Harris. Y se puso a relatar brevemente la historia del conductor del GTO, su arma y el chanchullo de los registros falsos de armas—. Ya ves cómo funciona —continuó—. Esos tipos les pueden conseguir armas a todos los que las quieran.

—Sí, ¿y qué? —dijo Lindros sin mucho entusiasmo.

—Así que también registran el nombre de cualquiera. Como el de David Webb.

—Es una bonita teoría, pero...

—¡Martin, no es ninguna teoría! —Harris casi estaba gritando por el auricular; todos los que estaban a su alrededor levantaron la vista de su trabajo, sorprendidos por el elevado tono de su voz—. ¡Es la verdad!

—¿Qué?

—Es cierto. Esta misma banda «vendió» un arma a un tal David Webb, pero Webb nunca la compró, porque la tienda que aparece en la licencia no existe.

—Vale, pero ¿cómo sabemos que Webb no sabía nada de esta banda y que no los utilizó para conseguir una pistola ilegalmente?

—Ahí viene lo bueno —dijo Harris—. Tengo el libro de contabilidad de la banda. Todas las ventas están meticulosamente registradas. El dinero para la pistola que supuestamente compró Webb fue enviado mediante giro telegráfico desde Budapest.

El monasterio estaba encaramado en la cresta de una montaña. En los empinados bancales situados bastante más abajo crecían los naranjos y los olivos, pero arriba, donde el edificio parecía implantado como una muela en la misma roca firme, sólo crecía el cardo y el láudano salvaje. El kri-kri, la ubicua cabra montesa cretense, era la única criatura capaz de sobrevivir al nivel del monasterio.

La antigua construcción de piedra había sido olvidada hacía mucho tiempo. Cuál de los pueblos saqueadores de la celebrada historia de la isla lo había construido era algo difícil de decir para un profano. Como la propia isla, el edificio había pasado por muchas manos y había sido testigo mudo de oraciones, sacrificios y derramamientos de sangre. Sin embargo, aun con un rápido vistazo, resultaba evidente que era muy antiguo.

Desde la noche de los tiempos, la cuestión de la seguridad había sido de vital importancia para guerreros y monjes, de ahí la ubicación del monasterio en lo alto de la montaña. En una de las laderas crecían en terrazas los aromáticos árboles, y en otra se abría un desfiladero muy parecido al tajo de un alfanje sarraceno que se hundía en lo más profundo de la roca y hendía la carne de la montaña.

Después de la resistencia de profesionales encontrada en la casa de Heraklion, Spalko se puso a planear ese asalto con muchísimo cuidado. Darse una vuelta por el lugar a plena luz del día era totalmente imposible. Con independencia de la dirección en la que pudieran intentarlo, podían tener la certeza de que serían acribillados mucho antes de que alcanzaran los gruesos muros almenados exteriores. En consecuencia, mientras sus hombres llevaban a su compatriota herido de vuelta al reactor para que fuera atendido por el cirujano y reunían los suministros necesarios, Spalko y Zina alquilaron sendas motocicletas para poder ir a reconocer la zona que rodeaba el monasterio.

Dejaron sus vehículos en el borde del desfiladero y reemprendieron la marcha a pie. El cielo era de un azul absorbente, tan brillante que parecía imbuir a todos los demás colores de su aura. Los pájaros volaban en círculo y se elevaban sobre las fuentes termales, y cuando se levantaba la brisa, el delicioso olor del azahar perfumaba el aire. Desde que subiera al reactor personal de Spalko, Zina estado esperando pacientemente a averiguar por qué Spalko había querido que lo acompañara sola.

—Hay una entrada subterránea al monasterio —dijo Spalko cuando empezaron a descender por la pedregosa ladera hacia el extremo del desfiladero más próximo a la construcción.

Los castaños del borde del desfiladero habían dado paso a los más resistentes cipreses, cuyos retorcidos troncos se prolongaban desde los recovecos de tierra que se abrían entre las rocas. Utilizaron las flexibles ramas de los árboles como improvisados asideros, mientras continuaban descendiendo por la empinada ladera del desfiladero.

¿De dónde había obtenido aquella información el jeque? Zina sólo podía suponerlo. En cualquier caso, era evidente que poseía una red mundial con acceso inmediato a casi cualquier información que pudiera necesitar.

Descansaron un momento, apoyándose en un saliente de piedra. La tarde avanzaba, y comieron aceitunas, pan ácimo y un poco de pulpo aliñado con aceite de oliva, vinagre y ajo.

—Dime, Zina —dijo Spalko—. ¿Piensas en Jalid Murat? ¿Lo echas de menos?

—Sí, y mucho. —Zina se limpió los labios con el dorso de la mano y mordió una torta de pan ácimo—. Pero ahora nuestro líder es Hasan; todo ha de pasar. Lo que le ocurrió fue trágico aunque no inesperado. Todos somos objetivos del despiadado régimen ruso; todos debemos vivir con esa carga.

—¿Y si te dijera que los rusos no tuvieron nada que ver con la muerte de Jalid Murat? —dijo Spalko.

Zina dejó de comer.

—No lo entiendo. Sé lo que le ocurrió. Todos lo saben.

—No —dijo Spalko en voz baja—, lo único que sabes es lo que te contó Hasan Arsenov.

Ella se lo quedó mirando y, cuando empezó a comprender, sus rodillas flaquearon.

—¿Cómo...? —Eran tantas las emociones que la embargaban, que se le quebró la voz y se vio obligada a aclararse la garganta, y a empezar de nuevo, consciente de que una parte de ella no quería conocer la respuesta a la pregunta que estaba a punto de formular—. ¿Cómo sabe eso?

—Lo sé —dijo Spalko desapasionadamente— porque Arsenov me contrató para asesinar a Jalid Murat.

—Pero ¿por qué?

Los ojos de Spalko se clavaron en los suyos.

—Vamos, Zina, si alguien lo sabe, ésa eres tú. Tú, que eres su amante y que lo conoce mejor que nadie. Lo sabes muy bien.

Y sí, por desgracia Zina lo sabía. Hasan se lo había dicho muchas veces. Jalid Murat formaba parte del viejo orden. Era incapaz de pensar más allá de la frontera de Chechenia; en opinión de Hasan, Jalid temía enfrentarse al mundo cuando seguía sin ser capaz de encontrar la manera de que los chechenos contuvieran a los infieles rusos.

—¿No lo sospechaste?

Y lo verdaderamente mortificante, pensó Zina, era que «no lo había sospechado», ni por un instante. Se había creído el cuento de Hasan de pe a pa. Deseó mentir al jeque, aparecer ante sus ojos como alguien más inteligente, pero bajo el peso de su mirada supo que la calaría de inmediato y que sabría que estaba mintiendo, y entonces, sospechó Zina, Spalko sabría que era alguien en quien no se podía confiar, y acabaría con ella.

Así que, humillada, negó con la cabeza.

—Me tenía absolutamente convencida.

—A ti y a todos los demás —dijo Spalko con tranquilidad—. No importa. —De pronto sonrió—. Pero ahora sabes la verdad. ¿Te das cuenta del poder que implica tener una información que los demás no tienen?

Zina se quedó parada durante un rato, el trasero apoyado en una roca calentada por el sol, frotándose las palmas en los muslos.

—Lo que no entiendo —dijo ella— es la razón de que me haya escogido para contármelo.

Spalko percibió las notas gemelas del miedo y la inquietud en la voz de Zina, y decidió que era así como debía ser. Ella sabía que estaba al borde de un precipicio. A poco buen psicólogo que fuera Spalko, como ella había sospechado en buena medida desde el momento en que le había propuesto que lo acompañara a Creta, y sin duda desde el instante en que se había aliado con él para mentir a Arsenov.

—Sí —dijo él—, has sido escogida.

—Pero ¿para qué? —Zina descubrió que estaba temblando.

Spalko se acercó y se paró junto a ella. Ocultando la luz del sol, cambió el calor del sol por el suyo. Zina percibió su olor, como había hecho en el hangar, y el varonil olor a musgo de Spalko hizo que se mojara.

—Has sido escogida para realizar grandes cosas.

Al acercarse aún más, el volumen de su voz decreció, aunque estaba aumentando en intensidad.

—Zina —susurró—. Hasan Arsenov es un hombre débil. Lo supe desde el instante en que acudió a mí con su plan de asesinato. «¿Por qué habría de necesitarme?», me pregunté. Un guerrero fuerte que cree que su jefe ya no está capacitado para mandar, asumirá él mismo el asesinato del hombre; no contratará a otros que, si son inteligentes y pacientes, un día utilizarán su debilidad en su contra.

Zina estaba temblando, tanto por las palabras de Spalko como por la fuerza de su presencia física, que la hacía sentir como si le picara la piel y que los pelos se le pusieran de punta. Tenía la boca seca, y el deseo le llenaba la garganta.

—Si Hasan Arsenov es débil, Zina, ¿de qué me sirve? —Spalko le puso una mano en el pecho, y las aletas de la nariz de Zina se agitaron—. Te lo diré. —Zina cerró los ojos—. La misión que emprenderemos dentro de poco estará erizada de peligros a cada paso que demos. —Le apretó suavemente el pecho, empujándolo hacia arriba con una lentitud agonizante—. En el supuesto de que algo vaya mal, lo prudente es tener un líder que pueda atraer la atención del enemigo como un imán, que los arrastre hacia él mientras el verdadero trabajo sigue adelante libre de obstáculos. —Apretó su cuerpo contra el de Zina, y sintió el suyo levantarse contra él en una especie de espasmo que ella no pudo hacer nada para controlar—. ¿Entiendes lo que quiero decir?

—Sí —musitó ella.

—Tú eres la fuerte, Zina. Si hubieras querido destronar a Jalid Murat, jamás habrías acudido a mí primero. Le habrías quitado la vida tú misma, y lo habrías considerado una bendición, para ti y para tu pueblo. —Movió la otra mano por la cara interior del muslo de Zina—. ¿No es así?

—Sí —susurró ella—. Pero mi pueblo jamás aceptará a una mujer como líder. Es inconcebible.

—Para ellos, no para nosotros. —Spalko separó una pierna—. Piensa, Zina. ¿Cómo conseguirás que ocurra?

Con el ardiente torrente de hormonas que le recorría el cuerpo de la cabeza a los pies era difícil pensar con claridad. Una parte de ella se percató de que ésa era la cuestión. No se trataba sencillamente de que él quisiera poseerla allí, en la hendidura del desfiladero, contra las rocas desnudas y bajo el limpio cielo. Como había hecho anteriormente en la casa del arquitecto, la estaba sometiendo a otra prueba. Si se dejaba llevar por las circunstancias del momento, no conseguía poner la mente en funcionamiento, o Spalko era capaz de nublarle el juicio hasta el punto de que no fuera capaz de responder a su pregunta, entonces éste acabaría con ella. Y encontraría a otro candidato que sirviera a sus fines.

Incluso cuando él le abrió la blusa y le tocó la piel ardiente, Zina se obligó a recordar cómo habían sido las cosas con Jalid Murat; cómo, tras abandonar sus asesores los consejos que se celebraban dos veces por semana, había escuchado lo que Zina hubiera tenido que decir, y a menudo había actuado de acuerdo con ello. Zina jamás se había atrevido a decirle a Hasan el papel que había jugado por temor a quedar expuesta a la brutalidad de sus celos.

Pero en ese momento, despatarrada sobre la roca bajo los avances del jeque, se estiró hacia adelante; y agarrando al jeque por la nuca y bajándole la cabeza hasta su cuello, le susurró al oído:

—Encontraré a alguien, alguien físicamente intimidante, alguien cuyo amor por mí le haga dócil, y mandaré a través de él. Será su cara la que vean los chechenos, y su voz la que oigan, pero hará exactamente lo que yo le haya dicho que haga.

Spalko había apartado el torso durante un instante, y ella lo miró a los ojos, y los vio brillar con admiración y con lujuria por igual, y con otro temblor de júbilo, Zina supo que había pasado su segunda prueba. Y entonces, abierta y penetrada de inmediato, Zina emitió un prolongado e interminable gemido que fue una exclamación de alegría compartida.

18

El aroma del café seguía impregnando el piso. Habían regresado después de la comida sin demorarse en la larga tradición del café y el postre. Bourne tenía demasiadas cosas en la cabeza. Pero el respiro, aunque breve, le había servido para revivir, y había permitido que su subconsciente procesara la información de la que tenía que ocuparse.

Entraron en el piso muy cerca el uno del otro. El aroma de cítrico y musgo se desprendió del cuerpo de Annaka como niebla que ascendiera de un río. Bourne no pudo evitar aspirarlo profundamente. Para distraerse, se esforzó en concentrarse en los asuntos que tenía entre manos.

—¿Se fijó en las quemaduras y en las lesiones que había en el cuerpo de László Molnar, en las heridas punzantes y en las marcas de ligaduras?

Annaka se estremeció.

—No me lo recuerde.

—Había sido torturado durante varias horas, puede incluso que durante un par de días.

Ella lo miró con gravedad desde debajo de unas cejas rectas.

—Lo cual significa —dijo él— que puede haber dado la localización del doctor Schiffer.

—O puede que no —dijo ella—, lo cual también podría ser una razón para que lo mataran.

—No creo que podamos permitirnos esa suposición.

—¿A qué se refiere con eso de «podamos»?

—Sí, lo sé, a partir de ahora estoy solo.

—¿Está intentando hacerme sentir culpable? Olvídelo, no tengo ningún interés en encontrar al doctor Schiffer.

—¿Incluso si el que cayera en las manos equivocadas supusiera un desastre a escala mundial?

—*¿A qué se refiere?*

Abajo, en su coche de alquiler, Jan se apretó el auricular. Las palabras de Bourne y Annaka llegaban con claridad.

—*Alex Conklin era un técnico magistral; era su especialidad. No he conocido a nadie que fuera mejor que él planificando y ejecutando misiones complicadas. Como ya le dije, estaba tan desesperado por tener al doctor Schiffer, que se lo robó a un programa secreto del Departamento de Defensa, se lo llevó a la* CIA *y lo hizo «desaparecer» de inmediato. Eso significa que fuera lo que fuese en lo que estuviera trabajando Schiffer, era tan importante que Alex sintió la necesidad de mantenerlo alejado de cualquier peligro. Y al final tuvo razón, porque alguien raptó al doctor Schiffer. La operación que su padre estaba llevando a cabo para Conklin consistía en llevárselo y esconderlo en alguna parte que sólo László Molnar conociera. Ahora, su padre está muerto, y Molnar también. La diferencia es que a Molnar lo torturaron antes de matarlo.*

Jan se incorporó en el asiento con el corazón latiéndole deprisa. ¿Su padre? ¿Era posible que la mujer que estaba con Bourne, aquella a quien él no había prestado atención...? ¿Sería posible que fuera realmente Annaka?

Annaka se paró en medio de un rayo de sol que entraba por la ventana.

—¿En qué cree que estaba trabajando el doctor Schiffer que tanto interesaba a toda esa gente?

—Creía que no tenía ningún interés en el doctor Schiffer —dijo Bourne.

—No sea insidioso. Y responda a la pregunta.

—Schiffer es el mayor experto mundial en el comportamiento de las partículas bacterianas. Eso es lo que averigüé en el foro que Molnar había visitado. Se lo dije entonces, pero estaba demasiado ocupada descubriendo el cadáver del pobre Molnar.

—Todo eso me suena a música celestial.

—¿Recuerda el sitio web al que había accedido Molnar?

—Ántrax, fiebre hemorrágica argentina...

—... criptococosis y peste neumónica. Creo que es posible que el buen doctor estuviera trabajando en esos agentes biológicos letales o cosa parecida, o puede que en algo aún peor.

Annaka lo miró fijamente durante un rato, y meneó la cabeza.

—Creo que lo que tanto inquietaba (y asustaba) a Alex fue que el doctor Schiffer había inventado un dispositivo que pudiera ser utilizado como arma biológica. De ser así, está en posesión de uno de los «santos griales» de los terroristas.

—¡Oh, Dios mío! Pero eso no es más que una suposición. ¿Cómo puede estar seguro de que está en lo cierto?

—No tengo más remedio que seguir buscando —dijo Bourne—. ¿Todavía es tan optimista acerca del paradero del doctor Schiffer?

—Pero no sé cómo lo vamos a encontrar.

Annaka se dio la vuelta y se dirigió al piano, como si fuera una piedra de toque o un talismán que la mantuviera a salvo de cualquier daño.

—¿Vamos? —dijo Bourne—. Ha dicho «vamos».

—Ha sido un lapsus línguae.

—Un lapsus freudiano, diría.

—Déjelo —dijo enojada—. Ya mismo.

Bourne la tenía lo bastante calada para saber que lo había dicho en serio. Así que se dirigió al escritorio y se sentó. Vio la conexión de área local que conectaba el ordenador portátil de Annaka a internet.

—Tengo una idea —dijo Bourne. Entonces vio los arañazos. El sol incidía en la brillantísima superficie de la banqueta del piano de una forma que pudo ver varias marcas, todas recién hechas. Alguien había visitado el piso mientras estaban fuera. Pero ¿por qué razón? Miró por todas partes en busca de algún indicio de alteración.

—¿Qué pasa? —preguntó Annka—. ¿Qué sucede?

—Nada —respondió él. Pero la almohada no estaba en la misma posición en la que la había dejado él; estaba un poco torcida a la derecha.

Ella se puso la mano en la cadera.

—Entonces ¿cuál es su idea?

—Antes tengo que coger algo en el hotel —improvisó. No quería alarmarla, pero tenía que encontrar la manera de hacer cierto trabajo de reconocimiento clandestino. Era posible —quizá incluso probable— que quienquiera que hubiera estado en el piso siguiera todavía en las cercanías. Al fin y al cabo, los habían estado vigilando en el piso de László Molnar. Pero ¿cómo diablos se las había apañado el observador para seguirles el rastro hasta allí?, se preguntó. Había cuidado hasta el último detalle que se le había ocurrido. La respuesta estaba a mano: Jan lo había encontrado.

Bourne agarró su cazadora de piel y se dirigió a la puerta.

—No estaré fuera mucho tiempo, lo prometo. Mientras tanto, si quiere ser útil, vuelva a entrar en ese sitio web y vea qué más puede descubrir.

Jamie Hull, jefe de la seguridad estadounidense en la cumbre antiterrorista de Reikiavik, tenía un problema con los árabes: no le gustaban, y no confiaba en ellos. Ni siquiera creían en Dios —al menos, no en el correcto—, para qué hablar de que creyeran en Cristo Salvador, pensó con amargura mientras avanzaba a grandes zancadas por el pasillo del inmenso hotel Oskjuhlid.

Otra razón para que no le gustaran: tenían bajo su control las tres cuartas partes del petróleo del mundo. Vaya, que si no fuera por eso, nadie les prestaría la más mínima atención, y de no intervenir otros factores, se habrían exterminado a sí mismos mediante sus indescifrables redes de guerras tribales. Había cuatro equipos de seguridad árabes diferentes, uno para cada país asistente, pero Feyd al-Saoud coordinaba el trabajo de todos.

Si se tenía en cuenta cómo eran los árabes, Feyd al-Saoud no era malo del todo. Era saudí... ¿o era suní? Hull meneó la cabeza. No lo sabía. Ésa era otra de las razones por las que no le gustaban; uno nunca podía saber qué demonios eran o a quién le cortarían el brazo si se les presentaba la ocasión. Feyd al-Saoud incluso se había educado en Occidente, en alguna parte de Londres u Oxford... ¿o había sido en Cambridge?, se preguntó Hull. ¡Como si hubiera alguna diferencia! La cuestión es que podías hablar con el hombre en cristiano, sin que te mirase como si te hubiera crecido una segunda cabeza.

A Hull le parecía que también era un hombre razonable, lo que significaba que sabía estar en su sitio. En lo tocante a las necesidades y deseos del presidente, al-Saoud se sometía al criterio de Hull en casi todo, lo cual era más de lo que se podía decir de aquel socialista hijo de puta de Boris Illych Karpov. Lamentaba profundamente haberse quejado de él al Gran Jefazo y de que en respuesta le hubieran echado un rapapolvo, aunque realmente Karpov era el bastardo más exasperante con quien hubiera tenido la desgracia de trabajar jamás.

Entró en la escalonada sala de conferencias donde tendría lugar la cumbre. Era un óvalo perfecto, con un techo ondulado hecho de paneles deflectantes acústicos de color azul. Escondidos detrás de esos paneles estaban los grandes conductos de aire que permitían entrar el aire filtrado por el sofisticado sistema HVAC (calefacción, ventilación y aire acondicionado) del foro, completamente independiente de la tremenda red del hotel. En cuanto al resto, las paredes eran de teca brillante, los asientos acolchados azules y las superficies horizontales bien de bronce, bien de cristal ahumado.

Todos los días desde que había llegado, él y sus dos homólogos se reunían allí por las mañanas para pulir y discutir los detalles de los complicados dispositivos de seguridad. Por las tardes se volvían a reunir, esta vez cada uno con su respectivo personal, para revisar los detalles e informarles de los últimos procedimientos. Desde que habían llegado, el hotel al completo había sido cerrado al público, de manera que los equipos de seguridad pudieran hacer sus barridos electrónicos e inspecciones y proteger absolutamente toda la zona.

En cuanto entró en el foro brillantemente iluminado, vio a sus homólogos: Feyd al-Saoud, un sujeto delgado con unos ojos negros que miraban por encima del pico que tenía por nariz y un porte que rozaba lo regio; y Boris Illych Karpov, jefe de la elitista Unidad Alpha de la FSB, un tipo musculoso con pinta de toro, de hombros anchos y caderas estrechas y una cara de tártaro aplastada de aspecto brutal debajo de unas cejas pobladas y una abundante mata de pelo negro. Hull nunca lo había visto sonreír, y en cuanto a Feyd al-Saoud, dudaba que supiera cómo se hacía.

—Buenos días, compañeros de viaje —dijo Boris Illych Karpov con su estilo pesado y deliberadamente inexpresivo que a Hull le traía a la mente a un locutor de la década de 1950—. No nos quedan más que tres días para que comience la cumbre, y todavía queda mucho por hacer. ¿Qué tal si empezamos?

—Por supuesto —dijo Feyd al-Saoud, sentándose en el sitio que ocupaba habitualmente en la tarima donde al cabo de tan sólo treinta y seis horas los cinco jefes de Estado de los principales países árabes se sentarían codo con codo con los huéspedes de Estados Unidos y Rusia, para, entre dimes y diretes, negociar la primera iniciativa coordinada para frenar en seco el terrorismo internacional—. He recibido instrucciones de mis homólogos de los demás países islámicos asistentes y tendré sumo gusto en transmitírselas a ustedes.

—Exigencias, querrá decir —le espetó Karpov en tono beligerante. Jamás había superado la decisión de hablar inglés en las reuniones conjuntas; había sido derrotado en la votación por dos a uno.

—Boris, ¿por qué tiene que ver siempre la parte negativa de las cosas? —terció Hull.

Karpov se enfureció; Hull sabía que le desagradaba la informalidad estadounidense.

—Las exigencias sueltan cierto hedor, señor Hull. —Se dio unos golpecitos en la punta de su roja narizota—. Puedo olerlo.

—Me sorprende que pueda oler algo, Boris, después de tantos años bebiendo vodka.

—Beber vodka nos hace fuertes y nos convierte en unos hombres de verdad. —Karpov frunció los labios en una mueca de desprecio—. No como ustedes, los estadounidenses.

—¿Debería escucharlos, Boris? ¿A ustedes, los rusos? Su país es un lamentable fracaso. El comunismo se reveló tan corrupto que Rusia reventó bajo su peso. Y en cuanto a su gente, están en una bancarrota espiritual.

Karpov se levantó de un salto, con las mejillas tan rojas como su nariz y sus labios.

—¡Ya estoy harto de sus insultos!

—Lástima. —Hull se levantó, apartando la silla de una patada y olvidándose por completo de las admoniciones del DCI—. Porque sólo estaba entrando en calor.

—¡Caballeros, caballeros! —Feyd al-Saoud se interpuso entre los dos contrincantes—. Ya me explicarán, por favor, cómo estas discusiones infantiles van a favorecer la tarea que hemos sido enviados a realizar. —Su voz era tranquila y ecuánime mientras movía la mirada de uno a otro—. Cada uno tenemos nuestros respectivos jefes de Estado, a quienes servimos con una lealtad inquebrantable. ¿No es cierto? Entonces debemos servirlos de la mejor manera posible. —No pararía hasta que los dos contendientes estuvieran de acuerdo.

Karpov se sentó, aunque con los brazos cruzados por delante del pecho. Hull levantó su silla, la arrastró hasta la mesa y se dejó caer sobre ella con una expresión avinagrada en la cara.

Feyd al-Saoud los observó y dijo:

—Puede que no nos gustemos los unos a los otros, pero debemos aprender a trabajar juntos.

Hull tuvo la vaga impresión de que había algo más en Karpov, además de su agresiva intransigencia, que le corría por debajo de la piel. Tardó algún rato en localizar su origen, pero al final lo consiguió. Algo en Karpov —su petulante autosuficiencia— le recordaba a David Webb, o a Jason Bourne, como se había ordenado a todo el personal de la Agencia que lo llamara. Era Bourne quien se había convertido en el niño mimado de Alex Conklin, a pesar de todo el politiqueo y la sutil campaña que Hull había llevado a cabo en pro de sí mismo, antes de que renunciara y se largara al Centro Antiterrorista. Había tenido éxito en su nuevo destino, eso era incuestionable, pero nunca había olvidado a lo que Bourne le había obligado a renunciar. Conklin había sido una leyenda dentro de la Agencia. Trabajar con él era todo con lo que Hull había soñado desde que entró en la Agencia hacía veinte años. Hay sueños que se tienen de niño; esos no son difíciles de olvidar. Pero los sueños que se tienen de adulto..., bueno, eso es harina de otro costal. La amargura de lo que podría haber sido y no fue nunca desaparecía, al menos según la experiencia de Hull.

En realidad se había alegrado cuando el DCI le había informado de que Bourne podría estar camino de Reikiavik. La sola idea de que Bourne hubiera atacado a su mentor y se hubiera convertido en un rufián le hacía hervir la sangre. Si Conklin le hubiera escogido a él, había pensado Hull, seguiría vivo en ese momento. La idea de que pudiera ser él el que aniquilara a Bourne con autorización de la Agencia era un sueño hecho realidad. Pero entonces había recibido la noticia de que Bourne estaba muerto, y su euforia se había tornado en decepción. A partir de ese momento, se había mostrado cada vez más irritado con todo el mundo, incluido los agentes del Servicio Secreto, con quienes era esencial que mantuviera una relación estrecha y franca. En ese momento, y ante la falta de una satisfacción del tipo que fuera, clavó una mirada asesina en Karpov y recibió otra a cambio.

Bourne no cogió el ascensor para bajar cuando salió del piso de Annaka. En su lugar, subió el corto tramo de las escaleras de servicio que conducían al tejado. Allí se enfrentó al sistema de alarma, que salvó con rapidez y eficiencia.

El sol había entregado la tarde a unas nubes pizarrosas y un viento fuerte y frontal. Cuando miró al sur, vio las cuatro recargadas cúpulas de los baños turcos Kiraly. Se dirigió al parapeto, y se inclinó por encima en el mismo sitio más o menos que Jan había ocupado no hacía más de una hora.

Desde aquel punto privilegiado escudriñó la calle, primero en busca de alguien que estuviera parado en algún portal en sombras, y luego de algún transeúnte que caminara con demasiada lentitud o se detuviera de golpe. Vio a dos mujeres jóvenes que paseaban cogidas del brazo, a una madre que empujaba un cochecito y a un anciano que examinó con atención, al recordar la pericia camaleónica de Jan.

Al no encontrar nada sospechoso, centró su atención en los coches aparcados, buscando algo que se saliera de la normalidad. Todos los coches de alquiler de Hungría tenían que llevar obligatoriamente una pegatina que los identificaba como tales. En aquel barrio residencial un coche de alquiler era algo que él tenía que investigar.

Encontró uno bajo la forma de un Skoda negro aparcado en la misma manzana, al otro lado de la calle. Estudió su posición con detalle. Cualquiera sentado detrás del volante tendría una vista despejada del portal del número 106-108 de la calle Fo. Sin embargo, en ese momento no había nadie detrás del volante ni en ninguna otra parte dentro del vehículo.

Se dio la vuelta y volvió a cruzar el tejado con aire decidido.

* * *

Jan, agachado en el hueco de la escalera y preparado, observó a Bourne mientras se dirigía hacia él. Supo que aquélla era su oportunidad. Bourne, perdido en sus pensamientos sobre cuestiones de vigilancia, se acercaba absolutamente ajeno a la situación. Como en un sueño —un sueño que había tenido en la cabeza durante décadas—, Jan vio a Bourne dirigiéndose directamente hacia él con la mirada nublada por los pensamientos. Jan rebosaba de cólera. Aquél era el hombre que se había sentado junto a él y no lo había reconocido, que incluso cuando Jan se había identificado había negado quien era. Aquello no hacía más que intensificar el convencimiento de Jan de que Bourne nunca lo había querido, de que estaba más que dispuesto a salir corriendo y abandonarlo.

Por consiguiente, cuando Jan se levantó, lo hizo con una furia justificada. En el mismo instante en que Bourne penetró en la sombra de la entrada al tejado, Jan le golpeó violentamente con la frente en el puente de la nariz. La sangre salió volando, y Bourne trastabilló hacia atrás. Jan, apurando al máximo su ventaja, se acercó, pero Bourne le soltó una patada.

—*Che-sah!* —dijo, soltando el aire.

Jan amortiguó la patada desviándola parcialmente, tras lo cual aseguró el brazo izquierdo contra el costado, atrapando en medio el tobillo de Bourne. Pero ahí Bourne le sorprendió. En lugar de perder el equilibrio y caer hacia atrás, se impulsó hacia arriba, apretando la espalda y las nalgas contra la puerta de acero, y lanzó una patada con el pie derecho, propinándole un golpe escalofriante en el hombro derecho y obligando a Jan a soltarle el tobillo izquierdo.

—*Mee-sah!* —gritó Bourne por lo bajinis.

Se abalanzó entonces hacia Jan, que se estremeció como si sintiera dolor al tiempo que le propinaba un golpe en el esternón con los dedos rectos. De inmediato agarró la cabeza de Bourne por ambos lados y se la golpeó contra la puerta del tejado. A Bourne se le nubló la vista.

—¿Qué está tramando Spalko? —le preguntó Jan con aspereza—. Lo sabes, ¿verdad?

A Bourne le daba vueltas la cabeza a causa del dolor y la sacudida. Intentó centrar la vista y aclararse la mente al mismo tiempo.

—¿Q-quién es... Spalko?

Las palabras le salieron deslavazadas, como si vinieran de muy lejos.

—Claro que lo sabes.

Bourne meneó la cabeza, lo cual le produjo una descarga de puñales en la cabeza que se le clavaron todos de inmediato. Cerró los ojos con fuerza.

—Creía... Creía que querías matarme.

—¡Escúchame!

—¿Quién eres? —susurró Bourne con voz ronca—. ¿Cómo conoces a mi hijo? ¿Cómo conoces a Joshua?

—¡Escúchame! —Jan acercó la cabeza a la de Bourne—. Stepan Spalko es el hombre que ordenó la muerte de Alex Conklin, el hombre que te tendió la trampa... que nos la tendió a los dos. ¿Por qué hizo eso, Bourne? ¡Tú lo sabes, y yo necesito saberlo!

Bourne tuvo la sensación de estar atrapado en un témpano de hielo donde todo se movía con una lentitud infinita. No podía pensar, aparentemente incapaz de ligar dos ideas seguidas. Entonces se percató de algo. Y la rareza de aquello penetró a través de la inercia en la que estaba atrapado. Había algo en la oreja derecha de Jan. ¿Qué era? Fingiendo que sentía un dolor extremo, movió la cabeza ligeramente y vio que se trataba de un receptor electrónico en miniatura.

—¿Quién eres? —dijo—. ¡Maldita sea, quién eres!

Parecía que había dos conversaciones que discurrían simultáneamente, como si los dos hombres estuvieran en mundos diferentes y vivieran vidas diferentes. Sus voces se elevaron, sus emociones se avivaron desde los rescoldos, y cuanto más gritaban, más conseguían alejarse.

—¡Ya te lo dije! —Las manos de Jan estaban cubiertas con la sangre de Bourne, que empezaba a coagularse ya en las aletas de su nariz—. ¡Soy tu hijo!

Y con aquellas palabras se rompió el estancamiento, y sus mundos colisionaron una vez más. La cólera que se había apoderado de Bourne cuando el director del hotel le había frustrado atronó de nuevo en sus oídos. Soltó un grito y empujó a Jan hacia atrás, haciéndole cruzar el umbral de la puerta y salir al tejado.

Ignorando el dolor que sentía en la cabeza, enganchó a Jan por detrás con el tobillo y lo empujó con fuerza. Pero Jan se agarró a él al caer, levantando las piernas cuando su espalda golpeó las tejas del tejado y alzó en el aire a Bourne, a quien mandó al suelo rodando de una potente patada.

Bourne metió la cabeza, aterrizó sobre los hombros y rodó, amortiguando así la mayor parte del golpe. Los dos se pusieron de pie al mismo tiempo y estiraron los brazos, intentando agarrarse. Pero Bourne bajó los brazos de repente y golpeó con fuerza las muñecas de Jan, desasiéndose de él y haciéndolo girar hasta ponerlo de costado. Entonces Bourne lo embistió, utilizando la frente para golpearle en el haz nervioso situado justo debajo de la oreja. Jan perdió la fuerza en el lado izquierdo, y Bourne, aprovechando la situación, estrelló el puño contra la cara de Jan.

Éste se tambaleó y dobló ligeramente las rodillas, pero como un peso pesado grogui, se negó a caer. Bourne, un toro enloquecido a esas alturas, le golpeó una y otra vez, obligándolo a retroceder con cada golpe, cada vez más cerca del parapeto. Pero en su desmedida cólera cometió un error al permitir que Jan se metiera dentro de su guardia. Esto le sorprendió cuando, en lugar de tambalearse hacia atrás bajo el impacto de su golpe, Jan contraatacó, adelantándose y levantando el pie que tenía atrasado, y, a mitad de camino, trasladando todo su peso al pie que tenía adelantado. El golpe resultante hizo que los dientes de Bourne castañetearan mientras caía al suelo.

Bourne cayó de rodillas, momento en el que su oponente le propinó un golpe tremendo encima de las costillas; y cuando empezó a inclinarse hacia delante, Jan lo agarró por la garganta y empezó a apretar.

—Debes decírmelo ahora —dijo Jan con voz ronca—. Debes decirme todo lo que sabes.

Bourne, sintiendo un dolor intenso, dijo jadeando:

—¡Vete al infierno!

Jan le golpeó en la mandíbula con el canto de la mano.

—¿Por qué no escuchas?

—Prueba con un poco más de fuerza —respondió Bourne.

—Estás absolutamente loco.

—Ése es tu plan, ¿no? —Bourne negó con la cabeza obstinadamente—. Toda esa asquerosa historia de que eres Joshua...

—Yo soy tu hijo.

—Escúchate... Ni siquiera eres capaz de decir su nombre. Puedes dejar la farsa. Así no vas a conseguir nada. Eres un asesino internacional llamado Jan. Y no te guiaré hasta ese tal Spalko ni hasta ningún otro al que estés planeando atrapar. No volveré a dejar que nadie me utilice.

—No sabes lo que estás haciendo. No sabes... —Se interrumpió, meneó violentamente la cabeza y cambió de táctica. Sostuvo el pequeño buda tallado en piedra en su mano libre—. ¡Mira esto, Bourne! —Escupió las palabras como si fueran venenosas—. ¡Míralo!

—Un talismán que cualquiera que haya estado en el Sureste Asiático podría coger...

—¡Pero éste no! Me lo diste tú... Sí, tú me lo diste. —Los ojos le centelleaban, y su voz se agitaba con un temblor que, para su vergüenza, no fue capaz de controlar—. Y luego me diste por muerto en la jungla de...

Un disparó rebotó en las tejas del tejado junto a la pierna derecha de Jan, que, soltando a Bourne, retrocedió de un salto. Un segundo disparo estuvo a punto de darle en el hombro mientras se escabullía detrás del muro de ladrillo del hueco del ascensor.

Bourne volvió la cabeza y vio a Annaka agachada en la parte superior del hueco de la escalera con su pistola firmemente agarrada con ambas manos. La mujer se adelantó cautelosamente. Se arriesgó a mirar a Bourne.

—¿Se encuentra bien?

Asintió, pero al mismo tiempo, Jan, optando por la prudencia, se abalanzó fuera de su escondite, se dirigió dando saltos al lateral del tejado y saltó al edificio contiguo. Bourne se percató de que en lugar de ponerse a disparar frenéticamente, Annaka levantó el arma y se giró hacia él.

—¿Cómo va a estar bien? —preguntó—. ¡Está completamente cubierto de sangre!

—Es sólo de la nariz. —Se sintió ligeramente mareado cuando se incorporó. Reaccionando ante la expresión de incredulidad de Annaka, se vio obligado a añadir—: La verdad es que parece mucha, pero no es nada.

Ella le puso un montón de pañuelos de papel contra la nariz cuando Bourne empezó a sangrar de nuevo.

—Gracias.

Annaka pasó por alto el agradecimiento de Bourne con sus palabras.

—Dijo que tenía que coger algo en su hotel. ¿Por qué vino aquí arriba?

Bourne se levantó lentamente, pero no sin que ella lo ayudara.

—Espere un segundo. —Annaka miró en la dirección en que Jan se había ido y luego se volvió a Bourne con cara de haber comprendido—. Era él el que nos ha estado vigilando, ¿verdad? El que llamó a la policía cuando estábamos en casa de László Molnar.

—No lo sé.

Ella meneó la cabeza.

—No le creo. Es la única explicación plausible a que me mintiera. No quería alarmarme, porque me había dicho que aquí estaríamos a salvo. ¿Qué es lo que cambió?

Tras un instante de duda, Bourne se dio cuenta de que no tenía más remedio que contarle la verdad.

—Cuando volvimos del café, había unos arañazos nuevos en el taburete del piano.

—¿Qué? —Annaka abrió los ojos como platos y meneó la cabeza—. No entiendo.

Bourne pensó en el receptor electrónico de la oreja derecha de Jan.

—Volvamos al apartamento y se lo demostraré.

Se dirigieron hacia la puerta, pero ella titubeó.

—No sé.

Bourne se dio la vuelta.

—¿Qué es lo que no sabe? —dijo cansinamente

En la cara de Annaka había aparecido una expresión de dureza junto con cierto aire de compunción.

—Usted me mintió.

—Lo hice para protegerla, Annaka.

Ella lo miró con unos ojos grandes y brillantes.

—¿Cómo voy a confiar en usted ahora?

—Annaka.

—Por favor, dígamelo, porque realmente quiero saberlo. —Ella se plantó en el sitio, y Bourne supo que no daría ni un paso hacia la escalera—. Necesito una respuesta a la que pueda aferrarme y creer.

—¿Qué es lo que quiere que le diga?

Ella levantó los brazos y, acto seguido, los dejó caer a los costados en un gesto de exasperación.

—¿Se da cuenta de lo que está haciendo, dándole la vuelta a todo lo que digo? —Meneó la cabeza—. ¿Dónde aprendió a hacer que la gente se sienta como una mierda?

—Sólo quería mantenerla a salvo —dijo él. Annaka lo había herido en lo más profundo y, a pesar de su cuidadosa expresión de indiferencia, sospechaba que ella lo sabía—. Creí que estaba haciendo lo correcto. Y todavía lo pienso, aunque implicara ocultarle la verdad, al menos durante un rato.

Ella se lo quedó mirando durante mucho tiempo. El viento racheado le levantaba el pelo, haciéndolo flotar como las alas de un pájaro. Unas voces quejumbrosas ascendieron desde la calle Fo, donde la gente quería saber a qué se debían aquellos ruidos, ¿era el petardeo de un tubo de escape o era otra cosa? No hubo respuestas, y en ese momento, salvo por los ladridos intermitentes de un perro, el barrio se quedó en silencio.

—Creyó que podría manejar la situación —dijo Annaka—, creyó que podría manejarlo.

Bourne se acercó cojeando al parapeto, donde se inclinó hacia fuera. Contra todo pronóstico, el coche de alquiler seguía allí, vacío. Quizá no fuera el de Jan o quizá éste no había huido de la escena. Bourne se levantó con cierta dificultad. El dolor estaba volviendo en oleadas, haciéndose más intenso en los límites de su conciencia cuando las endorfinas liberadas por la conmoción del traumatismo empezaron a disiparse. Parecían dolerle todos los huesos del cuerpo, pero ninguno tanto como la mandíbula y las costillas.

Finalmente, se sintió capaz de responderle con sinceridad.

—Sí, supongo que sí.

Annaka levantó una mano y se apartó el pelo de la mejilla.

—¿Quién es él, Jason?

Era la primera vez que lo llamaba por el nombre de pila, pero ése fue un detalle en el que Bourne apenas reparó. En ese momento intentaba —sin conseguirlo— darle una respuesta que la dejara satisfecha.

Jan, despatarrado sobre los escalones del edificio a cuyo tejado había saltado, miraba sin ver el techo impersonal del hueco de la escalera. Esperaba a que Bourne fuera a por él. O tal vez estuviera esperando a que Annaka Vadas le apuntara con la pistola y apretara el gatillo, pensó, con la mente confusa de los conmocionados. Ya tenía que estar en el coche, alejándose, y sin embargo, estaba allí, tan inerte como una mosca atrapada en una tela de araña.

La cabeza le daba vueltas, atosigada por los «debería». Debería haber matado a Bourne la primera vez que lo había visto, pero entonces tenía un plan, un plan con lógica, un plan que había trazado meticulosamente para sí, uno que le habría reportado —¡eso creyó entonces!— la máxima expresión de la venganza que se le debía. Debería haber matado a Bourne en la plataforma de carga del avión de París. Por supuesto que había querido hacerlo, igual que lo había querido hacer en ese preciso momento.

Sería fácil que se dijera que Annaka Vadas le había interrumpido, pero la incomprensible y deslumbradora verdad era que había tenido la oportunidad antes de que ella llegara a la escena y que había «decidido no vengarse».

¿Por qué? No tenía ni la más remota idea.

Su mente, por lo común tan tranquila como las aguas de un lago, saltaba de un recuerdo a otro, como si el presente se le antojara insoportable. Recordó el cuarto en el que había estado encarcelado durante sus años con los contrabandistas vietnamitas, y el breve momento de libertad antes de ser salvado por el misionero, Richard Wick. Recordó la casa de Wick, la sensación de espacio y libertad que fue erosionándose gradualmente, y el espeluznante horror de su época con los jemeres rojos.

La peor parte —aquella que se empeñaba en olvidar— fue que al principio se había sentido atraído por la filosofía de los jemeres rojos. No dejaba de ser una ironía, porque el movimiento había sido fundado por un grupo de jóvenes radicales camboyanos educados en París, y su ética se basaba en el nihilismo francés. «¡El pasado ha muerto! ¡Destrúyelo todo para crear un nuevo futuro!» Aquél era el mantra de los jemeres rojos, repetido una y otra vez hasta que aplastaba todos los demás pensamientos o puntos de vista.

Tenía poco de sorprendente que aquella visión del mundo atrajera inicialmente a Jan, él mismo un involuntario refugiado, abandonado y marginal, un paria, aunque más por las circunstancias que porque así se hubiera planeado. Para Jan el pasado estaba muerto; no había más que pensar en su sueño recurrente. Pero si lo primero que aprendió de ellos fue a destruir, fue porque primero ellos lo destruyeron a él.

No acabando de creer del todo su historia de abandono, poco a poco le consumieron la vida, arrebatándole la energía, sangrándolo un poco cada día. Lo que querían, así se lo dijo su interlocutor, era vaciarle la mente de todas las cosas; lo que necesitaban era una pizarra en blanco sobre la que escribir su versión radical del nuevo futuro que los aguardaba a todos. Ellos lo sangraban, le decía su sonriente interlocutor, por su propio bien, para que se deshiciera de las toxinas del pasado. Todos los días su interlocutor le leía el manifiesto de los jemeres rojos, y luego recitaba los nombres de aquellos opositores al régimen rebelde que habían sido asesinados. La mayoría, por supuesto, eran desconocidos para Jan, aunque a unos pocos —monjes, principalmente, además de algunos niños de su edad— los había conocido, aunque de pasada. Algunos, como los niños, se habían burlado de él, arrojando sobre sus hombros inmaduros el manto de la marginalidad. Al cabo de un tiempo se añadió un nuevo punto al programa. Después de seguir atentamente la lectura de una sección concreta del manifiesto por parte de su interlocutor, se le exigía que lo repitiera de memoria. Lo cual hizo de una manera cada vez más forzada.

Un día, después del recitado y la respuesta de rigor, su interlocutor le leyó los nombres de los recién asesinados en aras de la revolución. El último de la lista era Richard Wick, el misionero que lo había acogido pensando que llevaría a Jan a la civilización y la ley. Cuál fue el remolino de emociones que esta noticia provocó en Jan sería imposible de decir, pero sí que el sentimiento primordial sería de dislocación. Su último vínculo con el mundo en general murió en ese momento. Estaba total y absolutamente solo. En la relativa intimidad de las letrinas había llorado sin saber por qué. Si había habido un hombre al que odiara, era aquel que lo había utilizado y abandonado emocionalmente, y en aquel momento, por incomprensible que pareciera, estaba llorando su muerte.

Más tarde ese mismo día, su interlocutor lo condujo desde el búnker de hormigón en el que había sido alojado desde que lo hicieran prisionero. Aunque el cielo estaba encapotado y llovía copiosamente, Jan parpadeó al recibir en los ojos la luz diurna. El tiempo había pasado; la temporada de las lluvias había comenzado.

Tumbado en el hueco de la escalera, a Jan se le ocurrió que durante su etapa de crecimiento jamás había tenido el control de su vida. Lo verdaderamente curioso e inquietante era que seguía sin tenerlo. Había tenido la impresión de que era un agente libre, que había tenido que esforzarse mucho para establecerse en un negocio donde había creído —ingenuamente, por lo visto— que los agentes libres prosperaban. Entonces se percató de que desde que había aceptado el primer encargo de Spalko, éste lo había estado manipulando, y nunca tanto como en ese momento.

Si alguna vez se iba a librar de las cadenas que lo atenazaban, tendría que hacer algo con respecto a Stepan Spalko. Sabía que se había pasado de la raya con él la última vez que habían hablado por teléfono, y lo lamentaba. Con aquel fugaz arrebato de furia tan impropio de él, lo único que había conseguido fue poner en guardia a Spalko. Sin embargo, se percató, desde que Bourne se había sentado a su lado en un banco del parque en la Ciudad Vieja de Alexandria, que su habitual reserva de hielo se había hecho añicos, y en ese momento unas emociones a las que no podía poner nombre ni comprender no cejaban de asomar como flechas a la superficie, perturbando su conciencia y enturbiando su determinación. Se dio cuenta con un respigo de que, en lo tocante a Jason Bourne, ya no sabía lo que quería.

Se incorporó y miró por todas partes. Había oído un ruido; estaba

seguro. Se levantó, puso una mano en el barandal y tensó los músculos, preparado para salir volando. Y allí estaba de nuevo. Volvió la
cabeza. ¿Qué era aquel ruido? ¿Dónde lo había oído antes?

El corazón le latía deprisa, y notó su pulso en el cuello cuando el
sonido ascendió por el hueco de la escalera, resonando en su mente,
porque él estaba gritando de nuevo: «¡Lee-Lee! ¡Lee-Lee!».

Pero Lee-Lee no podía responder. Lee-Lee estaba muerta.

19

La entrada subterránea al monasterio se encontraba oculta por las sombras y el tiempo en la grieta de mayor profundidad de la pared más septentrional del desfiladero. El declinante sol había revelado que la hendidura era algo más que un paso, como debió de haberles sucedido siglos antes a los monjes que habían escogido aquel emplazamiento para erigir su inexpugnable hogar. Tal vez hubieran sido monjes guerreros, porque las extensas fortificaciones hablaban de batallas y derramamientos de sangre, y de la necesidad de conservar su sacrosanto hogar.

El equipo entró en la garganta en silencio, siguiendo al sol. Ya no había ninguna conversación íntima entre Spalko y Zina, ningún tipo de insinuación con respecto a lo que había ocurrido entre ellos, aunque había sido de trascendental importancia. Por decirlo de alguna manera, se podía denominar una especie de bendición; en cualquier caso, había sido una transferencia de lealtad y de poder cuyo silencio y confidencialidad sólo multiplicaban las ramificaciones de sus efectos. Fue Spalko quien, una vez más, había arrojado metafóricamente un guijarro a un tranquilo estanque y luego se había tumbado a observar el efecto, mientras las ondas resultantes se propagaban hacia el exterior alterando la naturaleza esencial del estanque y de todo lo que vivía en él.

Las rocas bañadas por el sol desaparecieron tras ellos cuando se adentraron en las sombras, y entonces encendieron sus linternas. Además de Spalko y Zina había dos de los hombres; habían devuelto al tercero al reactor situado en el aeropuerto Kazantzakis, donde esperaba el cirujano. Portaban unas ligeras mochilas de nailon llenas de toda clase de objetos, desde botes de gas lacrimógeno a rollos de cuerda, pasando por todo lo imaginable. Spalko no sabía a lo que se enfrentarían, y no iba a correr ningún riesgo.

Los hombres iban delante, con las metralletas colgando de los hombros por unas anchas correas, listas para ser utilizadas. La garganta se estrechó, y los obligó a continuar en fila india. Sin embargo, el cielo no tardó en desaparecer bajo un muro de roca, y se encontraron en el interior de una cueva. Era fría y húmeda, con olor a moho, y la inundaba un fétido olor a descomposición.

—Apesta como una tumba abierta —dijo uno de los hombres.

—¡Miren! —gritó el otro—. ¡Huesos!

Se detuvieron, y sus luces se concentraron en un montón de pequeños huesos de mamíferos, pero menos de cien metros más adelante se encontraron con el fémur de un mamífero mucho más grande.

Zina se acuclilló para coger el hueso.

—¡No lo haga! —le amonestó el primer hombre—. Trae mala suerte tocar huesos humanos.

—¿De qué está hablando? Los arqueólogos no hacen otra cosa. —Zina se rió—. Además, podría ser que éste no fuera de ningún humano.

No obstante, lo dejó caer de nuevo sobre el polvo del suelo de la caverna.

Cinco minutos más tarde se habían congregado alrededor de lo que sin lugar a dudas era un cráneo humano. Sus luces relucieron sobre el arco superciliar, sumiendo las cuencas de los ojos en la oscuridad más absoluta.

—¿Quién cree que lo mató? —preguntó Zina.

—El frío, probablemente —respondió Spalko—. O la sed.

—Pobre infeliz.

Siguieron adelante, adentrándose en el lecho de roca sobre el que se había erigido el monasterio. Cuanto más avanzaban, más numerosos eran los huesos que aparecían. A esas alturas eran todos de humanos, y cada vez con más frecuencia aparecían rotos o agrietados.

—No creo que a esa gente la matara el frío ni la sed —dijo Zina.

—¿Entonces qué? —preguntó uno de los hombres, aunque no obtuvo respuesta.

Spalko les ordenó de manera cortante que siguieran. Según sus cálculos, acababan de llegar debajo de las murallas almenadas exteriores del monasterio. Un poco más adelante, sus luces hicieron resaltar una extraña formación.

—La cueva se divide en dos —dijo uno de los hombres, alumbrando primero con su luz el pasadizo de la izquierda, y luego el de la derecha.

—Las cuevas no se bifurcan —dijo Spalko. Se adelantó a los demás y asomó la cabeza por la abertura de la izquierda—. Éste es un callejón sin salida. —Pasó la mano por los bordes de las aberturas—. Son obra del hombre —dijo—. De hace muchos años, posiblemente de la época en que se levantó el monasterio. —Se adentró por la abertura de la derecha, y su voz resonó de manera extraña—. Éste sigue adelante, aunque hay vueltas y giros.

Cuando volvió a salir, en su cara había una expresión extraña.

—No creo que esto sea un pasadizo —dijo—. No me extraña que Molnar escogiera este sitio para esconder al doctor Schiffer. Creo que nos vamos a meter en un laberinto.

Los dos hombres se miraron entre sí.

—En ese caso —dijo Zina—, ¿cómo vamos a encontrar el camino de vuelta?

—Es imposible saber qué nos vamos a encontrar ahí dentro. —Spalko sacó un pequeño objeto rectangular no más grande que una baraja de cartas. Sonrió mientras le enseñaba a Zina cómo funcionaba—. Un GPS. Acabo de señalar electrónicamente nuestro punto de partida. —Hizo un gesto con la cabeza—. Adelante.

Sin embargo, no tardaron mucho en descubrir que avanzaban por el camino equivocado, y al cabo de no más de cinco minutos se habían vuelto a reunir fuera del laberinto.

—¿Qué sucede? —preguntó Zina.

Spalko tenía el entrecejo arrugado.

—El GPS no funciona aquí dentro.

Ella meneó la cabeza.

—¿A qué cree que se debe?

—Algún mineral de la misma roca debe de estar obstruyendo la señal del satélite —dijo Spalko. No podía permitirse decirles que no tenía ni idea de por qué el GPS no funcionaba dentro del laberinto. En su lugar, abrió su mochila y sacó un rollo de bramante.

—Seguiremos la lección de Teseo e iremos desenrollando el bramante a medida que avanzamos.

Zina miró fijamente el rollo de bramante con incredulidad.

—¿Y si acabamos con el bramante?

—Teseo no lo acabó —dijo Spalko—. Y casi estamos dentro de los muros del monasterio, así que confiemos en que tampoco se nos acabe a nosotros.

El doctor Felix Schiffer se aburría. Llevaba días sin hacer otra cosa que obedecer órdenes desde que el pequeño grupo que lo protegía lo llevara a Creta en secreto y de noche, tras lo cual habían procedido a trasladarlo periódicamente de un lugar a otro. Jamás permanecían más de tres días en un mismo sitio. A él le había gustado la casa de Heraklion, aunque al final también se había aburrido. No había podido entretenerse con nada. Se habían negado a llevarle el periódico o a permitirle que escuchara la radio. En cuanto a la televisión, no había ninguna, aunque tenía que suponer que también lo habrían mantenido alejado de ella. Sin embargo, pensó con tristeza, era una vista muchísimo mejor que aquel montón de piedras desmoronadas donde sólo había una yacija por cama y un fuego para calentarse. Algunos arcones pesados y unas cómodas constituían prácticamente todo el mobiliario, aunque los hombres habían llevado algunas sillas plegables, unos catres y sábanas. No había instalación de agua; habían construido un excusado en el patio, y el hedor que desprendía llegaba hasta el monasterio. Éste era una construcción fría, húmeda y lúgubre, incluso a mediodía, y no digamos cuando caía la noche. Ni siquiera había una luz para poder leer... de haber habido algo para leer, claro.

Echaba de menos la libertad. Si hubiera sido un hombre temeroso de Dios, habría rezado por su liberación. Habían pasado tantos días desde la última vez que había visto a László Molnar o hablado con Alex Conklin... Y cuando les preguntaba a sus protectores al respecto, invocaban la palabra más sagrada para ellos: seguridad. Las comunicaciones no eran seguras, así de simple. Aquellos hombres se esforzaban muchísimo en tranquilizarlo, diciéndole que no tardaría en reunirse con su amigo y su benefactor. Pero cuando les preguntaba cuándo, todos se encogían de hombros y volvían a su interminable partida de cartas. Schiffer se daba cuenta de que ellos también estaban aburridos, al menos los que no estaban de guardia.

Había siete. Al principio había más, pero los demás se habían quedado en Heraklion. Aunque por lo que había podido deducir, ya deberían haberse reunido con ellos. Por consiguiente, ese día no había partida de cartas; todos los miembros del grupo estaban de patrulla. Y en el ambiente flotaba una inconfundible tensión que le estaba dando dentera.

Schiffer era un hombre bastante alto de penetrantes ojos azules y prominente nariz aguileña bajo una mata de pelo entrecano. Había habido una época, antes de que lo reclutara la DARPA, en que era más resultón, cuando la gente lo confundía con Burt Bacharach. Como las relaciones sociales no se le daban bien, jamás había sabido cómo reaccionar. Así que solía limitarse a mascullar algo ininteligible y a darse la vuelta, pero su evidente embarazo sólo había servido para reforzar el malentendido.

Se levantó y se dirigió ociosamente hacia la ventana a través de la habitación, pero uno de sus protectores lo interceptó y lo obligó a alejarse.

—Por seguridad —dijo el mercenario con la voz tensa, aunque no tanto como la mirada.

—¡Seguridad! ¡Seguridad! ¡Estoy hasta la coronilla de esa palabra! —exclamó Schiffer.

Pero de todas maneras lo empujaron de nuevo hacia la silla en la que se suponía que tenía que estar sentado, lejos de todas las puertas y ventanas. La humedad le provocó un escalofrío.

—¡Echo de menos mi laboratorio! ¡Añoro mi trabajo! —Schiffer clavó la mirada en los ojos negros del mercenario—. Me siento como un prisionero. ¿Lo pueden entender?

El jefe del grupo, Sean Keegan, sintiendo el malestar de quien era su responsabilidad, se acercó rápidamente a Schiffer con aire decidido.

—Por favor, doctor, siéntese.

—Pero yo...

—Es por su propio bien —dijo Keegan. Era uno de esos irlandeses morenos, de pelo y ojos negros, con una cara cuya tosquedad destilaba dureza y determinación, y el físico lleno de bultos de un camorrista callejero—. Nos han contratado para mantenerlo a salvo, y nos tomamos esa responsabilidad en serio.

Schiffer se sentó obedientemente.

—¿Sería alguien tan amable de decirme qué está sucediendo?

Keegan se lo quedó mirando durante un rato. Luego, decidiéndose, se acuclilló junto a la silla, y en voz baja, dijo:

—He evitado que estuviera informado, pero supongo que tal vez sea mejor que lo sepa ya.

—¿El qué? —La cara de Schiffer se contrajo en una mueca de dolor—. ¿Qué ha ocurrido?

—Alex Conklin ha muerto.

—¡Oh, Dios, no! —Schiffer se limpió la cara repentinamente sudorosa con la mano.

—Y en cuanto a László Molnar, no tenemos noticias de él desde hace dos días.

—¡Santo cielo!

—Tranquilícese, doctor. Es muy posible que Molnar no se haya puesto en contacto por razones de seguridad. —Miró a Schiffer a los ojos—. Por otro lado, el personal que dejamos en la casa de Heraklion no se ha presentado.

—Eso tengo entendido —dijo Schiffer—. ¿Cree que les ha podido... pasar algo?

—No me puedo permitir no pensarlo.

La cara de Schiffer se ensombreció; no podía evitar sudar a causa del miedo.

—Entonces es posible que Spalko haya averiguado dónde estoy; es posible que esté aquí, en Creta.

La cara de Keegan adoptó una expresión pétrea.

—Ésa es la premisa con la que estamos actuando.

El terror volvió agresivo a Schiffer.

—Bueno —preguntó—, ¿y qué están haciendo al respecto?

—Tenemos hombres con metralletas cubriendo las murallas, pero dudo mucho que Spalko sea tan idiota como para intentar un ataque por tierra en un terreno sin árboles. —Keegan meneó la cabeza—. No, si está aquí, si ha venido a buscarlo, doctor, no tiene elección. —Se levantó, con la metralleta colgándole del hombro—. Su única vía de acceso tendrá que ser a través del laberinto.

* * *

En el laberinto, la inquietud de Spalko iba en aumento a cada giro o vuelta que él y su pequeño grupo se veían obligados a dar. El laberinto era el único acceso lógico para asaltar el monasterio, lo cual significaba que muy bien podrían estar metiéndose en una trampa.

Miró hacia abajo, y vio que las dos terceras partes del carrete de bramante quedaban por detrás de ellos. Ya debían de estar cerca del centro del monasterio, o debajo del mismo; el reguero de cordel le garantizaba que el laberinto no les había hecho ir en círculos. Creía haber elegido bien en cada bifurcación.

Se volvió a Zina y le dijo entre dientes:

—Me huele a emboscada. Quiero que te quedes aquí de reserva. —Dio una palmadita en la mochila de Zina—. Si tenemos problemas, ya sabes lo que tienes que hacer.

Zina asintió con la cabeza, y los tres hombres se alejaron medio agachados. Apenas hubo desaparecido, ella oyó las rápidas ráfagas de una metralleta. Abrió la mochila a toda velocidad, sacó un bote de gas lacrimógeno y salió tras ellos, siguiendo la estela del bramante.

Zina olió el hedor de la cordita antes de doblar la segunda vuelta. Se asomó por la esquina y vio a uno de los hombres de su unidad tumbado en el suelo sobre un charco de sangre. Spalko y el otro hombre estaban inmovilizados por los disparos. Desde su puesto privilegiado, Zina pudo ver que el fuego procedía de dos direcciones distintas.

Entonces, tirando de la anilla del bote, lo lanzó por encima de la cabeza de Spalko. La lata golpeó en el suelo, salió rodando hacia la izquierda y explotó con un silbido sordo. Spalko le había dado una palmada en el hombro a su hombre, y los dos se alejaban del alcance del gas.

Pudieron oír las toses y las arcadas. Para entonces ya todos se habían puesto sus máscaras antigás y estaban listos para lanzar un segundo ataque. Spalko lanzó rodando otra lata, ésta hacia la derecha, cortando en seco los disparos dirigidos contra ellos, aunque, por desgracia, no antes de que su segundo hombre recibiera tres balazos en el pecho y el cuello. El hombre cayó al suelo, la sangre rezumando entre los labios flácidos.

Spalko y Zina se dividieron. Uno fue a la derecha y la otra a la izquierda, y cada uno de ellos mató a dos mercenarios con unas eficientes ráfagas de sus metralletas. Ambos vieron la escalera al mismo tiempo, y se abalanzaron hacia ella.

Sean Keegan agarró a Felix Schiffer mientras ordenaba a gritos a sus hombres de las murallas que abandonaran sus posiciones y volvieran al centro del monasterio, adonde arrastraba a su aterrorizada carga.

Había empezado a actuar en cuanto olió el tufillo a gas lacrimógeno que se filtraba del laberinto de abajo. Instantes después oyó cómo se reanudaban los disparos, a los que siguió un silencio sepulcral. Al ver entrar corriendo a sus dos hombres, les ordenó que se dirigieran hacia la escalera de piedra que descendía hasta donde había desplegado al resto de sus hombres para tender una emboscada a Spalko.

Keegan había trabajado durante años para el IRA antes de establecerse por su cuenta como mercenario a sueldo, así que estaba muy familiarizado con situaciones en las que lo superaban en número de fuerzas y potencia de fuego. Lo cierto es que disfrutaba de tales situaciones, y las veía como retos que debía superar.

Pero el humo ya había entrado en el mismo monasterio, adonde llegaba en grandes bocanadas, y en ese preciso instante se oyeron unas ráfagas de ametralladora procedentes del exterior. Sus hombres no habían tenido ninguna oportunidad; fueron acribillados antes siquiera de tener ocasión de identificar a sus verdugos.

Keegan tampoco esperó a identificarlos. Cogiendo al doctor Schiffer, lo arrastró a través de la maraña de pequeñas, oscuras y agobiantes habitaciones, buscando una salida.

Tal y como habían planeado, Spalko y Zina se separaron en el momento en que salieron de las densas nubes producidas por la bomba de humo que habían lanzado por la puerta hacia la parte superior de la escalera por la que habían trepado. Spalko recorrió metódicamente las habitaciones, mientras Zina se encargó de buscar una puerta que diera al exterior.

Fue Spalko el primero que vio a Schiffer y a Keegan; los llamó a gritos, y se encontró con una ráfaga de ametralladora de bienvenida que lo obligó a parapetarse detrás de un pesado cofre de madera.

—No tienes ninguna posibilidad de salir vivo de ésta —le gritó al mercenario—. No te quiero a ti; quiero al doctor Schiffer.

—Da lo mismo —le respondió Keegan a gritos—. Me han hecho un encargo, y tengo intención de llevarlo a cabo.

—Y ¿para qué? —dijo Spalko—. Tu patrón, László Molnar, está muerto, igual que János Vadas.

—No te creo —respondió Keegan. Schiffer no paraba de gimotear, y le hizo callar.

—¿Cómo crees que os he encontrado? —continuó Spalko—. Se lo saqué a Molnar a la fuerza. Vamos. Sabes que él era el único que sabía que estabais aquí.

Se produjo un silencio.

—Están todos muertos —dijo Spalko, avanzando un poquito—. ¿Quién te pagará lo que queda de tu comisión? Entrégame a Schiffer, y te pagaré lo que te debían, además de una bonificación. ¿Qué te parece?

Keegan estaba a punto de responder cuando Zina, que se había acercado a él por detrás, le metió una bala en la nuca.

La efusión resultante de sangre y sesos hizo que el doctor Schiffer se pusiera a gañir como un perro apaleado. Entonces, con su último protector abatido, vio a Spalko avanzando hacia él. Se dio la vuelta, y se encontró en los brazos de Zina.

—No tienes adonde ir, Felix —dijo Spalko—. Te das cuenta, ¿verdad?

Schiffer se quedó mirando a Zina con los ojos como platos. Empezó entonces a farfullar, y ella le acarició la frente mojada con una mano, apartándole el pelo como si fuera un niño con fiebre.

—Ya fuiste mío una vez —dijo Spalko cuando pasó por encima del cadáver de Keegan—. Y lo vuelves a ser.

Sacó dos objetos de su mochila. Eran material quirúrgico hecho de acero, cristal y titanio.

—¡Oh, Dios mío! —El quejido de Schiffer fue tan sincero como involuntario.

Zina le sonrió, y lo besó en ambas mejillas como si fueran unos buenos amigos que se reunieran después de una larga ausencia. Schiffer empezó a llorar de golpe.

Spalko, disfrutando del efecto que el difusor NX 20 surtía sobre su inventor, dijo:

—Así es como se juntan las dos mitades, ¿verdad, Felix? —Entero, el NX 20 no era más grande que el arma automática que colgaba de la espalda de Spalko—. Ahora que tengo una carga útil, me enseñarás cómo se utiliza adecuadamente.

—¡No! —dijo Schiffer con voz trémula—. ¡No, no y no!

—No se preocupe por nada —le susurró Zina, mientras Spalko agarraba la nuca del doctor Schiffer, lo que hizo que otro ataque de terror recorriera el cuerpo del científico—. Ahora está en las mejores manos.

El tramo de escaleras era corto, pero, para Bourne, su descenso fue más doloroso de lo que había esperado. El traumatismo ocasionado por el golpe recibido encima de las costillas le hacía ver las estrellas cada vez que daba un paso. Lo que necesitaba era un baño caliente y dormir un poco, dos cosas que todavía no se podía permitir.

De vuelta al piso de Annaka, Bourne le enseñó la parte superior de la banqueta del piano, y ella juró entre dientes. Entre los dos lo movieron hasta dejarlo bajo el plafón de la luz, y él se subió encima.

—¿Ve?

Ella meneó la cabeza.

—No tengo ni idea de lo que está pasando.

Bourne fue hasta el escritorio y en una libreta escribió rápidamente: «¿Tiene una escalera?».

Ella lo miró con curiosidad, pero asintió.

«Vaya por ella», escribió Bourne.

Cuando Annaka volvió al salón con la escalera, Bourne subió por ella lo suficiente para poder mirar dentro del globo hueco de cristal esmerilado. Y en efecto, allí estaba. Metió la mano con cuidado, y sacó el diminuto artefacto cogido entre las puntas de los dedos. Bajó la escalera, y se lo puso en la palma de la mano para enseñárselo a Annaka.

—¿Qué...? —Ella se interrumpió ante la enérgica sacudida de cabeza de Bourne.

Pinzas

—¿Tiene unos alicates? —le preguntó él.

De nuevo, la expresión de curiosidad se instaló en el rostro de Annaka mientras abría un armario empotrado poco profundo. Le entregó los alicates. Entonces, Bourne colocó el diminuto cuadrado entre las puntas estriadas de la herramienta y apretó. El cuadrado se hizo añicos.

—Es un transmisor electrónico en miniatura —dijo él.

—¿Qué? —La curiosidad se había convertido en perplejidad.

—Por este motivo el hombre del tejado entró aquí, para colocar esto en el plafón de la luz. Nos estaba escuchando, además de vigilarnos.

Annaka recorrió con la mirada la acogedora habitación y tuvo un escalofrío.

—¡Dios mío! Nunca más volveré a sentirme igual en este lugar. —Entonces se volvió hacia Bourne—. Pero ¿qué es lo que quiere ese sujeto? ¿Por qué intenta registrar todos nuestros movimientos? —De pronto soltó un resoplido—. Es por el doctor Schiffer, ¿verdad?

—Tal vez —dijo Bourne—. No lo sé.

De pronto se mareó y, a punto de perder el conocimiento, medio se cayó, medio se sentó en el sofá.

Annaka fue corriendo al cuarto de baño para coger algún desinfectante y vendas. Bourne recostó la cabeza en los cojines, mientras vaciaba la cabeza de todo lo que acababa de suceder. Tenía que centrarse y mantener la concentración, sin apartar la vista ni un instante de lo que tenía que hacer a continuación.

Annaka regresó del cuarto de baño llevando una bandeja en la que había colocado una palangana de porcelana poco profunda con agua caliente, una esponja, algunas toallas, una bolsa de hielo, un frasco de antiséptico y un vaso de agua.

—¿Jason?

Él abrió los ojos.

Ella le entregó el vaso de agua, y mientras él se la bebía, le pasó la bolsa de hielo.

—Se le está empezando a hinchar la mejilla.

Bourne se puso la bolsa de hielo contra la cara y sintió remitir lentamente el dolor hasta la insensibilización. Pero al tomar aire rápidamente, el costado se le agarrotó cuando se giró para poner el vaso vacío en una mesita auxiliar. Se volvió lentamente, con rigidez. Estaba pensando en Joshua, que había resucitado en sus pensamientos, aunque no en la realidad. Quizá por eso estaba tan lleno de furia ciega hacia Jan, porque éste había invocado al espectro del horroroso pasado, y arrojado a la luz un fantasma a quien David Webb quería tanto que lo había perseguido en sus dos personalidades.

Mientras observaba a Annaka limpiarle la cara de sangre seca, recordó la conversación del café, cuando él había sacado a colación el tema del padre de Annaka y ésta había perdido el control; sin embargo, él sabía que tenía que continuar con ello. Él era un padre que había perdido violentamente a su familia. Y ella una hija que había perdido violentamente a su padre.

—Annaka —empezó a decir con tacto—, sé que es un tema doloroso para usted, pero me gustaría saber algo acerca de su padre. —Bourne percibió que se ponía tensa, pese a lo cual continuó—. ¿Puede hablar de él?

—¿Qué quiere saber? Cómo se conocieron él y Alexei, supongo.

Estaba concentrada en la tarea, pero Bourne se preguntó si no estaba esquivando deliberadamente su mirada.

—Estaba pensando más en algo del tipo de su relación con él.

Una sombra bailó en el rostro de Annaka.

—Ésa es una pregunta extraña e íntima.

—Se trata de mi pasado, ¿sabe?

La voz de Bourne se fue apagando poco a poco. Era tan incapaz de mentir como de contarle toda la verdad.

—De ese del que sólo recuerda atisbos. —Ella asintió con la cabeza—. Entiendo. —Cuando retorció la esponja, el agua de la palangana se volvió rosa—. Bueno, János Vadas fue el padre perfecto. Me cambiaba los pañales cuando era un bebé, me leía cuentos por la noche y me cantaba cuando estaba enferma. Nunca me falló en ningún cumpleaños u ocasión especial. La verdad, no sé cómo lo conseguía. —Retorció la esponja por segunda vez; Bourne había empezado a sangrar de nuevo—. Yo era lo primero. Siempre. Y nunca se cansó de decirme lo mucho que me quería.

—Qué niña más afortunada fue.

—Más afortunada que cualquiera de mis amigos, y más que cualquiera que conozca. —Estaba más concentrada que nunca, intentando detener la hemorragia.

Bourne se había sumido en un estado de medio trance, pensando en Joshua —y en el resto de su primera familia— y en todas las cosas que nunca conseguiría hacer con ellos, en la multitud de pequeños momentos en los que uno se fija y recuerda mientras su hijo crece.

Annaka contuvo por fin el flujo de sangre y echó un vistazo debajo de la bolsa de hielo. Su expresión no traicionó lo que vio. Se apartó y se puso en cuclillas, con las manos en el regazo.

—Creo que debería quitarse la chaqueta y la camisa.

Bourne la miró fijamente.

—Para que podamos echarle un vistazo a sus costillas. Me fijé en que hizo un gesto de dolor cuando se giró para dejar el vaso.

Alargó la mano, y Bourne dejó caer la bolsa de hielo en ella. Annaka la manipuló.

—Hay que rellenarla.

Cuando volvió, Bourne estaba desnudo de cintura para arriba. Un verdugón rojo terriblemente grande en el costado izquierdo estaba hinchado y muy sensible cuando los dedos de Annaka lo palparon.

—¡Dios mío! Lo que necesita es un baño de hielo —exclamó.

—Al menos no hay nada roto.

Ella le lanzó la bolsa de hielo. Bourne dio un grito ahogado involuntario cuando se la aplicó a la hinchazón. Ella volvió a sentarse sobre sus nalgas, y una vez más recorrió con la mirada a Bourne, quien lamentó no saber en qué estaba pensando Annaka.

—Supongo que no puede evitar acordarse del hijo a quien mataron siendo tan pequeño.

Bourne hizo rechinar los dientes.

—Es sólo que... El hombre del tejado, el que nos estaba espiando, me ha estado siguiendo desde Estados Unidos. Dice que quiere matarme, pero sé que está mintiendo. Quiere que yo lo conduzca hasta alguien, y por eso nos ha estado espiando.

El rostro de Annaka se ensombreció.

—¿Hasta quién quiere llegar?

—A un hombre llamado Spalko.

Ella mostró sorpresa.

—¿Stepan Spalko?

—Así es. ¿Lo conoce?

—Por supuesto que lo conozco —dijo ella—. Toda Hungría lo conoce. Es el presidente de Humanistas Ltd., la organización de ayuda internacional. —Arrugó el entrecejo—. Jason, estoy verdaderamente preocupada. Ese hombre es peligroso. Si está intentando llegar hasta el señor Spalko, deberíamos ponernos en contacto con las autoridades.

Él negó con la cabeza.

—¿Y qué les diríamos? ¿Que creemos que un hombre al que sólo conocemos como Jan quiere ponerse en contacto con Stepan Spalko? Ni siquiera sabemos para qué. ¿Y qué cree que dirán? ¿Por qué ese tal Jan no se limita a descolgar el teléfono y llamarlo?

—Entonces, al menos deberíamos llamar a Humanistas.

—Annaka, hasta que sepa qué está ocurriendo, no quiero contactar con nadie. Eso no haría más que enturbiar unas aguas que ya lo están con preguntas para las que no tengo respuesta.

Bourne se levantó, caminó hasta el escritorio y se sentó delante del ordenador portátil de Annaka.

—Le dije que había tenido una idea. ¿Le importa si utilizo su ordenador?

—En absoluto —dijo ella, levantándose.

Mientras Bourne encendía el aparato, ella recogió la palangana, la esponja y el resto de la parafernalia y entró en la cocina sin hacer ruido. Él oyó el ruido del agua corriendo mientras se conectaba a internet. Accedió a la red del gobierno de Estados Unidos, navegó de sitio en sitio y, cuando Annaka volvió, ya había encontrado lo que necesitaba.

La Agencia tenía un montón de sitios públicos, accesibles a cualquiera que tuviera una conexión a internet, pero había una docena de sitios más, encriptados y protegidos con contraseñas, que constituían la fabulosa intranet de la CIA.

Annaka se dio cuenta de la extrema concentración de Bourne.

—¿Qué pasa? —Rodeó la mesa y se paró detrás de él. En un momento, puso los ojos como platos—. ¿Qué demonios está haciendo?

—Exactamente lo que parece —dijo Bourne—. Estoy pirateando la principal base de datos de la CIA.

—Pero ¿cómo...?

—No haga preguntas —dijo Bourne mientras sus dedos volaban sobre el teclado—. Confíe en mí, usted no quiere saber.

Alex Conklin conocía la manera de entrar por la puerta delantera, pero eso se debía a que todos los lunes, a las seis de la mañana, le entregaban los códigos actualizados. Fue Deron, el artista y maestro de falsificadores, quien le enseñó a Bourne el bello arte del pirateo de las bases de datos del gobierno. En su negocio, era una habilidad necesaria.

El problema estribaba en que el cortafuegos —el software diseñado para mantener la seguridad de las bases de datos— era especialmente coñazo. Aparte de que todas las semanas se cambiaba la palabra clave, ésta llevaba unido un algoritmo flotante. Pero Deron le había enseñado a Bourne la manera de engañar al sistema haciéndole creer que tenías la palabra clave cuando no la tenías, de manera que el mismo programa te la proporcionara.

La manera de atacar el cortafuegos era a través del algoritmo, que era una derivación del algoritmo básico que encriptaba los archivos centrales de la CIA. Bourne conocía esa fórmula porque Deron lo había obligado a memorizarla.

Bourne navegó hasta el sitio de la CIA, donde apareció una ventana en la que se le pedía que tecleara la palabra clave actual. Entonces tecleó el algoritmo, que estaba compuesto por una sucesión de números y letras mucho mayor de la que el cajetín estaba diseñado para admitir. Por otro lado, después de los tres primeros grupos de componentes, el programa esencial lo reconoció como lo que era, y se quedó estancado. El truco, había dicho Deron, consistía en completar el algoritmo antes de que el programa entendiera lo que estabas haciendo y se cerrara, denegándote el acceso. La serie de la fórmula era muy larga; no había lugar para el error o ni siquiera un instante de duda, y Bourne empezó a sudar porque no podía creerse que el software pudiera permanecer tanto tiempo bloqueado.

Sin embargo, al final acabó de introducir el algoritmo sin que el programa se cerrara. La ventana desapareció, y la pantalla cambió.

—Estoy dentro —dijo Bourne.

—Pura alquimia —susurró Annaka, fascinada.

Bourne navegó por el sitio de la Junta de Armamento Táctico No Letal. Introdujo el nombre de Schiffer, pero quedó decepcionado por el escaso material que apareció. Nada que tuviera relación con el objeto de su trabajo, ni nada sobre su historial. Lo cierto era que, si Bourne no hubiera sabido lo que sabía, podría haber creído que el doctor Felix Schiffer era un científico menor sin ninguna importancia para la Junta.

Había otra posibilidad. Utilizó el pirateo del canal posterior que Deron le había hecho memorizar, el mismo que Conklin había utilizado para vigilar los acontecimientos que ocurrían entre bastidores en el Departamento de Defensa.

Una vez dentro, fue al sitio de la DARPA y navegó hasta llegar a «Archivos». Por suerte para él, los encargados de controlar los ordenadores del gobierno eran manifiestamente lentos a la hora de limpiar los archivos viejos. Estaba el de Schiffer, que contenía algo de su currículum. Era diplomado del MIT, y una de las grandes firmas farmacéuticas le había proporcionado su propio laboratorio cuando todavía estaba haciendo el posgrado. Duró allí menos de un año, pero cuando se fue se llevó consigo a otro de sus científicos, el doctor Peter Sido, con quien trabajó durante cinco años antes de ser reclutado por el gobierno y entrar en la DARPA. No había nada que explicara su renuncia a la actividad privada para meterse en el sector público, pero algunos científicos eran así. Estaban tan incapacitados para vivir en sociedad como muchos presidiarios que, después de haber cumplido su condena, cometían otro delito en cuanto pisaban la calle, simplemente para que los enviaran de nuevo a un mundo que estaba perfectamente definido y donde todo estaba pensado para ellos.

Bourne siguió leyendo y descubrió que Schiffer había sido adscrito a la Oficina de Ciencias de la Defensa, la cual (y esto lo alarmó) se encargaba de los sistemas de armas biológicas. En su etapa en la DARPA, el doctor Schiffer había estado trabajando en la manera de «limpiar» una habitación infectada con ántrax.

Bourne siguió pasando páginas, pero no pudo encontrar más detalles. Lo que le preocupaba era que aquella información no explicara el gran interés de Conklin.

Annaka miró por encima del hombro de Bourne.

—¿Hay alguna pista que pudiéramos utilizar para averiguar dónde podría estar escondido el doctor Schiffer?

—No creo, no.

—Muy bien, pues. —Le dio un apretón en los hombros—. La despensa está vacía, y los dos tenemos que comer algo.

—Creo que preferiría quedarme aquí, si no le importa, y descansar un poco.

—Tiene razón. No está en condiciones de andar por ahí. —Sonrió mientras se ponía el abrigo—. Voy sólo un minuto a la vuelta de la esquina y traigo algo de comer. ¿Quiere algo en especial?

Él negó con la cabeza y la observó mientras se dirigía a la puerta.

—Annaka, tenga cuidado.

Ella se volvió, y sacó a medias su pistola del bolso.

—No se preocupe, no me pasará nada. —Abrió la puerta—. Nos vemos en unos minutos.

Bourne la oyó salir, pero su atención ya estaba puesta de nuevo en la pantalla del ordenador. Sintió que se le aceleraba el corazón, e intentó tranquilizarse sin éxito. Aun completamente decidido, titubeó. Sabía que tenía que seguir, aunque también reconoció que estaba aterrorizado.

Contemplándose las manos como si pertenecieran a otro, pasó los siguientes cinco minutos abriéndose camino a través del cortafuegos del Ejército de Estados Unidos. En un momento dado, se encontró con un problema. El equipo informático militar había mejorado el bloqueo recientemente, añadiendo un tercer estrato del que Deron no le había hablado o, lo que era más probable, del que no sabía nada. Sus dedos se levantaron como los de Annaka por encima del teclado del piano, y durante un instante dudó. No era demasiado tarde para retroceder, se dijo, no había nada de lo que avergonzarse. Durante años había tenido la sensación de que algo que tenía que ver con su primera familia, incluida la documentación sobre ella que se conservaba en las bases de datos del ejército, le estaba rigurosamente vedado. Ya había sufrido una considerable tortura a causa de sus muertes, acosado por la culpa incontrolable por no haber podido salvarlos y por haber estado él a salvo en una reunión, mientras aquel caza que caía en picado los acribillaba con sus balas asesinas. No pudo evitar torturarse de nuevo, evocando los últimos y terroríficos minutos de su familia. Como hija de la guerra, Dao habría oído, como era natural, los motores del reactor zumbando perezosamente en el ardiente cielo estival. Al principio no lo habría visto acercándose desde el blanco sol, pero al hacerse más próximo su rugido, al hacerse más grande que el sol su mole metálica, habría caído en la cuenta. Y aunque el terror se hubiera adueñado de su corazón, habría intentado reunir a sus hijos con ella en un vano intento de protegerlos de las balas que ya habrían empezado a picar la turbia superficie del río. «¡Joshua! ¡Alyssa! ¡Venid conmigo!», habría gritado, como si pudiera salvarlos de lo que se avecinaba.

Sentado delante del ordenador de Annaka, Bourne se dio cuenta de que estaba llorando. Durante un momento permitió que las lágrimas fluyeran libremente, como no lo habían hecho durante tantos años. Luego se sacudió, se limpió las mejillas con la manga y, antes de que tuviera ocasión de cambiar de idea, siguió con el asunto que se traía entre manos.

Encontró un sistema chapucero de acceder al último nivel del bloqueo, y cinco minutos después de haber empezado aquel insoportable trabajo consiguió acceder. De inmediato, antes de que sus nervios pudieran volver a traicionarle, navegó hasta llegar a los archivos de las actas de defunción y tecleó los nombres y la fecha de fallecimiento de Dao Webb, Alyssa Webb y Joshua Webb en los campos que le pedían esos datos. Se quedó mirando fijamente los nombres, mientras pensaba: «Ésta era mi familia, seres humanos de carne y hueso que reían y lloraban, y que una vez me abrazaron y me llamaron "cariño" y "papá"». ¿Y qué eran en ese momento? Unos nombres en la pantalla de un ordenador. Estadísticas en un banco de datos. Se le estaba partiendo el alma, y volvió a sentir el roce de aquella locura que lo había afligido en el período inmediatamente posterior a sus muertes. «No puedo volver a sentir eso otra vez —pensó—. Me destrozaría.» Rebosante de un dolor que encontró insoportable, pulsó la tecla «Entrar». No tenía otra elección; no podía volverse atrás. Nunca hacia atrás, como había sido su lema desde que Alex Conklin lo había reclutado y convertido en otro David Webb, y luego en Jason Bourne. Entonces, ¿por qué seguía oyendo sus voces? «Cariño, te he echado de menos.» «¡Papi, estás en casa!»

Esos recuerdos atravesaron la permeable barrera del tiempo y atraparon a su familia en su red, por lo que Bourne no reaccionó al principio cuando vio aquello en la pantalla. Se quedó mirando fijamente durante varios minutos sin advertir la terrible anomalía.

Con un nivel de detalle horripilante vio entonces lo que había esperado no ver jamás: las fotos de su amada esposa Dao, con los hombros y el pecho acribillados a balazos y la cara grotescamente desfigurada por los traumatismos. En la segunda página vio las fotos de Alyssa, con el pequeño cuerpo y la pequeña cabeza aún más desfigurados, dada su vulnerabilidad y su menor tamaño. Se quedó allí sentado, paralizado por la pena y el horror ante lo que aparecía ante su vista. Tenía que continuar. Quedaba una página, una última serie de fotos, para completar la tragedia.

Pasó a la tercera página, armándose de valor para ver las fotos de Joshua.

Pero no había ninguna.

Estupefacto, no hizo nada durante un rato. Al principio pensó que el ordenador había tenido un problema técnico que lo había dirigido sin querer a otra página de los archivos. Pero no, allí estaba el nombre: Joshua Webb. Y debajo aparecían unas palabras que cauterizaron la conciencia de Bourne como una aguja al rojo vivo. «Tres prendas de vestir, relacionadas abajo, parte de un zapato (la suela y el talón desaparecidas) encontrado a diez metros de los cadáveres de Dao y Alyssa Webb. Tras una hora de búsqueda, Joshua Webb fue declarado muerto. CNE.»

CNE. El acrónimo del ejército llamó inmediatamente su atención. Cuerpo No Encontrado. Un frío glacial lo atenazó. Buscaron a Joshua durante una hora. ¿Sólo una hora? ¿Y por qué no se lo habían dicho? Había dado sepultura a tres ataúdes, mientras la pena más profunda, el remordimiento y la culpa se ensañaban en él. Y durante todo aquel tiempo ellos lo habían sabido. ¡Los muy cabrones lo sabían! Se recostó en la silla. Estaba pálido, y las manos le temblaban. Y sintió una furia incontenible en su corazón.

Pensó en Joshua, y pensó en Jan.

La cabeza le ardía, dominada por el espanto de la terrible posibilidad que había enterrado desde el momento en que había visto el buda tallado en piedra alrededor del cuello de Jan. ¿Y si Jan fuera realmente Joshua? De ser así, éste se había convertido en una máquina de matar, en un monstruo. Bien sabía Bourne lo fácil que era encontrar el camino a la locura y el asesinato en las junglas del Sureste Asiático. Pero, por supuesto, había otra posibilidad, una hacia la que su cabeza gravitó con bastante naturalidad y conservó: que el complot para suplantar a Joshua tenía mayor alcance y más complejidad que la que él había considerado en principio. De ser así, si aquellos documentos estaban falsificados, la conspiración alcanzaba entonces a las más altas instancias del gobierno estadounidense. Pero, por extraño que pareciera, el llenar su mente con las habituales sospechas conspirativas no hizo sino aumentar su sensación de no saber dónde se encontraba.

Vio a Jan en su imaginación sujetando el buda de piedra tallada, y lo oyó decir: «Tú me diste éste; sí, tú me lo diste. Y entonces me abandonaste para que muriera».

De repente le vino una arcada y, con el estómago completamente revuelto, vomitó cerca del sofá y por toda la habitación, y, haciendo caso omiso del dolor, corrió al cuarto de baño, donde vomitó todo lo que le quedaba dentro.

En la sala de Situación Operacional ubicada en las entrañas del cuartel general de la CIA, el agente de guardia cogió el teléfono y marcó un número concreto sin dejar de mirar la pantalla del ordenador. Esperó un momento, mientras una voz automatizada decía: «Hable». El oficial de guardia preguntó por el DCI. Su voz fue analizada, cotejada con la lista de agentes de guardia. La llamada fue derivada, y una voz masculina dijo:

—No cuelgue, por favor.

Un rato más tarde, la clara voz de barítono del DCI se oyó en la línea.

—Señor, pensé que debía saber que se ha disparado una alarma interna. Alguien ha sorteado el cortafuegos militar y ha accedido a las actas de defunción del siguiente personal: Dao Webb, Alyssa Webb y Joshua Webb.

Se produjo una pausa breve y desagradable.

—Webb, hijo. ¿Está seguro de que es Webb?

La repentina urgencia que mostró la voz del DCI hizo que el sudor apareciera en la cara del joven agente de guardia.

—Sí, señor.

—¿Dónde se ha localizado al pirata?

—En Budapest, señor.

—¿La alarma cumplió su misión? ¿Capturó la IP completa?

—Sí, señor. Calle Fo, 106-108.

En su despacho, el DCI sonrió forzadamente. Por pura casualidad había estado hojeando el último informe de Martin Lindros. Parecía como si los gabachos hubieran pasado ya por el tamiz todos los restos del accidente en el que se suponía que había muerto Jason Bourne sin que encontraran ningún rastro de restos humanos. Ni siquiera una muela. Así que no había habido ninguna confirmación definitiva de que, a pesar de la declaración del agente del Quai d'Orsay que había presenciado el accidente, Bourne estuviera realmente muerto. Furioso, el DCI cerró el puño y dio un puñetazo en la mesa. Bourne los había vuelto a esquivar. Pero a pesar de su ira y frustración, una parte de él no estaba tan sorprendida, ni mucho menos. Al fin y al cabo, Bourne había sido entrenado por el mejor agente que jamás hubiera producido la Agencia. La de veces que Alex Conklin había fingido su muerte sobre el terreno, aunque tal vez nunca de una manera tan espectacular...

Como era natural, pensó el DCI, siempre existía la posibilidad de que alguna otra persona distinta de Jason Bourne hubiera sorteado el cortafuegos del Ejército de Estados Unidos para acceder a las mohosas actas de defunción de una mujer y sus dos hijos, que ni siquiera eran personal militar y que tan sólo eran conocidos por un pequeño puñado de personas todavía vivas. Pero ¿cuántas posibilidades había de que fuera así?

No, pensó entonces con una excitación creciente, Bourne no había perecido en aquella explosión en las afueras de París; estaba vivito y coleando en Budapest —¿por qué allí?—, y por una vez había cometido un error del que ellos podrían aprovecharse. ¿Por qué motivo estaba interesado en las actas de defunción de su primera familia? El DCI no tenía ni idea, ni le preocupaba más allá del hecho de que la curiosidad de Bourne había abierto la puerta al cumplimiento definitivo de sus órdenes.

Alargó la mano hacia el teléfono. Podría haber encomendado la tarea a un subordinado, pero quería sentir la alegría de ordenar aquel castigo concreto él mismo. Marcó un número del extranjero mientras pensaba: «Ya te tengo, hijo de la gran puta».

20

Para ser una ciudad fundada a finales del siglo xix como campamento ferroviario británico en la línea Mombasa-Uganda, Nairobi ofrecía un horizonte trivial y deprimente de modernos rascacielos de elegantes líneas. La ciudad descansaba sobre una llanura lisa, unos pastizales que habían sido el hogar de los masai durante muchos años, antes de la llegada de la civilización occidental. A la sazón era la ciudad del África Oriental que más deprisa crecía y, como tal, estaba sujeta a las habituales molestias del crecimiento, así como a la desconcertante visión de la incómoda convivencia de lo viejo con lo nuevo, de la inmensa riqueza con la mayor de las pobrezas, hasta que saltaban chispas, los ánimos se inflamaban y había que restablecer la calma. Con una elevada tasa de paro, los disturbios eran tan corrientes como los atracos nocturnos, en especial en y alrededor del parque Uhuru, al oeste de la ciudad.

Ninguno de aquellos inconvenientes suscitaron el menor interés en el pequeño grupo que acababa de llegar del aeropuerto Wilson en un par de limusinas blindadas, aunque sus ocupantes sí advirtieron los carteles que alertaban de la violencia y a los guardias de la seguridad privada que patrullaban el centro y el oeste de la ciudad, donde residían los ministros del gobierno y estaban las embajadas extranjeras, así como a lo largo de Latema Road y Rivers Road. Pasaron por el borde del bazar, donde se exponía para la venta toda clase de material de guerra excedente, desde lanzallamas hasta tanques pasando por lanzamisiles tierra-aire de hombro, al lado de vestidos de algodón a cuadros y telas tejidas con los coloristas diseños tribales.

Spalko iba en la limusina de cabeza con Hasan Arsenov. Detrás de ellos, en el segundo coche, viajaban Zina y Magomet y Ahmed, dos de los lugartenientes de mayor rango de Arsenov. Estos hombres no se habían molestado en afeitarse sus pobladas barbas rizadas. Iban vestidos con sus tradicionales vestidos negros y miraban con estupefacción las ropas occidentales de Zina. Ella les sonreía, mientras estudiaba atentamente sus expresiones en busca de alguna señal de cambio.

—Todo está dispuesto, jeque —dijo Arsenov—. Mi gente está perfectamente entrenada y preparada. Hablan islandés a la perfección, y han memorizado tanto los planos del hotel como los procedimientos que usted trazó. Sólo esperan mi orden definitiva de inicio.

Spalko, sin dejar de mirar el desfile de nativos de Nairobi y extranjeros enrojecidos por el sol poniente que iban dejando atrás, sonrió, aunque para sus adentros.

—¿Es escepticismo lo que percibo en tu voz?

—Si lo detecta —dijo rápidamente Arsenov—, se debe sólo a mi profundo estado de expectación. Llevo toda mi vida esperando la oportunidad de liberarnos del yugo ruso. Mi gente lleva demasiado tiempo reducida a la condición de paria; llevan siglos esperando a ser recibidos en la comunidad islámica.

Spalko asintió distraído. Para él, la opinión de Arsenov se había convertido ya en algo irrelevante; desde el momento en que había sido arrojado a los lobos, había dejado de existir por completo.

Aquella noche los cinco se reunieron en un salón privado que Spalko había reservado en la última planta del hotel 360, en la avenida Kenyatta. La pieza, al igual que las habitaciones que ocupaban, tenía una vista sobre la ciudad que llegaba hasta el parque nacional de Nairobi, poblado de jirafas, ñúes, gacelas Thomson y rinocerontes, además de leones, leopardos y búfalos de agua. Durante la cena no se habló de negocios ni se hizo la menor referencia al motivo que los había llevado allí.

Después de que se hubieran retirado los platos, la historia fue diferente. Un equipo de Humanistas Ltd., que los había precedido en su viaje a Nairobi, había montado una conexión audiovisual con soporte informático que fue introducida en la habitación. Tras desplegarse una pantalla, Spalko dio comienzo a una presentación en Powerpoint que mostraba la costa de Islandia, la ciudad de Reikiavik y sus alrededores y unas vistas aéreas del hotel Oskjuhlid, seguida de unas fotos del interior y del exterior del hotel.

—Éste es el sistema HVAC, al que, como pueden ver, se le han incorporado aquí y aquí unos detectores de movimiento de tecnología punta, además de sensores de calor infrarrojos —dijo—. Y aquí está el panel de control, que, como todos los sistemas del hotel, tiene una anulación de automatismo de seguridad que está conectada a la red eléctrica general, aunque dispone de baterías de reserva.

Continuó desgranando el plan hasta el detalle más nimio, empezando con el momento de su llegada y acabando con el de su partida. Todo había sido planeado; todo estaba preparado.

—Hasta mañana por la mañana al alba —dijo, poniéndose en pie, y los demás se levantaron con él—. *La illaha ill Allah.*

—*La illaha ill Allah* —corearon los otros en solemne respuesta.

Bien entrada la noche, Spalko estaba en la cama, fumando. Tenía encendida una lámpara, aunque todavía podía ver las relumbrantes luces de la ciudad y, más allá, la oscuridad boscosa del parque natural. Parecía sumido en sus pensamientos, aunque en realidad tenía la mente en blanco. Estaba esperando.

Ahmed, incapaz de dormir, oyó el lejano rugido de los animales. Se incorporó en la cama, y se frotó los ojos con los pulpejos de las manos. No era habitual en él no dormir profundamente, y no sabía bien qué hacer. Permaneció tumbado de espaldas durante un rato, pero estaba despierto y, consciente de los latidos de su corazón, sus ojos ya no se cerrarían.

Pensó en el día inminente, y en la flor plena de la promesa que contenía. «Que Alá quiera que sea el principio de un nuevo amanecer para nosotros», rezó.

Suspiró y se sentó, sacó las piernas por el lado de la cama y se levantó. Se puso los pantalones y la camisa occidentales que tan raros le resultaban, mientras se preguntaba si alguna vez se acostumbraría a ellos. Que Alá no lo quisiera.

Acababa de abrir la puerta de su habitación cuando vio pasar a Zina. Caminaba con una gracia asombrosa, sin hacer ruido, contoneando las caderas de manera provocativa. Ahmed solía relamerse de gusto cuando ella pasaba cerca de él, y más de una vez se había sorprendido intentando aspirar la mayor cantidad posible del perfume de Zina.

Ahmed atisbó el pasillo desde su puerta. Zina se alejaba de su habitación; le intrigaba adónde podía dirigirse. No pasó mucho tiempo antes de que obtuviera su respuesta. Ahmed puso los ojos como platos cuando la vio golpear suavemente en la puerta del jeque, que se abrió para dejar a éste a la vista. Quizá la hubiera convocado para reprenderla por alguna indisciplina en la que Ahmed no hubiera reparado.

Entonces, Zina, en un tono de voz que él no le había oído nunca, dijo: «Hasan está dormido», y lo entendió todo.

Cuando la suave llamada sonó en su puerta, Spalko se volvió, aplastó el cigarrillo y se levantó, atravesó la gran habitación sin hacer ruido y abrió la puerta.

Zina estaba en el pasillo.

—Hasan está dormido —dijo ella, como si se le hubiera pedido que explicara su presencia.

Spalko retrocedió sin decir palabra, y ella entró cerrando la puerta con suavidad. Él la agarró y la lanzó sobre la cama haciéndola girar. Al cabo de un momento, Zina estaba gritando, con la piel desnuda brillante y resbaladiza por los fluidos de ambos. Sus relaciones sexuales estaban teñidas de cierto desenfreno, como si por fin hubieran llegado al fin del mundo. Y cuando se acabó, no se acabó en absoluto, porque ella se tumbó a horcajadas sobre él, acariciándole y rozándole la piel mientras le susurraba sus deseos en los términos más explícitos imaginables, hasta que él, enardecido de nuevo, la volvió a poseer.

Después, ella se quedó tendida, entrelazada con él, mientras el humo ascendía en volutas desde sus labios medio abiertos. La lámpara estaba apagada, y ella lo estudiaba fijamente gracias únicamente a los puntos de luz de la noche de Nairobi. Desde que la había tocado por primera vez, Zina había ansiado conocerlo. No sabía nada de su pasado; que ella supiera, nadie lo sabía. Si él le hablara, si le contara los pequeños secretos de su vida, ella sabría que Spalko estaba tan unido a ella como ella lo estaba a él.

Zina le pasó la punta del dedo por el borde de la oreja, y por la piel (de una suavidad antinatural) de la mejilla.

—Quiero saber qué sucedió —dijo ella en voz baja.

Spalko volvió a concentrar la mirada lentamente.

—Pasó hace mucho tiempo.

—Razón de más para que me lo cuentes.

Él se volvió y la miró fijamente a los ojos.

—¿De verdad quieres saberlo?

—Sí, no deseo otra cosa.

Spalko tomó aire y lo soltó.

—En aquellos días, mi hermano pequeño y yo vivíamos en Moscú. Siempre se estaba metiendo en problemas, no podía evitarlo; tenía cierta inclinación a las adicciones.

—¿Drogas?

—¡Alabado sea Alá, no! En su caso se trataba del juego. No podía parar de apostar, aunque no tuviera dinero. Él me pedía prestado, y como es natural siempre le daba el dinero, porque se inventaba alguna historia que yo decidía creerme.

Se dio la vuelta entre los brazos de Zina, sacó un cigarrillo sacudiendo la cajetilla y lo encendió.

—De todas formas, llegó un momento en que la verosimilitud de las historias empezó a flaquear, o puede incluso que no pudiera seguir creyéndolo. En cualquier caso, dije: «Se acabó», creyendo, de nuevo tontamente, como se demostró, que dejaría de apostar. —Aspiró el humo profundamente y lo soltó con un silbido—. Pero no lo hizo. Así que ¿qué supones que hizo? Se dirigió a las últimas personas a las que debería haberse acercado, porque eran los únicos que le prestarían el dinero.

—La mafia.

Él asintió.

—Así es. Les pidió dinero, sabiendo que si perdía, jamás podría devolvérselo. Sabía lo que le harían, pero como te he dicho, era incapaz de contenerse. Apostó y, como siempre sucedía, perdió.

—¿Y? —Zina estaba en ascuas, deseando que continuara.

—Esperaron a que les devolviera el dinero, y cuando no lo hizo, fueron ▮ por él.

Spalko se quedó mirando el extremo reluciente de su cigarrillo. Las ventanas estaban abiertas. Por encima del ruido sordo del tráfico y el traqueteo del palmeral llegaba cada dos por tres el retumbante rugido o el aullido sobrenatural de un animal.

—De entrada le dieron una paliza —dijo, y su voz fue apenas algo más que un susurro—. Nada demasiado grave, porque en ese punto aún daban por sentado que conseguirían el dinero. Cuando se dieron cuenta de que no tenía nada y de que nada podría conseguir, fueron por él en serio y lo mataron a tiros en un callejón como si fuera un perro.

Terminó el cigarrillo, pero dejó que la colilla ardiera hasta donde lo tenía agarrado entre los dedos. Parecía haberse olvidado de él por completo. A su lado, Zina no dijo ni una palabra; tan subyugada estaba con la historia.

—Pasaron seis meses —dijo Spalko, que arrojó la colilla por la ventana después de hacerla volar por la habitación—. Hice mis deberes; pagué a la gente a la que había que pagar, y al final tuve mi oportunidad. Dio la casualidad de que el jefe que había ordenado matar a mi hermano iba a la peluquería del hotel Metropole todas las semanas.

—No me lo digas —dijo Zina—, te hiciste pasar por su peluquero y, cuando se sentó en el sillón, le rebanaste la garganta con una navaja.

Spalko se la quedó mirando fijamente durante un instante, y entonces soltó una carcajada.

—Eso está muy bien, es muy cinematográfico. —Negó con la cabeza—. Pero en la vida real no funcionaría. El jefe utilizaba los servicios del mismo peluquero desde hacía quince años, y en ningún caso habría aceptado a un sustituto. —Se inclinó hacia ella y la besó en la boca—. No te desilusiones; tómalo como una lección y aprende de ella. —La rodeó con el brazo y se la acercó a él. En algún lugar del parque rugió un leopardo—. No, esperé a que le afeitaran y le cortaran el pelo y se relajara con tan tiernos cuidados. Lo esperé en la calle, en el exterior del Metropole, en una plaza tan concurrida que sólo un loco la habría escogido. Y cuando salió, los maté a tiros, a él y a sus guardaespaldas.

—Y escapaste.

—En cierto sentido —dijo—. Ese día escapé, pero seis meses más tarde, en otra ciudad de otro país, me lanzaron un cóctel Molotov desde un coche en marcha.

Zina le pasó los dedos cariñosamente sobre su piel plastificada.

—Me gustas así, imperfecto. El dolor que soportaste te hace... heroico.

Spalko no dijo nada, y al final sintió que la respiración de Zina se hacía más profunda a medida que se abandonaba al sueño. Como era natural, ni una sola palabra de lo que había dicho era verdad, aunque tenía que admitir que era una buena historia. ¡Muy cinematográfica! La verdad... ¿Cuál era la verdad? Apenas la sabía ya; había invertido tanto tiempo en levantar cuidadosamente su elaborada fachada que había días en los que se perdía en su propia ficción. En cualquier caso, jamás había revelado la verdad a nadie, porque hacerlo le colocaría en una situación de desventaja. En cuanto la gente te conocía, pensaban que les pertenecías, y que la verdad que habías compartido con ellos en un momento de debilidad al que llamaban intimidad te uniría a ellos.

En ese aspecto Zina era igual que los demás, y percibió la amargura de la decepción en la boca. Sin embargo, los demás siempre lo decepcionaban. Sencillamente no estaban en su esfera, y no eran capaces de entender los matices del mundo como los entendía él.

Eran divertidos durante algún tiempo, pero sólo durante algún tiempo. Se llevó ese pensamiento con él a la insondable sima de un sueño profundo y apacible, y cuando despertó, Zina se había ido, regresando al lado del confiado Hasan Arsenov.

Al amanecer, los cinco se metieron en un par de Range Rover que habían sido cargados. Los conductores eran miembros del equipo de Humanistas. Se dirigieron hacia el sur de la ciudad, en dirección a la gran y sucia barriada que se extendía como un cáncer purulento por el flanco de Nairobi. Nadie habló, y sólo habían hecho una comida frugal, porque el sudario de una tensión terrible los envolvía a todos, incluido Spalko.

Aunque la mañana era clara, una bruma tóxica flotaba a poca altura sobre el descontrolado arrabal, prueba palpable de la falta de las adecuadas condiciones de salubridad y del perpetuo fantasma del cólera. Había unas construcciones destartaladas, mezquinas cabañas hechas con latas y cartón, algunas de madera, además de algunos achaparrados edificios de hormigón que podrían haber pasado por búnkeres, de no ser por las quebradas líneas de ropa lavada que colgaban en el exterior, agitándose en el polvoriento aire. Además, había unos montículos de tierra, enigmáticos montones de tierra sin cribar, hasta que el pequeño grupo de paso vio los restos chamuscados y carbonizados de unas moradas arrasadas por el fuego, zapatos con las suelas quemadas y un vestido azul hecho jirones. Aquellos pocos objetos, pruebas de la historia reciente, que era todo lo que existía allí, conferían un aspecto especialmente triste a la fealdad de aquella miseria absoluta. Si allí había alguna vida, ésta era intermitente, caótica y deprimente más allá de lo que se podía nombrar o imaginar. Todo aquello daba la sensación de una noche mortal que allí subsistía incluso a la luz del nuevo día. En aquella desordenada expansión urbana había una predestinación que les recordó al bazar, y la naturaleza de mercado negro de la economía de la ciudad que percibieron era, en cierta manera turbia, la responsable del deprimente paisaje que atravesaban a paso de tortuga, enlentecidos por la densa muchedumbre que rebosaba de las agrietadas aceras e invadía las calles polvorientas y llenas de rodadas. Los semáforos no existían, aunque de haberlos, el pequeño grupo habría sido detenido por las hordas de mendigos apestosos y de mercaderes que anunciaban a voces sus patéticos objetos de loza.

Finalmente llegaron a lo que más o menos era el centro del arrabal, donde entraron en un edificio de dos plantas con el interior destruido, que apestaba a humo. Dentro había ceniza por doquier, blanca y suave como si fuera polvo de huesos. Los conductores llevaron adentro los suministros, que iban guardados en lo que parecían dos baúles de viaje rectangulares.

Dentro estaban los plateados trajes para la manipulación de materiales peligrosos que se pusieron a indicación de Spalko. Los trajes iban provistos de sus propios sistemas de respiración autónomos. Spalko sacó entonces el NX 20 de su estuche dentro de uno de los baúles, y encajó cuidadosamente las dos piezas cuando los cuatro rebeldes chechenos se congregaron a su alrededor para observar. Entregándoselo a Hasan Arsenov durante un momento, Spalko sacó la pequeña y pesada caja que le había dado el doctor Peter Sido. La abrió con sumo cuidado. Todos se quedaron mirando fijamente la ampolla de cristal. Tan pequeña y tan mortal. La respiración de todos se hizo más lenta y dificultosa, como si ya temieran respirar.

Spalko ordenó a Arsenov que sujetara el NX 20 a un brazo de distancia. Luego, le quitó el pestillo a un panel de titanio situado en la parte superior, y colocó la ampolla en la recámara de carga. El NX 20 no podía ser disparado todavía, explicó. El doctor Schiffer había incorporado una serie de mecanismos de seguridad contra la dispersión prematura o accidental. Señaló el cierre hermético que, con la recámara llena, se activaría cuando él cerrara y echara el pestillo al panel superior. Lo hizo en ese momento, después le quitó el NX 20 a Arsenov y los guió a todos al tramo interior de escalones, que seguía en pie, a pesar de los estragos del fuego, sólo porque estaba hecho de hormigón.

En el segundo piso se apiñaron todos contra una ventana. Como todas las demás del edificio, su cristal se había hecho añicos; lo único que quedaba era el marco. A través de ella observaron al lisiado y al cojo, al muerto de hambre y al enfermo. Las moscas zumbaban, un perro con tres patas se agachó y defecó en un mercado al aire libre donde las mercancías de segunda mano se apilaban en la tierra. Un niño corría desnudo por la calle, gritando. Pasó una anciana encorvada, dando voces y escupiendo.

La visión de todo aquello tan sólo despertó un interés secundario en el grupo. Estaban observando todos los movimientos de Spalko, escuchando todas sus palabras con una concentración que rayaba en lo compulsivo. La precisión matemática del arma actuó como un mágico antídoto contra la enfermedad que parecía haberse invocado a sí misma en el aire como por arte de magia.

Spalko les mostró los dos gatillos del NX 20: uno pequeño y uno grande, aquél situado justo delante de éste. El pequeño, les dijo, inyectaba la carga de la recámara en la cámara de disparo. Una vez que ésta también fuera sellada apretando un botón que les mostró en la parte izquierda del arma, el NX 20 estaría listo para ser disparado. Apretó el gatillo pequeño, pulsó el botón y sintió una leve agitación en el interior del arma: el primer indicio de la muerte.

La boca del artefacto era roma y fea, pero su falta de filo también era práctica. Al contrario que las armas convencionales, el NX 20 sólo necesitaba ser dirigido de una forma absolutamente general, resaltó Spalko. Asomó la boca del arma por la ventana. Todos contuvieron la respiración cuando su dedo se encogió alrededor del gatillo grande.

Fuera, la vida seguía a su manera desordenada y azarosa. Un joven sujetaba un cuenco de gachas de maíz bajo la barbilla, llevándose el engrudo a la boca con los dos primeros dedos de su mano derecha, mientras un grupo de personas medio muertas de hambre le observaban con unos ojos anormalmente grandes. Una chica delgada en extremo pasó en bicicleta, y una par de ancianos desdentados miraban fijamente la tierra apisonada de la calle, como si estuvieran leyendo en ella la triste historia de sus vidas.

No fue más que un suave silbido, al menos fue a eso a lo que les sonó a todos, seguros y a salvo dentro de sus trajes especiales. Aparte de eso, no hubo ninguna señal externa de la dispersión. Fue tal como había predicho el doctor Schiffer.

El grupo observó tenso mientras los segundos pasaban con una lentitud angustiosa. Parecía que se les hubieran aguzado todos los sentidos. Oían el sonoro tañido de sus pulsos en los oídos, sentían los fuertes latidos de sus corazones. Y todos se dieron cuenta de que estaban conteniendo la respiración.

El doctor Schiffer había dicho que al cabo de tres minutos verían los primeros indicios de que el difusor había funcionado de manera adecuada. Fue más o menos lo último que había dicho, antes de que Spalko y Zina hubieran dejado caer su cuerpo casi inerte al interior del laberinto.

Spalko, que había seguido el segundero de reloj mientras éste avanzaba hacia la señal de los tres minutos, levantó la vista en ese momento. Quedó fascinado por lo que vio. Una docena de personas había caído antes de que se oyera el primer grito. Éste quedó interrumpido rápidamente, pero otras personas hicieron suyo el aullido antes de caer en la calle entre convulsiones. El caos y un silencio sepulcral se fueron extendiendo poco a poco en una espiral creciente. No había dónde esconderse de aquello, ninguna manera de esquivarlo, y nadie escapó, ni siquiera aquellos que intentaron echar a correr.

Spalko les hizo una seña a los chechenos, que lo siguieron a la planta inferior por la escalera de hormigón. Los conductores ya estaban listos y esperando cuando Spalko desmontó el NX 20. En cuanto lo guardó, cerraron de golpe los baúles y los transportaron a los Range Rover que esperaban.

El pequeño grupo recorrió la calle en la que se encontraban y las adyacentes. Anduvieron cuatro manzanas en todas las direcciones, viendo siempre el mismo resultado. Muerte y agonía, más muerte y más agonía. Y regresaron a los vehículos con el regusto del triunfo en las bocas. Los Range Rover arrancaron en cuanto se acomodaron, y los llevaron por toda el área de ochocientos metros cuadrados de radio que, según le había dicho el doctor Schiffer a Spalko, era el alcance de dispersión que tenía el NX 20. Spalko se complació en ver que el doctor no había mentido ni exagerado. Se preguntó cuánta gente moriría o estaría agonizando cuando la carga recorriera su camino al cabo de una hora. Dejó de contar al llegar a mil, pero supuso que sería el triple de esa cantidad, quizá hasta el quíntuplo.

Antes de que abandonaran la ciudad de la muerte, Spalko dio la orden, y sus conductores encendieron los fuegos, utilizando un potente acelerante. Una cortina de fuego ascendió inmediatamente hacia el cielo, extendiéndose con rapidez.

El fuego era agradable de ver. Taparía lo que había ocurrido allí aquella mañana, porque nadie debía saberlo, al menos hasta después de que concluyera su misión en la cumbre de Reikiavik.

«Ocurrirá dentro de sólo cuarenta y ocho horas», pensó exultante Spalko. Nada podría detenerlos.

«Ahora, el mundo es mío.»

TERCERA PARTE

21

—Creo que puede haber una hemorragia interna —dijo Annaka mientras volvía a examinar la hinchazón intensamente descolorida en el costado de Bourne—. Tenemos que llevarlo al hospital.

—Debe de estar de broma —dijo él. En efecto, el dolor había empeorado considerablemente; cada vez que respiraba, sentía como si tuviera rotas un par de costillas. Pero una visita al hospital era totalmente imposible; lo buscaban.

—De acuerdo —concedió ella—. Un médico, entonces. —Y levantó la mano, anticipándose a las protestas—. El amigo de mi padre, Istvan, es discreto. Mi padre lo utilizaba de vez en cuando sin que aquello trascendiera.

Bourne negó con la cabeza.

—Vaya a la farmacia, si se empeña. Nada más.

Antes de que tuviera tiempo de cambiar de idea, Annaka cogió el abrigo y el bolso, y le prometió que no tardaría mucho.

En cierta manera Bourne se alegró de librarse de ella temporalmente, pues necesitaba estar a solas con sus pensamientos. Acurrucado en el sofá, se arrebujó en el edredón. Tenía la sensación de que le ardía la cabeza. Estaba convencido de que el doctor Schiffer era la clave. Tenía que encontrarlo, porque en cuanto lo hiciera encontraría a la persona que había ordenado los asesinatos de Alex y Mo, la persona que le había tendido la trampa. El problema era que estaba bastante seguro de que no le quedaba mucho tiempo. Schiffer ya llevaba desaparecido algún tiempo. A Molnar lo habían asesinado hacía dos días. Si, como Bourne temía, éste había revelado el paradero de Schiffer bajo la presión de un interrogatorio sistemático, entonces tenía que suponer que a esas alturas Schiffer ya estaba en manos del enemigo, lo que significaría que éste también estaba en posesión de lo que fuera que hubiera inventado el doctor, algún tipo de arma biológica, de nombre clave NX 20, ante cuya mención Leonard Fine, el conducto de Conklin, había reaccionado con tanta inquietud cuando él lo había mencionado.

Pero ¿quién era el enemigo? El único nombre que tenía era el de Stepan Spalko, un sujeto de fama internacional entregado a labores humanitarias. Y sin embargo, según Jan, Spalko era el hombre que había ordenado los asesinatos de Alex y Mo y que le había tendido la trampa para cargarle el mochuelo. Tal vez Jan estuviera mintiendo. ¿Por qué no? Si quería llegar hasta Spalko por sus propios motivos, mal le iba a comunicar éstos a Bourne.

¡Jan!

Sólo pensar en él hacía que Bourne se viera desbordado por un sentimiento indeseado. No sin esfuerzo concentró su cólera contra su propio gobierno. Le habían mentido, y habían conspirado en una maniobra de encubrimiento para ocultarle la verdad. ¿Por qué? ¿Qué estaban intentando esconder? ¿Creían acaso que Joshua podría estar vivo? Y si era así, ¿por qué no habrían de querer que él lo supiera? ¿Qué estaban haciendo? Se apretó la cabeza con las manos. Su visión parecía estar perdiendo la perspectiva; las cosas que habían parecido cercanas hacía un rato, en ese momento parecían lejanas. Pensó que podría estar perdiendo la razón. Con un grito inarticulado se quitó de encima el edredón de un tirón y se levantó, haciendo caso omiso del ramalazo que sintió en el costado cuando se dirigió con ímpetu hacia donde había escondido su pistola de cerámica, debajo de su cazadora. La levantó en la mano. Lejos de proporcionar el tranquilizador peso de una pistola de acero, era ligera como una pluma. La sujetó por la empuñadura y encogió el dedo alrededor del seguro del gatillo. Estuvo mirándola mucho tiempo, como si con la mera fuerza de voluntad pudiera invocar a los funcionarios enterrados en lo más profundo de la responsabilidad militar por decidir no decirle que jamás habían encontrado el cuerpo de Joshua, por decidir sencillamente que era más fácil declarar que había muerto, cuando lo cierto era que en realidad no sabían si estaba vivo o muerto.

El dolor volvió lentamente; un universo de martirio a cada inspiración que hacía le obligó a volver al sofá, donde, una vez más, se arrebujó en el edredón. Y en el silencio del apartamento, el pensamiento volvió una vez más espontáneamente: ¿y si Jan estuviera diciendo la verdad, y si fuera Joshua? Y la respuesta, terrible e inalterable: entonces era un asesino, un brutal asesino que no sentía remordimientos ni culpa, absolutamente desconectado de cualquier emoción humana.

De repente Jason Bourne bajó la cabeza, tan cerca de echarse a llorar como no lo había estado desde que Alex Conklin lo creara hacía décadas.

Cuando a Kevin McColl le encargaron ejecutar la sanción de Bourne, estaba encima de Ilona, una joven húngara conocida suya, una chica tan desinhibida como atlética. La chica era capaz de hacer cosas maravillosas con las piernas, y de hecho era lo que estaba haciendo cuando recibió la llamada.

Cuando ocurrió, él e Ilona estaban en los baños turcos de Kiraly, en la calle Fo. Como era sábado, un día reservado para las mujeres, ella había tenido que colarlo a hurtadillas, lo cual, tuvo que admitir McColl, había contribuido a la excitación. Como todos los demás en su situación, se había habituado muy pronto a vivir por encima de la ley, a «ser» él mismo la ley.

Con un gruñido de frustración se había desenredado de Ilona y había cogido el móvil. Era imposible no responder cuando la llamada lo convocaba para imponer una sanción. Escuchó sin hacer ningún comentario la voz del DCI al otro lado de la línea. Tenía que irse ya. La ejecución de la sanción era urgente, y el objetivo estaba a tiro.

Así que, mientras contemplaba con añoranza el brillo de la sudorosa y resbaladiza piel de Ilona bañada por la luz rojiza reflejada en las baldosas del mosaico, empezó a vestirse. Era un hombre grande, con el físico de un defensa de fútbol americano del Medio Oeste y una cara plana e imperturbable. Estaba obsesionado con las pesas, y su cuerpo lo demostraba. Sus músculos se tensaban con cada movimiento que hacía.

—Me he quedado a medias —dijo Ilona, mientras sus grandes ojos negros se empapaban de él.

—Y yo también —dijo McColl, dejándola tumbada donde estaba.

* * *

Había dos reactores sobre la pista del aeropuerto Nelson de Nairobi. Los dos eran propiedad de Stepan Spalko; los dos llevaban el logotipo de Humanistas Ltd., en el fuselaje y en la cola. Spalko había volado desde Budapest en el primero. El segundo lo había utilizado el personal de apoyo de Humanistas, que en ese momento ya estaban en el interior del reactor que los llevaría de vuelta a Budapest. El otro avión llevaría a Arsenov y a Zina a Islandia, donde se encontrarían con el resto de la célula terrorista que volaría desde Chechenia, vía Helsinki.

Spalko se paró frente a Arsenov. Zina estaba un paso más atrás, junto al hombro izquierdo de Arsenov. Sin duda, éste pensaba que la posición de Zina era una cuestión de deferencia hacia él, pero Spalko sabía que no. Los ojos de Zina ardían mientras se embebían del jeque.

—Jeque, ha cumplido al pie de la letra su promesa —dijo Arsenov—. El arma nos llevará a la victoria en Reikiavik, de eso puede estar seguro.

Spalko asintió con la cabeza.

—Muy pronto tendréis todo lo que os corresponde.

—La inmensidad de nuestra gratitud se me antoja insuficiente.

—No te reconoces ningún mérito, Hasan. —Spalko sacó un maletín de piel y lo abrió—. Pasaportes, tarjetas de identificación, mapas, diagramas y fotos recientes. Todo lo que necesitáis. —Le entregó el contenido—. El encuentro con el barco será a las tres de la madrugada de mañana. —Miró a Arsenov—. Que Alá te conceda fuerza y valor. Que Alá guíe tu puño de acero.

Cuando Arsenov se alejó, preocupado por su preciada carga, Zina dijo:

—Que nuestro próximo encuentro nos lleve a un gran futuro, jeque.

Spalko sonrió.

—El pasado morirá —dijo, y su mirada fue de lo más elocuente— para dejar paso a un gran futuro.

Zina, riendo para sus adentros con un placer mudo, siguió a Hasan Arsenov cuando éste subió a la escalerilla metálica para entrar en el reactor.

Spalko observó cómo la puerta se cerraba tras ellos, y se dirigió a su avión, esperando pacientemente a pie de pista. Sacó su móvil, marcó un número y, cuando oyó la familiar voz en el otro extremo de la línea, dijo sin más preámbulos:

—Los avances que ha estado haciendo Bourne son una novedad que no augura nada bueno. Ya no me puedo permitir que Jan mate a Bourne a la vista de todos... Sí, lo sé, si es que en algún momento ha tenido intención de matarlo. Jan es una criatura curiosa, un rompecabezas que nunca he sido capaz de resolver. Pero ahora que se ha vuelto impredecible, tengo que suponer que está siguiendo sus propios objetivos. Si Bourne muere ahora, Jan desaparecerá quién sabe dónde y ni siquiera podré encontrarlo. Nada debe interferir en lo que va a ocurrir dentro de dos días. ¿Me he expresado con suficiente claridad? Bien. Ahora, escucha. Sólo hay una manera de neutralizarlos a los dos.

McColl no sólo había recibido el nombre y la dirección de Annaka Vadas —por un extraordinario golpe de suerte, situada sólo a cuatro manzanas al norte de los baños—, sino también su foto a través de un archivo JPG enviado a su móvil. En consecuencia, no tuvo ningún problema en reconocerla cuando ella salía del portal de la calle Fo, 106-108. McColl se entusiasmó de inmediato con su belleza y el aire autoritario de su porte. La observó cuando ella sacó su móvil, abrió la puerta de un Skoda azul y se sentó detrás del volante.

Cuando Annaka estaba a punto de introducir la llave en el contacto, Jan se levantó del asiento trasero del coche y dijo:

—Debería contárselo todo a Bourne.

Ella se sobresaltó, pero no hizo ningún intento de volverse; así de bien adiestrada estaba. Lo miró fijamente por el espejo retrovisor, y respondió de manera cortante:

—¿Contarle qué? Tú no sabes nada.

—Sé lo suficiente. Sé que eres tú quien llevó a la policía al piso de Molnar. Sé por qué lo hiciste. Bourne se estaba acercando demasiado a la verdad, ¿no es así?, y estaba a punto de averiguar que quien le tendió la trampa fue Spalko. Ya se lo he dicho yo, aunque parece que no se cree nada de lo que le digo.

—¿Por qué habría de hacerlo? No tienes ninguna credibilidad ante él. Está convencido de que formas parte de un inmenso complot para manipularlo.

Jan movió con rapidez una mano de acero por encima del respaldo y la agarró del brazo, que ella había movido lentamente mientras hablaba.

—No hagas eso. —Él le quitó el bolso, lo abrió y sacó la pistola—. Ya intentaste matarme una vez. Créeme, no tendrás una segunda oportunidad.

Annaka miró fijamente la imagen reflejada de Jan. En su interior pugnaba un sinfín de sentimientos.

—Crees que te estoy mintiendo sobre Jason, pero no es así.

—Lo que me gustaría saber —dijo tranquilamente Jan, haciendo caso omiso de su comentario— fue cómo lo convenciste de que amabas a tu padre, cuando en realidad sentías un odio visceral hacia él.

Annaka permaneció sentada en silencio. Respiraba lentamente mientras intentaba poner las ideas en orden. Sabía que se encontraba en una situación sumamente peligrosa. La pregunta era cómo iba a escapar.

—¡Cómo debiste de disfrutar cuando le dispararon! —prosiguió Jan—. Aunque, conociéndote como te conozco, probablemente lamentaras no haber podido dispararle tú misma.

—Si vas a matarme —dijo ella lacónicamente—, hazlo ya, y ahórrame tu inútil cháchara.

Jan se inclinó hacia delante moviéndose como una cobra y la agarró por el cuello, y por fin ella se alarmó. Al fin y al cabo era lo que Jan andaba buscando.

—No tengo intención de ahorrarte nada, Annaka. ¿Qué me ahorraste tú cuando tuviste ocasión?

—No creí que necesitaras que te mimara.

—Rara vez pensabas cuando estábamos juntos —dijo él—; al menos, no en mí.

La sonrisa de Annaka fue fría.

—Oh, pensaba en ti constantemente.

—Y le repetías cada uno de esos pensamientos a Stepan Spalko. —Su mano le apretó la garganta, sacudiéndole la cabeza de un lado a otro—. ¿No es eso cierto?

—¿Por qué me lo preguntas, si ya sabes la respuesta? —dijo ella casi sin resuello.

—¿Cuánto tiempo has estado burlándote de mí?

Annaka cerró los ojos un instante.

—Desde el principio.

Jan hizo rechinar los dientes con furia.

—¿Cuál es su juego? ¿Qué quiere de mí?

—Eso no lo sé. —Annaka hizo un ruido sibilante cuando él le apretó con tanta fuerza que le cortó el aire en la tráquea. Cuando Jan aflojó la presión lo suficiente, ella dijo con voz débil—: Puedes hacerme todo el daño que quieras, y seguirás obteniendo la misma respuesta, porque es la verdad.

—¡La verdad! —Jan se rió con sorna—. No reconocerías la verdad ni aunque te mordiera. —No obstante, la creyó, y la inutilidad de Annaka lo indignó—. ¿Cuál es tu trabajo con Bourne?

—Mantenerlo alejado de Stepan.

Él asintió, recordando su conversación con Spalko.

—Parece lógico.

La mentira había acudido fácilmente a los labios de Annaka. Sonaba a verdad no sólo por su práctica de toda una vida, sino porque hasta aquella última llamada de Spalko «había sido» verdad. Los planes de Spalko habían cambiado, y cuando tuvo tiempo de reflexionar al respecto, se dio cuenta de que convenía a su nuevo propósito contárselo a Jan. Quizá fuera una suerte que la hubiera encontrado de aquella manera, pero sólo si ella conseguía salir viva del encuentro.

—¿Dónde está Spalko ahora? —le preguntó Jan—. ¿Aquí, en Budapest?

—En realidad viene de camino desde Nairobi.

Jan se sorprendió.

—¿Y qué estaba haciendo en Nairobi?

Ella se rió, pero con los dedos de Jan agarrándola dolorosamente de la garganta, la risa sonó más a una tos seca.

—¿De verdad crees que me lo diría? Ya sabes lo reservado que es.

Jan le puso los labios junto a la oreja.

—Sé lo reservados que «éramos», Annaka, sólo que allí no había ninguna reserva en absoluto, ¿no es así?

Annaka le sostuvo la mirada a través del retrovisor.

—No se lo contaba todo. —Qué extraño se le hacía no estar mirándolo directamente—. Algunas cosas me las reservaba.

Los labios de Jan se curvaron en una mueca de desprecio.

—De verdad no esperarás que me crea eso.

—Créete lo que quieras —dijo ella cansinamente—, como has hecho siempre.

La volvió a sacudir.

—¿A qué te refieres?

Annaka jadeó y se mordió el labio inferior.

—Nunca comprendí lo mucho que odiaba a mi padre hasta que estuve contigo. —Jan aflojó la presión, y ella tragó saliva convulsamente—. Pero tú, con tu inquebrantable animadversión hacia tu padre, me mostraste la luz; me enseñaste a aguardar mi hora, a saborear la idea de la venganza. Y tienes razón. Cuando le dispararon, sentí amargura por no haberlo hecho yo misma.

Aunque Jan no tenía ninguna intención de demostrarlo, lo que dijo Annaka lo conmocionó. Hasta un instante antes, no había tenido ni idea de que le hubiera dejado ver tanto de sí mismo. Sintió vergüenza y resentimiento de que Annaka hubiera podido meterse tan dentro de su piel sin que él se hubiera dado cuenta de ello.

—Estuvimos juntos un año —dijo Jan—. Toda una vida para la gente como nosotros.

—Trece meses, veintiún días y seis horas —le corrigió Annaka—. Recuerdo el momento exacto en que me alejé de ti, porque entonces supe que no podía controlarte como Stepan quería que lo hiciera.

—¿Y eso por qué motivo? —El tono de su voz fue despreocupado, aunque no así su interés.

Zina volvió a encontrar su mirada, y se negó a apartar la suya.

—Porque cuando estaba contigo, ya no podía controlarme.

¿Decía la verdad o volvía a jugar con él? Jan, tan seguro de todo hasta que Jason Bourne había vuelto a entrar en su vida, no lo sabía. Una vez más, sintió vergüenza y resentimiento, e incluso un poco de miedo a que le estuvieran fallando su proverbial capacidad de observación y su instinto. A pesar de todos sus esfuerzos, los sentimientos habían entrado en escena, esparciendo su bruma tóxica sobre los pensamientos de Jan, nublándole el juicio e inmovilizándolo en un mar de indefinición. Se dio cuenta de que su deseo por Annaka aumentaba con una fuerza que nunca antes había sentido. La deseaba con tal desesperación que no pudo por menos que apretar los labios contra la preciosa piel de su nuca.

Y al hacerlo no reparó en la sombra que descendió de repente sobre el interior del Skoda, sombra que sí percibió Annaka, quien movió la mirada y vio al fornido estadounidense que abría la puerta trasera y dejaba caer la culata de su pistola contra la parte trasera del cráneo de Jan.

Éste aflojó la presión, y su mano se desplomó mientras él caía redondo sobre el asiento trasero, inconsciente.

—Hola, señorita Vadas —dijo el corpulento estadounidense en un perfecto húngaro. Sonrió mientras recogía la pistola de Annaka con su manaza—. Me llamo McColl, pero le agradecería que me llamara Kevin.

Zina soñaba con un cielo naranja bajo el cual una horda de nuestro tiempo —un ejército de chechenos esgrimiendo unas NX 20— descendía del Cáucaso a las estepas de Rusia para arrasar a quien era el instrumento de la perdición de su pueblo. Pero había sido tal la fuerza del experimento de Spalko que éste borró el tiempo para ella. Zina volvía a estar en el pasado, niña en la casucha maltrecha por la guerra de sus padres, y su madre la miraba fijamente desde su cara devastada, diciendo: «No puedo levantarme. Ni siquiera para ir a por agua. No puedo seguir».

Pero alguien tenía que seguir. Zina tenía quince años, y era la mayor de los cuatro hijos. Cuando vino el suegro de su madre, sólo se llevó a su hermano Kanti, el heredero varón del clan; los demás, incluidos sus propios hijos, o habían sido asesinados por los rusos o enviados a los temidos campos de Pobedinskoe y Krasnaya Turbina.

Después de eso, Zina se hizo cargo de las tareas de su madre y se dedicó a buscar el metal y el agua. Pero de noche, pese a su agotamiento, el sueño le era esquivo, mientras intentaba escapar de la visión de la cara surcada de lágrimas de Kanti, de su terror al abandonar a su familia, todo cuanto conocía.

Tres veces por semana se escabullía y cruzaba el terreno plagado de minas de tierra sin explotar para ver a Kanti, para besarle las pálidas mejillas y darle noticias de casa. Un día llegó y se encontró a su abuelo muerto. De Kanti no había ni rastro. Las Fuerzas Especiales rusas habían hecho una razia, matando a sus abuelos y llevándose a su hermano a Krasnaya Turbina.

Zina se había pasado los seis meses siguientes intentando conseguir noticias de Kanti, pero era joven e inexperta en aquellas lides. Además, sin dinero no podía encontrar a nadie que hablara. Tres años después, con su madre muerta y sus hermanas en casas de acogida, se unió a las fuerzas rebeldes. No había escogido un camino fácil: tuvo que soportar la intimidación masculina; tuvo que aprender a ser dócil y servil, y a identificar lo que entonces había considerado como sus escasos recursos, y a administrarlos. Pero siempre había sido excepcionalmente inteligente, y esto la hizo aprender con rapidez a sacarle partido a sus aptitudes físicas. Eso también le proporcionó un trampolín desde el que descubrir cómo se jugaba al juego del poder. Al contrario que un hombre, que ascendía en el escalafón por medio de la intimidación, ella se vio obligada a utilizar los activos físicos con los que había nacido. Un año después de soportar las dificultades de un cuidador tras otro, consiguió convencer a su supervisor para organizar una incursión nocturna en Krasnaya Turbina.

Ésa había sido la única razón de que se uniera a los rebeldes, de que se hubiera metido en aquel infierno, aunque estaba verdaderamente aterrorizada por lo que podía encontrar. Y sin embargo no encontró nada, ninguna prueba del paradero de su hermano. Era como si sencillamente Kanti hubiera dejado de existir.

Zina se despertó con un grito ahogado. Se incorporó, miró hacia todas partes y cayó en la cuenta de que estaba en el reactor de Spalko camino de Islandia. En su imaginación, todavía medio sumida en el sopor del sueño, vio la cara surcada de lágrimas de Kanti y olió el acre hedor a lejía que ascendía de los pozos de la muerte de Krasnaya Turbina. Bajó la cabeza. Era la incertidumbre lo que la devoraba. Si supiera que estaba muerto, tal vez pudiera enterrar su sentimiento de culpa. Pero si, por algún milagro casual, Kanti siguiera vivo, jamás lo sabría, y no podría acudir a su rescate y salvarlo de los horrores a los que los rusos seguirían sometiéndole.

Consciente de que alguien se acercaba, levantó la vista. Era Magomet, uno de los dos lugartenientes que Hasan se había llevado con él a Nairobi para que fueran testigos de la puerta a su libertad. Ahmed, el otro lugarteniente, se esforzaba en ignorarla, como había hecho desde que la viera ataviada con su cómoda ropa occidental. Magomet, un tipo con aspecto de oso, los ojos del color del café turco y una barba larga y rizada que se peinaba con los dedos cuando estaba inquieto, se paró ligeramente inclinado, apoyándose contra el respaldo del asiento.

—¿Todo en orden, Zina? —preguntó.

Los ojos de Zina buscaron primero a Hasan, a quien encontraron dormido. Entonces, curvó los labios en un amago de sonrisa.

—Estaba soñando con nuestro inminente triunfo.

—Será magnífico, ¿verdad? ¡Por fin nos vengaremos! ¡Será nuestro día de gloria!

Zina se dio cuenta de que el hombre se moría por sentarse a su lado, así que no dijo nada; tendría que contentarse con que ella no lo echara con cajas destempladas. Zina se estiró, arqueando el pecho, y observó con regocijo cómo los ojos de Magomet se abrían ligeramente. «Lo único que le falta es que le cuelgue la lengua fuera», pensó.

—¿Te apetece un café? —le preguntó él.

—Supongo que no me importaría.

Zina tuvo cuidado de emplear un tono de voz neutro: sabía que él sólo buscaba alguna insinuación. Era evidente que la posición de Zina, fortalecida por la importante tarea que el jeque le había encomendado, por la confianza implícita en lo que él le había pedido, no se le había escapado a Magomet, como era el caso con Ahmed, quien, como la mayoría de los varones chechenos, sólo la veía como a una mujer inferior. Entonces, durante un instante, al considerar la enorme barrera cultural que estaba intentando socavar, le falló el valor. Aunque al instante su aguda concentración mental la hizo volver a su estado normal. El plan que había trazado a instancias del jeque era fantástico; funcionaría, lo tenía tan claro como que estaba respirando. Cuando Magomet se dio la vuelta para marcharse, ella habló para empezar a fomentar aquel plan.

—Y cuando vayas a la cocina —dijo—, trae también un café para ti.

Cuando Magomet volvió, ella cogió el café que él le entregó y le dio un sorbo sin invitarlo a sentarse. El hombre se quedó de pie, con los codos en el respaldo, sujetando la taza entre las manos.

—Dime —dijo Magomet—, ¿cómo es él?

—¿El jeque? ¿No se lo has preguntado a Hasan?

—Hasan Arsenov no dice nada.

—Tal vez —dijo ella, mirando a Magomet por encima del borde de su taza— esté cuidando celosamente de su posición privilegiada.

—¿Y tú?

Zina se rió en voz baja.

—No. A mí no me importa compartir. —Le dio otro sorbo al café—. El jeque es un visionario. No ve el mundo como es, sino como será dentro de un año... ¡o de cinco! Es asombroso estar cerca de él, un hombre que controla tan bien todos los aspectos de su persona, un hombre que cuenta con tanto poder en todo el globo.

Magomet hizo un ruido de alivio.

—Entonces ¿estamos realmente salvados?

—Sí, salvados. —Zina apartó su taza, y sacó una navaja y una crema de afeitar que había encontrado en el bien equipado baño—. Ven, siéntate aquí, enfrente de mí.

Magomet dudó sólo un instante. Cuando se sentó, estaba tan cerca de ella que sus rodillas se tocaron.

—No puedes aterrizar en Islandia con ese aspecto, ¿sabes?

Él la observó con sus ojos negros mientras se atusaba la barba con los dedos. Sin quitar los ojos de él, Zina le cogió la mano entre las suyas y se la apartó de la barba. Luego, abrió la navaja y le aplicó la crema en la mejilla derecha. La hoja rozó la carne de Magomet. Éste tembló ligeramente entonces, cuando ella empezó a raparle, y cerró los ojos.

En algún momento Zina fue consciente de que Ahmed se levantaba y la observaba. Para entonces, la mitad de la cara de Magomet estaba afeitada. Zina continuó con lo que estaba haciendo cuando Ahmed se levantó y se acercó a ella. El hombre no dijo nada, sino que se quedó mirando con incredulidad mientras la barba de Magomet era pelada y su cara iba quedando a la vista lentamente.

Entonces carraspeó, y dijo en voz baja:

—¿Crees que podría ser el siguiente?

—Nunca me hubiera esperado que este tipo llevara una pistola tan mediocre —dijo McColl cuando sacó a Annaka del Skoda. Ella hizo un ruido despectivo cuando el estadounidense se la guardó.

Annaka salió con bastante docilidad, contenta de que aquel sujeto hubiera tomado su pistola por la de Jan. Se quedó de pie en la acera bajo el sombrío cielo de la tarde, con la cabeza agachada, la mirada baja y una sonrisa oculta iluminándola por dentro. Al igual que muchos hombres, el estadounidense no podía comprender que ella llevara un arma, y mucho menos que supiera cómo utilizarla. Aquella ignorancia acabaría sin duda haciéndole daño; ya se aseguraría ella de que así fuera.

—Lo primero de todo es que quiero garantizarle que no le ocurrirá nada. Todo lo que tiene que hacer es responder a mis preguntas con sinceridad y obedecer mis órdenes al pie de la letra.

McColl utilizó la yema del pulgar para presionarle un nervio en la cara interna del codo. Lo suficiente para hacerle saber que estaba hablando completamente en serio.

Ella asintió con la cabeza y soltó un breve grito cuando el sujeto apretó el nervio un poco más.

—Espero que responda cuando le haga una pregunta.

—Comprendido, sí —dijo ella.

—Bien. —McColl la introdujo en las sombras del portal del 106-108 de la calle Fo—. Estoy buscando a Jason Bourne. ¿Dónde está?

—No lo sé.

Las rodillas de Annaka se doblaron de dolor cuando él le hizo algo terrible en la cara interna del codo.

—¿Qué tal si volvemos a intentarlo? —dijo él—. ¿Dónde está Jason Bourne?

—Arriba —respondió ella mientras las lágrimas le caían por las mejillas—. En mi piso.

La presión de McColl cedió notablemente.

—¿Ve qué fácil ha sido? Sin ruido ni alboroto. Bueno, vayamos arriba.

Entraron, y ella utilizó su llave. Annaka encendió la luz y empezaron a subir la ancha escalera. Al llegar al cuarto piso, McColl la detuvo.

—Escúcheme bien —dijo en voz baja—. No tengo nada contra usted. ¿Lo entiende?

Annaka estuvo a punto de asentir con la cabeza, se contuvo y dijo:

—Sí.

McColl la acercó a él de espaldas con fuerza.

—Hágale la menor señal de aviso, y la eviscero como a un pez. —La empujó hacia delante—. De acuerdo. Prosigamos con esto.

Annaka caminó hasta la puerta, metió la llave en el cerrojo y la abrió. Vio a Jason a su derecha, desplomado en el sofá y con los ojos a medio cerrar.

Bourne levantó la vista.

—Pensé que iba a...

En ese instante McColl empujó a Annaka y levantó su pistola.

—¡Papi está en casa! —gritó, levantando el arma hacia la figura yacente, y apretó el gatillo.

22

Annaka, que había estado aguardando su momento, esperando a que McColl hiciera su primer movimiento, lanzó el codo contra el brazo del estadounidense, estropeándole la puntería. Como consecuencia, la bala penetró en la pared donde ésta se unía al techo, por encima de la cabeza de Bourne.

McColl aulló encolerizado y alargó la mano izquierda en el mismo momento en que giraba el brazo derecho hacia abajo para apuntar de nuevo a su objetivo yacente. Hundió los dedos en el pelo de Annaka y, agarrándoselo con fuerza, tiró hacia atrás, con lo que ella perdió el equilibrio. En ese momento Bourne sacó su pistola de cerámica de debajo del edredón. Quería disparar al intruso en el pecho, pero Annaka estaba en medio. Cambiando de blanco, atravesó el brazo con que el intruso sujetaba el arma. La pistola cayó a la alfombra, de la herida brotó sangre y Annaka soltó un grito cuando el intruso la atrajo de espaldas contra su pecho para utilizarla como escudo.

Bourne se había incorporado y estaba apoyado en una rodilla; la boca de su pistola vagó de un lado a otro mientras el intruso, con Annaka sujeta contra su pecho, retrocedía hacia la puerta abierta.

—Esto no se ha acabado, ni mucho menos —dijo McColl con la mirada clavada en Bourne—. Nunca he dejado de aplicar un castigo, y no tengo intención de empezar ahora.

Con aquella inquietante declaración, levantó a Annaka y la arrojó contra Bourne.

Éste, fuera ya del sofá, cogió a Annaka antes de que hubiera alguna posibilidad de que se estrellara contra el canto del mueble. Tras hacerla girar en redondo, salió corriendo por la puerta a tiempo de ver cerrarse la puerta del ascensor. Se dirigió a las escaleras cojeando ligeramente. Sentía que le ardía el costado izquierdo y que le flaqueaban las piernas. Le costaba respirar y quiso detenerse, aunque sólo fuera para introducir el oxígeno suficiente en los pulmones, pero siguió adelante, bajando las escaleras de dos en dos y hasta de tres en tres. Tras doblar el rellano del primer piso, su pie izquierdo resbaló en el borde de un escalón, perdió el equilibrio y descendió dando tumbos y resbalando a partes iguales lo que quedaba del tramo de escaleras. Se levantó con un gruñido, y entró en el vestíbulo del portal abriendo la puerta violentamente. Había sangre en el mármol, pero ni rastro del asesino. Dio un paso dentro del vestíbulo, y sus piernas cedieron bajo su peso. Se quedó allí sentado, medio aturdido, con la pistola en una mano y la palma extendida de la otra sobre el muslo. El dolor le nubló la vista, y tuvo la sensación de que se le había olvidado cómo se respiraba.

«Tengo que ir tras ese cabrón», pensó. Pero había un ruido tremendo en su cabeza que al final identificó como el ruido sordo de su corazón al trabajar a toda máquina. Al menos durante un momento fue incapaz de moverse. Tuvo tiempo de sobra, antes de que llegara Annaka, para caer en la cuenta de que su fingida muerte no había engañado a la Agencia durante mucho tiempo.

Cuando lo vio, Annaka palideció a causa de la preocupación.

—¡Jason! —Se arrodilló a su lado y le rodeó con un brazo.

—Ayúdeme a levantarme —dijo él.

Annaka inclinó la cabeza para apoyar en ella el peso de Bourne.

—¿Dónde está? ¿Adónde ha ido?

Debería haber podido responderle. «¡Joder! —pensó él—, puede que ella tenga razón y que realmente necesite que me vea un médico.»

Tal vez fuera el veneno de su corazón lo que hiciera que Jan recobrara el conocimiento con tanta rapidez. Sea como fuere, estaba de pie y fuera del Skoda a los pocos minutos de haberse producido el ataque. Le dolía la cabeza, por supuesto, pero era su ego el que había salido peor parado del ataque. Repasó toda la lamentable escena en la cabeza, y supo, con una certeza que le produjo una sensación de desaliento en el estómago, que habían sido los insensatos y peligrosos sentimientos hacia Annaka, y no otra cosa, los que le habían hecho vulnerable.

¿Qué más pruebas necesitaba de que debía rehuir a toda costa las relaciones sentimentales? Le habían salido caras con sus padres, y de nuevo con Richard Wick, y en ese momento, hacía bien poco, con Annaka, que le había traicionado desde el principio con Stepan Spalko.

¿Y qué decir de Spalko? «Ni mucho menos somos unos extraños. Ambos compartimos secretos de una naturaleza de lo más íntima», le había dicho aquella noche en Grozni. «Me gustaría pensar que somos algo más que un comerciante y su cliente.»

Al igual que Richard Wick, se había ofrecido a recoger a Jan, y había afirmado que quería ser su amigo y hacerle partícipe de su mundo oculto y, en cierta manera, íntimo. «En buena medida debes tu intachable reputación a los encargos que te he hecho.» Como si Spalko, al igual que Wick, se creyera el benefactor de Jan. Aquellas personas creían erróneamente que vivían en un plano superior, que pertenecían a la élite. Al igual que Wick, Spalko había mentido a Jan y de esa manera utilizarlo para sus propios fines.

¿Qué quería Spalko de él? Eso casi no tenía importancia; no valía la pena preocuparse. Su único deseo era cobrarse con creces lo que le debía Stepan Spalko, un ajuste de cuentas que equiparara las injusticias pasadas con los derechos. No se conformaría con nada que no fuese la muerte de Spalko. Spalko sería el primer y último encargo que recibiera de sí mismo.

Fue entonces, agazapado en las sombras de un portal mientras se masajeaba el chichón que le había salido en la nuca, cuando oyó la voz de ella. La voz ascendió del piélago, de las sombras en las que estaba sentado, y se hundió en las profundidades, arrastrada por debajo de las susurrantes olas.

—¡Lee-Lee! —susurró él—. ¡Lee-Lee!

Era la voz de ella la que oía. Lo llamaba. Sabía lo que ella quería: que ambos se uniesen en aquellas profundidades de muerte. Hundió la dolorida cabeza entre las manos, y un sollozo terrible se escapó de sus labios como si fuera la última burbuja de aire de sus pulmones. Lee-Lee. No había pensado en ella desde hacía tanto... ¿O sí? Había soñado con ella casi todas las noches; había tardado mucho en darse cuenta de eso. ¿Por qué? ¿Qué era diferente en ese momento para que ella tuviera que acudir a él con tanta insistencia, después de tanto tiempo ausente?

Fue entonces cuando oyó el portazo de la puerta delantera, y levantó la cabeza a tiempo de ver al hombretón que salió corriendo del portal del 106-108 de la calle Fo. Se agarraba una mano con la otra, y por el rastro de sangre que dejó tras él Jan supuso que se habría topado con Jason Bourne. En su cara se dibujó una pequeña sonrisa, porque supo que aquél debía de ser el hombre que lo había atacado.

Jan sintió el impulso inmediato de matarlo, pero con un pequeño esfuerzo recuperó el control y se le ocurrió una idea mejor. Salió entonces de las sombras y siguió a la figura que huía por la calle Fo.

La sinagoga de la calle Dohány era la mayor de Europa. En su cara occidental, la enorme construcción tenía una elaborada fachada bizantina de ladrillo de color azul, rojo y amarillo, los colores del escudo de Budapest. Coronando la entrada había una gran vidriera. Encima de esta impresionante vista se levantaban las dos torres moriscas poligonales coronadas por sendas cúpulas de color cobre y dorado.

—Entraré y lo traeré —dijo Annaka mientras salían del Skoda. El servicio de Istvan había intentado derivarla a un médico residente, pero ella había insistido en que tenía que ver al doctor Ambrus y que era una vieja amiga de la familia, y al final la habían mandado allí—. Cuanta menos gente lo vea así, mejor.

Bourne aceptó.

—Escuche, Annaka, estoy empezando a perder la cuenta de las veces que me ha salvado la vida.

Ella lo miró, y sonrió.

—Entonces, deje de contar.

—El hombre que la asaltó...

—Kevin McColl.

—Es un especialista de la Agencia. —Bourne no tuvo necesidad de explicarle qué clase de especialista era McColl. Sin embargo, había otra cosa que le gustaba de ella—. Lo supo manejar bien.

—Hasta que me utilizó de escudo —dijo ella con amargura—. Jamás debería haber permitido...

—Salimos de ésa. Eso es lo que importa.

—Pero sigue suelto, y su amenaza...

—La próxima vez no me pillará desprevenido.

La pequeña sonrisa volvió al rostro de Annaka. Ella le indicó el camino al patio trasero de la sinagoga, donde le dijo que podría esperarlos sin temor a tropezarse con nadie.

Istvan Ambrus, el médico conocido de János Vadas, estaba en pleno servicio religioso, pero se mostró bastante bien dispuesto cuando Annaka entró y le informó de la emergencia.

—Por supuesto que estoy encantado de ayudarte en todo lo que pueda, Annaka —dijo, mientras se levantaba de su asiento y recorría con ella el magnífico interior lleno de lámparas de araña.

Detrás de ellos estaba el fantástico órgano de quinientos tubos, algo bastante insólito en un templo judío, en cuyo teclado habían tocado una vez Franz Listz y Camille Saint-Saëns.

—La muerte de tu padre nos ha causado una profunda impresión a todos. —Le cogió la mano y le dio un fugaz apretón. El doctor tenía los dedos fuertes y contundentes de un cirujano o de un albañil—. ¿Cómo lo llevas, cariño?

—Todo lo bien que se puede esperar —dijo ella en voz baja, mientras lo conducía afuera.

Bourne estaba sentado en el patio bajo cuya tierra yacían los cuerpos de quinientos judíos que habían perecido en el brutal invierno de 1944-1945, cuando Adolf Eichmann convirtió la sinagoga en un punto de concentración desde el que envió cinco veces aquella cantidad a los campos donde serían exterminados. El patio, contenido entre los arcos de la logia interior, estaba lleno de blancas lápidas conmemorativas entre las que crecía una hiedra de hojas verde oscuro. La enredadera se enroscaba igualmente en los troncos de los árboles con los que había sido plantada. Un viento frío agitaba las hojas, un sonido que en aquel lugar podría haberse confundido con unas voces lejanas.

Resultaba difícil sentarse allí y no pensar en la muerte y en el terrible sufrimiento que había tenido lugar allí durante aquellos tiempos oscuros. Bourne se preguntó si no se estaría preparando para arrollarlos otra época de oscuridad. Levantó la vista, dejando a un lado su reflexión, y vio a Annaka en compañía de un atildado individuo de cara redonda, bigote recto y delgado y mejillas sonrosadas. Iba vestido con un terno marrón. Unos zapatos muy brillantes le cubrían los pequeños pies.

—Así que usted es el damnificado en cuestión —dijo el doctor, después de que Annaka hubiera hecho las presentaciones, y le asegurara que Bourne hablaba su idioma—. No, no se levante —prosiguió, mientras se sentaba al lado de Bourne y empezaba a examinarlo—. Bueno, señor, no creo que la descripción de Annaka hiciera justicia a sus lesiones. Parece que le hubieran metido en una picadora de carne.

—Así es exactamente como me siento, doctor.

Muy a su pesar, Bourne hizo una mueca de dolor cuando los dedos del doctor Ambrus palparon un punto especialmente doloroso.

—Al salir al patio, lo vi sumido en sus pensamientos —dijo el doctor Ambrus en un tono coloquial—. En cierto sentido, este patio es un lugar horrible que hace que nos acordemos de aquellos que perdimos y, en un sentido más amplio, de lo que la humanidad en su conjunto perdió durante el Holocausto. —Tenía unos dedos sorprendentemente ligeros, además de ágiles, con los que recorrió la sensible carne del costado de Bourne—. Pero la historia de aquel tiempo no fue tan nefasta, ¿sabe? Justo antes de que Eichmann y su gente entraran aquí, varios sacerdotes ayudaron al rabino a sacar los veintisiete rollos de la Torá del arca que hay en el interior de la sinagoga. Aquellos sacerdotes se los llevaron y los enterraron en un cementerio cristiano, donde permanecieron a salvo de los nazis hasta después de terminada la guerra. —Sonrió fríamente—. ¿Y eso qué nos sugiere? Que incluso en los lugares más oscuros hay posibilidades de que surja la luz. La compasión puede provenir de los lugares más inesperados. Y tiene dos costillas rotas.

Entonces se levantó.

—Venga. En casa tengo todo el equipo necesario para vendarlo. En cuestión de una semana o así el dolor remitirá y empezará a mejorar. —Movió un grueso índice en el aire—. Mientras tanto, debe prometerme que descansará. Nada de ejercicios extenuantes. De hecho, lo mejor sería que no hiciera ningún ejercicio en absoluto.

—Eso no se lo puedo prometer, doctor.

El doctor Ambrus suspiró mientras lanzaba una rápida mirada a Annaka.

—Vaya, ¿por qué será que eso no me sorprende?

Bourne se levantó.

—Lo cierto es que mucho me temo que tengo que hacer justo lo contrario de lo que me acaba de aconsejar. Por eso le pido que haga todo lo que pueda para proteger las costillas dañadas.

—¿Qué tal un traje blindado? —El doctor Ambrus se rió entre dientes de su chiste, pero su regocijo desapareció rápidamente cuando vio la expresión en el rostro de Bourne—. ¡Hombre de Dios! ¿A quién espera enfrentarse?

—Si pudiera decírselo —dijo Bourne sombríamente—, supongo que todos estaríamos mejor.

Aunque a todas luces desconcertado, el doctor Ambrus cumplió su palabra y los condujo a la pequeña consulta que tenía en su casa en las colinas de Buda, donde otros podrían haber tenido un estudio. En la parte exterior de la ventana había unas rosas trepadoras, aunque los tiestos de geranios estaban todavía pelados, mientras esperaban la llegada de un tiempo más cálido. En el interior las paredes estaban pintadas de color crema, con las molduras en blanco, y encima de los armarios había unas fotos enmarcadas de la esposa y los dos hijos del doctor.

El doctor Ambrus hizo sentar a Bourne en la mesa y, murmurando para sí, buscó metódicamente en los armarios, sacando un artículo de aquí y dos más de allá. Volvió con su paciente, a quien le había pedido que se desvistiera de cintura para arriba, hizo girar una lámpara articulada y la encendió sobre el campo de batalla. A continuación se puso manos a la obra, y vendó con fuerza las costillas de Bourne con tres capas de tejidos diferentes: algodón, Spandex y una tela que parecía de caucho y que dijo que estaba hecha con Kevlar.

—Nadie podría hacerlo mejor —declaró el doctor cuando terminó.

—No puedo respirar —dijo Bourne, jadeante.

—Bueno, eso significa que el dolor se mantendrá al mínimo. —Agitó un pequeño frasco de plástico marrón—. Le daría algún analgésico, pero para un hombre como usted... Esto, no, creo que no. El medicamento le afectará a los sentidos y perderá reflejos, y la próxima vez que lo vea, puede que se encuentre encima de una mesa de autopsias.

Bourne sonrió tratando de recuperar el humor.

—Haré todo lo que esté en mis manos para ahorrarle esa impresión. —Bourne se metió la mano en el bolsillo—. ¿Qué le debo?

El doctor Ambrus levantó las manos.

—Por favor.

—¿Cómo puedo agradecérselo entonces, Istvan? —preguntó Annaka.

—Con volver a verte, querida, es más que suficiente. —El doctor Ambrus le cogió la cara entre las manos, y la besó primero en una mejilla y luego en la otra—. Prométeme que vendrás pronto a cenar una noche. Bela te extraña tanto como yo. Ven, cariño. Ven. Ella te hará ese *goulash* que tanto te gustaba cuando eras niña.

—Se lo prometo, Istvan. Pronto.

Satisfecho al fin con aquella promesa de pago, el doctor Ambrus los dejó marchar.

23

—Hay que hacer algo con respecto a Randy Driver —dijo Lindros.

El DCI terminó de firmar una serie de documentos y los dejó en la bandeja de salida antes de levantar la vista.

—He oído que le echó una buena bronca.

—No lo entiendo. ¿Es esto causa de diversión para usted, señor?

—Deme ese gusto, Martin —dijo el director con una sonrisita que se negó a ocultar—. En estos días tengo pocas cosas que me diviertan.

El deslumbrante sol que durante toda la tarde había hecho bailar la estatua de los tres soldados de la guerra de la Independencia al otro lado de la ventana, había desaparecido, haciendo que las figuras de bronce parecieran cansadas entre las sombras que las amortajaban. La delicada luz de otro día de primavera había dejado paso a la noche con demasiada rapidez.

—Quiero que se encarguen de él. Quiero tener acceso...

El rostro del DCI se ensombreció.

—Quiero, quiero... ¿Qué es usted, un niño de tres años?

—Usted me puso al frente de la investigación de los asesinatos de Conklin y Panov. Sólo hago lo que me pidió.

—¿Investigación? —Los ojos del DCI brillaron de furia—. No hay ninguna investigación. Le dije muy claramente que quería ponerle fin a esto. La hemorragia nos está matando con la bruja esa. Quiero cauterizar el asunto y que así se pueda olvidar. Lo último que necesito es que ande usted atropellando a la gente por Washington y sus alrededores, mangoneando por todas partes como un elefante en una cacharrería. —Agitó una mano para evitar las protestas de su ayudante—. Cuelgue a Harris, cuélguelo bien alto y haga el ruido suficiente para que la consejera de Seguridad Nacional no tenga ninguna duda de que sabemos lo que estamos haciendo.

—Si usted lo dice, señor... Pero, con el debido respeto, eso no tardaría en convertirse en la peor equivocación que podríamos cometer en este momento.

Como el DCI se lo quedó mirando boquiabierto, le dio la vuelta al listado informático que Harris le había enviado y se lo pasó a través de la mesa.

—¿Qué es esto? —preguntó el DCI. Le gustaba que le hicieran un resumen de todo lo que le daban, antes de tener la oportunidad de leerlo.

—Es parte de un archivo electrónico de una banda de rusos que suministran armas ilegales. La pistola utilizada para asesinar a Conklin y a Panov está ahí. Fue registrada falsamente a nombre de Webb. Esto demuestra que a Webb le tendieron una trampa, y que él no asesinó a sus dos mejores amigos.

El DCI empezó a leer el listado, y entonces juntó sus pobladas cejas blancas.

—Martin, esto no demuestra nada.

—Una vez más, señor, y con el debido respeto, no entiendo cómo puede hacer caso omiso de los hechos que tiene delante de usted.

El DCI suspiró y apartó el listado mientras se recostaba en su sillón.

—¿Sabe, Martín? Lo he entrenado bien. Pero ahora se me ocurre que todavía tiene mucho que aprender. —Señaló con el índice el papel que se encontraba sobre su mesa—. Lo que me dice este papel es que la pistola que Jason Bourne utilizó para disparar a Alex y a Mo Panov se pagó por medio de un giro telegráfico desde Budapest. Bourne tiene no sé cuántas cuentas corrientes en multitud de bancos del extranjero, la mayoría en Zúrich y Ginebra, pero no veo por qué motivo no podría tener también una en Budapest. —Soltó un gruñido—. Es un truco muy inteligente, uno de los muchos que le enseñó el propio Alex.

A Lindros se le cayó el alma a los pies.

—Así que no cree...

—¿Quiere que le lleve esta supuesta prueba a la bruja? —El DCI meneó la cabeza—. Me la haría tragar sin ningún miramiento.

Por supuesto, lo primero que había entrado en la mente del Jefazo era que Bourne había pirateado la base de datos del gobierno de Estados Unidos desde Budapest, razón por la cual él mismo había movilizado a Kevin McColl. No había motivo para contárselo a Martin;

sólo serviría para que éste se alterase aún más. No, pensó el DCI con obstinación, el dinero para el arma del crimen procedía de Budapest, y era allí adonde Bourne había huido. Una condenada prueba más de su culpabilidad.

Lindros rompió su mutismo.

—Así que no autorizará volver sobre Driver...

—Martin, son casi las siete y media, y el estómago ha empezado a hacerme ruido. —El DCI se levantó—. Para demostrarle que no tengo resentimiento, quiero que me acompañe a cenar.

El Occidental Grill era un restaurante privado en el que el DCI disponía de su mesa particular. Lo de ponerse a la cola era para los civiles y los funcionarios de rango inferior, no para él. En aquel escenario su poder se elevaba por encima del sombrío mundo en el que habitaba, y se hacía patente para todo Washington. Eran muy pocos en la capital y sus alrededores los que poseían aquel estatus. Y, después de un día difícil, no había nada como utilizarlo.

Le entregaron las llaves del coche al aparcacoches y subieron el largo tramo de escalones de granito hasta el restaurante. Una vez dentro, recorrieron el estrecho pasillo donde estaban colgadas fotos de los presidentes, además de otros personajes famosos de la política que habían comido en el asador. Como era su costumbre, el DCI se detuvo delante de la foto de J. Edgar Hoover y de su sombra permanente, Clyde Tolson. Los ojos del DCI taladraron aquella foto, como si tuvieran el poder de hacer desaparecer a aquella pareja del panteón de la pared.

—Recuerdo a la perfección el momento en el que interceptamos el memorándum de Hoover que exhortaba a sus agentes de mayor rango a encontrar el vínculo que relacionara a Martin Luther King y el Partido Comunista con las manifestaciones de protesta contra la guerra de Vietnam. —Meneó la cabeza—. De menudo mundo he sido cómplice.

—Eso es historia, señor.

—Una historia ignominiosa, Martin.

Y, con aquella declaración, atravesó las puertas medio acristaladas y entró en el restaurante propiamente dicho. La sala se componía de unos reservados de madera con separaciones de cristal tallado y una barra forrada de espejos. Como era habitual, había una cola, por la que se movió el DCI como si fuera el *Queen Mary* navegando entre una flotilla de lanchas motoras. Se detuvo delante del estrado, que estaba presidido por un elegante *maître* de pelo plateado.

Al ver acercarse al DCI, el hombre se volvió con un par de largos menús apretados contra el pecho.

—¡Director! —Su mirada era de sorpresa, y en su tez habitualmente rubicunda se había instalado una extraña palidez—. No teníamos ni idea de que fuera a cenar esta noche con nosotros.

—¿Desde cuándo necesita que le avise con antelación, Jack? —dijo el DCI.

—¿Puedo sugerirle una copa previa en el bar, director? Tengo su *bourbon* de malta preferido.

El DCI se palmeó el estómago.

—Estoy hambriento, Jack. Prescindiremos del bar e iremos directamente a mi mesa.

El *maître* parecía indisimuladamente incómodo.

—Por favor, deme un minuto, director —dijo, alejándose a toda prisa.

—¿Qué demonios le pasa? —masculló el DCI con cierto enfado.

Lindros ya había echado un vistazo hacia la mesa del DCI, situada en un rincón, y había visto a sus ocupantes, y se había quedado lívido. El director vio su expresión y giró en redondo, mirando con ojos escrutadores a través de la multitud de camareros y clientes hacia su querida mesa, donde el asiento ajustable que tenía reservado para él estaba ocupado a la sazón por Roberta Alonzo-Ortiz, la consejera de Seguridad Nacional de Estados Unidos. La consejera estaba en plena conversación con dos senadores del Comité de los Servicios de Inteligencia para el Extranjero.

—La mataré, Martin. Que Dios me ayude, porque rajaré a esa bruja de arriba abajo.

En ese momento, con el sudor corriéndole claramente por el cuello de la camisa, el *maître* regresó.

—Tenemos una preciosa mesa preparada para usted, director, una mesa para cuatro sólo para ustedes, caballeros. Y la bebida corre por cuenta de la casa, ¿de acuerdo?

El DCI se tragó su rabia.

—Por mí está bien —dijo, consciente de su incapacidad para librarse del intenso color de su piel—. Adelante, Jack, le seguimos.

El *maître* los llevó por un camino que no pasaba junto a la antigua mesa del director, y éste le agradeció el detalle a Jack.

—Se lo dije a ella, director —dijo el *maître* casi sin resuello—. Le dejé absolutamente claro que esa mesa del rincón en concreto era la suya, pero insistió. Dijo que no admitiría un no por respuesta. ¿Qué podía hacer? Les traeré las bebidas de inmediato. —Jack dijo todo aquello deprisa y corriendo mientras el director y Lindros tomaban asiento y él les ofrecía las cartas de la comida y del vino—. ¿Puedo hacer algo más por usted, director?

—No, gracias, Jack.

El DCI cogió su carta.

Al cabo de un rato, un corpulento camarero con unas patillas de boca de hacha les llevó dos *bourbon* de malta, junto con la botella y una jarra de agua.

—Cortesía del *maître* —dijo el camarero.

Si Lindros se había hecho alguna ilusión acerca de que el director se hubiera tranquilizado, fue sacado de su error en cuanto el Gran Jefazo levantó el vaso para darle un sorbo a su *bourbon* de malta. La mano le tembló, y entonces Lindros detectó su vidriosa mirada de cólera.

Lindros vio su oportunidad y, como fino estratega que era, la aprovechó.

—La consejera de Seguridad Nacional quiere que nos ocupemos del doble asesino y que sea eliminado con el menor ruido posible. Pero si la suposición esencial que subyace en este razonamiento (principalmente, que Jason Bourne es el responsable) no es cierta, entonces todo lo demás se desmorona, incluida la postura extremadamente vociferante de la consejera.

El DCI levantó la vista y se quedó mirando astutamente a su ayudante.

—Le conozco, Martin. Ya tiene algún plan en la cabeza, ¿a que sí?

—Sí, señor, lo tengo, y si estoy en lo cierto, dejaremos a la consejera de Seguridad Nacional como a una idiota. Pero para que eso ocurra, necesito la total y absoluta colaboración de Randy Driver.

El camarero apareció con las ensaladas.

El DCI esperó a que estuvieran solos y sirvió más *bourbon* de malta a los dos. Y con una leve sonrisa, dijo:

—Ese asunto de Randy Driver... ¿lo considera necesario?

—Más que necesario, señor. Es vital.

—Conque vital, ¿eh? —El DCI atacó la ensalada, y examinó el trozo de brillante tomate clavado en los dientes del tenedor, fruto de sus esfuerzos—. Firmaré el papeleo a primera hora de mañana.

—Gracias, señor.

El DCI arrugó el entrecejo, buscó con la mirada la de su adjunto y se la mantuvo.

—Sólo hay una manera de agradecérmelo, Martin; tráigame la munición que necesito para poner a esa bruja en su sitio.

La ventaja de tener una novia en cada puerto, bien lo sabía McColl, era que siempre tenía un lugar donde refugiarse. Desde luego que había un piso franco de la Agencia en Budapest; lo cierto es que había varios, pero con el brazo sangrando, no tenía ninguna intención de aparecer en una residencia oficial y proclamar así ante sus superiores que había fracasado en la ejecución de la proscripción que el propio DCI le había encomendado. En la sección de la Agencia a la que pertenecía lo único que importaba eran los resultados.

Ilona estaba en casa cuando, con el brazo herido pegado al costado, llegó a trompicones hasta la puerta. Como siempre, ella estaba lista para la acción. Pero por una vez, él no lo estaba; tenía otros asuntos prioritarios a los que atender. McColl la envió a que le hiciera algo de comer, algo proteínico, le dijo, porque tenía que recuperar las fuerzas. Después, se metió en el baño, se desnudó de cintura para arriba y se limpió la sangre del brazo derecho. Vertió agua oxigenada en la herida. Un dolor lacerante le recorrió el brazo de arriba abajo e hizo que le temblaran las piernas, así que se vio obligado a sentarse durante un instante en la tapa del inodoro para poder recuperarse. El dolor remitió al cabo de un rato, y dio paso a un intenso latido. Entonces pudo evaluar el daño recibido. La buena noticia era que la herida era limpia; la bala le había atravesado netamente el músculo del brazo, y había salido por el otro lado. Inclinándose para poder apoyar el codo en el borde del lavabo, vertió más agua oxigenada sobre la herida, silbando suavemente entre los dientes. Luego se levantó y se puso a rebuscar en los armarios, sin encontrar ninguna gasa de algodón estéril. Lo que sí encontró, debajo del lavabo, fue un rollo de esparadrapo. Utilizando unas tijeritas de uñas, cortó un trozo y se envolvió fuertemente la herida con él.

Cuando regresó, Ilona ya le había preparado la comida. McColl la devoró sin paladear. Estaba caliente y era nutritiva, y eso era lo único que le preocupaba. La chica se quedó de pie detrás de él mientras comía, masajeándole los prominentes músculos de los hombros.

—Estás tenso —dijo Ilona. Era una chica bajita y delgada de ojos brillantes, sonrisa fácil y curvas en los lugares adecuados—. ¿Qué hiciste después de dejarme en los baños? Estabas tan relajado allí...

—Trabajo —dijo él lacónicamente. Sabía por experiencia que no era prudente hacer caso omiso de sus preguntas, aunque tenía muy pocas ganas de cháchara. Debía ordenar sus pensamientos y planear el segundo, y definitivo, ataque contra Jason Bourne—. Ya te he dicho que tengo un trabajo muy estresante.

Los habilidosos dedos de Ilona siguieron masajeándole los músculos. Éstos se distendieron.

—Ojalá lo dejaras.

—Me gusta lo que hago —dijo él, apartando el plato vacío—. Nunca lo dejaría.

—Y sin embargo estás de mal humor. —Rodeó la silla y extendió la mano—. Así que ven a la cama. Deja que lo haga mejor.

—Ve tú —dijo McColl—. Espérame allí. Tengo que hacer algunas llamadas de trabajo. Cuando termine, seré todo tuyo.

La mañana entró en la pequeña e impersonal habitación de hotel barato acompañada de un griterío confuso. Los ruidos de Budapest atravesaron bulliciosos las delgadas paredes como si éstas fueran de gasa, y sacaron a empujones a Annaka de su duermevela. Durante un rato permaneció inmóvil, envuelta en la grisácea iluminación de la mañana, tumbada hombro con hombro con Bourne en la cama doble. Al final volvió la cabeza, y se lo quedó mirando fijamente.

¡Cómo había cambiado su vida desde que lo conociera en los escalones de la iglesia de Matías! Su padre estaba muerto, y ya no podía volver a su piso, porque tanto Jan como la CIA sabían dónde se encontraba. A decir verdad, no eran muchas las cosas que echaba de menos de su piso, excepción hecha del piano. La punzada de añoranza que sintió por el instrumento fue muy parecida a lo que había leído que experimentaban los gemelos idénticos cuando los separaba una gran distancia.

¿Y qué pasaba con Bourne? ¿Qué sentía por él? Le resultaba difícil decirlo, puesto que desde una edad muy temprana cierto interruptor instalado en su interior había cerrado el grifo de los sentimientos. El mecanismo, una suerte de instinto de conservación, era un completo misterio, incluso para los expertos que afirmaban haber estudiado semejante fenómeno. Estaba enterrado a tanta profundidad en el fondo de su mente que jamás había podido llegar a él; otro aspecto, sin duda, de la supervivencia de su yo.

Como en todo lo demás, también había mentido a Jan cuando le dijo que no podía controlarse cuando él estaba cerca. Si se había alejado de él era porque Stepan le había ordenado que lo dejara. No le había importado; lo cierto es que había disfrutado de lo lindo con la expresión de la cara de Jan cuando le dijo que todo se había acabado. Le había hecho daño, lo cual le gustó. Al mismo tiempo, se daba cuenta de que Jan le tenía cariño, algo que despertaba su curiosidad, porque no lo comprendía. Desde luego, hacía mucho tiempo, y muy lejos de allí, se había preocupado por su madre, pero ¿de qué le había servido aquel sentimiento? Su madre no había podido protegerla; peor aún, había muerto.

Poco a poco y con cuidado se fue alejando de Bourne, hasta que acabó por darse la vuelta y levantarse. Estaba alargando la mano para coger su abrigo cuando Bourne, despertándose de inmediato de un profundo sueño, pronunció su nombre en voz baja.

Annaka, asustada, se volvió.

—Pensé que dormías profundamente. ¿Te he despertado?

Bourne la observó sin pestañear.

—¿Adónde vas?

—N-necesito ropa nueva.

Bourne se incorporó con dificultad.

—¿Cómo te encuentras?

—Estoy bien —dijo él. No estaba de humor para que se compadecieran de él—. Además de ropa, los dos necesitamos disfraces.

—¿Necesitamos?

—McColl sabe quién eres, lo cual significa que le habían enviado tu foto.

—Pero ¿por qué? —Meneó la cabeza—. ¿Cómo sabía la CIA que tú y yo estábamos juntos?

—No lo sabían..., o, al menos, no podían estar seguros —dijo él—. He pensando en ello, y sólo hay una manera de que lo supieran: a través de la IP de tu ordenador. Debo de haber hecho saltar alguna alarma interna cuando pirateé la intranet del Gobierno.

—¡Santo cielo! —Annaka se puso el abrigo—. Con todo, si salgo a la calle correré menos peligro que si sales tú.

—¿Sabes de alguna tienda donde vendan maquillaje para teatro?

—En un barrio no lejos de aquí. Sí, estoy segura de que puedo encontrar algún lugar.

Bourne cogió una libreta y un cabo de lápiz de la mesa e hizo una lista aprisa y corriendo.

—Esto es lo que necesitaré para los dos —dijo—. También he anotado mi talla de camisa, cuello y cintura. ¿Necesitas dinero? Tengo más que suficiente, aunque en dólares estadounidenses.

Ella negó con la cabeza.

—Demasiado peligroso. Tendría que ir a un banco y cambiarlo por florines húngaros, y podría llamar la atención. Hay cajeros automáticos por toda la ciudad.

—Ten cuidado —le aconsejó Bourne.

—No te preocupes. —Ella le echó un vistazo a la lista que había hecho Bourne—. Debería estar de vuelta en un par de horas. Hasta entonces, no salgas de la habitación.

Annaka bajó en el minúsculo y chirriante ascensor. Salvo por el

recepcionista de día que estaba detrás del mostrador, el proporcional-
mente diminuto vestíbulo estaba desierto. El conserje levantó la cabeza del periódico y le lanzó una mirada de aburrimiento antes de volver
a su lectura. Annaka salió al bullicioso Budapest. Le inquietaba la
presencia de Kevin McColl, un factor que no hacía sino complicar las
cosas, aunque Stepan la tranquilizó cuando ella lo telefoneó para darle la noticia. Annaka lo mantenía al tanto de los acontecimientos
cuando lo telefoneaba desde su piso cada vez que iba a buscar agua a
la cocina.

Cuando se introdujo en el flujo de peatones, miró el reloj. Eran
poco más de las diez. Se tomó un café y un bollo en un bar, y luego
siguió andando hasta llegar a un cajero automático que encontró después de recorrer dos tercios del camino que llevaba al barrio comercial al que se dirigía. Introdujo la tarjeta de crédito, retiró la cantidad
máxima que pudo y metió el fajo de billetes en el monedero, tras lo
cual, y con la lista de Bourne en la mano, se dispuso a realizar las
compras.

En el otro lado de la ciudad, Kevin McColl entró a grandes zancadas en la sucursal del Banco de Budapest donde Annaka Vadas tenía
su cuenta corriente. Mostró sus credenciales y, a su debido tiempo, se
le hizo pasar al despacho acristalado del director de la sucursal, un
hombre bien vestido con un traje de corte tradicional. Se estrecharon
las manos cuando se presentaron, y el director indicó a McColl que se
sentara en el sillón tapizado que tenía enfrente.

El director juntó los dedos de ambas manos apuntándolos hacia
arriba.

—¿En qué puedo ayudarlo, señor McColl?

—Estamos buscando a un fugitivo internacional —empezó
McColl.

—¡Oh! Y ¿por qué no está involucrada la Interpol?

—Lo está —dijo McColl—, además del Quai d'Orsay de París,
que fue la última parada del fugitivo antes de venir aquí, a Budapest.

—¿Y cómo se llama ese fugitivo?

McColl sacó el folleto de la CIA, que desplegó y colocó en la mesa
delante del director.

El director de la sucursal se puso las gafas y examinó el folleto.

—Ah, sí, Jason Bourne. Lo vi en la CNN. —Miró por encima de la montura dorada de sus gafas—. Y dice usted que está en Budapest.

—Nos han confirmado que se le ha visto en una ocasión.

El director de la sucursal apartó el folleto.

—¿Y en qué puedo ayudarlo?

—Se le vio en compañía de una de sus clientes. Annaka Vadas.

—¿En serio? —El director de la sucursal arrugó el entrecejo—. Su padre fue asesinado... Le dispararon hace dos días. ¿Cree que lo asesinó el fugitivo?

—Entra dentro de lo posible. —McColl se esforzó al máximo en contener su impaciencia—. Le agradecería que me ayudara a averiguar si la señorita Vadas ha utilizado algún cajero automático en las últimas veinticuatro horas.

—Entiendo. —El director de la sucursal movió la cabeza con aire de sabio—. El fugitivo necesita dinero. Y podría obligarla a conseguírselo.

—Exactamente.

Cualquier cosa, pensó McColl, con tal de que aquel tipo moviera el culo.

El director de la sucursal se volvió y empezó a escribir en el teclado de su ordenador.

—Veamos, pues. Ah, sí, aquí está. Annaka Vadas. —Meneó la cabeza—. Menuda tragedia. Y que ahora tenga que estar sometida a esto...

Miraba fijamente la pantalla del ordenador cuando se oyó un chirrido.

—Parece que tenía razón, señor McColl. El número clave de Annaka Vadas fue utilizado en un cajero automático hace menos de media hora.

—La dirección —dijo McColl, inclinándose hacia delante.

El director escribió la dirección en una hoja y se la entregó a McColl, que se levantó y se marchó lanzando un «gracias» por encima del hombro.

*   *   *

En el vestíbulo, Bourne preguntó al conserje por la dirección del punto de acceso público a internet más cercano. Caminó doce manzanas hasta el cibercafé AMI, en el número 40 de la calle Váci. El interior estaba lleno de humo y abarrotado de gente, personas sentadas ante los ordenadores que fumaban mientras leían sus correos, investigaban o simplemente navegaban por la red. Le encargó un expreso doble y un bollo de mantequilla a una joven con el pelo de punta, quien le entregó una tira de papel con la hora impresa en la que constaba el número de la terminal y que le indicó un ordenador libre que ya estaba conectado a internet.

Bourne se sentó y empezó a hacer su trabajo. En el campo «Buscar» tecleó el nombre de Peter Sido, el ex compañero del doctor Schiffer, pero no encontró nada. En sí mismo, aquello era tan extraño como sospechoso. Si Sido era un científico de cierto renombre —algo que Bourne tenía que dar por sentado si el tal Sido había trabajado con Felix Schiffer—, entonces tenía que estar «en algún sitio» en la red. El que no estuviera hizo que Bourne se planteara el hecho de que su «ausencia» fuera deliberada. Tenía que intentar otra vía.

Había algo en el nombre de Sido que hizo sonar una campana en su cerebro de lingüista. ¿Era un apellido de origen ruso? ¿Eslavo? Buscó en los sitios de ese idioma, pero no obtuvo nada. Dejándose llevar por un presentimiento, cambió a un sitio en húngaro, y allí estaba.

Resultó que la mayoría de los apellidos húngaros —lo que los húngaros llaman sobrenombres— significan algo. Por ejemplo, podían ser patronímicos, lo que significa que utilizaban el nombre del padre, o podían ser topónimos, que identifican el lugar de procedencia de la persona. Sus apellidos también podrían hacer referencia a la profesión; curiosamente, advirtió que Vadas significa «cazador». O también podían hacer referencia a lo que eran. Sido significaba «judío» en húngaro.

Así que Peter Sido era húngaro, como Vadas. Conklin había escogido a Vadas para trabajar con él. ¿Una coincidencia? Bourne no creía en las coincidencias. Había una relación; lo intuía. Lo cual abría la siguiente línea de razonamiento: todos los hospitales y centros de investigación de nivel internacional de Hungría estaban en Budapest. ¿Era posible que Sido estuviera allí?

Las manos de Bourne volaron por el teclado, buscando el acceso a la guía telefónica de Budapest en la red. Y allí encontró al doctor Peter Sido. Anotó la dirección y el número de teléfono, salió del sistema, pagó por el tiempo de conexión y se llevó el expreso doble y el bollo a la sección de cafetería, donde se sentó en un rincón, lejos de los demás clientes. Masticó el bollo mientras sacaba el móvil y marcaba el número de Sido. Le dio un sorbo al café. Al cabo de varios timbrazos, respondió una voz femenina.

—Hola —dijo Bourne con jovialidad—. ¿El señor Sido?

—¿Sí?

Colgó sin responder y engulló el resto del desayuno mientras esperaba el taxi que había pedido. Con un ojo en la puerta delantera escudriñó a todos los que entraban, no fuera a aparecer McColl o cualquier otro agente de campo que la Agencia pudiera haber enviado. Seguro de que nadie lo observaba, salió a la calle para coger el taxi. Le dio al taxista la dirección del doctor Peter Sido, y al cabo de no más de veinte minutos el taxi se detuvo delante de una pequeña casa con la fachada de piedra, un minúsculo jardín delantero y unos balcones de hierro en miniatura que sobresalían de cada una de las plantas.

Subió los escalones de piedra y llamó a la puerta. Abrió la puerta una mujer de mediana edad más bien voluminosa de ojos castaño claro y sonrisa fácil. Tenía el pelo castaño, recogido en la nuca en un moño, e iba vestida con estilo.

—¿Señora Sido? ¿La señora de Peter Sido?

—Así es. —La mujer lo miró inquisitivamente—. ¿En qué puedo ayudarlo?

—Me llamo David Schiffer.

—¿Y?

Bourne sonrió de manera encantadora.

—Soy el primo de Felix Schiffer, señora Sido.

—Lo siento —dijo la esposa de Peter Sido—, pero Felix nunca me ha hablado de usted.

Bourne estaba preparado para aquello. Se rió entre dientes.

—Eso no es nada sorprendente. ¿Sabe?, perdimos el contacto. Acabo de regresar de Australia.

—¡Australia! ¡Caramba! —La mujer se hizo a un lado—. Bueno, entre, por favor. Debe de pensar que soy una grosera.

—En absoluto —dijo Bourne—. Sólo sorprendida, como lo estaría cualquiera.

Lo hizo pasar a un pequeño salón que, aunque oscuro, estaba amueblado acogedoramente, y le pidió que se sintiera como en su casa. El aire olía a levadura y azúcar. Cuando Bourne se hubo sentado en un sillón retapizado, la señora Sido dijo:

—¿Prefiere té o café? Tengo un *stollen*. Lo he horneado esta mañana.

—*Stollen*, uno de mis dulces favoritos —dijo él—. Y el café solo irá de maravilla con el *stollen*. Gracias.

La señora Sido se rió entre dientes y se marchó a la cocina.

—¿Está seguro de que no es medio húngaro, señor Schiffer?

—Por favor, llámeme David —dijo él, levantándose y siguiéndola. No conocía los antecedentes familiares, así que pisaba terreno movedizo en lo tocante a los Schiffer—. ¿La puedo ayudar en algo?

—Vaya, gracias, David. Y usted debe llamarme Eszti. —Ella señaló una bandeja cubierta donde estaba el bizcocho—. ¿Por qué no se corta un trozo?

En la puerta del frigorífico Bourne vio, entre varias fotos familiares, una en la que aparecía una joven muy bonita sola. Se apretaba con la mano la parte superior de su gorra escocesa, y el viento agitaba su pelo largo y negro. Detrás de ellas aparecía la Torre de Londres.

—¿Su hija? —preguntó Bourne.

Eszti Sido levantó la vista y sonrió.

—Sí, Roza, la pequeña. Está en la facultad, en Londres. Cambridge —dijo con un orgullo comprensible—. Mis otras hijas (están ahí, con sus familias) están felizmente casadas las dos, a Dios gracias. Roza es la ambiciosa. —Sonrió con tristeza—. ¿Le cuento un secreto, David? Adoro a todas mis hijas, pero Roza es mi preferida... y la de Peter. Creo que él ve algo de sí mismo en ella. Le encanta la ciencia.

Varios minutos más de trajín en la cocina dieron como resultado una jarra de café y unos platos de *stollen* dispuestos en una bandeja, que Bourne transportó hasta el salón.

—Así que es primo de Felix —dijo ella cuando los dos se hubieron puestos cómodos, él en el sillón, y ella en el sofá. Entre ellos había una mesa baja sobre la que Bourne había depositado la bandeja.

—Sí, y estoy impaciente por tener noticias de Felix —dijo Bourne mientras servía el café—. Aunque, ¿sabe?, no soy capaz de encontrarlo, así que pensé que... Bueno, confiaba en que su marido pudiera echarme una mano.

—No creo que él sepa dónde está Felix. —Eszti Sido le pasó el café y un plato de *stollen*—. No es mi intención alarmarlo, David, pero de un tiempo a esta parte ha estado bastante alterado. Aunque oficialmente llevaban algún tiempo sin trabajar juntos, no hace mucho mantuvieron una correspondencia a larga distancia. —Revolvió la crema de leche en su café—. Nunca han dejado de ser buenos amigos, ¿sabe?

—Así que esa correspondencia reciente fue de carácter personal —dijo Bourne.

—No sé nada al respecto. —Eszti arrugó la frente—. Deduje que tendría algo que ver con el trabajo de ambos.

—Usted no sabría con qué, ¿verdad, Eszti? He hecho un largo viaje para encontrar a mi primo, y la verdad, estoy empezando a preocuparme un poco. Cualquier cosa que usted o su marido pudieran decirme, lo que fuera, me sería de gran ayuda.

—Por supuesto, David, lo entiendo perfectamente. —Le dio un remilgado mordisco a su *stollen*—. Me imagino que Peter se alegraría mucho de verlo. Aunque en este momento está en el trabajo.

—¿Cree que podría conseguir su número de teléfono?

—Oh, eso no le servirá de nada. Peter jamás atiende el teléfono en el trabajo. Tendrá que ir a la Clínica Eurocenter Bio-I, en la calle Hattyu, 75. Cuando llegue, primero pasará por un detector de metales, y después debe detenerse en la recepción. Debido al trabajo que hacen allí, son excepcionalmente celosos de la seguridad. Es necesario disponer de una tarjeta de identificación para acceder a su sección, blanca para las visitas, verde para los médicos internos y azul para los ayudantes y personal de servicio.

—Gracias por la información, Eszti. ¿Puedo preguntar en qué está especializado su marido?

—¿Quiere decir que Felix nunca se lo dijo?

Bourne le dio un sorbo a su delicioso café y tragó.

—Como estoy seguro que ya sabe, Felix es una persona muy reservada, y nunca me habló de su trabajo.

—Vaya si lo sé. —Eszti Sido se rió—. A Peter le pasa lo mismo, y más si tenemos en cuenta que el aterrador campo en el que está metido es igual que el suyo. Estoy segura de que si yo supiera en lo que está metido, tendría pesadillas. Es epidemiólogo, ¿sabe?

A Bourne le dio un brinco el corazón.

—Aterrador, dice. Entonces, debe de trabajar con algunos bichos asquerosos. Ántrax, peste neumónica, fiebre hemorrágica argentina...

La expresión de Eszti Sido se ensombreció.

—¡Oh, querido, querido, por favor! —Agitó una mano de dedos regordetes—. Ésas son exactamente las cosas con las que sé que trabaja Peter, pero no quiero saber nada al respecto.

—Le pido perdón. —Bourne se inclinó hacia delante y le sirvió más café, lo que ella le agradeció con evidente alivio.

Eszti se recostó en su asiento, sorbiendo el café con aire meditabundo.

—¿Sabe, David? Ahora que lo pienso, una noche, no hace mucho tiempo, Peter llegó a casa en un estado de gran excitación. Tanta, de hecho, que por una vez se olvidó de sí mismo y me comentó algo. Yo estaba haciendo la cena, y él había llegado desacostumbradamente tarde, así que tuve que hacer malabarismos con seis cosas a la vez. Estaba haciendo un asado, ya sabe, y no quería que se me pasara, así que lo había sacado, y lo volví a meter cuando Peter entró. No estaba contento consigo mismo aquella noche, se lo aseguro. —Volvió a darle un sorbo al café—. Bueno, ¿por dónde iba?

—El doctor Sido había llegado a casa muy excitado —le apuntó Bourne.

—Ah, sí, eso. —Levantó un minúsculo trozo de *stollen* entre los dedos—. Se había puesto en contacto con Felix, dijo, que había conseguido algo así como un gran avance con la... «cosa» en la que llevaba trabajando más de dos años.

Bourne tenía la boca seca. Se le hizo extraño que el destino del mundo dependiera en ese momento de una hospitalaria ama de casa con quien estaba compartiendo un café y un bizcocho casero.

—¿Le contó su marido de qué se trataba?

—¡Pues claro que sí! —dijo Eszti Sido con entusiasmo—. Por eso estaba tan inquieto. Era un difusor bioquímico, sea lo que sea eso. Según Peter, lo que tenía de tan extraordinario aquello es que era portátil. Se podía transportar en la funda de una guitarra acústica, dijo. —Su amable mirada se clavó en Bourne—. ¿No es una imagen interesante para utilizarla con relación a un chisme científico?

—Interesante, por supuesto —dijo Bourne, mientras en su cabeza encajaba desesperadamente las piezas del rompecabezas por cuya resolución casi había conseguido que lo mataran más de una vez.

Se levantó.

—Eszti, me temo que debo marcharme. Muchas gracias por su tiempo y su hospitalidad. Estaba todo delicioso, sobre todo el *stollen*.

La mujer se ruborizó y sonrió afectuosamente cuando lo vio dirigirse hacia la puerta.

—Vuelva otra vez, David, en circunstancias más alegres.

—Lo haré —le aseguró él.

Ya en la calle, Bourne se detuvo. La información de Eszti Sido confirmaba tanto sus sospechas como sus peores temores. La razón de que todo el mundo quisiera tener al doctor Schiffer en su poder era que había creado un medio portátil de dispersión de patógenos químicos y biológicos. En una gran ciudad como Nueva York o Moscú, eso implicaría miles de muertes sin que hubiera ningún medio de salvar a nadie que se encontrara dentro del radio de acción de la dispersión. Un escenario verdaderamente terrorífico, y que se convertiría en realidad a menos que pudiera encontrar al doctor Schiffer. Si alguien sabía algo, ése sería Peter Sido. El simple hecho de su agitación en los últimos tiempos confirmaba esa teoría.

No había duda de que tenía que ver al doctor Peter Sido, y cuanto antes, mejor.

—¿Se da cuenta de que está buscándose problemas? —dijo Feyd al-Saoud.

—Lo sé —contestó Jamie Hull—. Pero Boris me ha obligado a ello. Usted sabe tan bien como yo que es un hijo de puta.

—Lo primero de todo —dijo Feyd al-Saoud sin alterarse— es que, si insiste en llamarlo Boris, puede que ya no haya más que hablar. Se está condenando a una enemistad encarnizada. —Abrió las manos—. Puede que sea culpa mía, señor Hull, así que le pido que me explique por qué quiere complicar aún más una misión que ya está poniendo a prueba toda nuestra pericia en materia de seguridad.

Los dos agentes estaban inspeccionando el sistema HVAC del hotel Oskjuhlid en el que habían instalado tanto unos detectores de infrarrojos sensibles al calor como otros de movimiento. Aquella incursión era totalmente independiente de las inspecciones diarias que los tres agentes realizaban en equipo del HVAC del foro de la cumbre.

En poco más de ocho horas llegaría el primer contingente de las partes negociadoras. Doce horas después de eso los líderes harían acto de presencia, y la cumbre daría comienzo. No tenían absolutamente ningún margen de error, y eso incluía también a Boris Illych Karpov.

—¿Quiere decir que no cree que sea un hijo de puta? —dijo Hull.

Feyd al-Saoud comprobó una ramificación con el plano que parecía llevar con él en todo momento.

—La verdad, tengo otras cosas en la cabeza.

Satisfecho con la firmeza del empalme, Feyd al-Saoud siguió adelante.

—De acuerdo, vayamos al grano.

Feyd al-Saoud se volvió hacia él.

—¿Perdón?

—Lo que estaba pensando es que usted y yo formamos un buen equipo. Que nos llevamos bien. Y en lo tocante a los temas de seguridad, estamos en la misma onda.

—Lo que quiere decir es que sigo sus órdenes correctamente.

Hull pareció dolido.

—¿He dicho yo eso?

—Señor Hull, no ha tenido necesidad. Usted, como la mayoría de los estadounidenses, es bastante transparente. Si no tienen el control absoluto, o se enfurecen o se enfurruñan.

Hull sintió que el rencor lo ahogaba.

—¡No somos niños! —gritó.

—Al contrario —dijo Feyd al-Saoud con serenidad—, hay veces en que me recuerda a mi hijo de seis años.

A Hull le entraron ganas de sacar su Glock 31 calibre .357 y ponerle la boca del cañón en la cara al árabe. ¿Cómo tenía la desfachatez de hablarle de esa manera a un representante del gobierno de Estados Unidos? ¡Por el amor de Dios! Era como escupir en su bandera. Pero ¿qué beneficio obtendría de hacer una demostración de fuerza en ese momento? No. Por más que aborreciera admitirlo, tenía que adoptar otra táctica.

—Bueno, ¿qué es lo que decía? —dijo, con toda la serenidad de la que fue capaz.

A Feyd al-Saoud aquello pareció dejarlo indiferente.

—Con toda sinceridad, preferiría ver que usted y el señor Karpov resuelven sus diferencias entre los dos.

Hull negó con la cabeza.

—Eso no va a ocurrir, amigo mío, lo sabe tan bien como yo.

Por desgracia, Feyd al-Saoud lo sabía. Tanto Hull como Karpov estaban atrincherados en su mutua enemistad. Lo máximo que se podía esperar por el momento es que restringieran las hostilidades a las ocasionales y mutuas agresiones y no las intensificaran hasta convertirlas en una guerra total.

—Me parece que la mejor manera de ayudarlos a ambos es que mantenga una postura neutral —dijo entonces al-Saoud—. Si no lo hago, ¿quién va a impedir que acaben despedazándose el uno al otro?

Después de comprar todo lo que Bourne necesitaba, Annaka salió de la tienda de ropa para hombres. Cuando se dirigía hacia el barrio de los teatros, vio un movimiento detrás de ella reflejado en el escaparate de la tienda. No titubeó y ni siquiera acortó la zancada, aunque sí que redujo el paso lo suficiente para que mientras paseaba pudiera confirmar que la estaban siguiendo. Con toda la naturalidad de la que fue capaz cruzó la calle y se detuvo delante de un escaparate. Allí reconoció la imagen de Kevin McColl mientras cruzaba la calle detrás de ella, dirigiéndose de manera evidente hacia un café situado en la esquina de la manzana. Annaka sabía que tenía que despistarlo antes de llegar a la zona de las tiendas de maquillaje teatral.

Asegurándose de que no pudiera verla, sacó el móvil y marcó el número de Bourne.

—Jason —dijo en voz baja—. McColl me ha localizado.

—¿Dónde estás ahora? —preguntó él.

—Al principio de la calle Váci.

—No estoy lejos.

—Creía que no ibas a salir del hotel. ¿Qué has estado haciendo?

—He encontrado una pista —dijo él.

—¿De verdad? —El corazón de Annaka se aceleró. ¿Había encontrado a Stepan?—. ¿De qué se trata?

—Primero tenemos que encargarnos de McColl. Quiero que vayas al número 75 de la calle Hattyu. Espérame en la recepción.

Siguió hablando, mientras le daba los detalles de lo que ella tenía que hacer.

Annaka escuchó con atención, y luego dijo:

—Jason, ¿estás seguro de que puedes hacer esto?

—Limítate a hacer lo que te digo —dijo con dureza—, y todo irá bien.

Ella cortó la comunicación y llamó a un taxi. Cuando éste se acercó, Annaka se subió y dio al taxista la dirección que Bourne le había hecho repetir. Al arrancar, miró por todas partes, pero no vio a McColl, aunque estaba segura de que la había estado siguiendo. Al cabo de un rato, un destartalado Opel de color verde oscuro se abrió camino entre el tráfico hasta colocarse detrás del taxi. Annaka, atisbando por el retrovisor del taxista, reconoció a la descomunal figura situada detrás del volante del Opel, y sus labios se curvaron en una enigmática sonrisa. Kevin McColl había mordido el anzuelo; eso era bueno, siempre que el plan de Bourne funcionara.

Stepan Spalko, que acababa de llegar a la sede de Humanistas Ltd., en Budapest, estaba controlando el tráfico en clave de los servicios de espionaje de todo el mundo en busca de noticias sobre la cumbre cuando sonó su móvil.

—¿Qué pasa? —dijo lacónicamente.

—Me dirijo al encuentro de Bourne en el 75 de la calle Hattyu —dijo Annaka.

Spalko se volvió y se alejó de las terminales donde sus técnicos realizaban el trabajo de desciframiento.

—Te ha enviado a la Clínica Eurocenter Bio-I —dijo—. Se ha enterado de la existencia de Peter Sido.

—Me dijo que había encontrado una nueva y fascinante pista, pero no me dijo de qué se trataba.

—Ese hombre es incansable —dijo Spalko—. Me ocuparé de Sido, pero no puedes permitir que Bourne se acerque a su oficina bajo ningún concepto.

—Ya lo he entendido —dijo Annaka—. En cualquier caso, la atención de Bourne va a estar centrada en un agente de la CIA que le pisa los talones.

—No quiero que Bourne muera, Annaka. Vivo es demasiado valioso para mí..., al menos por el momento. —Spalko repasó todas las posibilidades, y las desechó una a una hasta llegar a la conclusión deseada—. Déjame a mí todo lo demás.

Annaka asintió con la cabeza en el interior del taxi, que avanzaba con rapidez.

—Puedes confiar en mí, Stepan.

—Ya lo sé.

Annaka miró por la ventanilla el Budapest que iba quedando a sus espaldas.

—Nunca te he dado las gracias por matar a mi padre.

—Fue un placer largamente esperado.

—Jan cree que estoy furiosa porque no lo hice yo misma.

—¿Y es cierto?

Había lágrimas en los ojos de Annaka, quien se las limpió con cierto enfado.

—Era mi padre, Stepan. Da igual lo que hubiera hecho... Seguía siendo mi padre. Él me crió.

—Pobre, Annaka. Nunca supo realmente cómo ser un padre para ti.

Ella pensó en las mentiras que le había contado a Bourne sin el menor reparo, las mentiras sobre aquella infancia idealizada que tanto habría deseado tener. Su padre jamás le había leído cuentos por la noche ni le había cambiado los pañales. No había asistido a las fiestas de fin de curso ni una sola vez, y siempre había dado la sensación de que estaba lejos. En cuanto a sus cumpleaños, nunca se acordaba de ellos. Otra lágrima, escapando a su vigilancia, le resbaló por la mejilla y, cuando llegó a la comisura de la boca, su sal se le antojó la amargura de aquel recuerdo.

Movió bruscamente la cabeza.

—Según parece, un hijo nunca puede condenar del todo a su padre.

—Yo lo hice.

—Eso fue diferente —dijo ella—. Y en cualquier caso, sé lo que sentías por mi madre.

—Sí, la quería. —A Spalko le vino a la cabeza la imagen de Sasa Vadas: los ojos grandes y luminosos, la aterciopelada piel y el arco completo de su boca cuando aquella insinuante sonrisa le acercaba a uno a su corazón—. Era absolutamente única, una criatura especial, una princesa, como sugería su nombre.

—Era tan familia tuya como mía —dijo Annaka—. Sabía calarle a uno, Stepan. En su fuero interno se daba cuenta de las tragedias que te afectaban sin que hubiera necesidad de decir una palabra.

—Esperé mucho tiempo para vengarme de tu padre, Annaka, pero nunca lo habría hecho si no hubiera sabido que también era lo que tú querías.

Annaka se rió, esta vez totalmente para sus adentros. El breve revolcón sentimental en el que había caído la asqueaba.

—No esperarás que me crea eso, ¿verdad, Stepan?

—Bueno, Annaka...

—No te olvides de a quién estás intentando engañar. Te conozco; lo mataste porque convenía a tus propósitos. Y estabas en lo cierto, le habría contado todo a Bourne, y a Bourne le habría faltado tiempo para ir a por ti con todo lo que tenía. El que yo también quisiera la muerte de mi padre no fue más que una mera coincidencia.

—Ahora estás subestimando lo importante que eres para mí.

—Eso puede ser o no verdad, Stepan, pero no me importa. No

sabría cómo establecer un vínculo sentimental ni aunque quisiera intentarlo.

Martin Lindros presentó sus documentos oficiales a Randy Driver, director del Consejo de Armas Tácticas No Letales, en persona. Driver, que estaba mirando fijamente a Lindros como si tuviera alguna posibilidad de intimidarlo, cogió los documentos sin hacer ningún comentario y los dejó caer sobre su mesa.

Estaba parado como lo estaría un marine, la espalda recta, el estómago metido, los músculos en tensión, como si estuviera a punto de entrar en combate. Los ojos azules, muy juntos, casi parecían bizquear, tal era su estado de concentración. Un ligero olor a antiséptico flotaba en el despacho de metales blancos, como si se hubiera dignado a fumigar el lugar previendo la llegada de Lindros.

—Veo que ha estado ocupado como un pequeño castor desde la última vez que nos vimos —dijo, sin mirar a nadie en particular. Al parecer se había dado cuenta de que no podría intimidar a Lindros simplemente con la mirada. Estaba pasando a la intimidación verbal.

—Yo siempre estoy ocupado —dijo Lindros—. Usted sólo me ha hecho perder el tiempo.

—No sabe cuánto me alegra oír eso. —La cara de Driver casi chirrió a causa de la tensión de su sonrisa.

Lindros cambió el peso corporal de un pie al otro.

—¿Por qué me ve como al enemigo?

—Tal vez porque sea el enemigo. —Driver se sentó finalmente detrás de su mesa de cristal ahumado y acero inoxidable—. ¿Cómo llamaría si no a alguien que entra aquí queriendo excavar en mi jardín trasero?

—Sólo estoy investigando...

—¡No me venga con esa chorrada, Lindros! —Driver se había levantado de un salto, con la cara lívida—. ¡Puedo oler a un inquisidor a cien metros! Usted es el sabueso del Gran Jefazo. No me engaña. Esto no tiene nada que ver con el asesinato de Alex Conklin.

—¿Y por qué piensa eso?

—¡Porque esta investigación tiene que ver conmigo!

En ese momento Lindros sintió un verdadero interés. Consciente de la oportunidad que Driver le había dado, se aferró a ella con una sonrisa de complicidad.

—Bueno, ¿y por qué habríamos de querer investigarlo, Randy?

Había escogido sus palabras con cuidado, utilizando el «habríamos» para hacerle saber que estaba actuando con toda la fuerza del DCI a sus espaldas, y el nombre de pila para ponerlo nervioso.

—¡Ya sabe por qué, maldita sea! —vociferó Driver cayendo en la trampa que le había tendido Lindros—. Tenía que saberlo la primera vez que entró aquí tan tranquilo. Lo vi en su cara cuando pidió hablar con Felix Schiffer.

—Quería darle la oportunidad de confesar antes de que fuera a hablar con el DCI. —Lindros se estaba divirtiendo mientras seguía el derrotero que había trazado Driver, aunque no tenía ni idea de adónde llevaba. Por otro lado, debía tener cuidado. Un movimiento en falso por su parte, un error, y Driver se daría cuenta de su ignorancia, y entonces probablemente se cerraría en banda, esperando a que lo asesorara su abogado—. Y todavía no es demasiado tarde para que lo haga.

Driver lo miró fijamente un rato antes de apretarse el pulpejo de la mano contra la sudorosa frente. Sufrió un pequeño bajón antes de volver a dejarse caer en su sillón de malla.

—¡Dios todopoderoso, qué lío! —masculló.

Como si en ese momento hubiera recibido un demoledor golpe en el cuerpo, se desinfló. Miró los grabados de Rothko que colgaban de la pared como si fueran unas puertas por las que pudiera huir. Por fin, resignado de una vez por todas a su suerte, dejó que su mirada volviera al hombre que estaba parado pacientemente delante de él.

Le hizo una seña.

—Siéntese, director adjunto. —Su voz era triste. Cuando Lindros se hubo sentado, dijo—: Todo empezó con Alex Conklin. Bueno, casi siempre empezaba todo con Alex, ¿no es así? —Suspiró, como si de repente lo invadiera la nostalgia—. Hace casi dos años Alex vino a verme con una propuesta. Se había hecho amigo de un científico de la DARPA; el que se conocieran fue algo casual, aunque a decir verdad, Alex tenía relaciones con tanta gente que dudo que hubiera algo en su vida que fuera casual. Imagino que ya ha deducido que el científico en cuestión era Felix Schiffer.

Se interrumpió durante un rato.

—Me muero por fumar un puro. ¿Le importa?

—Que lo disfrute —dijo Lindros. Eso explicaba el olor: ambientador. En aquel edificio, al igual que en todas las instalaciones oficiales, se suponía que no se podía fumar.

—¿Le apetece acompañarme? —preguntó Driver—. Fueron un regalo de Alex.

Cuando Lindros declinó la invitación, Driver abrió un cajón, sacó un puro de un humidificador y llevó a cabo todo el complejo ritual de encenderlo. Lindros lo entendió; estaba calmando sus nervios. Olfateó la primera bocanada de humo azul que quedó flotando por el despacho. Era cubano.

—Alex vino a verme —prosiguió Driver—. No, eso no es del todo exacto. Me llevó a cenar. Entonces me contó que había conocido a aquel tipo que trabajaba en la DARPA. Felix Schiffer. Odiaba al tipo de militares que había allí, y quería marcharse. ¿Estaría dispuesto a ayudar a su amigo?

—Y usted aceptó como si tal cosa —dijo Lindros.

—Por supuesto que sí. El general Baker, el jefe de la DARPA, nos había robado a uno de nuestros chicos el año anterior. —Driver le dio una calada a su puro—. Donde las dan, las toman. No dejé pasar la oportunidad de joder a ese imbécil neuras de Baker.

Lindros se movió en su asiento.

—Y cuando Conklin acudió a usted, ¿le dijo en lo que estaba trabajando Schiffer en la DARPA?

—Claro. El campo de Schiffer consistía en controlar las partículas aéreas. Estaba trabajando en algunos métodos para limpiar los interiores infectados con patógenos biológicos.

Lindros se incorporó en la silla.

—¿Cómo el ántrax?

Driver asintió con la cabeza.

—Así es.

—¿Hasta dónde había llegado?

—¿En la DARPA? —Driver se encogió de hombros—. Nunca lo supe.

—Pero sin duda alguna, recibiría informes actualizados de su labor después de que viniera a trabajar para usted.

Driver lo miró con hostilidad, y luego pulsó algunas teclas en su terminal del ordenador. Giró la pantalla para que Lindros pudiera verla.

Lindros se inclinó hacia delante.

—Esto es un galimatías para mí, yo no soy científico.

Driver se quedó mirando fijamente el extremo de su puro como si entonces, llegado el momento de la verdad, no fuera capaz de obligarse a mirar a Lindros.

—Es que es un galimatías, más o menos.

Lindros se quedó inmóvil.

—¿A qué demonios se refiere?

Driver seguía mirando con fascinación el extremo de su puro.

—Schiffer no podía haber estado trabajando en eso, porque no tiene ninguna lógica.

Lindros meneó la cabeza.

—No lo entiendo.

Driver suspiró.

—Es posible que Schiffer no fuera ningún experto en partículas.

Lindros, que había empezado a sentir que se le estaba formando una pelota de hielo en el estómago, dijo:

—Hay otra posibilidad, ¿verdad?

—Bueno, sí, ya que lo menciona. —Driver se pasó la lengua por los labios—. Es posible que Schiffer estuviera trabajando en alguna otra cosa completamente diferente de la que no quería que supiéramos ni la DARPA ni nosotros.

Lindros parecía perplejo.

—¿Y por qué no le ha preguntado al doctor Schiffer por ella?

—Me encantaría hacerlo —dijo Driver—. El problema es que no sé dónde está Felix Schiffer.

—Si no lo sabe usted —dijo Lindros enojado—, ¿quién demonios lo sabe?

—Alex era el único que lo sabía.

—¡De puta madre! ¡Alex Conklin está muerto! —Lindros se levantó e, inclinándose hacia delante, le arrancó el puro de la boca a

Driver de un manotazo—. Randy, ¿cuánto tiempo hace que ha desaparecido el doctor Schiffer?

David cerró los ojos.

—Seis semanas.

Entonces Lindros comprendió. Ésa había sido la razón por la que Driver se había mostrado tan hostil cuando fue a verlo la primera vez; le aterrorizaba que la Agencia tuviera sospechas de la descomunal brecha abierta en su seguridad. Entonces dijo:

—¿Cómo diablos permitió que ocurriera esto?

La mirada azul de Driver se posó en él durante un instante.

—Fue cosa de Alex. Confié en él. ¿Y por qué no habría de hacerlo? Lo conocía hace años. ¡Joder, pero si era una leyenda viva de la Agencia! Y ¿qué se le ocurre hacer entonces? Va y hace desaparecer a Schiffer.

Driver se quedó mirando fijamente el puro sobre el suelo como si se hubiera convertido en un objeto maligno.

—Me utilizó, Lindros, jugó conmigo como con una marioneta. No quería que Schiffer trabajara en la Junta, ni quería que lo tuviéramos en la Agencia. Sólo quería alejarlo de la DARPA para hacerlo desaparecer.

—Pero ¿por qué? —preguntó Lindros—. ¿Por qué haría eso?

—No lo sé. Ojalá lo supiera.

El dolor que reflejaba la voz de Driver era palpable, y, por primera vez desde que se conocieran, Lindros sintió pena por él. Todo lo que había oído sobre Alexander Conklin había resultado ser verdad. Era un maestro de la manipulación, el guardián de todos los secretos oscuros, el agente que no confiaba en nadie..., en nadie excepto en Jason Bourne, su protegido. Fugazmente se preguntó qué efecto iba a tener aquel giro de los acontecimientos en el DCI. Conklin y él eran amigos íntimos desde hacía décadas; se habían hecho mayores en la Agencia; ésa era su vida. Se habían apoyado el uno en el otro, confiando mutuamente, y en ese momento llegaba aquel golpe implacable. Conklin había violado prácticamente todos los protocolos de la Agencia para conseguir lo que quería: al doctor Felix Schiffer. No sólo había jodido a Randy Driver, sino a la propia Agencia. Lindros se preguntó cómo iba a proteger al Gran Jefazo de aquella noticia. Pero, mientras pensaba en eso, supo que tenía un problema aún más acuciante que resolver.

—Está claro que Conklin sabía en qué estaba trabajando realmente Schiffer, y que lo quería —dijo Lindros—. Pero ¿de qué demonios se trataba?

Driver lo miró con impotencia.

Stepan Spalko se encontraba en el centro de la plaza Kapisztrán, a poca distancia de la limusina que lo esperaba. Por encima de él se elevaba la torre de María Magdalena, lo único que quedaba de la iglesia franciscana del siglo XIII, cuya nave, coro y presbiterio fueron destruidos por las bombas nazis durante la segunda guerra mundial. Mientras esperaba, una ráfaga de aire frío le levantó el dobladillo de su abrigo negro y le acarició la piel.

Spalko miró su reloj. Sido se retrasaba. Hacía mucho tiempo que se había acostumbrado a no preocuparse, pero la importancia de aquel encuentro era tal que no pudo evitar sentir una punzada de angustia. En lo alto de la torre, el carillón de veinticuatro piezas dio los cuartos. Sido se estaba retrasando mucho.

Spalko, observando el ir y venir de la multitud, estaba a punto de romper el protocolo y llamar a Sido al móvil que le había dado, cuando vio al científico avanzar a toda prisa hacia él desde el otro lado de la torre. Transportaba algo que parecía el maletín del muestrario de un joyero.

—Llegas tarde —dijo Spalko de manera cortante.

—Lo sé, pero no he podido evitarlo. —El doctor Sido se limpió la frente con la manga del abrigo—. Tuve problemas para sacar la pieza del almacén. Había empleados dentro, y tuve que esperar hasta que el cuarto frío estuviera vacío para no levantar...

—¡Aquí no, doctor!

Spalko, que sintió ganas de atizarle por hablar de sus negocios en público, cogió a Sido del codo con firmeza y lo metió casi a la fuerza en la solitaria sombra proyectada por la impotente torre barroca de piedra.

—Te has olvidado de vigilar tu lengua cuando hay extraños cerca,

Peter —dijo Spalko—. Tú y yo formamos un grupo de élite. Ya te lo he dicho.

—Lo sé —respondió Sido con nerviosismo—, pero me resulta difícil...

—Pero no te resulta difícil coger mi dinero, ¿verdad?

Sido apartó la mirada.

—Aquí está el producto —dijo el científico—. Todo lo que me pediste y más. —Le alargó el estuche—. Pero acabemos con esto rápidamente. Tengo que volver al laboratorio. Cuando me llamaste estaba en medio de un cálculo químico crucial.

Spalko apartó la mano de Sido.

—Consérvalo tú, Peter, al menos durante algún tiempo más.

Las gafas de Sido brillaron.

—Pero dijiste que lo necesitabas ya, inmediatamente. Como te dije, una vez puesto en el estuche portátil, el material se mantiene vivo sólo durante cuarenta y ocho horas.

—No lo he olvidado.

—Stepan, no sé qué hacer. He corrido un gran riesgo al sacar esto de la clínica en horas de trabajo. Ahora debo volver o...

Spalko sonrió, al tiempo que aferraba el codo de Sido con más fuerza.

—No vas a volver, Peter.

—¿Qué?

—Te pido disculpas por no habértelo mencionado antes, pero, bueno, por la cantidad de dinero que te estoy pagando, quiero algo más que el producto. Te quiero a ti.

El doctor Sido meneó la cabeza.

—Pero eso es absolutamente imposible. ¡Lo sabes!

—No hay nada imposible, Peter. Lo sabes.

—Bueno, ya está bien —dijo el doctor Sido con firmeza.

Con una sonrisa encantadora, Spalko sacó una foto del interior de su abrigo.

—¿Cómo es eso que dicen acerca del valor de una imagen? —dijo, entregándosela.

El doctor Sido miró fijamente la foto y tragó saliva convulsivamente.

—¿De dónde has sacado esta foto de mi hija?

Spalko mantuvo la sonrisa en los labios con firmeza.

—La sacó uno de mis hombres, Peter. Mira la fecha.

—La hicieron ayer.

Un repentino arrebato se apoderó de Sido, quien hizo la foto pedazos.

—Hoy día uno puede hacer cualquier cosa con una imagen fotográfica —dijo impávidamente.

—Gran verdad —dijo Spalko—. Pero te aseguro que ésta no está trucada.

—¡Mentiroso! ¡Me largo! —dijo el doctor Sido—. Suéltame.

Spalko hizo lo que el doctor le pedía, pero cuando Sido empezó a alejarse, dijo:

—¿No te gustaría hablar con Roza, Peter? —Le alargó un móvil—. Quiero decir ahora mismo.

El doctor Sido se paró en seco. Luego se volvió hacia Spalko. La rabia y un miedo mal disimulado le ensombrecían el rostro.

—Dijiste que eras amigo de Felix; pensé que también eras amigo mío.

Spalko aún le ofrecía el teléfono.

—A Roza le gustaría hablar contigo. Y si ahora te vas... —Se encogió de hombros. Su silencio era una amenaza.

Sido volvió con lentitud, pesadamente. Cogió el móvil con la mano libre y se lo llevó a la oreja. Descubrió entonces que el corazón le latía con tanta fuerza que apenas podía pensar.

—¿Roza?

—¿Papá? ¡Papá! ¿Dónde estoy? ¿Qué está pasando?

El pánico contenido en la voz de su hija hizo que el terror atravesara a Sido como una lanza. No recordaba haber sentido nunca tanto miedo.

—Cariño, ¿qué ha sucedido?

—Unos hombres entraron en mi habitación, y me cogieron, y no sé dónde estoy, porque me taparon la cabeza con un capuchón, y...

—Es suficiente —dijo Spalko, cogiendo el teléfono de los dedos temblorosos de Sido. Cortó la comunicación y se guardó el móvil.

—¿Qué le has hecho? —La voz de Sido tembló por la intensidad de las emociones que lo abrumaban.

—Todavía nada —dijo Spalko con tranquilidad—. Y no le ocurrirá nada, Peter, siempre que me obedezcas.

El doctor Sido tragó saliva, mientras Spalko volvía a tenerlo bajo su poder.

—¿A-adónde vamos?

—Nos vamos de viaje —dijo Spalko, guiando al doctor hacia la limusina que esperaba—. Considéralo unas vacaciones, Peter. Unas bien ganadas vacaciones.

24

La Clínica Eurocenter Bio-I estaba instalada en un moderno edificio de piedra de color gris plomo. Bourne entró con los andares rápidos y autoritarios de alguien que supiera adónde se dirigía y por qué.

El interior de la clínica tenía la impronta del dinero, de muchísimo dinero. El vestíbulo estaba forrado de mármol. Entre las columnas de aspecto clásico se intercalaban unas estatuas de bronce. A lo largo de las paredes se abrían unos nichos arqueados que contenían los bustos de los semidioses de la historia de la biología, la química, la microbiología y la epidemiología. El horrible detector de metales resultaba especialmente ofensivo a la vista en medio de aquel escenario tranquilo y adinerado. Más allá de la escueta estructura había un alto mostrador tras el cual se sentaban tres ordenanzas de aspecto atribulado.

Bourne atravesó el detector de metales sin incidentes; su pistola de cerámica pasó totalmente inadvertida. En la recepción, Bourne mostró una actitud apremiante.

—Soy Alexander Conklin, y quiero ver al doctor Peter Sido —dijo, con tal convicción que parecía una orden.

—Identifíquese, por favor, señor Conklin —dijo una de las tres ordenanzas, reaccionando con rapidez de manera inconsciente.

Bourne entregó su pasaporte falso, al que la ordenanza le echó un vistazo, mirando a la cara a Bourne sólo lo suficiente para realizar una confirmación visual antes de devolvérselo a Bourne. La empleada le entregó una etiqueta blanca de plástico.

—Por favor, llévela siempre a la vista, señor Conklin.

El tono y la conducta de Bourne fueron tales que la mujer no le preguntó si Sido lo estaba esperando, pues daba por supuesto que el «señor Conklin» tenía una entrevista con el doctor Sido. Le dio las pertinentes indicaciones al nuevo visitante, y Bourne se puso en marcha.

«Exigen llevar una identificación especial para entrar en su sección, blanca para las visitas, verde para los médicos internos y azul para los administrativos y el personal de los servicios», le había dicho

Eszti Sido, así que la tarea inmediata consistía en encontrar a un posible miembro del personal.

Camino del ala de Epidemiología, adelantó a cuatro hombres, ninguno de los cuales respondía al biotipo adecuado. Necesitaba a alguien que fuera más o menos de su tamaño. Por el camino probó a abrir todas las puertas que no estuvieran señaladas como oficinas o laboratorios, buscando almacenes y similares, lugares que el personal médico no visitara con mucha frecuencia. No le preocupaba encontrarse con los miembros del servicio de limpieza, puesto que lo más probable es que no aparecieran hasta la noche.

Al final vio a un hombre con una bata blanca de laboratorio de más o menos su altura y peso que se dirigía hacia él. Llevaba una tarjeta de identificación que indicaba que era el doctor Lenz Morintz.

—Perdóneme, doctor Morintz —dijo Bourne con una sonrisa desdeñosa—. Me pregunto si podría indicarme cómo se va al ala de Microbiología. Me parece que me he perdido.

—Por supuesto que se ha perdido —dijo el doctor Morintz—. Se está dirigiendo al ala de Epidemiología.

—¡Vaya por Dios! —dijo Bourne—. Voy a tener que darme la vuelta.

—No se preocupe —dijo el doctor Morintz—. Esto es todo lo que tiene que hacer.

Cuando se volvió para indicar a Bourne la dirección correcta, éste le golpeó con el canto de la mano, y el bacteriólogo se desplomó. Bourne lo atrapó antes de que pudiera golpearse contra el suelo. Lo enderezó todo lo que pudo, cargó con él y, medio arrastrándolo, lo metió en el almacén más cercano, sin hacer caso del punzante dolor que sentía en sus costillas rotas.

Una vez dentro, Bourne encendió la luz, se quitó la chaqueta y la escondió en un rincón. Luego, despojó al doctor Morintz de su bata e identificación. Con algo de esparadrapo le ató las manos a la espalda, le sujetó los pies con fuerza y con un último trozo le tapó la boca. A continuación arrastró el cuerpo hasta un rincón, y lo escondió detrás de un par de cartones grandes. Regresó a la puerta, apagó la luz y salió al pasillo.

* * *

Después de llegar a la Clínica Eurocenter Bio-I, Annaka permaneció sentada en el taxi durante un rato mientras el taxímetro corría. Stepan le había dejado meridianamente claro que estaban entrando en la última fase de la misión. Fueran cuales fuesen las decisiones que tomaran y los movimientos que hicieran, resultarían de una importancia trascendental. A esas alturas cualquier error podía conducir al desastre. Bourne o Jan. Ella no sabía cuál de los dos era un imponderable mayor, cuál de los dos era más peligroso. De los dos, Bourne era el más equilibrado, pero Jan carecía de escrúpulos. Su parecido con ella era una ironía que no se podía permitir ignorar.

Y sin embargo, en los últimos tiempos se le había ocurrido que había más diferencias de lo que ella había imaginado otrora. Para empezar, Jan no había sido capaz de matar a Jason Bourne, a pesar de su tan cacareado deseo de hacerlo. Y luego, lo que había sido igual de sorprendente, había tenido aquel lapsus en el Skoda, cuando se había inclinado para besarla en la nuca. Desde que se había alejado de él, Annaka se había estado preguntando si lo que Jan sintiera había sido sincero. En ese momento ya lo sabía. Jan podía sentir; si tenía el estímulo suficiente, podía establecer lazos sentimentales. A decir verdad, jamás lo habría esperado de él, al menos con su historial.

—¿Señorita? —La pregunta del taxista irrumpió en los pensamientos de Annaka—. ¿Se va a reunir con alguien aquí, o quiere que la lleve a alguna otra parte?

Annaka se inclinó hacia delante, apretando un fajo de billetes en la mano.

—Aquí está bien.

Siguió sin moverse, pero miró hacia todas partes, preguntándose dónde estaría Kevin McColl. Para Stepan era muy fácil quedarse sentado a salvo en su despacho de Humanistas y decirle que no se preocupara por el agente de la CIA, pero ella estaba sobre el terreno con un peligroso y competente asesino y con un hombre gravemente herido a quien estaba decidido a matar. Cuando las balas empezaran a volar, sería ella quien estuviera en la línea de fuego.

Por fin salió del taxi; antes de que pudiera evitarlo, su inquietud hizo que mirara a un lado y a otro de la manzana buscando el destartalado Opel verde, y, con un gruñido de irritación, cruzó la puerta delantera de la clínica.

En el interior todo estaba tal y como Bourne se lo había descrito. Annaka no tenía muy claro de dónde había sacado Bourne la información con semejante rapidez. Hubo de admitir que aquel hombre poseía una notable habilidad para conseguir información.

Tras pasar por el detector de metales, la hicieron detenerse al otro lado y le pidieron que abriera el bolso para que el agente registrara su contenido. Siguiendo las instrucciones de Bourne al pie de la letra, se acercó al alto mostrador de mármol y sonrió a una de las tres ordenanzas, que levantó la vista el tiempo suficiente para constatar su presencia.

—Me llamo Annaka Vadas —dijo—. Estoy esperando a un amigo.

La ordenanza asintió y volvió a su trabajo. Las otras dos o hablaban por teléfono o introducían datos en una terminal informática. Sonó otro teléfono, y la mujer a la que había sonreído Annaka cogió el auricular, habló por él un rato y, para su sorpresa, le hizo un gesto para que se acercara.

Cuando Annaka se aproximó al mostrador, la ordenanza dijo:

—Señorita Vadas, el doctor Morintz la está esperando. —Echó un rápido vistazo al carné de conducir de Annaka y le entregó una tarjeta de identificación blanca—. Por favor, llévela siempre a la vista, señorita Vadas. El doctor la está esperando en su laboratorio.

La mujer le indicó el camino, y Annaka, absolutamente perpleja, siguió sus indicaciones y avanzó por un pasillo. En el primer cruce, dobló a la izquierda y se dio de bruces contra un hombre con una bata blanca de laboratorio.

—¡Oh, perdóneme! ¿Qué...? —Levantó la vista y vio la cara de Jason Bourne. En la bata llevaba prendida una tarjeta de identificación de plástico verde con el nombre del doctor Lenz Morintz impreso en ella, y se echó a reír—. Oh, ya veo, es un placer conocerlo, doctor Morintz. —Annaka miró con ojos de miope—. Aunque no se parece mucho a su foto.

—Ya sabe cómo son esas cámaras baratas —dijo Bourne, cogiéndola por el codo y haciéndola dirigirse de nuevo hasta la esquina que acababa de doblar—. Nunca te hacen justicia. —Atisbando por la esquina, dijo—: Aquí viene la CIA, según lo programado.

Annaka vio a Kevin McColl, que estaba enseñando sus credenciales a uno de los ordenanzas.

—¿Cómo ha conseguido pasar su pistola por el detector de metales? —preguntó ella.

—No lo ha hecho —dijo Bourne—. ¿Por qué crees que te hice venir aquí?

Muy a su pesar, Annaka lo miró con admiración.

—Una trampa. McColl ha venido aquí desarmado.

Era realmente inteligente, y cuando Annaka se dio cuenta sintió una chispa de preocupación. Esperaba que Stepan supiera lo que estaba haciendo.

—Escucha, he descubierto que el ex compañero de Schiffer, Peter Sido, trabaja aquí. Si alguien sabe dónde está Schiffer, ése es Sido. Tenemos que hablar con él, pero primero tenemos que ocuparnos de McColl de una vez por todas. ¿Estás lista?

Annaka echó un segundo vistazo a McColl y, con un estremecimiento, asintió con la cabeza.

Jan había utilizado un taxi para seguir al destartalado Opel verde; no había querido utilizar el Skoda de alquiler por si hubiera sido identificado. Esperó a que Kevin McColl se metiera en una plaza de aparcamiento, hizo que el taxi pasara de largo y, cuando el agente de la CIA salió de su Opel, pagó al conductor y empezó a seguirle a pie.

La noche anterior, mientras seguía a McColl desde casa de Annaka, había llamado a Ethan Hearn y le había dado la matrícula del Opel verde. Al cabo de una hora Hearn le había conseguido la calle y el número que McColl había utilizado para alquilar el coche. Haciéndose pasar por agente de la Interpol, le había sacado a un empleado debidamente intimidado el nombre y la dirección de McColl en Estados Unidos. Éste no había dejado una dirección local, pero al final, con la arrogancia típica de los estadounidenses, había utilizado su verdadero nombre. A partir de ahí, a Jan le había resultado fácil llamar a otro número, éste de Berlín, donde uno de sus contactos había introducido el nombre de McColl en su base de datos y le había salido la CIA.

Por delante de él, McColl dobló la esquina de la calle Hattyu y entró en el número 75, un edificio de piedra gris que guardaba más de un parecido con una fortaleza medieval. Fue una suerte para Jan que esperase un momento, como era su costumbre, porque en ese preciso instante McColl volvió a salir rápidamente del edificio. Jan lo observó con curiosidad dirigirse a una papelera. Después de mirar a un lado y a otro para asegurarse de que nadie le prestaba atención, McColl sacó su pistola y la colocó rápida y cuidadosamente dentro de la papelera.

Jan esperó a que McColl hubiera entrado de nuevo para seguir adelante, cruzando la puerta de acero y cristal que accedía al vestíbulo. Desde allí, observó a McColl enseñando a diestro y siniestro sus credenciales de la Agencia. Cuando vio el detector de metales, Jan cayó en la cuenta de por qué McColl se había deshecho de su arma. ¿Era una coincidencia o Bourne le había tendido una trampa? Era lo que Jan habría hecho.

Cuando McColl consiguió su tarjeta de identificación y empezó a caminar por el pasillo, Jan pasó por el detector de metales y enseñó la identificación de la Interpol que había recogido en París. Aquello, como era de esperar, alarmó a la ordenanza —sobre todo después de haber visto al hombre de la Agencia—, que se preguntó en voz alta si no debería de alertar a la seguridad de la clínica o llamar a la policía, pero Jan la tranquilizó asegurándole que ambos trabajaban en el mismo caso y que sólo estaban allí para realizar un interrogatorio. Cualquier alteración de aquel proceso, le advirtió con dureza, no conduciría más que a complicaciones imprevistas, lo cual, estaba seguro, era algo que ella no deseaba. Todavía algo nerviosa, la mujer asintió con la cabeza y le hizo señas para que pasara.

Kevin McColl vio a Annaka Vadas por delante él, y supo que Bourne tenía que estar cerca. Estaba seguro de que ella no le había reconocido, pero en cualquier caso toqueteó el pequeño cuadrado de plástico que llevaba sujeto a la correa del reloj y en cuyo interior había un trozo de nailon enrollado en un minúsculo carrete escondido en el armazón de plástico. Habría preferido ejecutar la sanción impuesta a Bourne con una pistola, porque era un sistema rápido y limpio. El cuerpo humano, por fuerte que fuera, no podía vencer a una bala en el corazón, los pulmones o el cerebro. Había otros métodos que requerían la sorpresa y la fuerza bruta. La presencia del detector de metales le estaba obligando a utilizarlos, pero requerían más tiempo y casi siempre eran desagradables. Era consciente de que corría más riesgos, y además existía la posibilidad de que también tuviera que matar a Annaka Vadas. La sola idea le provocó una punzada de arrepentimiento. Era una mujer guapa y excitante; matar tanta belleza iba en contra de sus principios.

Entonces la vio. Estaba del todo seguro de que acudía al encuentro de Jason Bourne. No se le ocurría ningún otro motivo para que ella estuviera allí. McColl contuvo el paso, y le dio un golpecito al pequeño cuadrado de plástico colocado contra la cara interna de su muñeca, mientras esperaba su oportunidad.

Desde su posición dentro del cuarto de suministros, Bourne la vio pasar de largo. Annaka sabía con exactitud dónde se encontraba él, pero, dicho sea en su honor, no giró ni un ápice la cabeza cuando pasó junto al ventajoso puesto de observación de Bourne. El fino oído de éste percibió los pasos de McColl antes incluso de que apareciera a la vista. Todo el mundo tenía una manera de caminar, unos andares que, a menos que fueran alterados de manera deliberada, resultaban inconfundibles. Los de McColl eran pesados y consistentes, intimidantes, sin duda el modo de andar de un cazador profesional.

Como bien sabía Bourne, lo primordial en aquel momento era la sincronización. Si se movía con demasiada rapidez, McColl lo vería y reaccionaría, con lo que eliminaría el elemento sorpresa. Si esperaba demasiado, se vería obligado a dar un par de pasos para agarrarlo, y se arriesgaría a que McColl lo oyera. Pero Bourne había medido la zancada de McColl, así que podría anticiparse con exactitud cuando el asesino de la CIA estuviera en el lugar exacto. Expulsó de la mente los dolores y achaques de su cuerpo, en especial los de las costillas rotas. No tenía ni idea de la desventaja en que éstas le colocarían, pero tenía que confiar en el triple vendaje que el doctor Ambrus había utilizado para protegerlas.

Entonces vio a Kevin McColl, grande y peligroso. En cuanto el agente pasó por la puerta parcialmente abierta del cuarto de suministros, Bourne salió de un salto y descargó un tremendo golpe con las dos manos en el riñón derecho de McColl. El cuerpo del agente cayó hacia Bourne, quien lo agarró y empezó a arrastrarlo hacia el interior del cuarto de suministros.

Pero McColl se revolvió y, con una mueca de dolor, estrelló un tremendo puñetazo contra el pecho de Bourne. El dolor actuó como un molinete y, cuando Bourne se tambaleó de espaldas, McColl desenrolló el trozo de nailon y se lanzó hacia el cuello de Bourne. Éste utilizó el canto de su mano para propinarle a McColl dos golpes feroces que debieron de dolerle mucho a éste. Sin embargo, el agente avanzó con los ojos enrojecidos y decidido a no dejarse vencer. Rodeó el cuello de Bourne con el nailon, y tiró con tanta fuerza que en un primer instante levantó a Bourne del suelo.

Bourne se esforzó en respirar, con lo que McColl pudo apretar más el hilo. Entonces se dio cuenta de su error. Dejó de preocuparse por respirar, y se concentró en liberarse. Levantó la rodilla, e impactó con fuerza en los genitales de McColl, quien se quedó literalmente sin aire, y durante un instante aflojó lo suficiente la presión para que Bourne metiera dos dedos entre el nailon y la carne del cuello.

Sin embargo, McColl, que era fuerte como un toro, se recuperó con más rapidez de la que Bourne hubiera podido imaginar. Con un gruñido de rabia, el asesino concentró toda su energía en los brazos, y tensó el nailon más que nunca. Pero Bourne había conseguido la ventaja que necesitaba. Así pues, encogió los dos dedos, los hizo girar cuando el hilo se tensó, y el nailon se rompió con un chasquido, como cuando un pez poderoso aplica el par de torsión suficiente para romper el sedal en el que lo han atrapado.

Bourne utilizó entonces la mano que había tenido en el cuello para lanzar un golpe ascendente, alcanzando a McColl debajo de la mandíbula. La cabeza de McColl salió despedida hacia atrás y se golpeó contra la jamba de la puerta, pero como Bourne estaba pegado a él, utilizó los codos para hacer girar a Bourne y meterlo en el cuarto de suministro. McColl fue tras él, agarró un cúter y lo blandió, atravesando la bata de laboratorio. Lanzó un golpe más y, aunque Bourne saltó hacia atrás, la hoja le rasgó la camisa, de manera que ésta quedó colgando y abierta, dejando a la vista sus costillas vendadas.

Una sonrisa de triunfo iluminó la cara de McColl. Identificaba un punto débil en cuanto lo veía, y fue a por él. Se cambió el cúter a la mano izquierda, amagó con él y lanzó un tremendo golpe hacia la caja torácica de Bourne. Éste no se dejó engañar, y pudo parar el golpe con el antebrazo.

McColl vio su oportunidad en ese momento y, haciendo girar el cúter hacia dentro, se lanzó directamente hacia el desprotegido cuello de Bourne.

Al oír los primeros ruidos de la pelea, Annaka se había vuelto, pero inmediatamente había divisado a dos médicos que se dirigían a la intersección de los pasillos situada más allá de donde Bourne y McColl estaba enzarzados en la pelea. Interponiéndose hábilmente entre ellos y los médicos, asaeteó a éstos con un aluvión de preguntas, y no les permitió que se detuvieran ni un instante hasta que hubieron dejado atrás la intersección.

Después de zafarse de su compañía lo más deprisa que pudo, volvió corriendo. En aquel momento vio que Bourne estaba en apuros. Al recordar la advertencia de Stepan de mantenerlo con vida, echó a correr por el pasillo como una exhalación. Cuando llegó, los dos contendientes ya estaban dentro del cuarto de suministros. Traspasó la puerta abierta justo a tiempo de ver el despiadado ataque de McColl contra el cuello de Bourne.

Annaka se arrojó contra el asesino, haciéndole perder el equilibrio lo suficiente para que la hoja del cúter, relampagueando bajo la luz, pasara volando junto al cuello de Bourne y chispeara al rozar la esquina metálica de una estantería. McColl la vio de reojo, se giró en redondo con el codo levantado y ladeado, y lo estrelló contra el cuello de Annaka.

Entre arcadas, Annaka se agarró el cuello en un acto reflejo mientras se desplomaba de rodillas. McColl se fue hacia ella con el cúter y le rajó el abrigo. Bourne cogió el trozo de nailon que todavía sujetaba en una mano y con él rodeó el cuello de McColl desde atrás.

McColl arqueó la espalda, pero en lugar de intentar agarrarse la garganta, lanzó un codo contra las costillas rotas de Bourne. Éste vio las estrellas, pero se mantuvo firme, y siguió arrastrándolo poco a poco hacia atrás, lejos de Annaka, oyendo cómo sus talones se arrastraban sobre las baldosas mientras McColl sacudía los brazos hacia sus costillas con una desesperación creciente.

La sangre se agolpó en la cabeza de McColl, los tendones le sobresalieron por los laterales del cuello como sogas tensadas, y al cabo de un rato los ojos se le empezaron a salir de las órbitas. Los capilares de la nariz y de las mejillas se le reventaron, y sus labios se retiraron de las pálidas encías. La lengua, al hincharse, se le retorció en la boca entre jadeos, y sin embargo aún le quedó rabia para lanzar un último golpe contra el costado de Bourne, que hizo una mueca de dolor y aflojó la presión ligeramente, lo que aprovechó McColl para recuperar el equilibrio.

Fue entonces cuando Annaka, imprudente, le soltó una patada en el estómago. McColl le agarró la rodilla levantada, la hizo girar con violencia, y la atrajo de espaldas contra él. Con un rápido movimiento, le rodeó el cuello con el brazo izquierdo y le presionó la sien con el pulpejo de la mano derecha. Estaba a punto de romperle el cuello.

Jan, que lo observaba todo a oscuras desde su posición de privilegio en el pequeño despacho situado al otro lado del pasillo, vio cómo Bourne, corriendo un gran riesgo, soltaba el cordón de nailon con el que había rodeado con tanta pericia el cuello de McColl, golpeaba la cabeza del asesino contra un estante y le metía el pulgar en el ojo.

McColl, a punto de gritar, se encontró con el antebrazo de Bourne entre las mandíbulas, y el ruido del golpe vibró en sus pulmones y murió dentro de él. El asesino pateó y agitó los brazos, resistiéndose a morir o incluso a caer. Bourne sacó su pistola de cerámica y estrelló la culata contra el punto blando situado encima de la oreja de McColl. Ya de rodillas, sacudiendo la cabeza, se llevó las manos a sus estragados ojos y las apretó con fuerza. Pero todo era una artimaña. Sus manos asesinas agarraron a Annaka. A Bourne no le quedó más remedio que pegar la boca de la pistola a la carne de McColl y apretar el gatillo.

No hizo mucho ruido, pero el agujero que hizo en el cuello de McColl fue impresionante. Aun muerto, McColl siguió sin soltar a Annaka. Bourne guardó el arma, y se vio obligado a apartarle los dedos uno a uno de la carne de la chica.

Bourne estiró la mano y la levantó, pero Jan vio su gesto de dolor, y vio la mano que se apretaba contra el costado. Aquellas costillas. Jan se preguntó si estaban magulladas, rotas o algo a medio camino.

Jan retrocedió al sombrío interior del despacho vacío. Había sido él quien provocara aquel daño. Recordaba con aguda precisión la fuerza que le había imprimido al golpe, la sensación en su mano al establecer contacto, la sacudida casi eléctrica que lo había recorrido, como si procediera de Bourne. Pero, curiosamente, el sentimiento de intensa satisfacción nunca llegó a materializarse. Antes bien, se vio obligado a admirar la fuerza y la tenacidad de aquel hombre para resistir, para continuar su titánica lucha con McColl, a pesar de la paliza que estaba recibiendo en su punto más vulnerable.

Iracundo, se preguntó por qué pensaba en eso. Bourne no había hecho más que rechazarlo. Pese al cúmulo de pruebas que le había puesto delante de las narices, se había negado categóricamente a creer que Jan fuera su hijo. ¿Qué indicaba aquello acerca de él? Por la razón que fuera, había decidido creer que su hijo estaba muerto. ¿No quería decir eso, de entrada, que nunca lo había querido?

—El personal de apoyo acaba de llegar hace unas horas —le dijo Jamie Hull al DCI por la conexión de vídeo segura—. Los hemos puesto al corriente de todo. Lo único que falta son los protagonistas.

—El presidente está en el aire mientras hablamos —dijo el DCI mientras le hacía un gesto a Martin Lindros para que se sentara—. Dentro de aproximadamente cinco horas y veinte minutos, el presidente de Estados Unidos estará sobre suelo islandés. Dios quiera que esté preparado para protegerlo.

—Por supuesto que lo estoy, señor. Todos lo estamos.

—¡Estupendo! —Pero su ceño se frunció más cuando echó un vistazo a las notas que tenía encima de la mesa—. Póngame al día de sus relaciones con el camarada Karpov.

—No hay motivo de preocupación —dijo Hull—. Tengo la situación con Boris bajo control.

—Es un alivio oír eso. Las relaciones entre el presidente y su homólogo ruso no pueden ser más tensas. No tiene ni idea de la sangre, sudor y lágrimas que costó convencer a Alexander Yevtushenko de que se sentara a la mesa. ¿Se imagina la que puede liar si se entera de que usted y su responsable de seguridad están dispuestos a rebanarse el cuello el uno al otro?

—Eso no va a ocurrir, señor.

—¡Cojonudo! —gruñó el DCI—. Manténgame permanentemente informado.

—Lo haré, señor —dijo Hull, cerrando la transmisión.

El DCI hizo girar la silla y se pasó la mano por su mata de pelo blanco.

—Estamos en la recta final, Martin. ¿No le duele tanto como a mí estar aquí sentado, detrás de una mesa, mientras Hull se hace cargo del negocio sobre el terreno?

—Por supuesto que sí, señor.

Lindros, después de haber mantenido celosamente su secreto durante todo aquel tiempo, estuvo a punto de perder los nervios, pero el deber se impuso a la compasión. No quería herir al Gran Jefazo, aun a pesar de lo mal que lo había tratado en los últimos tiempos.

Lindros carraspeó.

—Señor, acabo de llegar de ver a Randy Driver.

—¿Y?

Lindros respiró hondo, y le contó al Jefazo lo que Driver le había confesado: que Conklin se había llevado a Felix Schiffer a la Agencia desde la DARPA por sus propias, oscuras y desconocidas razones, que había hecho «desaparecer» de forma deliberada a Schiffer, y que, una vez muerto Conklin, nadie sabía dónde estaba Schiffer.

El puño del Jefazo se estampó sobre su mesa.

—¡La hostia! Con la cumbre a punto de empezar, el que uno de nuestros científicos haya desaparecido es una catástrofe de primera magnitud. Si la bruja llega a olerse algo de esto, me dará una patada en el culo sin ningún miramiento.

Durante un rato nada se movió en el inmenso despacho. Las fotos de los líderes mundiales pasados y presentes miraron a los dos hombres con mudo reproche.

Al final, el DCI se removió en su silla.

—¿Me está diciendo que Alex Conklin robó a un científico delante de las narices del Departamento de Defensa y que lo escondió entre nosotros para poder llevárselo sólo Dios sabe adónde y para qué ocultos fines?

Lindros, juntando las manos sobre el regazo, no dijo nada, pero no era tan tonto como para desviar la mirada de la del Gran Jefazo.

—Bueno, la cuestión es... Lo que quiero decir es que nosotros no hacemos esas cosas en la Agencia, y Conklin menos que nadie. Habría violado todas las normas del manual.

Lindros se movió en el asiento, pensando en su investigación en los archivos secretos del Cuatro-Cero.

—Lo hacía con bastante frecuencia cuando estaba sobre el terreno, señor. Usted lo sabe.

Por supuesto que el DCI lo sabía. Vaya si lo sabía.

—Eso es diferente —protestó—. Esto ha ocurrido aquí, en casa. Es una afrenta personal a la Agencia y a mí. —El Gran Jefazo meneó su curtida cabeza—. Me niego a creerlo, Martin. ¡Maldita sea, tiene que haber otra explicación!

Lindros se mantuvo firme.

—Sabe que no la hay. Lamento profundamente haber sido quien le diera esta noticia, señor.

En ese momento entró en la habitación el secretario del Gran Jefazo, le entregó un pedazo de papel y se marchó. El DCI desdobló la nota.

«Su esposa querría hablar con usted —leyó—. Dice que es importante.»

Arrugó el papel y levantó la vista.

—Por supuesto que hay otra explicación. Jason Bourne.

—¿Señor?

El DCI miró directamente a Lindros, y dijo sombríamente:

—Esto es un acto de Bourne, no de Alex. Es la única explicación lógica.

—Que conste, señor, que creo que está equivocado —dijo Lindros, preparándose para la difícil batalla—. Con el debido respeto, creo que está dejando que su amistad personal con Alex Conklin enturbie su juicio. Después de estudiar los archivos del Cuatro-Cero, creo que no había nadie vivo que estuviera más cerca de Conklin que Jason Bourne, ni siquiera usted.

Una sonrisa malévola se extendió por la cara del DCI.

—Bueno, tiene razón en eso, Martin. Y debido a que Bourne conocía tan bien a Alex, pudo aprovecharse de la amistad de Alex con ese tal doctor Schiffer. Créame, Bourne se olió algo y fue detrás.

—No hay ninguna prueba...

—Ah, pero la hay. —El DCI se movió en su silla—. Entérese: sé dónde está Bourne.

—¿Señor? —Lindros lo miró con los ojos como platos.

—En el número 106-108 de la calla Fo —leyó el director en un trozo de papel—. Eso está en Budapest. —El DCI miró con dureza a su ayudante—. ¿No me dijo que el arma utilizada para asesinar a Alex y a Mo Panov se pagó desde una cuenta de Budapest?

A Lindros se le encogió el corazón.

—Sí, señor.

El DCI asintió con la cabeza.

—Por eso le di esta dirección a Kevin McColl.

Lindros se quedó lívido.

—¡Oh, joder! Quiero hablar con McColl.

—Lamento que le duela, Martin, de verdad que sí. —El DCI señaló el teléfono con un gesto de la cabeza—. Llámele si quiere, pero ya conoce el historial de eficiencia de McColl. Hay muchas posibilidades de que Bourne ya esté muerto.

Bourne cerró la puerta del cuarto de suministros de una patada y se quitó la bata ensangrentada. Cuando estaba a punto de tirarla sobre el cadáver de Kevin McColl advirtió la pequeña luz de un diodo electroluminiscente brillando en la cadera de éste. Su móvil. Se puso en cuclillas, sacó el aparato de la funda de plástico y lo abrió. Vio el número, y supo quién llamaba. La cólera le inundó el corazón.

Descolgó, y le dijo al DCI:

—Siga así, y tendrá que pagarle horas extras a los empleados de pompas fúnebres.

—¡Bourne! —gritó Lindros—. ¡Espere!

Pero no esperó. En vez de eso arrojó el móvil contra la pared con tanta fuerza que el aparato se partió como una ostra.

Annaka lo observó con detenimiento.

—¿Un viejo enemigo?

—Un viejo idiota —gruñó él, recuperando su cazadora de cuero. Soltó un gruñido involuntario cuando el dolor le golpeó como un martillo.

—Parece que McColl te dio un buen repaso —dijo Annaka.

Bourne se puso la cazadora con la tarjeta identificativa blanca de los visitantes para cubrir su camisa rajada. No tenía otra idea en la cabeza que la de encontrar al doctor Sido.

—Y tú ¿cómo estás? ¿Te hizo mucho daño McColl?

Annaka se negó a frotarse el rojo verdugón del cuello.

—No te preocupes por mí.

—Entonces no nos preocupemos el uno por el otro —dijo Bourne, cuando cogió la botella de un producto de limpieza de un estante y, utilizando un trapo, se puso a limpiar las manchas de sangre del abrigo de Annaka lo mejor que pudo—. Tenemos que encontrar al doctor Sido lo antes posible. Tarde o temprano alguien echará de menos al doctor Morintz.

—¿Dónde está Sido?

—En el ala de Epidemiología. —Le hizo una seña—. Vamos.

Bourne atisbó por la puerta, asegurándose de que no hubiera nadie cerca. Cuando salieron al pasillo, se percató de que enfrente había un despacho con la puerta entreabierta. Dio un paso hacia allí, pero oyó voces que se acercaban en aquella dirección, y decidió que era mejor que se alejaran rápidamente. Tras un momento de duda para volver a orientarse, condujo a Annaka a través de una serie de puertas giratorias hasta el ala de Epidemiología.

—Sido está en el 902 —dijo Bourne, examinando los números de las puertas a medida que avanzaban.

El ala era en realidad un cuadrado con un espacio abierto en el centro. Las puertas de los laboratorios y de los despachos estaban dispuestas a intervalos a lo largo de las cuatro paredes, con la única excepción de una puerta de salida metálica con rejas, que se cerraba desde fuera, situada en el centro de la pared opuesta. A todas luces el ala de Epidemiología estaba situada en la parte posterior de la clínica, lo que era evidente por las señalizaciones colocadas en los pequeños depósitos que se abrían a ambos lados de la puerta utilizada para sacar los residuos médicos peligrosos.

—Ahí está su laboratorio —dijo Bourne, adelantándose rápidamente.

Annaka, que iba justo detrás de él, vio más adelante el cajetín de la alarma de incendios en la pared, exactamente donde Stepan le había dicho que estaría. Cuando llegó a su altura, levantó el cristal. Bourne estaba llamando a la puerta del laboratorio de Sido. Al no recibir respuesta, abrió la puerta; y en cuanto puso un pie en el laboratorio del doctor Sido, Annaka bajó el tirador, y la alarma saltó.

De pronto el ala se llenó de gente. Aparecieron tres miembros de la seguridad de la clínica; sin duda era una gente extremadamente eficiente. Bourne, desesperado ya, miró por el despacho vacío. Vio una jarra de café medio llena y la pantalla del ordenador iluminada por un salvapantallas. Pulsó la tecla de «Salir», y la parte superior de la pantalla se llenó con una compleja fórmula química. La mitad inferior contenía la siguiente leyenda: «El producto debe mantenerse a 32 grados Celsius bajo cero, porque es extremadamente delicado. El calor, sea del tipo que se sea, lo vuelve inerte de inmediato». En medio de aquel caos creciente, Bourne pensó a toda prisa. Aunque el doctor Sido no estaba allí, no hacía mucho que había estado. Todo apuntaba a que había tenido que salir corriendo.

En ese momento Annaka entró como una exhalación y tiró de él.

—Jason, los de seguridad de la clínica están haciendo preguntas y comprobando la identificación de todo el mundo. Tenemos que salir de aquí ahora. —Lo condujo hasta la puerta—. Si somos capaces de llegar a la salida trasera, podremos huir por ahí.

En el espacio abierto del ala reinaba el caos. La alarma había disparado los aspersores. Como había una gran cantidad de material inflamable en los laboratorios, incluidas las bombonas de oxígeno, el personal estaba alarmado, lo que era comprensible. Los miembros de seguridad, intentando controlar a los presentes, ya tenían bastante trabajo con tranquilizar al personal de la clínica.

Bourne y Annaka se estaba dirigiendo hacia la puerta de salida metálica cuando aquél vio a Jan, que se abría camino en dirección a ellos a través de la enloquecida multitud. Agarró a Annaka y se interpuso entre ella y Jan, que ya se estaba acercando. ¿Qué se proponía Jan? ¿Pretendía matarlos o cortarles el paso? ¿Esperaba que Bourne le contara todo lo que había descubierto sobre Felix Schiffer y el difusor bioquímico? Pero no, en la expresión de Jan había algo diferente, cierto aire mecánico y calculador que resultaba extraño.

—¡Escucha! —gritó Jan, intentando hacerse oír por encima del ruido—. ¡Bourne, tienes que escucharme!

Pero Bourne, arreando a Annaka por delante él, había llegado a la puerta metálica de la salida, y colándose por ella, salió como una exhalación al callejón posterior de la clínica, donde estaba aparcado un camión de transporte de materiales peligrosos. Seis hombres armados con metralletas estaban parados delante de él. Entonces Bourne se dio cuenta de que era una trampa, se volvió y gritó instintivamente a Jan, quien iba detrás de él.

Annaka, dándose la vuelta, vio por fin a Jan, y ordenó a dos de los hombres que abrieran fuego. Pero Jan, prevenido por la advertencia de Bourne, se lanzó a un lado una fracción de segundo antes de que una lluvia de balas acribillara a un destacamento de seguridad de la clínica que había ido a investigar. En ese momento, cuando el personal cruzó en desbandada y gritando las puertas giratorias y echó a correr por el pasillo hacia la puerta principal, se desató un infierno en el interior de la clínica.

Dos de los hombres agarraron a Bourne por detrás. Él se giró, y se enzarzó con ellos.

—¡Encontradlo! —oyó que gritaba Annaka—. ¡Encontrad a Jan y matadlo!

—Annaka, ¿qué...?

Atónito, Bourne vio cómo los dos que habían disparado pasaban por su lado a la carrera, saltando por encima del montón de cuerpos acribillados a balazos.

Bourne reaccionó y entró en acción. Le pegó un puñetazo en la cara a un hombre, que cayó al suelo, pero otro ocupó su lugar.

—¡Cuidado! —advirtió Annaka—. ¡Lleva una pistola!

Uno de los hombres le sujetó los brazos a Bourne por la espalda, mientras un segundo le cacheó en busca del arma. Jason consiguió soltarse y lanzó un duro golpe con el canto de la mano, rompiéndole la nariz a su aspirante a captor. La sangre brotó a borbotones, y el hombre cayó de espaldas con las manos ahuecadas en el centro de su estragada cara.

—¿Qué demonios estáis haciendo?

Entonces, Annaka, armada con una metralleta, se adelantó, y con la gruesa culata de su arma le golpeó con fuerza en las costillas rotas. Bourne se quedó sin aire y se inclinó hacia delante, perdiendo el equilibrio. Sintió que las rodillas se le doblaban como si fueran de goma, y durante un momento el dolor que lo sacudió se le hizo insoportable. Entonces, lo sujetaron, y uno de los hombres le atizó un puñetazo en la sien. Bourne se desplomó sobre sus brazos.

Los dos hombres volvieron de su reconocimiento del ala de la clínica.

—Ni rastro de él —informaron a Annaka.

—No importa —dijo ella, y señaló al hombre que se retorcía en el suelo—. Metedlo en el camión. ¡Deprisa!

Se volvió a Bourne, y vio que el hombre de la nariz rota estaba apretando su pistola contra la cabeza de aquél. Los ojos le brillaban de cólera, y parecía estar dispuesto a apretar el gatillo.

Con tranquilidad aunque con firmeza, Annaka dijo:

—Guarda la pistola. Hay que llevarlo vivo. —Miró fijamente al hombre sin mover un músculo—. Son órdenes de Spalko. Ya lo sabes.

Al final, el hombre guardó la pistola.

—Muy bien —dijo ella—. Al camión.

Bourne se la quedó mirando fijamente, indignado por su traición.

Con una sonrisita de suficiencia, Annaka alargó una mano, y uno de los hombres le entregó una jeringuilla hipodérmica llena de un líquido transparente. Con un movimiento rápido y seguro, introdujo la aguja en la vena de Bourne, a quien poco a poco se le fue nublando la vista.

25

Hasan Arsenov había encomendado a Zina el cambio de apariencia física de los miembros de la célula, como si ella fuera una estilista. Zina obedeció sus órdenes con la misma seriedad de siempre, aunque no sin una íntima risilla de cinismo. Al igual que un planeta respecto a su sol, en ese momento estaba alineada con el jeque. Y tal como era, se había salido mental y emocionalmente de la órbita de Hasan. Todo había empezado aquella noche en Budapest —aunque, a decir verdad, la semilla debía de haber sido plantada antes— y había dado sus frutos bajo el ardiente sol de Creta. Zina le era fiel al tiempo que habían pasado juntos en la isla del Mediterráneo como si se tratara de su propia leyenda privada, una leyenda que sólo compartía con él. Eran..., ¿cómo se llamaban?... Ah, sí: Teseo y Ariadna. El jeque le había contado el mito de la espantosa vida del Minotauro y de su cruenta muerte. Juntos, ella y el jeque habían entrado en un laberinto real y habían salido victoriosos. En el fervor de aquellos flamantes y preciados recuerdos, en ningún momento se le ocurrió que se había colocado a sí misma en un mito occidental, y que al alinearse con Stepan Spalko se había apartado del islam, que la había alimentado y criado como una segunda madre, y que había sido su socorro y único consuelo en los oscuros días de la ocupación rusa. En ningún momento se le ocurrió que para abrazar lo uno, tenía que soltar lo otro. E incluso si se le hubiera ocurrido, y dada su naturaleza cínica, puede que hubiera hecho la misma elección.

Gracias a sus conocimientos y diligencia, los hombres de la célula que llegaron al sombrío aeropuerto de Keflavik aparecieron afeitados, peinados a la europea y ataviados con unos oscuros y serios trajes occidentales, tan anodinos que prácticamente se volvieron invisibles. Las mujeres no llevaban su tradicional *jiyab*, el velo con el que se cubrían la cara. Maquilladas a la europea, llevaban puestos unos elegantes vestidos de alta costura parisina. Todos pasaron el control de inmigración sin ningún incidente, utilizando las identidades falsas y los pasaportes franceses falsos que Spalko les había proporcionado.

A partir de ese momento, y tal como les había ordenado Arsenov, tenían que tener cuidado de hablar sólo en islandés, aun cuando estuvieran solos. En uno de los mostradores de alquiler de coches de la terminal, Arsenov alquiló un coche y tres furgonetas para el equipo, que estaba integrado por seis hombres y cuatro mujeres. Mientras Arsenov y Zina se dirigieron en coche a Reikiavik, el resto de la célula siguió en las furgonetas hacia el sur, hasta la ciudad de Hafnarfjördur, el puerto comercial más antiguo de Islandia, donde Spalko había alquilado una gran casa de madera en un acantilado desde el que se dominaba el puerto. La colorista ciudad de pintorescas casas de madera estaba rodeada por el lado de tierra de corrientes de lava, de las que se desprendía una copiosa neblina y cierta sensación de intemporalidad. Así pues, era posible imaginarse entre los barcos de pesca de vivos colores amarrados uno al lado del otro en el puerto, a los dragares vikingos engalanados con escudos de guerra mientras se preparaban para sus siguientes y sangrientas correrías.

Arsenov y Zina circularon por Reikiavik para familiarizarse con las calles que habían visto anteriormente en los mapas, cogerle el tranquillo al tráfico y establecer las pautas de desplazamientos. La ciudad era pintoresca y se levantaba sobre una península, lo que significaba que, se parase uno donde se parase, podía divisar tanto las montañas recubiertas de nieve como el penetrante negro azulado del Atlántico Norte. La isla se formó a consecuencia de los movimientos de las placas tectónicas cuando las masas terrestres de América y Eurasia se separaron. Dada la relativa juventud de la isla, la corteza terrestre era más delgada que en cualquiera de los continentes que la rodeaban, lo cual explicaba la notable abundancia de actividad geotérmica utilizada para calentar los hogares islandeses. Toda la ciudad estaba conectada a la red de tuberías de agua caliente de la empresa de energía de Reikiavik.

En el centro de la ciudad, Hasan y Zina pasaron junto a la moderna y especialmente inquietante iglesia Hallgrimskirkja, que parecía una nave espacial sacada de una película de ciencia ficción. Era, con diferencia, el edificio más alto de la que por lo demás era una ciudad de poca altura. Encontraron el edificio de los servicios médicos, y desde allí se dirigieron al hotel Oskjuhlid.

—¿Estás seguro de que seguirán este camino? —dijo Zina.

—Completamente. —Arsenov asintió con la cabeza—. Es el camino más corto, y querrán llegar al hotel lo más deprisa posible.

El perímetro del hotel era un hervidero de miembros de los servicios de seguridad estadounidenses, árabes y rusos.

—Lo han convertido en una fortaleza —dijo Zina.

—Tal como nos mostraron las fotos del jeque —contestó Arsenov con una leve sonrisa—. La cantidad de personal que tengan no nos afecta.

Aparcaron y fueron de tienda en tienda, haciendo diversas compras. Arsenov se había sentido bastante más feliz dentro del caparazón metálico del coche de alquiler. Mezclarse con la multitud le hacía sentirse profundamente consciente de su condición de extraños. ¡Qué diferentes eran aquellas personas delgadas, de piel blanca y ojos azules! La negrura de su pelo y sus ojos, la solidez de su osamenta y su tez morena le hacían sentirse tan tosco como un neandertal entre cromañones. Había descubierto que Zina no tenía tantas dificultades; se adaptaba a los nuevos lugares, a la gente y a las ideas nuevas con un fervor aterrador. Le preocupaba ella, le preocupaba la influencia que pudiera ejercer sobre los hijos que tendrían un día.

Veinte minutos después de la escaramuza de la parte posterior de la Clínica Eurocenter Bio-I, Jan todavía se preguntaba si alguna vez había sentido un impulso más fuerte de tomar represalias contra un enemigo. Aunque lo habían superado en número y potencia de fuego, aunque la parte racional de su mente —que, por lo general, controlaba todas las acciones que llevaba a cabo— comprendía demasiado bien la locura de lanzar un contraataque contra los hombres que Spalko había enviado para atraparlo a él y a Jason Bourne, otra parte de él se había decidido a devolver la agresión. Por extraño que resultara, el aviso de Bourne había despertado en él el irracional deseo de meterse de cabeza en la batalla campal y rajar a los hombres de Spalko de arriba abajo. Era un sentimiento que procedía de lo más profundo de sí mismo, y tan poderoso que había necesitado toda su fuerza de voluntad racional para retirarse y esconderse de los hombres que Annaka había enviado a buscarlo. Podría haberse cargado a aquellos dos, pero ¿de qué habría servido? Annaka se habría limitado a mandar a más hombres tras él.

Estaba sentado en Grendel, un café a poco más de un kilómetro de la clínica, que para entonces estaría abarrotada de policías y, muy probablemente, de agentes de la Interpol. Le dio un sorbo a su expreso doble y pensó en aquel primario sentimiento por el que todavía se sentía atenazado. Una vez más, vio la mirada de preocupación en la cara de Jason Bourne cuando se percató de que Jan estaba a punto de meterse en la trampa en la que él ya había caído. Como si hubiera estado más preocupado por mantener a Jan fuera de peligro que por su propia seguridad. Pero eso era imposible, ¿no?

Jan no tenía costumbre de repasar los escenarios recientes, pero en ese momento se sorprendió haciendo exactamente eso. Cuando Bourne y Annaka se dirigían a la salida, había intentado alertar a Bourne acerca de ella, pero había llegado demasiado tarde. ¿Y qué le había movido a hacer aquello? Por supuesto que no lo había planeado. Había sido una decisión improvisada. ¿O no? Con una intensidad que le resultó inquietante, recordó lo que había sentido al ver el daño que le había hecho a Bourne en las costillas. ¿Había sido remordimiento? ¡Imposible!

Era exasperante. La idea no le dejaba en paz: el momento en que Bourne había elegido entre quedarse a salvo detrás de la mortífera criatura en que se había convertido McColl o exponerse a resultar herido para proteger a Annaka. Hasta ese momento había estado intentando reconciliar la idea de que David Webb, un profesor de universidad, era Jason Bourne, un asesino internacional, alguien con su misma ocupación. Pero no era capaz de recordar a ningún asesino que se hubiera puesto en peligro para proteger a Annaka.

¿Quién era, pues, Jason Bourne?

Meneó la cabeza, enojado consigo mismo. Aquélla era una pregunta que, aunque exasperante, necesitaba dejar a un lado por el momento. Al fin comprendió la razón de que Spalko le hubiera llamado cuando estaba en París. Se le había puesto a prueba y, de acuerdo con la manera de pensar de Spalko, no la había superado. En ese momento, Spalko consideraba a Jan una amenaza inminente para él, de la misma manera que pensaba que lo era Bourne. Por lo que hacía a Jan, Spalko se había convertido en el enemigo. Y durante toda su vida Jan sólo había tenido una manera de tratar a sus enemigos: los eliminaba. Era más que consciente del peligro; lo asumió como un reto. Spalko estaba seguro de que podía derrotar a Jan. ¿Cómo iba a saber Spalko que tanta arrogancia sólo le haría arder mucho mejor?

Jan vació su pequeña taza y, abriendo el móvil, marcó un número.

—Estaba a punto de llamarte, pero quería esperar a salir del edificio —dijo Ethan Hearn—. Sucede algo.

Jan consultó su reloj. Todavía no eran las cinco.

—¿El qué, exactamente?

—Hace unos dos minutos vi que se acercaba un camión de transporte de mercancías peligrosas y bajé al sótano a tiempo de ver a dos hombres y a una mujer que transportaban a un sujeto en una camilla.

—La mujer sería Annaka Vadas —dijo Jan.

—Pues está como un tren.

—Escúchame, Ethan —dijo Jan con energía—. Si te tropiezas con ella, ten mucho cuidado. Es tan peligrosa como dicen.

—¡Qué lástima! —masculló Hearn.

—¿Te vio alguien? —Jan quería desviarlo del tema de Annaka Vadas.

—No —dijo Hearn—. Fui muy cuidadoso a ese respecto.

—Bien. —Jan se quedó pensando durante un rato—. ¿Puedes averiguar adónde han llevado a ese hombre? Me refiero al sitio exacto.

—Ya lo sé. Me quedé observando el ascensor cuando lo subieron. En alguna parte del cuarto piso. Ésa es la planta privada de Spalko; sólo se puede acceder con una llave magnética.

—¿La puedes conseguir? —preguntó Jan.

—Imposible. La lleva siempre encima.

—Tendré que encontrar otra manera —dijo Jan.

—Creía que las llaves magnéticas eran infalibles.

Jan soltó una breve risilla.

—Sólo un tonto se cree eso. Siempre hay una manera de entrar en una habitación cerrada con llave, Ethan, de la misma manera que siempre la hay de salir de ella.

Jan se levantó, arrojó unas monedas sobre la mesa y salió del café. En ese momento se resistía a permanecer mucho tiempo en un mismo sitio.

—A propósito de lo cual, necesito una manera de entrar en Humanistas.

—Hay múltiples...

—Tengo razones para creer que Spalko me está esperando.

Jan cruzó la calle, atenta la mirada en busca de cualquiera que pudiera estar vigilándolo.

—Ésa es una historia completamente diferente —dijo Hearn. Se produjo una pausa mientras pensaba en el problema, y luego—: Espera un momento, no cuelgues. Deja que consulte mi PDA. Podría tener algo.

»Muy bien, ya estoy de vuelta. —Hearn soltó una pequeña risilla—. Sí que tengo algo, y creo que te va a gustar.

Arsenov y Zina llegaron a la casa noventa minutos después que los otros. Para entonces, los miembros del equipo habían cambiado sus ropas por unos vaqueros y unas camisas de trabajo y habían metido la furgoneta en el gran garaje. Mientras las mujeres se encargaban de las bolsas de comida que Arsenov y Zina habían llevado, los hombres abrieron la caja de las armas cortas que estaban esperando y ayudaron a preparar las pistolas de pintura.

Arsenov sacó las fotos que le había dado Spalko, y empezaron a pintar la furgoneta con el color adecuado de un vehículo oficial. Mientras se secaba la furgoneta, metieron la segunda furgoneta en el garaje. Utilizando una plantilla, pintaron la siguiente leyenda en ambos lados del vehículo: «Frutas y verduras de primera calidad Hafnarfjördur».

Luego, entraron en la casa, en la que ya flotaba el aroma de la comida que las mujeres habían preparado. Antes de sentarse a comer, realizaron sus oraciones. Zina, con una excitación que le corría por el cuerpo como una corriente eléctrica, apenas estuvo presente, y rezó sus oraciones a Alá mecánicamente, mientras pensaba en el jeque y en el papel que ella desempeñaría en la victoria de la que sólo la separaba un día.

Durante la cena, la conversación fue amena, producto de la tensión y las expectativas que los animaban. Arsenov, que normalmente mostraba su repulsa ante semejante relajación, se permitió aquella válvula de escape para sus nervios, aunque sólo durante un tiempo limitado. Tras dejar a las mujeres para que limpiaran, condujo de nuevo a sus hombres al garaje, donde colocaron las calcomanías y marcas oficiales en ambos costados y en la parte delantera de la furgoneta. Después de sacarla afuera, metieron la tercera y la pintaron con los colores de la compañía de energía de Reikiavik.

Al acabar, todos estaban agotados y dispuestos a irse a dormir, pues al día siguiente se levantarían muy temprano. Sin embargo, Arsenov los obligó a repasar sus respectivos cometidos en el plan, insistiéndoles en que tenían que hablar en islandés. Quería ver qué efecto tendría sobre ellos la fatiga mental. No es que dudara de ellos; hacía mucho tiempo que sus nueve compatriotas le habían demostrado su valía. Eran físicamente fuertes, mentalmente resistentes y, lo que quizá era más importante de todo, ninguno sabía lo que era el remordimiento ni el arrepentimiento. Sin embargo, tampoco habían estado implicados antes en una operación de aquel calibre, alcance o repercusión internacional. Sin el NX 20 jamás habrían tenido los medios. Así que fue especialmente gratificante verlos sacar las reservas de energía y resistencia necesarias para repasar sus papeles con una precisión intachable.

Los felicitó, y luego, como si fueran sus hijos, les dijo con todo el amor y afecto de su corazón:

—*La Illaha ill Allah*.

—*La Illaha ill Allah* —corearon todos, con tal amor ardiendo en sus miradas que Arsenov estuvo a punto de echarse a llorar.

En aquel momento, mientras se buscaban la cara los unos a los otros, se les hizo patente la enormidad de la tarea que estaban a punto de acometer. Por lo que hacía a Arsenov, los veía a todos —a su familia— reunidos en una tierra extraña e imponente en la inminencia del momento más glorioso que su gente hubiera presenciado jamás. Nunca había ardido con una llama tan viva su sentido del futuro, nunca el sentido de la utilidad —de la rectitud— de su causa se le había manifestado de forma tan clara. Dio gracias por la presencia de todos ellos.

Cuando Zina se disponía a ir arriba, él le puso una mano en el brazo, pero mientras los demás pasaban por su lado, mirándolos a ambos, ella meneó la cabeza.

—Tengo que ayudarlos con el agua oxigenada —dijo, y él la soltó.

»Que Alá te conceda un sueño apacible —dijo Zina en voz baja, subiendo las escaleras.

Más tarde, Arsenov yacía tendido en la cama, incapaz de dormir, como siempre. Enfrente de él, en la otra estrecha cama, los ronquidos de Ahmed recordaban el ruido de una sierra circular. Una leve brisa agitó las cortinas de la ventana abierta; Arsenov se había acostumbrado al frío desde que era joven; al final había acabado por gustarle. Miraba al techo fijamente, pensando, como siempre hacía en las horas de oscuridad, en Jalid Murat, en la traición a su mentor y amigo. A pesar de la necesidad del asesinato, su deslealtad personal seguía corroyéndolo por dentro. Y además estaba la herida de su pierna, un dolor que, con independencia de lo bien que estuviera cicatrizando la herida, actuaba como un aguijón. Al final le había fallado a Jalid Murat, y nada de lo que pudiera hacer cambiaría aquel hecho.

Se levantó, salió al pasillo y bajó las escaleras sin hacer ruido. Se había acostado vestido, como hacía siempre. Salió al frío aire de la noche, sacó un cigarrillo y lo encendió. En el horizonte, por un cielo tachonado de estrellas, navegaba baja una luna henchida. No había árboles; no se oía ningún insecto.

Mientras se alejaba de la casa, el hervidero que era su cabeza empezó a aclararse, sosegándose. Acaso después de que terminara el cigarrillo sería capaz incluso de dormir unas pocas horas, antes del encuentro con el barco de Spalko a las tres y media.

Casi había terminado el cigarrillo y estaba a punto de darse la vuelta cuando oyó un cuchicheo. Las voces, que flotaban en el aire de la noche, procedían de detrás de un par de enormes rocas que se alzaban como los cuernos de un monstruo más allá de la cima de aquella cara del acantilado.

Tirando el cigarrillo y aplastando la colilla contra la tierra, se dirigió hacia aquella formación rocosa. Aunque solía ser cauto, estaba absolutamente preparado para vaciar su arma en los corazones de quienquiera que los estuviera espiando.

Pero cuando atisbó por la curvilínea cara de la roca, no vio a unos infieles, sino a Zina. Ella estaba hablando en voz baja con otra figura más grande, aunque, desde su posición, Arsenov no pudo distinguir quién era. Se movió ligeramente para acercarse. No podía oír sus palabras, pero, incluso antes de que reparara en la mano que Zina apoyaba en el brazo de la otra persona, había reconocido el tono de voz que ella utilizaba cuando se proponía seducirlo.

Arsenov apretó el puño contra su sien, como si quisiera detener el repentino latido que sintió en la cabeza. Quiso gritar cuando los dedos de Zina adoptaron la forma de lo que se le antojaron las patas de una araña y sus uñas surcaron el antebrazo de... ¿A quién estaba intentando seducir? Los celos le aguijonearon, y lo impulsaron a actuar. Aun a riesgo de que lo vieran, se movió un poco más, y una parte de él penetró en el claro de luna, hasta que la cara de Magomet se hizo visible.

Una ira ciega se apoderó de él; estaba temblando de pies a cabeza. Se acordó de su mentor. ¿Qué habría hecho Jalid Murat? Sin duda se habría enfrentado a la pareja, y les habría dado ocasión de que explicaran por separado qué estaban haciendo, tras lo cual habría emitido su veredicto en consecuencia.

Arsenov se irguió completamente y, mientras avanzaba hacia la pareja, estiró el brazo derecho por delante de él. Magomet, que estaba más o menos vuelto hacia él, lo vio, retrocedió de golpe, y se soltó de la mano de Zina. El hombre abrió la boca de par en par, pero, atenazado por la impresión y el terror, fue incapaz de articular sonido alguno.

—Magomet, ¿qué pasa? —dijo Zina y, mientras se volvía, vio a Arsenov, que avanzaba hacia ellos.

—¡Hasan, no! —gritó, en el preciso instante en que Arsenov apretaba el gatillo.

La bala entró por la boca abierta de Magomet y le reventó la parte posterior de la cabeza. El hombre cayó de espaldas sobre un amasijo de sangre y sesos.

Arsenov volvió la pistola hacia Zina. Sí, pensó, a buen seguro Jalid Murat habría manejado la situación de manera diferente, pero Jalid Murat estaba muerto, y él, Hasan Arsenov, el artífice de la desaparición de Murat, estaba vivo y al mando, y ésa era la razón. Había un mundo nuevo.

—Ahora, tú —dijo Hasan.

Al mirarlo fijamente a los ojos negros, Zina supo que lo que él quería era humillarla, que se postrara de rodillas y suplicara clemencia. A Hasan no podía importarle menos cualquier explicación que pudiera darle. Zina sabía que sería incapaz de razonar; en ese momento no distinguiría la verdad de una hábil invención. También sabía que darle lo que quería en ese momento era una trampa, una pendiente hacia la perdición que una vez en ella no podría abandonar. Sólo había una manera de pararlo en seco.

Los ojos de Zina centellearon.

—¡Detente! —le ordenó—. ¡Ahora!

Mientras alargaba la mano, cerró los dedos alrededor del cañón de la pistola y la levantó para que no siguiera apuntándole a la cabeza. Se arriesgó a echar un vistazo al difunto Magomet. No cometería dos veces aquel error.

—¿Qué te pasa? —dijo ella—. ¿Has perdido la razón, estando tan cerca como estamos de nuestro objetivo común?

Fue inteligente por su parte recordarle a Arsenov el motivo de que estuvieran en Reikiavik. Por el momento, la devoción de Arsenov hacia ella le había impedido fijarse en el objetivo principal. Lo único que lo había hecho reaccionar había sido oír su voz y ver su mano en el brazo de Magomet.

Con un movimiento deslavazado, Hasan apartó el arma.

—¿Y ahora qué vamos a hacer? —dijo ella—. ¿Quién se va a ocupar del cometido de Magomet?

—Tú provocaste esto —dijo él con asco—. Resuélvelo tú.

—Hasan. —Zina no era tan tonta como para intentar tocarle en ese momento o acercarse siquiera más de lo que ya estaba—. Tú eres el jefe. La decisión es tuya y nada más que tuya.

Hasan miró a un lado y a otro, como si acabara de salir de un trance.

—Me imagino que nuestros vecinos asumirán que la detonación del disparo se debió simplemente al petardeo de un camión. —La miró fijamente—. ¿Por qué estabas con él aquí fuera?

—Intentaba disuadirlo para que abandonara el camino que había tomado —dijo Zina con prudencia—. Le ocurrió algo mientras le afeitaba la barba en el avión. Se me insinuó varias veces.

Los ojos de Hasan centellearon de nuevo.

—¿Y cómo reaccionaste tú?

—¿Cómo crees que lo hice, Hasan? —dijo Zina, igualándole en la dureza de la voz—. ¿Me estás diciendo que no confías en mí?

—Vi cómo le ponías la mano encima, y tus dedos... —No pudo continuar.

—Hasan, mírame. —Ella alargó la mano—. Por favor, mírame.

Él se volvió lentamente, a regañadientes, y Zina sintió la euforia crecer dentro de ella. Lo tenía; a pesar de su error de cálculo, lo seguía teniendo atrapado.

Soltando un inaudible suspiro de alivio, dijo:

—La situación exigía cierta dosis de tacto. Seguro que eres capaz de entenderlo. Si lo rechazaba de plano, si me mostraba fría con él, si lo enfadaba, tenía miedo de que tomara represalias. Tenía miedo de que su enfado afectara a su utilidad para nuestro objetivo. —Le sostuvo la mirada—. Hasan, antepuse los motivos por los que estamos aquí. Ése es ahora mi único centro de atención, como debería ser el tuyo.

Hasan permaneció inmóvil durante un buen rato, asimilando sus palabras. El silbido y la succión de las olas que morían muy abajo contra el acantilado parecían anormalmente ruidosos. Entonces, de repente asintió con la cabeza y se olvidó del incidente. Así era él.

—Sólo queda deshacerse de Magomet.

—Lo cubriremos y nos los llevaremos al encuentro. La tripulación del barco puede deshacerse de él en alta mar.

Arsenov se echó a reír.

—De verdad, Zina, eres la mujer más pragmática que conozco.

Bourne se despertó y se encontró atado con unas correas a lo que parecía ser el sillón de un dentista. Miró por la habitación de hormigón blanco, y vio el gran sumidero en el centro del suelo de baldosas blancas, la manguera enrollada en la pared y, junto al sillón, el carrito con baldas donde se exhibía toda una variedad de relucientes instrumentos de acero inoxidable. Todos ellos parecían diseñados para infligir un daño atroz en el cuerpo humano, y su visión no resultó tranquilizadora. Intentó mover las muñecas y los tobillos, pero, como pudo comprobar, las anchas correas de cuero estaban bien aseguradas con el mismo tipo de hebillas utilizadas en las camisas de fuerza.

—No podrás soltarte —dijo Annaka, mientras aparecía desde detrás de él—. Es inútil que lo intentes.

Bourne la miró de hito en hito durante un rato, como si se esforzara en enfocarla. Annaka llevaba puestos unos pantalones blancos de piel y una blusa negra sin mangas muy escotada, un atuendo que jamás se habría puesto mientras interpretaba a la inocente pianista de música clásica y devota hija. Bourne se maldijo por haberse dejado embaucar por la antipatía que ella le había prodigado en un principio. Debería haber tenido más sentido común. Annaka había sido demasiado asequible. Asimismo, sus conocimientos del edificio de Molnar también habían resultado demasiado oportunos. Sin embargo, era inútil lamentarse a toro pasado, así que dejó a un lado la decepción que se había causado a sí mismo y se concentró en la difícil situación que tenía entre manos.

—Menuda actriz has resultado ser —dijo.

Una sonrisa estiró lentamente los labios de Annaka y, cuando los separó, Bourne pudo ver sus dientes blancos y uniformes.

—No sólo contigo, sino también con Jan. —Acercó la única silla de la habitación, y se sentó a su lado—. ¿Sabes? Conozco bien a tu hijo. Oh, sí, claro que lo sé, Jason. Sé más de lo que crees, y mucho más que lo que sabes tú. —Se rió por lo bajinis con un tintineante y alegre sonido mientras permanecía atenta a la expresión de Bourne—.

Jan no supo durante mucho tiempo si estabas vivo o muerto. Es más, intentó encontrarte en multitud de ocasiones, pero siempre infructuosamente (tu CIA había hecho un excelente trabajo para ocultarte), hasta que Stepan le echó una mano. Pero incluso antes de que supiera que efectivamente estabas vivo, se pasaba las horas muertas buscando la manera de vengarse de ti. —Asintió—. Sí, Jason, el odio que sentía hacia ti era total. —Apoyó los codos en las rodillas y se inclinó hacia él—. ¿Cómo te hace sentir eso?

—Aplaudo tus interpretaciones.

A pesar de los sentimientos encontrados que ella había suscitado en él, estaba decidido a no entrar en su juego.

Annaka hizo un mohín.

—Soy una mujer de muchos talentos.

—Y de muchas lealtades, según parece. —Bourne sacudió la cabeza—. ¿El que nos salváramos las vidas el uno al otro no significa nada para ti?

Ella se recostó en la silla, con energía, casi con eficiencia.

—Al menos podríamos estar de acuerdo en eso. A menudo la vida y la muerte son las únicas cosas que importan.

—Entonces, libérame.

—Sí, estoy perdidamente enamorada de ti, Jason. —Se echó a reír—. Las cosas no funcionan así en la vida real. Yo te salvé por una única razón: Stepan.

Bourne arrugó la frente con concentración.

—¿Cómo puedes dejar que ocurra esto?

—¿Y cómo no voy a poder? Stepan y yo tenemos un pasado común. Durante algún tiempo fue el único amigo que tuvo mi madre.

Bourne se sorprendió.

—¿Spalko y tu madre se conocían?

Annaka asintió. En ese momento, mientras él estaba atado y no representaba ningún peligro para Annaka, ella parecía querer hablar. Bourne desconfió de aquello con razón.

—Se conocieron después de que mi padre la echara.

—¿La largara adónde? —Muy a su pesar, Bourne se sintió intrigado. Annaka era capaz de encantar a una serpiente venenosa.

—A una clínica de reposo. —La mirada de Annaka se ensombreció, dejando entrever un fugaz destello de auténtico sentimiento—. Él la obligó. No fue difícil. Era una mujer físicamente frágil, incapaz de enfrentarse a él. En aquellos días... Sí, todavía era posible.

—¿Y por qué habría de hacer tu padre semejante cosa? No te creo —dijo Bourne cansinamente.

—Me trae sin cuidado que me creas o no. —Se quedó contemplándolo durante un rato con la inquietante mirada de un reptil. Luego, posiblemente porque lo necesitaba, continuó—. Mi madre se había convertido en una molestia. La amante de mi padre se lo exigió; a ese respecto, era un hombre abominablemente débil. —El desahogo de aquel odio descarnado le convirtió el rostro en una horrible máscara, y Bourne al fin comprendió que Annaka había dado rienda suelta a la verdad sobre su pasado—. Él nunca supo que yo había descubierto la verdad, y jamás se lo dije. ¡Jamás! —Sacudió la cabeza—. Bueno, el caso es que en aquella época Stepan iba de vez en cuando de visita a aquel mismo psiquiátrico. Iba a ver a su hermano... El hermano que había intentado matarlo.

Bourne la miró de hito en hito, atónito. Fue consciente de que no sabía si mentía o le estaba contando la verdad. Al menos había algo en lo que no se había equivocado al juzgarla: Annaka estaba en pie de guerra. Los papeles que interpretaba con tanta maestría eran sus ofensivas, sus razias en territorio enemigo. La miró a sus ojos implacables, y se dio cuenta de que había algo monstruoso en la forma en que elegía manipular a aquellos a quienes atraía hacia ella.

Annaka se inclinó y se puso la barbilla entre el pulgar y los demás dedos.

—No has visto a Stepan, ¿verdad? Lleva un buen trabajo de cirugía plástica en el lado derecho de la cara y el cuello. Lo que le cuenta a la gente al respecto suele variar, pero la verdad es que su hermano le arrojó gasolina y le puso un mechero en la cara.

Bourne no pudo evitar una reacción.

—¡Dios mío! ¿Y por qué?

Ella se encogió de hombros.

—¿Quién sabe? El hermano era un loco peligroso. Stepan lo sabía, así que en realidad se hizo pasar por su padre, aunque se negó a reconocer la verdad hasta que fue demasiado tarde. E incluso después siguió defendiendo al chico, insistiendo en que había sido un trágico accidente.

—Todo esto podría ser cierto —dijo Bourne—. Pero aunque lo fuera, no justifica que conspiraras contra tu padre.

Annaka soltó una carcajada.

—¿Cómo es posible que precisamente tú te atrevas a decir eso, cuando Jan y tú habéis intentado mataros mutuamente? ¡Cuánta furia contenida en dos hombres, Dios mío!

—Fue él quien vino por mí. Yo sólo me defendí.

—Pero él te odia, Jason, y con una pasión que pocas veces he visto. Te odia tanto como yo odiaba a mi padre. ¿Y sabes por qué? Porque lo abandonaste, igual que mi padre abandonó a mi madre.

—Hablas como si realmente fuera mi hijo —soltó Bourne.

—Ah, sí, es verdad, has logrado convencerte a ti mismo de que no lo es. Muy conveniente, ¿verdad? De esa manera no tienes que pensar en cómo lo abandonaste para que muriera en la selva.

—¡Pero yo no lo abandoné! —Bourne sabía que no debía dejarse arrastrar a aquel tema tan cargado sentimentalmente, pero no pudo evitarlo—. Me dijeron que había muerto. No tenía ni idea de que podría haber sobrevivido. Eso fue lo que descubrí cuando me metí en la base de datos del Gobierno.

—¿Te quedaste por allí para mirar, para comprobarlo? No, enterraste a tu familia... ¡y ni siquiera miraste los ataúdes! Si lo hubieras hecho, habrías visto que tu hijo no estaba allí. No, en vez de eso saliste huyendo como un cobarde hacia tu país.

Bourne intentó liberarse de sus ataduras.

—¡Tiene gracia que me sueltes un sermón sobre mi familia!

—Ya es suficiente. —Stepan Spalko entró en la habitación con el perfecto sentido de la oportunidad de un maestro de ceremonias—. Tengo asuntos más importantes que discutir con el señor Bourne que el de las historias familiares.

Annaka se levantó obedientemente, tras lo cual le dio una palmadita en la mejilla a Bourne.

—Quita esa cara de enfado, Jason. No eres el primer hombre a quien he engañado, y no serás el último.

—No —dijo Bourne—. Spalko será el último.

—Annaka, déjanos ahora —dijo Spalko, ajustándose su mandil de carnicero con los guantes de látex puestos. El delantal estaba limpio y planchado. Hasta el momento sin ninguna mancha de sangre encima.

Cuando Annaka salió, Bourne volvió su atención al hombre que, según Jan, había planeado los asesinatos de Alex y Mo.

—¿Y no desconfía de ella, ni siquiera un poco?

—Sí, es una mentirosa fantástica. —Spalko se rió entre dientes—. Y yo sé algo sobre la mentira. —Atravesó el carrito y estudió con la intensidad de un experto el despliegue de instrumentos—. Supongo que es natural que piense que, dado que lo traicionó, haría lo mismo conmigo. —Se volvió, y la luz se reflejó en la piel anormalmente satinada del lado de su cara y cuello—. ¿O acaso intenta sembrar cizaña entre nosotros? Ése sería el procedimiento de actuación habitual en un agente de su gran calibre. —Se encogió de hombros y escogió un instrumento que hizo girar entre los dedos—. Señor Bourne, lo que me interesa saber es cuánto ha descubierto sobre el doctor Schiffer y su pequeño invento.

—¿Dónde está Schiffer?

—No puedo ayudarlo, señor Bourne, aunque fuera capaz de lo imposible y se liberase. El pobre doctor ya no sirve para nada, y ahora nadie tiene poder para resucitarlo.

—Lo ha matado —dijo Bourne—, igual que mató a Alex Conklin y a Mo Panov.

Spalko se encogió de hombros.

—Conklin me quitó al doctor Schiffer cuando más lo necesitaba. Recuperé a Schiffer, por supuesto; siempre consigo lo que quiero. Pero Conklin tenía que pagar por creer que podría oponerse a mí impunemente.

—¿Y Panov?

—Estaba en el lugar equivocado y en el momento equivocado —dijo Spalko—. Es así de sencillo.

Bourne pensó en todo lo bueno que Mo Panov había hecho en su vida, y se sintió abrumado por la inutilidad de su muerte.

—¿Cómo puede alardear de haberle quitado la vida a dos hombres como si hubiera sido tan sencillo como chasquear los dedos?

—Porque así fue, señor Bourne. —Spalko soltó una carcajada—. Y mañana a estas horas, el quitarle la vida a esos dos hombres no será nada comparado con lo que va a ocurrir.

Bourne intentó no mirar el brillante instrumento; en su lugar se acordó de la imagen del cadáver blanco azulado de László Molnar metido en su frigorífico. Había sido testigo directo del daño que podían infligir los instrumentos de Spalko.

Enfrentado como estaba al hecho de que Spalko había sido el responsable de la tortura y muerte de Molnar, supo entonces que todo lo que Jan le había contado sobre aquel hombre era verdad. Y si Jan le había contado la verdad sobre Spalko, ¿acaso no era posible que le hubiera dicho la verdad desde el principio, y que en efecto fuera Joshua Webb, el hijo de Bourne? Ante tal cúmulo de hechos, la verdad apareció ante él, y Bourne sintió su aplastante peso, como si fuera una montaña que le hubieran colocado sobre los hombros. No podía soportar mirar... ¿el qué?

Ya no importaba, porque Spalko había empezado a blandir sus instrumentos de dolor.

—Le pregunto de nuevo qué sabe sobre el invento del doctor Schiffer.

Bourne miró fijamente más allá de Spalko. Hacia la blanca pared de hormigón.

—Así que ha decidido no responderme —dijo Spalko—. Aplaudo su valor. —Sonrió de un modo encantador—. Y lamento la inutilidad de su gesto.

Entonces aplicó la punta espiral del instrumento a la carne de Bourne.

26

Jan entró en Houdini, una tienda de magia y juegos de lógica situada en el edificio del número 87 de la calle Vaci. Las paredes y las vitrinas de exhibición de la más bien pequeña tienda estaban abarrotadas de trucos de magia, rompecabezas y laberintos de todo tipo y tamaño, viejos y nuevos. Niños de todas las edades, con sus madres o padres a remolque, merodeaban por los pasillos señalando y mirando con los ojos como platos aquella mercancía fantástica.

Jan se acercó a una de las atosigadas dependientas y le dijo que quería ver a Oszkar. Ella le preguntó su nombre, luego cogió un teléfono y marcó una extensión interna. Habló por el auricular un momento, y después le indicó a Jan el camino de la trastienda.

Jan cruzó una puerta situada en la parte posterior de la tienda y entró en un minúsculo vestíbulo iluminado por una única bombilla pelada. Las paredes tenían un color indeterminado; el aire olía a repollo cocido. Por una escalera de caracol de acero subió al despacho del segundo piso. La habitación estaba cubierta de libros, la mayoría primeras ediciones de obras sobre magia, biografías y autobiografías de magos y escapistas famosos. Una foto firmada de Harry Houdini colgaba de la pared encima de un antiguo buró de persiana de roble. La vieja alfombra persa seguía sobre el suelo de tablones, todavía necesitada de una limpieza urgente, y el enorme sillón de respaldo alto con aspecto de trono continuaba ocupando su sitio de honor delante del escritorio.

Oszkar estaba sentado exactamente en la misma posición que hacía un año, cuando Jan lo había visto por última vez. Era un hombre con forma de pera, de edad mediana, enormes patillas y nariz protuberante. Se levantó al ver a Jan y, con una ancha sonrisa en la boca, rodeó el buró y le estrechó la mano.

—Bienvenido a casa —dijo, haciéndole una seña a Jan para que se sentara—. ¿Qué puedo hacer por ti?

Jan le contó a su contacto lo que necesitaba. Oszkar fue escribiendo mientras Jan hablaba. Asentía de vez en cuando.

Luego levantó la vista.

—¿Eso es todo?

Parecía decepcionado; nada le gustaba más que el que lo desafiaran.

—No del todo —dijo Jan—. Tenemos el problema de una cerradura magnética.

—¡Ahora sí que nos entendemos! —Oszkar mostró entonces una sonrisa radiante. Se levantó frotándose las manos—. Acompáñame, amigo mío.

Condujo a Jan hasta un pasillo con las paredes empapeladas e iluminado por lo que parecían ser unas lámparas de gas. Oszkar tenía una forma de andar cómica, parecida a la de un pingüino, pero cuando lo veías librarse de tres pares de esposas en noventa segundos, descubrías un significado totalmente nuevo de la palabra *refinamiento*.

Abrió una puerta y entró en su taller, un gran espacio dividido en diferentes zonas por bancos de trabajo y encimeras metálicas, a partes iguales. Condujo a Jan hacia uno, donde empezó a hurgar en una pila de cajones. Al final sacó un pequeño cuadrado cromado en negro.

—Todas las cerraduras magnéticas funcionan con electricidad. Lo sabes, ¿no? —Jan asintió. Oszkar continuó—: Y todas tienen garantizado el funcionamiento, lo que significa que necesitan un suministro de energía permanente para funcionar. Quien instala una de estas cerraduras sabe que, si cortas la corriente, la cerradura se abrirá, así que ten por seguro que habrá un suministro eléctrico de emergencia, y puede incluso que dos, si el tipo es lo bastante paranoide.

—Éste lo es —le garantizó Jan.

—Muy bien, pues. —Oszkar asintió con la cabeza—. Por lo tanto, olvídate de cortar el suministro de energía; te llevará demasiado tiempo, e incluso aunque dispusieras de tiempo podrías no poder cortar todos los suministros de seguridad. —Levantó el índice—. Pero lo que no todo el mundo sabe es que todas las cerraduras magnéticas funcionan con corriente continua, así que... —volvió a hurgar en los cajones y sacó otro objeto— lo que necesitas es una fuente de alimentación portátil de corriente alterna con la suficiente potencia para despachar la cerradura magnética.

Jan cogió el transformador en la mano. Pesaba más de lo que parecía.

—¿Cómo funciona?

—Imagínate un rayo que cae en un sistema eléctrico. —Oszkar le dio una palmadita a la fuente de alimentación—. Esta criaturita interrumpirá la corriente continua el tiempo suficiente para que puedas abrir la puerta, aunque no provocará un cortocircuito. Al final, el ciclo vuelve a empezar, y la cerradura se volverá a cerrar por sí misma.

—¿De cuánto tiempo dispondré? —preguntó Jan.

—Eso depende de la marca y el modelo de la cerradura. —Oszkar encogió sus rollizos hombros—. Si soy optimista, puedo darte quince minutos, tal vez veinte, pero no más.

—¿No la puedo desbloquear otra vez?

Oszkar negó con la cabeza.

—Tendrías muchas posibilidades de bloquear la cerradura en la posición de cierre, tras lo cual tendrías que echar abajo la puerta para poder salir. —Se rió, y le dio una palmada en la espalda a Jan—. Pero no te preocupes, tengo fe en ti.

Jan lo miró con cierto recelo.

—¿Y desde cuándo tienes fe en algo?

—Tienes razón. —Oszkar le entregó un pequeño estuche con cremallera—. Los trucos del oficio siempre están por encima de la fe.

A las dos y cuarto en punto de la madrugada, hora local de Islandia, Arsenov y Zina metieron el cuerpo cuidadosamente envuelto de Magomet en una de las furgonetas y se dirigieron por la costa en dirección sur hacia una apartada cala. Arsenov iba al volante. De tanto en tanto Zina estudiaba un mapa detallado y le hacía las indicaciones.

—Percibo el nerviosismo de los demás —dijo él al cabo de un rato—. Es algo más que la mera expectación ante lo que se avecina.

—Esto es algo más que una simple misión, Hasan.

Miró de soslayo a Zina.

—A veces me pregunto si lo que corre por tus venas no será agua helada.

Zina fingió una sonrisa mientras le daba un leve apretón en la pierna.

—Sabes muy bien lo que corre por mis venas.

Hasan asintió con la cabeza.

—Desde luego.

Tuvo que admitir que, igual que su deseo lo impulsaba a guiar a su gente, lo que más feliz le hacía era estar con Zina. Estaba deseando que llegara el momento en el que la guerra tocara a su fin, pudiera deshacerse de su disfraz de rebelde y fuera un marido para ella y un padre para los hijos de ambos.

—Zina —dijo, cuando salió de la carretera y se metió dando tumbos por el camino lleno de surcos que descendía por la cara del acantilado hasta su destino—, nunca hemos hablado de nosotros.

—¿A qué te refieres? —Por supuesto que sabía muy bien a qué se estaba refiriendo, e intentó reprimir el repentino terror que la oprimió—. Pues claro que hemos hablado.

El camino se había hecho más empinado, y Hasan aminoró la marcha. Zina alcanzó a ver el último recodo del camino; más allá se abría la rocosa cala y la agitación del Atlántico Norte.

—Pero no de nuestro futuro, de nuestro matrimonio y de los hijos que algún día tendremos. Qué mejor ocasión para prometernos amor mutuo.

Fue entonces cuando ella comprendió de manera absoluta lo intuitivo que era realmente el jeque. Hasan Arsenov se había condenado con sus propias palabras. Temía morir. Zina lo percibió en la elección que había hecho de las palabras, por no decir en su voz y en su mirada.

Entonces se dio cuenta de las dudas de Hasan acerca de ella. Si algo había aprendido desde que se uniera a los rebeldes era que la duda socavaba la iniciativa, la determinación y, por encima de todo, la acción. Quizá debido a la tensión y angustia extremas del momento, Arsenov se había puesto al descubierto, y su debilidad le resultó tan repugnante a Zina como lo había sido para el jeque. Las dudas de Hasan sobre ella iban a contagiar sin duda su manera de pensar. Zina había cometido una tremenda equivocación al intentar reclutar tan deprisa a Magomet, pero también estaba muy impaciente por abrazar el futuro del jeque. Sin embargo, a juzgar por la violenta reacción de Hasan, sus dudas acerca de ella debían de haber empezado antes. ¿Creía que ya no podía seguir confiando en ella?

Llegaron al punto de encuentro quince minutos antes de la hora prevista. Zina se volvió y cogió la cara de Arsenov entre las manos. y con ternura, le dijo:

—Hasan, llevamos mucho tiempo caminando hombro con hombro por la sombra de la muerte. Hemos sobrevivido por la voluntad de Alá, pero también gracias a una inquebrantable lealtad mutua. —Se inclinó hacia delante y lo besó—. Así que ahora prometámonos el uno al otro, porque deseamos alcanzar la muerte por la senda de Alá más que lo que nuestros enemigos desean la vida.

Arsenov cerró los ojos durante un instante. Aquello era lo que él había querido de ella, lo que había estado temiendo que nunca le daría. Por ese motivo, se percató Hasan en ese momento, se había precipitado a una horrible conclusión cuando la vio con Magomet.

—En los ojos de Alá, bajo la protección de Alá y en el corazón de Alá —dijo él, a modo de bendición.

Se abrazaron, pero Zina estaba, por supuesto, muy lejos del Atlántico Norte. Se preguntaba qué estaría haciendo el jeque en ese preciso instante. Anhelaba ver su cara, estar cerca de él. Pronto, se dijo. Muy pronto todo lo que quería sería suyo.

Salieron de la furgoneta al cabo de un rato y se pararon en la playa a observar, escuchando el estruendo de las olas que rompían contra los guijarros. La luna ya se había ocultado en el breve período de oscuridad de aquel extremo norte. En media hora aclararía, y amanecería otro largo día. Estaban más o menos en el centro de la cala cuyos brazos se extendían a ambos lados, lo que obstaculizaba la fuerza de la marea y empequeñecía las olas, privándolas de su habitual peligrosidad. El viento frío proveniente del agua negra provocó un escalofrío en Zina, pero Arsenov lo recibió con los brazos abiertos.

Entonces vieron el movimiento de la luz, que se encendió y apagó tres veces. El barco había llegado. Arsenov encendió la linterna, devolviendo la señal. Apenas vieron el pesquero que, navegando sin luces, ponía proa hacia la cala. Arsenov y Zina se dirigieron a la parte trasera de la furgoneta y, entre los dos, transportaron su carga hasta la orilla.

—No les sorprenderá verte de nuevo —dijo Arsenov.

—Son los hombres del jeque. Nada les sorprende —contestó Zina, plenamente consciente de que, de acuerdo con la historia que el jeque le había contado a Hasan, se suponía que ella ya conocía a aquella tripulación. Por supuesto que el jeque ya les habría informado del hecho.

Arsenov volvió a encender la linterna, y entonces vieron que una barca de remos, cargada más de la cuenta y con el casco muy hundido en el agua, se dirigía hacia ellos. En ella viajaban dos hombres y un montón de cajas de embalaje; en el barco pesquero habría más cajas. Arsenov miró su reloj; confiaba en que pudieran terminar antes de las primeras luces.

Los dos hombres dirigieron la proa del bote de remos hacia la playa de guijarros y desembarcaron. No perdieron tiempo en presentaciones, pero, tal como se les había ordenado, trataron a Zina como si ya la conocieran.

Con gran eficiencia descargaron las cajas entre los cuatro, apilándolas cuidadosamente en la parte posterior de la furgoneta. Arsenov oyó un ruido, se volvió y vio que un segundo bote de remos había llegado a la playa de guijarros, y entonces supo que conseguirían terminar antes del alba.

Cargaron el cadáver de Magomet en el primer bote, por lo demás ya vacío, y Zina ordenó a los miembros de la tripulación que lo arrojaran al mar cuando estuvieran en las aguas más profundas. Los hombres obedecieron sin hacer preguntas, lo cual complació a Arsenov. Era evidente que Zina los había impresionado cuando había supervisado la entrega del cargamento.

Entonces, con rapidez, los seis hombres trasladaron el resto de las cajas a la furgoneta. Cuando terminaron, volvieron a sus botes tan silenciosamente como habían desembarcado de ellos y, con un empujón de Arsenov y Zina, emprendieron el viaje de vuelta al barco pesquero.

Arsenov y Zina se miraron. Con la llegada del cargamento, la misión adquirió de repente una carga de realidad de la que carecía hasta entonces.

—¿Lo percibes, Zina? —dijo Arsenov, mientras ponía la mano en una de las cajas—. ¿Puedes sentir la muerte que aguarda allí?

Ella puso la mano encima de la suya.

—Lo que siento es la victoria.

Regresaron a la base, donde los recibieron los demás miembros del equipo. Éstos habían experimentado una transformación total mediante la hábil aplicación de tintes y lentillas de color. Nadie hizo el menor comentario acerca de la muerte de Magomet. Éste había acabado mal, y estando tan cerca de su misión como estaban, ninguno quiso conocer los detalles; tenían cosas más importantes en sus cabezas.

Descargaron y abrieron las cajas con cuidado. Quedaron a la vista metralletas, paquetes de explosivo plástico C4 y trajes para la manipulación de materiales peligrosos. Otra caja, más pequeña que las demás, contenían cebolletas colocadas en bolsas de plástico en un lecho de hielo picado. Arsenov hizo un gesto a Ahmed, quien se puso unos guantes de látex y trasladó la caja de cebolletas a la furgoneta sobre la que habían rotulado «Frutas y verduras de primera calidad Hafnarfjördur». Luego, el rubio Ahmed de ojos azules se subió a la furgoneta y se marchó.

La última caja se dejó para que la abrieran Arsenov y Zina. Dentro estaba el NX 20. Juntos, miraron las dos mitades que descansaban inocentemente en sus protectores moldeados de espuma, y ambos se acordaron de lo que habían presenciado en Nairobi. Arsenov consultó su reloj.

—El jeque no tardará en llegar con la carga.

Los preparativos definitivos habían dado comienzo.

Poco después de las nueve de la mañana una furgoneta de los Almacenes Fontana se paró en la entrada de servicio del sótano de Humanistas Ltd., donde dos guardias de seguridad le dieron el alto. Uno de ellos consultó la hoja de trabajo diaria, y aunque vio que figuraba una entrega de Fontana para el despacho de Ethan Hearn, pidió ver el albarán. Cuando el conductor obedeció, el guardia le pidió que abriera la parte posterior de la furgoneta. El guardia subió al interior de un salto, comprobó cada uno de los artículos que figuraban en la lista, y él y su compañero destrozaron todos los embalajes, e inspeccionaron las dos sillas, el aparador, el armario y el sofá cama. Abrieron todos los cajones del aparador y el armario, inspeccionaron sus interiores y levantaron los cojines del sofá y las sillas. Después de encontrarlo todo en orden, los guardias de seguridad devolvieron el albarán e indicaron al conductor y al encargado de la entrega cómo llegar al despacho de Ethan Hearn.

El conductor aparcó cerca del ascensor, y su compañero descargó los muebles. Hicieron falta cuatro viajes para subir todo a la sexta planta, donde Hearn los estaba esperando. Éste no pudo mostrarse más complacido de enseñarles dónde quería cada mueble, y los operarios quedaron igual de encantados al recibir la generosa gratificación que él les entregó cuando terminaron su tarea.

Después de que se marcharan, Hearn cerró la puerta y empezó a trasladar al armario los montones de carpetas que había amontonado al lado de su mesa, ordenándolas por orden alfabético. El frenesí de un despacho bien organizado se apoderó de la habitación. Al cabo de un rato, Hearn se levantó y se dirigió a la puerta. Al abrirla, se encontró cara a cara con la mujer que había acompañado al hombre de la camilla al interior del edificio a última hora del día anterior.

—¿Es usted Ethan Hearn? —Cuando él asintió con la cabeza, ella alargó la mano—. Annaka Vadas.

Hearn le dio un rápido apretón, y notó que tenía una mano firme y seca. Se acordó de la advertencia de Jan y adoptó una expresión de inocente curiosidad.

—¿Nos conocemos?

—Soy amiga de Stepan. —Mostró una sonrisa radiante—. ¿Le importa si entro, o se iba?

—Tengo una cita... —Hearn miró su reloj— dentro un rato.

—No le robaré mucho tiempo.

Annaka se dirigió al sofá y se sentó, cruzando las piernas. Su expresión, mientras miraba a Hearn de hito en hito, era atenta y expectante.

Él se sentó en su sillón y lo hizo girar para volverse hacia ella.

—¿En qué puedo ayudarla, señorita Vadas?

—Creo que no lo ha entendido bien —dijo ella alegremente—. La pregunta es en qué puedo ayudarlo yo.

Hearn meneó la cabeza.

—Creo que no lo entiendo.

Ella miró por la oficina, tarareando para sí. Entonces se inclinó hacia delante, con los codos en las rodillas.

—Oh, pero yo creo que sí lo entiende, Ethan. —De nuevo la misma sonrisa—. ¿Sabe una cosa? Sé algo sobre usted que ni siquiera Stepan conoce.

Hearn afianzó la expresión de desconcierto de su rostro y abrió las manos en un gesto de impotencia.

—Se esfuerza demasiado —dijo ella con sequedad—. Sé que está trabajando para alguien más, aparte de Stepan.

—Yo no...

Pero Annaka se llevó el índice a los labios.

—Le vi ayer en el garaje. No pintaba nada allí y, aunque así hubiera sido, mostró demasiado interés en lo que sucedía.

Hearn se quedó demasiado atónito como para negarlo. ¿A qué venía aquello? Ella lo había pillado, aunque creyó que había sido muy cuidadoso. La miró de hito en hito. Desde luego que era hermosa, aunque aún era más temible.

Annaka ladeó la cabeza.

—Usted no trabaja para la Interpol: no tiene sus hábitos. La CIA... No, no creo. Stepan lo habría sabido, en el caso de que los estadounidenses estuvieran intentando infiltrarse en su organización. Así que ¿para quién, entonces? Uf.

Hearn no dijo nada; no podía. Lo único que le aterrorizaba es que ella ya supiera..., que lo supiera todo.

—No se ponga tan lívido, Ethan. —Se levantó—. La verdad es que a mí no me importa. Sólo quiero una póliza de seguros, por si las cosas se ponen desagradables por aquí. Y esa póliza de seguros es usted. Por el momento, consideremos su traición como nuestro pequeño secreto.

Había cruzado el despacho y salido por la puerta antes de que Hearn pudiera pensar una respuesta. Se sentó un momento, paralizado por el susto. Luego, se levantó por fin y abrió la puerta, mirando a un lado y a otro del pasillo para asegurarse de que Annaka se había ido.

Entonces cerró la puerta, se dirigió al sofá cama y dijo:

—Despejado.

Los cojines se levantaron, y él los colocó sobre la alfombra que cubría todo el suelo. Cuando los paneles de contrachapado que cubrían el mecanismo de la cama empezaron a moverse, se inclinó y los levantó.

Debajo, en lugar del colchón y el somier, estaba Jan.

Hearn vio que estaba sudando.

—Sé que me advertiste, pero...

—Silencio. —Jan salió de un salto del hueco, que no era mayor que el de un ataúd. Hearn estaba amedrentado, pero Jan tenía cosas más importantes en la cabeza que infligir un castigo corporal—. Sólo procura no cometer el mismo error dos veces.

Jan se acercó a la puerta y apoyó la oreja contra ella. Lo único que pudo distinguir fue el zumbido de fondo de los despachos de la planta. Iba vestido con pantalones, camisa y zapatos negros, y una cazadora que le llegaba hasta la cintura. A Hearn le pareció que su torso era más voluminoso que la última vez que se habían visto.

—Vuelve a dejar el sofá como estaba —le ordenó Jan—, y luego vuelve al trabajo como si nada hubiera pasado. ¿No tenías una cita inminente? Procura acudir a ella y no llegues tarde. Es imprescindible que todo parezca normal.

Hearn asintió, dejó caer los paneles de contrachapado en el hueco del sofá cama, y volvió a colocar los cojines en su sitio.

—Estamos en la sexta planta —dijo Hearn—. Tu objetivo está en la cuarta.

—Veamos los planos.

Hearn se sentó ante su terminal del ordenador e hizo aparecer los planos del edificio.

—Déjame ver la cuarta planta —dijo Jan, inclinándose sobre el hombro.

Cuando Hearn los hizo aparecer en pantalla, Jan los estudió con atención.

—¿Qué es esto? —dijo, señalando a un punto.

—No lo sé. —Hearn intentó ampliarlo—. Parece un espacio vacío.

—O bien —dijo Jan— podría ser una habitación aneja al dormitorio de Spalko.

—Excepto que no tiene ni entrada ni salida —apuntó Hearn.

—Interesante. Me pregunto si el señor Spalko no haría algunas modificaciones de las que sus arquitectos no sabían nada.

Después de memorizar el plano de la planta, Jan se apartó. Había conseguido de los planos todo lo que pudo; lo que necesitaba en ese momento era ver el lugar por sí mismo. En la puerta se volvió hacia Hearn.

—Y recuerda. Acude puntual a tu cita.

—¿Y qué pasa contigo? —dijo Hearn—. No puedes entrar allí.

Jan negó con la cabeza.

—Cuanto menos sepas, mejor.

Las banderas se desplegaban bajo un sol radiante en la interminable mañana islandesa, inundada del olor mineral de las fuentes termales. En un extremo del aeropuerto Keflavik —el que Jamie Hull, Boris Illych Karpov y Feyd al-Saoud habían considerado el espacio más seguro— se había montado el complicado andamiaje de aluminio de un gran estrado dotado con instalación de sonido. Ninguno de los tres, ni siquiera (según parecía) el camarada Boris, se sentían muy felices con la idea de que sus respectivos líderes hicieran acto de presencia en semejante foro público, pero a este respecto todos los jefes de Estado eran del mismo parecer. A su entender, no sólo era imperioso que demostraran su solidaridad de una manera pública, sino también que hicieran gala de su ausencia de miedo. Cuando asumieron sus puestos, todos conocían el riesgo que corrían de que los asesinaran, y eran muy conscientes de que ese riesgo había aumentado exponencialmente cuando aceptaron acudir a la cumbre. Pero todos sabían que el riesgo de muerte era algo inherente a su trabajo. Si uno se disponía a cambiar el mundo, era inevitable que hubiera quien quisiera obstaculizarlo.

En consecuencia, en aquella mañana del comienzo de la cumbre, las banderas de Estados Unidos, Rusia y los cuatro países islámicos más influyentes ondeaban y chasqueaban agitadas por un viento cortante, la parte delantera del estrado aparecía recubierta con el trabajado logotipo de la cumbre, el recinto estaba rodeado por vehículos blindados de seguridad, y los francotiradores estaban instalados en lo alto de todos los lugares estratégicos desde los que se pudiera ver el estrado. Habían llegado periodistas de todos los países del mundo, a quienes se les había exigido que comparecieran dos horas antes de la conferencia de prensa. Todos habían pasado por un concienzudo registro, sus credenciales habían sido verificadas y se les había tomado las huellas dactilares, que fueron digitalizadas e introducidas en diversas bases de datos. A los fotógrafos se les había advertido que no cargaran sus cámaras antes de tiempo, porque éstas tenían que ser radiografiadas con rayos X in situ, y los botes de las películas, examinados, hecho lo cual pudieron cargar sus cámaras siempre bajo una estrecha vigilancia. En cuanto a los móviles, tras ser confiscados y etiquetados meticulosamente, fueron llevados fuera del recinto, de donde serían retirados al final de la conferencia de prensa por sus respectivos propietarios. No se había pasado por alto ni un detalle.

En cuanto el presidente de Estados Unidos hizo su aparición, Jamie Hull se puso a su lado junto con un par de agentes del Servicio Secreto. Se mantenía en permanente contacto con todos los miembros de su contingente, además de con los otros dos jefes de seguridad, a través de un auricular electrónico. Inmediatamente después del presidente de Estados Unidos apareció Alexander Yevtushenko, presidente de Rusia, acompañado de Boris y de un grupo de malcarados agentes del FSB. Detrás del presidente ruso iban los líderes de los cuatro países islámicos con los jefes de sus respectivos servicios de seguridad.

La multitud, además de la prensa, se adelantó en masa y hubo que obligarla a retroceder de la parte delantera del estrado al que en ese momento subían los dignatarios. Se comprobaron los micrófonos, las cámaras de televisión cobraron vida. El presidente de Estados Unidos fue el primero en tomar la palabra. Era un hombre alto y guapo, de nariz prominente y ojos de perro guardián.

—Conciudadanos del mundo —empezó, con una voz fuerte y declamatoria afinada en muchas victoriosas campañas electorales primarias, desprovista de cualquier aspereza por las numerosas conferencias de prensa y generosamente bruñida en discursos íntimos en el Jardín Rosa y en Camp David—, éste es un gran día para la paz mundial y la lucha internacional de la justicia y la libertad contra las fuerzas de la violencia y el terrorismo.

»Hoy, una vez más, nos encontramos en una encrucijada para la historia del mundo. ¿Permitiremos que la humanidad entera se precipite a la oscuridad del miedo y de una guerra interminable, o haremos causa común para golpear en el corazón a nuestro enemigo allí donde se esconda?

»Las fuerzas del terrorismo se enfrentan a todos nosotros. Y no os equivoquéis, el terrorismo es una hidra moderna, una bestia provista de muchas cabezas. No nos hacemos ilusiones acerca del tortuoso camino que se abre ante nosotros, pero nada nos disuadirá de nuestro deseo de avanzar hacia un único esfuerzo coordinado. Sólo unidos podemos destruir a la fiera de múltiples cabezas. Sólo unidos tendremos la oportunidad de hacer de nuestro mundo un lugar seguro para todos y cada uno de sus ciudadanos.

Al final del discurso del presidente hubo un gran aplauso. Luego entregó el micrófono al presidente ruso, quien dijo más o menos lo mismo, y que también recibió un gran aplauso. Los líderes árabes hablaron uno por uno, y aunque sus palabras fueron más cautas, también reiteraron la imperiosa necesidad de alcanzar un esfuerzo conjunto para aplastar al terrorismo de una vez por todas.

Siguió un breve turno de preguntas y respuestas, tras el cual los seis hombres posaron unos al lado de los otros para hacerse la foto de familia. La imagen era impresionante, y resultó aún más memorable cuando se agarraron las manos y levantaron los brazos en una demostración sin precedentes de solidaridad entre Occidente y Oriente.

Cuando la multitud empezó a desfilar hacia la salida, el ambiente era exultante. Incluso los periodistas y fotógrafos menos entusiastas coincidían en que la cumbre había empezado de una manera excelente.

* * *

—¿Se da cuenta de que ya voy por mi tercer par de guantes de látex?

Stepan Spalko estaba junto a la mesa llena de marcas y manchas de sangre, sentado en la silla que Annaka había utilizado la víspera. Tenía delante un bocadillo de beicon, lechuga y tomate, a los que se había aficionado durante la larga convalecencia de las operaciones a que se había sometido en Estados Unidos. El bocadillo estaba en un plato de exquisita porcelana china, y junto a la mano derecha reposaba una copa de inmejorable cristal llena de un reserva de Burdeos.

—No importa. Se hace tarde. —Le dio una palmadita al cristal del reloj cronómetro que llevaba en la muñeca—. Señor Bourne, se me ocurre que mi maravillosa diversión toca a su fin. Debo decir que me ha proporcionado una noche maravillosa. —Soltó una furiosa carcajada—. Lo cual es más de lo que yo he hecho por usted, me atrevería a decir.

El bocadillo había sido cortado en dos triángulos iguales, siguiendo al pie de la letra sus indicaciones. Cogió una de las partes y la mordió, masticando con lentitud y deleite.

—¿Sabe, señor Bourne? Un bocadillo de beicon, lechuga y tomate no está bueno a menos que se haya frito el beicon en el momento y, si es posible, esté cortado grueso.

Tragó la comida, dejó el bocadillo y, cogiendo la copa de cristal, se enjuagó la boca con un trago de vino. Después retiró la silla, se levantó y se dirigió a donde Jason Bourne permanecía atado al sillón de dentista. Tenía la cabeza caída sobre el pecho, y había salpicaduras de sangre en un radio de más de medio metro alrededor de él.

Spalko le levantó la cabeza utilizando un nudillo. Los ojos de Bourne, sin vida a causa del interminable dolor, estaban hundidos en unos círculos negros, y en su cara no quedaba ni gota de sangre.

—Antes de irme, debo contarle la ironía de todo esto. La hora de mi victoria es inminente. Da igual lo que sepa. Ya da igual que haya hablado o no. Lo único que importa es que lo tengo aquí, a buen recaudo e incapaz de actuar en mi contra de la manera que sea. —Se rió—. Qué precio tan terrible ha pagado por su silencio. ¿Y para qué, señor Bourne? ¡Para nada!

* * *

Jan vio al guardia que estaba parado en el pasillo, al lado del ascensor, y retrocedió prudentemente hasta la puerta de la escalera. A través del cristal reforzado con una malla metálica pudo ver a un par de guardias armados que estaban hablando y fumando en el descansillo. Cada quince segundos uno u otro echaban un vistazo por el cristal, examinando el pasillo de la sexta planta. Las escaleras también estaban bien defendidas.

Se dio la vuelta. Mientras recorría el pasillo con aire resuelto a un paso entre normal y relajado, sacó la pistola de aire comprimido que le había comprado a Oszkar y la sujetó en el costado. En cuanto el guardia lo vio, Jan levantó la pistola de aire comprimido y le disparó un dardo en el cuello. El hombre se desplomó en el sitio, inconsciente por el producto químico del que estaba impregnada la punta del dardo.

Jan echó a correr. Estaba empezando a arrastrar al guardia para meterlo en el servicio de caballeros, cuando la puerta de éste se abrió y apareció un segundo guardia con la metralleta apuntando al pecho de Jan.

—No te muevas —dijo el guardia—. Arroja tu arma y deja que te vea las manos vacías.

Jan hizo lo que se le ordenaba. Pero cuando extendió las manos para que el guardia las viera, tocó una funda a resorte que llevaba sujeta en la cara interna de la muñeca. El guardia se dio una palmada en el cuello; el dardo causaba la misma sensación que la picadura de un mosquito. Pero de pronto se encontró con que no podía ver. Ése fue el último pensamiento que tuvo antes de perder el conocimiento.

Jan arrastró los dos cuerpos hasta el servicio de caballeros, y luego pulsó el botón de llamada del panel de la pared. Poco después, cuando llegó el ascensor, se abrieron los dos juegos de puertas. Entró y apretó el botón de la cuarta planta. El ascensor empezó a bajar, pero cuando sobrepasó la quinta planta, se detuvo con una sacudida, y quedó colgado. Jan apretó los botones de varios pisos sin ningún resultado. El ascensor estaba atascado, sin duda de manera deliberada. Y Jan sabía que tenía poco tiempo para escapar de la trampa que Spalko le había tendido.

Mientras subía al pasamanos que rodeaba la cabina, se estiró hacia la trampilla de mantenimiento. Cuando estaba a punto de abrirla se detuvo y observó con más atención. ¿Qué era aquel brillo metálico? Sacó la linterna en miniatura del equipo que le había proporcionado Oszkar, y alumbró el tornillo situado en el extremo más alejado. Tenía enrollado un trozo de alambre de cobre. ¡Era una bomba trampa! Jan supo que en cuanto intentara levantar la trampilla, el alambre haría detonar la carga colocada encima de la cabina.

En ese momento, un bandazo le hizo perder su punto de apoyo, y con un estremecimiento el ascensor empezó a caer en picado por el hueco.

El teléfono de Spalko sonó, y él salió del cuarto de interrogatorios. El sol entraba a raudales por las ventanas de su dormitorio cuando entró en él, y sintió su calor en la cara.

—¿Sí?

Una voz le habló al oído, y las palabras le aceleraron el pulso. ¡Estaba allí! ¡Jan estaba allí! Cerró los puños. Ya los tenía a los dos. Casi había terminado su trabajo. Ordenó a sus hombres que se dirigieran a la tercera planta, hecho lo cual llamó a la oficina principal de seguridad para que iniciaran un simulacro de incendio que evacuara rápidamente a todo el personal corriente de Humanistas del edificio. Al cabo de veinte segundos sonó la alarma de incendios, y en todo el edificio los hombres y las mujeres abandonaron sus despachos y se dirigieron de manera ordenada hacia la escalera, desde donde fueron acompañados hasta la calle. Para entonces Spalko había llamado a su chófer y a su piloto, y había dicho a este último que tuviera listo el reactor que le esperaba en el hangar de Humanistas en el aeropuerto de Ferihegy. De acuerdo con sus instrucciones, se había abastecido de combustible al avión y se había revisado, y se había entregado el plan de vuelo a la torre de control.

Sólo le quedaba hacer una llamada antes de volver con Jason Bourne.

—Jan está en el edificio —dijo, cuando Annaka respondió al teléfono—. Está encerrado en el ascensor, y he enviado a los hombres a que se encarguen de él por si consigue escapar, pero tú lo conoces mejor que nadie. —Spalko gruñó al oír la respuesta de Annaka—. Lo que dices no me sorprende. Ocúpate del caso como consideres oportuno.

Jan pulsó el botón de la parada de emergencia con el pulpejo de la mano, pero no ocurrió nada, y el ascensor siguió con su vertiginoso descenso. Con una de las herramientas del equipo de Oszkar levantó con rapidez el panel de los mandos haciendo palanca, pero inmediatamente vio que los cables de la parada de emergencia habían sido desconectados. Los volvió a introducir hábilmente en sus receptáculos, e inmediatamente, con un chirrido de metal chispeante, la cabina del ascensor se detuvo con una sacudida al accionarse el freno de emergencia. Mientras colgaba la cabina, atascada entre la tercera y la cuarta planta, Jan siguió trabajando en el cableado con una intensidad agotadora.

Los hombres armados de Spalko llegaron a las puertas del ascensor en la tercera planta. Utilizando una cuña, consiguieron abrir las puertas haciendo palanca, dejando a la vista el hueco del ascensor. Entonces pudieron ver justo encima de ellos el piso de la cabina atascada. Habían recibido sus órdenes; sabían lo que tenían que hacer. Así pues, apuntaron las metralletas hacia arriba y abrieron fuego en una descarga de fusilería cerrada que mordisqueó el tercio inferior de la cabina. Nadie podría sobrevivir a semejante potencia de fuego concentrada.

Con los brazos y las piernas extendidas, y las manos y los pies apretados con fuerza contra las paredes del rebajo del hueco del ascensor, Jan observó caer la parte inferior de la cabina. Estaba protegido de la lluvia de balas tanto por las puertas de la cabina como por el propio hueco. Había vuelto a poner en su sitio los cables del panel para poder abrir las puertas lo suficiente para salir como pudiera y meterse en el espacio allí existente. Y había sido mientras se retorcía para acomodarse en el retroceso de la pared, después de trepar aproximadamente a la altura del techo de la cabina, cuando había empezado la lluvia de balas de las armas automáticas.

Entonces, acto seguido, cuando el eco de los disparos todavía no se había extinguido, oyó un zumbido, como si se hubiera soltado a un enjambre de abejas de su colmena. Al levantar la vista vio un par de cuerdas de rapel que se retorcían desde lo alto del hueco del ascensor. Poco después, dos guardias fuertemente armados y ataviados con trajes antidisturbios descendían, moviendo una mano detrás de otra, por la cuerdas.

Uno de ellos lo vio y volvió su metralleta hacia él. Jan disparó su pistola de aire comprimido, y el arma del guardia se soltó de sus entumecidos dedos. Cuando el segundo guardia apuntó su arma, Jan saltó y se agarró al hombre inconsciente, que estaba fuertemente sujeto a la cuerda por su arnés de rapel. El segundo guardia, anónimo y despersonalizado por el casco antidisturbios, disparó a Jan, que hizo girar en redondo a su compañero de cuerda, a quien utilizó como escudo para detener las balas. Luego le dio una patada a la metralleta del segundo hombre, que soltó el arma.

Los dos aterrizaron juntos encima de la cabina del ascensor. El pequeño cuadrado blanco del mortífero explosivo c4 estaba sujeto con cinta adhesiva en el centro de la trampilla de mantenimiento, donde había sido conectado apresuradamente para preparar la bomba trampa. Jan se percató de que los tornillos se habían aflojado; si uno de los dos golpeaba sin querer la chapa de la trampilla, toda la cabina saltaría hecha pedazos.

Jan apretó el gatillo de su pistola de aire, pero el guardia, que había visto cómo había incapacitado a su compañero, se arrojó a un lado, rodó y lanzó una patada hacia arriba, haciendo que Jan soltara el arma. Al mismo tiempo cogió la metralleta de su compañero. Jan le pisó la mano con fuerza y removió el talón con la intención de que soltara el arma. Pero entonces los guardias de la tercera planta empezaron a disparar desde abajo con sus automáticas por el hueco del ascensor.

Aprovechándose de la distracción, el guardia le propinó un tremendo golpe en el lateral de la pierna y le arrebató la metralleta. Cuando disparó, Jan saltó fuera de la cabina y se escabulló por el lateral del hueco, descendiendo hasta el lugar donde se extendía el freno de emergencia. Retrocediendo para evitar la lluvia de proyectiles, empezó a manipular el mecanismo del freno. El guardia que estaba en el techo de la cabina había seguido sus avances, y en ese momento se tendía boca abajo y apuntaba su arma hacia Jan. Cuando empezó a disparar, Jan consiguió soltar el mecanismo del freno de emergencia. El ascensor se precipitó entonces por el hueco hacia abajo, y se llevó al sorprendido guardia con él.

Jan saltó para asirse a la cuerda de rapel más cercana y trepó por ella. Ya había llegado a la cuarta planta y estaba aplicando la corriente alterna a la cerradura magnética, cuando la cabina del ascensor se estrelló contra el fondo del hueco en el segundo sótano. El impacto desplazó la trampilla de mantenimiento, y el c4 explotó. La onda expansiva ascendió por el hueco del ascensor en el preciso momento en que el circuito de la cerradura magnética se interrumpía y Jan atravesaba la puerta dando volteretas.

El vestíbulo de la cuarta planta estaba totalmente recubierto de un mármol ocre del color del café con leche. Unos apliques de cristal esmerilados proporcionaban una suave iluminación indirecta. Al levantarse, Jan vio a Annaka a menos de quinientos metros de él. Huía por el pasillo. A todas luces estaba sorprendida y, muy posiblemente, pensó Jan, no poco asustada. Era evidente que ni ella ni Spalko habían contado con que consiguiera llegar a la cuarta planta. Se rió en silencio mientras emprendía la persecución. No podía culparlos; lo que había hecho era una hazaña considerable.

Un poco más adelante, Annaka se metió en una puerta. Cuando la cerró de un portazo detrás de ella, Jan oyó el chasquido del pestillo de la cerradura al encajar en su sitio. Sabía que tenía que llegar hasta Bourne y Spalko, pero Annaka se había convertido en un comodín que no podía permitirse el lujo de ignorar. Ya había sacado un juego de ganzúas antes de llegar a la puerta cerrada. Introdujo una, y se las ingenió para acertar con las muescas de la gacheta. Tardó menos de quince segundos en abrir la puerta, apenas tiempo suficiente para que Annaka llegara al otro extremo de la habitación. Ella lo miró asustada por encima del hombro antes de cerrar la puerta de un portazo detrás de ella.

De haber echado la mirada atrás, a Jan debería haberlo alertado la expresión de Annaka; ésta nunca exteriorizaba su miedo. Sin embargo, concentró su atención en la ominosa habitación, que era pequeña y cuadrada y que carecía de cualquier rasgo distintivo, así como de ventanas. Toda ella estaba a medio pintar de un blanco roto, incluso las anchas molduras talladas. No había muebles ni ninguna otra cosa en toda la habitación. Pero su inquietud llegó demasiado tarde, porque el suave siseo ya había empezado. Al escudriñar el techo, Jan vio unas entradas de aire en lo más alto de las paredes, desde las que salía un gas. Contuvo la respiración, y se dirigió a la puerta del otro lado. Intentó abrir la cerradura con una ganzúa, pero la puerta siguió sin abrirse. Debía de estar cerrada con pestillo desde el exterior, pensó, mientras volvía corriendo a la puerta por la que había entrado a la habitación. Giró el pomo y se encontró con que también estaba cerrada con cerrojos desde fuera.

El gas estaba empezando a impregnar el cuarto atrancado.

Había caído en una ingeniosa trampa.

Junto al plato de porcelana lleno de migas y la copa en que quedaban los posos del Burdeos, Stepan Spalko había extendido los objetos que le había quitado a Bourne: la pistola de cerámica, el móvil de Conklin, el fajo de dinero y la navaja automática.

Bourne, maltrecho y ensangrentado, llevaba horas sumido en un sueño profundo, primero para sobrevivir a las oleadas de sufrimiento que habían agitado su cuerpo con cada nuevo giro y pinchazo de los instrumentos de Spalko, luego para proteger y conservar el núcleo interior de su energía y, por último, para zafarse de los efectos debilitadores de la tortura y hacer acopio de fuerzas.

Los pensamientos sobre Marie, Alison y Jamie parpadearon en su mente vacía como llamas intermitentes, pero lo que había recordado con más intensidad habían sido sus años bañados por el sol de Phnom Penh. Su mente, alcanzado el punto de absoluta tranquilidad, resucitó a Dao, a Alyssa y a Joshua. Le estaba lanzando una pelota de béisbol a Joshua, a quien enseñaba a utilizar el guante que le había traído de Estados Unidos, cuando Joshua se volvió hacia él y preguntó: «¿Por qué intentaste duplicarnos? ¿Por qué no nos salvaste?». Durante un rato se sumió en la confusión, hasta que vio la cara de Jan flotando en su mente como una luna llena en un cielo sin estrellas.

Jan abrió la boca, y dijo: «Intentaste duplicar a Joshua y a Alyssa. Incluso utilizaste las mismas iniciales de sus nombres».

Quiso salir de su forzosa meditación, abandonar la fortaleza que había erigido para protegerse contra el peor de los estragos que Spalko le estaba infligiendo; lo que fuera con tal de escapar de aquella cara acusadora y de la aplastante culpa.

Culpa.

Había estado huyendo de su sentimiento de culpa. Desde que Jan le dijera quién era realmente, había huido de la verdad, de la misma manera que había huido de Phnom Penh lo más deprisa que pudo. Pensó que había estado huyendo de la tragedia que le había ocurrido, pero la verdad era que lo había hecho de la carga de su insoportable culpa. No había estado allí para proteger a su familia cuando más lo habían necesitado. Y cerrando la puerta que daba a la verdad de un portazo, había salido huyendo.

Que Dios lo ayudara, porque como había dicho Annaka, en eso se había portado como un cobarde.

Mientras Bourne observaba desde sus ojos ensangrentados, Spalko se guardó el dinero en el bolsillo y cogió la pistola.

—Lo he estado utilizando para mantener alejados de mis huellas a los perros de presa de los servicios de inteligencia del mundo. A ese respecto, me ha prestado un gran servicio. —Levantó el arma a la altura de Bourne, apuntando a un lugar entre los ojos—. Pero por desgracia ha dejado de serme de utilidad.

Su dedo se cerró sobre el gatillo.

En ese momento Annaka entró en la habitación.

—Jan ha conseguido entrar en la planta —dijo.

Muy a su pesar, Spalko mostró su sorpresa.

—He oído la explosión. ¿No lo ha matado?

—No sé cómo, consiguió que el ascensor se estrellara. Explotó en el segundo sótano.

—Por suerte, el último cargamento de armas ya ha sido enviado por barco. —Por fin volvió la mirada hacia ella—. ¿Dónde está Jan ahora?

—Está atrapado en el cuarto de los cerrojos. Es hora de irnos.

Spalko asintió con la cabeza. Annaka había estado muy acertada en cuanto a las habilidades de Jan. Y él lo había estado al procurar la relación entre ellos. Siendo como era una criatura artera, Annaka había llegado a conocer a Jan mejor de lo que él podría haber aspirado a conocerlo. Sin embargo, miró fijamente a Bourne, convencido de que todavía no había terminado con él.

—Stepan. —Annaka le puso una mano en el brazo—. El avión espera. Tenemos tiempo para abandonar el edificio sin que nos vean. Los sistemas antiincendios se han activado, y se ha extraído todo el oxígeno del hueco del ascensor, así que no hay posibilidad de que se produzcan daños de importancia. Sin embargo, el vestíbulo debe de estar en llamas, y los coches de los bomberos no tardarán en llegar, si es que no están ya aquí.

Había pensado en todo. Spalko la miró con admiración. Entonces, sin previo aviso, formando un amplio arco con el brazo que sostenía la pistola de cerámica de Bourne, estampó el cañón del arma contra la cabeza de Bourne.

—Le quedará este recuerdo de nuestro primer y último encuentro.

Después, Annaka y él salieron de la habitación.

Tumbado boca abajo, Jan se valía de una pequeña palanca, una de las herramientas que le había pedido a Oszkar, para horadar una sección de la moldura. Los ojos le ardían y le lloraban a causa del gas, y los pulmones estaban a punto de estallarle por la falta de oxígeno. Unos segundos más y se desmayaría, y su sistema nervioso periférico asumiría el mando, y permitiría que el gas penetrara en su organismo.

Pero ya había conseguido arrancar una sección de la moldura, e inmediatamente sintió la corriente de aire frío procedente del exterior de la habitación. Pegó la nariz al orificio de ventilación que había hecho, respirando el aire fresco. Luego, tomando una buena bocanada de aire, colocó la pequeña carga de c4 que Oszkar le había proporcionado. Ésta, más que ninguno de los artículos de la lista de Jan, le había indicado a Oszkar la naturaleza del peligro al que aquél se encaminaba, dando lugar a que su contacto le diera a Jan el equipo de evasión como protección añadida.

Metiendo la nariz en el orificio de ventilación, Jan hizo otra profunda inspiración, y a continuación había colocado en su lugar el paquete de c4, que metió a presión lo más profundamente que pudo. Después de dirigirse a gatas al extremo opuesto del cuarto, apretó el botón del control remoto.

La explosión subsiguiente derribó un lado de la pared, y abrió un boquete de parte a parte. Sin esperar a que el polvo de la madera y el plástico se disipara, Jan atravesó de un saltó la pared y entró en el dormitorio de Stepan Spalko.

El sol penetraba sesgadamente por las ventanas, y el Danubio resplandecía abajo. Jan abrió todas las ventanas para disipar cualquier fuga que pudiera entrar en la habitación. Oyó inmediatamente las sirenas y miró hacia abajo, y vio los coches de los bomberos y de la policía y la frenética actividad a la altura de la calle. Se apartó de las ventanas y miró por la estancia, orientándose con los planos de los arquitectos que Hearn había hecho aparecer en la pantalla de su ordenador.

Se volvió hacia donde estaba señalado el espacio vacío y vio los brillantes paneles de madera de la pared. Apretando la oreja contra los paneles uno a uno, los fue golpeando con los nudillos. De esta manera, el tercer panel por la izquierda demostró ser una puerta. Presionó el lado izquierdo del panel, y éste se abrió hacia dentro.

Jan entró en la habitación de hormigón negro y baldosas blancas. Apestaba a sudor y a sangre, y se encontró frente a un Jason Bourne maltrecho y ensangrentado. Miró fijamente a Bourne, atado al sillón de dentista, rodeado de un círculo de salpicaduras de sangre. Estaba desnudo de cintura para arriba. Los brazos, hombros, pechos y espalda eran un mar de heridas tumefactas y carne abultada. Las dos capas exteriores del vendaje que le cubría las costillas habían sido arrancadas, aunque la inferior seguía intacta.

Bourne giró la cabeza y contempló a Jan con la mirada de un toro herido, ensangrentado y con la cabeza erguida.

—Oí una segunda explosión —dijo Bourne, con una voz atiplada—. Pensé que te habían matado.

—¿Decepcionado? —Jan mostró su dentadura—. ¿Dónde está? ¿Dónde está Spalko?

—Me temo que a ese respecto has llegado tarde —dijo Bourne—. Se ha ido, y Annaka Vadas con él.

—Ella trabajaba para él desde el principio —dijo Jan—. Intenté advertirte de eso en la clínica, pero no quisiste escucharme.

Bourne suspiró, y cerró los ojos ante el seco reproche.

—No tenía tiempo.

—Nunca pareces tener tiempo para escuchar.

Jan se acercó a Bourne. Sintió como si se le estrechara la garganta. Sabía que debía ir tras Spalko, pero algo lo clavó en el sitio. Observó con atención los daños ocasionados por Spalko.

Bourne dijo:

—Me vas a matar ahora.

No fue una pregunta, más bien la declaración de un hecho.

Bourne supo que jamás tendría una oportunidad mejor. Aquella cosa oscura que había alimentado dentro de él, que se había convertido en su única compañía, que a diario se daba un festín con su odio y que a diario había arrojado su veneno en el organismo de Jan, se negaba a morir. Aquella cosa quería matar a Bourne, y en aquel momento casi se había apoderado de él. Casi. Jan sintió el impulso que ascendía desde sus entrañas hasta su brazo, pero había evitado su corazón, así que no alcanzó a impulsarlo a la acción.

De repente Jan giró sobre sus talones y volvió a entrar en el lujoso dormitorio de Spalko. Al cabo de un instante había vuelto con un vaso de agua y un montón de cosas que había encontrado hurgando por el cuarto de baño. Acercó el vaso a la boca de Bourne, y lo inclinó lentamente hasta que estuvo vacío. Como si actuaran por voluntad propia, sus manos soltaron las correas y liberaron las muñecas y los tobillos de Bourne.

Bourne lo observó mientras le lavaba y desinfectaba las heridas. No levantó las manos de los brazos del sillón. En cierto sentido, en ese momento sentía una inmovilidad más absoluta que cuando había estado atado. Observó atentamente a Jan, escudriñando cada curva y cada ángulo, cada facción de su cara. ¿Estaba viendo la boca de Dao, su propia nariz? ¿O era todo una ilusión? Si aquél era su hijo, tenía que saberlo; necesitaba comprender lo que había ocurrido. Pero seguía sintiendo un trasfondo de incertidumbre, una veta de miedo. La posibilidad de que estuviera enfrentándose a su hijo, después de creerlo muerto durante tantos años, era algo que lo superaba. Por otro lado, el silencio en el que se había sumido en ese momento resultaba intolerable. Así que volvió a meterse en el tema neutral que él sabía era de sumo interés para los dos.

—Querías saber lo que estaba tramando Spalko —dijo, respirando lenta y profundamente cada vez que el contacto del desinfectante hacía que unas punzadas de dolor le recorrieran el cuerpo—. Ha robado un arma inventada por Felix Schiffer; un difusor biológico portátil. Y se las ha arreglado para coaccionar a Peter Sido, un epidemiólogo que trabaja en la clínica, para que le proporcionara la carga.

Jan dejó caer la gasa empapada de sangre y cogió una limpia.

—¿La cual es de...?

—Ántrax, o alguna fiebre hemorrágica sintética, no lo sé. Lo único seguro es que es absolutamente letal.

Jan siguió limpiándole las heridas. El suelo estaba ya cubierto de gasas ensangrentadas.

—¿Y por qué me cuentas esto ahora? —preguntó Jan, con una susceptibilidad indisimulada.

—Porque ahora sé lo que se propone hacer Spalko con esa arma.

Jan levantó la vista de su faena.

A Bourne le resultó físicamente doloroso mirarle a los ojos. Respirando profundamente, consiguió terminar con dificultad.

—Spalko anda muy justo de tiempo. Tenía que ponerse en marcha inmediatamente.

—La cumbre antiterrorista de Reikiavik.

Bourne asintió con la cabeza.

—Es la única posibilidad con sentido.

Jan se levantó y se enjuagó las manos con la manguera. Se quedó observando el remolino de agua rosada al colarse por la enorme rejilla.

—Es decir, si te creyera.

—Voy a ir tras ellos —dijo Bourne—. Después de reunir las piezas, al final caí en la cuenta de que Conklin se había apoderado de Schiffer y lo había escondido con Vadas y Molnar porque se había enterado de la amenaza de Spalko. Conseguí el nombre en clave del difusor biológico, el NX 20, de una libreta que había en casa de Conklin.

—De modo que por eso asesinaron a Conklin. —Jan asintió con la cabeza—. ¿Por qué no acudió a la Agencia con esa información? Sin duda alguna la CIA, como organización, habría estado mejor equipada para encargarse de la amenaza que pesaba sobre el doctor Schiffer.

—Podría haber habido muchas razones —dijo Bourne—. Pensaría que no le creerían, dada la reputación de Spalko como persona dedicada a las labores humanitarias. O puede que Conklin no dispusiera de mucho tiempo; o que su información no fuera lo bastante concreta para que la burocracia de la Agencia se moviera con la suficiente rapidez. Y tampoco era el estilo de Alex; detestaba compartir los secretos.

Bourne se levantó lentamente, dolorido, apoyándose con una mano en el respaldo del sillón. Le pareció que tenía las piernas de goma de haber estado sentado en la misma posición durante tanto tiempo.

—Spalko asesinó a Schiffer, y tengo que suponer que tiene al doctor Sido, vivo o muerto. Tengo que impedirle que mate a alguien en la cumbre.

Jan se dio la vuelta y le entregó el móvil.

—Toma. Llama a la Agencia.

—¿De verdad piensas que me creerían? Por lo que respecta a la Agencia, yo asesiné a Conklin y a Panov en la casa de Manassas.

—Lo haré yo, entonces. Incluso la burocracia de la CIA tiene que tomarse en serio una llamada anónima que amenace la vida del presidente de Estados Unidos.

Bourne meneó la cabeza.

—El jefe de la seguridad estadounidense es un hombre llamado Jamie Hull. Seguro que encontraría una manera de joder la información. —Le brillaron los ojos; casi habían perdido toda su opacidad—. Eso sólo me deja una única opción, aunque no creo que pueda hacerlo solo.

—A juzgar por tu aspecto —dijo Jan—, no creo que puedas hacer nada en absoluto.

Bourne se obligó a mirarlo a los ojos.

—Razón de más para que te unas a mí.

—¡Estás loco!

Bourne se había hecho inmune a la creciente hostilidad.

—Estás tan desesperado por coger a Spalko como yo. ¿Dónde está el inconveniente?

—Sólo veo inconvenientes —dijo Jan con sorna—. ¡Mírate! Estás hecho una mierda.

Bourne se había soltado del sillón y estaba caminando alrededor de la habitación, estirando los músculos, recuperando las fuerzas y la confianza en su cuerpo a cada paso que daba. Jan, que vio esto, estaba realmente asombrado.

Bourne se volvió hacia él, y dijo:

—Te prometo que no te dejaré hacer todo el trabajo difícil.

Jan no rechazó la oferta de plano. Antes bien, hizo una concesión a regañadientes, no del todo seguro de por qué la estaba haciendo.

—Lo primero que tenemos que hacer es salir de aquí sanos y salvos.

—Lo sé —dijo Bourne—. Como te dio por provocar un incendio, ahora el edificio es un hervidero de bomberos y, sin duda, de policías.

—No estaría aquí si no hubiera provocado ese incendio.

Bourne se dio cuenta de que el desenfado de su broma no estaba aliviando la tensión; en todo caso estaba consiguiendo lo contrario. No sabían cómo hablarse el uno al otro. Se preguntó si alguna vez llegarían a saberlo.

—Gracias por rescatarme —dijo.

Jan rehuyó su mirada.

—No te hagas ilusiones. He venido aquí a matar a Spalko.

—Bueno —dijo Bourne—. Por fin tengo algo que agradecerle a Spalko.

Jan meneó la cabeza.

—Esto no puede funcionar. No confío en ti, y sé que tú no confías en mí.

—Estoy dispuesto a intentarlo —dijo Bourne—. Sea lo que sea lo que haya entre nosotros, esto es mucho más importante.

—No me digas lo que tengo que pensar —dijo Jan con brusquedad—. No te necesito para eso; nunca lo necesité. —Consiguió levantar la cabeza y mirar a Bourne—. De acuerdo, así es como están las cosas. Accederé a trabajar juntos con una condición. Encuentra una manera de salir de aquí.

—Hecho. —La sonrisa de Bourne confundió a Jan—. Al contrario que tú, he tenido muchísimas horas para pensar en cómo escapar de este cuarto. Había dado por sentado que, aunque consiguiera como fuera liberarme del sillón, no llegaría lejos utilizando los métodos convencionales. En ese momento no me sentía con suficientes fuerzas para enfrentarme a un escuadrón de los hombres de Spalko. Así que di con otra solución.

La expresión de Jan denotaba enfado. Detestaba que aquel hombre supiera más que él.

—¿Cuál?

Bourne hizo un gesto con la cabeza en dirección a la rejilla de desagüe.

—¿El desagüe? —dijo Jan con incredulidad.

—¿Por qué no? —Bourne se arrodilló junto a la rejilla—. Tiene el suficiente diámetro para colarse por él. —Hizo un gesto cuando abrió la navaja automática e introdujo la hoja entre la rejilla y el hueco de su sifón—. ¿Por qué no me echas una mano?

Cuando Jan se arrodilló en el lado opuesto de la rejilla, Bourne utilizó la hoja de la navaja para levantarla ligeramente. Jan tiró de ella hacia arriba. Dejando a un lado la navaja, Bourne se unió a él, y entre los dos, y no sin esfuerzo, la levantaron del todo.

A Jan no se le escapó la mueca de dolor de Bourne al realizar el esfuerzo. En ese momento un inquietante sentimiento se despertó en su interior, un sentimiento extraño y a la vez familiar, una especie de orgullo que sólo al final pudo identificar, y eso con notable dolor. Era una emoción que había sentido siendo niño, antes de que, horrorizado, se hubiera alejado sin rumbo fijo, perdido y abandonado, de Phnom Penh. Desde entonces lo había emparedado con tanta eficacia que no había supuesto ningún problema para él. Hasta ese momento.

Apartaron la rejilla haciéndola rodar; Bourne cogió entonces parte del ensangrentado vendaje que Spalko le había arrancado y envolvió el móvil en él. Luego, se lo guardó en el bolsillo junto con la navaja cerrada.

—¿Quién se mete primero? —preguntó.

Jan se encogió de hombros sin dar ninguna muestra de estar impresionado. Tenía una idea aproximada de adónde conducía el desagüe, y creía que Bourne también.

—Ha sido idea tuya.

Bourne se introdujo en el agujero circular.

—Espera diez segundos, y luego sígueme —dijo antes de desaparecer de la vista.

Annaka estaba eufórica. Mientras se dirigían a toda velocidad hacia el aeropuerto en la limusina blindada de Spalko, supo que nada ni nadie podría detenerlos. Al final, su treta de última hora con Ethan Hearn había sido innecesaria, pero no se arrepentía de haberlo intentado. Siempre merecía la pena pecar de prudente, y en el momento en que decidió enfrentarse a Hearn, el destino de Spalko parecía pender de un hilo. Al examinarlo en ese momento, supo que jamás debería haber dudado de él. Spalko tenía el valor, las aptitudes y los recursos internaciones para conseguir lo que fuera, incluso aquel audaz golpe de poder. Tenía que admitir que cuando Spalko le había contado por primera vez lo que planeaba se había mostrado escéptica, y así había seguido hasta que él consiguió que salieran a la otra orilla del Danubio a través del túnel de un antiguo refugio antiaéreo que había descubierto al comprar el edificio. Cuando inició las obras de remodelación borró cualquier referencia a él de los planos de los arquitectos, de manera que fue su secreto, hasta que se lo enseñó a Annaka.

La limusina y el chófer los habían estado esperando en la otra orilla bajo el intenso resplandor del sol de última hora de la tarde, y en ese momento se dirigían por la autopista a toda velocidad en dirección al aeropuerto de Ferihegy. Se acercó a Stepan, y cuando el rostro carismático de éste se volvió hacia ella, Annaka le cogió fugazmente la mano entre las suyas. Spalko se había deshecho del ensangrentado delantal de carnicero y de los guantes de látex en el túnel. En ese momento, llevaba puestos unos vaqueros, una camisa blanca recién planchada y mocasines. Nadie diría que había estado despierto toda la noche.

Spalko sonrió.

—Creo que esto requiere una copa de champán, ¿no te parece?

Annaka se rió.

—Piensas en todo, Stepan.

Él señaló las copas de flauta colocadas en sus hornacinas dentro del panel de la puerta de Annaka. Eran de cristal, no de plástico, Cuando ella se adelantó para cogerlas, Spalko sacó una botella individual de champán de un compartimiento frigorífico. Fuera, los edificios de viviendas de ambos lados de la autopista pasaban a toda velocidad, reflejando la esfera del sol poniente.

Spalko arrancó la caperuza metálica, hizo saltar el corcho y sirvió el espumoso champán primero en una copa y luego en otra. Depositó la botella, y entrechocaron las copas en un brindis silencioso. Le dieron un sorbo al champán al unísono, y ella lo miró a los ojos. Eran como hermanos, puede incluso que estuvieran más unidos, porque ninguno soportaba la pesada carga de la rivalidad fraternal. De todos los hombres que había conocido, meditó ella, Stepan era el que más cerca había estado de satisfacer sus deseos. No es que lo hubiera deseado como pareja alguna vez. De niña, le habría venido bien tener un padre, pero eso no pudo ser. Así que había escogido a Stepan, un hombre fuerte, competente e invencible. Tenía todo lo que una hija podía desear de un padre.

Los edificios de viviendas se fueron haciendo menos numerosos cuando atravesaron el último anillo suburbano de la ciudad. La luz siguió decreciendo a medida que se ocultaba el sol. El cielo estaba despejado y rojizo y apenas soplaba una ligera brisa, unas condiciones ideales para un despegue perfecto.

—¿Qué tal un poco de música para acompañar el champán? —preguntó Spalko, y levantó la mano hacia el reproductor múltiple de discos compactos incrustado encima de su cabeza—. ¿Qué es lo que más te apetece? ¿Bach? ¿Beethoven? No, claro que no. Chopin.

Escogió el disco compacto correspondiente y apretó un botón con el índice. Pero en lugar de la típica lírica melodía del compositor favorito de Annaka, ésta oyó su propia voz.

«Usted no trabaja para la Interpol: no tiene sus hábitos. La CIA... No, no creo. Stepan lo habría sabido, en el caso de que los estadounidenses estuvieran intentando infiltrarse en su organización. Así que ¿para quién, entonces? Uf.»

Annaka, con la copa a medio camino de sus labios parcialmente abiertos, se paralizó.

«No se ponga tan lívido, Ethan.»

Para su horror, vio que Stepan le sonreía burlonamente por encima del borde de su copa.

«La verdad es que a mí no me importa. Sólo quiero una póliza de seguros, por si las cosas se ponen desagradables por aquí. Y esa póliza de seguros es usted.»

El dedo de Spalko pulsó el botón de «Parada», y salvo por el sordo repiqueteo del potente motor de la limusina, el silencio cayó sobre ellos.

—Imagino que te estarás preguntando cómo me hice con la prueba de tu traición.

Annaka había perdido temporalmente la capacidad de hablar. Su mente se había quedado congelada en el preciso instante en que Stepan le había preguntado amablemente por la música que más le apetecía oír. Lo que más deseaba en el mundo era volver a aquel momento. Su mente conmocionada sólo era capaz de pensar en la grieta que se había abierto en su realidad como un enorme abismo a sus pies. Sólo quedaba su perfecta vida antes de que Spalko pusiera en marcha la grabación digital y el desastre que había sobrevenido después de eso.

¿Seguía sonriendo Stepan con aquella horrible sonrisa de hiena? Annaka se dio cuenta de que tenía dificultades para enfocar. Sin pensarlo, se golpeó los ojos.

—¡Dios bendito, Annaka! ¿Son de verdad esas lágrimas? —Spalko sacudió la cabeza con aire atribulado—. Me has decepcionado, Annaka, aunque, para serte sincero, me preguntaba cuándo me traicionarías. A ese respecto, tu señor Bourne tenía toda la razón.

—Stepan, yo... —Se detuvo por propia iniciativa. No había reconocido su propia voz, y lo último que haría sería suplicar. Su vida ya era bastante lamentable como estaba.

Stepan estaba sosteniendo algo entre el pulgar y el índice, un minúsculo disco más pequeño incluso que una pila de reloj.

—Un dispositivo electrónico de escucha colocado en el despacho de Hearn. —Se rió de manera cortante—. Lo irónico del caso es que no sospechaba especialmente de él. Hay uno de éstos en todos los despachos de los nuevos empleados, al menos durante los primeros seis meses. —Se metió el disco en el bolsillo con una floritura de mago—. Mala suerte para ti, Annaka. Y buena para mí.

Tragando lo que le quedaba de champán, Spalko dejó la copa. Annaka seguía sin moverse. Tenía la espalda recta, y el codo derecho levantado. Sus dedos rodeaban el borde del fondo acampanado de la copa.

Spalko la miró con ternura.

—¿Sabes, Annaka? Si fueras cualquier otra, ya estarías muerta. Pero compartimos una historia; compartimos una madre, por decirlo de una manera un tanto exagerada.

Ladeó la cabeza, y expuso la superficie de la cara a las últimas luces de la tarde. El lado de la cara que tenía tantos poros como el plástico brilló como las ventanas de los edificios que habían dejado muy atrás. Fueron pocos los habitáculos que se alzaron ante ellos hasta que se metieron en el mismo aeropuerto.

—Te quiero, Annaka. —Le sujetó la cintura con una mano—. Te quiero como nunca podría querer a ninguna otra.

De manera sorprendente, la bala de la pistola de Bourne hizo poco ruido. El torso de Annaka retrocedió con una sacudida hacia el brazo acogedor de Spalko, y su cabeza se levantó de repente. Él percibió el estremecimiento que sacudió el cuerpo de Annaka, y supo que la bala debía de haberse alojado cerca del corazón. En ningún momento dejó de mirarla a los ojos.

—Realmente es una lástima, ¿no crees?

Spalko notó el calor de su sangre al resbalarle sobre la mano y caer en el asiento, donde formó un charco. Los ojos de Annaka parecían sonreír, aunque no había ninguna otra expresión en su cara. Incluso al borde de la muerte, meditó él, ella no parecía tener miedo. Bueno, aquello no estaba nada mal, ¿verdad?

—¿Va todo bien, señor Spalko? —preguntó el chófer desde la parte delantera.

—Ahora sí —dijo Stepan Spalko.

27

El Danubio estaba frío y negro. Bourne, herido de gravedad, fue el primero en caer al agua del río, donde desaguaba el sumidero, pero fue Jan quien tuvo dificultades. La extrema frialdad del agua no le importó, pero la oscuridad le hizo revivir el horror de pesadilla de su recurrente sueño.

La impresión del agua, la lejana superficie por encima de su cabeza, hizo que sintiera como si tuviera el tobillo atado a un cuerpo blanco medio descompuesto que girara lentamente por debajo de él en las profundidades. Lee-Lee lo llamaba, Lee-Lee quería que se uniera a ella...

Sintió que daba volteretas en la oscuridad, en un agua aún más profunda. De repente sintió para su espanto que tiraban de él. Presa del pánico, se preguntó si era Lee-Lee.

De pronto sintió el calor de otro cuerpo, grande y, a pesar de sus heridas, todavía tremendamente poderoso. Sintió el brazo de Bourne alrededor de su cintura, y el impulso de las piernas de Bourne lo sacó de la rápida corriente en la que Jan había caído y lo condujo hacia arriba, a la superficie.

A Jan le pareció que estaba llorando, o al menos gritando, pero cuando salieron a la superficie y se dirigieron a la lejana orilla, Jan empezó a dar golpes, como si no quisiera otra cosa que castigar a Bourne, o golpearlo hasta dejarlo sin sentido. Pero lo más que pudo hacer fue desasirse del envolvente brazo que le rodeaba la cintura y mirar con ferocidad a Bourne mientras se impulsaban hacia el muro de contención de piedra.

—¿Qué creíste que estabas haciendo? —dijo Jan—. Casi consigues que me ahogara.

Bourne abrió la boca para contestarle, pero aparentemente se lo pensó mejor. En su lugar, señaló río abajo, hacia el lugar en que un hierro vertical sobresalía del agua. Al otro lado de las profundas aguas azules del Danubio, los camiones de bomberos, las ambulancias y los coches de la policía seguían rodeando el edificio de Humanistas Ltd.

Multitud de curiosos se habían unido a los puñados de empleados evacuados, surgiendo en oleadas por las aceras, extendiéndose por las calles, asomándose a las ventanas, estirando los cuellos para conseguir un ángulo mejor. Los barcos que surcaban el río en una y otra dirección se estaban congregando en el lugar, y aunque los miembros de las fuerzas policiales les hacían señas para que se alejaran, los pasajeros corrían a la verja para ver más de cerca lo que pensaban que podría ser un desastre en ciernes. Pero habían llegado demasiado tarde. Según parecía, el fuego iniciado por la explosión en el hueco del ascensor había sido extinguido.

Pegándose a las sombras del muro de contención, Bourne y Jan se dirigieron a la escalera, que subieron todo lo deprisa que les fue posible. Por suerte para ellos, todos los ojos estaban puestos en el jaleo montado en el edificio de Humanistas Ltd. A unos cuantos cientos de metros de distancia reparaban una parte del muro de contención. Así pues, se arrastraron protegidos por las sombras por debajo del nivel de la calle, aunque por encima del agua, donde se había socavado el hormigón apuntalado con unos pesados maderos.

—Dame tu teléfono —dijo Jan—. El mío se ha empapado.

Bourne desenvolvió el móvil de Conklin y se lo entregó.

Jan marcó el móvil de Oszkar y, cuando lo localizó, le dijo dónde estaban y lo que necesitaban. Escuchó durante un momento, y luego le dijo a Bourne:

—Oszkar, mi contacto aquí, en Budapest, nos está consiguiendo un vuelo. Y te va a traer algunos antibióticos.

Bourne asintió con la cabeza.

—Bueno, veamos lo bueno que es realmente. Dile que necesitamos los planos del hotel Oskjuhlid de Reikiavik.

Jan lo miró con hostilidad, y durante un momento Bourne temió que fuera a colgar simplemente por maldad. Se mordió el labio. Tendría que acordarse de hablarle de una manera menos provocativa.

Jan le dijo a Oszkar lo que necesitaban.

—Tardará alrededor de una hora —dijo Jan.

—¿No ha dicho «imposible»? —preguntó Bourne.

—Oszkar nunca dice «imposible».

—Ni mis contactos podrían hacerlo mejor.

Se había levantado un viento frío e irregular, lo que le obligó a adentrarse más en su cueva improvisada. Bourne aprovechó la oportunidad para evaluar el daño que Spalko le había infligido; Jan había hecho bien en curarle las punciones, que eran numerosas en los brazos, pecho y piernas. Jan seguía con la cazadora puesta. En ese momento se la quitó y la sacudió. Cuando lo hizo, Bourne vio que la parte interior estaban llena de bolsillos, y todos ellos parecían llenos.

—¿Qué llevas ahí? —preguntó.

—Trucos de la profesión —dijo Jan sin ganas de conversación. Se retiró a su mundo particular utilizando el móvil de Bourne.

—Ethan, soy yo —dijo Jan—. ¿Va todo bien?

—Eso depende —respondió Hearn—. En el tumulto descubrí que en mi despacho había un micrófono.

—¿Sabe Spalko para quién trabajas?

—Nunca he mencionado tu nombre. De todos modos, la mayor parte de las veces te he llamado fuera del despacho.

—No obstante sería prudente que te marcharas.

—Eso es exactamente lo que estaba pensando —dijo Hearn—. Me alegra oír tu voz. Después de las explosiones, no sabía qué pensar.

—Tienes poca fe —dijo Jan—. ¿Cuánto tienes sobre él?

—Bastante.

—Coge todo lo que tengas y sal de ahí ya. Me vengaré de él ocurra lo que ocurra.

Oyó que Hearn tomaba aire.

—¿Qué se supone que significa eso?

—Significa que quiero una copia de seguridad. Si por alguna razón no me puedes entregar el material, quiero que te pongas en contacto... Espera un momento. —Se volvió hacia Bourne, y dijo—: ¿Hay alguien en la Agencia a quien se le pueda confiar la información sobre Spalko?

Bourne negó con la cabeza, pero recapacitó de inmediato. Pensó en lo que Conklin le había contado sobre el director adjunto: que no sólo era un hombre justo, sino que además era uno de los suyos.

—Martin Lindros —dijo.

Jan asintió y le repitió el nombre a Hearn, tras lo cual cortó la comunicación y le devolvió el móvil.

Bourne tenía ante sí un dilema. Quería encontrar alguna manera de sintonizar con Jan, pero no sabía cómo. Al final se le ocurrió preguntarle cómo había llegado a la sala de interrogatorios. Se sintió aliviado cuando Jan empezó a hablar. Le contó a Bourne lo del escondite en el sofá, la explosión en el hueco del ascensor y su fuga de la habitación con cerrojos. Sin embargo, no hizo la menor referencia a la traición de Annaka.

Bourne escuchó cada vez más fascinado, aunque una parte de él siguió ausente, como si fuera otro quien mantuviese aquella conversación. Se sentía inclinado a rehuir cualquier compromiso sentimental con Jan; las heridas psíquicas estaban todavía demasiado abiertas. Reconoció que en su actual estado de debilidad todavía no estaba preparado para enfrentarse a las preguntas ni a las dudas que lo desbordaban. Así pues, los dos siguieron hablando de manera irregular y con poca fluidez, eludiendo en todo momento el tema central que se levantaba entre ellos como un castillo que podía ser asediado pero no tomado.

Una hora después llegó Oszkar en la furgoneta de su empresa con toallas, mantas y ropa nueva, además de un antibiótico para Bourne. Les entregó unos termos con café caliente. Bourne y Jan subieron al asiento trasero y, mientras se cambiaban, hizo un fardo con sus ropas rotas y mojadas; con todas, excepto con la extraordinaria cazadora de Jan. Luego, les entregó unas botellas de agua y comida, que ambos devoraron.

Si se sorprendió ante la visión de las heridas de Bourne, no lo demostró, y Jan supuso que había dado por sentado que el asalto había sido un éxito. A continuación le entregó a Bourne un ligero ordenador portátil.

—Se han descargado los planos de todos los sistemas y subsistemas del hotel en el disco duro —dijo Oszkar—, además de los mapas de Reikiavik y sus alrededores y alguna información básica que pensé que podría ser de utilidad.

—Estoy impresionado. —le dijo Bourne a Oszkar, aunque también se dirigía a Jan.

*　*　*

Martín Lindros recibió la llamada poco después de las once de la mañana, zona horaria del este. Se metió de un salto en su coche e hizo el trayecto de quince minutos hasta el Hospital George Washington en menos de ocho. El detective Harry Harris estaba en urgencias. Lindros utilizó sus credenciales para ahorrarse los trámites burocráticos y que uno de los agobiados médicos residentes lo llevara hasta la cama. Lindros descorrió la cortina que rodeaba por tres lados el cubículo de la sala de urgencias y la volvió a cerrar detrás de él.

—¿Qué demonios te ha ocurrido? —preguntó.

Recostado en la cama, Harris lo miró lo mejor que pudo. Tenía la cara tumefacta y de varios colores. Le habían partido el labio, y debajo del ojo izquierdo tenía un corte que había sido cosido.

—Que me han despedido... Eso es lo que ha ocurrido.

Lindros sacudió la cabeza.

—No lo entiendo.

—La consejera de Seguridad Nacional llamó a mi jefe. Directamente. En persona. Y exigió que me despidieran. Despedido sin indemnización y sin derecho a paro. Eso es lo que me dijo mi jefe, cuando me llamó ayer a mi despacho.

Lindros apretó los puños.

—¿Y luego?

—¿Qué quieres decir? Me dio una patada en el culo. Y aquí me tienes, deshonrado, después de una carrera sin tacha.

—Me refiero a cómo acabaste aquí.

—Ah, eso. —Harris volvió la cabeza hacia un lado, sin mirar a ningún sitio—. Supongo que me emborraché.

—¿Lo supones?

Harris se volvió de nuevo hacia él, con la mirada centelleante.

—Me emborraché mucho, ¿vale? Pensé que era lo menos que me merecía.

—Pero conseguiste algo más.

—Sí. Si no recuerdo mal, tuve una discusión con un par de motoristas que acabó en algo parecido a una trifulca.

—Supongo que creíste que te merecías que te hicieran papilla.

Harris no dijo nada.

Lindros se pasó una mano por la cara.

—Sé que te prometí que me encargaría de esto, Harry. Pensé que lo tenía bajo control, incluso había acabado por convencer al DCI, más o menos. Nunca me imaginé que la consejera de Seguridad Nacional hiciera un ataque preventivo.

—Que le den —dijo Harris—. Que les den a todos. —Se rió con amargura—. Ya lo decía mi madre: «Ninguna buena obra queda sin castigo».

—Mira, Harry, jamás habría resuelto todo este asunto de Schiffer sin tu ayuda. Y ahora no te voy a abandonar. Te sacaré de ésta.

—¿Sí? Me gustaría saber cómo cojones lo vas a hacer.

—Como en una ocasión dijo sabiamente Aníbal, uno de mis mitos militares: «Encontraremos la manera o inventaremos una».

Cuando estuvieron preparados, Oszkar los llevó al aeropuerto. Bourne, a quien le dolía atrozmente todo el cuerpo, se alegró de que condujera otro. Sin embargo, permaneció en alerta operativa. Le complació que Oszkar estuviera pendiente de controlar a cualquier posible perseguidor por los retrovisores. No pareció que los siguiera nadie.

Bourne alcanzó a divisar la torre de control del aeropuerto, y al cabo de un rato Oszkar salió de la autopista. No había policías a la vista. Nada parecía fuera de su sitio. Sin embargo, Bourne sintió nacer ciertas vibraciones en su interior.

Nadie les salió al paso mientras atravesaban las calles del aeropuerto y se dirigían al aeródromo de los servicios de alquiler. El avión los estaba esperando, listo y cargado de combustible. Salieron de la furgoneta. Antes de salir, Bourne le estrechó la mano a Oszkar.

—Gracias de nuevo.

—No hay problema —dijo Oszkar con una sonrisa—. Todo va incluido en la factura.

Oszkar arrancó, y Jan y Bourne subieron las escalerillas y entraron en el avión.

El piloto les dio la bienvenida a bordo, subió las escalerillas y cerró y aseguró la puerta. Bourne le dijo cuál era su destino, y cinco minutos más tarde correteaban por la pista y despegaban para un vuelo de dos horas y diez minutos a Reikiavik..

* * *

—Sobrevolaremos el barco pesquero dentro de tres minutos —dijo el piloto.

Spalko se ajustó el auricular electrónico, cogió el estuche refrigerado de Sido y se dirigió a la parte posterior del avión, donde se colocó los arneses por los hombros. Cuando se hubo asegurado las cinchas, miró fijamente hacia la nuca de Peter Sido, quien estaba esposado a su asiento. Uno de los hombres armados de Spalko se sentaba en el asiento contiguo.

—Ya sabes adónde tienes que llevarlo —le dijo en voz baja al piloto.

—Sí, señor. A ninguna parte cerca de Groenlandia.

Spalko se dirigió a la salida posterior y le hizo una señal a su hombre, quien se levantó y avanzó por el pasillo para llegar hasta él.

—¿Vas bien de combustible?

—Sí, señor, acerté de lleno con mis cálculos.

Spalko atisbó por la pequeña ventanilla redonda de la puerta. Ya habían descendido más sobre el negro azulado de las aguas del Atlántico Norte, donde las crestas de sus olas eran un claro indicio de su archiconocida turbulencia.

—Treinta segundos, señor —dijo el piloto—. Hay un viento bastante fuerte en dirección nornoreste de dieciséis nudos.

—Comprendido. —Spalko percibió el aminoramiento de su velocidad de vuelo. Llevaba puesto un traje seco de buceo de 7 milímetros de grosor bajo la ropa. A diferencia de los trajes convencionales de buceo, que confían en una fina capa de agua que penetra entre el cuerpo y el traje de neopreno para impedir que baje la temperatura corporal, aquél estaba sellado en los pies y en las muñecas para impedir la entrada del agua. Por debajo de su revestimiento de tres capas, llevaba ropa interior de protección térmica de Tinsulate para una mayor defensa contra el frío. Sin embargo, a menos que sincronizara su aterrizaje perfectamente, el impacto del agua helada podría paralizarlo y, pese a la protección del traje, eso podría resultar fatal. No podía fallar nada. Se sujetó el estuche a la muñeca izquierda con una cadena con manija y se puso los guantes secos.

—Quince segundos —dijo el piloto—. Viento constante.

«Bien, nada de viento racheado», pensó Spalko. Hizo un gesto con la cabeza a su hombre, que bajó la enorme palanca y abrió la puerta. Un viento huracanado llenó el avión. Por debajo de él no había nada más que cuatro mil metros de aire, y luego el océano, que estaría tan duro como el hormigón si impactaba contra él a la velocidad de una caída libre.

—¡Ya! —dijo el piloto.

Spalko saltó. Cuando el viento le golpeó en la cara, sintió la presión en los oídos. Arqueó el cuerpo. Once segundos después estaba cayendo a casi ciento ochenta kilómetros por hora, una velocidad mortal. Y sin embargo, no tenía la sensación de estar cayendo. Todo lo contrario, tan sólo sentía una leve presión contra el cuerpo.

Miró hacia abajo, vio el barco pesquero y, utilizando la presión del aire, se desplazó hacia la horizontal para compensar el viento del nornoreste de dieciséis nudos. Poniéndose recto, consultó el altímetro que llevaba en la muñeca. A ochocientos metros de altura tiró del cordón de apertura y sintió el leve tirón en los hombros y el suave crujido del nailon cuando el dosel se desplegó por encima de él. De repente, el apenas metro cuadrado de resistencia que su cuerpo ofrecía al aire se había transformado en 22,5 metros cuadrados de resistencia al avance. En ese momento estaba descendiendo lentamente a cinco metros por segundo.

Por encima de él estaba la luminosa bóveda celeste; por debajo se extendía la inmensidad del Atlántico Norte, agitado, convulso, a quien el sol de últimas horas de la tarde confería un brillante color broncíneo. Spalko vio al barco pesquero cabeceando y, a bastante distancia, la prominente curva de la península sobre la que se erigía Reikiavik. El viento lo arrastraba sin cesar, y durante un rato estuvo ocupado en compensarlo ensanchando repetidamente el dosel del paracaídas. Respiró hondo, disfrutando de la mullida sensación de la caída.

Tuvo la sensación de estar suspendido, y entonces, sobre un escudo de interminable azul, pensó en su meticulosa planificación, en los años de esfuerzo, en las maquinaciones y manipulaciones que lo habían llevado a aquel punto, que había llegado a considerar como la cumbre de su vida. Recordó los años pasados en Estados Unidos, en la tropical Miami, en el doloroso trance de la reconstrucción y reparación de su destrozada cara. Tenía que admitir que había disfrutado contándole a Annaka la historia de su imaginario hermano, y sin embargo ¿de qué otra manera le habría podido explicar su presencia en la clínica? Jamás podría haberle contado que mantenía un apasionado romance con su madre. Había sido tan sencillo como sobornar a los médicos y a las enfermeras para que le concedieran tiempo para estar en la intimidad con su paciente. «Qué tremendamente corruptos son los seres humanos», reflexionó. Había logrado gran parte de sus éxitos aprovechándose de ese principio.

¡Qué mujer tan asombrosa había sido Sasa! Ni antes ni después de ella había conocido a otra igual. Y, como era natural, había dado por supuesto que Annaka sería como su madre. Entonces era mucho más joven, desde luego, y se le había podido perdonar su estupidez.

Se preguntó qué habría pensado Annaka en ese momento si le hubiera contado la verdad: que hacía años él era el esclavo de un capo mafioso, un monstruo sádico y vengativo que lo había enviado a ejecutar una venganza sabiendo perfectamente que podría tratarse de una trampa. Y así fue, y la cara de Spalko era el resultado de aquello. Se había vengado de Vladimir, pero no de la heroica manera que le había descrito a Zina. La verdad de lo que había hecho era vergonzoso, pero en aquellos días carecía del poder para actuar por su cuenta. Ya no.

Se encontraba a más de ciento cincuenta metros de altura cuando el viento cambió de repente. Spalko empezó a alejarse del barco, y maniobró con el dosel para reducir al mínimo el efecto. Sin embargo, fue incapaz de invertir su trayectoria. Vio por debajo de él el destello del reflejo sobre la borda del barco pesquero, y supo que la tripulación estaba controlando atentamente su descenso. El barco empezó a moverse con él.

El horizonte estaba más alto y el océano se estaba acercando ya con rapidez, llenando todo el mundo, cuando la perspectiva de Spalko cambió. El viento cesó de repente, y él cayó, abriendo el dosel en el instante preciso para hacer su amerizaje lo más suave posible.

Sus piernas fueron las primeras en penetrar en el agua, y luego se hundió por completo. Pese a estar mentalmente preparado como estaba, la impresión del agua helada le golpeó como un martillo que lo dejó sin resuello. El peso de la caja refrigerada tiró de él rápidamente hacia abajo, aunque Spalko lo compensó con unas expertas y potentes patadas, moviendo las piernas como si fueran unas tijeras. Salió a la superficie con un giro de cabeza y respiró hondo mientras se deshacía del arnés.

Oyó el chirriante batir de los motores del pesquero que resonaban en las profundidades, y sin molestarse siquiera en mirar, empezó a nadar en aquella dirección. El oleaje era tan alto y la corriente tan rápida que no tardó en llegar a la conclusión de que era inútil seguir nadando. Cuando el barco llegó a su lado, estaba a punto de quedarse sin fuerzas. Sin la protección del traje seco, supo que ya habría sucumbido a la hipotermia.

Un miembro de la tripulación le lanzó un cabo, tras lo cual lanzaron una escalera de cuerda por el costado del barco. Spalko agarró la cuerda, y la sujetó con todas sus fuerzas mientras lo arrastraban hacia el lado donde colgaba la escalera. Subió por ella, sin que el océano dejara de oponerse a sus avances hasta el último momento.

Una mano fuerte se estiró hacia abajo, ayudándole a saltar por encima de la borda. Spalko levantó la cabeza, y vio una cara con unos penetrantes ojos azules y una espesa mata de pelo rubio.

—*La illaha ill Allah* —dijo Hasan Arsenov—. Bienvenido a bordo, jeque.

Spalko se apartó, mientras los miembros de la tripulación lo envolvían en unas mantas absorbentes.

—*La illaha ill Allah* —contestó—. Casi no te he reconocido.

—La primera vez que me miré al espejo después de teñirme el pelo, yo tampoco —dijo Arsenov.

Spalko escrutó la cara del líder terrorista.

—¿Qué tal las lentillas?

—Ninguno de nosotros ha tenido problemas. —Arsenov no podía apartar los ojos de la caja metálica que sujetaba el jeque—. Lo ha traído.

Spalko asintió con la cabeza. Miró por encima del hombro de Arsenov y vio a Zina, que estaba parada contra la última luz del atardecer. Su pelo dorado flotaba por detrás de ella, y sus ojos azul cobalto lo observaban con una intensa avidez.

—Dirigíos a la costa —le dijo Spalko a la tribulación—. Quiero ponerme ropa seca.

Bajó al camarote de proa, donde habían apilado con cuidado alguna ropa encima de una cucheta. En el suelo había unos resistentes zapatos negros. Spalko soltó la cadena que sujetaba la caja y colocó ésta encima de la litera. Mientras se quitaba la ropa empapada y se despojaba del traje seco, se miró la muñeca para ver hasta dónde llegaba la gravedad de las abrasiones que le había producido la manija. Luego se frotó las palmas hasta que la circulación de la sangre retornó a sus manos.

Mientras estaba vuelto de espaldas, la puerta se abrió y se volvió a cerrar con la misma rapidez. Spalko no se volvió; no necesitaba ver quién había entrado en el camarote.

—Déjame que te haga entrar en calor —dijo Zina con voz meliflua.

Un instante más tarde Spalko sintió la presión de sus pechos y el calor de su bajo vientre contra la espalda y las nalgas. La excitación del salto seguía recorriéndole el cuerpo, y se había visto aumentada por el desenlace final de su larga relación con Annaka Vadas, lo que hizo que el avance de Zina fuera irresistible.

Se volvió, se recostó sobre el borde de la cucheta y permitió que Zina se subiera encima de él. Ella era como un animal en celo. Spalko se fijó en el destello de sus ojos y oyó los guturales sonidos que él le arrancaba del vientre. Estaba absorta en él, y por el momento Spalko se sintió satisfecho.

Aproximadamente noventa minutos después, Jamie Hull estaba por debajo del nivel de la calle, comprobando la entrada de mercancías del hotel Oskjuhlid, cuando vio al camarada Boris. El jefe de la seguridad rusa mostró sorpresa por la presencia de Hull, pero éste no se dejó engañar. Había tenido el pálpito de que últimamente Boris lo seguía, aunque quizá tan sólo fueran paranoias suyas. No es que eso lo justificara. Todos los mandatarios estaban en el hotel. La cumbre daría comienzo al día siguiente a las ocho de la mañana, y entonces sería el momento de máximo riesgo. Le aterraba la idea de que el camarada Boris se hubiera olido de algún modo lo que Feyd al-Saoud había descubierto, lo que él y el jefe de la seguridad de los árabes habían tramado.

De modo que, para no permitir que el camarada Boris tuviera el más mínimo presentimiento del temor que lo carcomía, mostró una sonrisa, y se preparó para tragarse el orgullo estadounidense que necesitaría si se veía obligado a ello. Cualquier cosa con tal de mantener al camarada Boris in albis.

—Haciendo horas extras, por lo que veo, mi buen señor Hull —dijo Karpov con su retumbante voz de locutor—. No hay tregua para el cansancio, ¿eh?

—Ya habrá tiempo suficiente para descansar cuando termine la cumbre y hayamos hecho nuestro trabajo.

—Pero nuestro trabajo nunca se acaba. —Karpov, se percató Hull, llevaba uno de sus pésimos trajes de sarga. La prenda parecía más una armadura que algo mínimamente actual—. Da igual lo que hagamos, siempre quedará alguna otra cosa por hacer. Ahí radica uno de los encantos de lo que hacemos, ¿verdad?

Hull sintió la imperiosa necesidad de decir que no, sólo para discutir, pero en su lugar se mordió la lengua.

—¿Y cómo anda la seguridad por aquí? —Karpov estaba mirando por todas partes con sus ojos redondos y brillantes de cuervo—. A la altura del altísimo nivel de ustedes los estadounidenses, confío.

—Acababa de empezar.

—Entonces agradecerá alguna ayuda, ¿verdad? Dos cabezas son mejor que una, y cuatro ojos ven más que dos.

Hull se sintió repentinamente cansado. Ya no podía recordar cuánto tiempo llevaba en aquel país de mala muerte ni cuándo había sido la última vez que había disfrutado de una noche decente de sueño. ¡Ni siquiera había un triste árbol que le indicara a uno qué época del año era! Se había instalado en él una especie de desorientación, del mismo tipo que se dice que sufren los submarinistas cuando se sumergen por primera vez.

Hull observó al equipo de seguridad detener a un camión de suministro de alimentos, interrogar al conductor y subir a la parte posterior para comprobar la carga. No encontró ninguna falta ni en el procedimiento ni en la metodología.

—¿No encuentra deprimente este lugar? —le preguntó a Boris.

—¿Deprimente? Esto es un paraíso de puta madre, amigo mío —bramó Karpov—. Pase un invierno en Siberia, si quiere conocer una definición de deprimente.

Hull arrugó la frente.

—¿Lo han enviado a Siberia?

Karpov se rió.

—Sí, pero no como usted piensa. Estuve destinado allí hace varios años, cuando la tensión con China estaba en su punto álgido. Ya sabe, maniobras militares secretas, reuniones clandestinas de espías..., y todo ello en el sitio más frío y oscuro que se pueda imaginar. —Karpov gruñó—. Bueno, como es estadounidense supongo que no puede imaginarse algo así.

Hull se cosió la sonrisa a la cara, pero a costa de reprimir la ira y la autoestima a partes iguales. Por suerte estaba entrando otra furgoneta, una vez que el vehículo de suministro de alimentos pasara la inspección. Éste era de la compañía de energía de Reikiavik. Por alguna razón parecía haber despertado el interés del camarada Boris, y Hull siguió a éste hasta donde estaba detenida la furgoneta. Dentro había dos hombres uniformados.

Karpov cogió la hoja de servicio que el conductor había entregado diligentemente a uno de los miembros de la seguridad y le echó un vistazo.

—¿De qué va todo esto? —preguntó con sus típicos modales desmedidamente agresivos.

—La revisión geotérmica trimestral —dijo apáticamente el conductor.

—¿Y tiene que hacerse ahora? —Karpov miró con hostilidad al rubio conductor.

—Sí, señor. Nuestro sistema está interconectado por toda la ciudad. Si no realizamos el mantenimiento periódico, podemos poner en peligro toda la red.

—Bueno, no podemos hacer eso, ¿verdad? —dijo Hull. Hizo un gesto con la cabeza hacia uno de los hombres del servicio de seguridad—. Registrad el interior. Si está todo en orden, dejadlos pasar.

Se alejó de la furgoneta, y Karpov lo siguió.

—No le gusta este trabajo —dijo Karpov—, ¿verdad?

Olvidándose de sí mismo un momento, Hull giró sobre sus talones y se enfrentó al ruso.

—Me gusta muchísimo. —Entonces se acordó, y sonriendo como un niño, añadió—: Ca, tiene razón. Preferiría mucho más estar utilizando mis..., ¿cómo llamarlas?..., habilidades físicas.

Karpov asintió, aparentemente ablandado.

—Comprendo. No hay mejor sensación que perseguir a una buena presa.

—Exacto —convino Hull, entusiasmándose con su tarea—. Coja esta última orden de búsqueda, por ejemplo. Qué no daría yo por ser quien encontrara a Jason Bourne y le alojara una bala en el cerebro.

Las orugas que Karpov tenía por cejas se levantaron.

—Por lo que a usted respecta, ese castigo parece algo personal. Amigo mío, debería tener cuidado con tanta emotividad. Nubla el buen juicio.

—A la mierda con eso —dijo Hull—. Bourne consiguió lo que yo más deseaba, lo que debería haber tenido.

Karpov reflexionó durante un instante.

—Me parece que le he juzgado mal, mi buen amigo Hull. Me parece que es usted más guerrero de lo que pensaba. —Le dio una palmada en la espalda al estadounidense—. ¿Qué le parecería intercambiar algunas anécdotas bélicas ante una botella de vodka?

—Que eso me parece posible —dijo Hull, mientras la furgoneta de la empresa de energía de Reikiavik entraba en el hotel.

Stepan Spalko, con el uniforme de la empresa de energía de Reikiavik, unas lentillas de color en los ojos y un trozo de látex moldeado que le ensanchaba y afeaba la nariz, salió de la furgoneta y le dijo al conductor que esperase. Con una hoja de servicio prendida a una tablilla con sujeta-papeles en una mano y una pequeña caja de herramientas en la otra, se adentró en las laberínticas entrañas del hotel. El plano del hotel flotaba en su cabeza como una transparencia en tres dimensiones. Conocía el camino que debía seguir por el inmenso complejo mejor que muchos de los empleados cuyo trabajo los recluía a una única zona.

Tardó doce minutos en llegar a la sección del hotel que albergaba el espacio donde tendría lugar la cumbre. Para entonces había sido detenido cuatro veces por los guardias de seguridad, aunque llevaba su tarjeta de identificación enganchada en el mono. Bajó la escalera hasta tres niveles por debajo de la planta de calle, donde fue detenido una vez más. Estaba lo bastante cerca de un empalme del conducto de la calefacción termal para hacer que su presencia resultara verosímil. Sin embargo, también estaba lo bastante cerca de la subestación HVAC como para que el guardia insistiera en acompañarlo.

Spalko se detuvo en una caja de empalmes eléctricos y la abrió. Sintió la mirada escrutadora del guardia como si fuera una mano que le rodeara el cuello.

—¿Lleva aquí mucho tiempo? —dijo Spalko en islandés, mientras abría la caja de herramientas que transportaba.

—¿No hablará ruso por casualidad, verdad? —contestó el guardia.

—Pues la verdad es que sí. —Spalko hurgó en la caja—. Lleva aquí... ¿cuánto?..., ¿dos semanas ya?

—Tres —admitió el guardia.

—Y en todo ese tiempo, ¿ha visto algo de mi maravillosa Islandia? —Encontró lo que quería entre todos los cachivaches y lo hizo desaparecer—. ¿Sabe algo sobre ella?

El ruso negó, lo cual le dio pie a Spalko para largar su discurso.

—Bueno, permítame que lo ilustre. Islandia es una isla de 103.000 kilómetros cuadrados, con una altura media sobre el nivel del mar de quinientos metros. Su pico más alto, el Hvannadalshnúkur, alcanza los 2.119 metros, y el once por ciento del país está cubierto por glaciares, incluido el Vatnajökull, el mayor de Europa. Nuestras leyes las dicta el Althing, cuyos 63 miembros son elegidos cada cuatro...

Su voz se apagó cuando el guardia, indescriptiblemente aburrido por el parloteo de guía turística, se dio la vuelta y se alejó. Spalko volvió al trabajo inmediatamente, cogiendo el pequeño disco y presionándolo contra dos juegos de cables, hasta que estuvo seguro de que las cuatro conexiones se habían introducido en el material aislante.

—Aquí hemos terminado —dijo, cerrando con fuerza el cajetín de empalmes.

—Y ahora, ¿adónde? ¿A la cabina de la calefacción termal? —preguntó el guardia, a todas luces esperando que aquello terminara pronto.

—Qué va —dijo Spalko—. Primero tengo que consultar con mi jefe. Voy a salir a la furgoneta. —Hizo un gesto mientras se marchaba, pero el guardia ya estaba caminando en la otra dirección.

Spalko volvió a la furgoneta, subió de un salto y se quedó allí sentado junto al conductor, hasta que un guardia de seguridad se acercó tranquilamente.

—Muy bien, muchachos, ¿qué pasa?

—Aquí hemos terminado por el momento. —Spalko sonrió de manera encantadora mientras hacía algunas marcas sin sentido sobre su falsa hoja de trabajo. Miró su reloj—. Eh, llevamos aquí más tiempo del que pensaba. Gracias por el control.

—Bueno, es mi trabajo.

Cuando el conductor giró la llave del contacto y puso en marcha la furgoneta, Spalko dijo:

—He aquí el valor de hacer un simulacro. Tendremos exactamente treinta minutos antes de que vengan a buscarnos.

El reactor alquilado surcaba velozmente el aire. Sentado enfrente de Bourne, al otro lado del pasillo, Jan tenía la vista clavada al frente, aparentemente con la mirada perdida. Bourne cerró los ojos. Las luces de encima de sus cabezas se habían apagado. Unas pocas luces de lectura proyectaban ovalados rayos de luz en la oscuridad. En una hora estarían tomando tierra en el aeropuerto Keflavik.

Bourne estaba sentado muy quieto. Sentía deseos de hundir la cabeza entre sus manos y derramar amargas lágrimas por los pecados del pasado, pero con Jan al otro lado del pasillo no podía permitirse demostrar nada que pudiera malinterpretarse como debilidad. La distensión provisional que habían conseguido alcanzar parecía tan frágil como la cáscara de un huevo. Había muchísimas cosas que podían aplastarla. Los sentimientos se arremolinaban en el pecho de Bourne, y le dificultaban la respiración. El dolor que sentía por todo su cuerpo torturado no era nada comparado con la angustia que amenazaba con partirle el corazón en dos. Se aferró a los brazos con tanta fuerza que le crujieron los nudillos. Sabía que tenía que recuperar el control sobre sí mismo, igual que sabía que no podía aguantar sentado en su sitio ni un segundo más.

Se levantó y, cruzando el pasillo como un sonámbulo, se sentó en el asiento contiguo al de Jan. El joven no dio la menor muestra de reparar en la presencia de Bourne. Podría haber estado sumido en una profunda meditación si no fuera por su respiración acelerada.

Con el corazón golpeándole dolorosamente contra las rotas costillas, Bourne dijo en voz baja:

—Si eres mi hijo, quiero saberlo. Si realmente eres Joshua, ¡necesito saberlo!

—En otras palabras, no me crees.

—¡Quiero creerte! —dijo Bourne, intentando hacer caso omiso del ya familiar tono, incisivo como un cuchillo, de la voz de Jan—. Seguro que eso lo sabes.

—En lo concerniente a ti, sé menos que nada. —Jan se volvió hacia él, y toda su cólera le golpeó en la cara como un martillo—. ¿No me recuerdas en absoluto?

—Joshua tenía seis años, era sólo un niño. —Bourne sintió que le invadían de nuevo los sentimientos, prestos a asfixiarle—. Y luego, hace unos años, sufrí amnesia.

—¿Amnesia? —La revelación pareció sobresaltar a Jan.

Bourne le contó lo que había ocurrido.

—Recuerdo muy poco de mi vida como Jason Bourne antes de ese momento —concluyó—, y prácticamente nada sobre mi vida como David Webb, excepto cuando, de vez en cuando, un olor o el sonido de una voz mueve algo dentro de mí y me viene a la memoria algún fragmento. Pero eso es todo lo que hay, un algo discontinuo de un todo que he perdido para siempre.

Bourne trató de encontrar los ojos negros de Jan en la escasa luz, de buscar el rastro de una expresión, aunque fuera el indicio más insignificante de lo que podría estar pensando o sintiendo Jan.

—Es cierto. Somos unos completos extraños el uno para el otro. Así que antes de que continuemos... —Se interrumpió, momentáneamente incapaz de proseguir. Entonces, se armó de valor, obligándose a hablar, porque el silencio que con tanta rapidez se levantaba entre ellos era aún peor que la explosión que sin duda seguiría—. Intenta comprenderlo. Necesito alguna prueba tangible, algo irrefutable.

—¡Que te den!

Jan se levantó, a punto de salir al pasillo pasando por encima de Bourne, pero una vez más, al igual que sucediera en el cuarto de interrogatorios de Spalko, algo lo contuvo de inmediato. Y entonces, en su cabeza se desató la voz de Bourne hablándole en un tejado de Budapest. «Ése es tu plan, ¿no es así? Todo ese nauseabundo cuento de que eres Joshua... No te conduciré hasta Spalko ni hasta aquel a quien hayas planeado liquidar. No volveré a ser la marioneta de nadie.»

Jan agarró el buda tallado en piedra que colgaba de su cuello y se volvió a sentar. Ambos habían sido las marionetas de Stepan Spalko. Había sido Spalko quien los había reunido, y en ese momento, por irónico que resultara, era la enemistad común hacia Spalko lo que posiblemente podría mantenerlos unidos, al menos por el momento.

—Hay una cosa —dijo, con una voz apenas reconocible—. Es una pesadilla recurrente en la que estoy debajo del agua. Me estoy ahogando, arrastrado hacia el fondo porque estoy atado a su cadáver. Ella me está llamando, oigo su voz llamándome, o bien es la mía que la llama.

Bourne recordó el descontrol de Jan en el Danubio, el pánico que lo había arrastrado como un remolino hacia el fondo entre la fuerza de la corriente.

—¿Y qué es lo que dice esa voz?

—Es mi voz. Y estoy diciendo: «Lee-Lee, Lee-Lee».

Bourne sintió que le daba un vuelco el corazón, porque desde las profundidades de su dañada memoria salió a flote Lee-Lee. Durante un momento de inestimable valor sólo pudo ver la cara oval, los ojos claros de él y el pelo negro y lacio de Dao.

—¡Oh, Dios! —susurró Bourne—. Lee-Lee era el apelativo familiar con que Joshua se dirigía a Alyssa. Nadie más la llamaba así. Y nadie más, salvo Dao, lo sabía.

«Lee-Lee.»

—Uno de los recuerdos más vívidos de aquellos días que he sido capaz de recordar, no sin muchísima ayuda, es cómo te buscaba tu hermana —prosiguió Bourne—. Siempre quería estar a tu lado. De noche, cuando la asaltaban los terrores nocturnos, tú eras el único que podía apaciguarla. Tú la llamabas Lee-Lee, y ella a ti Joshy.

«Mi hermana, sí. Lee-Lee.» Jan cerró los ojos, y de inmediato se encontró bajo las turbias aguas del río en Phnom Penh. Medio ahogado, asustado, había visto a su hermana pequeña rodando hacia él con el cuerpo acribillado a balazos. Lee-Lee. De cuatro años. Muerta. Sus ojos claros —los ojos del padre de ambos— lo miraron fijamente sin ver, acusadores. «¿Por qué tú?», parecía estar diciendo Lee-Lee. «¿Por qué tú, y no yo?» Pero Jan sabía que era su sentimiento de culpa quien le hablaba. Si Lee-Lee hubiera podido hablar, habría dicho: «Me alegro de que no murieses, Joshy. Soy muy feliz porque uno de los dos se quedará con papá.»

Jan se llevó la mano a la cara y se volvió hacia la ventana de plexiglás. Quiso morirse, deseó haber muerto en el río y que hubiera sido Lee-Lee la que hubiera sobrevivido. No podía soportar aquella vida ni un segundo más. Al fin y al cabo no le quedaba nada. Muerto, al menos se reuniría con ella...

—Jan.

Era la voz de Bourne. Pero no podía volverse hacia él, incapaz siquiera de mirarle a los ojos. Lo odiaba y lo amaba. No era capaz de comprender cómo era posible aquello; estaba mal preparado para enfrentarse a aquella anormalidad de los sentimientos. Con un sonido ahogado, se levantó y pasó por su lado, dirigiéndose a trompicones hacia la parte delantera del avión, donde no tendría que verlo.

Bourne observó alejarse a su hijo con una pena indescriptible. Tuvo que hacer un esfuerzo tremendo para refrenar el impulso de retenerlo, de rodearle con los brazos y estrecharlo contra el pecho. Tuvo la sensación de que aquello sería lo peor que podría hacer en ese momento, y de que, dado el historial de Jan, eso podría hacer renacer la violencia entre ellos.

No se hizo ilusiones. Ambos tenían que recorrer un arduo camino antes de poder aceptarse mutuamente como familiares. Podría, incluso, ser una labor imposible. Pero dado que no tenía la costumbre de pensar que hubiera algo imposible, apartó aquel aterrador pensamiento de sí.

En medio de un ataque de angustia, al menos se dio cuenta de por qué había rechazado durante tanto tiempo que Jan pudiera ser realmente su hijo. La condenada Annaka lo había explicado perfectamente.

Entonces levantó la vista. Jan estaba de pie, mirándolo, con las manos agarradas al respaldo que tenía delante como si le fuera la vida en ello.

—Dijiste que acababas de averiguar que me dieron por desaparecido en acción de guerra.

Bourne asintió con la cabeza.

—¿Durante cuánto tiempo me buscaron? —preguntó Jan.

—Sabes que no te puedo responder a eso. Nadie puede.

Bourne había mentido por instinto. No había nada que ganar, y sí mucho que perder, diciéndole a Jan que las autoridades sólo lo habían buscado durante una hora. Era muy consciente de que quería proteger a su hijo de la verdad.

Una quietud que no presagiaba nada bueno se apoderó de Jan, como si se estuviera preparando para un acto de terribles consecuencias.

—¿Por qué no lo comprobaste?

Bourne percibió el tono acusatorio de su voz, y se quedó sentado como si hubiera sido noqueado. La sangre se le heló en las venas. Desde que había quedado claro que Jan podía ser Joshua, se había estado haciendo la misma pregunta.

—Me volví medio loco de dolor —dijo—, pero ahora eso no me parece una excusa lo bastante buena. No fui capaz de enfrentarme al hecho de que os había fallado como padre.

Algo cambió en la cara de Jan, dejando ver algo cercano a un espasmo de dolor, mientras una idea que nada bueno presagiaba se arrastraba hacia la superficie.

—Debiste de haber tenido... dificultades cuando mi madre y tú estabais juntos en Phnom Penh.

—¿Qué quieres decir? —Bourne, alarmado por la expresión de Jan, respondió en un tono que quizá fuera más cortante de lo que debería haber sido.

—Lo sabes muy bien. ¿No chismorreaban acaso tus colegas porque estabas casado con una tailandesa?

—Amaba a Dao con toda mi alma.

—Marie no es tailandesa, ¿verdad?

—Jan, no escogemos de quién nos enamoramos.

Se produjo una breve pausa, y entonces, en medio del pesado silencio que se había levantado entre ambos, Jan, con la misma tranquilidad que tendría si se le acabara de ocurrir, dijo:

—Y además estaría el problema de tus dos hijos mestizos.

—Nunca lo vi de esa manera —dijo Bourne con aire cansado. Tenía el corazón roto, porque percibía el sordo lamento que subyacía en aquel interrogatorio—. Amaba a Dao, y os amaba a Alyssa y a ti. ¡Dios mío, erais toda mi vida! En las semanas y meses que siguieron faltó poco para que perdiera la razón. Estaba destrozado, y no estaba seguro de querer seguir viviendo. De no haber conocido a Alex Conklin, puede que no siguiera vivo. Y pese a todo, tardé años de doloroso trabajo en recuperarme lo suficiente.

Calló durante un instante, en el cual escuchó la respiración de ambos. Luego, tomando aire, dijo:

—Lo que siempre creí, contra lo que no he dejado de luchar, es la idea de que debería haber estado allí para protegeros.

Jan lo contempló durante mucho tiempo, pero la tensión se había roto. Habían cruzado algún Rubicón.

—Si hubieras estado allí, también te habrían matado.

Y se alejó sin decir nada más, y cuando lo hizo, Bourne vio a Dao en sus ojos, y supo que el mundo había cambiado de alguna manera sustancial.

28

Reikiavik, como cualquier otro lugar civilizado de la Tierra, tenía su correspondiente cuota de restaurantes de comida rápida. Tales establecimientos, al igual que los restaurantes de más categoría, recibían a diario los pedidos de carnes, pescados, verduras y frutas frescas. «Frutas y verduras de primera calidad Hafnarfjördur» era uno de los principales suministradores del sector de la comida rápida de Reikiavik. La furgoneta de la empresa que había aparcado junto al Kebab Höllin en el centro de la ciudad a primeras horas de esa mañana con una entrega de lechugas, cebollitas francesas y cebolletas era una de las muchas que se habían dispersado por la ciudad para realizar sus rondas diarias. La diferencia esencial estribaba en que, a diferencia de las demás, aquella furgoneta en concreto no había sido enviada por «Frutas y verduras de primera calidad Hafnarfjördur».

Al caer la noche, los tres edificios del Hospital Universitario Landspitali se vieron asediados por una muchedumbre cuyo estado de salud empeoraba progresivamente. Los médicos admitieron a aquel número alarmante de pacientes, y procedieron a realizarles los correspondientes análisis de sangre. A la hora de la cena, los resultados confirmaron que la ciudad tenía entre manos un virulento brote de hepatitis A.

Los funcionarios del Ministerio de Sanidad se dirigieron frenéticamente a sus puestos para hacer frente a la creciente crisis. Su trabajo se vio dificultado por varios factores de importancia: la rapidez e intensidad con que había hecho su aparición aquella cepa especialmente virulenta del virus; las complejidades inherentes al intento de localizar los alimentos que podrían estar implicados y la posible procedencia de éstos, y por último, y sin que nadie lo dijera, aunque estaba muy presente en sus cabezas, estaba la atención del mundo entero, apuntada como un potente reflector sobre Reikiavik a causa de la cumbre internacional. En los primeros puestos de la lista de alimentos sospechosos estaban las cebolletas, culpables de recientes brotes de hepatitis A en Estados Unidos, aunque las cebolletas apenas eran frecuentes en las cadenas de comidas rápidas, y como era natural no podían descartar las carnes ni el pescado.

Los funcionarios trabajaron en la grisura de la noche, interrogando a los propietarios de todas las empresas especializadas en verduras frescas, y enviaron a su personal a inspeccionar almacenes, contenedores de almacenamientos y furgonetas de todas las empresas, incluidas las de «Frutas y verduras de primera calidad Hafnarfjördur». Sin embargo, para notable sorpresa y consternación de las autoridades, no se encontró nada, y a medida que fueron pasando las horas, se vieron obligados a admitir que estaban tan lejos de encontrar el origen del brote como al principio.

Así las cosas, poco después de las nueve de la mañana, los responsables del Ministerio de Sanidad hicieron públicos sus descubrimientos. Reikiavik estaba en alerta por hepatitis A. Y dado que todavía no habían encontrado la fuente de la epidemia, pusieron a la ciudad en cuarentena. Sobre sus cabezas se cernía el fantasma de una verdadera pandemia, algo que, con la cumbre antiterrorista a punto de empezar y la atención de todo el mundo centrada en la capital, no se podían permitir. En las entrevistas concedidas a la radio y la televisión, las autoridades procuraron tranquilizar a un público inquieto, asegurándole que estaban tomando todas las medidas a su alcance para controlar el virus. A tal fin, repitieron hasta la saciedad, el ministerio estaba empleando a todo su personal para garantizar en todo momento la seguridad del público en general.

Justo antes de las diez de la noche, Jamie Hull se dirigía por el pasillo del hotel a la suite del presidente en un gran estado de agitación. En primer lugar, estaba el preocupante brote de hepatitis A. En segundo, el presidente lo había convocado a una reunión no programada para recibir instrucciones.

Miró por el pasillo y vio a los hombres del Servicio Secreto que custodiaban al presidente. Un poco más adelante estaban los rusos de la FSB y los integrantes del servicio de seguridad de los árabes que custodiaban a sus respectivos líderes, a todos los cuales, por motivos de seguridad y para facilitar el alojamiento de sus séquitos, se les había asignado un ala del hotel.

Hull atravesó la puerta custodiada por un par de agentes del Servicio Secreto, enormes e impasibles como esfinges, y entró en la suite. El presidente merodeaba de allá para acá nerviosamente, dictando a dos de las personas encargadas de escribirle los discursos bajo la atenta mirada del secretario de Prensa, que garabateaba algunas notas sobre un ordenador tableta. Tres hombres más del Servicio Secreto montaban guardia en el interior, y se encargaban de mantener al presidente lejos de las ventanas.

Hull se quedó allí plantado sin decir ni mu, hasta que el presidente despidió a la gente del gabinete de prensa, que salieron disparados como ratones hacia otra habitación.

—Jamie —dijo el presidente con una ancha sonrisa y la mano extendida—. Me alegro de que hayas venido.

Estrechó la mano de Hull, le hizo un gesto para que se sentara y luego se sentó enfrente de él.

—Jamie, confío en ti para que me ayudes a llevar esta cumbre a buen puerto sin ninguna complicación —dijo.

—Señor, le puedo asegurar que lo tengo todo bajo control.

—¿Incluso a Karpov?

—¿Señor?

El presidente sonrió.

—Me he enterado de que el señor Karpov y tú os habéis estado peleando de lo lindo.

Hull tragó saliva con dificultad. No tenía muy claro si lo habían hecho acudir para despedirlo.

—Ha habido alguna fricción insignificante —dijo cauteloso—, pero ya es todo agua pasada.

—Me alegro de oír eso —dijo el presidente—. Ya tengo suficientes dificultades con Alexander Yevtushenko tal como están las cosas. No tengo ninguna necesidad de que me mande al cuerno por insultar a su jefe de seguridad. —Se dio una palmada en el muslo y se levantó—. Bien, el espectáculo empieza a las ocho de la mañana. Y todavía quedan muchas cosas pendientes. —Alargó la mano cuando Hull se levantó—. Jamie, nadie mejor que yo sabe lo peligrosa que podría llegar a ser esta situación. Pero creo que estamos de acuerdo en que ya no hay vuelta atrás.

Ya en el pasillo, el móvil de Hull sonó.

—Jamie, ¿dónde está? —le aulló el DCI al oído.

—Acabo de salir de una reunión informativa con el presidente. Se alegró de oír que tengo todo bajo control, incluido al camarada Karpov.

Pero en lugar de parecer complacido, el DCI siguió adelante en un tono tenso y apremiante.

—Jamie, escúchame con atención. Ha surgido una novedad en esta situación, y sólo se informará acerca de ella en la medida en que sea estrictamente necesario.

Hull miró por el pasillo automáticamente y se alejó a toda prisa para que los agentes del Servicio Secreto no pudieran oír.

—Agradezco la confianza que me demuestra, señor.

—Tiene que ver con Jason Bourne —dijo el DCI—. No murió en París.

—¿Qué? —Hull perdió momentáneamente la compostura—. ¿Bourne está vivo?

—Vivito y coleando. Y Jamie, sólo para que quede claro que nos entendemos: esta llamada, esta conversación, nunca ha tenido lugar. Si se lo dice a alguien, negaré que tal conversación haya tenido lugar y le daré una patada en el culo, ¿queda claro?

—Perfectamente, señor.

—No tengo ni idea de lo que va a hacer Bourne a continuación, pero siempre creí que se dirigía hacia ahí. Puede que matara a Alex Conklin y a Mo Panov, o tal vez no, pero de lo que no tengo ninguna jodida duda es de que ha matado a Kevin McColl.

—¡Dios santo! Conocía a McColl, señor.

—Todos lo conocíamos, Jamie. —El Gran Jefazo se aclaró la garganta—. No podemos permitir que ese acto quede impune.

La furia de Hull se desvaneció de repente, sustituida por un sentimiento de euforia desmedida.

—Déjemelo a mí.

—Sea prudente, Jamie. Su prioridad es mantener a salvo al presidente.

—Lo entiendo, señor. Por supuesto. Pero puede estar seguro de que, si Jason Bourne aparece, no saldrá del hotel.

—Bueno, confío en que salga —dijo el Gran Jefazo—. Con los pies por delante.

Dos de los miembros de la célula chechena estaban esperando delante de la furgoneta de la empresa de energía de Reikiavik, cuando el vehículo de los servicios sanitarios destinado al hotel Oskjuhlid dobló la esquina. La furgoneta estaba aparcada en la calle, cruzada, y los chechenos, que simulaban estar muy atareados, habían colocado unos conos naranjas de obras alrededor.

El vehículo de los servicios sanitarios frenó en seco.

—¿Qué estáis haciendo? —dijo uno de los ocupantes del vehículo sanitario—. Esto es una emergencia.

—¡Que te den, mamarracho! —respondió en islandés uno de los chechenos.

—¿Qué has dicho? —El airado empleado de los servicios sanitarios salió de un salto del coche.

—¿Es que estás ciego? Tenemos un trabajo importante que hacer aquí —dijo el checheno—. Coge otro camino de mierda.

Intuyendo que la situación podía ponerse fea, el segundo hombre salió del vehículo de los servicios sanitarios. Entonces, Arsenov y Zina, armados y resueltos, salieron de la parte trasera de la furgoneta de la empresa de energía de Reikiavik y empujaron a los dos empleados de los servicios sanitarios, repentinamente amedrentados, al interior de la furgoneta.

Arsenov y Zina y otro de los miembros de la célula llegaron a la entrada de mercancías del hotel Oskjuhlid en el vehículo secuestrado. El otro checheno se había dirigido en la furgoneta de la empresa de energía de Reikiavik a recoger a Spalko y al resto de la célula.

Arsenov y Zina iban vestidos como empleados estatales y mostraron las tarjetas identificativas del Ministerio de Sanidad, que Spalko había conseguido a un precio considerable, al destacamento de seguridad de guardia. Cuando se le preguntó, Arsenov habló en islandés, y luego cambió a un titubeante inglés, que ni el personal de seguridad árabe ni el estadounidense fueron capaces de entenderle. Dijo que habían sido enviados para garantizar que la cocina del hotel estuviera libre de la hepatitis A. Nadie —y menos que nadie los diferentes equipos de seguridad— quería que ninguno de los dignatarios sucumbiera al temible virus. Los admitieron y los llevaron a la cocina con la debida rapidez. Hacia allí se dirigió el otro miembro del equipo, pero Arsenov y Zina tenían otro destino en la cabeza.

Bourne y Jan estaban estudiando todavía los planos de los diferentes subsistemas del hotel Oskjuhlid, cuando el piloto anunció que se disponían a aterrizar en Keflavik. Bourne, que había estado dando vueltas de acá para allá mientras Jan estaba sentado con el ordenador portátil, ocupó su asiento a regañadientes. El cuerpo le dolía a rabiar, algo que el angosto asiento del avión no hacía más que exacerbar. Había intentado dejar en suspenso los sentimientos suscitados en relación con el hecho de haber encontrado a su hijo. Las conversaciones entre ambos ya eran lo bastante incómodas tal como estaban las cosas, y estaba convencido de que Jan rehuiría instintivamente cualquier sentimiento intenso que Bourne pudiera mostrar.

El camino hacia una reconciliación era inmensamente difícil para ambos. Sin embargo, sospechaba Bourne, lo era más para Jan. Lo que un hijo necesitaba de su padre era bastante más complicado que lo que un padre necesitaba de su hijo para quererlo de manera incondicional.

Bourne hubo de admitir que tenía miedo de Jan, no sólo de lo que le había hecho y en qué se había convertido, sino de su destreza, de su inteligencia y de su ingenio. Cómo había escapado de aquel cuarto con cerrojos era una maravilla en sí.

Y también había algo más, un escollo para que se aceptaran el uno al otro y acaso se reconciliaran finalmente, y que dejaba pequeños a todos los demás obstáculos: si quería aceptar a Bourne, Jan tenía que renunciar a todo lo que había sido su vida.

A este respecto Bourne estaba en lo cierto. Desde que Bourne se había sentado junto a él en el banco del parque de la Ciudad Vieja de Alexandria, Jan había sido un hombre en pie de guerra consigo mismo. Y seguía estándolo, con la única diferencia de que en ese momento la guerra estaba abierta. Como si estuviera mirando por un retrovisor, Jan vio todas las oportunidades que había tenido de matar a Bourne, pero fue sólo en ese momento cuando comprendió que su decisión de no aprovecharlas había sido deliberada. No podía hacerle daño, aunque tampoco podía abrirle su corazón. Recordó el impulso desesperado que había sentido de lanzarse contra los hombres de Spalko en la parte trasera de la clínica de Budapest; lo único que lo había detenido fue el aviso de Bourne. Entonces había sofocado su deseo de vengarse de Spalko. Pero en ese momento, sabía que todo, absolutamente todo, se debía a otro sentimiento: el de la lealtad que el miembro de una familia siente por otro miembro.

Y sin embargo, no sin vergüenza, se percató de que tenía miedo de Bourne. Era un hombre temible por su fuerza, resistencia y capacidad intelectual. En su proximidad, Jan se sentía algo empequeñecido, como si todo lo que hubiera conseguido realizar en su vida fuera insignificante.

Tras un balanceo, una sacudida y un breve chirrido de caucho se encontraron en tierra y correteando por la ajetreada pista en dirección al extremo más alejado del aeropuerto, adonde eran conducidos todos los aviones privados. Jan ya se había levantado y se dirigía por el pasillo hacia la puerta antes de que se detuvieran.

—Vamos —dijo—. Spalko nos lleva al menos tres horas de ventaja.

Pero Bourne también se había levantado y estaba parado en el pasillo para obstruirle el paso.

—No sabemos lo que nos espera ahí fuera. Saldré primero.

La cólera de Jan, tan a flor de piel, estalló inmediatamente.

—Ya te lo dije en una ocasión... ¡No me digas lo que tengo que hacer! Tengo mis propias ideas, y tomo mis propias decisiones. Siempre lo he hecho así, y así seguiré haciéndolo.

—Tienes razón. No intento restarte méritos. —Bourne lo dijo con el corazón en un puño. Era extraño que fuera su hijo. Todo lo que dijera o hiciera estando Jan cerca tendría unas consecuencias desmesuradas durante algún tiempo—. Pero piensa, hasta ahora has estado solo.

—¿Y de quién crees que ha sido culpa?

Era difícil no sentirse ofendido, pero Bourne hizo cuanto estaba en sus manos para mitigar la acusación.

—No tiene sentido ponerse a hablar de culpas —dijo con ecuanimidad—. Ahora estamos trabajando juntos.

—¿Así que debería cederte el mando sin más? —respondió Jan con vehemencia—. ¿Y por qué? ¿No habrás pensado ni por un segundo que te lo has ganado?

Casi estaban llegando a la terminal. Bourne se dio cuenta de lo tremendamente frágil que era su relación.

—Tendría que ser un idiota para creer que me he ganado algo relativo a ti. —Miró por la ventanilla hacia las brillantes luces de la terminal—. Sólo pensaba que si hubiera algún problema, que si nos metiéramos en algún tipo de trampa, preferiría ser yo y no tú quien...

—¿Has escuchado algo de lo que te he dicho? —dijo Jan, que pasó por su lado propinándole un empujón—. ¿Has pasado por alto todo lo que he hecho?

Entonces apareció el piloto.

—Abra la puerta —le ordenó Jan con brusquedad—. Y quédese a bordo.

El piloto abrió diligentemente la puerta y dejó caer la escalerilla sobre la pista.

Bourne dio un paso por el pasillo.

—Jan...

Pero la mirada de odio de su hijo hizo que se parase en seco. A través de la ventanilla de plexiglás observó a Jan bajar las escaleras y ser recibido por un agente de inmigración. Vio a Jan enseñarle un pasaporte, y luego señalar al avión. El agente de inmigración selló el pasaporte de Jan y asintió.

Jan se dio la vuelta y subió al trote la escalerilla. Cuando entró en el pasillo, sacó un par de esposas del interior de su cazadora y esposó a Bourne.

—Me llamo Jan LeMarc, y soy subinspector de la Interpol. —Jan se metió el ordenador portátil bajo el brazo y empezó a conducir a Bourne por el pasillo—. Y tú eres mi prisionero.

—¿Y yo cómo me llamo? —preguntó Bourne.

—¿Tú? —Jan le empujó para que saliera por la puerta, siguiéndolo de cerca—. Tú eres Jason Bourne, buscado por asesinato por la CIA, el Quai d'Orsay y la Interpol. Es la única manera de que ése te permita entrar en Islandia sin pasaporte. De todas formas, al igual que todos los demás agentes del planeta, ha leído la circular de la CIA.

El agente de inmigración retrocedió, apartándose considerablemente cuando pasaron por su lado. Jan abrió las esposas mientras avanzaban por la terminal. En la parte delantera cogieron el primer taxi de la fila y dieron al taxista una dirección situada a menos de un kilómetro del hotel Oskjuhlid.

Spalko, con la caja refrigerada entre las piernas, estaba sentado en el asiento del acompañante de la furgoneta de la empresa de energía de Reikiavik, mientras el rebelde checheno conducía por las calles del centro de la ciudad en dirección al hotel Oskjuhlid. Su teléfono móvil sonó, y Spalko lo abrió. No eran buenas noticias.

—Señor, conseguimos sellar la sala de interrogatorios antes de que la policía o los bomberos entraran en el edificio —le dijo su jefe de seguridad desde Budapest—. Sin embargo, hemos peinado de arriba abajo todo el edificio y no hemos encontrado ni rastro de Bourne ni de Jan.

—¿Cómo es eso posible? —preguntó Spalko—. Uno estaba atado, y el otro estaba atrapado en una habitación llena de gas.

—Hubo una explosión —le dijo el jefe de seguridad, que continuó describiéndole al detalle lo que habían encontrado.

—¡Maldita sea! —En una insólita demostración de furia, Spalko dio un puñetazo sobre el salpicadero de la furgoneta.

—Estamos ensanchando el perímetro de la búsqueda.

—No os molestéis —dijo Spalko con brusquedad—. Sé dónde están.

* * *

Bourne y Jan caminaban en dirección al hotel.

—¿Cómo te sientes? —preguntó Jan.

—Me encuentro muy bien —contestó Bourne con cierta precipitación.

Jan le lanzó una mirada.

—¿Ni agarrotado ni dolorido?

—Vale, estoy agarrotado y dolorido —admitió Bourne.

—Lo que te trajo Oszkar es lo último en antibióticos.

—No te preocupes —dijo Bourne—. Los estoy tomando.

—¿Qué te hace pensar que estoy preocupado? —Jan señaló con el dedo—. Echa un vistazo a eso.

El perímetro del hotel estaba acordonado por la policía local. Tanto la policía como el personal de seguridad de varios países se encargaban de dos controles que eran la única vía de salida y entrada al hotel. Mientras observaban, una furgoneta de la empresa de energía de Reikiavik se detuvo en el control de la parte posterior del hotel.

—Ésa es la única manera que vamos a tener de entrar ahí —dijo Jan.

—Bueno, es una manera —dijo Bourne. Cuando la furgoneta pasó el control, vio que por detrás de ella aparecían caminando un par de empleados del hotel.

Bourne miró a Jan, que asintió con la cabeza. Él también los había visto.

—¿Qué piensas? —preguntó Bourne.

—Diría que han terminado su turno —contestó Jan.

—Eso mismo pienso yo.

Los empleados del hotel conversaban animadamente, y sólo se detuvieron el tiempo suficiente para enseñar sus identificaciones cuando cruzaron el control. En circunstancias normales habrían entrado y salido del hotel en coche, utilizando el aparcamiento subterráneo, pero desde que habían llegado los servicios de seguridad, todo el personal del hotel se había visto obligado a aparcar en las calles adyacentes al hotel.

Jan y Bourne siguieron de cerca a los dos hombres cuando éstos doblaron por una calle lateral, fuera de la vista de la policía y los vigilantes. Esperaron a que se acercaran a sus coches, y entonces los derribaron atacándolos por detrás, silenciosa y rápidamente. Utilizando sus llaves, abrieron los maleteros, colocaron los cuerpos inconscientes dentro y cogieron las identificaciones antes de cerrar los maleteros con sendos portazos.

Cinco minutos más tarde se presentaron en el otro control, en la parte delantera del hotel, para no tener contacto con el policía y el personal de seguridad que habían comprobado las acreditaciones de los empleados del hotel al salir.

Pasaron el cordón de seguridad sin ningún incidente. Por fin estaban dentro del hotel Oskjuhlid.

Había llegado el momento de prescindir de Arsenov, pensó Stepan Spalko. Un momento que se había ido fraguando desde hacía mucho tiempo, desde que descubriera que ya no podía soportar la debilidad de Arsenov. Éste le había dicho en una ocasión: «Soy un terrorista. Todo lo que quiero es que mi gente reciba lo que se le debe». Un pensamiento tan infantil era un fallo funesto. Arsenov podía engañarse todo lo que quisiera, pero la verdad era que si estaba pidiendo dinero, liberación de prisioneros o que se le devolviera su tierra, lo que lo caracterizaba como un terrorista era su metodología, no sus objetivos. Él mataba a la gente si no conseguía lo que quería. Escogía como blanco a los enemigos y a los civiles —ya fueran hombres, mujeres o niños—, sin que para él existieran diferencias. Lo que sembraba era el terror; lo que cosecharía sería la muerte.

En consecuencia, Spalko le ordenó que bajara con Ahmed, Karim y una de las mujeres a la subestación HVAC que suministraba el aire al foro de la cumbre. Aquello suponía un ligero cambio de planes. Magomet había sido el elegido para ir con los otros tres. Pero Magomet estaba muerto, y puesto que había sido Arsenov quien lo había matado, aceptó sin hacer preguntas ni quejarse. En cualquier caso, en ese momento seguían un riguroso horario.

—Tenemos exactamente treinta minutos desde que hemos llegado en la furgoneta de la empresa de energía de Reikiavik —dijo Spalko—. A partir de ahí, tal como sabemos por la última vez, los de seguridad vendrán a vigilarnos. —Consultó su reloj—. Lo que significa que nos quedan veinticuatro minutos para cumplir nuestra misión.

Cuando Arsenov se marchó con Ahmed y los otros miembros de la célula, Spalko hizo un aparte con Zina.

—¿Eres consciente de que ésta será la última vez que lo veas?

Ella asintió con su rubia cabeza.

—¿No tienes ninguna duda?

—Todo lo contrario, me sentiré aliviada —respondió ella.

Spalko hizo un gesto con la cabeza.

—Vamos. —Avanzaron por el pasillo a toda prisa—. No hay tiempo que perder.

Hasan Arsenov asumió de inmediato el mando del pequeño grupo. Tenía una misión fundamental que realizar, y se aseguraría de que la cumplieran. Al doblar la esquina vieron al guardia de seguridad en su puesto, cerca de la gran rejilla de salida de aire.

Sin alterar la zancada, se dirigieron hacia él.

—Alto ahí —dijo el guardia, separando la metralleta del pecho.

El grupo se paró delante de él.

—Somos de la empresa de energía de Reikiavik —dijo Arsenov en islandés, y luego, reaccionando a su expresión de perplejidad, lo repitió en inglés.

El guardia frunció el ceño.

—Aquí no hay conductos de calefacción.

—Lo sé —dijo Ahmed, cogiendo la metralleta del guardia con una mano y golpeándole la cabeza contra la pared con la otra.

El guardia empezó a caer, y Ahmed lo golpeó de nuevo, esta vez con la culata de su propia arma.

—Echadme una mano con esto —dijo Arsenov, hundiendo los dedos en el enrejillado de la salida de aire. Karim y la mujer arrimaron el hombro, pero Ahmed siguió golpeando al guardia con la culata del arma, aun después de que fuera evidente que estaba inconsciente y probablemente fuera a estarlo durante algún tiempo.

—¡Ahmed, dame el arma!

Ahmed le lanzó la metralleta a Arsenov, tras lo cual empezó a patear al guardia en la cara. Corría la sangre, y el aire olía a muerte.

Arsenov apartó a Ahmed por la fuerza del guardia de seguridad.

—Cuando te dé una orden, obedecerás, o por Alá que te romperé el cuello.

Ahmed, respirando agitadamente, miró con hostilidad a Arsenov.

—Tenemos que cumplir un horario —dijo Arsenov con dureza—. No hay tiempo para caprichos.

Ahmed se rió enseñando los dientes. Soltándose de Arsenov con un movimiento del hombro, fue a ayudar a Karim a sacar la rejilla. Después de introducir al guardia en el conducto del aire, se metieron a gatas detrás de él. Ahmed, el último en entrar, volvió a colocar la rejilla en su sitio.

Se vieron obligados a pasar a gatas por encima del guardia. Cuando Arsenov pasó por encima, le puso los dedos en la arteria carótida.

—Está muerto —dijo.

—¿Y qué? —respondió Ahmed en tono desafiante—. Todos lo estarán antes de que acabe la mañana.

Se arrastraron sobre las manos y las rodillas por el conducto hasta llegar a la intersección. Justo delante de ellos se abría un conducto vertical. Entonces sacaron su equipo de rapel. Tras cruzar la barra de aluminio en la parte superior del conducto vertical, aseguraron la cuerda y la dejaron caer por el espacio que se abría por debajo de ellos. Luego, tomando la iniciativa, Arsenov se rodeó el muslo izquierdo con la cuerda y se la pasó por encima del derecho. Bajando una mano tras otra, empezó a descender por el conducto a un ritmo constante. Por el ligero temblor de la cuerda supo cuándo empezó a descender tras él cada uno de los miembros del grupo.

Arsenov se paró exactamente encima de la primera caja de empalmes. Después de encender una linterna en miniatura, enfocó su concentrado haz sobre la pared del conducto, iluminando las hileras verticales de cables arteriales y conductos eléctricos. En medio de aquella maraña, relució algo nuevo.

—El sensor de calor —dijo, levantando la cabeza.

Karim, el experto en electrónica, estaba justo encima de él. Mientras Arsenov proyectaba la luz de la linterna sobre la pared, el hombre sacó unos alicates y un trozo de cable con unas pinzas dentadas en ambos extremos. Tras saltar cuidadosamente por encima de Arsenov, siguió adelante hasta quedar suspendido justo encima del alcance del detector. Dando una patada al aire con un pie, se balanceó hacia la pared, agarró el cable arterial y lo sujetó. Sus dedos se movieron entre el nido de cables y cortó uno, al que conectó una de las pinzas dentadas. Acto seguido, peló de material aislante el centro de otro cable y conectó a él la otra pinza dentada.

—Vía libre —dijo en voz baja.

Descendió hasta entrar en el radio de alcance del sensor, pero no saltó ninguna alarma. Había puenteado correctamente el circuito. Por lo que respectaba al sensor, todo estaba en orden.

Karim dejó pasar a Arsenov, quien los guió hasta el fondo del conducto. Tenían a tiro el corazón del subsistema HVAC del foro de la cumbre.

—Nuestro objetivo es el subsistema HVAC del foro de la cumbre —dijo Bourne, mientras Jan y él atravesaban a toda prisa el vestíbulo. Jan llevaba el ordenador portátil que había conseguido de Oszkar bajo el brazo.

—Es el lugar lógico para que hagan funcionar el difusor.

A excepción de diversos empleados del hotel y de algunos miembros de la seguridad, a aquella hora de la noche el inmenso y frío vestíbulo de techos altos estaba desierto. Los jefes de Estado estaban en sus suites, o durmiendo o preparándose para el inicio de la cumbre, para el que sólo faltaban unas horas.

—Sin duda alguna los servicios de seguridad han llegado a la misma conclusión —dijo Jan—, lo que significa que todo irá bien hasta que nos acerquemos al cubo de la subestación. Entonces querrán saber qué estamos pintando en aquella zona.

—He estado pensando en eso —dijo Bourne—. Es el momento de que utilicemos mi estado en nuestro beneficio.

Atravesaron la sección principal del hotel sin incidentes y siguieron a través de un decorativo patio interior de caminos de grava de trazado geométrico, recortados arbustos de hoja perenne y bancos de piedra de diseño futurista. En el otro extremo se abría la sección del foro. Una vez en el interior, bajaron tres tramos de escaleras. Jan conectó el ordenador, y ambos estudiaron los planos, para confirmar que estaban en el nivel adecuado.

—Por ahí —dijo Jan, cerrando el ordenador mientras se ponían en marcha.

Apenas habían recorrido unos metros desde la escalera cuando una voz dijo ásperamente:

—Un paso más, y los dos son hombres muertos.

Agazapados al pie del conducto vertical del aire, los rebeldes chechenos esperaban llenos de inquietud, a punto de perder los nervios. Llevaban meses esperando aquel momento. Estaban preparados, ansiosos por pasar a la acción. Tanto la insoportable espera como el aire, que se había ido haciendo más frío a medida que descendían, les hacían temblar. Tan sólo tenían que avanzar gateando por un corto conducto horizontal para llegar a los repetidores del subsistema HVAC, pero se mantenían alejados de su objetivo a causa del personal de seguridad que había en el pasillo, al otro lado de la rejilla. Hasta que los guardias no empezaran a hacer sus rondas, se mantendrían quietos.

Ahmed consultó su reloj y vio que les quedaban catorce minutos para completar su misión y volver a la furgoneta. El sudor le perlaba la frente, se le acumulaba en las axilas y le resbalaba por los costados, lo que hacía que le picara la piel. Tenía la boca seca y respiraba agitadamente. Siempre se ponía así en el momento culminante de una misión. El corazón le latía deprisa y le temblaba todo el cuerpo. Todavía estaba furioso por la bronca de Arsenov, que se la había echado delante de los otros, con lo que había sido doblemente humillante. Mientras aguzaba los oídos, miraba fijamente a Arsenov con el corazón lleno de desprecio. Después de aquella noche en Nairobi le había perdido todo el respeto, no sólo porque le hubieran puesto los cuernos, sino porque ni siquiera era consciente de ello. Los gruesos labios de Ahmed se curvaron en una sonrisa. Era una gozada tener aquella ventaja sobre Arsenov.

Por fin oyó que las voces se alejaban. Se abalanzó hacia delante, impaciente por ir al encuentro de su destino, pero el poderoso brazo de Arsenov lo frenó dolorosamente.

—Todavía no.

Los ojos de Arsenov refulgieron.

—Han empezado a moverse —dijo Ahmed—. Estamos perdiendo tiempo.

—Iremos cuando yo lo ordene.

Aquella afrenta fue demasiado para Ahmed. Lanzó un escupitajo, con el desprecio dibujado en su rostro.

—¿Y por qué debería acatar tus órdenes? ¿Por qué deberíamos hacerlo cualquiera de nosotros? Si ni siquiera eres capaz de mantener a raya a tu mujer.

Arsenov arremetió contra Ahmed, y durante un rato forcejearon sin ningún resultado. Los otros se mantuvieron al margen, demasiado aterrorizados para intervenir.

—No te toleraré ninguna insolencia más —dijo Arsenov—. Acatarás mis órdenes, o me encargaré de que mueras.

—Mátame, entonces —dijo Ahmed—. Pero entérate de esto: en Nairobi, la noche anterior a la demostración, Zina entró en la habitación del jeque mientras dormías.

—¡Mientes! —dijo Arsenov, recordando la promesa que él y Zina se habían hecho mutuamente en la cala—. Zina jamás me traicionaría.

—Piensa en dónde estaba mi habitación, Arsenov. Tú las asignaste. La vi con mis propios ojos.

Los ojos de Arsenov brillaron con animadversión, pero soltó a Ahmed.

—Si no fuera porque todos tenemos que interpretar unos papeles fundamentales en la misión, te mataría ahora mismo. —Hizo un gesto hacia los otros—. Sigamos con esto.

Karim, el experto en electrónica, abrió la marcha, seguido de la mujer y de Ahmed, mientras que Arsenov cerraba el grupo. Karim no tardó en levantar la mano, y les ordenó que se detuvieran.

Arsenov oyó la voz queda de Karim flotar hacia ellos.

—Un sensor de movimiento.

Vio agacharse a Karim, preparando su equipo. Agradeció la presencia de aquel hombre. ¿Cuántas bombas les había construido Karim a lo largo de los años? Todas habían funcionado a la perfección; jamás cometía un error.

Al igual que en la ocasión anterior, Karim sacó un trozo de cable con pinzas dentadas en ambos extremos. Con los alicates en una mano, trató de descubrir los cables eléctricos adecuados, aislándolos, cortando uno y conectándole una pinza dentada al extremo pelado de cobre. Luego, al igual que antes, peló el segundo cable de material aislante y lo conectó a la otra pinza dentada, creando un circuito cerrado para puentear el sistema.

—Vía libre —dijo Karim, y todos avanzaron metiéndose en el campo de acción del sensor.

Entonces sonó la alarma, que pitó por todo el pasillo y atrajo a los guardias de seguridad, que llegaron corriendo con las metralletas preparadas.

—¡Karim! —gritó Arsenov.

—¡Es una trampa! —aulló Karim—. ¡Alguien ha cruzado los cables!

Un instante antes, Bourne y Jan se daban lentamente la vuelta para enfrentarse al guardia de seguridad estadounidense. Llevaba puesto un uniforme de faena del ejército y un equipo antidisturbios. Se acercó un paso, escudriñando sus tarjetas de identificación. Se relajó un poco, levantando la metralleta, pero no abandonó su expresión ceñuda.

—¿Qué estáis haciendo aquí, tíos?

—Controles de mantenimiento —dijo Bourne. Se acordó del camión de la empresa de energía de Reikiavik que había entrado en el hotel, además de algo en el material que Oszkar había descargado en el ordenador portátil—. El sistema de calefacción termal se ha desconectado. Se supone que tenemos que ayudar al personal que ha enviado la compañía de energía.

—Pues estáis en la sección equivocada —dijo el guardia, señalando con el dedo—. Tenéis que volver por donde habéis venido, girar a la izquierda y luego otra vez a la izquierda.

—Gracias —dijo Jan—. Supongo que tenemos que dar la vuelta. No frecuentamos esta sección.

Cuando se dieron la vuelta para marcharse, las piernas de Bourne se doblaron bajo su peso. Soltó un profundo gruñido y cayó al suelo.

—¿Qué pasa? —dijo el guardia.

Jan se arrodilló junto a Bourne y le abrió la camisa.

—¡Dios bendito! —exclamó el guardia, inclinándose para mirar con atención el torso herido de Bourne—. ¿Qué demonios le ha ocurrido?

Jan levantó las manos, tiró hacia abajo con fuerza del uniforme del vigilante y le golpeó la sien contra el suelo de hormigón. Cuando Bourne se levantó, Jan empezó a quitarle las ropas al guardia.

—Es más tu talla que la mía —dijo Jan, entregándole el uniforme de faena a Bourne.

Bourne se metió en el uniforme del guardia, mientras Jan arrastraba al bulto inconsciente hasta las sombras.

En ese momento sonó la estridente alarma del sensor de movimiento, y los dos salieron corriendo hacia la subestación.

Los guardias de seguridad estaban bien entrenados, y, dicho sea en su honor, los estadounidenses y los árabes que estaban de guardia en ese turno actuaron conjuntamente de manera impecable. Cada tipo de sensor tenía un sonido de alarma diferente, así que supieron de inmediato qué sensor de movimiento se había disparado y dónde estaba localizado. Estaban en estado de máxima alerta y, con el inicio de la cumbre tan próximo, tenían órdenes de disparar primero y preguntar después.

Mientras corrían abrieron fuego, barriendo la rejilla con sus armas automáticas. La mitad vaciaron sus cargadores en la zona sospechosa. La otra mitad se mantuvieron detrás, en reserva, mientras los otros utilizaban unas palanquetas para arrancar la destrozada rejilla. Encontraron tres cuerpos, dos hombres y una mujer. Uno de los estadounidenses informó a Hull, y uno de los árabes se puso en contacto con Feyd al-Saoud.

Para entonces se había reunido en el sitio más personal de seguridad de otros sectores de la planta para prestar su apoyo.

Dos de los guardias que se habían mantenido en reserva entraron de un salto en el conducto del aire, y cuando se determinó que no había indicios de que hubiera otros elementos hostiles, se procedió a asegurar la zona. Otros miembros de la seguridad sacaron a rastras los tres cadáveres acribillados del conducto del aire, junto con todo el equipo de Karim para puentear los sensores y lo que a primera vista parecía una bomba de relojería.

Jamie Hull y Feyd al-Saoud llegaron casi al mismo tiempo. Hull echó un vistazo a la situación, y llamó al jefe de su personal a través de la red inalámbrica.

—A partir de este momento estamos en alerta roja. Se ha puesto en peligro la seguridad. Hemos abatido a tres elementos hostiles, repito, tres elementos hostiles abatidos. Cierra el hotel a cal y canto. Que nadie entre ni salga de las instalaciones.

Siguió gritando las órdenes, moviendo a sus hombres a los puestos previstos para la alerta roja. Luego se puso en contacto con el Servicio Secreto, cuyos miembros estaban con el presidente y su séquito en el ala destinada a los dignatarios.

Feyd al-Saoud se arrodilló y examinó los cadáveres. Los cuerpos estaban acribillados, pero las caras, aunque manchadas de sangre, seguían intactas. Sacó una linterna de bolsillo e iluminó uno de los rostros. Luego alargó la mano y colocó el índice sobre el ojo de uno de los varones. Saco algo azul con la punta del dedo; el iris del cadáver era marrón oscuro.

Uno de los hombres del FSB debía de haberse puesto en contacto con Karpov, porque el comandante de la Unidad Alfa apareció corriendo con un trote desgarbado. Estaba sin resuello, y Feyd al-Saoud supuso que había hecho todo el camino corriendo.

Él y Hull informaron al ruso sobre lo ocurrido. Al-Saoud levantó la punta del dedo.

—Llevaban lentillas de color..., y miren esto, se habían teñido el pelo para pasar por islandeses.

Karpov tenía una expresión adusta en el rostro.

—A éste lo conozco —dijo, dándole una patada al cadáver de uno de los hombres—. Se llamaba Ahmed. Era uno de los principales lugartenientes de Hasan Arsenov.

—¿El líder de los terroristas chechenos? —dijo Hull—. Debería informar a su presidente, Boris.

Karpov se levantó con los puños en las caderas.

—Lo que quiero saber es dónde está Arsenov.

* * *

—Diría que hemos llegado demasiado tarde —dijo Jan desde detrás de una columna metálica, mientras observaba la llegada de los dos jefes de seguridad—, excepto que no veo a Spalko.

—Es posible que no se arriesgase a venir al hotel —dijo Bourne.

Jan negó con la cabeza.

—Lo conozco. Es tan egoísta como perfeccionista. No, está aquí, en alguna parte.

—Pero no aquí, evidentemente —dijo Bourne pensativo. Observaba cómo los rusos se dirigían al trote hacia Jamie Hull y el jefe de seguridad de los árabes. Había algo vagamente familiar en aquella cara brutal y fofa de frente prominente y cejas pobladas. Cuando le oyó hablar, dijo—: Conozco a ese hombre. Al ruso.

—No es nada sorprendente. Yo también lo he reconocido —dijo Jan—. Es Boris Illych Karpov, el jefe de la Unidad de élite Alfa de la FSB.

—No, me refiero a que lo conozco personalmente.

—¿De qué? ¿De dónde?

—No lo sé —dijo Bourne—. ¿Es amigo o enemigo? —Se golpeó con los puños en la frente—. Si pudiera recordarlo...

Jan se volvió hacia él y vio con claridad la angustia que lo atormentaba. Sintió entonces el peligroso impulso de agarrar a Bourne por los hombros y tranquilizarlo. Peligroso porque no sabía adónde podría conducir aquel gesto y ni tan siquiera qué significaría. Sintió la desintegración de su vida que había empezado después del momento en que Bourne se sentó a su lado y le habló. «¿Quién es usted?», le había dicho. A la sazón Jan había sabido la respuesta a la pregunta; en ese momento no estaba seguro. ¿Podría ser que todo en lo que había creído, o pensado que había creído, fuera una mentira?

Jan se escabulló de aquellos pensamientos profundamente inquietantes ciñéndose a lo que él y Bourne sabían hacer mejor.

—Me preocupa ese objeto —dijo—. Es una bomba de relojería. Dijiste que Spalko había planeado utilizar el difusor biológico del doctor Schiffer.

Bourne asintió.

—Diría que ésta es la clásica maniobra de distracción si no fuera porque ya es más de medianoche. El inicio de la cumbre está programado para dentro de ocho horas.

—Por eso han utilizado una bomba de relojería.

—Sí, pero ¿por qué colocarla ahora, con tanta antelación? —dijo Bourne.

—Menos seguridad. —Jan señaló con el dedo.

—Es cierto, pero también hay más posibilidades de que los descubran durante cualquiera de las rondas periódicas de seguridad. —Bourne meneó la cabeza—. No, hay algo que se nos escapa. Lo sé. Spalko tiene algo más en la cabeza. Pero ¿de qué se trata?

Spalko, Zina y el resto de la célula habían llegado a su objetivo. Allí, a considerable distancia de la sección del hotel que albergaba el foro de la cumbre, la seguridad, si bien era férrea, tenía lagunas que Spalko podía explotar. Aunque había muchos miembros de los servicios de seguridad, no podían estar en todas partes al mismo tiempo, por lo que, eliminando a un par de guardias, Spalko y su equipo no tardaron en ocupar sus puestos.

Estaban tres niveles por debajo de la calle, en un enorme espacio sin ventanas completamente cerrado, excepto por una única entrada abierta. Un cúmulo de enormes tuberías negras discurrían por la pared de hormigón en el extremo opuesto, todas con unas etiquetas indicadoras de la sección del hotel a la que abastecían.

El grupo sacó entonces sus trajes para la manipulación de sustancias peligrosas, y se los pusieron, sellándolos concienzudamente. Dos de las mujeres chechenas se dirigieron al corredor para montar guardia en la parte exterior de la puerta, y uno de los rebeldes se quedó en la parte interior para servirles de apoyo.

Spalko abrió el mayor de los dos contenedores metálicos que transportaba. Dentro estaba el NX 20. Encajó cuidadosamente las dos mitades, comprobando que todos los accesorios estuvieran bien sujetos. Se lo entregó a Zina para que lo sostuviera mientras él sacaba el contenedor refrigerado que le había proporcionado Peter Sido. La ampolla de cristal que contenía era pequeña, casi minúscula. Aun después de que hubiera visto sus efectos en Nairobi, se le hacía difícil creer que una cantidad tan insignificante de virus pudiera ser letal para tantas personas.

Tal como había hecho en Nairobi, abrió la recámara de carga del difusor y colocó la ampolla dentro. Cerró la recámara y la bloqueó, cogió el NX 20 de los brazos de Zina y encogió el dedo alrededor del gatillo más pequeño. En cuanto lo apretara, el virus, todavía sellado en su ampolla especial, se inyectaría en la recámara de disparo. Después de esto, lo único que se requería era pulsar el botón situado en el lado izquierdo del mango, que bloquearía la recámara de disparo y, cuando el arma estuviera apuntada en la dirección correcta, apretar el gatillo principal.

Acunó el difusor biológico en sus brazos como había hecho Zina. Aquella arma tenía que ser tratada con el debido respeto, incluso por él.

Miró a Zina a los ojos, que resplandecían de amor por él y ardor patriótico.

—Ahora —dijo Spalko—, a esperar hasta que oigamos la alarma del sensor.

Entonces la oyeron, y aunque el sonido llegó débilmente, las vibraciones, ampliadas por los desnudos pasillos de hormigón, resultaron inconfundibles. El jeque y Zina se miraron a la cara, sonriendo. Spalko sintió entrar la tensión en la habitación, alimentada por la justa cólera y una esperanza de redención largo tiempo negada.

—Nuestro momento ha llegado —dijo, y todos le oyeron, y todos reaccionaron. A Spalko le pareció estar oyendo el aullido de victoria de aquella gente.

Con la imparable fuerza del destino que lo impulsaba a seguir, el jeque apretó el gatillo pequeño, y con un ominoso silbido, la carga entró en la recámara de disparo produciendo un chasquido, donde se alojó en espera del momento de ser liberada.

29

—Son todos chechenos, ¿no es cierto, Boris? —preguntó Hull.

Karpov asintió.

—Y todos, según los archivos, miembros del grupo terrorista de Hasan Arsenov.

—Éste es un golpe para los buenos tipos —se regocijó Hull.

Feyd al-Saoud, temblando a causa del frío y la humedad, dijo:

—Con la cantidad de c4 que hay en esa bomba de relojería, habrían derribado casi toda la subestructura de carga. Arriba, el foro se habría derrumbando por su propio peso, matando a todos los que estuvieran dentro.

—Por suerte para nosotros, hicieron saltar el sensor de movimiento —dijo Hull.

A medida que pasaban los minutos Karpov fruncía el ceño más y más, mientras se repetía la misma pregunta que se había formulado Bourne:

—¿Por qué colocar la bomba con tanta antelación? Según lo veo yo, así teníamos muchas posibilidades de encontrarla antes de que empezara la cumbre.

Feyd al-Saoud se volvió hacia uno de sus hombres.

—¿Hay alguna manera de poner la calefacción aquí abajo? Vamos a estar aquí algún tiempo, y ya estoy helado.

—¡Eso es! —dijo Bourne, volviéndose hacia Jan. Cogió el ordenador portátil, lo encendió y fue pasando los planos hasta que encontró el que quería. Trazó entonces una ruta de vuelta desde donde estaban hacia la sección principal del hotel. Cerrando el ordenador con fuerza, dijo—: ¡Ven! ¡Vamos!

—¿Adónde vamos? —preguntó Jan, mientras avanzaban por el laberinto del nivel inferior.

—Piensa. Vimos una furgoneta de la empresa de energía de Reikiavik entrar en el hotel; la calefacción del hotel se alimenta por un sistema termal que da servicio a toda la ciudad.

—Por eso Spalko envió a esos chechenos al subsistema HVAC ahora —dijo Jan, mientras doblaban una esquina a toda prisa—. Les resultaba imposible colocar la bomba. Estábamos en lo cierto: sólo era una maniobra de distracción pero no para más tarde, sino para esta mañana, cuando está previsto que empiece la cumbre. ¡Va a activar el difusor biológico ahora!

—Exacto —dijo Bourne—. Y no a través del subsistema HVAC. Su objetivo es el sistema principal de calefacción termal. A esta hora de la noche, todos los jefes de Estado están en sus habitaciones, justo donde él va a liberar el virus.

—Viene alguien —dijo una de las mujeres chechenas.

—Matadlos —ordenó el jeque.

—¡Pero si es Hasan Arsenov! —gritó la otra mujer de guardia.

Spalko y Zina intercambiaron una mirada de perplejidad. ¿Qué había salido mal? Habían activado el sensor, había saltado la alarma, y poco después habían oído las satisfactorias ráfagas de las armas automáticas. ¿Cómo había escapado Arsenov?

—He dicho que lo mates —gritó Spalko.

Lo que atormentaba a Arsenov, lo que le había hecho poner pies en polvorosa en cuanto se olió la trampa, salvándose así de la repentina muerte sufrida por sus compatriotas, fue el terror que acechaba en su interior, aquella cosa que llevaba una semana provocándole pesadillas. Se había dicho que era su sentimiento de culpa por haber traicionado a Jalid Murat, la culpa de un héroe que había tomado una difícil decisión por salvar a su gente. Pero lo cierto era que su terror tenía que ver con Zina. No había sido capaz de reconocer que se había percatado de su alejamiento, gradual aunque inexorable, aquel distanciamiento emocional que, entonces lo vio claro, se había vuelto glacial. Llevaba tiempo alejándose de él, aunque hasta hacía unos instantes se había negado a creerlo. Pero entonces la revelación de Ahmed había arrojado la verdad bajo la luz de la conciencia. Zina había vivido detrás de un muro de cristal, manteniendo siempre una parte de ella distante y escondida. Él no había podido tocar aquella parte de ella, y en ese momento se le antojó que cuanto más lo había intentado, más se había alejado ella.

Zina no lo amaba; en ese momento se preguntó si lo había amado alguna vez. Aunque su misión fuera un completo éxito, no tendría una vida en común con ella, ni ningún hijo que compartir. ¡Menuda farsa había sido la última conversación íntima que habían mantenido!

De repente se sintió terriblemente avergonzado. Era un cobarde; él la quería más que a su propia libertad, porque sin ella él no obtendría la libertad. Tras la traición de Zina, la victoria sería una fruta amarga.

Mientras avanzaba con fuertes pisadas por el frío pasillo en dirección a la estación de la calefacción termal, vio a una de las suyas levantar la metralleta como si fuera a dispararle. Tal vez con el traje especial no pudiera ver quién se dirigía hacia ella.

—¡Espera! ¡No dispares! —gritó—. ¡Soy Hasan Arsenov!

Una de las balas de la descarga inicial de la rebelde alcanzó a Arsenov en el brazo izquierdo, quien, sorprendido a medias, giró en redondo y se abalanzó para meterse detrás de la esquina, alejándose de la mortífera rociada de balas que rebotaron por doquier.

En aquel súbito frenesí del presente no quedaba tiempo para preguntas ni especulaciones. Arsenov oyó nuevos disparos, aunque no en su dirección. Atisbando por la esquina, vio que las dos mujeres le habían dado la espada y que, agachadas, disparaban contra dos figuras que avanzaban por el corredor.

Arsenov se levantó y, aprovechándose de la distracción, se dirigió a la entrada de la estación de la calefacción termal.

Spalko oyó los disparos y dijo:

—Zina, no puede tratarse sólo de Arsenov.

Zina giró en redondo su metralleta y le hizo un gesto con la cabeza al hombre que montaba guardia, quien le respondió con otro gesto.

Detrás de ellos, Spalko se dirigió a la pared de las cañerías de la calefacción. Cada una tenía una válvula y, a su lado, un indicador de presión. Encontró la cañería correspondiente al ala de los jefes de Estado, y empezó a desenroscar la válvula.

Hasan Arsenov sabía que había sido enviado a morir con los demás a la subestación HVAC. «!Es una trampa! ¡Alguien ha cruzado los cables!», había aullado Karim poco antes de morir. Spalko había cruzado los cables; no sólo había necesitado una maniobra de distracción, como les había dicho, sino unos chivos expiatorios, unos blancos con la suficiente importancia como para que sus muertes mantuvieran ocupadas a las fuerzas de seguridad el tiempo suficiente para que Spalko pudiera alcanzar el objetivo real y liberar el virus. Spalko lo había engañado y, de eso estaba ya bastante seguro, Zina había sido su cómplice.

Con qué rapidez se volvía amargo el amor, que no tardaba en transformarse en odio más de lo que dura el latido de un corazón. En ese momento se habían vuelto contra él, todos sus compatriotas, los hombres y mujeres a cuyo lado había combatido, con los que había reído y llorado, con quienes había rezado a Alá, aquellos que tenían los mismos objetivos que él. ¡Chechenos! Todos corrompidos por el poder y el ponzoñoso encanto de Stepan Spalko.

Al final Jalid Murat había tenido razón en todo. No había confiado en Spalko; él no le habría seguido en aquella locura. En una ocasión Arsenov le había tildado de ser viejo, de ser demasiado prudente, de no comprender el nuevo mundo que se abría ante ellos. En ese momento supo lo que Jalid Murat seguramente había sabido: que aquel nuevo mundo no era más que una ilusión interesada creada por el hombre que se hacía llamar el Jeque. Arsenov había creído en aquella quimera porque había querido creerla. Spalko se había aprovechado de aquella debilidad. Pero aquello se había acabado, juró Arsenov. ¡Del todo! Si iba a morir ese día, sería bajo sus condiciones, no como una oveja que se dirigiera a la matanza pergeñada por Spalko.

Se apretó contra el borde de la entrada, respiró hondo y, cuando soltó el aire, pasó al otro lado de la entrada abierta dando una voltereta. La lluvia de balas subsiguiente le informó de todo lo que necesitaba saber. Rodando, sin apartarse del suelo de hormigón, traspasó la entrada retorciéndose sobre el vientre. Vio al centinela con la metralleta apuntada a la altura de la cintura, y le disparó cuatro veces en el pecho.

Cuando Bourne vio a las dos terroristas embutidas en los trajes especiales detrás de una columna de hormigón, disparando sus metralletas con ráfagas alternas, se le heló la sangre en las venas. Jan y él se pusieron a cubierto detrás de una esquina y repelieron el fuego.

—Spalko está en aquella habitación con el arma biológica —dijo Bourne—. Tenemos que entrar allí ahora mismo.

—No, a menos que esas dos se queden sin munición. —Jan estaba mirando por detrás de ellos—. ¿Recuerdas los planos? ¿Te acuerdas de lo que hay en el techo?

Bourne, sin dejar de disparar, asintió con la cabeza.

—Hay un panel de acceso unos seis metros más atrás. Necesito que alguien me dé impulso.

Bourne disparó una ráfaga más antes de retirarse con Jan.

—¿Podrás ver algo ahí arriba? —preguntó Bourne.

Jan asintió con la cabeza, señalando su milagrosa cazadora.

—Entre otras cosas, tengo una linterna de bolsillo en la manga.

Metiéndose la metralleta debajo del brazo, Bourne entrelazó los dedos para que Jan pudiera poner el pie en sus palmas. El peso hizo que tuviera la sensación de que se le iban a romper todos los huesos; los tensos músculos de los hombros parecieron arderle.

Entonces, Jan retiró el panel y se dio impulso para terminar de colarse por la trampilla de acceso.

—¿Cuánto tiempo? —preguntó Bourne.

—Quince segundos —respondió Jan, desapareciendo de la vista.

Bourne regresó. Contó hasta diez y dobló la esquina escupiendo balas con la metralleta. Pero se detuvo casi de inmediato. Sintió que el corazón le golpeaba dolorosamente contra las costillas. Las dos chechenas se habían quitado sus trajes especiales. Habían salido de detrás de la columna, y en ese momento estaban paradas enfrente de él. Vio que eran mujeres, y que alrededor de sus cinturas llevaban una serie de paquetes conectados llenos de explosivo C4.

—¡Joder! —exclamó Bourne—. ¡Jan! ¡Llevan cinturones explosivos!

En ese momento se sumieron en la más absoluta oscuridad. Jan había cortado los cables en el conducto de la luz que discurría por arriba.

Arsenov ya estaba de pie, y salió catapultado hacia adelante al instante de haber disparado. Entró corriendo en la estación y sujetó al centinela antes de que cayera. Había otras dos figuras en la habitación: Spalko y Zina. Utilizando al checheno muerto como escudo, disparó hacia el blanco con una metralleta en cada mano. ¡Zina! Pero ella había apretado los gatillos, y aun cuando se tambaleó hacia atrás, alcanzada por los proyectiles, la furia concentrada del fuego automático atravesó de parte a parte el cuerpo del centinela.

Los ojos de Arsenov se abrieron como platos cuando sintió el punzante dolor en el pecho y luego una especie de extraño aturdimiento. Las luces parpadearon, y se encontró tumbado en el suelo, respirando ruidosamente con los pulmones llenos de sangre. Como si estuviera en un sueño oyó gritar a Zina, y se echó a llorar por todos los sueños que había tenido, por un futuro que nunca llegaría. Con un suspiro, su vida lo abandonó de la misma manera en que lo encontró, con penuria, brutalidad y dolor.

Un silencio terrible y sepulcral se apoderó del corredor. El tiempo parecía haberse detenido. Bourne, con su arma apuntada a la oscuridad, oyó la respiración suave y agitada de las bombas humanas. Percibió su miedo tanto como su determinación. Si notaban que daba un paso hacia ellas, si llegaban a enterarse de que Jan avanzaba por el conducto de la luz, con toda seguridad harían detonar los explosivos que llevaban sujetos alrededor de sus cinturas.

Entonces, y gracias a que Bourne estaba atento, oyó los dos golpecitos apenas perceptibles encima de su cabeza, el ruido, rápidamente sofocado, de Jan al moverse por el conducto de la luz. Sabía que había un panel de acceso más o menos donde estaba la entrada a la estación de la calefacción, y tenía una idea aproximada de lo que Jan iba a intentar. Exigiría tener unos nervios de acero y una mano muy firme por parte de ambos. El fusil semiautomático AR-15 que llevaba tenía un cañón corto, pero compensaba cualquier ligera imprecisión con su impresionante potencia de fuego. El arma utilizaba munición del calibre .223, que salía con una velocidad inicial de 730 metros por segundo. Se acercó con sigilo, y entonces, al percibir un ligero movimiento en la oscuridad por delante de él, se quedó inmóvil. Tenía el corazón en la garganta. ¿Había oído algo, un siseo, un susurro, unos pasos? En ese momento el silencio era absoluto. Contuvo la respiración y se concentró en inclinar el cañón del AR-15.

¿Dónde estaba Spalko? ¿Había descargado ya el arma biológica? ¿Se quedaría a terminar su misión o la interrumpiría y echaría a correr? Sabiendo que no tenía respuestas, dejó a un lado aquellas aterradoras preguntas. «Concéntrate —se amonestó—. Ahora relájate, respira hondo y de manera regular mientras adquieres el ritmo alfa, mientras te haces uno con el arma.»

Entonces lo vio. El destello de la linterna de bolsillo de Jan, el haz que iluminó la cara de una de las mujeres, cegándola. No había tiempo para consideraciones ni preguntas. Su dedo se había encogido sobre el gatillo, y entonces el instinto fluyó de manera natural y entró en acción al instante. El fogonazo de la boca del arma iluminó el pasillo, y vio desintegrarse la cabeza de la mujer en un amasijo de sangre, huesos y sesos.

Estaba de pie, corriendo hacia delante, buscando a la otra mujer. Las luces se encendieron entonces con un parpadeo, y vio a la segunda bomba humana tumbada al lado de la otra, con el cuello rebanado. Un instante después, Jan se dejó caer de la trampilla de acceso abierta, y juntos entraron en la estación de la calefacción.

Momentos antes, en la oscuridad que olía a cordita, sangre y muerte, Spalko se había dejado caer de rodillas, buscando a Zina a ciegas. La oscuridad lo había derrotado. Sin luz, no podía realizar la delicada conexión entre la boca del NX 20 y la válvula del interior del sistema de calefacción termal.

Con el brazo extendido, fue palpando el suelo. No le había prestado atención a Zina, así que no estaba seguro de su posición, y en cualquier caso ella se había movido cuando Arsenov irrumpió por la entrada. Había sido inteligente por su parte utilizar un escudo humano, aunque Zina era aún más inteligente, y lo había matado. Pero ella seguía viva. La había oído gritar.

Se detuvo y esperó, sabiendo que las bombas humanas que había preparado lo protegerían de quienquiera que estuviera allí fuera. ¿Era Bourne? ¿Sería Jan? Le avergonzaba darse cuenta de que tenía miedo de la presencia desconocida del pasillo. Fuera quien fuese, no se había dejado engañar por la maniobra de diversión y había seguido el razonamiento de Spalko en lo concerniente a la vulnerabilidad del sistema de calefacción termal. Sintió un pánico creciente, aliviado momentáneamente cuando oyó el jadeo irregular de la respiración de Zina. Gateó rápidamente por encima de un pegajoso charco de sangre hasta donde ella yacía.

Zina tenía el pelo mojado y greñudo cuando la besó en la mejilla.

—Mi hermosa Zina —le susurró al oído—. Mi poderosa Zina.

Spalko sintió el espasmo que la sacudió, y se le encogió el corazón de miedo.

—Zina, no te mueras. No te puedes morir. —Notó entonces la salada humedad que le corría por la mejilla, y supo que Zina estaba llorando. El pecho le subía y le bajaba entre sordos sollozos.

—Zina. —Le besó las lágrimas—. Tienes que ser fuerte, ahora más que nunca.

La abrazó con ternura, y sintió que los brazos de Zina le rodeaban lentamente.

—Éste es el momento de nuestra gran victoria. —Spalko se apartó y apretó el NX 20 entre los brazos de Zina—. Sí, sí, te escogí para que dispararas el arma, para que llevaras nuestro futuro a buen término.

Ella era incapaz de hablar. Todo lo que pudo hacer fue seguir respirando entrecortadamente. Spalko maldijo la oscuridad una vez más, porque no podía verle los ojos, no podía estar seguro de tenerla. Sin embargo, tenía que aprovechar la oportunidad. Le cogió las manos y le colocó la izquierda sobre el cañón del difusor biológico, y la derecha en el seguro de la culata. Luego le situó el índice en el gatillo principal.

—Todo lo que tienes que hacer es apretar —le susurró al oído—. Pero todavía no, todavía no. Necesito tiempo.

Sí, necesitaba tiempo para escapar. Estaba atrapado en la oscuridad, la única contingencia para la que no se había preparado. Y ni siquiera podía llevarse el NX 20 con él. Tenía que correr, y hacerlo deprisa. Pero Schiffer le había dejado claro que, una vez cargada, el arma no estaba diseñada para ser manipulada. La carga y su envase eran demasiado frágiles.

—Zina, ¿verdad que lo harás? —La besó en la mejilla—. Tienes suficiente fuerza dentro de ti, sé que la tienes. —Zina intentaba decir algo, pero él le puso la mano en la boca, temeroso de que sus desconocidos perseguidores oyeran su voz ahogada desde el exterior—. Estaré cerca, Zina. Recuérdalo.

Entonces, con tanta lentitud y cuidado que los menguados sentidos de Zina no lo percibieron, Spalko se apartó deslizándose. Al darle la espalda por fin, se tropezó con el cadáver de Arsenov y su desgarrado traje especial. Durante un instante sintió renacer su recién descubierto terror, al imaginarse allí atrapado cuando Zina apretara el gatillo y el virus se soltara, infectándolo. En su imaginación floreció en todos sus vívidos y truculentos pormenores la ciudad de la muerte que había creado en Nairobi.

De inmediato recuperó la serenidad y se quitó el embarazoso traje completamente. Silencioso como un gato, se dirigió a la entrada y salió al corredor. Las bombas humanas se dieron cuenta inmediatamente de su presencia y se apartaron ligeramente, en tensión.

—*La illaha ill Allah* —susurró él.

—*La illaha ill Allah* —le respondieron en un susurro.

Luego, se escabulló en la oscuridad.

Los dos lo vieron de inmediato: la roma y fea boca del difusor biológico del doctor Felix Schiffer apuntado hacia ellos. Bourne y Jan se quedaron paralizados.

—Spalko se ha ido. Ahí está su traje especial —dijo Bourne—. Esta estación tiene sólo una entrada. —Se acordó del movimiento que había percibido, del susurro, del ruido de pasos furtivos que creyó haber oído—. Debe de haberse escabullido en la oscuridad.

—A éste lo conozco —dijo Jan—. Es Hasan Arsenov, pero a esa otra, a la mujer que sujeta el arma, no.

La terrorista yacía medio recostada sobre el cadáver de otro terrorista. Cómo había logrado arrastrarse hasta adoptar esa postura, fue algo que se le escapó a ambos. Estaba herida de gravedad, tal vez de muerte, aunque desde aquella distancia era imposible decirlo con seguridad. Los estaba mirando desde un mundo lleno de dolor y, Bourne estaba bastante seguro, otra cosa que trascendía el mero dolor físico.

Jan había cogido el Kaláshnikov de una de las bombas humanas y en ese momento apuntaba con él a la mujer.

—No tienes escapatoria —dijo Jan.

Bourne, que sólo había estado observando los ojos de la mujer, dio un paso adelante y le bajó el Kaláshnikov.

—Siempre hay una salida —dijo.

Luego, se puso en cuclillas para quedarse al nivel de la mujer. Sin apartar la mirada de ella, dijo:

—¿Puedes hablar? ¿Puedes decirme cómo te llamas?

Durante un rato no hubo más que silencio, y Bourne tuvo que obligarse a seguir mirándola a la cara y no al dedo que tenía encogido y tenso sobre el gatillo.

Por último, Zina abrió los labios, que le empezaron a temblar. Los dientes le castañetearon, y una lágrima, resbalándole del ojo, rodó por su mejilla manchada.

—¿Qué más te da cómo se llame? —La voz de Jan rezumaba desprecio—. No es humana; se ha convertido en una máquina de destrucción.

—Hay quien podría decir lo mismo de ti, Jan.

La voz de Bourne fue tan dulce que resultó evidente que lo que había dicho no era un reproche, tan sólo una verdad que quizá no se le había ocurrido a su hijo.

Volvió a centrar la atención en la terrorista.

—Es importante que me digas tu nombre, ¿verdad?

Ella abrió los labios y, con un gran esfuerzo y una voz que fue tanto un estertor como un grito ahogado, dijo:

—Zina.

—Bien, Zina, hemos llegado al final —dijo Bourne—. Ya no queda nada, excepto la muerte y la vida. Y por el cariz que han tomado las cosas, se diría que ya has escogido la muerte. Si aprietas ese gatillo, irás al cielo y te convertirás en una hurí cubierta de gloria. Pero no estoy seguro de que eso vaya a ocurrir. ¿Qué dejarás detrás? Unos compatriotas muertos, uno de los cuales te ha disparado. Y luego está Stepan Spalko. Me pregunto adónde habrá ido. No importa. Lo que importa es que, en este momento crucial, te ha abandonado.

»Te ha abandonado mientras agonizas, Zina, y ha salido pitando. Bueno, si aprietas ese gatillo, supongo que tienes que preguntarte si alcanzarás la gloria, o si Munkar y Nakir, los ángeles inquisidores, no te encontrarán inadecuada y te arrojarán al infierno. Si tenemos en cuenta tu vida, Zina, cuando ellos te pregunten: "¿Quién es tu creador? ¿Quién es tu profeta?", ¿podrás responderles? Recuerda que sólo pueden hacerlo los rectos, Zina. Lo sabes.

En ese momento Zina lloraba sin disimulo, pero la respiración le agitaba el pecho de una manera extraña, y Bourne tuvo miedo de que un espasmo repentino le hiciera apretar el gatillo en un movimiento reflejo. Si iba a alargar la mano hacia ella, tenía que hacerlo ya.

—Si aprietas ese gatillo, si escoges la muerte, no podrás responderles. Tú lo sabes. Tus allegados te han abandonado y traicionado, Zina. Y, por tu parte, tú los has traicionado. Pero no es demasiado tarde. Todavía puedes salvarte. Siempre hay una salida.

En ese momento Jan se dio cuenta de que Bourne se dirigía tanto a él como a Zina; experimentó una sensación muy parecida a una descarga eléctrica. Aquella sensación le sacudió el cuerpo, hasta que estalló tanto en sus extremidades como en su cerebro. Se sintió desnudo, por fin descubierto, y se sintió aterrorizado ni más ni menos que de sí mismo, de su auténtico y verdadero yo, de aquel a quien había enterrado hacía tantos años en la jungla del Sureste Asiático. Había pasado tanto tiempo que no podía recordar exactamente dónde ni cuándo lo había hecho. A decir verdad era un extraño para sí. Odió a su padre por conducirlo hasta aquella verdad, pero ya no podía negar que, por eso mismo, también lo quería.

Jan se arrodilló entonces al lado del hombre que sabía que era su padre, y dejando el Kaláshnikov donde Zina pudiera verlo, alargó la mano hacia ella.

—Él tiene razón —dijo Jan con una voz totalmente diferente a la que utilizaba normalmente—. Siempre hay una manera de compensar los pecados del pasado, los asesinatos que hayas cometido, las traiciones a aquellos a quienes has amado sin que, tal vez, lo hayas sabido siquiera.

Se adelantó poco a poco hasta que su mano se cerró sobre las de Zina. Y lentamente, con mucho cuidado, consiguió arrancarle el dedo del gatillo. Zina soltó el arma y le permitió que se la quitara de su inútil abrazo.

—Gracias, Zina —dijo Bourne—. Jan se ocupará de ti ahora.

Se levantó, y dándole un rápido apretón en el hombro a su hijo, se dio la vuelta y salió rápidamente y en silencio al pasillo tras los pasos de Spalko.

30

Stepan Spalko echó a correr a toda velocidad por el corredor de hormigón, llevando la pistola de cerámica de Bourne en la mano. Sabía que todos los disparos atraerían al personal de seguridad a la sección principal del hotel. Por el pasillo vio al jefe de seguridad saudí, Feyd al-Saoud, y a dos de sus hombres. Se ocultó de ellos; todavía no lo habían visto, y Spalko utilizó aquel factor sorpresa: esperó a que se acercaran y luego abrió fuego antes de que les diera tiempo de reaccionar.

Sin resuello, se paró sobre los hombres caídos durante un momento. Feyd al-Saoud gimió, y Spalko le disparó en la frente a muy corta distancia. El jefe de la seguridad saudí dio una cabezada y se quedó inmóvil. Sin pérdida de tiempo Spalko le quitó la tarjeta identificativa a uno de los hombres de al-Saoud, se puso el uniforme del hombre y se deshizo de las lentillas de color. Mientras lo hacía, sus pensamientos volvieron inevitablemente a Zina. Para ser sinceros, se había comportado audazmente, aunque el fervor de su lealtad hacia él había sido su gran error fatal. Ella lo había protegido de todos, en especial de Arsenov. Había disfrutado con ello, Spalko se daba cuenta. Pero le dio la impresión de que la verdadera pasión de Zina había sido él. Y fue aquel amor, aquella repugnante debilidad del sacrificio, lo que le había inducido a abandonarla.

Unas rápidas pisadas detrás de él le hicieron volver a la realidad, y reemprendió la huida a toda prisa. El aciago encuentro con los árabes había sido una espada de doble filo, porque aunque le había puesto a mano un disfraz, también le había hecho demorarse, y en ese momento, al mirar por encima del hombro, vio una figura vestida con el uniforme de los servicios de seguridad, y soltó un exabrupto. Se sintió como Acab, quien, tras perseguir denodadamente a su peor enemigo, en un giro absolutamente inesperado, vio cómo aquél se convertía en su perseguidor. El hombre con el uniforme de seguridad era Jason Bourne.

* * *

Bourne vio a Spalko, a la sazón con el uniforme de seguridad de los árabes, abrir una puerta y desaparecer por una escalera. Saltó por encima de los hombres a quienes Spalko acababa de asesinar y se dirigió tras él. Salió al caos del vestíbulo. Hacía sólo un rato, cuando él y Jan habían entrado en el hotel, en aquel inmenso espacio acristalado se respiraba la tensión, pero, casi desierto, reinaba el silencio. En ese momento, había un maremágnum de personal de seguridad que corría de un lado para otro. Algunos estaban reuniendo al personal del hotel, clasificándolos en grupos en función de sus trabajos y del lugar de las instalaciones en que hubieran estado recientemente. Otros ya habían empezado el trabajoso proceso de interrogar al personal. Cada individuo tenía que dar cuenta de su paradero en cada momento durante los dos últimos días. Algunos se dirigían al subsótano o se estaban desplegando por radio a otras zonas del hotel. Todos estaban atareados; ninguno tenía tiempo para preguntar a los dos hombres que, uno detrás de otro, atravesaron el abarrotado escenario en dirección a la puerta delantera.

Era toda una ironía observar a Spalko caminando entre ellos, mezclándose con ellos, convirtiéndose en uno de ellos. Durante un fugaz instante Bourne consideró la posibilidad de alertar a los que lo rodeaban, aunque se lo pensó mejor de inmediato. Sin duda alguna Spalko descubriría su farol: el asesino buscado en todo el mundo y proscrito por la CIA era Bourne. Y, como era natural, Spalko lo sabía, toda vez que había sido el ingenioso artífice del atolladero en el que se encontraba metido Bourne. Y mientras seguía a Spalko más allá de las puertas delanteras, se dio cuenta de otra cosa. «Ahora los dos estamos igual —pensó Bourne—. Ambos somos unos camaleones que utilizan el mismo disfraz para evitar que los que nos rodean descubran nuestras identidades.» Era extraño y al mismo tiempo inquietante darse cuenta de que, en ese momento, aquella fuerza internacional de seguridad era tan enemiga de él como de Spalko.

Fue salir, y Bourne se percató de que la entrada y la salida del hotel habían sido totalmente clausuradas. Observó con un terror no exento de fascinación cómo Spalko se dirigía audazmente hacia el aparcamiento de los servicios de seguridad. Aunque éste se encontraba dentro de los límites del cordón de seguridad, estaba desierto, aun cuando el personal de seguridad no tenía permitida la entrada ni la salida.

Bourne fue tras él, pero inmediatamente lo perdió de vista entre las hileras de vehículos. Echó a correr. Se oyó un disparo detrás de él. Bourne abrió la puerta del primer vehículo al que llegó: un Jeep estadounidense. Después de arrancar el panel de plástico de la parte inferior del árbol de la dirección, buscó a tientas los cables. En ese mismo instante otro motor se puso en marcha, y vio a Spalko dirigirse hacia la salida del aparcamiento en el coche que había robado.

Entonces se oyeron más disparos y el retumbar de unas botas contra el pavimento. Se produjeron más disparos. Bourne, concentrándose en lo que había que hacer, peló los cables y los trenzó entre sí. El motor del Jeep arrancó con un ronquido, y Bourne metió la marcha. Luego, con un tremendo chirrido de neumáticos, salió del aparcamiento y aceleró al cruzar el control de seguridad.

Era una noche sin luna, pese a que no era realmente una noche. Una oscuridad anodina cayó sobre Reikiavik cuando el sol, manteniéndose justo por debajo del horizonte, tiñó el cielo de nácar. Mientras Bourne seguía a Spalko en sus vueltas y revueltas a través de la ciudad, advirtió que éste se dirigía hacia el sur.

Eso casi le sorprendió, porque había esperado que Spalko se dirigiera al aeropuerto. Sin duda alguna tenía un plan de fuga, y a buen seguro también había una avión de por medio. Pero cuanto más pensaba Bourne en ello, menos le sorprendía. En ese momento estaba empezando a conocer mejor a su adversario. Ya entendía que Spalko jamás utilizaba la vía lógica para meterse o salir de una situación. Tenía una mente única, enrevesada como un rompecabezas. Era un hombre a quien le gustaba amagar y dar vueltas, alguien a quien le gustaba tenderle una trampa a su oponente, más que matarlo en el acto.

Bueno. Keflavik estaba descartado. Era demasiado evidente y, como Spalko sin duda habría previsto, demasiado bien vigilado para que pudiera utilizarlo como vía de escape. Bourne se orientó siguiendo el mapa que había estudiado en el ordenador portátil de Oszkar. ¿Qué había al sur de la ciudad? Hafnarfjördur, un pueblo pesquero demasiado pequeño como para que pudiera aterrizar la clase de avión que Spalko utilizaría. ¡La costa! Al fin y al cabo estaban en una isla. Spalko iba a escapar en barco.

A aquella hora de la noche había poco tráfico, sobre todo después de que dejaran atrás la ciudad. Las carreteras se hicieron más estrechas y discurrían sinuosamente por las laderas de las colinas orientadas al lado de los acantilados que daban a tierra firme. Cuando el coche de Spalko tomó una curva especialmente cerrada, Bourne se rezagó y, apagando las luces, aceleró al hacer el giro. Vio el vehículo de Spalko más adelante, pero confió en que éste, al mirar por el retrovisor, no pudiera verlo. Era un riesgo perder de vista el coche cada vez que tomaba una curva, pero Bourne no sabía qué otra alternativa le quedaba. Tenía que hacer creer a Spalko que había despistado a su perseguidor.

La absoluta carencia de árboles confería al paisaje una cierta gravedad y, con las azules montañas de hielo de telón de fondo, también cierta sensación de invierno eterno, todo lo cual resultaba más fantasmagórico a causa de las franjas intermitentes de los verdes pastos. El cielo era inmenso y, en aquel prolongado y falso amanecer, aparecía lleno de las negras formas de las aves marinas, que se elevaban y se dejaban caer en picado. Al verlas, Bourne sintió cierta sensación de libertad, después de haber estado sepultado en las entrañas rebosantes de muerte del hotel. A pesar del frío, bajó las ventanillas y aspiró profundamente el refrescante aire salpicado de sal. Un olor dulzón ascendió hasta sus narices cuando pasó como una exhalación junto a la ondulada alfombra salpicada de flores de un prado.

La carretera se estrechó cuando ésta se desvió hacia el mar. Bourne descendió por una cañada de exuberante vegetación, y tomó otra curva como un bólido. La carretera se hizo más empinada en su sinuoso descenso por la cara del acantilado. Entonces vio a Spalko, y lo volvió a perder de nuevo al acercarse a otra curva. Después de tomarla, vio el Atlántico Norte, allí abajo, centelleando débilmente en el amanecer pizarroso.

El coche de Spalko tomó otra curva, y Bourne lo siguió. La siguiente curva fue tan cerrada que perdió de vista el coche, pero, a pesar del riesgo añadido, Bourne aceleró.

Casi había terminado de tomar la curva cuando oyó el ruido. Un sonido suave y familiar que se elevó por encima del revuelo del aire: el ruido que hacía su pistola de cerámica al ser disparada. La rueda delantera derecha reventó, y él hizo girar el coche en redondo. Alcanzó a ver a Spalko, con la pistola en la mano, corriendo hacia donde había dejado su coche. Entonces hubo de emplearse a fondo para intentar controlar al Jeep mientras resbalaba peligrosamente cerca del borde de la carretera que daba al mar.

Redujo la marcha, pero no fue suficiente. Tenía que apagar el motor, pero sin la llave eso era imposible. Los neumáticos traseros resbalaron hasta salirse de la carretera. Entonces Bourne se desabrochó el cinturón y se agarró, mientras el Jeep caía por el acantilado dando vueltas. El coche pareció flotar cuando dio dos vueltas de campana. El inconfundible e intenso olor a metal recalentado llegó hasta Bourne junto con el acre hedor del caucho o plástico quemado.

Saltó justo antes de que el Jeep se estrellara, y se alejó rodando del vehículo mientras éste rebotaba contra un saliente rocoso y explotaba. Las llamas salieron disparadas hacia el aire, y gracias a su luz Bourne vio en la cala que había justo debajo de él al barco pesquero, que ponía proa hacia la costa.

Spalko condujo como un loco por la carretera hasta donde ésta moría, en la cara interior de la cala. Mientras lanzaba una mirada hacia el Jeep en llamas, se dijo: «Al diablo con Jason Bourne. Ya está muerto». Aunque por desgracia, no se olvidaría de él tan pronto. Había sido Bourne quien le había fastidiado, y en ese momento no tenía ni el NX 20 ni a ningún checheno al que manipular. ¡Tantos meses de cuidadosos preparativos para nada!

Salió del coche y atravesó lo que quedaba de la playa de erosionados guijarros. Un bote de remos se dirigía hacia él, aunque la marea estaba alta y el barco pesquero estaba muy cerca de la orilla. Había llamado al capitán nada más cruzar el control de seguridad del hotel. A bordo sólo viajaba una reducida tripulación compuesta por el capitán y un oficial de cubierta. Spalko saltó al bote en cuanto el capitán la varó en la orilla, y acto seguido el oficial la desatracó valiéndose del remo.

Spalko estaba que echaba chispas, y no cruzó una palabra durante el breve y desagradable viaje de regreso al barco pesquero.

Una vez a bordo, Spalko dijo:

—Dispóngase a zarpar, capitán.

—Perdón, señor —contestó el capitán—, pero ¿que hay del resto de la tripulación?

Spalko agarró al capitán por la pechera de la camisa.

—Le he dado una orden, capitán. Y espero que la cumpla.

—Sí, señor, sí —refunfuñó el capitán con un brillo maligno en la mirada—. Pero con sólo dos para tripular el barco, tardaremos un poco más en ponernos en camino.

—Pues cuanto antes se ponga a ello, mejor —le dijo Spalko, mientras se dirigía abajo.

El agua estaba fría como el hielo y negra como el subsótano del hotel. Bourne sabía que tenía que subir a bordo del barco pesquero lo más rápidamente posible. Treinta segundos después de haber abandonado la playa de guijarros empezaron a entumecérsele los dedos de las manos y los pies; treinta segundos más tarde, ya no los sentía en absoluto.

Los dos minutos que tardó en llegar al barco se le antojaron los más largos de su vida. Alargó las manos para agarrarse a un grasiento cabo y se impulsó fuera del agua. El viento le hizo temblar mientras ascendía por la cuerda, moviendo una mano tras otra.

Mientras lo hacía, tuvo la inquietante sensación de no saber dónde estaba. Al notar el olor del mar en las narices y la sensación de la sal al secarse sobre su piel, le pareció como si no estuviera en Islandia en absoluto, sino en Marsella, y que no fuera a un barco pesquero al que estuviera subiendo persiguiendo a Stepan Spalko, sino subiendo clandestinamente a bordo de un yate de recreo para ejecutar al asesino a sueldo internacional Carlos. Porque Marsella había sido el inicio de aquella pesadilla, donde el movido combate con Carlos había acabado con él arrojado por la borda, y la conmoción que había sufrido como resultado del disparo recibido y de la amenaza de morir ahogado le había despojado de su memoria y de toda su vida.

Cuando se impulsó por encima de la borda y puso los pies sobre la cubierta, sintió una punzada de miedo tan intensa que casi lo paralizó. Estaba en la misma situación en la que había fracasado. De repente se sintió desprotegido, como si llevara aquel fracaso grabado en su manga. A punto estuvieron de abandonarle las fuerzas entonces, pero en su cabeza surgió impetuosa la imagen de Jan, y se acordó de lo que le había dicho la primera vez que se encontraron en aquel escenario rebosante de tensión. «¿Quién es usted?» Porque en ese momento se le ocurrió que Jan no lo sabía, y que si Bourne no hubiera estado cerca para ayudarlo a averiguar quién era, no habría tenido a nadie. Pensó en Jan, arrodillado en la estación de la calefacción, y le pareció que no había sido sólo el Kaláshnikov lo que había soltado, sino también, muy posiblemente, algo de su propia rabia interior.

Bourne respiró hondo, se preparó mentalmente para lo que se le avecinaba y avanzó sigilosamente por la cubierta. El capitán y su oficial estaban ocupados en la timonera, y no le costó gran trabajo dejarlos inconscientes. Había cuerda de sobra por todas partes, y estaba en plena faena de atarles las muñecas a la espalda cuando, desde detrás de él, Spalko dijo:

—Creo que debería buscar alguna cuerda para usted.

Bourne estaba en cuclillas. Los dos marineros yacían sobre sus costados, espalda contra espalda. Sin dejar que Spalko lo viera, Bourne sacó su navaja automática; inmediatamente se dio cuenta de que había cometido un error fatal. El oficial de cubierta le estaba dando la espalda, pero el capitán no, y vio con absoluta claridad que en ese momento estaba armado. Miró a los ojos a Bourne, pero, por extraño que resultara, no hizo ningún ruido ni movimiento que alertara a Spalko. Antes bien, cerró los ojos y fingió estar dormido.

—Levántese y dese la vuelta —ordenó Spalko.

Bourne hizo lo que se le decía, manteniendo la mano derecha escondida detrás de la cara exterior del muslo. Spalko, vestido con unos vaqueros recién planchados y un grueso jersey de punto de cuello de cisne, estaba parado con las piernas abiertas sobre la cubierta, con la pistola de cerámica de Bourne en la mano. Y de nuevo, éste se sintió abrumado por la extraña sensación de desconcierto. Como le sucediera con Carlos hacía unos años, Spalko estaba en ese momento en una situación de ventaja. Lo único que Spalko debía hacer era apretar el gatillo, y Bourne recibiría el disparo y sería arrojado al agua. Sin embargo, en esa ocasión, en las gélidas aguas del Atlántico Norte, nadie lo rescataría, como había ocurrido entonces en las aguas templadas del Mediterráneo. Allí no tardaría en helarse y en morir ahogado.

—¿Es que no hay manera de que muera, señor Bourne?

Bourne arremetió contra Spalko al tiempo que abría la navaja. Pillado por sorpresa, Spalko apretó el gatillo demasiado tarde. La bala salió silbando sobre el agua cuando la hoja de la navaja se hundió en su costado. Con un gruñido, aporreó la mejilla de Bourne con el cañón del arma. La sangre brotó de los dos. La rodilla de Spalko se dobló, pero Bourne se desplomó sobre la cubierta.

Al acordarse de que tenía las costillas rotas, Spalko se las pateó brutalmente, dejando a Bourne medio inconsciente. Se extrajo la navaja del costado y la lanzó al agua. A continuación, se inclinó, arrastró a Bourne hasta la borda y, cuando éste empezó a moverse, Spalko le propinó un golpe con el pulpejo de la mano. Después, incorporó a Bourne como buenamente pudo y lo inclinó sobre la borda.

Bourne oscilaba entre la consciencia y la inconsciencia, pero el intenso y penetrante olor del agua negra y helada lo hizo volver en sí lo suficiente como para saber que estaba a punto de ser eliminado. Volvía a ocurrir, exactamente como había sucedido hacía tantos años. Estaba tan dolorido que apenas podía respirar, pero había una vida en la que pensar, su vida actual, no la que le habían quitado. Y no permitiría que se la volvieran a robar.

Cuando Spalko se disponía a arrojarlo por la borda con un gran esfuerzo, Bourne soltó una patada con todas sus fuerzas. La suela de su zapato impactó en la mandíbula de Spalko con un escalofriante chasquido. Éste, agarrándose la mandíbula rota, se tambaleó hacia atrás, y Bourne se abalanzó contra él. Spalko no tuvo tiempo de utilizar la pistola; Bourne lo había pillado desprevenido. No obstante, le incrustó la culata en el hombro, y Bourne se tambaleó cuando el dolor le recorrió el cuerpo como una descarga eléctrica.

Entonces levantó las manos, hundiendo los dedos en los huesos rotos de la mandíbula de Spalko. Éste soltó un alarido, y Bourne le arrebató la pistola, y sin solución de continuidad le metió la boca del arma debajo de la barbilla y apretó el gatillo.

El ruido no fue gran cosa, pero la fuerza de la onda expansiva levantó el cuerpo de Spalko de la cubierta y lo lanzó por encima de la borda. Cayó de cabeza al mar.

Durante un rato, mientras Bourne lo miraba, flotó boca abajo, balanceándose adelante y atrás por el incansable oleaje. Luego, como si algo enorme e inmensamente poderoso lo arrastrara al fondo del mar, se hundió.

31

Martin Lindros se pasó veinte minutos al teléfono con Ethan Hearn. Éste tenía mucha información sobre el famoso Stepan Spalko, y toda ella tan asombrosa que a Lindros le llevó algún tiempo asimilarla y aceptarla. Al final, el punto que despertó más interés en Lindros era el que revelaba cierta transferencia electrónica, realizada desde una de las muchas empresas fantasma de Spalko en Budapest, para comprar una pistola a cierta empresa ilegal de unos rusos que operaba desde Virginia hasta que el detective Harris la clausuró.

Una hora más tarde Lindros tenía dos copias impresas de los archivos que Hearn le había enviado por correo electrónico. Se metió en su coche y se dirigió a la casa de la ciudad del DCI. De la noche a la mañana el Gran Jefazo había cogido una gripe. A Lindros se le ocurrió en ese momento que debía de ser de las fuertes para que su jefe hubiera abandonado la oficina durante la crisis de la cumbre.

Su chófer detuvo el coche oficial ante la alta cancela de hierro, se asomó por la ventanilla abierta y apretó el botón del portero automático. Durante el momento de silencio que siguió, Lindros se preguntó si el Gran Jefazo no se habría sentido mejor y se habría obligado a regresar urgentemente a la oficina sin informar a nadie.

Entonces, la quejumbrosa voz crepitó por el telefonillo, el chófer anunció a Lindros y, un instante después, la cancela se abrió silenciosamente. El chófer detuvo el coche, y Lindros se apeó. Llamó a la puerta con la aldaba de bronce, y cuando se abrió, vio al DCI con la cara arrugada y el pelo alborotado por la almohada. Llevaba un pijama a rayas sobre el que se había echado un batín que parecía pesarle mucho. Sus huesudos pies estaban embutidos en unas pantuflas de felpa.

—Entre, Martin. Entre.

Se volvió y dejó la puerta abierta sin esperar a que Lindros traspasara el umbral. Éste entró y cerró la puerta tras él. El DCI había entrado silenciosamente en su estudio, que se abría a la izquierda. No había ninguna luz encendida; parecía que no hubiera nadie en toda la casa.

Lindros entró en el estudio, un espacio varonil de paredes de color verde cazador, el techo pintado en crema y unos descomunales sillones de piel y un sofá desperdigados por el aposento. Un televisor, colocado en una pared cubierta con una estantería empotrada, estaba apagado. Siempre que Lindros había estado en aquel cuarto el televisor estaba encendido y sintonizado con la CNN, con voz o sin ella.

El Gran Jefazo se sentó pesadamente en su sillón favorito. La mesita auxiliar situada junto a su codo derecho aparecía cubierta con una gran caja de pañuelos de papel y frascos de aspirina, de analgésicos, de antihistamínicos, de antipiréticos, de Vicks VapoRub, de descongestionantes, de más descongestionantes y de más analgésicos, así como de un jarabe antitusivo.

—¿Qué es todo esto, señor? —dijo Lindros, señalando la pequeña farmacia.

—No sé lo que necesito —dijo el DCI—, así que he sacado todo lo que había en el botiquín.

Entonces Lindros vio la botella de *bourbon* y el anticuado vaso, y arrugó el entrecejo.

—Señor, ¿qué sucede? —Estiró el cuello para mirar por la puerta abierta del estudio—. ¿Dónde está Madeleine?

—Ah, Madeleine. —El Gran Jefazo cogió su vaso de güisqui y le dio un trago—. Se ha ido a Phoenix, a casa de su hermana.

—¿Y lo ha dejado solo? —Lindros alargó la mano y encendió una lámpara de pie; el DCI parpadeó, mientras lo miraba serio—. ¿Y cuándo va a volver, señor?

—Uf —dijo el DCI, como si reflexionara sobre las palabras de su adjunto—. Bueno, Martin, la cuestión es que no sé si va a volver.

—¿Cómo dice? —dijo Lindros con cierta alarma.

—Me ha dejado. Al menos eso es lo que creo que ha ocurrido. —El DCI dio la impresión de tener la mirada perdida mientras apuraba su vaso de *bourbon*. Entonces frunció sus labios brillantes, como si estuviera perplejo—. ¿Cómo puede uno saber realmente esas cosas?

—¿No han hablado entre ustedes?

—¿Hablar? —La mirada del DCI volvió a enfocar de golpe. Miró a Lindros durante un rato—. No. No hemos hablado de ello en absoluto.

—Entonces, ¿cómo lo sabe?

—Cree que me lo estoy imaginando, que no es más que una tormenta en un vaso de agua, ¿eh? —Los ojos del DCI revivieron durante un rato, y de repente su voz se quebró con una emoción apenas reprimida—. Pero hay cosas de ella que han desaparecido, ¿sabe? Cosas personales, objetos íntimos. Y la casa está jodidamente vacía sin ellos.

Lindros se sentó.

—Señor, cuenta con toda mi comprensión, aunque hay algo...

—Puede, Martin, que nunca me haya querido. —El Gran Jefazo alargó la mano para coger la botella—. Pero ¿cómo va a saber uno algo tan misterioso?

Lindros se inclinó hacia delante y le quitó el *bourbon* a su jefe con delicadeza. Éste no pareció sorprenderse.

—Pensaré en ello por usted, si lo desea.

El DCI asintió distraídamente con la cabeza.

—De acuerdo.

Lindros dejó la botella a un lado.

—Pero por el momento tenemos otro asunto acuciante del que hablar.

Puso el expediente que había recibido de Ethan Hearn sobre la mesa auxiliar del Gran Jefazo.

—¿Qué es esto? Ahora no estoy para leer nada, Martin.

—Entonces, se lo contaré —dijo Lindros.

Cuando terminó, se hizo un silencio que pareció resonar por toda la casa.

Al cabo de un rato, el Gran Jefazo miró a su adjunto con ojos llorosos.

—¿Por qué lo haría, Martin? ¿Por qué Alex violaría todas las normas y haría desaparecer a uno de nuestros hombres?

—Creo que había intuido lo que iba a pasar, señor. Y tenía miedo de Spalko. Y como se demostró al final, por muy buenas razones.

El Gran Jefazo suspiró y alzó la cabeza.

—Así que, después de todo, no fue una traición.

—No, señor.

—Gracias a Dios.

Lindros carraspeó.

—Señor, debe anular la orden de búsqueda contra Bourne de inmediato, y alguien va a tener que interrogarle.

—Sí, por supuesto. Creo que está usted mejor preparado para hacer eso, Martin.

—Sí, señor. —Lindros se levantó.

—¿Adónde va? —El tono quejoso había vuelto a la voz del Gran Jefazo.

—A ver al inspector jefe de la Policía Estatal de Virginia. Tengo otra copia de ese expediente para dejárselo en el regazo. Voy a insistir en que el detective Harris sea rehabilitado, y lo acompañaré de un informe favorable por nuestra parte. ¿Y por lo que respecta a la consejera de Seguridad Nacional...?

El DCI cogió el expediente y lo acarició ligeramente. Con aquel gesto de animación, su cara recuperó parte de su color.

—Deme esta noche, Martin. —Poco a poco sus ojos empezaron a recobrar su antiguo brillo—. Pensaré en algo deliciosamente conveniente. —Se rió, y a Lindros le pareció que era la primera vez que lo hacía en años—. Hagamos que el castigo se adecue al delito, ¿eh?

Jan permaneció con Zina hasta el final. Había escondido el NX 20 y su carga aterradoramente letal. Por lo que concernía al personal de seguridad que revoloteaba por la estación de la calefacción termal, él era un héroe. No sabían nada del arma biológica. No sabían nada de él.

Para Jan fue un momento curioso. Estaba sujetándole la mano a una joven moribunda que no podía hablar, que casi no podía respirar, y que sin embargo era bastante evidente que no quería soltarlo. Tal vez fuera simplemente que, al final, no quería morir.

Después de que Hull y Karpov se dieran cuenta de que Zina estaba a punto de morir y de que no podía proporcionarles ninguna información, perdieron todo interés por ella, y en consecuencia la dejaron a solas con Jan. Y éste, tan habituado a la muerte, experimentó algo absolutamente inesperado: cada fatigoso y doloroso aliento de Zina era una vida. Jan lo vio en sus ojos, que, al igual que su mano, no le soltaban. Se estaba ahogando en el silencio, y se hundía en la oscuridad. Y él no podía dejar que eso ocurriera.

Libre de ataduras, el propio dolor de Jan afloró a la superficie a través del de Zina, y Jan le habló de su vida: de su abandono, de cómo le habían hecho prisionero los contrabandistas de armas vietnamitas, de su conversión forzada a manos del misionero, y del lavado de cerebro político llevado a cabo por su instructor de los jemeres rojos.

Lo más doloroso de todo, sus sentimientos sobre Lee-Lee, salió desgarradoramente de él.

—Tenía una hermana —dijo, con voz débil y atiplada—. Ahora tendría tu edad, si viviera. Era dos años más pequeña que yo, y me adoraba, y yo..., yo era su protector. Deseaba mantenerla a salvo por encima de todo, y no sólo porque mis padres me dijeran que debía hacerlo, sino porque tenía que hacerlo. Mi padre solía ausentarse mucho, y cuando jugábamos fuera de casa, ¿quién iba a cuidarla, sino yo? —Inexplicablemente, sintió que le ardían los ojos y se le nublaba la vista. Avergonzado, estuvo a punto de apartarse, pero vio algo en los ojos de Zina, una compasión intensa que le sirvió de cuerda de salvamento, y su vergüenza se esfumó. Entonces continuó, unido a ella en un nivel aún más íntimo—. Pero al final le fallé a Lee-Lee. A mi hermana la mataron junto con mi madre. Yo también debería haber muerto, pero sobreviví. —Su mano encontró el camino hacia el buda de piedra tallada, consiguiendo que, como tantas otras veces, la pequeña figura le infundiera fuerza—. Y durante todo este tiempo no he parado de preguntarme de qué me sirvió sobrevivir si le había fallado.

Cuando Zina separó ligeramente los labios, Jan vio que tenía los dientes ensangrentados. Su mano, que él sujetaba con tanta fuerza, apretó la suya, y Jan supo que ella quería que continuara. No sólo la estaba liberando de su agonía, sino que se estaba liberando a sí mismo de la suya. Y lo más curioso era que funcionaba. Aunque ella no podía hablar, aunque se estaba muriendo lentamente, su cerebro seguía funcionando. Zina oía lo que él decía, y por su expresión, Jan supo que tenía algún significado para ella, supo que estaba embelesada y que lo entendía.

—Zina —dijo Jan—, en cierto modo somos almas gemelas. Me veo reflejado en ti: marginado, abandonado y absolutamente solo. Sé que esto no tendrá mucho sentido para ti, pero el sentimiento de culpa por no haber podido proteger a mi hermana me hizo odiar a mi padre enloquecidamente. Tan sólo era capaz de ver que nos había abandonado, que me había abandonado.

Y entonces, en un instante de asombrosa revelación, se dio cuenta de que estaba mirando a través de un cristal misterioso, de que la única manera en que él se reconocía en ella era en que él había cambiado. En efecto, Zina era tal como él había sido. Era bastante más fácil planear vengarse de su padre que enfrentarse a la enormidad de su culpa. Cuando adquirió tal conciencia surgió su deseo de ayudarla. Y deseó fervientemente poder rescatarla de la muerte.

Pero nadie mejor que él comprendía la extraña intimidad de la llegada de la muerte. Era imposible detenerla, una vez se acercaba, y ni siquiera él podía frenarla. Cuando llegó el momento, cuando oyó los pasos y vio la proximidad de la muerte en los ojos de Zina, se inclinó sobre ella y, sin ser consciente de ello, le sonrió tranquilizadoramente.

Retomando el hilo donde Bourne, su padre, lo había dejado, dijo:

—Recuerda lo que tienes que decirle a los Inquisidores, Zina: «Mi Dios es Alá, Mahoma mi profeta, el islam mi religión, y mi *quibla*, la sagrada Kaaba». —Era muy evidente que ella quería hablarle y no podía—. Eres una persona recta, Zina. Te acogerán en su gloria.

Los ojos de Zina parpadearon una vez, y entonces, al igual que una llama, la vida que los animaba se extinguió.

Jamie Hull estaba esperando a Bourne cuando éste regresó al hotel Oskjuhlid. Le había llevado algún tiempo volver allí. Por dos veces estuvo en un tris de perder el conocimiento y se había visto obligado a echarse a un lado en la carretera, sentado, con la frente contra el volante, sintiendo un dolor terrible y un cansancio indescriptible. Sin embargo, su deseo de volver a ver a Jan lo había espoleado. La seguridad le traía sin cuidado. A esas alturas le traía sin cuidado cualquier cosa, excepto estar con su hijo.

En el hotel, después de que Bourne hubiera informado sucintamente del papel jugado por Stepan Spalko en el asalto al hotel, Hull insistió en llevarlo a que un médico le viera sus recientes heridas.

—La reputación internacional de Spalko es tal que incluso después de que recobremos el cadáver y publiquemos las pruebas habrá quien se niegue a creerlo —respondió Hull.

Las instalaciones sanitarias de emergencia estaban llenas de heridos tumbados en catres montados a toda prisa. Los heridos más graves habían sido trasladados en ambulancia al hospital. Y además estaban los muertos, de quienes todavía nadie deseaba hablar.

—Sabemos cuál ha sido tu participación en todo esto, y debo decir que te estamos muy agradecidos —dijo Hull, mientras se sentaba al lado de Bourne—. El presidente quiere hablar contigo, aunque eso, por supuesto, será más tarde.

Llegó una doctora, y empezó a coser la maltrecha mejilla de Bourne.

—Esto le dejará una fea cicatriz —dijo la doctora—. Puede que quiera consultar a un cirujano plástico.

—No será mi primera cicatriz —dijo Bourne.

—Ya lo veo —dijo ella con sequedad.

—Lo que nos intrigó fue la presencia de unos trajes especiales para la manipulación de sustancias peligrosas —prosiguió Hull—. No encontramos ningún indicio de agentes químicos ni biológicos. ¿Y tú?

Bourne tuvo que pensar deprisa. Había dejado a Jan a solas con Zina y el arma biológica. Tuvo un repentino sobresalto.

—No. Nos quedamos tan sorprendidos como vosotros. Pero por otro lado no quedó nadie vivo a quien preguntar.

Hull asintió con la cabeza, y cuando la doctora hubo terminado, ayudó a Bourne a levantarse y a salir al pasillo.

—Sé que nada te gustaría más que una ducha caliente y una muda limpia, pero es importante que te interrogue de inmediato. —Sonrió para tranquilizarlo—. Es una cuestión de seguridad nacional. Tengo las manos atadas. Pero al menos podemos hacerlo de una manera civilizada ante una comida caliente, ¿de acuerdo?

Sin mediar otra palabra, le dio un puñetazo seco y fuerte en los riñones que le hizo caer de rodillas. Mientras Bourne jadeaba en un intento de recuperar el resuello, Hull echó hacia atrás su otra mano. En ella había una daga de puño, y la pequeña y gruesa hoja que sobresalía entre el índice y el dedo corazón estaba oscurecida por una sustancia que sin duda era venenosa.

Cuando estaba a punto de hundirla en el cuello de Bourne sonó un disparo en el pasillo. Bourne, libre de la mano de Hull, se desplomó contra la pared. Y, al volver la cabeza, lo entendió todo: Hull yacía muerto sobre la alfombra granate con la daga de puño envenenada en la mano. Boris Illych Karpov, director de la Unidad Alfa de la FSB, se acercaba a toda prisa sobre las piernas ligeramente arqueadas. Empuñaba una pistola con silenciador.

—Debo admitir —dijo Karpov en ruso, mientras ayudaba a Bourne a levantarse— que siempre he albergado el secreto deseo de matar a un agente de la CIA.

—¡Joder!, gracias —dijo jadeando Bourne en el mismo idioma.

—Ha sido un placer, créeme. —Karpov se quedó mirando fijamente a Hull—. La CIA te ha levantado la sanción, lo que le traía sin cuidado. Según parece, sigues teniendo enemigos dentro de tu propia agencia.

Bourne respiró hondo varias veces, lo que en sí resultó terriblemente doloroso. Esperó a que su mente se aclarara lo suficiente.

—Karpov, ¿de qué te conozco?

El ruso soltó una estruendosa carcajada.

—*Gospodin* Bourne, veo que los rumores acerca de tu memoria son ciertos. —Rodeó a Bourne por la cintura, sujetándolo a medias—. ¿No te acuerdas...? No, por supuesto que no te acuerdas. Bueno, la verdad es que nos hemos encontrado varias veces. De hecho, la última vez me salvaste la vida. —Volvió a reírse al ver la expresión de perplejidad de Bourne—. Es una bonita historia, amigo mío. Una historia hecha para ser contada ante una botella de vodka. O quizá de dos, ¿eh? Después de una noche como ésta, ¿quién sabe?

—Sí que agradecería un poco de vodka —reconoció Bourne—, pero antes tengo que encontrar a alguien.

—Ven —dijo Karpov—. Llamaré a mis hombres para que retiren esta basura y entre los dos haremos lo que haya que hacer. —Mostró una sonrisa enorme que hizo desaparecer la brutalidad de sus rasgos—. Hueles a pescado podrido, ¿lo sabías? Pero ¡qué demonios! ¡Estoy acostumbrado a todo tipo de olores hediondos! —Volvió a soltar una carcajada—. ¡Cuánto me alegro de volverte a ver! Uno no hace amigos fácilmente, según he descubierto, sobre todo en nuestra profesión. Así que debemos celebrar este acontecimiento, este encuentro, ¿no te parece?

—Por supuesto.

—¿Y a quién tienes que encontrar, mi buen amigo Jason Bourne, para que no puedas darte una ducha caliente y tomarte un merecido descanso primero?

—A un joven llamado Jan. Supongo que ya lo conoces.

—En efecto —dijo Karpov, mientras conducía a Bourne por otro pasillo—. Un joven de lo más notable. ¿Sabes que no se separó ni un momento del lado de la chechena moribunda? Y por su parte, ella no le soltó la mano hasta el final. —Meneó la cabeza—. Algo de lo más extraordinario.

Frunció sus labios color rubí.

—Y no es que se mereciera sus cuidados. ¿Qué era ella, una asesina, una alimaña? Basta con ver lo que estaban intentando hacer aquí para comprender qué clase de monstruo era.

—Y sin embargo —dijo Bourne—, necesitó cogerle la mano.

—Nunca sabré cómo lo pudo soportar el muchacho.

—Quizá necesitara algo de ella. —Bourne le lanzó una mirada—. ¿Sigues pensado que ella era un monstruo?

—Oh, sí —dijo Karpov—; pero bueno, es que los chechenos me han acostumbrado a pensar así.

—Nada ha cambiado, ¿verdad? —dijo Bourne.

—No, hasta que los exterminemos. —Karpov lo miró de reojo—. Escucha, mi idealista amigo, ellos han dicho de nosotros lo que otros terroristas han dicho de vosotros, los estadounidenses: «Dios te ha declarado la guerra». La amarga experiencia nos ha enseñado a tomarnos en serio declaraciones de ese tipo.

Dio la casualidad de que Karpov sabía el lugar exacto donde estaba Jan: en el restaurante principal, el cual estaba, por decirlo de alguna manera, abierto y de nuevo en funcionamiento, aunque con un menú notablemente limitado.

—Spalko ha muerto —dijo Bourne, para encubrir el remolino emocional que lo asaltó cuando vio a Jan.

Éste dejó su hamburguesa y observó los puntos en la hinchada mejilla de Bourne.

—¿Estás herido?

—¿Más de lo que ya lo estaba? —Bourne hizo un gesto de dolor al sentarse—. Esto tiene poca importancia.

Jan asintió, aunque no apartó los ojos de Bourne.

Karpov, sentándose al lado del Bourne, pidió a gritos una botella de vodka a un camarero que pasaba por allí.

—Ruso —dijo con dureza—. Nada de esa bazofia polaca. Y tráigalo en vasos grandes. Los de aquí somos hombres de verdad: un ruso... ¡y dos héroes que son casi tan buenos como los rusos! —Luego volvió su atención a sus compañeros—. Muy bien, ¿qué me estoy perdiendo? —dijo astutamente.

—Nada —dijeron Jan y Bourne al unísono.

—¿Así están las cosas? —El agente ruso arqueó las cejas—. Bueno, entonces sólo queda beber. *In vino, veritas.* En el vino radica la verdad, como afirmaban los antiguos romanos. ¿Y por qué no habría que creerlos? Eran unos fantásticos soldados, esos romanos, y tuvieron grandes generales..., ¡aunque habrían sido mejores si hubieran bebido vodka en lugar de vino! —Se rió a voz en cuello, hasta que a los otros dos no les quedó más remedio que unirse a él.

El vodka llegó entonces, junto con los vasos. Karpov despidió al camarero con un gesto.

—La primera botella ha de abrirla uno mismo —dijo—. Es la tradición.

—Gilipolleces —dijo Bourne, volviéndose hacia Jan—. Es una costumbre de los viejos tiempos, cuando el vodka ruso estaba tan mal destilado que a menudo llevaba carburante.

—No le hagas caso. —Karpov frunció los labios, pero sus ojos centellearon. Llenó los vasos, y con muchísima formalidad los colocó delante de cada uno—. Compartir una botella de excelente vodka ruso es la mismísima definición de la amistad, a pesar del combustible. Porque ante esa botella de excelente vodka ruso hablamos de los viejos tiempos, de los camaradas y de los enemigos que han quedado atrás.

Levantó su vaso, y los otros siguieron su ejemplo.

—*Na sdarovia!* —gritó, bebiendo un enorme trago.

—*Na sdarovia!* —repitieron ellos, haciendo lo mismo.

A Bourne empezaron a llorarle los ojos. Notó el descenso abrasador del vodka, aunque al instante su estómago se vio envuelto en una calidez que le alcanzó hasta la punta de los dedos, y le mitigó el dolor constante que lo había atormentado.

Karpov se agachó, la cara ligeramente enrojecida ya, tanto a causa del abrasador aguardiente como del simple placer de encontrarse entre amigos.

—Ahora beberemos y nos contaremos nuestros secretos. Aprenderemos lo que significa ser amigos.

Dio otro descomunal trago y dijo:

—Empezaré yo. He aquí mi primer secreto. Sé quién eres, Jan. Aunque nunca se te ha hecho una foto, te conozco. —Se puso el dedo al lado de la nariz—. No me habría tirado veinte años en la profesión si no tuviera un fino sexto sentido. Y, como lo sabía, te alejé de Hull, quien, si lo hubiera sospechado, ten por seguro que, héroe o no, te habría detenido.

Jan se movió ligeramente.

—¿Y por qué hiciste eso?

—¡Ajá! ¿Serías capaz de matarme ahora? ¿Aquí, en esta amigable mesa? ¿Crees que te mantuve aislado para mí? ¡Es que no he dicho que éramos amigos! —Meneó la cabeza—. Tienes mucho que aprender sobre la amistad, mi joven amigo. —Se inclinó hacia delante—. Si te mantuve a salvo fue por Jason Bourne, que siempre trabaja solo. Y tú estabas con él, así que deduje que eras importante para él.

Le dio otro trago al vodka y señaló a Bourne.

—Tu turno, amigo mío.

Bourne tenía la mirada clavada en el vodka. Era plenamente consciente de la mirada escrutadora de Jan. Sabía qué secreto quería divulgar, pero temía que, si lo hacía, Jan se levantara y se marchara. Pero lo que necesitaba decirle era verdad. Finalmente levantó la vista.

—Al final, cuando estaba con Spalko, casi me fallaron las fuerzas. Spalko estuvo en un tris de matarme, pero la verdad es..., la verdad es...

—Será mejor para ti que lo digas, sí —le animó Karpov.

Bourne se llevó el vodka a la boca, tragó el líquido esperando que éste le infundiera valor, y se volvió a su hijo.

—Pensé en ti. Pensé que si fallaba, si permitía que Spalko me matara, no volvería. Y no podía abandonarte; no podía permitir que eso ocurriera.

—¡Bien! —Karpov plantó el vaso en la mesa y señaló a Jan—. Ahora, tú, mi joven amigo.

Durante el silencio que siguió, Bourne tuvo la sensación de que se le iba a detener el corazón. La sangre le golpeaba en la cabeza, y todo el dolor de sus múltiples heridas, tan brevemente anestesiado, volvió en tromba.

—Bueno —dijo Karpov—, ¿es que se te ha comido la lengua el gato? Tus amigos se han sincerado contigo, y ahora te están esperando.

Jan miró fijamente al ruso, y dijo:

—Boris Illych Karpov, me gustaría presentarme formalmente. Me llamo Joshua. Y soy el hijo de Jason Bourne.

Muchas horas y litros de vodka después, Bourne y Jan se encontraban juntos en el subsótano del hotel Oskjuhlid. Allí abajo olía a humedad y hacía frío, pero lo único que fueron capaces de oler eran los vapores del vodka. Había manchas de sangre por todas partes.

—Supongo que te estarás preguntando qué ocurrió con el NX 20 —dijo Jan.

Bourne asintió.

—Hull sospechaba algo por los trajes especiales. Dijo que no habían encontrado ningún indicio de armas químicas o biológicas.

—Lo escondí —dijo Jan—. Estaba esperando a que volvieras para que pudiéramos destruirlo juntos.

Bourne tuvo un momento de duda.

—Tenías fe en que volvería.

Jan se volvió y miró a su padre.

—Parece que he adquirido mi fe recientemente.

—O la has recuperado.

—No me digas...

—Ya sé, ya sé. No es asunto mío decirte lo que debes pensar. —Bourne bajó la cabeza—. Algunas adquisiciones tardan más tiempo que otras.

Jan se dirigió al sitio donde había escondido el NX 20, en el interior de un frágil nicho situado detrás de un bloque roto de hormigón, que estaba oculto a la vista por una de las enormes cañerías de la estación de energía térmica.

—Tuve que abandonar a Zina durante un momento para esconderlo —dijo—, pero era inevitable. —Sujetó el arma con un respeto comprensible cuando se la entregó a Bourne. Luego sacó una pequeña caja metálica del nicho—. La ampolla con la carga está ahí dentro.

—Necesitamos un fuego —dijo Bourne, pensando en lo que había leído en el ordenador del doctor Sido—. El calor volverá inerte la carga.

La enorme cocina del hotel estaba impoluta. Sus relucientes encimeras de acero inoxidable parecían aún más frías por la ausencia del personal. Bourne había hecho salir al reducido personal durante un momento mientras Jan y él estudiaban los enormes hornos que discurrían desde el suelo hasta el techo. Funcionaban con gas, y Bourne los puso a la máxima potencia. Las fortísimas llamas aparecieron por todo el interior recubierto de ladrillos refractarios. En menos de un minuto, el calor se hizo demasiado intenso incluso para acercarse.

Después de ponerse los trajes especiales, desmontaron el arma, y cada uno arrojó una de las mitades a las llamas. A continuación le siguió la ampolla.

—Es como una pira funeraria vikinga —dijo Bourne, mientras observaba a la NX 20 desmoronarse sobre sí misma. Cerró la puerta, y se quitaron los trajes.

Volviéndose hacia su hijo, dijo:

—He telefoneado a Marie, pero no le he dicho nada sobre ti. Estaba esperando...

—No voy a volver contigo —dijo Jan.

Bourne escogió sus siguientes palabras con gran cuidado.

—Preferiría que no fuera así.

—Lo sé —dijo Jan—. Pero creo que había muy buenas razones para que no le hablaras a tu esposa de mí.

En el silencio que de pronto los envolvió, Bourne se sintió atenazado por una pena terrible. Quiso apartar la mirada, esconder lo que había aflorado de pronto a su cara, pero no pudo. Ya no iba a esconder más sus emociones a su hijo ni a sí mismo.

—Tienes a Marie y a dos niños pequeños —dijo Jan—. Ésa es la nueva vida que David Webb se forjó, y yo no formo parte de ella.

Bourne había aprendido muchas cosas en los pocos días transcurridos desde que la primera bala le silbara a modo de aviso junto a la oreja en el campus, y la menor de todas no era la de saber cuándo debía mantener la boca cerrada delante de su hijo. Jan había tomado una decisión, y ya estaba. Discutir abiertamente acerca de su decisión sería inútil. Peor aún, no haría más que reavivar la cólera todavía latente que arrastraría consigo durante algún tiempo. Una emoción tan tóxica, tan profundamente arraigada, que no podría ser extirpada en cuestión de días, semanas ni meses.

Bourne comprendió que Jan había tomado una sabia decisión. Todavía había mucho dolor. La herida seguía en carne viva, aunque al menos la hemorragia se había detenido. Y, como sagazmente había señalado Jan, Bourne sabía muy bien que su entrada en la vida que David Webb se había creado no tenía ningún sentido. Jan no pertenecía a aquel mundo.

—Tal vez no ahora, puede que nunca. Pero con independencia de lo que sientas hacia mí, quiero que sepas que tienes un hermano y una hermana que se merecen conocerte y tener un hermano mayor en sus vidas. Espero que llegue un momento en el que eso ocurra... para el bien de todos nosotros.

Se dirigieron juntos a la puerta, y Bourne tuvo el pleno convencimiento de que sería la última vez que eso ocurriría durante muchos meses. Pero no para siempre, no. Al menos eso tenía que hacérselo saber a su hijo.

Se adelantó y estrechó a Jan entre sus brazos. Permanecieron así, en silencio, durante algún tiempo. Bourne podía oír el silbido de los mecheros de gas. Dentro de los hornos, el fuego seguía ardiendo ferozmente, aniquilando la terrible amenaza para todos ellos.

Soltó a Jan a regañadientes, y durante el más fugaz de los instantes miró fijamente a su hijo a los ojos, y en ellos lo vio como había sido, como el pequeño de Phnom Penh, con el ardiente sol de Asia en la cara y, en las sombras veteadas de las palmeras del fondo, a Dao, observando, sonriéndoles a los dos.

—También soy Jason Bourne —dijo—. Eso es algo que no deberías olvidar jamás.

Epílogo

Cuando el presidente de Estados Unidos en persona abrió la doble puerta de nogal de su estudio del Ala Oeste, el DCI sintió como si lo readmitieran a los predios del cielo después de haber esperado impacientemente en el séptimo círculo del infierno.

El DCI seguía padeciendo la espantosa enfermedad, pero después de que lo convocaran por teléfono, había conseguido arrastrarse fuera de su sillón de piel y se había duchado, afeitado y vestido. Esperaba la llamada. La esperaba desde que le entregó al presidente su informe confidencial, en el que incluía todas las detalladas pruebas que Martin Lindros y el detective Harris habían reunido. Sin embargo, había esperado en batín y pijama, hundido en su sillón, escuchando el opresivo silencio de la casa, como si dentro de aquel vacío pudiera distinguir el fantasma de la voz de su esposa.

En ese momento, cuando el presidente lo hizo entrar en el despacho pintado de oro y azul cobalto situado en una esquina, sintió aún más vivamente la desolación de su casa. Allí estaba su vida, la vida que tan concienzudamente se había construido a lo largo de décadas de leal servicio e intrincadas maquinaciones; allí era donde él comprendía las normas y sabía cómo interpretarlas, allí y en ninguna otra parte.

—Me alegro de que haya venido —dijo el presidente con una sonrisa deslumbrante—. Ha pasado demasiado tiempo.

—Gracias, señor —dijo el DCI—. Estaba pensando lo mismo.

—Siéntese. —El presidente le señaló un sillón de orejas tapizado. Iba vestido con un terno azul marino impecablemente cortado, camisa blanca y corbata roja con lunares azules. Tenía las mejillas ligeramente coloradas, como si acabara de realizar varias carreras cortas de entrenamiento—. ¿Café?

—Creo que sí. Gracias, señor.

En ese momento, como si respondiera a una convocatoria silenciosa, uno de los asistentes del presidente entró con una bandeja de plata labrada sobre la que estaba colocada una recargada cafetera y unas tazas de porcelana sobre sus delicados platos. Con un estremecimiento de placer, el DCI advirtió que sólo había dos tazas.

—La consejera de Seguridad Nacional estará con nosotros enseguida —dijo el presidente, ocupando un asiento enfrente del DCI. El rubor, se percató el director en ese momento, no se debía al ejercicio físico, sino a la absoluta madurez de su fuerza—. Pero antes de eso, quería darle personalmente las gracias por su buen trabajo en estos últimos días.

El asistente les entregó sus cafés y se marchó, cerrando suavemente la pesada puerta tras él.

—Me estremezco al pensar en las funestas consecuencias que habría padecido el mundo civilizado de no haber sido por su hombre, Bourne.

—Gracias, señor. Nunca me creí del todo que hubiera asesinado a Alex Conklin y al doctor Panov —dijo el DCI con una candidez tan vehemente como absolutamente hipócrita—, aunque se nos presentaron ciertas pruebas (falsas, como se descubrió al final) que nos obligaron a actuar en consecuencia.

—Por supuesto... Lo entiendo. —El presidente dejó caer dos terrones de azúcar en su taza y removió el café concienzudamente—. Bien está lo que bien acaba, aunque en nuestro mundo, al contrario que en el de Shakespeare, todas las acciones tienen consecuencias. —Le dio un sorbo al café—. No obstante, y a pesar de la carnicería, la cumbre, como ya sabe, discurrió según lo previsto. Y resultó ser un rotundo éxito. De hecho, la amenaza sirvió para unirnos con más firmeza. Todos los jefes de Estado, incluso Alexander Yevtushenko, a Dios gracias, pudieron ver con claridad el destino al que se enfrentaba el mundo si no aparcábamos nuestros miopes puntos de mira y aceptábamos trabajar juntos. Ahora hemos firmado, sellado y publicado un marco práctico de acción para seguir avanzando en un frente común contra el terrorismo. Y el secretario de Estado ya está camino de Oriente Medio para empezar la siguiente ronda de conversaciones. Menudo primer torpedo en la línea de flotación de nuestros enemigos.

«Y además tienes asegurada la reelección —pensó el DCI—. Eso, por no hablar del legado de tu presidencia.»

Al oír el discreto sonido del interfono, el presidente se disculpó y, levantándose, cruzó la estancia hasta su mesa. Escuchó durante un momento, y levantó la vista. Su penetrante mirada se posó en el DCI.

—Me he permitido el lujo de prescindir de alguien que podría haberme proporcionado un asesoramiento valioso y ponderado. Tenga la seguridad de que no permitiré que eso vuelva a suceder.

A todas luces el presidente no esperaba respuesta, porque ya estado diciendo por el interfono:

—Hágala entrar.

Hallándose como se hallaba en un estado de vulnerabilidad emocional que nunca había experimentado, el DCI tardó un rato en serenarse. Paseó la mirada por la espaciosa habitación de techos altos, por sus paredes color crema, por la alfombra azul cobalto, por las molduras denticuladas y por el sólido y cómodo mobiliario. Unos grandes retratos al óleo de varios presidentes republicanos colgaban encima de dos aparadores Chippendale de madera de cerezo a juego. En un rincón había una bandera estadounidense medio plegada. Al otro lado de las ventanas, bajo una sedosa neblina blanca, se extendía una parcela de hierba cuidadosamente segada sobre la que un cerezo extendía sus arqueadas ramas. Unos grupos de capullos de color rosa claro temblaban como campanas movidos por la brisa primaveral.

La puerta se abrió, y se hizo entrar a Roberta Alonzo-Ortiz. El DCI advirtió con alivio que el presidente no se movió de su sitio detrás de la mesa. Permaneció inmóvil, mirando a la consejera de Seguridad Nacional, a quien, de forma harto significativa, ni siquiera invitó a tomar asiento. La consejera iba vestida con un austero traje sastre de color negro, una blusa de seda gris acero y unos prácticos zapatos de salón de tacón bajo. Parecía ir vestida para asistir a un funeral, lo cual, pensó el DCI con no poco regocijo, resultaba de lo más apropiado.

Durante una fracción de segundo la cara de Alonzo-Ortiz mostró sorpresa ante la presencia del DCI. Una última chispa de enemistad brilló en sus ojos antes de que adquiriesen una expresión reconcentrada y de que una rígida máscara cubriera su rostro. En su cutis aparecieron unas extrañas manchas, como si fueran una reacción al evidente esfuerzo por sofocar sus emociones. Ni siquiera se dirigió al DCI ni dio muestras de reparar en su presencia de ninguna otra manera.

—Señora Alonzo-Ortiz, quiero que entienda algunas cosas, para que pueda ver los acontecimientos de los últimos días con alguna objetividad —empezó a decir el presidente con una voz grandilocuente que no admitía interrupción—. Aunque autoricé la sanción a Bourne, lo hice guiado únicamente por sus consejos. También accedí a la solución que me propuso con respecto a los asesinatos de Alex Conklin y Morris Panov y, de una manera un tanto estúpida, me atuve a su criterio al condenar al detective Harry Harris de la Policía Estatal de Virginia por el descalabro de Washington Circle.

»Lo único que puedo decir es que siento una inmensa gratitud por que la sanción a Bourne no fuera ejecutada finalmente, aunque estoy consternado por el daño que se le ha producido a la carrera de un estupendo detective. El celo es un rasgo aconsejable, aunque no cuando se hace caso omiso de la verdad, algo que usted juró respetar y defender cuando le pedí que subiera a bordo.

A lo largo de todo el discurso ni se había movido ni había apartado la mirada de la consejera. Su expresión era deliberadamente ecuánime, aunque había cierta cadencia en sus palabras que le reveló al DCI, quien al fin y al cabo lo conocía bien, tanto la intensidad como la magnitud de su enfado. Aquél no era un hombre a quien se pudiera dejar en ridículo, no era un presidente que perdonara ni olvidara. El DCI había contado con eso cuando preparó su condenado informe.

—Señora Alonzo-Ortiz, en mi administración no hay lugar para los oportunistas políticos, al menos no para aquellos que están dispuestos a sacrificar la verdad para salvar el culo. Lo cierto es que usted debería haber ayudado a investigar los asesinatos, en lugar de intentar hacer todo lo posible para enterrar a los que habían sido falsamente acusados. Si lo hubiera hecho, podríamos haber desenmascarado a ese terrorista, Stepan Spalko, lo bastante pronto como para haber evitado la masacre de la cumbre. Así las cosas, todos tenemos una deuda de gratitud con el DCI, en especial usted.

Al oír esto último, Roberta Alonzo-Ortiz hizo una mueca de dolor, como si el presidente le hubiera atizado un golpe terrorífico, lo cual, en cierto sentido, había hecho deliberadamente.

El presidente cogió una hoja de papel de su mesa.

—En consecuencia, acepto su carta de dimisión y acepto su petición de regresar al sector privado con efectos inmediatos.

La ya ex consejera de Seguridad Nacional abrió la boca para hablar, pero la mirada del presidente, penetrante como un rayo láser, la paró en seco.

—Yo no lo haría —dijo el presidente con sequedad.

Alonzo-Ortiz palideció, hizo un leve asentimiento de cabeza en señal de acatamiento y giró sobre sus talones.

En cuanto la puerta se cerró tras ella, el DCI respiró hondo. Durante un momento la mirada del presidente se había cruzado con la suya, y todo quedó al descubierto. Supo entonces la razón de que su comandante en jefe lo hubiera convocado para presenciar la humillación de la consejera de Seguridad Nacional: era su manera de disculparse. En todos los años de duro trabajo al servicio de su país, el DCI jamás había recibido las disculpas de un presidente. Se sintió tan abrumado que no supo cómo reaccionar.

Aturdido por la euforia, se levantó. El presidente ya estaba hablando por teléfono, y sus ojos vagaban por todas partes. Durante un instante fugaz el DCI se detuvo, saboreando su momento de triunfo. Luego, él también se marchó del sanctasanctórum, recorriendo a grandes zancadas los silenciosos pasillos del poder que había convertido en su hogar.

David Webb había terminado de colgar el polícromo cartel de FELIZ CUMPLEAÑOS en el salón. Marie estaba en la cocina, dándole los últimos retoques a una tarta de chocolate que había preparado para el undécimo cumpleaños de Jamie. Un delicioso olor a pizza y chocolate flotaba por la casa. David miró por todas partes, preguntándose si habría suficientes globos. Contó hasta treinta; pues claro que serían más que suficientes.

Aunque había vuelto a su vida como David Webb, las costillas le dolían cada vez que respiraba, y el resto del cuerpo le dolía lo suficiente para saber que también era Jason Bourne, y que siempre lo sería. Durante mucho tiempo se había sentido aterrorizado cada vez que reaparecía aquel lado de su personalidad, pero en ese momento, con la reaparición de Joshua, todo había cambiado. Ya tenía una razón de peso para ser Jason Bourne de nuevo.

Pero no con la CIA. Muerto Alex, había dejado de trabajar con ellos, pese a que el DCI en persona le había pedido que se quedara. Aquel hombre le gustaba y lo respetaba. Martin Lindros era el responsable de que se hubiera levantado su sanción. Lindros fue quien hizo que lo ingresaran en el Hospital Naval de Bethesda. Y, entre asalto y asalto con los especialistas investigados por la Agencia que le habían visto las heridas y examinado detenidamente las costillas rotas, Lindros le había interrogado. El DDCI había conseguido que una tarea difícil se convirtiera en algo casi fácil, y le había concedido a Webb un tiempo precioso para dormir y relajarse después de las duras pruebas a las que se había sometido.

Pero a los tres días Webb no quería otra cosa que volver junto a sus estudiantes, y necesitaba tiempo para estar con su familia, aunque en ese momento tenía un dolor en el corazón, un cierto vacío al que el regreso de Joshua daba forma y sentido. Tenía intención de hablarle de él a Marie, y de hecho le había contado todos los demás detalles de lo ocurrido mientras habían estado incomunicados. Y sin embargo, cada vez que había llegado al tema de su otro hijo, su cerebro se había desconectado. No temía la reacción de Marie; confiaba demasiado en ella para eso. En lo que no confiaba era en su propia reacción. Después de sólo una semana fuera se sentía distanciado de Jamie y Alison. Había olvidado por completo el cumpleaños de Jamie, hasta que Marie se lo había recordado cuidadosamente. Se dio cuenta de que en su vida había una clara línea divisoria entre el antes de la sorprendente aparición de Joshua y el después. A un lado estaba la oscuridad de la pena, y al otro, en el momento actual, estaba la luz del restablecimiento de la relación. Antes había muerte, y en ese momento, milagrosamente, había vida. Necesitaba comprender las implicaciones de lo que había ocurrido. ¿Cómo iba a poder compartir algo tan descomunal con Marie hasta que él mismo no lo comprendiera?

Entonces llegó el cumpleaños de su hijo pequeño, mientras su mente rebosaba de pensamientos sobre su hijo mayor. ¿Dónde estaba Joshua? Poco después de enterarse por Ozskar de que habían encontrado el cuerpo de Annaka Vadas en la cuneta de la autopista que conducía al aeropuerto Ferihegy, Joshua se había escabullido, y se había desvanecido por completo con la misma rapidez con la que había aparecido. ¿Había vuelto a Budapest para ver a Annaka por última vez? Webb esperaba que no.

En cualquier caso, Karpov había prometido guardarle el secreto, y Webb le creía. Se dio cuenta de que no tenía ni idea de dónde vivía su hijo, o ni siquiera de si tenía un verdadero hogar. Era imposible imaginar dónde estaba Joshua o qué podría estar haciendo en ese momento, y eso le ocasionaba un dolor que en nada se diferenciaba de los demás. Sentía su ausencia con la misma intensidad que si hubiera perdido una extremidad. Quería decirle tantas cosas a Joshua, y había tanto tiempo que compensar... Era difícil ser paciente, y era doloroso no saber siquiera si Joshua decidiría volver a verlo de nuevo.

La fiesta había empezado. Unos veinte niños jugaban y gritaban a pleno pulmón. Y allí estaba Jamie, en el centro de todo, un líder nato, un niño a quien admiraban los de su edad. Su rostro franco, como el de Marie, estaba radiante de felicidad. Webb no estaba seguro de si había visto alguna vez una expresión semejante de placer absoluta en la cara de Joshua. De inmediato, como si hubiera una conexión telepática entre ellos, Jamie levantó la vista y, viendo la mirada fija de su padre, sonrió abiertamente.

Después de cumplir con sus deberes de relaciones públicas, Webb oyó el timbre de la puerta. Abrió la puerta y se encontró con un empleado de FedEx que llevaba un paquete para él. Firmó el albarán, y de inmediato llevó el paquete al sótano, donde abrió una habitación de la que sólo él tenía llave. Dentro había una máquina portátil de rayos x que Conklin le había conseguido. Todos los paquetes que recibían los Webb pasaban por aquella máquina, aunque los niños no lo sabían.

Cuando comprobó que estaba limpia, Webb la abrió. Dentro había una pelota y dos guantes de béisbol, uno para él, y el otro del tamaño adecuado para un niño de once años. Abrió la nota que acompañaba al regalo, la cual rezaba simplemente: «Por el cumpleaños de Jamie. Joshua».

David Webb se quedó mirando fijamente el regalo, que para él significaba más de lo que nadie sabría jamás. La música del piso de arriba llegó hasta él mezclada con las risas intermitentes de los niños. Pensó en Dao, Alyssa y Joshua tal como existían en su escindida memoria, y su caleidoscópica imagen, estimulada por el intenso y primitivo olor de la piel lubrificada, revivió con intensidad. Alargó la mano y palpó la suave textura de la piel, pasando las yemas de los dedos por las costuras de cuero sin curtir. ¡La de recuerdos que se despertaron dentro de él! Su sonrisa, cuando afloró a su cara, fue agridulce. Metió la mano en el guante más grande y arrojó la pelota contra el interior de cuero. Agarrándola allí, la sostuvo con la misma fuerza que si se tratara de una quimera.

Oyó unos ligeros pasos en lo alto de la escalera, y la voz de Marie llegó hasta él.

—Subo enseguida, cariño —dijo Bourne.

Se quedó sentado muy quieto durante algún rato más, permitiendo que los acontecimientos del pasado reciente se arremolinaran a su alrededor. Después soltó un profundo suspiro y apartó el pasado. Con el regalo de Jamie en la otra mano, subió las escaleras del sótano y fue a reunirse con su familia.

Visite nuestra web en:

www.umbrieleditores.com